グロテスク

桐野夏生

Kirino Natsuo

文藝春秋

装丁　多田和博
カバーイラスト・章扉イラスト　水口理恵子

グロテスク

第一章　子供想像図

1

わたしは男の人を見るたびに、この人とわたしが子供を作ったら、いったいどんな子供が生まれてくるのだろう、とつい想像してしまいます。それは、ほとんど習い性になっていて、男の人が美しかろうが醜かろうが、歳を取っていようがいまいが、常にわたしの頭の中に浮かんでくるのです。

　男の人が、わたしの薄茶色の猫っ毛と対照的な、漆黒の硬い髪を持っていたりすると、その子の髪はちょうどいい柔らかな色合いの直毛になるだろう、などという具合のいいものから始まって、まったく逆の、とんでもない妄想もしてしまいます。

　くっきりしたわたしの二重瞼に、相手の薄い眉が張り付き、わたしの小さな鼻に大きな鼻の穴がうがたれる。わたしの肉付きのいい脚に厳《いか》つい膝頭。甲高《こうだか》のわたしの足に四角い爪。バリエーションを考え始めると、とめどありません。そうこうしているうちに、想像の中の子供は、双方の欠点ばかりを寄せ集めた醜いものに、変わっていったりもします。

　わたしがあまりじろじろ見ているので、相手の男の人が自分に気があるのだと信じ込み、滑稽な誤解が生じてしまったりすることもたまにあるほどです。でも、わたしは不思議でならないだけなのです。

　精子と卵子が結合して新しい細胞が造られ、命が生まれる。それは、どのような形状をもってこの世に現れるのだろう、ということが。精子と卵子がいがみ合って悪意に満ち、突然違う種類のものが生まれることはないのだろうか。逆に相性がよくて、親を遥かに超えた素晴らしい生き物が生まれる可能性もあるに違いない。精子と卵子の意志は誰にもわからないのですから。

　そんな時、わたしの頭を過《よ》ぎるのが、「想像図」というものです。そう、よく生物や地学の教科書に出ていたあれです。覚えていらっしゃいますか。地層から発見された古生物の化石から、その形や習性を想像して描かれるもの。たいがいそれは、海の中や空の様子で、動植物が極彩色で描かれています。

　実は、わたしは子供の頃からその手の絵が怖くてたまりませんでした。怖いというのは惹かれている証拠なのかもしれません。だって、わたしは教科書を開くのが嫌で仕方がないくせに、いつしかそのページを探し当て、見入っていたのですから。

まだ覚えているのは、バージェス動物群です。ロッキー山脈で発見されたカンブリア紀の化石から想像された図を見ますと、とんでもない形をしている生物ばかりが水中を泳いでいるのです。ヘアブラシと見紛う、背中に棘《とげ》が並んだハルキゲニアが海底の砂を這い回り、五つも目があるオパビニアが身をくねらせて岩を避け、巨大な鉤形の触手をも持ったアノマロカリスが暗い海を遊弋《ゆうよく》して餌を探しているのです。わたしの想像というのは、それに近いと思います。わたしの頭に浮かぶのは、わたしと男が合体した奇妙な形をした子供たちがたくさん水の中を泳いでいる、という図なのです。

でも、どういう訳か、わたしは男と女が子供を作る行為については思いが至りません。若い同僚なんかが、「あんな男と抱き合うことを想像するだけで寒気がするわ」と嫌いな男を罵ったりしますが、わたしはそんなことは思いもしません。セックスという男と女の行為に対する想像を飛び越えて、生まれる子供の姿形しか頭に浮かばないのです。もしかすると、わたしは少し変わっているのかもしれません。


注意深く見ればおわかりになると思いますが、わたしはハーフです。父はポーランド系スイス人です。父の父、つまり父方の祖父は教師をしていて、ナチスドイツから逃れてスイスに亡命したそうです。

父は貿易商でした。と言えば、聞こえはいいのですが、実際は駄菓子に近い、質の悪いチョコレートやクラッカーを輸入する仕事をしていました。西洋お菓子屋さんというわけです。しかし、わたしが子供の頃は、父の商うお菓子など一個も食べさせてもらったことはありません。

わたしたちの暮らし振りは質素でした。食べ物も服も文房具もすべて日本の物でしたし、インターナショナルスクールにも行けず、日本の公立小学校に通っていました。小遣いは厳しく管理され、家計も母の思う通りにはならなかったらしいです。

父は、母やわたしたちと共に一生を日本で暮らす覚悟でいたというより、単に吝嗇《りんしょく》だったのです。不必要なお金は一切遣おうとしなかった。必要か不必要かを決めるのも、常に父でした。

それが証拠に、自分が週末を過ごすための山小屋だけは群馬県に確保していました。父はその山小屋で釣りをして羽を伸ばし、夕飯は父の好みに合わせて毎日ビゴスにするように決められていました。ビゴスというのは、ザワークラウトと野菜、肉を煮こんだポーランドの郷土料理です。

日本人の母はきっと嫌々作っていたに違いありません。父の商売が駄目になって、一家でスイスに帰った時、母は毎日ご飯を炊いては食卓に載せ、父に嫌な顔をさせていたそうですから。わたしは一人日本に残りましたのでよくは知りませんが、それはたぶんビゴスへの、いいえ吝嗇で身勝手な父に対する母の復讐だったのだと思います。

母は昔、父の会社の事務員をしていたとわたしに言っていました。小さな会社の外国人社長と現地で雇われた女との恋。わたしはそんなことを想像して、ロマンチックな気持ちになったものです。本当のところは、母は一度結婚したもののうまくいかないので茨城の実家に戻り、それから父の家の家政婦をするようになって知り合ったという話です。

このことは、もっと詳しく母方の祖父に聞いてみたかったのですが、もう無理でしょうね。都合のいいことに、祖父はすべてを忘れて桃源郷に遊ぶ病気になってしまいました。祖父の頭の中では、父もわたしも妹も存在せず、母もまだ生きていて中学生ぐらいの可愛い少女に戻っているようなのです。

父の容貌は、やや小柄な白人といったところでしょう。とりたてて美しいということもなく、醜いというほどでもない。きっと、父と会った日本人はヨーロッパの街で父を探すのに苦労することでしょう。白人から見ると東洋人がほとんど同じに見えるように、東洋人からは平凡な白人にしか映らないと思います。

父の外見を説明しましょうか。赤味を帯びた白い膚《はだ》をしていて、色褪せた悲しげな青い眼が印象的です。その目は、ある瞬間、とても卑しく光ることがあります。父の外見で唯一美しいのは、金褐色に輝く髪でした。それも今は白くなり、馬蹄形に禿げ上がっていることでしょう。地味なビジネススーツを着て、真冬でも白っぽいステンカラーのダスターコートを羽織っている初老の白人、それが父です。

父は日本語の日常会話を話せて、日本人のわたしの母を愛したこともあります。父はわたしが小さい頃、よく言っていたものです。

「お父さんは日本に来てすぐ帰ろうと思ったんだけど、

稲妻に撃たれて体が痺れちゃったから、もう帰れなくなっちゃったんだよ。稲妻というのは、お前たちのお母さんのことだよ」

それは真実だと思います。いえ、昔は真実だったのでしょう。父も母も、二人で練り上げたロマンチックな夢を、甘いお菓子のようにわたしたち姉妹に与えていたのです。その夢は次第に痩せ細り、最後は消えてしまいました。そのことは、おいおい話していきたいと思います。

母については、幼い頃のわたしと今のわたしとでは、全然見方が違います。幼い頃は、母ほど美しい女の人はこの世にいないと信じ込んでいました。成長した今では、母は日本の女の人の中でも、たいしたことのない部類に入ると思っています。頭が大きくて脚が短く、顔が平べったくて体格が貧相。目も鼻もちんまりした造作で、出っ歯。性格は弱く、父に完全に従っていたのです。

父は母を支配していました。母が口答えなどしようものなら、その百倍もの言葉で母を言い負かしていました。母は頭が悪く、敗者になるべくして生まれてきたのです。わたしは母に対して言葉が過ぎますか。それは気付きませんでした。なぜ母に容赦ないのか、そのことも考えていきましょう。

わたしがぜひとも話したいのは、妹についてです。わたしには一歳違いの妹がいました。ユリコという名前です。ユリコは、何と言っていいのかわかりませんが、ひと言で言うなら怪物でした。恐ろしいほどの美貌の持ち主だったからです。

どうして美貌が怪物的なのか、と不審に思われるかもしれません。醜悪よりは美貌の方がいい、それが世間の一般的な考えです。しかし、そういう方にユリコの姿をひと目見せてあげたかったです。

ユリコを見た人は、その美しさに最初とても驚きます。それから整い過ぎた容貌が退屈に思われ、やがてこれほど完璧な姿をしているユリコの存在自体が薄気味悪くなるのです。嘘だと思うなら、今度写真をお見せしましょう。姉であるわたしでさえも、子供の時分から同じように感じていたのですから、納得なさると思います。

わたしは時々、こう考えることがあります。母は、怪物のユリコを生んだから死んでしまったのではないだろうか、と。凡庸な容姿の両親からとんでもない美形が生まれることは、恐ろしさ以外の何物でもありません。

鳶《とび》が鷹を生んだ、という諺《ことわざ》が日本にありますが、ユリコは鷹ではありませんでした。鷹が象徴する賢さも勇気も持っていなかったからです。そして、狡《ずる》くもないし、悪人でもない。ただ悪魔のように美しい容貌を持っていただけだったのです。そのことが平凡な東洋人である母を、限りなくくたびれさせたのでしょう。ええ、このわたしもそうでした。

幸か不幸か、わたしはすぐさま東洋系とわかる容貌に生まれました。そのせいか、日本では少しバタ臭く、外国ではオリエンタルな魅力を持った顔として、好まれるのではないかと密かに思っています。人間は面白いです。容貌に欠点がある方が、個性的といいますか、人間的な魅力を持てるのですから。

でも、ユリコは常に驚嘆の目で見られ、畏怖されました。それは日本にいても外国でも同じです。永遠に周囲から浮き上がる子供、それがユリコでした。同じ姉妹なのに、それも年子なのに、何と不思議なことでしょう。遺伝子はどうやって伝わったのでしょう。それとも突然変異なのでしょうか。おそらく、その体験が、わたしに幻の子供を幾人も幾人も想像させるのではないかとも思います。

すでにご存じかもしれませんが、ユリコは二年前に死にました。殺されたのです。新宿の安アパートの一室で、半裸の死体となって発見されたのです。犯人はすぐにはわかりませんでしたが、報《しら》せを聞いた父は気を揉むでもなく、スイスから一度も帰ってきませんでした。お恥ずかしいことに、美貌のユリコは歳を取ると共に身を持ち崩し、安っぽい売春婦となっていたのです。

ユリコの死にわたしがショックを受けたかというと、そうでもないのですよ。犯人が憎いかとおっしゃるのですね。いいえ、父と同様、わたしは真相などどうでもよかった。だって、ユリコは小さい頃から怪物だったのですから、死に方も変わっていて当然なのです。平凡なわたしとは違う人生を歩むに決まっています。

冷たい態度と思われるでしょうね。でも、わたしはさっき言ったではないですか。あの子は元々周囲から浮く運命の子供だったって。そういう女には陽が強く当たって、出来る影もまた濃いのです。悪運がついて回るのです。

わたしの同級生の佐藤和恵が殺されたのは、ユリコの死後一年経ってからでした。その死に方はユリコとそっくりでした。渋谷区円山町のアパートの一階で、ぼろきれのような姿で捨て置かれていたのです。ユリコも和恵も、死後十日も経っていたそうですから、遺体がどんな様子だったのか想像したくもありません。

和恵は昼間、堅い会社に勤めている身でありながら、夜は売春をしていたということでした。そのため事件後もしばらく、あれこれと口さがない言い方をされたのでした。しかも、ユリコと和恵を殺した犯人が同じ男らしいと警察から告げられたのですから、仰天するではないですか。

正直に言いましょう。実は、わたしにとって、和恵の死の方がユリコの時よりも大きな衝撃があったのです。和恵とは同級生でした。それに、和恵は美しくはなかったからです。美しくないのに、ユリコと同じ死に方ができるなんて。わたしは何だか許せなかったのです。

もしかすると、和恵はわたしを介してユリコと深く知り合い、それ故に死んでしまったのではないでしょうか。ユリコの悪運が和恵にまで影響を及ぼしたのかもしれません。なぜそう思うのか、理由はわかりません。ただ、わたしがそう感じただけです。

和恵のことはある程度知っています。私立名門とされる女子高で同級生だったのです。当時、和恵はがりがりに痩せていて、その挙措からもがさつさが知れる人でした。全然美しくありませんでしたが、勉強はまあまあできました。それも目立ちたがり屋で、皆の前で発言して頭のよさをひけらかすところがありました。気位が高く、何でも一番にならないと気が済まない質《たち》だったのです。自分の容姿がよくないことがわかっていたために、違うことで周囲からちやほやされたかったのではないでしょうか。わたしにはそういう人が発する、負のエネルギーといいますか、どす黒い思いがどういう訳か手に取るように伝わってくるのです。

そんなわたしの感受性が和恵を引き寄せたのでしょう。和恵は何かとわたしを頼り、話しかけてきたりしました。家に招待されたこともありました。

エスカレーター式の同じ大学に共に進んでから、和恵のお父さんが急死し、和恵は少し変わったのです。勉強に専念し、次第にわたしを避けるようになりました。今思うと、和恵はわたしよりユリコに興味があったのかもしれません。わたしの一歳違いの美貌の妹のことは、学校でも評判でしたから。

それにしても、いったい二人に何が起きたのでしょうか。容貌も頭脳も境遇もまったく対照的な二人が売春婦になって、同じ男に殺されて捨てられるとは。考えれば考えるほど奇妙な話ではありませんか。

ユリコと和恵の事件のせいで、わたしの生活もすっかり変わりました。見ず知らずの人たちが二人の噂話をし、わたしの生活を覗き見、わたしに無礼な質問を浴びせるのです。わたしはうんざりして、口を閉ざしてしまいました。誰にも何も話しませんでした。

最近はようやく身辺も落ち着きました。わたしも新しい職場を得ましたしね。そうしたら急に、わたしはユリコと和恵のことを誰かに話したくてたまらなくなりました。だから、遮られても喋り続けるかもしれません。父もスイスにいますし、ユリコが死んで独りぼっちになってしまったから、話相手が欲しいという気持ちもあります。

しかし、本当は、わたし自身がこの不思議な出来事を考えたいのかもしれません。長くなるかもしれませんが、昔の和恵の手紙なども残っていますから、包み隠さずお話しいたします。

2

わたしの話を先にいたしましょう。わたしは一年前から、東京のＰ区役所でアルバイトをしています。Ｐ区は東京の東端に位置しています。大きな川の向こうはすぐ千葉県です。

Ｐ区には全部で四十八の認可保育園があって、常に満員で順番待ちの状態です。わたしは、福祉部保育課というところで保育園の入園希望者の調査の仕事を手伝っております。この家庭は本当に保育園に子供を通わせなくてはならないのか、という審査のためにです。

手が足りないので、すべての家庭を調査することなど不可能なのですが、自営業者は極力調査するように、と言われています。わたしは言われたことは素直に遂行するタイプなので、絶対にしなくてはならないのだと窮屈に考えていたのですが、現実はもっと曖昧なのですね。こんなことがありました。

役所に入って間もない頃のことです。母親が米屋の家業を手伝っているので、自宅で保育できない、という二歳児の入園希望者の家庭を訪問したことがありました。保育課長自らが同行しました。課長はわたしに実地で仕事を教えようと思ったのだと思います。

課長はまだ四十二歳です。昼休みにキャッチボールをするために、毎日トレーニングウェアで出勤してきて、ごついスニーカーで床をきゅっきゅっと鳴らして歩いているような人です。体型に気を配って陽灼けを保ち、鬱陶しいくらい常に精気が漲《みなぎ》っているのです。わたしの苦手なタイプの男なのですが、課長の後を付いて商店街を歩きながら、わたしはついいつもの癖でわたしと課長の子供を想像してしまいました。

子供は女の子で、わたしに似て色白、顔は課長のえらの張った顎と、わたしの面長な顔がうまく溶け合った、程よい丸顔です。課長のやや上を向いた鼻とわたしの茶色い目を持ち、課長の撫で肩を受け継いでいます。女の子にしては腕や脚は逞しいのですが、活発そうでなかなか可愛い、とわたしは嬉しくなりました。

すると、米屋の店先でちょうどテニススクールから帰って来た母親と鉢合わせしてしまったのです。若い母親はサンバイザーの下の顔に汗を浮かせて上気していました。自転車の籠に、ラケットと貧相な黄菊の花束が入っています。わたしたちが声をかけると、実にきまり悪げに言い訳をいたしました。「今日とは思わなかったんです。すみません。お友達との付き合いで仕方なく出かけてまして」とか何とか。しどろもどろでした。帰る道すがら、わたしは課長に言いました。

「他に待ってるお宅がありますから、今の家庭は審査の対象から外した方がいいんじゃないですか」

課長はしばらく調査票を覗き込んでいました。

「だけどね、お母さんにもテニスくらいの息抜きは必要だと思いますよ」

きっと課長は、母親が若くて幸せそうだったから気に入ったのでしょう。わたしは冷たい口調で申し立てました。

「それを言ってたら、きりがないのではないでしょうか。あの人の子供が入ったら、本当に困っている家庭が気の毒です」

「まあ、その通りなんだけどね。テニス帰りに会うなんて運が悪いと思ってねえ」

役所というのは、その場その場を運よく切り抜ければ、何とかなるところなのでしょうか。わたしはそういうやり方は好きではありません。

「例外を作るのはよくないと思います」

課長はそれ以上、何も言いませんでした。わたしは課長の弱腰に憤慨していました。

とんでもない母親はこの世にたくさんいます。自分が遊びたいがために子供を保育園に入れて平気な母親もいれば、うまく育てる自信がないので保育園で躾《しつ》けてほしい、などと考える他力本願な母親もいます。学校の教育費は払っても保育費は公的援助が必要、と言い張って払わないケチな家もあります。母親たちがどうしてこんなに堕落しているのか、わたしは常日頃、嘆いてばかりいるのです。話がずれてしまいましたね。つまり、わたしは毎日やりがいのある仕事をしている、と言いたかっただけなのです。

あなたのように目立つ容姿の人がどうしてそんな地道な職業に就《つ》いているのか、と言われたことは一度ならずあります。でも、わたしはさほど美しくはありません。何度も言うように、わたしは西洋人と東洋人のハーフでも、東洋系に近い親しみやすい顔立ちなのです。ユリコのようにモデルになれる顔も背丈もなく、今では小太りの中年女になってしまいました。職場では紺の事務服を着せられていますしね。それでも、わたしに興味を持つ人はいるようです。わたしはそれが面倒でなりません。

一週間前のことです。野中さんという人にあることを言われたのです。野中さんは五十歳くらいの清掃課の人で、普段は第一庁舎にいるのですが、時々、「出先」と呼ばれるこの別棟の保育課にわざわざ来ては課長と談笑し、その際に必ずわたしの方をちらちら窺うのです。

課長とは草野球仲間だそうです。何でも課長がショートで、野中さんがセカンドだとか。そんなことはどうでもいいのですが、わたしはどうして関係のない部署の人が勤務時間中に遊びに来るのだろうと腹立たしく思っていました。わたしより八歳若い水沢さんという同僚の女性が、「野中さんはあなたに気があるんですよ」などとからかうので、わたしはますます嫌でたまりません。

野中さんは、いつも灰色のジャンパーを着て、煙草の吸い過ぎのような茶色い干からびた顔色をしています。視線には粘り気があります。野中さんに見られると、焼き印をじゅっじゅっと押されたようにわたしの膚に黒い焦げ目が付くみたいでとても不快になります。

そして、野中さんはわたしに、こう言ったのです。

「あなたの喋る声は甲高いけど、笑い声はとても低いね。しかも、えっへへって笑うんだもの」

この後に続く言葉はきっと、あなたは表面を取り繕っているけれど、内面は野卑だ、となるのではないでしょうか。わたしはひどくうろたえ、どうして他人からこのようなことを言われなくてはならないのかと思いました。おそらく血相が変わったのでしょう。野中さんは慌てた風に課長の顔を見て、どこかに行ってしまいました。

「野中さんの言ったことは、セクシュアルハラスメントに当たるのではないでしょうか」

わたしが課長に訴えましたら、課長は困った顔をしました。わかっています。わたしに外国人の血が混じっているので、他の人より権利意識に敏感なのだと思っていることぐらいは。わたしはなおも言いました。

「職場の同僚に言うべき言葉ではないと思います」

注意しておくからあまり気にしないように。課長はそう言って、机の上の書類を整理したりしてごまかしていました。わたしは入園審査の時の課長の表情を思い浮かべ、なるべく喧嘩しないようにと、それ以上言うのをやめました。そうしないと、嫌われてしまうと考えたのです。

その日はお弁当を持ってきてなかったので、わたしは歩いて数分のところにある第一庁舎の食堂に行くことにしました。新しい庁舎には、職員のための立派な食堂があるのです。ラーメンは二百四十円、定食はたった四百八十円で食べられます。美味しいと評判なのですが、わたしは人が集まるところが嫌いなので滅多に行きません。わたしが盆に載せたラーメンに備え付けの胡椒を振りかけていますと、隣に課長が立ちました。

「そんなにかけて辛くないですか」

課長の盆には、昼定食が載っていました。アジのフライと、キャベツの煮物でした。煮物の上に鉋屑《かんなくず》のような鰹節がぱらぱらとかかっています。わたしはキャベツを眺めて、ビゴスを思い出しました。子供時代のことが脳裏に浮かびます。しんと静まり返った山小屋の食卓。不機嫌な母と音もなく一心に食べる父の顔。少しぼんやりしてしまいました。が、課長はわたしの様子に気付かず、そこに座りましょうか、とにこやかに誘いました。

仕方なしに、わたしは課長と一緒のテーブルに着きました。広い食堂は、職員や出入り業者の人たちの喋り声や食器の立てる音でざわざわしていました。でも、皆がわたしを見つめているような気がして、わたしは自然うつむいてしまいました。駄目なのです。ユリコと和恵の事件以来、誰もがすべてを知っていて、わたしを観察しているように思えていたたまれないのです。

わたしに怪物の妹がいて、違う生き物に変貌してしまった友達がいて、二人で売春していたのだ、そして無惨に殺されたのだ。あの人もどこか変に違いない、と皆が囁き合っているみたいでたまらないのです。課長がわたしの顔を覗き込みました。

「さっきのことだけどね、野中さんは悪意で言ったんじゃないと思いますよ。親しさから言っただけでしょう。あれがセクハラだったら、男が言うことの半分はそうなるよ。ね、そうでしょう」

課長はわたしに笑いかけました。歯が小さくて草食恐竜みたいだとわたしは課長の歯並びを眺め、白亜紀の想像図を思い浮かべていました。わたしと課長の子供は、この歯並びを持つのかもしれません。だとしたら、二人の間に生まれた子供の口許はやや品がないことでしょう。指も節が太く目立つから、わたしの大きめの手とミックスされたら、女の子としてはごつ過ぎます。課長とわたしの子供は、前はあんなに可愛かったのに、だんだんとそうではなくなってきました。次第に、わたしは腹が立ってきました。

「セクシュアルハラスメントというのは、ああいう人格の批判も含まれますよ」

早口に抗議すると、課長は穏やかに言い返しました。

「野中さんはあなたの人格を批判したのではないですよ。あなたの声と笑い声の違いについて、感想を言っただけです。確かにからかう口調で言ったのはよくないと思うから、謝ってもらうけど、それで許してあげてくださいよ」

「わかりました」

わたしは素直に承諾しました。野中さんは、言葉の裏に、わたしが表面は繕っていても、実は野卑だという意味を籠めていたのだと説明したかったのですが、それ以上言っても仕方がないと思いました。世の中は鋭敏な人と鈍感な人とで成り立っています。課長は後者なのですから。

課長は小さな歯でフライをかじり、固い衣をばさばさと皿の上に落としています。そして、アルバイトの仕事量などについて当たり障りのない質問をしました。わたしが適当に答えていたら、課長は急に声を潜めました。

「あなたの妹さんのこと聞きました。大変でしたね」

つまり、ユリコの事件のせいで、わたしはこのように他人の言動に神経質なのだ、という風に聞こえる言葉です。その手の訳知り顔をする人にはたくさん会いましたからね。わたしは何も言わずにラーメンの上の白ネギを箸でよけました。ネギは臭いので嫌いです。

「僕、ちっとも知らなくて驚きました。去年殺されたOLの人の事件と同じ犯人なんでしょう」

わたしは課長の顔を眺めました。目尻が下がり、好奇心が溢れてどろどろと流れだしそうです。わたしと課長の子供は下品で、さらに醜くなってきました。

「まだ審理中ですから、うかつなことは言えません」

「あなたの友達だったって聞いたけど、本当ですか」

「同級生でしたけど」

わたしと和恵は本当に友達だったのでしょうか。わたしは今度そのことを考えてみようと思いました。

「僕、あのOLの事件にすごく興味があるんですよ。皆が言ってるでしょう。心の闇ってね。なぜ彼女はそういう暗い衝動を持っていたんでしょうね。だって、大手建設会社のシンクタンクで働いていたキャリアウーマンでしょう。しかもQ大卒。そんなエリートOLがどうして売春してたのかってね。何かわかったことがあるんですかね」

そうなのです。ユリコのことは、皆忘れてしまう。美しいけれど何の取り柄もない女が老けてもなお客を取っていても、誰も不思議に思わないのに、和恵の売春だけは理由がわからず首を捻るのです。昼はキャリアウーマン、夜は娼婦。男の人たちは、このわくわくするような記号に飛びつくのです。わたしは好奇心を剝き出しにしている課長に、俗悪なものを感じてなりませんでした。課長はわたしの表情に気付いたのでしょう。慌てて、謝りました。

「すみません。無神経なことを言って」それから冗談めかして付け加えました。「これはセクハラじゃないから許してください」

話題は、日曜の草野球のことに移りました。一度試合を見に来ませんか、という誘いに適当にうなずき、わたしは一生懸命平気な風を装ってラーメンを食べ終えました。やっとわかったのです。野中さんはわたしに興味があるわけではない、ユリコと和恵の事件に興味があるのだということが。どこにいっても、あの事件がわたしを追いかけてきます。

せっかくやりがいのある仕事を得たと思ったのに、職場はこのような気遣いの連続で疲れます。かといって、辞める気は起きません。アルバイトとはいえ、この職場に来て一年も経つのですし、定時に終わって気が楽ですから。

大学を卒業してから、区役所に職を得る前はいろいろやっていました。コンビニでアルバイトしていたこともありますし、学習雑誌の訪問販売をしていたこともあります。結婚ですか。そんなもの、一度も考えたことありませんよ。わたしは中年女のフリーターとして誇りを持ってますから。わたしは翻訳家になろうと努力していたのです。

わたしは父の母国語であるドイツ語が、完璧とは思いませんが、かなりできます。それで、ドイツのある有名な詩人の詩集を五年もかけて訳していたのですが、持ち込んだエージェントの人にわたしの日本語が幼稚だと指摘されて、その詩集は出版されませんでした。五年間もの時間と生活費をかけたのに、と抗議しましたが、まったく聞き入れられませんでした。

エージェントが言うには、わたしには翻訳の才能がない、というのです。普通の日本人でも半年あれば訳せるし、もっといい訳ができると言うのです。文学作品を子供の読み物にした、とも。勿論、腹が立ちましたが、怒ったら仕事を回してはもらえそうもないし、わたしには出版社のコネもありません。しかも、わたしが訳したいものは芸術的で売れそうもない本ばかりだ、とも言われました。それで、とうとう諦めた次第です。

通訳の試験も受けたことがあります。受かりませんでしたが、受かったところで、その仕事ができたかというと正直言って疑問です。わたしは他人と接するのが苦手なのです。だから、今の区役所のアルバイトを大事にしていこうと思います。

その晩、わたしは寝る前に野中さんとわたしの子供も想像して、広告紙の裏に絵まで描いてしまいました。子供は男の子で、干からびたような膚をしています。野中さんのお喋りそうな厚い唇を持ち、頑丈な短い脚でちょこまかよく動きます。わたしに似ているところは、大きくて真っ白な歯並びと尖った耳です。その男の子が悪魔的な風貌をしていることに気付き、わたしは愉快になりました。それから、野中さんに言われたことを考えました。

『あなたの喋る声は甲高いけど、笑い声はとても低いね。しかも、えっへっへって笑うんだもの』

野中さんの発言はショックでした。わたしは自分の笑い声を意識したことはなかったのです。わたしは一人で笑ってみました。でも、おかしいこともないのですから、自然になんか笑えません。わたしの笑い方は、いったい誰に似たのでしょうか。わたしは記憶にある父や母の笑い声を一生懸命思い出そうとしましたが駄目でした。二人ともあまり笑わなかったからです。ユリコもまた笑い声を上げることはしませんでした。ただ神秘的な表情で微笑むのです。それが、自分の美貌に一番効果的だと知っていたからかもしれません。変な家族でした。不意に、ある冬の日の出来事が蘇りました。

3

わたしは現在、三十九歳です。ですから、かれこれ二十五年も昔のことになりましょうか。正月休み、一家で群馬の山小屋に行った時のことです。別荘と言ってもいいのかもしれませんが、その辺の農家と変わらない、平凡な建物なので、父も母も山小屋と言い慣らしていました。

わたしは小さい頃、週末の山小屋行きが楽しみでならなかったのですが、中学生になると少々面倒になっていました。周囲の人間たちが興味深そうにわたしたち姉妹を、家族を、見比べるのが苦痛になったからです。それは主に、近所の農家の人たちでした。でも、正月休みでしたから、東京に一人残っても仕方がないと思い、父の運転する車に乗って嫌々向かったのでした。わたしが中学一年、ユリコが小学校六年の時のことです。

山小屋は、浅間山麓の、二十軒ほどの様々な形態の別荘が寄り集まった小規模な別荘村にありました。例外的に日系三世の人もいましたが、別荘の持ち主はほとんどが日本人の妻を持つ欧米人のビジネスマンでした。

きっと目に見えない掟があって、日本人は入れないようになっていたのでしょう。つまり、日本人と結婚した欧米人の男が、狭い日本社会から脱出して息を抜くための村でもあったのです。わたしたち姉妹の他にも、ハーフの子供たちはいたはずですが、成長してしまったのか、日本に住んでいないのか、滅多に見かけたことはありませんでした。その正月も、子供たちはわたしたちだけだったのです。

大晦日、近くの山に家族でスキーに行き、帰りに温泉の露天風呂に寄ることになりました。発案者は例によって父でした。父は、外国人としての存在を珍しがられるところを楽しむ風があったのです。

露天風呂は川を利用した造りになっていて、真ん中が混浴、両側に男女別の風呂がありました。女の側だけ、竹を編んだ塀があって外から見えない造りになっていました。脱衣場で着替えていると、早速、囁きが聞こえてきました。

「ほら、あの子見て」

「お人形さんみたい」

脱衣場でも、廊下でも、湯気の向こうでも、女たちがこそこそ話しています。あからさまにユリコから視線を外そうとしないおばあさんや、驚いた顔を隠さずに肘でつつき合う若い女たち。子供などはわざわざ近寄って来て、ユリコが裸になる様をぽかんと口を開けて見ている始末です。

ユリコは、小さい頃から赤の他人にじろじろ見られることに慣れているので、平気な顔でさっさと裸になりました。まだ胸も膨らみきっていない子供の体でしたが、小さな顔だけが白く、バービー人形のように整っているのです。まるでお面を付けているみたいだ、とわたしは思いました。わたしの思惑をよそに、ユリコは人々の関心を集めながら脱いだ服を丁寧に畳み、外の露天風呂に向かって狭い廊下を歩いて行ってしまいました。

「お嬢さんですか」

突然、椅子に腰掛けていた中年女が母に問いかけました。中年女はさんざん湯に浸かってきたのか、ピンク色に染まった体を暑そうに濡れたタオルで扇《あお》いでいました。母は服を脱ぐ手を止めました。

「ご主人は外人さんなんですか」

女はそう言って、ちらりとわたしの方も見ました。わたしは黙って下を向き、下着を脱ぐのが嫌だなと考えていました。わたしはユリコと違って、人々の好奇の目に晒《さら》されるのにうんざりしていたのです。わたしだけなら目立たないのに、怪物のユリコが一緒にいるせいなのですから、たまったものではありません。女はもう一度念を押しました。

「ご主人は日本の方じゃないんでしょう」

「そうですよ」

「やっぱりね。あんなに綺麗な女の子、見たことないわ」

「ありがとうございます」

母の顔に得意げな表情が現れました。

「だけど、自分に全然似ていない子供を持つって妙な気分でしょうね」

女は独り言のように、のんびりつぶやきました。母は顔を歪め、それからわたしに早くしろと言わんばかりに軽く背中を小突きました。その顔がこわばっているのを見て、わたしは女の言ったことが図星なのだと思いました。

外はすっかり暮れて星が出ていました。外気は冷え込んでいます。白い湯気を立てている露天風呂は底が見えず、黒い池のようで不気味でした。真ん中に白いぴかぴか光るものが浮かんでいました。ユリコの体でした。

ユリコは仰向けに湯に浮かび、空を見上げているのです。その周りを、肩まで湯に浸かった子供や大人の女たちが取り囲み、黙ってユリコを見つめていました。わたしはユリコの顔を見て、とても驚きました。その晩に限って、ユリコが神々しいほど綺麗に感じられたのです。初めての経験でした。ユリコはこの世のものとは思えない麗しい人形《ひとがた》でした。子供とも大人とも言えない体をした、美しく儚《はかな》いものが、黒い湯に漂っているのです。

わたしはぬるぬるする底石に足を滑らせながら、目を離すことができませんでした。ユリコはわたしたちを見遣りましたが、何も言いません。ユリコは母のこともわたしのことも、下僕のように扱っていたのです。よせばいいのに、母親が名を呼びました。

「ユリコちゃん」

「お母さん」

ユリコの澄んだ声が響き、視線が素早くわたしと母とに集まりました。それからユリコに集中し、またわたしたちに向かってきます。見比べる視線。溢れる好奇心。素早く下される優劣の判断。わたしは知っているのです。ユリコは、母親と姉は自分と違うということを周囲に知らしめるために、母に答えたのです。そういう妹だったのです。そうです。わたしはユリコを愛したことなど一度もありません。そして母はおそらく、さっきの女が言った「妙な気分」と常に戦っていたに違いないのです。

わたしはユリコの顔を眺めました。秀でた白いおでこに茶色い髪がへばりつき、弓形の眉に大きな目。目尻は少し下がっています。鼻筋の通った鼻は子供ながら完璧です。ぽってりした唇がめくれたお人形の顔。ハーフの中でもこれほど整った顔をした子供は稀です。

わたしなどは目が吊り上がって、鼻は父に似て鷲鼻ですし、体型は母親似でずんぐりなのです。どうしてこんなに違うのか。わたしはユリコの顔に父や母の優れたところがどう現れ出たのか不思議でならず、両親の面影を必死に探しました。しかし、どこをどう見ても、突然変異としか思えないのです。ユリコの顔は西洋人の父にも、東洋人の母にもまったく似ていない。父の美しいところも母の美しいところも遥かに超えた違う顔なのです。ユリコがわたしを見返しました。奇妙なことに、さっきは神々しいほどだった美しさが見事に消えてなくなっています。母が驚いて振り向きました。わたしは思わず叫び声を出してしまいました。

「どうしたの」

「お母さん、ユリコ、気持ち悪い顔してる」

わたしは、やっと気付いたのです。ユリコの瞳には何の光も灯っていないことに。完璧な美貌に光のない目。人形の目にも白い点が光として描いてあるではありませんか。だから人形は可愛いのに、生きているユリコの目は光のない沼なのです。ユリコが湯の中で美しく見えたのは、その目に空の星が映っていたからなのでした。

「妹に何てこと言うの」

母は湯の中でわたしの腕を強くつねりました。その痛みでまたしても悲鳴を上げました。母は憎々しげに言いました。

「そんなこと考えるあんたの方が気持ち悪い」

母は怒っていました。母はすでに美しいユリコの下僕だったのです。といっても、崇めているのではありません。母は、ただただ美貌の娘を持った運命に怯えていたのです。もし、母がユリコの気味悪さを認めていたのだとしたら、わたしは母を信用するでしょう。

でも、母は違っていた。この家族の中で誰も味方はいない、と中学生のわたしは思ったのでした。

その夜、隣のジョンソンの山荘で大晦日のパーティがありました。普段は大人の集まりに出ることを禁じられているわたしたち姉妹も、別荘村にいる唯一の子供たちだということで招待を受けました。わたしとユリコと両親の四人は、雪のちらつく暗い道を隣の山荘に向かいました。歩いて数分の道のりです。派手なことが大好きなユリコは嬉しそうに雪を蹴って、ずっとスキップしていました。

ジョンソンは、山荘を買ってまだ日が浅いアメリカ人ビジネスマンでした。茶褐色の髪に品のいい整った顔をして、ジーンズがよく似合う人でした。ジュード・ロウという俳優に似ていた気がしますが、変わり者という噂がありました。

浅間山が見えないからという理由でベッドルームの窓の前に植わっている若木をすべて斧で伐り、代わりに切った笹竹を地面に刺して喜んでいたそうです。そのことで造園業者と喧嘩までしたと聞きました。あのアメリカ人は今さえよければそれでいいと思っているんだ、と父が嘲《あざけ》っていたことを覚えています。

奥さんはマサミという名の日本人で、スチュワーデスをしていてジョンソンと知り合ったということでした。とても美しい華やかな人なのに、気さくにわたしやユリコに声をかけてくれるのです。山の中でもきちんと化粧をしてダイヤの指輪を外さない姿が、何か鎧《よろい》を着けているようで、わたしにはやや奇異に映りましたが。まあ、そんなことはどうでもいいことです。

行ってみると、妙なことに日本人妻の大半が行き場を失ったかのように狭い台所に集合しているのです。妻たちは喧嘩をしているみたいに、それぞれ持ち寄った料理の自慢をしているのでした。

別荘にたまたま客として滞在していた数人の外国人女性は優雅にリビングのソファでお喋りをし、白人の男たちは暖炉の前でウィスキーを飲みながら英語で立ち話をしている。見事にグループ別になっている、奇妙な光景でした。日本人妻でただ一人、マサミさんだけはジョンソンの隣で男たちの談笑の輪に加わっていました。その巻き舌の甘い発音が、時々周波の違う音のように男たちの低いざわめきに交じって聞こえてくるのです。

母はすぐさま、居場所を確保するために台所に向かいました。父は男たちに呼ばれて、暖炉の前で酒の入ったグラスを渡されています。わたしはどこに行っていいのかわからず、仕方なしに母の後に付いて、台所の主婦たちの輪に加わりました。

蒸し鶏とザーサイの変わったサラダをタッパーウェアに入れて持って来た一人が、作り方を披露し終わったところでした。次は、別荘村の世話人をしているノーマンという人の奥さんの番でした。ノーマン自身はまだ四十代で、いつもジムニーで山道を走り回っている山男でしたが、妻は乾いた白髪を束ね、化粧気のない茶色い顔をした老婆でした。

本当にこれが奥さんなのだろうか。わたしは驚いてノーマンの妻の皺んだ指や、ひねた目つきなどを観察していました。あまりにも外見が違うのに、なぜノーマンと妻が愛し合っているのか、信じられなかったのです。その頃のわたしは、容貌のかけ離れて違う男女がどうして一緒にいるのかわからなかった。それは今でも同じですが。

ノーマンの妻は山菜のアクの抜き方について、とうとうと語っています。他の妻たちは台所にある小さなテレビに映る紅白歌合戦をちらちら横目で眺め、ノーマンの妻の説明に耳を傾けている振りをしていました。

退屈したわたしは、ユリコを探しました。ユリコは暖炉の前のジョンソンの膝に寄りかかって、甘えていました。ユリコの頬っぺたをつつくマサミさんの左手のダイヤが暖炉の火に反射してぎらぎら光りました。暖炉の炎とマサミさんのダイヤモンドの光のせいで、ユリコの気味悪さもそうは目立ちません。何か光る物を目に受けてさえいれば、ユリコは綺麗な女の子なのです。そのうち、わたしは変な妄想を抱いたのです。

ユリコはわたしの妹ではなく、本当はジョンソンとマサミさんの娘なのではないか、と。美しい二人なら、美貌の子供が生まれても不思議ではありません。うまく言えませんが、それなら許せると思いました。そして、ユリコの怪物的な美貌にも少しパーソナルなものが加わりそうな気がしたのです。パーソナルなものというのは、そうですね。例えば、軽薄でお茶目な感じとか、モグラみたいな動物に似ている印象とか、そんなつまらないことですよ。

でも、不幸にもユリコは凡庸なわたしの両親の子供です。だからこそ、ユリコは整い過ぎた美貌だけを持つ怪物になったのではないだろうか、と思ったのです。ユリコが得意げにわたしの方を見返しました。怪物、こっちを見るな。わたしは気分が悪くなりました。うつむいて息を吐くと、母親がわたしの顔をじっと眺めているのです。突然、母の心の声が聞こえてきました。

『あんたはユリコに似てないわね』

わたしは思わずヒステリックに笑ってしまったのです。笑いは止まらず、台所にいた全員が驚いてわたしの方を見ました。わたしが似ていないのではなく、ユリコが似ていないのではありませんか。違いますか。しかも、その言葉はそっくり母親に返すべきものではありませんか。わたしと母は、ユリコが存在するために憎悪し合っていたのかもしれません。そのことに気付いて、わたしは笑ったのです。清掃課の野中さんが指摘したように、中学生のわたしが今と同じ低い声で笑ったかどうかは定かではありませんが。

十二時になって皆で新年を祝う乾杯をした後、わたしとユリコは先に家に帰るよう父に命じられました。母は相変わらず台所を動こうとはしませんでした。まるで、そこにしがみついていれば、この場所でも生きていけると信じ込んでいるように愚鈍な姿でした。わたしは、小学校の時、教室で飼っていたクサガメを思い出しました。クサガメはいつも半分濁った水の中で曲がった脚を踏ん張り、間抜けな顔で教室の埃臭い空気を嗅いでいるのです。大きな鼻の穴をぴくぴくさせながら。

テレビでは退屈な「ゆく年くる年」が始まっていました。わたしは広い玄関で脱ぎ捨てられたたくさんの靴の中から、泥だらけのわたしの長靴を探し出して履きました。ここでは雪が溶ければ道がぬかって靴が汚れるので、外国人も皆、日本風に靴を脱いでいました。わたしの古びた赤いゴム長は冷え切っていました。ユリコはしょげて唇を尖らせています。

「うちの別荘って、人には別荘だなんて言えない。普通の家なんだもの。ジョンソンの家みたいに暖炉があって、素敵だったらよかったのに」

「何で」

「だってマサミさんがユリコちゃんの家にも今度呼んでねって言うんだもの」

ユリコは見栄っ張りでした。

「仕方ないじゃない。お父さんがケチなんだもの」

「ジョンソンが驚いていたわ。あたしたちが日本の学校に通ってるって聞いて。それじゃ、皆と違う顔をしているのに日本人として暮らすのかって。その通りよね、あたしなんかずっと苛《いじ》められてきてるのよ。ガイジンて言われて、日本語喋れるのか、とかからかわれて」

「そんなことあたしに言ったってどうしようもない」

わたしは勢いよくドアを開け、ひと足先に外の暗がりに出ました。なぜか知りませんが、腹が立ってしようがなかったのです。寒さで頬がぴりぴり痛みました。雪はやみ、外は真っ暗です。山が近くに迫ってわたしたちを取り囲んでいるはずなのに、その姿は真っ黒な夜空に溶け込んで見えない。懐中電灯以外、何の光もないから、ユリコの目は沼みたいにどんよりしているに違いありません。そう思ったら、ユリコの顔を見ることもできません。わたしは怪物のユリコと一緒に外の暗がりを歩いていくことが怖くなりました。自然、足が速くなります。わたしは懐中電灯をしっかりと握りしめて、走りだしました。待ってよ、お姉ちゃん。ユリコがわたしを呼び止めましたが、今度は振り返るのが恐ろしくてなりません。夜、不気味な沼を背にして歩いているような気がします。その沼からひっそりと何かが現れて、わたしの跡を付けてくるみたいな。

わたしに置いて行かれると焦ったユリコが追いすがってきました。わたしはとうとう振り向いてユリコの顔を真っ正面から眺めました。雪明かりで白い整った顔がぼんやり見えます。目を見ることだけはできない。怖い。わたしはこんなことを口走っていました。

「あんた、誰よ。あんたなんか知らない」

「何言ってるの」

「化け物」

ユリコは狂乱したように叫びました。

「ブス」

「死ね」

わたしはひとこと言い捨て、走りました。すると、ユリコがわたしのコートのフードを背後から乱暴に摑んだのです。わたしはのけぞりながらも、ユリコを力いっぱい押し倒しました。わたしより遥かに細いユリコは不意を打たれて仰向けに転び、そのまま道路脇に除雪された雪山に倒れ込んだのです。

わたしは後ろを見ずに我が家まで走り、中から鍵を掛けました。しばらく経つと、まるでアニメの昔話のように、ほとほとと心細そうにノックする音が聞こえます。でも、わたしは知らん顔をしていました。

「お姉ちゃん、開けて。開けて。怖いよ」ユリコの泣き声。

「開けて。怖い。お願いだから開けて。寒いよ」

怖いのはあんたの方だ。いい気味。わたしは自分の寝室に駆け込んで、ベッドに入ってしまいました。玄関からは壊れんばかりにドンドンとドアを叩く音が聞こえていましたが、布団を被って耳を塞いでいました。そして、ユリコなんか凍え死にしてしまえ、と何度も念じていました。本当のことです。わたしはその時、心底そう思ったのですから。

そのうち寝入ってしまい、やがてアルコールの饐《す》えたような不快な臭いで目を覚ましました。何時頃だったのでしょうか。酔った父と母が、わたしの部屋の入り口で押し問答していました。廊下の照明が明るかったので、二人の表情はわかりませんでしたが、父がわたしを起こして難詰《なんきつ》しようとしているのを母が止めているのです。

「妹を凍え死にさせようっていうのか」

「いいじゃない、何でもなかったんだし」

「何でそんなことをするのか知りたい」

「あの子は僻《ひが》んでいるのよ」

母が声を潜めて諫《いさ》めています。わたしは母の言葉を聞きながら、どうしてこんな家に生まれてしまったのだろうと涙が流れて仕方がなかったのです。

わたしがなぜ、母の言葉に反駁しなかったのかとお尋ねなのですね。それはおそらく、僻んでいたと言われれば違うとも言えず、自分でも自分の感情がよくわからなかったからだと思います。わたしはきっと、自分がユリコに対して根強い嫌悪を持っていることを認めたくなかったのでしょう。妹なのだから愛さなくてはならない、という義務感に長く縛られていたのです。

その義務感からくるプレッシャーが、露天風呂で、そしてパーティでの出来事で、一気に解放されてしまったのかもしれません。我慢できないこと、気持ち悪いものは、そのままそう口に出して言うしかないのだ、というように。自分が無理をしたら、この先生きてはいけないと思ったのです。間違っているとお考えなのでしょう。そうかもしれません。だから、わたしの経験はどなたにもわかっていただけないと思われてならないのです。

翌朝、ユリコの姿は見えませんでした。階下では、母が仏頂面でストーブに石油を注いでいました。食卓に着いていた父がわたしの姿を見て立ち上がり、コーヒーの匂いのする息で迫って来ました。

「お前はユリコに死ね、と言ったのか」

わたしが黙っていると、いきなり父の分厚い掌がわたしの頬に当たりました。ばちんとすごい音がして耳が熱くなり、打《ぶ》たれた頬がじんじん痛みだしました。わたしは両手で顔を覆いました。父から打たれることは覚悟していました。父はわたしが幼い頃から、時々殴ることがあったのです。最初は体罰でも、それが感情の爆発に繋がることもあるので要注意でした。

「罪を認めなさい！」

父には謝罪という観念が乏しいのです。だから、わたしやユリコや母を叱る時は、罪を認めなさい、というのでした。「ごめんね」「いいよ」。悪いことをした時に使う謝罪と許しの言葉だと、幼稚園で習いました。でも、我が家はそれで済んだことなど一度もありません。そういう言葉自体が存在しないので、いつも大事《おおごと》になるのです。それにしても、ユリコが気持ち悪いからいけないのに、いったいわたしに何の罪を認めろというのでしょう。わたしの顔には憤懣が表れていたのでしょう、父はもう一度、力一杯わたしを打ちすえました。床に倒れたわたしの目の端に、母のこわばった横顔がちらと見えました。母はわたしを庇おうともせず、石油がこぼれないように注ぎ口に注意を払っている振りをしています。わたしは急いで起き上がり、二階に逃げて自室の鍵を閉めました。

午後になり、階下はやっと静まりかえりました。父が出かけたらしいので、わたしはそっと部屋から出ました。母の姿も見えません。わたしはこれ幸いと台所に入り、炊飯ジャーから直接ご飯を手摑みで食べ、冷蔵庫からオレンジジュースを出して飲み干しました。昨日の昼食の残りのビゴスが鍋に残っていました。肉の脂が白く固まっています。わたしは鍋の中に唾を吐いてやりました。唾に混じったオレンジジュースが煮崩れたキャベツに付いたので、愉快になりました。父はビゴスのよく煮たキャベツが大好きだからです。

玄関のドアが開いたので、わたしは顔を上げました。ユリコが戻って来たのでした。昨夜と同じジャンパーを着ていましたが、見覚えのない白いモヘアの帽子を被っています。きっとマサミさんのでしょう。それは少し大きく、ユリコのおでこをほとんど覆っていました。あの帽子はマサミさんの香水がぷんぷんと匂っているに違いないと思いながら、わたしはユリコの目をもう一度確認しました。気持ちの悪い目をした美しい子供。ユリコはわたしに一切話しかけようとせず、二階に駆け上がって行きます。わたしはテレビを点けてソファに深々と座りました。元日のお笑いクイズ番組を見ていると、リュックサックを背負ったユリコが気に入りのスヌーピーの縫いぐるみを持って下りて来ました。

「あたし、ジョンソンの家に行くから。あんたのこと話したら、ジョンソンが危険だからうちに泊まりなさいってさ」

「よかったじゃない。もう二度と戻って来ないでよ」

わたしはせいせいした気分で言ってやりました。結局、正月休みの間、ユリコはずっとジョンソンの山荘に滞在していました。ジョンソンとマサミさんとは道路で一度出会いましたが、二人ともハーイとにこにこ手を挙げるのです。わたしもハーイと言ってにやにやしてやりました。馬鹿ジョンソン、馬鹿女と心の中で罵ったのです。そして、ユリコはそれきり帰って来なければいい、馬鹿ジョンソンの子供になればいいと思っていたのです。

4

父が事業に失敗したのは、翌年のことでした。いえ、事業というほどのものでもありません。商売に失敗したのです。要するに、日本人が豊かになってもっと美味しい輸入菓子があることに気付き、父の輸入する駄菓子なんかに見向きもしなくなっただけのことです。父は会社を畳み、多額の借金返済のためにすべてを手放すことにしました。山小屋は勿論のこと、北品川にあった小さな家も車も何もかも。

父は日本での仕事を諦めて、故郷のスイスでやり直すことに決めたのでした。父の弟のカールがベルンで靴下工場を経営しているので、経理を手伝うことになったのです。それで、わたしたちも一緒にスイスに行くことになりましたが、わたしはちょうど高校受験を控えて猛烈な勉強をしている最中でした。わたしが狙っていたのは、頭の悪いユリコなんか絶対に行けそうもない偏差値の高い高校でした。そうです。和恵と一緒の女子校です。仮にその高校をQ女子高と呼びましょう。

　わたしは父の運命に翻弄されるのだけはまっぴらご免でした。ますます美しくなったユリコと知らない国で暮らすのも、弱い母親と一緒にいるのも嫌でした。だから、日本に残ると言い張ったのです。

　わたしはP区にある母方の祖父の家に住まわせてもらってとりあえず高校を受験し、受かったらそこから通いたいと父に頼みました。何とかユリコと一緒にスイスに行くのを阻止したいので必死でした。父は余計な金がかかる、ましてやQ女子高は高い、と苦い顔をしましたが、別荘での出来事以来、わたしとユリコはほとんど口をきかない状態になっていましたので、それも致し方ないと判断したようです。わたしは志望校に受かれば、大学までの学費、日本での生活費は最低限保証する、と念書を書いて約束してもらいました。たとえ親子でも、父は契約しないと実行しないからです。

　そして、わたしは念願のQ女子高に受かったのです。ユリコはスイスのどこかにある日本人学校の中学に入ることになりました。わたしとユリコが仲が悪いのを知っていて、父もわたしには詳しく言いませんでしたから、よくは知りません。ユリコはさっとヨーロッパで暮らすことになるのでしょう。わたしはこれでようやくユリコから離れられたとほっとしました。わたしの人生で最高の幸せな時間でした。

　わたしはP区の公団住宅で、一人暮らしをしていた母方の祖父と生活することになりました。祖父は当時六十六歳。背が低くて、男にしては手足が華奢、顔も体もちまちまと全体に小造りのところは紛れもなく母の父親でした。お金がなくても何とかお洒落をしようともがいているような人で、どこに行くにも背広を着て、半白の髪をべったりとポマードで撫で付けているのです。狭い公団の部屋は、祖父のポマードの臭いでむせかえるほどでした。

　祖父とはいってもあまり会ったことがないので、わたしはちょっと不安でした。何をどう話したらいいのかわからなかったからです。でも、実際に一緒に暮らしてみたら、それはまったくの杞憂でした。祖父は甲高い声で一日中ぺらぺらとよく喋る人だったのです。喋るから、わたしとの会話が弾むかといえばそうでもなくて、独り言、あるいは繰り言のように、放っておけばいつまでもずっと喋り散らしているのです。口数の少ないわたしと暮らすのは、祖父は楽しかったのではないでしょうか。わたしは祖父の言葉のゴミ溜めみたいなものでした。

たぶん、祖父は、突然転がり込むことになった女の孫を迷惑に思っていたことでしょう。が、わたしの父から受け取る生活費はさぞ有り難かったに違いありません。祖父は年金生活をしていて、時折、近所の便利屋のようなことをして小遣いを稼いでいるだけでした。生活に余裕がなかったのだと思います。

祖父の仕事ですか。それまで何をしていたのかということですね。それが奇妙なのです。わたしは母から祖父は以前刑事をしていたのだ、と聞かされていました。小さい時に西瓜泥棒を捕まえるのが得意だったので、その道に入ったとか何とか。だから、わたしはさぞかし厳格で怖い人なのだろうと思っていたのです。ところが、真実は逆だったのですよ。

祖父は刑事ではありませんでした。では何者だったのか、ということをこれからお話しします。少し長くなるかもしれませんが、我慢してお聞きください。

ところで、これはあの殺された和恵から高校の時に聞いたことなのですが、本当かどうかはわたしにはわかりません。和恵という人は、よく知ったかぶりをしましたから、信用できないところもあったのです。でも時々は、こんな心に残ることも言う人だったのです。

それは、子供という存在が近代になって発見された、というものでした。中世では、子供は小さな体をした人間だと考えられていたのだそうです。だとしたら、わたしが想像図によって古生代、中生代、新生代と生物の進化の歴史を知るように、今は子供も大人に進化する一過程だと考えられているということですよね。では、大人の体を持つわたしは、すでに進化が止まった存在なのでしょうか。殺された和恵もユリコもそうだったのですか。でも、わたしには和恵やユリコは、進化し続けていた生物に思われてならないのです。ま、それはゆっくり考えていきましょう。どうもわたしは先を急ぎ過ぎるみたいです。

確かに、子供は変な存在です。だって、母親の幼稚な嘘でも、頭から信じられるのですから。きっと、子供は母親が自分の全世界だと思い込む時期があるからなのでしょう。やがて、世界がだんだんとずれてきて、半島が大陸から分離して一個の島になるように母親から独立して大人になるのかもしれません。わたしにも、あんな母親と世界が一致していた可愛い時期があったのかと思うと、自分で自分が愛おしくなります。母はわたしとユリコに、自分の父親のことを常日頃こんな風に言っていたのです。

『おじいちゃんは刑事さんをしているから、遊びに行ってはいけないよ。忙しいし、おじいちゃんの周りには、悪いことをした人が大勢、集まっているのよ。でもね、おじいちゃんが悪いことをしたわけじゃないの。正しい人のところには、逆に悪い人が出入りするようになるのよ。例えば、罪を犯した人が、更生しましたと言ってお礼の挨拶に来たりするしね。中には質《たち》の悪い人もいて、捕まえたおじいちゃんを逆恨みして復讐することもあるんだって。子供が行ったら危険だよ』

わたしはその話を遠い世界の出来事として聞き、まるで刑事ドラマみたいだとわくわくしたことだってあったのです。わたしのおじいちゃんは刑事よ。仲の良い友達がいたならば、自慢したかったくらいです。でも、ユリコはあまり関心のなさそうな顔で、おじいちゃんはどうして刑事なんかになったの、と母に尋ねました。ユリコはたぶん、刑事のおじいちゃんをそれほどかっこいいとは思っていなかったのだと思います。ユリコの頭の中なんかわかりません。その時の母の答えはこうだったんです。

『おじいちゃんは茨城県で大きな大きな畑をいっぱい持っている地主さんの坊ちゃんでね。そこは昔から西瓜泥棒が出るんで有名な土地だったの。おじいちゃんは子供の時から泥棒を捕まえるのが得意だったからだって聞いてるよ』

何と馬鹿馬鹿しい嘘だったのでしょうか。どこからそんなほら話が生まれたのか、母が生きていたなら聞いてみたいところです。でも、母自身も祖父についての嘘を子供に吹き込んだことなどとっくに忘れていたに違いありません。吐いた嘘はすぐ忘れるようにできているのが人間なのです。そして嘘だとばれかけると、嘘を嘘で塗り固めるのです。母の抜けているところは、嘘を塗り固めるだけの想像力も気力もなかったところでしょう。保育園入園資格の審査という仕事柄、わたしにはそれがよくわかります。

わたしが祖父と暮らし始めたのはQ女子高合格と同時でした。両親とユリコがスイスに発つ少し前です。

わたしは自分の布団と机と文房具、服と一緒に軽トラックに乗って、北品川から祖父の公団住宅に向かったのです。P区は東京の下町で、高いビルなど見当たらない平らかな土地でした。大きな川が幾本もP区を縦に区切っていて、その高い堤防が視界を遮っているのです。周囲の建物は低いのに堤防のせいで圧迫感がある、とても不思議な街でした。そして、高い堤防の向こうにはたくさんの水が常にゆっくりと流れているのです。わたしは堤防に登って茶色い川の水を覗き込んでは、中にどんな生物が棲んでいるのだろうとよく想像したものです。

祖父はわたしが来た日、近所のお菓子屋さんでシュークリームをふたつ買って来てくれました。ケーキ屋さんのシュークリームのようではなく、皮は固くて、中身はわたしの嫌いなカスタードでした。わたしは祖父に悪いと思って、美味しく食べる振りをしながら、祖父の顔や体のいったいどの部分がわたしの母の容姿に作用したのだろうという興味で、祖父の顔をじろじろと眺めていたのです。小造りという全体の骨組みは似ていても、顔はまったく似ていませんでした。

「お母さんはおじいちゃんに似てないいけど、誰に似たの」

「あいつは誰にも似てないいんだ。先祖の誰かだろう」

祖父は小さなケーキの箱を展開図通りに丁寧に畳んで答えました。きっと何かに使うのでしょう。包装紙や紐は皆、台所の棚に取ってあったからです。

「あたしも誰にも似てないよ」

「うちはそういう家系なんだよ」

祖母は二十年も前に川に落ちて死んだということでしたし、母は一人娘でしたから、他に係累もありません。寂しい家なのでした。でも、わたしは誰にも似ていない家系だという祖父の言葉がとても気に入ったので、この家なら永久にいてもいい、と思ったのでした。

祖父は几帳面な人で、朝は五時に起きてベランダと玄関脇の四畳半の部屋に所狭しと置いてある盆栽の手入れを始めます。盆栽は祖父の趣味だったのです。その世話に二時間以上はかかり、それから部屋の掃除をして朝ご飯になります。

祖父は起きてからずっと、早口の茨城訛りで喋りっ放しでした。わたしが顔を洗ったり、歯を磨いたりしている間も、盆栽に話しかけているのかわたしに話しかけているのかわからない様子で、片時も口を閉じることをしないのでした。

「いい幹の具合だね。見てよ、この力強さ、この古さ。こんな松が何本も東海道に生えていたに違いないさ。いい盆栽を作って俺は幸せだよ。天才かもしれないな。天才っていうのはね、狂がなくちゃ駄目なんだよな。狂だよ、狂」

話しかけられたのかと思って振り向くと、祖父は盆栽に向かって一人で喋っているのです。しかも、その内容は毎朝ほとんど同じでした。

「狂のない人間はどんなにうまく作ったって、所詮天才じゃないの。あのね、狂のある人間の作ったものはどこか歴然と違うんだよ。何が違うって、それはさあ」

わたしはもう振り向きません。自分に話しかけられたのではないとわかっているからです。祖父は自問自答しているのです。わたしはわたしで、高校に受かって新しい生活を始めることが嬉しくて盆栽どころではなかったものですから、進学雑誌を見てはあれやこれや、憧れのQ女子高の生活というものの夢想に耽《ふけ》っていたのです。

わたしは祖父を放っておいて、自分で焼いたトーストにバターとジャムと蜂蜜をたっぷり塗って食べ始めます。ジャムの塗り過ぎを父に注意されることもないので、解放された気分でした。わたしの父は吝嗇ですから、家族の食べ方にまで注文を付けるのです。紅茶の砂糖は二杯まで、ジャムはうっすらとひと塗り、蜂蜜は蜂蜜だけ、ジャムと重ねては意味がない。そして、礼儀にもうるさいので、食事中は話をするな、肘を突くな、姿勢を正せ、口の中に物を入れて笑うな。何だかんだと文句を言い続けるのでした。わたしが寝そべって朝ご飯を食べている最中も、祖父はベランダの盆栽に向かって話しかけています。

「気韻があるってことなんだよ。気韻。これが大事。辞書引いてご覧なさい。気韻て言葉見てご覧なさい。それはね、気品があるってことだけじゃないんだ。気品があってね、それが生き生きと作品に表れてるってことなの。それはできるようで、凡人には絶対できない。だからできる奴は天才。わかる奴も天才。だからわたしは天才なの。気韻があるの」

祖父は空《くう》に「気韻」とか「狂」とかの字を書きなぐって見せます。わたしは紅茶を飲み干し、黙って祖父のすることを眺めています。そこでようやく祖父はわたしに気付いて食卓を見るのです。

「おじいちゃんの分はないの」

「あるけど、冷めたよ」

わたしが祖父の分のトーストを指さしますと、祖父は嬉しそうに冷たく乾いたトーストをがりがりと入れ歯でかじります。その様子を見ていて、わたしはこの人が元刑事だなんて嘘だと思ったのです。西瓜泥棒を捕まえるのが得意だなんていうのも嘘だと。言葉でどう説明したらいいのかわかりませんが、高校生のわたしにも、祖父がどういう人間であるかはわかったのです。祖父は自分のことしか考えていない人なんです。だから、人の非を咎《とが》めて捕える、なんてことができるわけがないと思ったのです。わたしの父ならできるかもしれませんが。

祖父は入れ歯がずれるので食べにくいらしく、トーストを紅茶にべちゃべちゃと浸して食べます。そして、溶け落ちたパンごと、紅茶を飲み干します。わたしは思い切って祖父に聞きました。

「おじいちゃん、ユリコに気韻があると思う？」

祖父はベランダ越しに黒松とやらの大きな盆栽を眺めた後に、わたしにきっぱりと言ったのです。

「ないね。ユリコちゃんは別嬪《べっぴん》過ぎるからね。あの子は園芸。綺麗なお花だろうねえ。盆栽じゃないよ」

「お花はどんなに綺麗でも気韻がないの？」

「ないね。盆栽は気韻が勝負。だって、人間が作るんだもの。あれをご覧。あの黒松。あれが気韻があるってこと。ほら、老木が命というものを教えてくれるんだよ。不思議だよ、木は。あんなに枯れて見えたって生きてるんだからね。木は年月を経てすごくよくなるんだよ。若くて綺麗だからいいっていうのは人間だけ。歳取っても、人間が躾けて躾けてやって、なおかつ木自体がそれに逆らい、それでもこちらの意志に添ってさらに生まれてくるものがあるっていうのかな、奇蹟が感じられるようなものが気韻でもあるの。ミラクルっていうの、英語で？」

「そうじゃない」

「ドイツ語は」

「知らない」

わたしはまた始まったと思って、一応はベランダの方を見る振りをします。祖父の言っていることがほとんど理解できないし、退屈だからです。祖父が可愛がっているのは、ベランダの中央にどかんと置いてある、つまらない枯れかかった木なのです。根はでこぼこして醜く、枝は針金でぎゅうぎゅうに縛り上げられ、葉っぱはヘルメットみたいに張っていて、邪魔で仕方がありません。時代劇に出てくる木のような平凡な形をしています。でも、美しいユリコに「気韻」とやらがないのだとしたら、それはいい気味ではありませんか。わたしはそう言ってくれた祖父がとても好きになるのです。そして、祖父とわたしのこの暮らしが永遠に続けばいいと願っていたのです。

でも、祖父は祖父で、わたしがいることにメリットがあったようなのです。その理由はすぐにわかりました。祖父が、慌てふためいて盆栽をすべて押入れにしまう日があるのです。毎月第三日曜日の午前十一時。決まってひと月に一回、必ず第三日曜日に近所のおじさんがうちを訪ねて来るのです。第三日曜はカレンダーの上に赤い印が付いていて、決して忘れないようにしていました。

その日は、ひとわたり盆栽との会話が終わると、祖父は押入れの中を整理してがらくたをあちこちに移します。曇っていようが雨が降りだしそうだろうが、わたしは自分の布団を押入れから出して、ベランダに出した布団干しにかけるように言われます。押入れを空けるためなのです。そして、ベランダにぎっしりと並んでいた盆栽の鉢があたふたと押入れの中に隠されるのです。入らない鉢は祖父が同じ公団の中の知り合いに頼み込んで、置かせてもらったりもします。わたしはしばらくの間、祖父がなぜ自慢の盆栽を隠すのか不思議でなりませんでした。

第三日曜日の訪問者は、温厚な顔をした老人でした。薄くなった白髪を丁寧に後ろに梳《す》いて、灰色のシャツに茶色のジャケットという無難な格好で現れます。眼鏡だけが真っ黒の縁で、やたら目立つのです。その老人は、祖父の家を訪問するのに手ぶらで来る非礼を詫びます。でも、手土産を持って来たことは一度もありませんでした。祖父は老人が来ると畏《かしこ》まって正座していました。そしてどういう訳か、わたしが側にいるのを嫌うのでした。その人以外でしたら、祖父はハーフの孫がいることや、わたしが優秀なQ女子高に通っていることを自慢したいものですから、わざと側に置きたがってとうとうとまくしたてるのです。祖父には保険の外交をしているおばさんや警備員のおじさんや、アパートの管理人、盆栽好きなおじいさんなど、いろんな知り合いがいて、始終うちに遊びに来ていたのです。が、その老人に限ってはわたしの同席を嫌うので不思議でなりませんでした。

その日も祖父はそわそわして、わたしに勉強があるだろうなどと言うのです。だから、わたしはお茶を出し、部屋に戻った振りをして襖越しに盗み聞きました。世間話が途切れ、老人が水を向けました。

「最近、生活の方はいかがですか」

「ぼちぼちやってますから、どうぞご心配なく。ほんとにこんな汚い家にわざわざ来てもらって恐縮しております。なあに、孫も来ましたし、楽しくつましくやっておりますよ。ジジイと高校生とですから、いろいろ行き違いもありますけど、嬉しい限りです」

「お孫さんなんですか。似てらっしゃらないから、どなたかなあなんて。聞いてみようかなと思ったけど、まさか、あなた、若い恋人だなんて言われたら、私も悔しいし」

老人の声が弾みます。えっへっへ、と祖父が一緒になって笑いました。あ、わかりました。わたしの笑い方はきっとこの祖父に似たのですよ。祖父は甲高い声で喋り散らしているくせに、笑い声だけは急に低く、しかも下卑るのです。ここで祖父の声が急に潜まります。

「あの子はね、娘の子供なんですが、父親が外国の人間なんですよ」

「ほう、アメリカの方ですか」

「いやあ、それがヨーロッパの人間なんですよ。あの子もドイツ語やフランス語はそれはもうぺらぺらでございますが、教育は日本がいいっていうんでね。わたしが無理矢理日本に残しました。日本人なんだから日本語の教育して、ここで大人にしなきゃ駄目ですよ。婿はスイスの外務省の人間でね。そう、大使の次ぐらいなんですよ。まあ、そんな立派な婿を持ったところで、日本語もできやしないからつまらないったらないですよ。でも、目でわかるっていいますでしょ。以心伝心。あれは本当ですな。婿にもわたしの考えは伝わるみたいで、こないだもスイスから時計をふたつも送ってきましたよ。あれ何だっけな。オーディマピゲとかいったな。もうひとつはパテック何とかいう高級時計ですよ。あれはいい時計ですね。気韻があります。気韻という言葉をご存じですか。こう書きます」

わたしは笑いをこらえながら、祖父の嘘話を聞いているのです。老人が気圧《けお》されたように溜息を吐《つ》きました。

「気韻ですか。初めて聞きました」

「意味は、気高さと強さを併《あわ》せ持つこと、とでも言ったらいいんですかねえ」

「いい言葉ですねえ。ところでお孫さんのご家族は」

「実は、婿一家はスイス政府に呼び戻されて帰ったんです」

「へえ、それはすごいですね」

「いやいや、たいしたことないの。スイスで一番羽振りがいいのは、国連関係と銀行じゃないですか」

「だったら、ひと安心です。便利屋さん始めたって聞いたけど、そちらの方は大丈夫ですよね。もう人を騙したりしないでしょう。お孫さんのことも考えてあげてくださいよ」

「とんでもございませんよ。わたしは二度とああいう過ちを犯しませんから。見てください。この家のどこに盆栽があるんです。わたしはもう二度と盆栽に手は出しませんから」

　祖父が恐れ入った声で答えます。それを聞いて、わたしは祖父が昔、盆栽を使った詐欺事件かなんかを起こした人間なのだと知ったのでした。そして、この老人は保護司で、月に一回、祖父を訪ねて来ては更生したかどうか聞いて確かめる人だったのです。今になって思えば、祖父はおそらく、その当時仮釈放中だったのでしょう。そんな祖父のところに、わたしみたいな真面目な女子高生が同居しているということは、保護司の信頼を高めるのにさぞかし役立ったことと思います。つまり、家族と離れて日本に残りたいわたしと、保護司の目をごまかしたい祖父と、わたしたち二人は利害の一致した共犯関係でもあったのです。しかも、わたしは祖父と一緒にユリコの悪口が言える。本当に愉しい日々でした。

　保護司さんとは、その直後、偶然出会ったことがありました。ゴールデンウィーク中、わたしが自転車でスーパーに買い物に行った帰りのことです。観光バスが古い農家の前に横付けになって、例の老人が手を振って客を送り出しているところだったのです。客たちはお年寄りばかりで、小さな盆栽の鉢を手にして満足そうでした。そこは「万寿園」という盆栽を作って販売している農園で、わたしは盆栽という看板に惹かれて眺めていたのでした。バスが去り、老人はわたしに気が付きました。

「ああ、いいところで会いましたなあ。お嬢さん、ちょっとお話聞いてもいいかしら」

わたしは自転車から降りて挨拶をしました。まるでお寺のような大きな門から中を覗くと、立派な数寄屋造りの建物が建っていて、その横には洒落た茶室も見えます。ビニールハウスがあり、若い男が何人も働いていて、ホースで水を撒いたり土を掘り返したりしていました。農園というより有名な庭園みたいで、建物も庭も豪華だし、お金がかかっているのはわたしにだってわかります。保護司の老人も、ネクタイの上から紺色の作務衣《さむえ》を羽織り、村長さんが一日陶芸家になったような奇妙な格好をしているのです。黒い縁の眼鏡が、軽薄な鼈甲《べっこう》縁に変わっていました。

保護司はわたしの家族関係を根掘り葉掘り聞きました。祖父の話を確認したかったのでしょう。両親が本当にスイスに行ってしまったと聞いて、少し心配そうでした。

「おじいさんは毎日何してるの」

「便利屋さんの仕事が忙しいみたいです」

それは本当のことでした。どういうわけか、わたしが来てから、祖父には近所から便利屋の仕事が殺到していたのです。

「それはよかったですねえ。どんな仕事ですか」

「猫の死骸を捨てたり、留守番に行ったり、留守中の家の植木に水を遣ったり、いろいろです」

留守番と言ってしまってから、わたしはまずかったかと保護司の顔を見上げました。何せ祖父は犯罪者なのですから。が、老人は何食わぬ顔で大きな農園で働く若い人たちをちらりと眺めやりました。

「あなたのおじいちゃんはね、盆栽さえやらなきゃ大丈夫ですよ。あの人は盆栽のことなんかちっともわからないのに盆栽の売り買いに手を出してね。他人の品物を盗んで売ったり、夜店で買った安物を売りつけて大金を取ったり、大変な騒ぎになったんですよ。何千万も騙されて損した人がいてね」

損をした人というのは、この保護司に関係のある人なのではないだろうか。保護司はきっと盆栽業者か、この農園を手伝っている人なのです。祖父が盆栽を盗んだのはこの農園からかもしれません。そして、ここの盆栽を勝手に売り買いする商談をまとめたりして、お金を騙し取ったのでしょう。この老人は祖父が二度と盆栽に手を出さないように保護司となって、祖父を永久に見張るつもりなのかもしれません。わたしは祖父が可哀相になりました。

　農園では、太い木柱の上にひと鉢ずつ、何百鉢もの盆栽が整然と並んでいます。中には、祖父が自慢していた物にそっくりな大きな松もありましたが、わたしの目から見ても、祖父の盆栽とは比べ物にならないくらい数段立派で、高そうでした。

「あのう、おじいちゃんは盆栽のことがまったくわからないんですか？」

「素人ですね」

　保護司は小馬鹿にしたように言い放ちました。温厚そうだった見かけが、意地悪な面持ちに変わっています。

「でも、おじいちゃんに騙される人がいるんですか。よくそんな大金を持っている人がいますね」

　わたしは祖父なんかに騙されてお金を出す人がいるから、盆栽狂の祖父はふらふらと悪い気を起こすのだと思ったのです。あの変てこな鉢植えに大金を出す人がいること自体が信じられません。だから、騙される方が悪いのだと思いました。が、保護司の人はそうは取らず、手で空気を掻くような仕草をしました。

「この辺りは漁業補償の金が出て大金持ちがたくさんいるんですよ。この辺、昔は海だったからね」

　へえ、海だったんだ。わたしは盆栽のことなど忘れて思わず叫びました。というのは、わたしは父と母の間にあった愛情というエネルギーは、生殖の瞬間にほとんどなくなってしまったに違いないと思っていたからです。だったら、わたしという新しい生命体を海に放してくれるべきだったのです。ずっとそう思っていました。だから、わたしにとっては祖父との生活が、やっと自由になれた海そのものだったんです。ポマードと加齢臭に満ちた祖父の狭い部屋に住まうことも、祖父のとめどないお喋りを聞くことも、盆栽だらけの部屋で暮らすことも、わたしにとっては海そのものだったのです。その偶然の一致が嬉しかったので、わたしはこの土地に住もうとその時決意したのでした。

　家に帰って、万寿園という農園で保護司に会った話を祖父にしました。祖父は驚いた様子で、わたしに聞き返すのです。

「俺のこと、何て言ったたって」

「盆栽の素人だって」

畜生。祖父は悔しそうに叫びました。

「あいつだって何もわかりゃしないくせに。あそこの区民賞を取った真柏《しんぱく》なんて笑っちゃうよ。ハッハッハッのハッだ。金に飽かせて、いい木を集めりゃ誰だってできる。それを五千万だの何だのって吹っかけやがって。見てみろ、気韻なんかありゃしねえ」

祖父はその日一日、ベランダに出たきりで盆栽と会話していました。


後で聞いた話ですが、その保護司の老人は元は区職員で、退職してから万寿園の案内人をしており、やはりボランティアで保護司を志願しているということでした。もう亡くなりましたが。亡くなった当初は、わたしと祖父を頭の上から押さえていた重石が外れた気がしました。でも、わたしが今、区役所でバイトできるようになったのも、保護司の息子が区会議員をやっていて、その伝《つて》だったのですから、まあ人間なんてわからないものですよね。

祖父ですか。祖父は生きていますが、寝たきりでボケ老人になってしまいました。わたしのことなんか全然わかりません。さんざんおむつを替えて世話してあげたのに、わたしを指さして、そこの婆さん、なんて言うのです。時々、母の名を呼び、宿題やらないと泥棒になるぞ、なんてことも言います。泥棒はあなただったんじゃないの、と言い返してやりたい気もなくはないですが、わたしがまだこの公団に住めるのも、祖父が生きているお蔭ですから、そう無下《むげ》にもできません。

ええ、祖父には細く長くずっとずっと生きていてほしいです。「気韻」なんて言葉は、とっくに祖父の脳味噌から消えてなくなってしまったみたいですよ。はい、わたしもさすがに疲れましたので、一昨年から「みそさざいハウス」という区の老人病院に入れました。ええ、その時も保護司さんの息子さんに世話になりました。P区は本当に福祉面では最高なんですよ。

祖父が便利屋をやっていたというのは本当です。わたしも電話番だけでなく、できる仕事は積極的に手伝っておりました。というのは、わたしの経験してこなかった人間関係が、とても面白かったんです。だって、わたしの家はほとんど人が訪ねて来たことなんてありませんでした。父は同国人との付き合いがあったようですが、その付き合いに家族を巻き込むことはなかったし、母は近所付き合いもなく、友人は一人もいなかったからです。授業参観にも来なければ、ＰＴＡなんてとんでもない、という家でしたから。

わたしが高校に入って、まだ和恵と会話を交わす前ですが、こんなことがありました。学校から帰って来ると、女物の靴が三足、狭い三和土《たたき》に脱ぎ捨ててあったんです。ごく普通の黒のローヒールが二足と、もう一足は先の尖ったエナメルのハイヒールでした。エナメルの方は、祖父と仲のいい保険の外交をしている女の人の靴だとすぐわかりました。

その人はもう五十過ぎの独身のおばさんで、たいそうな遣り手で成績がいいのだと聞いたことがあります。同じ公団に住んでいるのですが、派手な原色の服を着て赤い自転車を乗り回しているので目立つのです。きっと祖父のところに便利屋の客を連れて来たのに違いないとわたしは張り切って家に駆け込みました。そのおばさんは顧客サービスの一環として、便利屋の祖父を使ってくれていたのです。この公団の人たちは、持ちつ持たれつといいますか、お互いに助け合って暮らしていました。

わたしは制服姿のまま台所に行ってお湯を沸かしました。茶を持って居間に行きましたら、たった四畳半の居間に、保険外交のおばさんと、四十歳くらいの女の人が二人窮屈そうに並んで、祖父と相対していました。客の二人のおばさんは体格がよくて、服装は金がかかって洒落ていました。わたしは、二人とも職業を持っている女の人だと思いました。そういう女の人は皆、いいストッキングを穿《は》いてきちんと化粧をし、そこはかとなく押し出しがいいのです。わたしは二人の女の人が洋品店か、繁華街の料理屋か、そんなところに勤めている人だろうと想像しました。

モリハナエのものらしい蝶々が舞っている黄色の化繊のワンピースを着た人が、わたしをきつい目でちらっと見た後、「ですからね」と言いました。その人の方が化粧が濃く怖い顔でした。もう一人は地味な灰色のスーツで、暗い表情で押し黙っています。わたしは誰も咎めないので祖父の隣に膝を抱えて座り、一緒に話を聞きました。

「あたしが驚いたことって、生涯に二度だけあるんですよ。二度とも、不倫相手の奥さんの顔を見た時。ほんとにあんなに驚いたの初めて。二人とも不細工で、でぶでださくて三流の女でした。老婆に近いんです。

どうして浮気する男って、自分の奥さんがひどいのを放っておけるんでしょうね。あたし、奥さんの顔見たら、何だか急に男に対する気持ちがすーっと消えてなくなってしまって冷《さ》めちゃったんですよ。なあんだ、こんな女と一緒に暮らしている男なのかって、つまらなくなってしまって。だから、この人にもあの男の女房を見るべきだって言ったんです。あたしもその女を見たい。生涯三度目の驚きを経験できるかもしれませんしね」

どうやら二人は仲が良く、怖い顔をした人が、もう一人のおとなしそうな人に不倫相手の配偶者の顔を見ることをぜひにと勧めているのでした。その二人を連れて来た保険のおばさんが口を挟みました。

「ま、こういう事情なんですよ。困った時は便利屋さん、てあたしがアドバイスしたのよ。ねえ、何とかしてあげてくださいよ」

祖父は実に調子のいいことを申しておりました。

「そら、見るべきでしょう。なあに、どうせ不倫ならいつかは冷めるんだから、きっぱり後腐れなくやるべきですよ」

わたしは高校生としては、かなり世慣れた方だったのではないでしょうか。大人たちの薄汚い話を聞いても、別段、何も感じはしませんでした。ドラマで見たようなよくある話が自分の身の回りにも押し寄せてきている。そんな感覚でしたから、わくわくして聞いていました。

うつむいていたもう一人の女の人がきっと顔を上げました。この人は鼻筋の通った綺麗な顔をしていましたが、眉が不対称なのと、目が据わっているせいで不気味な印象がありました。

「あたしはね、驚きたいとか冷《さ》めたいとか、そういうことじゃないんです。単に、あの人の奥さんをこの目で見たい。それだけなんです」

「そうそう、そうなのよね。動物園と同じよ」

二人の女からは、怒りのパワーがごーっと燃え上がっていました。怖い顔のおばさんは激しく強く、うつむいている人の方は静かで暗いのです。わたしは二人の怒りをひしひしと感じながら、どうして大人は相手を好きになるだけではなく、憎むのだろうと不思議でなりませんでした。わたしのまったく知らない感情でした。祖父はぎょっとした顔をしましたが、もっともらしくうなずいて保険のおばさんを指さしました。

「なるほど。じゃ、この人に名刺借りてね、保険の勧誘の振りして顔を見てきたらどうでしょう」

「駄目ですよ。あたしが困っちゃう。それにね、そういう普通のうちの奥さんは飛び込みで行って保険の勧誘ですって言ったって、家から出て来やしないわよ」

保険外交のおばさんがむっとした様子で吐き捨て、煙草に火を点けました。祖父はしまったという顔をしました。祖父はこのおばさんが仕事を持ってきてくれるので、機嫌を損ねたくないのでした。怖い方の女の人が「無理、無理」と厳然と首を振りました。友人らしい彼女の方が熱心でした。

「それも考えたけど、万が一、見破られたら困るしね。奥さんがこの人の存在を知ってる可能性もありますからね。そしたら相手の男に知られて万事休すでしょう。だから一番いいのは、誰かが奥さんの写真を撮ってくることなんですよ」

「だったら、探偵の方がいいんじゃないかなあ」

祖父の腰が退《ひ》けているのがわかりました。祖父は写真に興味がないし、得意でもないのです。あら、という顔で保険外交のおばさんが祖父の膝を叩きました。

「おじさん、言ったじゃないの。探偵は高いし、後でゆすられても困るでしょう。だから、おじさんに頼んでるんじゃないですか。おじさんが自慢のお嬢ちゃん連れてって、その家の前で記念写真でも撮る振りして、女房の顔を盗み撮りしてくればいいんですよ」

「それじゃ、奥さんは出て来ないよ」

祖父は面倒臭そうに皺だらけの喉頸《のどくび》を掻いています。保険外交のおばさんが、はっとした顔でわたしを見ました。

「そうだ、お嬢ちゃん高校生よね。だったら、写真部だとか何とか嘘を言って、その家の写真を撮る許可を貰って撮ってくればいいじゃない。ついでに奥さんの写真も撮っちゃえばいいんだ」

あまりの強引さにわたしは唖然としましたが、祖父は何とかやりましょう、と言って引き受けてしまいました。女たちは迷いを吹っ切った様子で、祖父に皺だらけの札で五万円を差し出しました。その金額も、保険のおばさんが決めたのでした。祖父はそのうち二万をおばさんに渡さねばなりません。祖父は三人が帰った後、困った様子で相手の住所を書いた紙を見せました。住所はP区内でバスで十五分ほどの距離でした。

「できれば、その奥さんが普段何をしてるのか下調べした方がいいんだろうけどねえ。そんなのわかんないし。ああ、俺、こんな仕事やりたくねえなあ」

祖父はうんざりした顔で近くに置いてある木瓜《ぼけ》の盆栽を眺めています。祖父はこの手の人間関係の入り組んだややこしい仕事が苦手だったのです。しかも、カメラがありませんでした。当時は、使い捨てのカメラもなかったものですから、仕方なくわたしが学校で級友からカメラを借りて来ることになりました。わたしですか。わたしはわりと面白そうな仕事だと少し楽しみでした。

そりゃ勿論、当時のわたしは高校一年でしたから、倫理的には、あの二人のおばさんが間違っていると思いましたよ。わたしは今でも審査の不正は嫌いですから。だけど、わたしはあの暗い顔のおばさんが言った『単に、あの人の奥さんをこの目で見たい。それだけなんです』という言葉に、妙に同意したのでした。わたしもあの女の人と浮気をしている男の人の奥さんの顔が見たい、そう思ったんです。

わたしなんか関係ないのに、おかしいですよね。だけど、関係の出来た人の後ろには別の関係があり、その人にも別の人間関係がある。そうすると、その関係は果てしなく永遠に広がり、連なっていくのです。不思議ではないですか。

わたしは比較的早く授業の終わる平日を選び、撮影を実行することにしました。祖父は何となく敬遠していましたが、先にお金も貰ってしまいましたし、保険のおばさんが始終、あの件はどうしたかと電話をしてくるので、仕方なしに付いて行きました。

家は、千葉県との境を流れる川の堤防の下に建つ、小さな建て売り住宅でした。ぺらぺらの新建材で出来ているマッチ箱のような家で、隣も奥も似た家が並んでいます。不倫相手であるご主人は、電機メーカーの工場に勤めているという話でした。夜勤と称して、あの女の人と会っているのだと祖父が言っていました。女の人は、近所の段ボール会社の社長の奥さんだということです。だったら、相手の電機メーカーの人も段ボール会社の社長の顔を見たくならないのでしょうか。そんなことを考えていたら、わたしの制服の袖を祖父が引きました。その手が震えています。

「俺、できねえよ。やめよう。金はさあ、失敗したからって返そう」

「駄目だよ、おじいちゃん。やんなきゃ、保険のおばさんに怒られて仕事来なくなるよ」

「だって、失敗してチクられたら、俺は刑務所に逆戻りだ」

わたしは祖父の怯懦《きょうだ》に呆れました。本当に祖父は盆栽詐欺をやったのかと信じられない思いでした。祖父にとっての仕事というのは、快楽であり、趣味の延長でしかないのでしょう。わたしが今でも中年女フリーターとしてしっかり生き抜いているのは、こういう情けない祖父の姿を見たせいかもしれません。わたしは祖父を電柱の陰に追いやり、インターホンを鳴らしました。

「Q女子高写真部の者ですが、お宅の写真を撮らせていただいてもいいですか」

そこは門から玄関までの距離がほんの一メートル、貧相なツツジが門柱の脇に植わっているだけでした。玄関のドアが開いて三十代らしい主婦が小さな女の子の手を引いて出て来ました。わたしは主婦と子供の顔をまじまじと見ました。これがあの暗い顔をした綺麗なおばさんの恋敵なのだ、そして恋敵の子供なのだ、と興味を覚えながら。主婦は化粧をして、ジーンズにトレーナーという学生のような服装をしていました。そして、予想に反して色白の綺麗な人でした。女の子は小花模様の可愛いワンピースを着ています。子供の顔は狆《ちん》のようにちんまりとして、目許が母親にそっくりです。わたしは学生証を示してから、頼みました。

「すみませんが、こういう何でもないおうちを撮りたいので」

「こんな家のどこがいいのかしらねえ」

主婦は甘ったるい舌足らずな言い方をしました。わたしは内心、この妻の年齢と容姿なら、あの暗い女の人に勝てると思いました。あの怖いおばさんも生涯三度目の驚きを得ることはないでしょう。わたしは家の写真を適当に撮った後、主婦と子供にカメラを向けました。

「記念に撮ってもいいですか」

ファインダーの中には、まんまと騙された罪のない親子が映っています。顔つきも雰囲気もそっくりで二人でワンセットになりそうな可愛い親子が。でも、わたしはあの怒っているおばさんたちの方がずっと好きだと思ったのです。きっと、わたしにもその素質があるのでしょう。こういう何も知らずに生きている人の鈍さをわたしは憎むのですから。そして同時に、わたしはこの愚鈍な家族と一緒に暮らしている夫の顔が見たいと願ったのです。あの女の人に頼んで、見せてもらおうかと真剣に考えたほどです。いいえ、会いたいのではありません。見たいだけなのです。わたしが男の人を見るたびに、その人との子供を想像する癖が付いたのは、こんな出来事も原因かもしれません。わたしはおそらく、人間関係マニアなのでしょう。

このように、わたしと祖父の暮らしは、珍妙ではありましたが好き勝手ができる、実に楽しいものだったのです。わたしはいつの間にか、祖父にあれこれ指図し、自分のいいように祖父を操るようになりました。だって、祖父は犯罪者と呼ぶにはあまりにも弱い人でしたから。

祖父の願いは、ただひとつでした。盆栽の世界で遊ぶことだけだったのです。盆栽が投機の対象になったり、商売の道具になったりすることにも、もしかすると無自覚だったかもしれません。まるで欲を垂れ流すように、祖父の後ろからは盆栽に付き纏《まと》うお金というものが、だらだら跡を引いて回っているだけだったのです。そして、振り返っては、その始末に困って呆然としているのが祖父でした。

はい、祖父はお馬鹿さんだったのです。その遺伝子は母にも流れて、ユリコにも及んでいるに違いないと思った途端、わたしは愉快でなりませんでした。わたしは違うのですから。しかも、ここにはあの小うるさい父もいないのです。裕福な家の娘ばかりが通うQ女子高では、確かに付き合いのお金に不自由しましたし、馬鹿にもされました。だけど、わたしはほんとに嬉しくてたまらなかったのです。

しかし、さすがのわたしも、たった四カ月でユリコが日本に戻って来る羽目になるとは思ってもいませんでした。スイスに行った四カ月後に、何と母が自殺してしまったからです。その間に、母からは何通か手紙を貰っていましたが、わたしは返事を出しませんでした。そうです、一通も。おっしゃる通り、わたしは母に対して冷淡でした。理由はさんざんお話ししたじゃないですか。

手許に何通か残っていますから、母からの手紙をお見せしましょう。それを読む限りでは、自殺するなんて想像もできませんでした。というか、母にそんな内面の苦しみがあるなんて、思いもよらなかったし、あの母が自殺という方法を取ってまで、この世からおさらばしたい絶望があったということも気付きませんでした。でも、わたしが一番驚いたのは、あの母に自殺する勇気があったことでしょうか。

お元気ですか。こちらは家族三人元気です。

おじいちゃんとはうまくやっていますか。おじいちゃんは私と違ってしっかりした人ですので、あなたとはウマが合うかもしれません。それから言っておくけど、おじいちゃんには、毎月約束した四万円を超える額は一切払う必要などありません。こちらを当てにされても困るので、そこは適当にやってください。あなたのお小遣いとして、あなたの口座に少し振り込んでおきますが、それはおじいちゃんに内緒です。おじいちゃんにお金をせびられたら、必ず借用書を書いてもらうようにしてください。これはお父さんからの言い付けでもあります。

ところで、高校はどうですか。あなたがあんな立派な高校に入れるとは思ってもいなかったので、私はいつも日本人に会うたびに自慢しています。ユリコも決して口には出さないけど、きっと悔しがっていると思います。ユリコのいい刺激になったと思いますので、勉強頑張ってください。あなたは頭で勝負してください。

日本はそろそろ桜が終わる頃でしょうね。ソメイヨシノは本当にきれいだったなあとつくづく思います。ベルンでは桜を見ません。どこかに咲いているのかもしれませんから、今度、日本人会の誰かに聞いてみようと思いますが、お父さんは私が日本人会や日本婦人の会に出入りするのをあまり気に入っていません。

こちらはまだ寒くて、コートが手放せない毎日です。アーレ川の風の冷たいこと。悲しくなるくらい寒いです。私のコートは、あなたも知ってる小田急のセールで買ったベージュのです。薄いから少し寒いのですが、こちらの人に「素敵」とよく褒められます。でも、こちらの人は皆、ったのか、と聞く人もいます。でも、こちらの人は皆、きちんとした身なりをして、姿勢がよく、とても立派に見えます。

ベルンはお伽噺《とぎばなし》のようなきれいな街ですが、思ったより小さいので最初はびっくりしました。そして、いろいろな国の人が住んでいるのにも驚きました。初めの頃は物珍しくてあちこち見物に行ったのですが、最近は飽きてしまいました。あなたへの仕送りや学費に取られてしまって、買い物するお金もないし、皆で質素に暮らしています。ユリコが、あなたが日本に残ったせいだと怒ることもありますが、気にすることはありません。何度も書きますが、あなたは頭で勝負しなくちゃ。

うちは新市街の方にあります。一軒おいて隣にはカールの靴下工場があります。向かい側は間取りの小さなアパート群です。その横は空き地。お父さんは市内だと自慢しますが、私は場末なのではないかと思います。でも、そんなことをチョットでも言うと、お父さんは怒ります。どこに行ってもベルンの街は整然としていて、言葉の通じない背の高い人たちばかり。しかも、こちらの人は皆、自己主張が強いのでとても勉強になります。

この前、こんなことがありました。私が信号を守って渡っていたのに、曲がって来た車と危うくぶつかりそうになってコートの裾が車のバンパーに引っ掛かって、裏地が少し破れてしまいました。運転していた女の人が降りて来たので、謝るのかと思ったら、私に何か文句を言うのです。意味はわからなかったのですが、私のコートを何度も指さして怒っているところを見ると、たぶん、私が裾のひらひらするコートを着て信号を渡ったせいだと言ったのだと思います。私は面倒になって謝り、帰って来てしまいました。その夜、お父さんにひどく叱られました。絶対にこちらの落ち度を認めるな、認めた途端に負ける、というのです。コートの修理代が取れたのに、という訳です。こちらの人がほんとに謝らないところは、お父さんにそっくりです。勉強になります。

ここに来て、そろそろ三カ月経ちます。船便で出した家具がやっと全部届いてほっとしています。でも、こっちのモダンなアパートには合わないので、お父さんは不機嫌です。こちらで揃えるべきだった、日本の家具は質が悪い、と今頃になって文句を言っています。新しい家具を買うお金はどこを探したってないのに、無理を言わないでくださいと言ったら、先に相談するべきだったとまた怒るのです。お父さんはだんだん、昔に戻っているような気がします。いつも怒ってばかり。自分の国に戻って来たので、日本にいた時よりキチキチして、まごつく私が気に入らないんだと思います。最近は、ユリコと出かけてばかりいます。ユリコは楽しくやっているようです。カール叔父さんのところの長男（叔父さんの工場で働いています）と仲良くなって、一緒に遊んでいます。

こちらは思ったよりも物価が高いので驚いています。外食なんかすると、そんなに美味しくないのに一人二千円以上は取られてしまいます。納豆は六百円もするんですよ。信じられますか。お父さんは税率の問題だと言っていましたが、ここに住んでいる人たちはきっとサラリーがいいのだと思います。

それに引き替え、お父さんの新しい仕事は、まだ軌道に乗っていないようです。工場の人たちとうまくいかないのか、それともカールの仕事がそんなに景気がよくないのか、私にはわかりませんが、お父さんは家でもぶすっとしていて、私が仕事について聞いても答えてくれません。あなたがいたら、たぶん喧嘩ばかりしていたことでしょう。来なくてよかったと思います。ユリコは私たちのことには知らん顔ですから。

この間、カール一家が遊びに来ました。私はちらし寿司を作って歓待しました。奥さんはイボンヌというフランス人。子供は二人です。カールの工場で働いている長男は二十歳で、アンリという名前。女の子はまだ高校生です。名前を聞いたけど、忘れてしまいました。女の子はイボンヌに生き写しで、色の薄い金髪に鷲鼻。太っているし、ちっともきれいじゃありません。イボンヌもカールもユリコの顔を見て驚いていました。東洋人と結婚するとこんなに美しい子が生まれるんだね、ってカールは言ったようですが、イボンヌはぶすっとして口もききませんでした。

ユリコと言えば、三人で散歩に出たら、変なことがありました。公園で会った人が皆、奇妙な目で私たちを見るのです。とうとう、一人のおばあさんが聞いてきました。ユリコはどこの国で養女にしたのか、と。こちらにはいろんな国籍の人がいて養子縁組もたくさんありますから、養女だと思ったのでしょう。私が自分の娘だと言ったら、信じられないという顔をしました。あの人たちは、私のようなみっともない東洋人がユリコみたいな美しい子を作ったことが不快なのだと思います。考えすぎだとお父さんは言いますが、私には何となく想像がつくのです。黄色人種が美貌の子を産む、ということが許せないのです。チョットいい気味です。本当にユリコは養女じゃなくて、私の産んだ子なんですから。

あなたの近況も報告してください。お父さんがあなたには報告する義務があると言っています。おじいちゃんによろしく。

第二章　裸子植物群

1

二〇〇〇年四月二十日付朝刊

「十九日、午後六時過ぎ、東京都渋谷区円山町のアパート『緑荘』一〇三号室で女性が死んでいるのを、管理人が見つけて一一〇番通報した。警視庁捜査一課と渋谷署が調べたところ、世田谷区北烏山に住むG建設社員、佐藤和恵さん（三九）とわかった。佐藤さんの首には絞められた跡があることから、同課は捜査本部を設置し、殺人事件として捜査を始めた。

調べでは、佐藤さんは八日午後四時頃、自宅を出たまま行方がわからなくなっていた。

佐藤さんが見つかった部屋は六畳一間で、昨年八月頃から空き部屋。玄関の鍵はかかっておらず、佐藤さんは部屋の中央に仰向けに倒れていた。ハンドバッグなどは残されていたが、四万円ばかり入っていたはずの財布からは現金がなくなっていた。衣服は八日に外出した時と同じだったという。

佐藤さんは大学を卒業後、一九八四年にG建設に入社。総合研究所調査室副室長として調査研究をしていた。独身で、母親と妹の三人暮らしだった」

この記事を新聞で読んだ時、わたしにはあの和恵のことだとピンときました。勿論、佐藤和恵なんてありふれた名前ですし、人違いということも考えられたでしょうが、わたしには和恵に絶対間違いないという確信があったのです。なぜかと言いますと、二年前ユリコが死んだ時、和恵から一度だけ電話があったからなのです。

「あたしよ、佐藤和恵。ねえ、ユリコちゃん、殺されたんだってね」

大学以来、音信不通だったくせに、和恵は開口一番こう聞いたのです。

「驚いたわ」

わたしが驚いたのは、ユリコの事件のことでも、和恵が突然電話してきたことでもなく、和恵が受話器の向こうで、蜂の唸りのようにぶんぶんと低く笑い続けていたからなのでした。軽い愛想笑いをしているつもりだったのかもしれません。でも、その笑い声が受話器を持つわたしの手に伝わってきました。わたしにとって、ユリコが死んだことはさほどの衝撃ではないと申し上げましたでしょう。だけど、この時だけは背筋が凍りました。

「あなた、何がおかしいの」

「べつに」和恵は投げ遣りに答えました。「じゃ、あなたは悲しいの？」

「そうでもないわよ」

「でしょう」和恵はわかっていると言わんばかりに言いました。「あんたたち、仲が悪かったものね。あんたたちが姉妹だなんて、言わなきゃ、誰も気付かなかったもんね。あたしはすぐわかったけど」

わたしは話を遮って聞き返しました。

「そんなことより、あなたは今何してるの」

「当ててみて」

「建設会社に入ったって聞いたけど」

「ユリコちゃんと同業って言ったら驚く？」

かすかに自慢する風でもありました。わたしは言葉を失いました。だって、和恵は男や売春やセックスという言葉とはまるで無縁の生活を送っていると思っていたからです。風の噂では、堅い会社に勤めて、総合職のキャリアウーマンとして頑張っているという話だったのです。黙ったわたしに、和恵はこう言って電話を切ったのです。

「だから、あたしも気を付けようと思って」

それからしばらく、わたしは電話を前にして首を傾げていたのです。もしかすると、これは和恵と偽って電話をしてきた別人なのではないかと訝《いぶか》しんだからなのでした。わたしの知っている和恵は、そういう謎めいた物言いをする人間ではありませんでした。和恵はいつも傲岸で断定的な言い方をする一方で、間違うことを恐れるように、おどおどと人の顔色を見ているところがあったのです。勉強のことになると威張りくさり、流行の服や美味しい店、ボーイフレンドといった話題になると自信を喪失して周囲に合わせる、そういう人でした。その落差は大きく、見ていて気の毒になるくらいでした。だから和恵が変わったのだとしたら、きっとこの世の中と渡り合う別の方法を見つけ出したに違いないのです。

そのことがお聞きになりたいのですね。はい、そろそろ話を和恵とユリコに戻すことにいたしましょう。すみません、関係のないわたしの話ばかりして横道に逸れて。さぞかし退屈なさったでしょうね。わたしのことなんかよりも、二人の話をお聞きになりたいんですものね。

でも、どうしてなんですか。前にも伺いましたが、あの事件の何がそれだけあなた方の興味を惹くのでしょう、わたしにはわかりかねます。犯人とされる男が密入国者の中国人だからですか。チャンといいましたっけ。チャンが冤罪《えんざい》だという噂があるからですか。

和恵とユリコとあの男の、三者三様の心の闇があるとおっしゃるんですか。あるわけないじゃないですか。わたしは、和恵もユリコもあの仕事を愉しんでいたと確信しています。そして、あの男もね。いいえ、殺人を愉しんだという意味ではございません。だって、あの男が殺人犯人かどうかなんて、わたしは知りませんもの。知りたくもありません。

あの男がユリコや和恵と関係を持ったことは真実でしょう。しかも、二、三千円という安いお金で買ったそうじゃないですか。だとしたら、ユリコや和恵に近い何かをあの男も持っていて、その関係を愉しんでいたということではありませんか。だから、ユリコや和恵はそんな安い金で売ることを承知したのではないでしょうか。何かって、それはさっきも言いましたように、世間と渡り合う術《すべ》じゃないですか。そんなもの、このわたしにはありませんけどね。

佐藤和恵と過ごした高校の三年間、そして大学の四年間は、わたしの家族に大きな変化がありました。わたしが高校一年の夏休み前に、母親がスイスで自殺してしまったのですから。母の手紙は先程お見せしましたよね。母のことも、順を追って話させていただきますよ。

和恵も、大学生の時に父親が急死するという目に遭っています。その頃はあまり付き合いもなくなっていましたから、よくは知らないのですが、何でも脳溢血を起こして風呂場で倒れたとか聞いています。だから、わたしと和恵は、家庭環境もクラスでの立場も、似ていなくはないのです。

クラスでの立場、と今申し上げましたが、敢えてそう言いましょう。クラスメートたちにあれほど疎外されたという経験は、わたしたち以外に誰も持ち得なかったのではないでしょうか。その意味でも、わたしたち二人が近しくなることは、当然といえば当然だったのですよ。

わたしも和恵も、高校から入学試験に合格して入学しました。ご存じのように、Ｑ女子高は偏差値の高い難関校とされていますから、和恵もさぞかし区立中学では勉強ができたのでしょうね。わたしは運がよかったのか悪かったのか、まあ入ってしまいました。でも、わたしはユリコから離れたい一心で受験しただけなのですから、Ｑ女子高にもそれほどの思い入れはありませんでした。そのことはさっきお話ししましたよね。しかし、和恵は小学校の時から目標をＱ女子高に定め、そのために勉強に励んできたのだと言ってました。それが、わたしと和恵の大きな違いでした。

　Ｑ学園は初等部から大学まで、エスカレーター式に進学できます。初等部は男女共学でほんの八十人ほど。中等部からはその倍の数の生徒を入れます。高校からは男女別学となって、さらにその倍の生徒を取ります。ですから、一学年百六十人の生徒のうち、高校から入学する生徒は、その半数を占めるということになります。

　勿論、大学は日本国中からもっと大勢の学生を入れますが、Ｑ大学を出た有名人は数知れませんし、Ｑの名前を出せば、祖父の知り合いの老人たちも感心するほどの有名な学校ですから、誰もが入れるわけではありません。だから、いつの間にか、生徒たちの心に選民意識が培養されていきます。その意識は、入学が早ければ早いほど、大きくなっていくのです。

　それがわかっているからこそ、お金持ちはこぞって自分の子供を初等部から入れたがると聞きました。初等部受験が過熱気味だとか、小耳に挟んだこともありますが、わたしは子供もおりませんし、関係ない暮らしをしていましたからよくは存じません。

　わたしが想像する子供がＱ学園の初等部に入るところも想像するか、ですって。それは一度もありません。わたしの子供たちは、想像の海で泳いでいるだけなのです。想像図に描かれたように真っ青な水、海底の砂や岩。そこは本物の弱肉強食の世界、動物たちは生殖することだけが目的で生きている、シンプルな世界なのです。

　祖父と暮らし始めた頃、わたしは憧れのＱ女子高での高校生活を夢見て、あれこれと想像を膨らませて喜んでいたと言いましたよね。クラブ活動とか、友達のこととか。わたしにも、人並みに平凡なところもあるのですよ。ところが、現実は、わたしの夢などいとも簡単に砕くものだったのです。それは何かと言いますと、生徒間の差別でした。誰とでも友達になれるわけではなく、クラブ活動にも格付けがあり、主流と傍流がはっきりしている社会だったのです。そのおおもとになっているものは、無論、選民意識でした。

この歳になると、そういうことだったのか、と改めてわかります。夜、寝床の中で和恵のことなどもあれこれ思い出し、ああそうか、と膝を打つことがしばしばです。細かくなりますが、学校生活についてお話ししましょう。

入学式の日のことです。式場となっている講堂で、わたしは啞然として立ち竦《すく》んでしまった生徒が大勢いたのを覚えています。高校一年の生徒がきれいにまっぷたつに分かれていたからです。内部からの生徒と外部からの生徒の差は一目瞭然でした。それは、制服のスカート丈の違いだったのです。

わたしたち外部から受験して入ってきた生徒は、規則通り、全員が膝小僧を隠すか隠さないかの丈。ところが、半分を占める初等部、中等部組は、皆が皆、太股を剝き出しにしたミニ丈だったのです。それも今流行っているような危ういほどの短さではなく、品の良い紺のハイソックスにぴったり合う程度の、ちょうどいい丈でした。長い細い脚に栗色の髪。耳許にきらっと光る小さな金のピアス。髪を飾るアクセサリーも持ち物もセンスがよくて、彼女たちはわたしが身近で見たこともないブランド品で装っていました。その垢抜けた様子に、新入生は圧倒されてしまったのです。

今はどうか知りませんが、当時の制服は紺と緑のタータンチェックのタイトスカートに、紺のジャケットというものでした。その制服がお洒落だから、と憧れる者も多かったようなのです。わたしは服飾にまったく関心がありませんので、制服があって楽だというくらいの気持ちだったのですが、Q女子高の制服を着たい一心で猛勉強をして入って来る生徒だっていたと思います。なのに、努力してせっかく入った学校で、これほど歴然とした差を目の当たりにしては、新入生は呆然としてしまいます。

差というのは、ちょっとやそっとの時間では埋まらないものでした。美や裕福さのインフラといいますか、基盤が違うのだとしか言いようのないことだと思いました。じっくりと何代か経て貯められた豊饒さといいましょうか。長い時間をかけて遺伝子に組み込まれた美や裕福さなのです。付け焼き刃は通用しない世界でした。

だから、新入生はひと目でわかってしまうのです。長いスカート丈にショートカットにしたまっ黒な艶のない髪。いかにもガリ勉風に分厚い眼鏡を掛けた子も多くいました。無論、高い授業料が払えるのですから、それなりに裕福な家の子供が多かったのだとは思いますが、内部生と比べると、明らかに磨き方が違う。ひと言で言うのなら、外部生はださかったのです。「ださい」。Q女子高ではこの言葉が命運を分けていました。

「でも、ださいじゃん」

こう断定された生徒は、勉強ができても、スポーツができても、もう取り返せないのです。

わたしのように最初からださければ論外ですが、どっちつかずの生徒がこの言葉のために苦労したのです。そして、高校から入った外部の生徒の大半は、どっちつかずだったのだと思います。だからこそ、皆必死にださく見えないようにしよう、内部生に溶け込もうとしたのです。


入学式が始まりました。わたしたち外部から来た生徒が緊張しているのに比べ、下から上がって来た生徒たちは聞いている振りをしながら、ガムを嚙んだり、小さな声で囁き合ったり、不真面目な様子なのです。その態度は誠実さとは程遠いのですが、子猫がじゃれているようで、何とも愛らしいのでした。そして、その間、彼女たちはわたしたちの方を一瞥もしないのです。

逆に外部の生徒の方は、その様子を見て、次第に緊張が高まってきていました。これからの高校生活の困難を思ったのです。だんだんと顔色が沈んで暗くなっていました。それは、これまでやってきたことと違うルールがここにはある、という混乱の予感でした。

わたしの言ったことが、大袈裟だとお思いなのですね。それは間違っていらっしゃいます。女の子にとって、外見は他人をかなり圧倒できることなのですよ。どんなに頭がよかろうと、才能があろうと、そんなものは目に見えやしません。外見が優れている女の子には、頭脳や才能など絶対に敵《かな》いっこないのです。

ユリコより、わたしが遥かに頭がいいのはわかっています。が、悔しいことに、頭脳では人に感動を与えられないのです。恐るべき美貌の持ち主というだけで、ユリコは大きな感動を与えられる存在ではあるのです。しかし、ユリコのお蔭で、わたしもある才能に恵まれました。その才能というのは、悪意です。飛び抜けてはいるけれど、誰にも感動を与えない才能。でも、わたしは自分の才能に感動し、毎日努力して磨くのです。しかも、わたしは祖父と一緒に暮らし、便利屋までも手伝っていたのですから、ごく当たり前の家庭から高校に通ってくる生徒とは違うに決まっています。だからこそ、この苛烈な学校でも、傍観者として楽しく過ごせたのです。

2

入学式の翌日から、ちらほらとスカート丈を詰めてくる生徒を見かけました。その方がかっこいいから、と判断したお調子者もいたでしょうし、自分も何とか内部生のように見られたい、Q女子高の一員として振る舞いたい、と外部生の中でも差を付けようと図った生徒もいました。当時のわたしは、そのことについて、かなり冷笑的でした。馬鹿だな、と内心蔑《さげす》んでいたのです。

内部生はもっと酷かった。彼女たちは外部生を馬鹿にした様子で、一顧だにしませんでした。彼女たちにとっては、外部生など最初から眼中になかったのです。わたしたちはしばらくの間、無視され続けたのでした。

和恵も早速スカート丈を上げた一人でした。でも、鞄や靴などの持ち物とまったく釣り合っていなかったし、板に付いていませんでした。

内部生たちは、学生鞄を持たずに当時はまだ珍しかったレスポとやらの軽いナイロンバッグを肩に掛けたり、アメリカ製のごついデイパックだったり、ルイ・ヴィトンと言うのですか、あの重そうなボストンバッグだったりと、大学生のように様々なスタイルで通学して来たのですよ。お揃いなのは、茶のローファーにラルフ・ローレンの紺のハイソックスを穿いていることだけ。毎日、時計を替えてくる生徒、ボーイフレンドとお揃いらしい銀の腕輪を制服の袖から見せている生徒、色とりどりの美しいピンを針のようにカーリーヘアに付けている生徒、ガラス玉かと見紛う大きなダイヤの指輪をしている生徒。今のように高校生が自由に装う時代ではなかったのに、何かしら工夫したお洒落を皆が皆、競っているのでした。

でも、和恵はいつも黒い学生鞄に黒いスリッポン。紺のハイソックスは明らかに学生用の物。赤い定期入れは子供っぽいし、髪を留めている黒いヘアピンもださかった。そして、短いスカートから突き出た細過ぎる脚を学生鞄で隠して、ぎくしゃくと廊下を歩いていたものです。

和恵もそうでしたが、外部から来て内部生を真似して装う生徒には余裕というものがありませんでした。内部生が発散する富の淫らさが決定的に欠けていたのです。富というのは、常に過剰を生むものです。だからこそ自由で淫らなのです。それは、だらだらと内部から自然にこぼれ溢れるものなのです。その淫らさは、たとえ外見が平凡でも、その生徒を特別な存在に仕立て上げることができるのです。豊かな生徒は、皆淫らで享楽的な表情をしていました。わたしはQ女子高で富の本質を学んだのだと思います。

その頃の和恵の容貌は、平凡のひと言に尽きました。髪の毛は真っ黒で多く、黒い帽子のように重苦しく頭蓋を覆っていました。短くカットして耳を出していましたが、うなじの毛が堅く、頑固な小鳥のような印象を与えていました。頭は悪くなかったのでしょう、額の広い聡明そうな顔をしていました。そして、いかにもそこそこ裕福なおうちで優等生として育ってきた自信が目に溢れていました。なのに、その目が、おどおどと周囲を窺うようになったのはいつ頃からだったでしょうか。

和恵が殺されてから、わたしはある週刊誌で和恵の近影を見たことがあります。付き合っていた男がラブホテルで撮ったとかいう、曰く付きの写真でした。和恵は痩せた裸を晒《さら》け出し、大きな口を開けて笑っていました。わたしは昔の面影が残っているかと食い入るように見たのですが、そこに写っていたのは、和恵の淫らさだけでした。富から溢れ出たものでもなく、性の淫らさでもなく、怪物の淫らさでした。

とはいっても、当時わたしは同級生でしたが、和恵の名前も知りませんでしたし、興味もありませんでした。それくらい、外部生は何とはなしに固まっているものの、誰が誰か区別すらできないくらい萎縮し、魅力などなかったのでした。

勉強ができる、と周囲から認められ、目標に向かって努力してきた生徒にとって、それがどんなに屈辱だったか、今のわたしには実によく理解できます。和恵はその中で青春を過ごしたのです。和恵のように自己顕示欲の強い女には、辛い日々だったに違いありません。いや、どうしていいのかわからなかったのではないでしょうか。

わたしと和恵との交流ですか。はい、わたしが和恵の名前を知ることになった、ある出来事があったのです。あれは五月の雨降りの日でした。体育の授業でのことです。テニスの予定が、雨なので体育館でダンスをすることになり、わたしたちは更衣室で着替えていました。ある生徒が靴下を一本、手に掲げて叫びました。

「これ、誰の。ここに落ちてたよ」

何人かがちらっと見上げましたが、関心なさそうに目を背けました。誰もが穿いている紺色のハイソックス。赤いラルフ・ローレンのマークが入っているものです。わたしはいつも、ダイエーで買った白いソックスしか穿きませんから関係ないと思い、自分の洗い晒したソックスを脱ぎました。それにしても、拾った生徒がなぜ叫んだのか不思議でたまりませんでした。落とし物など、その辺りに放置しておくのが、ここの遣り方だったからです。落とした人間にとって重要かどうかもわからないのだから、落ちていた場所に置いておいた方が親切というもの。それがこの学校の常識でした。誰かが拾って使ったとしても、一学年たったの百六十人しかいないのですから、じきにばれてしまいます。

在学中、わたしは学用品だけでなく、幾つもの高価な時計や指輪や定期入れなどが落ちているのを目撃しました。皆、無頓着でした。わたしと違って、なくなったってすぐに買える人たちなのです。たかが靴下一本で、呼びかけるなんて珍しいこともあるものだと思ったのです。拾った生徒が友達に示しました。

「見てよ、ここ」

笑い声が響きました。次々と別の生徒が寄って来て、輪が出来ました。

「ほんとだ。刺繍してある」

「すごい力作」

その靴下の持ち主はただの紺色のハイソックスに、赤い糸でマークを手刺繍したのでした。ラルフ・ローレンに見えるように。

拾った生徒は、落とし主の元に靴下を戻そうという殊勝な心がけなどではなく、人物を特定するために叫んだだけだったのです。こうなると、名乗り出る者は一人もいません。外部生は全員、黙々と着替えていました。内部生も口にはしませんが、次の授業の時がさぞ楽しみだと思ったことでしょう。

女は底意地が悪いとお思いなんでしょう。でも、この競争を勝ち抜かなくてはならないのですよ。だからしっぽを摑まれてはならないのです。それが嫌なら、わたしのように最初から勝負を降りて変人になるしかないのです。Q女子高では、このような戦いが繰り広げられていたんです。

体育の授業が終わり、次は英語でした。浮き浮きとした様子で、ほとんどの生徒は急いで着替えて教室に入ったと思います。ええ、その時は内部生も外部生もないのです。苛《いじ》める時は皆ひとかたまりになるのです。

その時、更衣室に残っていたのは、小柄な内部生が一人と、和恵とわたしの三人だけでした。和恵がいつになくぐずぐずしているので、わたしは靴下に刺繡したのは和恵に間違いないと思いました。すると、残っていた内部生が和恵に靴下を差し出したのです。

「これ貸してあげる」

真新しい紺のハイソックスでした。和恵は唇を嚙んで悩んでいる様子でしたが、どうしようもないと判断したのでしょう。小さな声で礼を言いました。

「ありがとう」

三人で教室に入って行くと、クラスメートは何もなかったような顔をしています。とうとう犯人はわからずじまい。でも、楽しかった、というわけです。はい、次の愉しみ。小さな意地悪さえも、この学校では過剰で溢れ出ているものですから、次から次へと消費されて、さらに淫らになっていくのです。

窮地を逃れた和恵は澄ました顔をしていました。その日も積極的に手を挙げ、起立して教科書を読んでいました。帰国子女もいて、英語は得意な生徒が多いのに、平気で手を挙げる鈍い和恵。わたしは靴下を貸した生徒の方を見ました。その子は頰杖を突いて、眠そうに教科書を眺めています。名前は知らないのですが、前歯の目立つ可愛い子でした。なぜ助けた。わたしは不満でした。いえ、別に意地悪を肯定するとか、イジメを許容するとか、和恵が嫌いだとか、そういうことではございません。ただ、和恵に対して苛立ちを感じたのです。ドジでみっともないことを仕出かしたのに、知らん顔をしている図々しさ。鈍いのか、したたかなのか、さすがのわたしにも摑めなかったからなのです。

授業が終わった後、わたしが古典の教科書を出しているところに和恵がやって来ました。

「さっきのことだけど」

「何のこと」

わたしがとぼけたので、和恵は怒りでさっと顔を紅潮させました。わかっているくせに、と思ったのでしょう。

「あたしのうちがお金ないと思ってるんでしょう」

「べつに」

「そうじゃないのよ。だって、あんなちっぽけなマークがあるなしで、何だかんだ言われるの嫌だと思っただけなのよ」

わたしにはわかっていました。和恵が手ずから刺繡したのは、お金がないのではなくて、ただの合理主義だと。わたしは、この学校の富の基準に合わせようとする和恵の合理主義がどうしようもなく馬鹿馬鹿しいと思っただけなのでした。でも、和恵には器の小さなところがあったのです。それが嫌われる原因だったのだと思います。

「それだけなの」

和恵はそう言って、自分の席に戻りました。わたしは和恵の細い脚を包む真新しい靴下ばかり見ていました。富の象徴。Q女子高の印。赤いマーク。和恵はこの先、どうやっていくつもりなのだろうと思っていたのです。和恵に靴下を貸した生徒は、仲間たちと笑い合っていました。わたしと目が合うと、その生徒は恥ずかしいことをした、という風にうつむいてしまいました。

わたしはその生徒と時々話をするようになったのです。名前はミツルといいました。ミツルは中等部から入って来た生徒でした。

かように、内部生と外部生は折り合わずに学校生活を始めたのでした。内部生たちは、クラスの中でもいつも一緒で、マニキュアを塗り合ってけらけらと笑ったり、お昼休みは外のレストランに行ったり、派手で自由でした。放課後になると、校門に男子部の高校生が迎えに来ます。大学生のボーイフレンドがいる子は、BMWやポルシェなどの外車のお迎えが来るのです。

お相手の男の子たちも、彼女たちに似た雰囲気を身に付けていました。かっこよくて、裕福さに裏付けられた自信。そして淫らさ。その楽しそうな様子を横目で見ながら、勉強で抜きん出るしか対抗手段がないと思った外部生もいたはずです。そういう生徒は「しこ勉」、しこしこ勉強する方法を取りました。勉強をしない内部生に対して優越感を持つことで生き抜こうとしたのです。

入学して一ヵ月後、最初の実力テストがありました。内部から来た生徒に圧倒され続けていた外部生も、勉強では負けやしないと張り切りました。「しこ勉」に走った連中は言うに及ばず、全員が不思議な熱気を孕《はら》んで勉強に励んだのです。しかも、上位十人の名が発表されると聞いては、張り切らないわけにはいきません。どだい、勉強で名を馳せてきた優等生の集まりなのですから、負け知らずだったのです。ベストテンに入ることを目標に、それまでざわついていた外部生も雪辱とばかりに、久しぶりに生気を取り戻した感がありました。

わたしはその頃、ちょうど保険のおばさんが持ってきた不倫撮影という便利屋の仕事に夢中でしたので、テストは最初から投げておりました。だって、わたしはユリコの不在という幸せを満喫していた真っ最中でしたから、学校でのことなんかどうでもよかったんです。ビリでなければいい、と勉強もまったくしませんでした。いいえ、ビリでも構わなかった。ここにいられれば、と思っていたのです。内部生たちも同様で、いつも通りのんびりやっていました。眦《まなじり》を決している外部生に比べ、内部生はテスト前の日曜日に、誰それの別荘に行ってノートの写しっこをする、とか騒いでいました。またしても一学年がまっぷたつに分かれたのです。

一週間後、テストの順位がプリントされて全員に配られました。ベストテンはほとんどが外部生が占めるだろうと外部生は思っていたに違いありません。確かに、十人中六人までが外部生でした。ところが不思議なことに、ベストスリーは中等部から入って来た生徒の名前だったのです。五位に初等部からの生徒。一位はミツルでした。

これには、外部生全員が衝撃を受けた模様でした。初等部からの生徒には勉強で勝っても、中等部から入って来た生徒には敵わないのがなぜかわからなかったからです。つまり、一番垢抜けていて可愛く、お金があるのは初等部からの生徒。うまく環境に溶け込んでいて、一番勉強ができるのは中等部からの生徒、なのです。最も中途半端な存在が、高校からの生徒だとは。こんなはずはない。外部生の顔には焦りが生まれていたと思います。

「あなた、テニスやらないの」

次の体育の授業の時、ミツルがわたしに声をかけました。わたしは入学後一カ月経ってからようやく、内部生から話しかけられたのです。

テニスの授業でしたから、テニス部の生徒が我が物顔でセンターコートを独占していました。やりたくない生徒や、陽灼けを嫌う生徒は、ベンチでだべり、その輪にも入りたくないわたしのような生徒は、金網の外で順番を待っている振りをしてさぼっていたのです。和恵ですか。和恵は端っこのコートで、外部生たちと打ち合っていました。負けず嫌いですから、必死に球を追いかけ、奇声を発していました。ベンチの生徒たちは和恵の姿を嘲笑ってもいるみたいでした。

「あまり得意じゃないのよ」

「あたしも」

ミツルは細身で頬が丸く、二本の前歯が大きいので、まるで齧歯類《げっしるい》のような顔をしていました。髪がふわふわした茶色の巻き毛で、そばかすが散った愛らしい顔をしています。ミツルには仲間がたくさんいるのですが、仲間同士で喋っていても、時々醒めた目で周囲を見回していることがありました。そんな時、必ずわたしと目が合うのです。それはあの和恵の靴下事件以来ずっとそうでした。わたしはミツルに興味がありました。

「あなたは何が得意なの」

「何もないわ」

「あたしと同じね」

ミツルは持っていたラケットのガットに細い指で触れました。

「あなた勉強ができるのね。一番だったでしょう」

「ていうか、趣味なのよ」ミツルはさりげなく言いました。「あたし、医学部に行くつもりなの」

ミツルの目が、和恵を見つめています。和恵はショートパンツに紺色のソックスを穿いていました。

「あなた、どうしてあの人に靴下貸したの」

「何でかしらね」ミツルは首を傾げました。「あたし、イジメって好きじゃないのよ」

「あれはイジメだったの？」

わたしは平然と次の授業を受けていた和恵の顔を思い出しながら、ミツルに尋ねました。和恵にしてみれば、ミツルに靴下を借りただけで、皆のイジメから守ってもらったとは露ほどにも思っていないかもしれません。それどころか、自分の靴下だと皆にばれても、大真面目に「どこが悪いの」と食ってかかりそうな気配もありました。たかが靴下なのに、たった一個の赤いマークで値段が倍も違う。だったら、刺繍して何が悪い。和恵は正論で通していく律義さも持っていたからです。おっしゃる通り、律義さというのは、ごく普通の学校生活では美点です。でも、不思議なことに、ここでは滑稽になってしまう。

『あたしのうちがお金ないと思ってるんでしょう』

わたしに抗議した時の、和恵の憤然とした面持ちを思い返していると、ミツルは甘いシャンプーの香りをさせて、柔らかな髪を軽く振りました。

「イジメでしょう。だって、困っている子を皆で笑おうとしたんだから」

「でも、おかしかったことは確かだわ。靴下に刺繍をしちゃって」

わたしは意地悪く言いました。ミツルがどんな反応をするか知りたかったからです。

「それはそうだけど、あの人の気持ちもわからないではないわ。それをあんな風に笑い者にするのはよくないと思う」

わたしの言葉にどう対応していいのか困ったのでしょう、ミツルは自信なさげにテニスシューズで乾いた地面を蹴りました。Q女子高一年で一番頭のいい生徒が、わたしの言葉に動揺して困った顔をしてみせる。わたしは少し愉快になり、同時にミツルが愛しく思えてきました。

「あなたが言うのはもっともだけど、あの人が困っていたかどうかはわからないわ。みんなが更衣室で笑ったのは、刺繍までする人が滑稽に見えたからでしょう。さほどの悪気はなさそうよ」

わたしだって笑っちゃったもの。そう続けようとしましたが、ミツルが真面目に反論してきたのでわたしは黙りました。

「大勢が暗黙のうちに一致して何か企むのはイジメだ

わ」

「じゃ、どうして下から来た人は暗黙のうちに一致して高校から入って来る生徒を苛めるの。どうして皆で無視するの。あなたもその一員じゃない」

ミツルはほっと溜息を吐《つ》きました。わたしはべつに、ミツルを悩ませようと意図したわけではありません。内部生にとっては和恵を苛めている意識などほとんどないと思っていましたから、ミツルの言ったことに違和感を感じたのです。

内部生は外部生のことなどどうでもよく、端《はな》から混じり合う気などない、苛めるほど関わりたくもないのです。でも、外部生はそれに気が付きもせずに、ただただ認めてもらいたい、自分を舐めないでもらいたい、と必死にアピールしているのですから、永遠に続く片思いをしているようなものでした。

「ほんとね。どうしてかしらね」

ミツルは指の爪で大きな前歯をこつこつと叩いて考えている様子でした。後で知ったのですが、ミツルのその癖は、相手に言っていいことなのかどうか、心の中で天秤にかけて迷っている時の表れでした。ミツルは決心したように顔を上げました。

「つまり、こういうことじゃない。環境が違うってことよ。環境が違うから、価値観も違うの」

「それはわかってるわ」

わたしはテニス部の連中が派手に打ち合う黄色いボールを、目で追いながら答えました。ラケットもウェアもシューズも自前。わたしの見たことのない高価な品。コートは彼女たちの醸し出すギラギラする情熱に汚染されていました。愉しみ。そこにあるのは完全な快楽でした。若い肉体を酷使して汗を流す楽しさ、勝負のスリル、人の視線を浴びる愉悦、よく出来た道具を操る喜び。すべて大金と時間をかけて得られたものなのです。受験勉強をくぐり抜けてきた律義で小心な生徒たちには無縁の世界でした。だから、周りで指をくわえて見ているしかないのです。でも、それが遠く手に届かないものだとまったく気付かない鈍い生徒もいる、和恵のような。ミツルは続けました。

「ここは嫌らしいほどの階級社会なのよ。日本で一番だと思う。見栄がすべてを支配してるの。だから、主流の人たちと傍流たちとは混ざらないの」

「主流って何」

「初等部から来る人たちの中でも限られた本当のお嬢

様たち。オーナー企業のオーナーの娘。就職なんか絶対しない人たち。したら、恥だと思っている」

「流行遅れだわ」

わたしは吹き出しましたが、ミツルは大真面目でした。

「わたしもそう思うけど、それが主流の価値観よ。ずれてるかもしれないけど、あまりにも強固だから、今に皆迷うようになるわ。だって、馬鹿にされ続けたら自分に自信がなくなるじゃない。そういうものよ」

「じゃ、傍流って」

「サラリーマンの子供よ」ミツルは悲しそうに言いました。「勤め人の娘は主流になれない。勉強ができようと何かの才能があろうと、絶対になれないし、関心さえも持たれない。仲間に入ろうとすると苛められるのよ。しかも、ある程度頭がよくても、ださくてブスなら、ここではクズなの」

クズ。何という言葉でしょう。それにしても、わたしはミツルの言う上流階級でもなく、サラリーマンという身分の保障された人間の娘でもないのです。最初から傍流にも入れない生徒ですから、クズ以下のクズということになります。だったら、岸から渦巻く流れを見物しようではありませんか。わたしは新たな楽しみを密かに見付けた気がしたのでした。思えば、これがわたしの運命なのかもしれません。ユリコと姉妹に生まれたわたしの宿命。わたしが采配を振れるのは、犯罪者の祖父と一緒の時だけなのです。

「でも、たったひとつだけ主流に入る方法があるの」

ミツルはまた前歯を爪で叩きました。

「それは何」

「物凄く綺麗だったら何とかなる」

わたしがその時、何を思ったかはおわかりでしょう。勿論、ユリコのことでした。ユリコがこの学校にいたならどうなるだろうということだったのです。あの怪物的な美貌には、この学校の誰も敵《かな》いっこありません。

わたしの学年に、美人の誉れ高い生徒が二人ほどいました。二人とも内部生で、一人はチアガール部、もう一人は「女の花道」と言われるゴルフ部に属しています。チアガール部は容姿が問われ、ゴルフ部は信じられないほどのお金がかかる派手なクラブです。チアガール部の子は抜群にスタイルがよくて華があります。ゴルフ部の子はモデルに何度もスカウトされたくらいの美人でした。でも、二人ともユリコほどには美しくありません。ユリコがQ女子高にいたなら。その仮定がまさか現実になるとは、その時のわたしは思ってもみませんでしたが。はい、そのことはまた後でお話しいたします。

ユリコのことを久々に思い出していたわたしに、ミツルが小さな声で聞きました。

「ねえ、あなたはP区に住んでるって聞いたけど、ほんと？」

「そうよ。あたしはK駅から乗ってくるの」

わたしは、最寄り駅の名を告げました。

「P区に住んでる人はこの学年に一人もいないわ。何年か前に、その隣の区から通っている子がいたって話だけど」

わたしの住んでいるところは「海」で、変な老人がたくさん住んでる素晴らしい街なのに、何と不自由なことでしょう。ここは実にせこい社会なのです。わたしはミツルにこう言いました。挑発する意味もありました。

「あたしはおじいちゃんと公団住宅に住んでるのよ。おじいちゃんは年金生活していて、便利屋をやってるの」

保釈中だとは付け加えませんでしたが、インパクトは充分でした。ミツルはずり落ちたソックスを上げながら、自信のない声でつぶやきました。

「そういう人もいないと思う」

「部外者ってことね」

「ていうか、エイリアンみたいなもんよ。他の星から来た人。誰もあなたを笑わないし、あなたを構わないと思うわ。あなたはここで気楽に自由に暮らせるわ」

「それを聞いて安心した」

やっとミツルは大きな前歯を見せて笑いました。

「だったら、あなたにだけはほんとのことを言うわ。実は、あたしの家もP区にあるのよ。母はそれを隠すように言ったわ。だから、あたしのために港区内にマンションを借りてるのよ。でも、買ったって言えって。母が毎日来て、掃除したり洗濯したり、ご飯を作ってくれるの」

嘘だとお思いなのですね。でも、本当のことなのです。湘南辺りから通ってくる生徒は、都内の一等地にマンションを買い与えてもらっていると聞きました。そういう部屋が、生徒たちの溜まり場になっていることもあったそうです。

「どうしてそんなことをするの」

「苛められるような気がするからよ」

「それも暗黙のうちの一致ってこと？」

わたしの言い方に傷付いたのか、ミツルは情けない顔をしました。

「言っておくけど、あたしはそういうことが大嫌いなの。そして、妥協する自分も、自分の親も大嫌いよ。でも、妥協しないとこの学校では目立つから仕方がないのよ」

ミツルは間違っている。わたしはそう思いました。いいえ、妥協することが間違っているのではないのです。ミツルがそうまでしたいのなら、すればいいではありませんか。わたしが思ったのは、ミツルが和恵に対して言ったことです。うまく言えないのですが、油と水は混じり合わない、だから和恵と内部生が混じり合うことは決してないのに、和恵はそのことに気付かない。生徒がもし苛めるとしたら、対象は和恵の鈍さに対してであって、和恵の生まれや環境や価値観に対してではない。だから、その攻撃はイジメとは言いません。違いますか。イジメはもっと同質のところに生じるのではありませんか。

ミツルにも苛められた経験があって、それを恐れるあまり、P区に家があることを隠したり、港区にマンションを借りているのだとしたら、主流の人たちと同質のものをミツルが持っているからなのです。ミツルは内部生の中でも、主流に近いところを流れている生徒なのでしょう。

「じゃ、あなたが勉強ができるのはどうしてなの」

「さあ」ミツルは責められたように眉を顰《ひそ》めました。

「最初は負けないようにしようと思ったのは確かよ。そのうちに勉強することが喜びになったの。他に楽しみがなかったからでしょうね。みんなみたいにお洒落したいとも思わないし、男の子にも興味がないの。クラブも入っていないし。だから、特に医者になりたいわけじゃないのよ。ただ、医学部が一番頭のいい子がいくところだって聞いたから、それだったらあたしの何かも満足するんじゃないかと思ったのね」

ミツルは正直です。わたしは面白くなってもっと聞きたくなりました。ミツルという人間の中身をすべて知りたくなったのです。なぜなら、こんな正直な女の子に出会ったことがなかったからでした。

「何かって何」

ミツルはたじろいでわたしの顔を見つめました。ミツルの目は真っ黒で、力の無い小動物のようにつぶらに澄んでいました。

「あたしの中の悪魔みたいなものかもしれない」

悪魔。わたしの中の悪魔は、ユリコのせいで大きく強くなりました。本当ならば、悪魔がいることにだって気付かないでのんびり暮らしていたかもしれないのに、ユリコと一緒に育ったことで悪魔も大きくなってしまったのです。でも、どうしてミツルの中にも悪魔がいるのでしょう。わたしはわかりませんでした。

「それって悪意ってこと。それとも誰にも負けたくないってこと？」

ミツルはわたしの言葉にはっとした様子で、

「そうかもしれない」

混乱したみたいに青空を見上げました。

「あなたって一番気が強いのよ」

「そうなの」

ミツルは顔を赤らめました。自分を恥じているのでしょう。わたしは少しおどけて、違うことを聞きました。

「あなたの家ってサラリーマンなの？　つまり、傍流かってことだけど」

「ううん」ミツルは首を振りました。「うちは貸しビル業よ」

「お金持ちなのね」

「漁業補償でお金をたくさん貰ったから、それで父が事業に乗り出したんだって。昔は網元だったたって聞いたわ。でも、あたしの小さい時に父は亡くなったの」

海に住んでいる人なのに、ミツルは陸に這い上がったのです。肺魚。空気呼吸のできる魚。わたしは思わず、ミツルの色白の細い体が、粒子の細かいねっとりした泥の中を這い回る様を想像しました。わたしは急にミツルと親しくなりたくなったので、誘ってみました。

「今度、うちに遊びに来ない」

「いいわよ」わたしの誘いにミツルは喜んでくれました。「行きたいわ。日曜日でもいいかしら。あたし、毎日医学部コースのある塾に行ってるのよ。ほんとのこと言うと、東大医学部志望なの」

陸からさらに山に登るつもりなのでしょう。わたしの内部に、ミツルをもっと観察したいという気持ちが生まれていました。だって、ミツルはこの学校の中で生まれた突然変異なのです。人並み外れた良心と優しさを持った生物。それはきっと、心の中に人より大きな悪魔がいるからなのです。ミツルの中の悪魔が、良心と優しさを育てたのです。この学校では無用なのに、あちこちの環境に適応しているうちに、その資質だけが伸びてしまったのでしょう。

「あなたなら東大に入れるわよ」

「どうかしらね」

Q大学医学部へ進学できるのは、女子部の場合、学年で四番以内までと決まっていました。ミツルがこのままの成績を維持できれば、Q大医学部には問題なく行けるでしょう。しかし、ミツルはもうこの学校を捨てようとしているのです。

「でも、東大に入れたら入れたで」と、ミツルが何か言いかけた時、コートで打ち合っていたテニス部の生徒が振り向きました。

「ミツル。代わりにやらない？　あたし疲れたから」

全然テニスをやろうとしないミツルに、さりげなく気を遣ったようです。ミツルは、主流の生徒にも、その側を流れる生徒、傍流の生徒からも一目置かれていました。理由は、ミツルが飛び抜けて頭がいいということより、その含羞にあったような気がします。なぜか、ミツルはいつも自分を恥じていました。一番になって恥じ、誰かに親切にして恥じ、授業で発言してしまったと恥じ。それが端で見ていてもわかるのです。今になって思うのですが、ミツルは自分の中に人より遥かに大きな悪魔がいることを感じていたからではないでしょうか。ミツルはわたしが初めて出会った興味深い、そして魅力的な人間でした。

「主流の人が呼んでるわ」

厭味でも何でもなかったのですが、わたしはつい正直に言ってしまいました。ミツルはわたしを悲しい目で見つめました。ミツルのそんな反応にも、わたしは何も感じませんでした。もし本当にミツルが我が家を訪れてくれたら、祖父は何と言うだろうと考えていたからでした。ミツルには気韻がある、と言うでしょうか。

わたしはミツルが去って行く後ろ姿を眺めました。小柄ながらもお尻の位置が高く、均整の取れた体つきでした。ミツルはラケットを重そうに抱え、友達と何か言葉を交わしています。陽に当たったことがないかのように手足は真っ白で華奢でしたが、ミツルのサービスは相手コートのライン際に突き刺さりました。返された球を打ち返す乾いた小気味いい音。わたしなど比べものにならないほど、テニスは上手です。足も速く、コートを機敏に走り回っているではありませんか。でも、きっと試合が終われば、夢中になって能力を見せてしまった自分を恥ずかしがるに決まっています。ミツルが、躾けられてもなお変形する盆栽や、あるがままの美しい姿を愛《め》でられる園芸でないことは確かです。祖父は何と表していいか悩むことでしょう。

リスだ。わたしは突然、閃きました。木の実を拾っては地面に埋めて保存食にする賢いリス。わたしとは全然違う動物なのです。そして、わたしは木。わたしは花ではなく樹木に違いありません。それも松や杉。花のように鳥や虫が群がって受粉を助けてくれることもなく、たった一人で生きていく木なのです。わたしは風を頼って花粉を撒き散らす鈍い太古の樹木なのです。わたしはこの比喩が気に入って一人でにやにやしておりました。

「何がおかしいの」

背中から尖った声が聞こえました。和恵が水飲み場の横に立ってわたしを見ています。さっきから観察していたのかと、わたしは少し不愉快になりました。ごつごつした幹を感じさせる和恵のことは、元々気に入っていませんでした。

「あなたのことじゃないわ。ちょっと思い出し笑いしただけ」

和恵は額に汗をかき、冴えない表情をしていました。

「あなた、あたしの方をちらちら見てミツルって子と一緒に笑っていたでしょう」

「あなたを笑ったわけじゃないわよ」

「ならいいけど。あなたにまで馬鹿にされるのかと思ったら悔しい」

和恵は憤然とした様子で言い捨てました。わたしは和恵に蔑まれていたのだと気付きました。

「何のことかさっぱりわからない。あなたを馬鹿にしたことなんかないもの」

わたしは巧妙に本音を隠しながら真面目に答えました。

「ああ頭に来る。みんなで意地悪して、子供みたいな人たちだわ」

「何かされたの」

「されたならいいのよ」

和恵は激しい勢いでラケットを地面に叩き付けました。土埃が立って、和恵の履いているテニスシューズの白い紐をかすかに汚します。ベンチに座っていた数人の生徒がこちらを見ましたが、すぐ前に向き直りました。その目には何の関心も表れてはいませんでした。地味な裸子植物が二人で喋っていたところで、気にもならないのでしょう。そうです、和恵も決して、美しい形や色、蜜で鳥や虫を誘う花にはなれない地味な松や杉でした。和恵は敵意を籠めてベンチの生徒を睨んだ後、わたしに尋ねました。

「あなた、クラブどこに入るつもりなの。もう決めた？」

わたしは黙って首を振りました。クラブ活動とやらを夢見たこともあったのですが、この学校の現状を見てはどうでもよくなりました。先輩や後輩と言ったところで、ここには縦の関係だけでなく、複雑な横の繋がりが存在します。主流と傍流とその中間。それはわたしの好きな人間関係みたいに柔らかで、時として形を変える縦横自在なものではなく、固定された価値観と共にある不自由なものでした。だから、とっくに興味を失っていたのです。

「あたしはおじいちゃんがいるからいいの」

思わず出た言葉でした。祖父とその友達が先輩で、便利屋稼業がわたしの課外活動なのです。でも、和恵は訳がわからないといった風に苛立った顔をしました。

「それ、何のこと。説明してくれない？」

説明してくれない。説明してくれない？　これが和恵の口癖でした。

「まあ、どうでもいいじゃない。あなたに関係ないもの」

和恵はさっと怒りを顔に浮かべました。

「あたしが一人相撲しているってこと？」

わたしは肩を竦《すく》めました。被害妄想気味の和恵にうんざりしたからです。一方で、そこまでわかっているのなら聞くまでもないじゃない、という思いもありました。

「あたしが言いたいのはね、どうしてこの学校ってアンフェアなのかってことなのよ。勝負する前に決めるなんて狡い」

「どういうこと」

「あたしはチアガール部に入ろうと思ったのよ。入部届を出したら、一方的に駄目だって言うの。ねえ、このことどう思う。おかしいと思わない」

わたしは唖然としました。和恵は自分というものも、この学校のこともちっともわかっていない。和恵はふて腐れて腕を組み、水飲み場の蛇口からちょろちょろと洩れる水に怒鳴りました。

「栓が緩いんだよ」

自分がきちんと閉めていないくせに。おかしさをこらえ、わたしは和恵を観察しました。痩せっぽちで、ごわごわと硬い髪をした少女。特筆すべき何ものをも持たないけれども、そこそこ勉強のできる少女。同等と信じた同級生に屈辱を受け、理不尽だと怒る人。

大人になっていないわたしたちは、傷付けられるのを何かで防御し、さらには攻撃にまで転じなくてはならないのです。やられっ放しではつまらないし、屈辱を抱えたままでは、この先、長い人生を生きていけなくなってしまうかもしれない。だから、わたしは悪意を、ミツルは頭脳を磨くのです。そして、ユリコは幸か不幸か、最初から怪物的な美貌を与えられました。でも、和恵は何もないし、磨かない。ええ、わたしは和恵に同情なんかしたことはありません。和恵はどう言ったらいいのか、つまり、この厳しい現実というものに対して、無知で無神経で無防備で無策なのです。どうして気付かないのでしょう。

わたしの言い方が厳しいとまたおっしゃるのですね。母の自殺の時と同じだ、と。でも、本当なのです。まだ未熟だったと仮定しても、和恵には乱暴で大雑把なところがありました。ミツルのように巧緻でもなく、わたしのように冷酷でもない。何かが根本的に弱かったのですよ。何かとは何だというお尋ねですね。答えは、悪魔の不在です。和恵には、悪魔など棲んでいなかったのだと思いますよ。その意味では、ユリコも同じでした。ユリコの心にも悪魔は棲んでいない。あるがまま、なすがまま。それがわたしにはひどくつまらなかったのです。できるものなら、悪魔を植え付けてやりたいとも思ったくらいです。

そうですか。先にチアガール部についてお聞きになりたいのですね。説明いたしましょう。昔の少女マンガみたいな世界です。笑わないでくださいね。

チアガール部は、大学対抗の野球やラグビーの試合の時に大活躍するので、校外でも有名な花形クラブでした。応援団と一緒にポンポンを持って踊るのです。Qカラーの派手な青と金色のだんだら模様のミニスカートを穿き、長い髪を振り乱して奇声を発しながら脚を上げたり跳んだりする、あれです。ファンクラブがいろんな大学にあると聞き、仰天したこともあります。疎《うと》いわたしはちっとも知りませんでしたが、同級生は憧れと嫉妬から、チアガール部の生徒がいかに男の子にもてるかという噂を始終していました。Q女子中・高のチアガール部ということだけで男子部の生徒の関心を集め、雑誌にも取り上げられるし、他の高校、大学生にも絶大な人気があるからなのでした。

これは、ここだけの話ということにしていただけますか。誰も公言しませんが、入部の際に容姿が問題となるのだそうです。美しくない生徒は入部できないクラブなのです。だから、容姿に自信がない生徒は絶対に入部しようなんて思いません。恥をかくことになるからです。内部生はその辺りをちゃんと飲み込んでいますから、クラブの方からスカウトに来るのを待つのです。

しかも、大学のチアガール部と一緒に行動しますから、先輩後輩の結束が固く、生え抜きしか重用されないのだと聞きました。一種の特権的なクラブだったのです。初等部から上がってきた生徒の中でも、とりわけ美貌に恵まれて、パフォーマンスの好きな生徒たちのクラブ。言葉に出さなくても、その辺はうすうす察しが付きそうなものですが、和恵は気にも留めなかったのでしょう。

しかも、ほとんどの部員にボーイフレンドがいるのだと聞きました。それも、Q大学のラグビー部とか、ゴルフ部とか、かっこいいお坊ちゃんばかり。先程お話しした美人で有名なチアガール部の生徒には、医学部に通うアイスホッケー部の恋人がいるという噂でした。何でも、その恋人は芸能人が手術や入院をすることで有名なT病院の一人息子なのだとか。つまり、金持ちの男の子にもてて、目立って、いち早くミニチュア大学生になれるのがチアガール部なのでした。

和恵にどうしてそんなクラブに対する憧れがあったかと言いますと、おそらく、気分は大学生みたいなものだったからだと思います。熾烈な受験戦争に勝ち、もうこれからはどんなに成績が悪くたってQ大学に進学できるのですから気持ちは緩みます。問題は、大学生のように遊びたいと思っても、まだ身分は高校生だということでした。だから、緩んだ生徒はミニチュア大学生に憧れるのです。でも、正直に言って、わたしには和恵がそういう緩んだ気持ちと派手やかな希望を持っていることが驚きでした。

「断られたってどういうこと。誰でも入部できるわけじゃないの？」

無論、わたしにはその理由がわかっていました。それでも、わたしはそれを和恵の口から聞きたかった。

「そうなのよ。あたしは絶対におかしいと思うから聞いて。入部希望出したら、大学の先輩が直接面接するからって言われたのよ。それが待てど暮らせどなくて、さっきあいつにどういうことか説明してくれないってて聞いてみたの」

和恵は忌々しそうに、コートのベンチに座っている生徒を指さしました。その生徒は白いショートパンツから長い脚を投げ出し、目を閉じて陽灼けを楽しんでいました。太陽に顔を向け、Tシャツの袖も肩までまくって。目が細くて吊り上がり、決して美人とは言えない生徒でしたが、スタイルがいいだけでなく、チアガール部員の特徴である華やかさがあって、とにかく人目を惹く女の子でした。

「あいつがこう言うのよ。悪いけどあなたは面接に落ちたみたいよって。面接なんかしていないじゃないって抗議したら、先輩が教室まで来てこっそりあなたを見たって言うのよ。それってあんまりじゃない。勝手に選ぶって酷いじゃない。普通、面接って、話したり、何がやりたいかとか聞いて、初めて判断を下すものでしょう。だから、それはおかしいって言ったら、あいつにやにやして何も答えないの。汚いわ」

和恵の言うのは正論です。わたしは果たして先輩が見に来たかどうかも怪しいと思いましたが、一応はもっともらしくうなずきました。が、和恵の鈍さにも呆れ、わたしは話していること自体が面倒臭くなりました。

この世界は平等ではない。入学後一カ月も経っているというのに、どうしてその真実に気付かないのでしょう。和恵はQ女子高に入ってはいけなかったのです。これほど嫌らしく見栄の絡み合った複雑な世界はないのに、自分がこれまで培った努力と勤勉という価値観で通ると思っているのですから。

「はっきり言うけど、あのクラブって可愛い人しか入れないわよ」

「わかっているわ。けど、機会均等じゃないのはアンフェアじゃない。入って努力するのではどうしていけないのかしら。それがクラブじゃないの」

和恵はつぶやきました。わたしの言葉に傷付いた様子がわかりました。そういう時のわたしは、さらに傷付けたくて仕方がなくなるのです。

「じゃ、抗議したら。ホームルームで言ってみればいいじゃない」

担任が出席を取ったり、その日の予定を確認したりする程度で、ホームルームなどあってなきがごとしでした。皆で討論したり、何かを決めたりするのはださいと思われていたのです。しかし、和恵はいとも簡単にわたしの提案に乗りました。

「そうね、そうするわ。あなたに感謝する」

ミツルだったら、こうは言わなかったでしょう。おそらく、言葉を選び、諦めるように説得したことでしょう。ちょうどその時、授業の終わりを告げるチャイムが聞こえてきました。和恵はわたしに挨拶もせずに、満足した様子で歩きだしました。

わたしは和恵が去ったのでほっとしました。それに喋っていただけで、授業が終わってくれたので得した気になりました。Q女子高では、体育や家庭科の授業はわりといい加減でした。やる気のある者とない者とがくっきり分かれたからです。成績を上げるために努力を惜しまない者と、そうでない者、と言いかえても構いません。だから、教師はやる気のある者しか構わなかったのです。

それはQ女子高の教育理念でもありました。「独立独歩と自尊心」。生徒は何でもいいから自分だけにしかないものを伸ばせ、そして自立しろ、と盛んに言われるのです。規律は緩く、生徒の自主性に任されていました。チアガール部がミニチュア大学生になれるのも、ゴルフ部が高級カントリークラブでコンペを催すのも、内部生が外部生を差別するのも、すべては生徒の自主性に任せられた結果なのでした。

というのは、教師のほとんどがQ学園の出身者で構成されていたからです。純粋培養された教師たちによって、学園の教育理念はさらに抽象的な意味を失い、この学校では「何でもあり」だということをわたしたちに教えてくれたのでした。素晴らしい教えだと思われませんか。だって、その理念はわたしやミツルが密かに信奉しているものなのですから。わたしが悪意、ミツルが頭脳。わたしたちは互いに美点を伸ばし、育てて、この汚濁にまみれた世界から自立しようとしたのです。

3

母の死を報せる電話がかかってきたのは、七月に入った雨の早朝でした。わたしはお弁当を作り終えて、朝食の準備をしていたところでした。パンが焼けたので、冷蔵庫から出したばかりで溶けないバターの塊を必死にパンの表面になすりつけていたのです。紅茶とジャムトースト。わたしたちの朝食はいつも同じメニューでした。

祖父は例によって、ベランダに出て盆栽と会話している最中でした。梅雨の最中は盆栽に虫が付いたり、黴《かび》が生えたり、問題が多発するそうです。祖父は雨降りの間ずっと気もそぞろでしたので、電話が鳴ったのも気が付きません。

「元気がないねえ。しょうがないでしょうねえ。こんなに毎日雨が降っちゃ、あんたらも腐るわね。でも、根本から腐ったら駄目だよ。気韻も腐っちゃうよ。いつまでもあると思うな気韻ちゃんってね。こんなことで負けたら、わたしも憂鬱になっちゃうからねえ」

バターがパンの熱で溶けて黄色い膜になったら、今度はストロベリージャムを塗り込まなくてはいけません。種の黒いぷつぷつが程よく散らばるように注意深く塗り、そしてパンの耳からはみ出さないように。いいタイミングでリプトンのティーバッグもカップから取り出して二回目に備えなくてはならないのですから、わたしはとても忙しいのです。わたしは祖父に怒鳴りました。

「おじいちゃんってば」

祖父は振り返って、わたしの方を見ました。わたしは電話を指さします。

「電話出て。お母さんからだったら、学校に行ったって言って」

外は灰色に煙っていて、向かい側の公団住宅の上階も霞んで見えないほどの土砂降りでした。暗いので、朝から電灯を点けた部屋は夜でもなく、朝でもない、何となく奇妙な感じでした。わたしがなぜ母からの電話かと思ったかと言いますと、こっちが朝七時の時間だからです。スイスとの時差は七時間。こっちが朝七時の時はあっちが夜の十二時。それでもこんなに早い時間に電話がかかってくるのは滅多にないことですから、ユリコでも死んだのかもしれない、とわくわくしたのを覚えております。

祖父はやっと受話器を取りました。

「はい、そうです。ああ、どうも。お久しぶりです。その節はどうも大変お世話になりましてございます」

祖父の舌が回らなくなりました。その慌て振りを見て、わたしの学校からかもしれないと思い、わたしはそそくさとティーバッグを受け皿に置きました。紅茶はまだ薄く、わたしはしまったと思いました。祖父が憮然とした顔でわたしを呼びます。

「お父さんだよ。あんたに話があるんだってさ。何だかちんぷんかんぷんでさ。わたしにゃ一番には話せない大事な用件だとか何だとか言ってるらしいよ」

父から直接電話を受けたことは一度もありませんでした。もう学費を送らないと宣言されるのではないだろうか。わたしは身構えました。

「これから話すことにショックを受けられるかもしれませんですが、それは仕方がないことだ。我々も辛いと思いますが、皆、たえている状況なのだから、これは家族の悲劇だと思う」

前置きが勿体ぶっていて長く、伝える相手の優先順位を厳密に決めるのは父の特徴でした。しかも、日本を離れて生まれ故郷の言葉を喋っているせいか、日本語もかなり下手になっていました。わたしは苛立って遮りました。

「どうしたの、いったい」

「さっき、お母さんが死んだ」

父の声は沈鬱ながらも弾んでいて、心の混乱を物語っていました。受話器の向こうはしんと静まり返って、ユリコの声も何も聞こえません。わたしは平静に聞き返しました。

「なんで死んだの」

「自殺。さっき私が帰って来た時、お母さんは眠っていた。お母さんはもうベッドに入っていた。目を開けないし、変だと思ったけど、そういうこともあるし、最近はあまり喋らないし、私が隣に行ったら、息をしていないって気が付いたから、死んだと気が付きました。昼間たくさんの睡眠薬を飲んだらしいと医者が言っている。死んだのは七時頃だって。誰もいない時に死んだなんて、考えるのはとても辛いことだ」父は拙《つたな》い日本語で訥々《とつとつ》と語り、とうとう声を詰まらせました。「まさか自殺するなんて思ってもいなかった。私が悪いみたいじゃないか。当て逃げと思ったよ」

当て逃げというのは、当てつけの間違いなのでしょう。わたしは冷たく言いました。

「お父さんが悪かったんじゃないの。無理矢理スイスに連れてって」

わたしの言葉に父は怒りました。

「お前は私と仲が悪いから、責めることを言うのか。私に罪を認めろというのか」

「それもあるけど」

沈黙の後、父の怒りは徐々に静まって、悲しみが増してきた様子でした。

「ああ、十八年も一緒に暮らしたり住んだりなのに先に死ぬなんて、私には信じられない」

「確かにショックだね」

父はふと不思議そうに問いました。

「お前は母親が死んだことが悲しくはないのか」

悲しくはなかったのです。不思議なことに、わたしの中では母はとっくに失われた人だったのですね。ごく幼い時に喪失感を得てしまっていましたから、三月にスイスに行く母を見送る時も、特に悲しいとか、寂しいという感情はありませんでした。死んだと聞いて、もっと遠くに行ってしまったんだ、という思いはありましたが、悲しいという感情とは別物でした。でも、そんなことを父に言ったところでどうなるものでもありません。

「悲しいよ、勿論」

父はその言葉を聞いて何とか納得したようです。急に声から力が失せました。

「私はショックを受けているよ。ユリコもそうだ。あの子はさっき帰って来て、驚いています。今は部屋で泣いているんだろう」

「何でユリコはそんなに遅く帰って来たの」

わたしは思わず詰問していました。ユリコがいれば、もっと早く発見できたかもしれません。

「あの子はデートだった。カールの息子の友達と。私は仕事で打ち合わせで、それが長くなったので、どうしても帰ることができないだった」

父は弁解しました。父の急激な言葉の乱れから言っても、父と母が語らっていたようには思えませんでした。おそらく、母は孤独だったのでしょう。でも、わたしは何も思いませんでした。孤独にたえられない者は死んでいくしかないのです。

「葬式のことだが、ベルンでやるからお前も来なさい。でも、おじいちゃんの旅費は出す予定はないから、そのことは私から彼に説明しよう思う」

「悪いけど、わたしは期末試験があるからやめにする。わたしの代わりにおじいちゃんに行かせてあげてよ」

「お母さんと最後のお別れをしなくていいのか」

もうしたからいい、幼い頃に。

「わたしはいい。待って、おじいちゃんに代わる」

うすうす悟ったらしい祖父はこわばった表情で電話に出ました。そして、事務的なことを父と相談していました。葬式に行くことは辞退していました。わたしは冷たくなってしまいました。昨夜の残り物で作ったお弁当をハンカチで包んでいると、祖父が台所にやって来ました。憤りと悲しみで顔が青白くなっていました。

「あいつが殺したんじゃねえか」

「あいつって」

「お前のオヤジに決まってる。葬式も行ってやりたいが行けないよ。情けねえやなあ。一人娘の葬式にも行けないんじゃ」

「行けばいいじゃん」

「駄目だよ。俺は保釈中だもん。あーあ、独りぼっちになっちまったよ」祖父は台所の床に座り込んでおいおい泣きだしました。「女房も娘も先に逝《い》っちゃって、何て人生だよ」

わたしはしばらく祖父の細い肩に手を置いて揺すってやりました。手がポマード臭くなると思ったけど、全然構いませんでした。そうです。わたしは祖父には愛情らしきものを感じていたのです。祖父はわたしを自由にしてくれたからです。

「可哀相だね、おじいちゃん。でも、盆栽があるからいいじゃない」

祖父ははっと我に返りました。

「その通りだ。お前は落ち着いていて偉いよねえ。お前はほんとにしっかり者だよ。もう俺は駄目だから、お前に頼って生きていくから」

そんなこと、とっくにわかっていたことです。わたしと暮らして四カ月。祖父は家事も便利屋の仕事も、公団の中での付き合いも、すべてわたしに頼り始めていました。自分は何もかも忘れて盆栽の世話だけをしたくてたまらないのですから。

わたしは頭をくるくると巡らせて、次の算段を考えていました。これから先、わたしがスイスに呼び寄せられることがあったらどう対処するか、ということでした。あるいは、父とユリコが帰国してきて一緒に暮らそうという場合も。

　でも、両方共あり得そうもないことです。父もユリコも母のいないベルンで、これまで通り暮らしていくのだと思いますし、ユリコと仲の悪いわたしを呼ぶこともないでしょう。母からの手紙でもわかるように、たぶん、ベルンでの母は、家族の中でもたった一人の東洋人として孤独だったのでしょう。わたしは行かなくてよかったとまた胸を撫で下ろしたのです。

　ところが、安心するのはまだ早かったのです。なぜなら、すぐその後にユリコから電話がかかってきたからです。

「もしもし、お姉ちゃん」

　久しぶりに聞くユリコの声でした。ユリコは誰かに聞かれるのを恐れるように、声を押し殺していましたから大人びて聞こえました。わたしは時間がないので、苛立ちました。

「そろそろ学校に行かなくちゃならない時間なんだけど、何の用」

「お母さんが死んだのに学校に行くの。お姉ちゃん、冷た過ぎない？　それにお葬式も来ないって聞いた。それほんと」

「そうよ。変かしら」

「変だよ。喪に服すんだってお父さんが言ってたから、あたしは学校もしばらく休むし、お葬式も出るわ」

「好きにすればいいじゃない。あたしは学校に行く」

「お母さんが可哀相」

　ユリコは非難を籠めて言いました。わたしは是が非でも学校に行きたいというわけではなかったのです。理由がありました。わたしが焚きつけたせいで、さんざん悩んで和恵が、チアガール部の入部差別問題として、今日にもホームルームでぶちまけようとしていたからです。そんなことを言う人間はＱ女子高始まって以来ではないでしょうか。こんな一大事にわたしが同席できないなんてつまらないではないですか。

　母の死よりもそちらが大切だとか、そういう軽重の問題ではありません。ただ、わたしがヒントを与えたことを、和恵がどう処理するのか見届けたかったのです。母の死はすでに終わったこと。わたしが学校を休んだからといって母が生き返るわけではありません。とはいえ、わたしはユリコに母の様子を尋ねていました。

「お母さん、最近変だったでしょう」

「うん。ノイローゼ気味だった」ユリコは泣き声でした。「お米は高いって文句言ってるのに、毎日、大量に炊いては余らすの。お父さんが嫌いなの知ってるから、嫌がらせしてるのよ。逆にビゴスなんか作らなくなったしね。あんなもん、豚に食わしちまえ、とかつぶやいてたこともあったし。外出もしないの。この間なんか、電気も点けない暗い部屋の中でじっと座ってるんだよ。あたし帰って来て誰もいないのかと思って電気点けたら、お母さんがテーブルの前に座って目を開けてたからすごく気味が悪かったわ。あたしのこと、じっと見つめて『あんたは誰と誰の子供なの』なんて言うこともあったわ。正直言って、お母さんのことはあたしもお父さんもちょっと持て余していた」

「手紙貰ったけど、変だったからね」

「手紙あったんだ。何て書いてあったの」

ユリコは興味津々の様子でした。

「たいしたことじゃないわ。それより、何の用」

「相談があるのよ」

珍しいこともあるものだとわたしは用心深くなりました。悪い予感がしてなりませんでした。外はさらに暗く、雨はますます激しくなっています。これでは駅に着くまでにびしょ濡れになるのは間違いありません。

わたしはホームルームに間に合うように行くのは諦め、畳の上にぺたんと座り込みました。祖父は四畳半に新聞紙を敷き詰め、ベランダから盆栽を避難させています。戸を開け放しているので、ごーっという雨の音が部屋に響いていました。わたしは声を大きくして聞きました。

「雨の音、聞こえる？　すごくうるさいよ」

「聞こえない。お父さんの泣き声聞こえる？　それもうるさいよ」

「聞こえない」

わたしたちは一万キロも離れて、電話線一本で奇妙な話をしているのでした。数時間前に母親を失った姉妹が。ユリコが言いました。

「お姉ちゃん、あたし、お母さんが死んだら、もうここにはいられないよ」

「どうして」

わたしは叫んでいました。

「だって、お父さんはきっと再婚するもの。あたしにはわかっているんだ。お父さんは工場の若い女工さんと付き合っているのよ。トルコ人の女の人。お父さんは誰にも知られていないと思い込んでいるけど、カールもアンリも皆知ってる。アンリが言うのよ。あのトルコ人の女は妊娠してるに違いないって。だから、すぐに再婚すると思う。そうしたら、あたしはここにいられないわ。日本に帰る」

わたしは愕然として立ち上がっていました。ユリコが帰って来る。やっと別れられたと思ったのはたった四カ月だけだった。

「どこに住むつもりなの」

「そこは駄目？」

ユリコは媚びるように言いました。わたしは、肩を雨に濡らして盆栽を部屋の中に運び込もうとしている祖父の後ろ姿を眺めながら、はっきり答えました。

「絶対に駄目」

4

土砂降りの中、バス停までの道のりを、わたしは必死の思いで歩いておりました。わずかに勾配のあるアスファルト道路の端を、雨水が水路を穿《うが》つように勢いよく流れ、うっかりその中に足を踏み入れようものなら、たちまち脹《ふく》ら脛《はぎ》までびしょ濡れになりそうでした。

青い折畳み傘は水分を吸ってずしりと重く、傘の柄を伝った水がわたしの手首を濡らし、制服のブラウスの袖口から腕の裏側まで伸びていきます。その冷たい感触。いつも乗るバスがゆっくりと背中から追い抜いて行きました。見送ったガラス窓は乗客の吐く息で白く曇り、いかにも湿度の高い不快な車中が想像できました。

次のバスは何時でしょう。ホームルームには間に合わないのでしょうか。でも、わたしはそんなことなど、本当はどうでもよかったのです。電話でユリコが言ったことが頭の中でぐるぐる巡り、どうしようどうしよう、とそればかり考えていたからでした。

行くところのなくなったユリコが日本に帰って来たら、また姉妹で暮らさねばならないのです。わたしの家は極端に親戚の乏しい家ですから、ユリコが身を寄せるとしたら祖父のところしかあり得ない。あの狭い家で、ユリコと一緒に暮らすなんて。考えただけでも鳥肌が立ちました。朝、目を覚ますと隣の布団でユリコが寝ていて、光のない瞳でわたしを見る、祖父とユリコと三人で紅茶にジャムトーストの朝食を食べる、なんて。

　ユリコは、祖父が安ポマード臭いと嫌い、祖父の可愛がっている盆栽を場所塞ぎだと怒り、公団での助け合う暮らしを面倒がることでしょう。そして、周囲から浮き上がるユリコはきっと、公団でも近所の商店街でも異様な関心を集めることでしょう。わたしと祖父とのうまくいっている暮らしはバランスが崩れ、祖父は犯罪者に戻ってしまうかもしれません。

　でも、何より嫌だったのは、わたしがまた怪物のユリコに目を奪われるということでした。そうです。わたしはユリコの美貌に冒《おか》されているのです。あれだけの美貌がそこに存在していることへの驚異と不安。ユリコは存在するだけで気持ちの悪い子供なのです。それは実に不思議な感情です。ユリコは誰よりも美しい。でも、誰よりも醜い。わたしの感情はユリコがいる限り、高い山の頂に登り詰めたかと思うと、次の瞬間は深い谷底に沈み、一度も安定なんかしたことがないのです。だからわたしはユリコが大嫌いなのです。不意に、わたしは自殺した母のことを思いました。

『あの人たちは、私のようなみっともない東洋人がユリコみたいな美しい子を作ったことが不快なのだと思います』

　母が死を選んだ理由は、孤独の病のせいでも、父の浮気が原因でもなく、ユリコの存在そのものだったかもしれません。ユリコが帰国すると聞いて、ついさっきまで、何でこんなに早く自殺なんかしたのだと母を恨み、浮気した父を憎み、頭の中は訳のわからない憤懣が渦巻いていたのですが、何だか急に母が哀れになり、初めてわたしは親近感を持ちました。涙が浮かんできました。ええ、わたしは雨の中で初めて母の死に対して泣けてきたのです。信じられないかもしれませんけど、何しろ十六歳でしたからね。わたしにもそういうセンチメンタルな気持ちも少しはあったのですよ。

　その時、後ろからしゃーっと水を切る車の音が近付いて来ました。わたしは水が撥ねるのが嫌でしたから、布団屋の軒下に逃れて通り過ぎるのを待ちました。車は、うちの近所では滅多に見たことのない、政府高官が乗るようなばかでかい黒い車でした。はい、プレジデントとかそういう種類の車でした。今、P区の区長も乗っていますから、わたしでも知っています。その車がわたしの横でぴたっと停まり、するすると窓が開きました。

「乗っていかない？」ミツルが窓から降り込む雨に顔を顰《しか》めていました。驚いて逡巡するわたしにミツルは手招きします。「早く早く」

わたしは慌てて傘を閉じ、反射的に乗ってしまいました。広い車内はエアコンが効いていて寒いほどでしたが、安っぽい芳香剤が香りました。運転手でもいるのかと思ったら、意外にも、運転しているのは髪が乱れたおばさんです。おばさんが振り向いてわたしの顔を見ました。

「あんたがＰ区の公団に住んでる子？」

低く掠《かす》れて、ざらざらした耳障りな声でした。

「はい」

「ママ、失礼でしょう」

ミツルがわたしの濡れた制服をハンカチで拭いてくれながら諌《いさ》めました。母親は謝りも笑いもせず、前方の信号を見つめています。これがミツルの母親か。わたしは常に人間の関係、それも遺伝子の作用が気になるものですから、ミツルにどこが似ているのだろうと母親を注意深く観察しました。パーマが伸びた手入れの悪い髪。化粧気のない茶色い膚《はだ》。普段着というより、寝間着のようなグレーのジャージの上下。足元は見えませんが、きっとソックスにサンダル履きに違いありません。もしくは薄汚れたスニーカー。

ほんとにこの人がミツルのお母さん？　だったら、わたしの母親よりひどい。そんな落胆があって、わたしはミツルの顔と見比べてしまいました。ミツルはわたしの視線を感じて顔を上げました。目が合いました。ミツルは観念したように首を振りました。母親がミツルとは似ても似つかない小さな歯並びを見せて笑いました。

「珍しいね。ここからあの学校に入るなんて」

ミツルの母親は、何かを捨てた人でした。何かというのは、今になってわかるのですが、おそらく評判や、社会的な名声とか言われるようなものです。わたしは入学式の時に、Ｑ女子高の父母たちを垣間見ましたが、総体に豊かで、その豊かさを撒き散らすことに腐心している人々でした。あるいは隠すことで垂れ流す技を磨いていると言いましょうか。いずれにせよ、その場に通用している共通言語は豊かさだったのです。

でも、ミツルの母親はとっくにそんなことは諦めたのか、やめたのか、無縁でした。では、高等部からの生徒の親のように、知性を自慢する、会社員の家族にも見えません。ミツルの母親からは、豊かさとは違う、もっとわかりやすいお金とか宝石とか家とか、現世的な幸福の匂いがしました。

わたしはミツルから、母親がP区に住んでいることを隠せと命令したと聞いておりましたので、とても意外でした。もっと見栄を張って生きている人かと勘違いしていたのです。わたしの気持ちをいち早く察したミツルが反撃しました。

「あなた泣いてた?」

わたしは答えずにミツルの目を見返しました。ミツルの目は見たことのない意地悪に溢れていました。悪魔が見えた。わたしはミツルの尻尾を捕まえた気がしましたが、ミツルは、そんな自分を恥じてか、さっと顔を伏せました。

「さっき電話があって、母が死んだの」

ミツルは暗い面持ちになり、言った自分の口を捨ててしまいたいというように指で唇を捻りました。いずれ、あの癖、大きな前歯をこつこつと爪で叩く癖が出現するでしょう。わたしはミツルと戦う気でおりました。が、ミツルは全面降伏しました。

「ごめんね」

「お母さん亡くなったの?」

運転席からミツルの母親が振り向き、さほどのことではないとばかりにひしゃげた声で言いました。戦いは母親の方に受け継がれた感がありました。母親の言い方はぞんざいで、祖父の周辺にいる人々にそっくりでした。率直であけすけで、名よりも実を取る人たちに。

「はい」

「幾つだったの」

「五十歳くらい。まだ四十八かな」

わたしは母の正確な歳を知りませんでした。

「じゃ、あたしと同じくらいじゃない。何で死んだの」

「自殺です」

「何が原因。まさか更年期じゃないわよね」

「知りません」

「母親に自殺されちゃ、子供も立つ瀬ないよね」

その通りでした。わたしの気分を言い当ててくれたミツルの母親に、感謝の念を抱いたほどです。

「じゃあ、忌引きでしょう。休めるのにどうして出て来るの」

母親はウィンカーを乱暴に引き下げながら独りごちました。

「はあ。でも、母は外国で死んだから家に居ても仕方ないんです」

「だったら、こんな雨なんだから無理して出て来ることないじゃない」

母親はフロントガラスの先を指さしました。雨脚の激しさに車は皆、徐行運転をしています。母親はバックミラーでわたしの顔を眺めました。窪んだきつい目がわたしを隈《くま》なく観察しています。

「今朝は行きたかったから」

その理由は和恵の入部差別問題でした。でも、余計なことを言うわけにはいきませんので黙っていました。母親はすぐさま忌引きのことに関心をなくした様子でした。

「ねえ、あんた。もしかしてハーフ？」

「ママ。そんなことどうだっていいじゃない」ミツルがとうとう口を挟みました。案の定、こつこつと前歯を爪で叩く音がキツツキみたいに忙《せわ》しなく聞こえてきました。「この人、お母さんが亡くなったばかりなんだから、関係ないこと聞かないでよ」

でも、母親はミツルの言葉など耳に入りません。

「ねえ、おじいさんと一緒に住んでるんだって」

「そうです」

傘から水が滴り、車の床を濡らしました。床には灰色の分厚いカーペットが敷いてありましたが、飲み物をこぼした跡らしい黒い染《し》みがすでにあちこちに付いていて、どことなく薄汚い印象でした。

「おじいさんは日本人なんでしょう」

「はい」

「お母さんは日本人なの？　あんた、日本とどこのハーフ」

わたしがどうしてこれほどミツルの母親の興味を惹くのでしょう。でも、わたしは次第に、ミツルの母親の質問に心地よくなっている自分に気付きました。なぜなら、誰も聞きたいと思っているのに聞かないからです。

「スイスと日本です」

「かっこいいね」

母親は嘲笑するように言いましたが、さして悪意はなさそうでした。ミツルがわたしの耳に囁きました。

「ごめんね。うちの母親って失礼でしょう。あれでもきっと気を遣ってるのよ」

「遣ってないよ」母親が振り向きます。「その子、強そうだもの。ミツルなんかガリ勉で嫌な子でしょう。東大医学部行くなんて言っちゃってさ。この子は意地っ張り。負けたくない、馬鹿にされたくないってそればっかり。この土地嫌ってマンション借りるって言ったのもこの子。中等部の時、凄まじいイジメに遭ったもんだから武装してるのよ。さっさとやめさせればよかった」

わたしはミツルにさりげなく尋ねました。

「何で苛められたの」

「あたしが飲み屋やってるからに決まってる」

母親が答えを引き取って首都高速に入りました。先は渋滞で詰まっています。ミツルは黙ってうつむいていましたが、学校に近付くに従って、その顔が青白く澄んでいくのをわたしは見つめていました。

校門の真ん前で、母親は車を停めました。自家用車で送ってもらった生徒は他に何人もいましたが、皆、校門を避けて外れたところで停めます。でも、ミツルの母親は立派な石の校門の前に横付けし、登校する生徒たちの好奇の目を意識的に惹くのでした。ミツルの傷を抉《えぐ》るようにわざわざ嫌うことをするのです。礼を言ったわたしに、母親は言いました。

「今度おじいちゃんにお店に来てって言って。安くするから。駅前の『ブルーリバー』だからさ」

わたしはよく知りませんでしたが、その店は大衆的なキャバレーチェーンか何かでした。

「そこ、盆栽ありますか」

「何で」

「おじいちゃん、女の人より盆栽が好きだから」

わたしのからかいに、母親は戸惑って首を捻りました。何か言いかけましたが、ミツルが勢いよくドアを閉めたために聞こえませんでした。折畳み傘を広げようと立ち止まったわたしに、ミツルが傘を差し掛けてくれました。都心に入ると、雨は少し小降りになっていました。

「うちの母親って変わっているでしょう、偽悪的で。あたし、ああいうの嫌いなのよ。ことさらに嫌なことを自分から言う人って、弱い人だと思わない？」

ミツルは冷静な口調で言いました。よくわかる、とわたしはうなずきました。いいえ、決してミツルの母親が嫌な人間だとか弱いとは思いませんでした。ただ、ミツルにとっての理想ではないことだけはよくわかったのです。それはわたしも同じでした。子は母を選べないのです。だから、ミツルの中等部でのイジメに対しての武装は、同時に自分の母親に対しての武装でもあったのではないでしょうか。わたしはミツルの母親に会ったことで、ミツルをもっと理解したのでした。それにしても、わたしの母親が自殺したその日にミツルの母親と出会うという出来事は、ある縁でもありました。そのこともいずれお話しします。ミツルが心配そうに聞きました。

「あなた、お母さんが自殺したって平気なの」

「平気よ。あたしはとっくに別れた気でいるから」

わたしより十五センチは背が低いミツルは傘の中からわたしを見上げました。

「わかる。あたしもママとはとっくに訣別しているの。今はああやって利用しているだけなのよ」

「知ってる」

「あなたって変な人ね」ミツルは一瞬わたしの顔を見ましたが、ミツルに手を振る友人を認め、そちらに行こうとしました。「行かなきゃ」

「ちょっと待って」

わたしはミツルの制服のブラウスを摑みました。ミツルが振り返ります。

「あなたが苛められた時、武装したって言うけどどうやってやったの」

「あたしの場合はね」ミツルはわたしと話すために、級友たちに先に行くように合図を送りました。「ノートを貸してやったのよ」

確かにテストの時、内部生たちがノートのコピーを回している場面を何度か目撃したことがあります。いったい誰がそんな奇特なことをしているのだろうと、わたしは内心不思議に思っていたのでした。高等部からの入学者たちは自分のことで精一杯だったはずです。そもそも、競争を勝ち抜いて入ってきたわけですから、競争相手を手助けすることなど考えもしないのです。

「でも、それってあなたが利用されることでしょう。苛める子たちに親切にすることはないじゃない」

ミツルは大きな前歯を爪で叩きました。

「あなたにだけ言うけど、あたしが皆に貸すノートは本当のノートじゃないのよ」

「どういうこと」

「あたしのノートはもっとちゃんとしているの。つまり、ダブルノートを作ったのよ。皆に貸す方は、ほんの少ししか大事なことを書き入れてないの。どうせ、あの子たちには見破れっこないもの」

　ミツルは恥ずかしいことのように声をひそめました。でも、声の調子には愉しむ余裕すら漂っていました。

「あの子たちの図々しさには、ほんと呆れるわよ。苛めるくせに、ノートなんか借りて当然と思っているんだから。その臆面のなさに対抗するには、取引して自己主張するしかないのよ。あたしはノート貸してあげるから、あたしを苛めるのやめてって交換条件出したの。あの子たち、飲み込みは早いのよ。あたしが苛められるだけの弱い人間じゃなくて、利用価値があると知った途端、ターゲットは別の子に移っていったわ」

「あの子たちが有り難がっているノートは、あなたの本当のノートじゃないのね」

　わたしはつい吹き出してしまいました。ミツルは曖昧に微笑んで肩を竦《すく》めました。

「あなたは中等部のイジメを知らないのよ。それは凄かったわ。初等部から来た子は六年間同じクラスなのよ。内輪意識が強くて固まりたいから、中等部から入って来た子の中からイジメのターゲットを探すの。一度ターゲットになったら、もう終わり。地獄の学園生活が待っている。あたしなんか一年間、誰とも口をきいてもらえなかったわ。話すのは教師と購買部のおばさんだけ。中等部からの子も一緒になって苛めるのよ。どうしてかって言えば、外部生を苛めることによって、内部生に同化できるからなの」

　予鈴が鳴りました。ミツルに声をかけた級友はとっくに姿が見えません。そろそろホームルームが始まりそうです。わたしたちは教室に向かって急ぎました。でも、わたしにはどうしてもこの可愛い姿のミツルが苛められた、という理由がわかりませんでした。

「あなたはなぜターゲットになったのかしら」

「ママが授業参観に来たの」ミツルはわたしの方を見ずに冷静に言いました。「ママは保護者会でこう挨拶したの。娘が念願のQ学園の一員になれて嬉しいですってね。初等部も受けさせたけど駄目でしたから、せめて中等部から入れるのが私の夢でした、一生懸命勉強させた甲斐がありました、皆さんどうぞ仲良くしてやってくださいって。これだけ聞くとごく普通の挨拶でしょう。でも、次の日から、あたしはターゲット。

朝、黒板にママの絵が描いてあった。派手な赤いスーツ着てダイヤの指輪して、ぺこぺこしてる絵。横に『Qの一員です』って、書いてあった。つまり、初等部入学だろうと中等部だろうと、うちなんかは決して一員になんかなれっこないってことなのよ」

わたしはミツルの母親の虚飾を捨て去った諦め顔を思い浮かべました。イジメで傷付いたのは、ミツルではなく、母親だったのです。ミツルの母親はきっと知らなかったのです、この小さな社会に厳しい階級が存在して揺るぎないことを。気付いた時はもう遅い。さんざん餌食《えじき》になって食い尽くされるしかないのです。ミツルは健気にも頭脳で生き抜いたのに、母親の方は挽回するチャンスも与えてもらえない。ミツルの母親は二度と保護者会には顔を見せなかったことでしょう。

「よくわかったわ」

「何がわかったの」

ミツルは初めてわたしの顔を見上げました。赤い傘のせいで、ミツルの顔はほんのりと桜色に染まり、とても幸せそうに見えました。

「あなたのママのこと」

わたしはその後、あなたは自分の母親に愛想を尽かしたのね、と言いたかったのですが、ミツルは顔を歪めました。

「ごめん。あなたのお母さん、今日亡くなったのよね」

「いいのよ。どうせいつか別れるんだから」

「クールね。かっこいい」

ミツルは嬉しそうに笑ったのでした。わたしとミツルの間に、わたしたちにしかわからない微妙な感情が生まれたことに、二人とも気が付いていました。わたしはその日からミツルに淡い恋情を持ったのです。


動作のゆっくりしたミツルより少し早く教室に入ったわたしは、真っ先に和恵を探しました。和恵はやや青白い緊張した面持ちで、黒板を睨んでいました。わたしを認めた和恵が席を立ち、例のぎくしゃくした足取りでわたしの席までやって来ました。

「おはよう。あのことだけど、今日言うつもりなの」

「ふーん、頑張って」

わたしは鞄の水滴をハンカチで拭き取りながら気のない返事をしました。内心は、ショーに間に合ったことに安堵していたのです。

「あなたも何か言ってよ」

和恵はわたしの目を覗き込みました。黒い睫《まつげ》に縁取られた小さな目がこちらを見つめています。わたしは和恵の目を見返しているうちに、だんだんと和恵が嫌いになってきたのです。何て正直なお馬鹿さんなのでしょう。和恵はいずれイジメのターゲットになるでしょう。中等部ほどの子供っぽい熱心さはなくても、この学校で生き難くなることだけは確かです。でも、わたしは止めたくなかった。和恵が外れれば外れるほど、わたしとミツルは違う生き方を考えることができるからなのです。この考え方が嫌らしいとおっしゃるのですね。しかしわたしにとっての世界とは、こうしたものだったのです。

「いいわよ、応援する」

わたしは心にもないことを言いました。和恵はほっとしたように目をきらりと光らせました。

「よかった。あなた何て言う?」

「あなたの言うことは正しいって言えばいいんでしょう」

「じゃ、あたしが発言したら、手を挙げてよ」

和恵は心細そうに級友たちをひとわたり眺め回しました。真面目な外部生は席に着いて担任が来るのを待ち受け、内部生たちは後ろで固まってひそひそ話していました。

「いいわよ」

和恵は安心して席に戻りましたが、わたしは和恵を援護するつもりなんかまったくありませんでした。だって、和恵が勝手にチアガール部に入ろうとして、勝手に傷付いているのですから。わたしの裏切りを知った和恵はどうするでしょう。わたしはその瞬間を楽しみにして、シャープペンシルの芯を入れたりしていました。

教室の扉が開き、担任が入って来ました。担任は、「花ちゃん」と呼ばれている古典担当の教師です。四十歳近い独身女性でした。いつも紺か灰色の仕立てのよいスーツに白い襟のブラウス。首には細い真珠。濃い緑の革表紙の手帳を必ず携行して、化粧気のない真っ白な頬をしていました。無論、Q初等部から大学へと進んだ、育ちのよさを誇るQ学園の生え抜き教師です。和恵が慌てて席に走りました。わたしは和恵から目を離すことができません。

「おはようございます」花ちゃんはやや鼻にかかった

声で早口に挨拶し、のんびり外を眺めました。また雨脚が強くなっていて、嵐の様相を呈していました。

「夕方から晴れるって言ってたけど本当かしら」

和恵が大きな呼吸をひとつして立ち上がったのを横目で確認しました。花ちゃんが、おやという表情で和恵を見ます。やれ。言え。わたしは和恵の背中を見えない力で押してやろうと念じ続けました。とうとう、和恵が痰の絡んだ声で言いました。

「あの、皆で討議したいことがあります。クラブのことです」

どんなことかしら、という風に花ちゃんが首を傾げました。不安そうに和恵がわたしの方をちらと窺いましたが、わたしは知らん顔をして頬杖を突きました。その時、突然、チアガール部の生徒が花ちゃんの前に走り出ました。和恵は呆然としています。生徒は花ちゃんの前で直立不動で立ち、歌を歌い始めました。

「ハッピーバースデー、ツーユー」

すぐさま合唱が続きます。音頭を取っているのは、主に内部生、それも初等部からの生徒たちでした。花ちゃんが、教壇の前で笑み崩れました。

「どうして、私の誕生日を知ってるの」

パンパンとクラッカーが鳴り響きました。拍手と歓声。クラッカーの音に撃たれたように和恵がぺたんと着席しました。何事かと様子が飲み込めなかった外部生も釣られて手を叩いています。外巻きに大きなカールを付けた髪が可愛い生徒が背中に隠し持った薔薇の花束を花ちゃんに差し出しました。

「あら、嬉しい」

「花ちゃんの四十回目のお誕生日を祝しまして、皆で乾杯したいと思います」

いつの間に用意したのでしょう。紙袋の中から缶コーラが取り出され、一本ずつ配られました。

「栓を開けてください。では、先生。おめでとうございまーす」

こんなことをしていいのか、と戸惑う生徒もいなくはなかったのでしょうが、皆、遅れてはならないとばかりに必死に楽しさを装っています。わたしはべたべたする液体が苦手なのですが、仕方なく口を付けて飲みました。鈍い気泡が舌の上で弾け、歯がぬるぬるしました。和恵は屈辱に顔を歪め、給食の時に嫌いなミルクを飲む子供みたいに一気に飲み干していました。

「先生、何か言ってえ」

お調子者の生徒が促しました。

「驚きました」花ちゃんは薔薇の花束を胸に抱えて満足そうでした。「でも、皆さん、ありがとう。私は今日で四十歳になります。まだ十五歳もしくは十六歳の皆さんから見たら、信じられないおばさんに見えるでしょうね。私もこの学校で学びました。高校一年の時の担任の先生が、何と今の私と同じ歳の先生でした。私は先生がすごくおばさんに見えたものだから、あなたたちも同じなんだろうと思うと切ないんですよ」

「見えないよ」と誰かが叫んで、クラス中がどっと笑いました。

「ありがとう。私は今度のクラスを持って、とても光栄です。独立独歩と自尊心。この教えは皆さんの将来に役立つと思います。皆さんは確かに恵まれています。でも、恵まれているからこそ、独立できるし自尊心も育てることができるのです。どうぞ、このクラスで伸び伸びと勉学に励んでください」

信じられないくらいつまらないスピーチでしたが、一斉に拍手と口笛が起きました。隣のクラスから何事かと教師が覗きに来たほどでした。ええ、誰も本気で感動なんかしていません。花ちゃんは生徒にからかわれ、舐められ、玩具《おもちゃ》になっているのに気が付かないお目出度い教師なのです。でも、それがこの学校でうまくやっていく秘訣なのです。

ミツルの方を見ると、ミツルはにこにこして胸の前で両手を合わせ、花ちゃんを見つめていました。わたしの視線を感じたミツルがこちらを振り返り、笑えとばかりに顎をしゃくりました。わたしはミツルと共犯になった気がして嬉しく思いました。和恵は見るも無惨にしょげていました。偶然の出来事とはいえ、和恵の気概を封じたのは、結局、チアガール部だったのです。

その日の放課後、わたしは帰り支度をして外に出ました。朝の嵐がまるで嘘のように青空が広がり、傘が邪魔に感じられる夏の夕方でした。わたしはじきにユリコが帰国することを思い出し、憂鬱な気分で駅に向かって歩いていました。

「待って」

振り向くと、和恵がどたばたと走って来ます。和恵が紺の長靴を履いているので、後ろの生徒が肘でつつき合って笑うのが見えました。

「ねえ、今日は頭に来たわね」

というより、わたしはがっかりしていたのですが黙ってうなずきました。和恵はわたしの肩を叩きました。

「あなた、今日急いでる？」

「べつに急いではいないけど」

「実はさ、あたしも今日誕生日だったのよ」

和恵は、わたしの耳許に口を寄せました。甘酸っぱい汗の臭いがしました。

「へえ、それはおめでとう」

「うちに寄らない」

「何で」

「うちの母親が誰かQ女子のお友達誘っておいでって言うのよ」

小学生の誕生会のような話ですが、また母親か、と奇妙な感慨を持ったのも事実でした。だって、そうじゃないですか。自分の母親が死んだという報せを聞いた日に、ミツルの母親と会い、今度は和恵の家で和恵の母親と会うだなんて。

「だから、ちょっと来ない。誰も来ないって言えないの」

和恵はホームルームでの屈辱を思い出したのか、苦い顔をしました。和恵が入部差別問題を提起しようとしたのは、たったあれだけの言葉でも皆には充分知れ渡っていました。今頃は、チアガール部で噂になり、これから笑止な出来事として内部生の間を駆け巡り、伝説となることでしょう。本人は第二のミツルになりかねないのに、和恵はまだミツルが苛められていた事実を知らないのです。和恵の口から、そのミツルの名が出ました。

「あなた、ミツルって子と仲いいんでしょう。あの子も来ないかしら」

ミツルはおそらく塾でもあるのでしょう。さっさと下校していました。

「無理よ。彼女は帰ったわ」

わたしはにべもなく言いました。和恵は残念そうな口振りでした。

「優等生は忙しいからね」

「ていうか、あの子はあなたが嫌いなのよ」

わたしの嘘に和恵は絶句してうつむきました。

「じゃ、あなたも来なくていい」

和恵はとても気が強いのです。ミツルとわたしに拒絶されたと感じた途端、感情を剝き出しにしました。わたしも意地になって言いました。

「行く」

5

ホームが一本しかない小さな私鉄駅で降り、和恵はわたしが予想した通りの住宅街に入って行きました。大豪邸もなければ、貧弱なアパート群も見当たらない、ほどほどの大きさの似た家が建ち並んでいる、静かで平和な住宅街です。

どのおうちにも、門柱に横書きの洒落た白い表札が出ていて、芝生の小さな庭が付いています。日曜日にはピアノの音を聞きながら、お父さんがその庭でゴルフの練習でもするのでしょう。そんなおうちばかりでした。和恵のお父さんはサラリーマンだと聞いていましたから、きっと三十年くらいのローンを組んで、世田谷区の外れに買ったのだと思います。

和恵はどうやら、無理矢理くっついて来ることになったわたしが気に入らないらしく、ふて腐れて歩いていました。が、歩くにつれて、あれがあたしの出た区立中学だとか、あの古い家がピアノの先生のお宅だとか、あれこれ説明を始めましたのでうざくてなりません。わたしは適当に受け流しておりました。

近くの学校からチャイムが聞こえてきました。午後五時。ああ、あの曲は何だっけ。わたしの通った小学校の下校時間に流れる曲と同じです。『家路』というのでしたっけ。懐かしさのあまりハミングしていると、和恵が端っこの家の前でわたしを手招きしました。

「今度は何よ」

わたしは不機嫌に尋ねました。

「これがあたしの家」

和恵は自慢げに言いました。ところどころ黒くなった薄汚い大谷石に囲まれた、二階建ての大きな家でした。茶色いペンキが塗られ、重い瓦が載っています。庭はこんもりと植木がたくさん植えられていました。近隣の家よりは古くて数段立派、敷地もずっと広そうでした。

わたしは和恵のお父さんが三十年ローンで手に入れたという説をひっこめました。先祖代々ここに住んでいる地主かもしれないと思ったからです。あるいは、借家かもしれない、とも。独立心の旺盛なわたしは、幼い頃からそういうことには目端がきくのです。

「立派な家だね。借家?」

和恵はわたしの質問にぎょっとした様子でしたが、胸を張りました。

「借地だけど、あたしの家よ。六歳から住んでるもの」

大谷石の塀に、風通しをよくするための菱形の窓が穿《うが》たれています。わたしはその穴から和恵の家の庭を覗いてみました。ツツジや紫陽花《あじさい》といったありがちの植木がもこもこと庭を覆い、地面いっぱいに小さな鉢植えが所狭しと置かれていました。

「あ、盆栽」

わたしは反射的に叫びましたが、よく見るとそれは盆栽ではなく、祖父の言うところの「せこい園芸」でした。ええ、お花屋さんの店先に並んでいるようなマリーゴールドとか忘れな草、デージーなんかの安い鉢です。

眼鏡を掛けた女の人がしゃがんで花の世話をしていました。虫を手で振り払い、枯れた葉を摘み、その仕種は手慣れていて、職人のようでした。

「お母さん」

和恵の呼びかけに、母親が振り向きました。わたしは好奇心露わに母親の顔を見ました。銀縁の眼鏡。和恵と同じ黒い硬い髪はおかっぱにして、頬の横辺りで切り揃えてあります。顔の幅が狭く、目鼻立ちは和恵より整っています。

「お友達連れて来たの」

和恵の母親は、愛想笑いをしました。笑うと、眼鏡のフレームから眉が高く飛び出して、出っ歯が目立ちます。こんな顔をした魚がいた気がします。裸子植物の母親は魚なのでしょうか。だとしたら、父親はどうなのでしょう。わたしは父親が帰るまで居座る気になりました。

「あら、いらっしゃい」

「お邪魔します」

母親は表情を変えずにわたしに会釈した後、くるりと鉢の方に向き直りました。挨拶に親愛が籠もっていなかったことから、もしかすると、夕飯時に現れたわたしに眉を顰《ひそ》めているのかもしれません。お誕生日だと言わなかったかしら。それとも嘘？　わたしは和恵に問いただしたかったのですが、「入ってよ」と、和恵はわたしの背中を玄関の方に押しました。和恵は子供っぽくて動作が乱暴なので、わたしはむっとしました。わたしは他人に体を触られるのが嫌いなのです。

「あたしの部屋に来ない」

「いいけど」

家の中はどこも照明を点けていないために薄暗く、夕餉の匂いもしませんでした。しんとして、テレビもラジオも聞こえません。薄暗さに慣れて目を凝らすと、外側は立派で風格のある家なのに、家の中は合板だらけで安普請でした。しかし、きちんと片付いていて、廊下にも階段にも、塵《ちり》ひとつ落ちていませんでした。でも、わたしにはわかったのです。この家全体からは、倹約の臭いがぷんぷんと漂っていることを。

わたしは祖父と暮らして、倹約に倹約を重ねることを覚え込まされましたから、ピンとくるのです。そういう家は、隙がなくてぴしっとしているのですが、どこか淫靡《いんび》な空気が漂っています。倹約するまめさが淫靡なのです。そして、倹約して何かに備えていること自体が本当はとても淫靡なことなのです。

例えば、わたしの祖父は、盆栽のために倹約していました。水洗トイレを三回に一回しか流さないことに決めていますし、ティッシュペーパーの箱をわたしが買おうとすると叱ります。街角や銀行などで貰うポケットティッシュで済ませろと言うのです。NHKの集金が来たら、テレビをどこかに運んで隠すくらいは平気でやりますし、新聞も取っていません。三階に一人で住む警備員のおじさんから借りる約束をしているからです。

その人は夜勤なので、朝刊が来る頃はまだ帰れません。だから、早起きの祖父は警備員の部屋まで行って新聞受けから朝刊を抜いて、先に読ませてもらうことになっています。祖父は丹念に読み終えた後、必ずテレビ欄を広告紙の裏に写し取って、警備員が帰宅する前にきちんと折り畳んでまた戻すのです。夜は夜で、出勤する警備員が、祖父にその日の夕刊とスポーツ新聞などを届けてくれたりもします。そのお返しは、警備員の家のゴミ出しでした。警備員が帰る時間には、とっくにゴミの収集が終わっているからなのです。

それにしても、和恵の家は大きくて立派なのにも拘わらず、しかも、お父さんが一流企業に勤めているにも拘わらず、なぜわたしの家と同じような吝嗇の気配に満ちているのでしょう。何が目的なのでしょうか。わたしは不思議でなりませんでした。

和恵はみしみしと軋《きし》む階段を先に上って行きました。二階はふたつ部屋があって、玄関の上の大きな部屋が和恵の部屋でした。壁際にベッドがぴたりと寄せられ、勉強机がぽつんとあるだけ。テレビもオーディオセットもない、学生寮風の簡素な部屋でした。あちこちに衣服が脱ぎ捨てられて雑然としています。ベッドの上も乱れて、皺だらけの布団が載っていました。

本棚には教科書や参考書がさつに入れられていて、ぽかんと一段空いている棚には体操着が押し込められています。家も庭もあんなに整然としているのに、和恵の部屋は和恵そのものの殺風景さと乱雑さに満ちていました。

立ったまま、物珍しく眺めているわたしを差し置いて、床に鞄を投げ出した和恵は勉強机の前に座りました。机の前の壁には標語を書いた紙が貼ってあります。わたしは大きな声で標語を読みました。

『勝利は我が手に。己を信じろ』

『目指せ！　Ｑ女子』

「受験の記念に貼ってあるの。受かったから、成功の証《あかし》だと思って」

「人生に勝ったみたいに言うのね」

わたしは思わず皮肉を洩らしました。が、和恵は唇を尖らせました。

「だって努力したもの」

「あたしは標語なんて書かなかったわ」

「あなたって変わってるものね」

和恵は目の焦点を絞って、わたしの顔をじろじろ見ました。

「どこが変わってるの」

「マイペース」

和恵は切り口上で言い捨てたので、話が続きません。わたしは早くも退屈してきて、家に帰りたくなりました。母の死にショックを受けていた祖父が心配です。どうしてこんな家まで来ちゃったんだろう、と後悔の念が湧き起こりました。

猫が階段を上って来るような忍びやかな音が近付いて来て、外から母親が呼びました。

「和恵ちゃん、ちょっと」

和恵が部屋から出て行きました。二人は廊下でひそひそ話しています。わたしはドアに耳を付けて盗み聞きました。

「お夕飯どうするのよ。突然だったから、あの子の分ないわよ」

「だって、お父さんが今日は帰りが早いからお友達連れておいでって言ったじゃない」

「じゃ、あの子が学年で一番の子なの」

「違う」

「じゃ、何番」

声がいっそう低くなって聞こえなくなりました。何だ、とわたしは思いました。誕生日なんて嘘で、和恵はミツルを父親に見せたかったのでしょう。わたしはそのダシに使われたのです。勉強のできないわたしは、この家では何の価値もなさそうです。夕食の相談が終わり、母親はまた音を忍ばせて階段を下りて行きました。誰かが寝ているので起こしたくないというように。

「ごめんね」和恵はドアを背中で閉めました。「ご飯食べていくでしょう」

わたしは悪びれずにうなずきました。相談の結果、歓迎されないわたしに何が出てくるのか興味があったからです。和恵は気詰まりな様子で参考書をぱらぱらとめくりました。参考書はページが黒ずみ、さんざん書き込みがありました。

「あなた、一人っ子なの」

わたしの問いに、和恵は手を振りました。

「妹がいるの。来年、高校受験なのよ」

「Q女子受けるの?」

和恵は肩を竦めました。

「あの子はそんな実力ないわ。可哀相なくらい頑張っているけど、頭があたしほどにはよくないのよ。たぶん、お母さんに似たのねってお母さんは言ってる。うちのお母さんは女子大出身だから、お父さんに遠慮して言ってるのよ。でも、そんなこと言ったって、お母さんだって女子大の中では凄いところを出てるのよ。あたしは幸いなことに父親に似たの。うちのお父さん、東大なのよ。あなたのお父さん、大学どこ?」

「大学なんて行ってないと思う」

わたしの答えに、和恵が唖然としたのがわかりました。

「じゃ、高卒なの?」

「知らない」

わたしは父がスイスでどういう教育を受けたのか、一切知らされていないのでした。

「一緒にいるおじいさんは?」

「高校も行ってない」

「お母さんは?」

「高校しか出てないと思う」

「じゃ、あなたが希望の星なわけね」

「どういうこと」

いったい何の希望があるというのでしょう。わたしは理解しかねて、首を傾げました。和恵は急に異星人を見るようにわたしを眺めました。それまでは、自分と同じ欲求を持っている人間だと思っていたに違いありません。和恵は、でも、他人との違いを深く考える人間ではありませんでした。

「でも、努力すればいいじゃない。努力したら必ず摑めるんじゃない」

「何を摑むの」

「成果じゃないの」和恵は戸惑った顔で壁の標語を見ました。「あたしは小学校の時から、絶対にQ女子高に入るって決めてたの。だって、かっこいいじゃない。勉強ができて、お嬢さんで、そのままQ大に行けて。何とか学年で十番以内に入って、Q大は経済学部に行くつもりよ。『優』をたくさん取って、いい会社に入るの」

「会社に入ってどうするの」

「仕事するに決まってるじゃない。かっこいいもの。女でもばりばり仕事する時代よ、これからは。うちのお母さんはね、そういうことができなかった時代に育ったから、あたしにしろって言うのよ。お母さんの世代は、いい女子大出たって就職先なんか全然なかったんだって。だから悔しくてたまらなかったって。『わたしがこうして家にいるのも、時代のせいなのよ』って言うの」

それで、あの人は何かを押し殺したような憤懣を感じさせるのでしょうか。わたしは庭で植木の鉢をいじっている母親の後ろ姿を思い出しました。鉢の世話が自分の仕事と思っている人の背中には、祖父のような溢れ出る快楽はありませんでした。

階下で和恵を呼ぶ母親の声がしました。和恵が部屋を出て行き、しばらくして蕎麦つゆの匂いをぷんぷんさせて、上がって来ました。塗りの剝げた出前用の盆の上に、蒸籠《せいろ》の蕎麦が二枚載っていました。

「せっかく来てくれたのでご馳走しますって。あたしたちの分しか取ってないから、ここで食べようよ」

蕎麦がご馳走なのでしょうか。わたしは釈然としませんでしたが、何も言いませんでした。だって、そうじゃないですか。各家庭によって、ご馳走の度合いは違います。和恵の家は、食べることに興味がないのでしょう。家の中に入った時に感じた吝嗇の気配を、再び感じました。

和恵がどこからか椅子を抱えて来ました。ピンクの座布団の載った椅子は明らかに学習机用でしたから、おそらく妹のものだったのでしょう。わたしはその椅子に腰掛けさせられ、二人並んで和恵の机の上で蕎麦を啜《すす》りました。

いきなりドアが開いて、憤然とした声が聞こえました。

「あたしの椅子、どうしたの」

妹がわたしの存在に気付き、怯えたように目を伏せました。そして、机の上の蕎麦をちらっと見遣りました。自分の分はない、と非難が表れています。和恵をひと回り縮めたような顔と体をしていて、髪が長く、背中に垂らしていました。

「友達来てるんだから、ちょっと貸してよ。食べたら返す」

「塾の予習できないじゃない」

「食べ終わったら持って行くから」

「お姉ちゃんは立って食べたらいいよ」

二人はわたしのことなど目に入らないように喧嘩しています。妹が出て行った後、わたしは言いました。

「あなた、妹のこと好き?」

「あまり好きじゃない」和恵は不器用に腰のない蕎麦を箸で摘《つま》んでは落とし、落としては摘みながら答えました。「あの子、頭悪いから僻《ひが》むんだもの。あたしの受験、失敗すればいいと念じていたと思う。今日のテストでも成績悪かったら、きっとこの椅子のせいにするる。そういう子なのよ」

先に食べ終わった和恵は、真っ黒な蕎麦つゆまで飲み干してしまいました。わたしは何となく食欲が失せてしまい、割り箸を袋にしまったり出したりして遊んでおりました。ごたごたした和恵の部屋でお蕎麦を啜っていることが、急にみじめに感じられてなりませんでした。ご馳走になったくせにそんなことを思うなんて勝手なものです。しかし、その時のわたしの気持ちはどうにもなりませんでした。和恵の部屋は何日も掃除していないのか埃っぽくて、動物の棲む穴ぐらのように生臭かったからです。その動物の棲む穴ぐらという発想が、ユリコが今朝の電話で伝えた、わたしの母親の最期の様子を思い出させてならないのでした。

照明も点けないで暗闇で目を見開いていたというわ

たしの母親。その神経のか細さは、もしや、このわたしに遺伝してはいないでしょうか。ユリコに遺伝してくれれば有り難いのに。でも、ユリコはわたしと比べると単純ですし、欲望に忠実過ぎます。やはりわたしの方が母親似なのではないか、とぐずぐずと憂鬱に考え込んでいたのです。和恵がわたしの方を見て聞きました。

「きょうだいいる?」

「妹が一人」

ユリコのことを考えていたわたしは苦い顔で答えました。和恵は何か問いたげに唾を飲み込みましたが、わたしは遮って聞き返しました。

「ねえ、今日のお夕飯はお蕎麦じゃなくて本当は何だったの」

変なことを聞く、とばかりに和恵は首を傾げました。

「何でよ」

「べつに。ただの好奇心」

実は、和恵の母親はどんな料理を作るのだろうという興味がありました。紫陽花の葉っぱを擂《す》り下ろして泥饅頭に混ぜたり、たんぽぽの茎をお浸しにしたり、ままごとでもしていそうな母親だったからです。上の空で間の抜けた家事労働をする、浮き世離れした母親に見えました。

「お蕎麦はあたしたちとお父さんだけ。お母さんと妹は残り物を食べるって言ってた。店屋物なんて、うちじゃ滅多に取らないもん。こんなちょっとの量の蕎麦に三百円なんて理不尽じゃない。馬鹿臭い。あなたが来たから特別なのよ」

わたしは次第に暗さを増していくような気がする部屋の照明器具を眺め上げました。黄ばんだ色の合板の天井の真ん中に、事務所で使っているような素っ気ない蛍光灯が点り、じーじーと羽虫の羽音みたいな微かな音を立てていました。その光は、和恵の顔の輪郭を黒い影で縁取っています。わたしは抑え切れずに聞きました。

「どうして、お蕎麦はあたしたちとお父さんだけなの」

和恵は小さな目を躍らせました。

「うちにはね、序列があるの。ほら、家族を並ばせて飼い犬を放すと誰に真っ先に行くかっていう実験があるじゃない。ああいう感じの偉い順。言葉に出さなくても自然に出来たから、皆守ってる。だから序列順にお風呂に入るし、おいしいものも食べる権利があるの。一番は勿論お父さん。二番目はあたし。お母さんは前まで二番だったんだけど、あたしが中学の時に偏差値七十超えてからは、あたしが二番目に昇格したのよ。だから、今はお父さん、あたし、お母さん、妹の順なの。下手すると、妹もお母さん抜くかもね」

「学校の偏差値の順番なの」

「ていうか、努力の順番」

「じゃ、お母さんはもう受験なんかしないんだから不利じゃない」

わたしは何だかおかしくなってしまいました。母親と娘が同列で競うなんて、滑稽ではないですか。でも、和恵は真剣でした。

「しょうがないわよ。お母さんは最初からお父さんに負けてたんだから。お父さんに勝てる人は、うちでは誰もいないのがわかっていたから、あたしは小さい時から一生懸命勉強したの。成績上げるのが趣味だったわ。お母さんを抜きたいとずっと思っていたんだもの。あのねえ、お母さんね、仕事がなかったって言ってるけど、本当はお医者さんになりたかったらしいのよ。でも、親が許さなかったし、医大に行けるような頭がなかったって、残念がるのよ。女として育ったことがみじめだって、今でもヒステリー起こす。そういう人生こそ、理不尽じゃない。あたしはお母さんは女を理由に言い訳しているみたいに聞こえる。女でも頑張ればよかったのよ」

頑張る信仰。わたしは宗教がかっていると思いました。

「何でも頑張ればいいってことなの?」

「当たり前じゃない。努力すれば報われるのよ」

でも、あなたがどんなに努力しても報われない世界がQ女子にはある。いいえ、この世はほとんどが努力しても報われないもので満ちている。そうではないですか。わたしはそう言いたかったし、和恵にはっきり教えてやりたかったのです。ユリコのような怪物的な美貌を持った女を目の当たりにしたら、和恵も努力が大事だなんて馬鹿なことは言いますまい。でも、和恵は決然とした表情で壁の標語を眺めています。

「それってお父さんが言うから正しいと思うの?」

「家訓みたいなものね。お母さんだってそう思ってるし、学校の先生だって言うじゃない。それは真実よ」

和恵は不思議そうにわたしの顔を見ました。小さな瞳にわたしを小馬鹿にした色が浮かびました。

「お母さんて言えば、今日はあたしに何があったか知ってる？」

潮時のようです。わたしは帰りたくなって腕時計を覗きました。七時を過ぎていました。

「花ちゃんの誕生日ぐらいしか思い付かない」

和恵は笑って答えてから、ホームルームでの屈辱的な出来事を思い出したのか、急に顔をこわばらせました。わたしは付け足しました。

「あたしの母親が死んだのよ」

驚いた和恵が椅子から立ち上がりかけました。

「お母さん、死んだの、今日？」

「そうなの。正確には昨日の日付」

「帰らなくていいの？」

「そろそろ帰る。電話貸して」

和恵は黙って階下を指さしました。照明の点いていない暗い階段をみしみし音をさせて下り、わたしは光とテレビの音がかすかに洩れているドアをノックしました。

「はい」

苛立ったような男の声が答えました。父親がいる。わたしは期待してドアを開けました。

黄色味を帯びた光の中、板壁ばかりが目立つ質素な狭い居間に、和恵の妹、母親、そしてテレビの前のソファに腰掛けた中年の男が一斉にわたしを見ました。正面の食器棚には、スーパーで売っているような食器しかありません。ダイニングテーブルも椅子も、ソファセットも合板の安物でした。Q女子の連中が見たら、馬鹿にしそうです。

「電話貸してください」

「どうぞ」

母親が手招きします。暗い台所との境に、旧式の黒い電話がありました。電話の横に「十円」と書いた手製の小さな箱が置いてあります。二人共、素知らぬ顔をして、お金なんか要らないと言ってくれません。わたしは制服のスカートのポケットを探り、やっと見付けた十円玉を箱に入れました。十円玉は乾いた音を立てて落ちました。滅多に客など来そうもない家なのに、料金を取るというのは悪い冗談なのでしょうか。重いダイアルを回しながらわたしはそんなことを思い、目はしっかりと和恵の家族を観察しました。

テーブルの前では、椅子をわたしに奪われた妹がノートを広げて熱心に何か書いていました。母親が覗き込んでは低い声で指示しています。二人はちらとわたしに目を向けましたが、関心なさそうに再びノートに視線を落としました。和恵の父親は、下着のシャツとパジャマのズボンという寛《くつろ》いだ格好でクイズ番組を見ていました。たまたまその番組が点いているので目を遣っている、という感じで身が入っていない様子はひと目でわかりました。両脚を貧乏ゆすりしていたからです。年の頃は四十代後半くらいでしょうか。背は低く、赤黒い顔色をしていて頭髪が薄くなっていました。見た目は田舎臭い小太りのおじさんでした。なあんだ。わたしはちょっとがっかりしました。わたしの父は外国人ですし、祖父と暮らしているため、日本の父親というものに興味があったのです。そして、和恵があれほどまでに尊敬を籠めて言う、この家に君臨している序列ナンバーワンの父親という人物が、どんな人間なのか知りたくてたまらなかったからなのです。なのに、こんな冴えない中年男だとは。がっかりしたちょうどその時、何度も鳴っていたコールが途切れ、わたしの家の電話が取られました。

「おじいちゃん？」

「あんた、どこほっつき歩いているのよ」答えたのは祖父でなく、保険外交のおばさんでした。「大変なのよ、おじいちゃん。夕方から血圧上がっちゃって寝込んでるの。どうしてかっていうと、あんたのお父さんと妹さんが喧嘩したらしくて、何度も電話かけてきて騒いだからなのよ。あんたのおじいちゃん、人がいいじゃない。まああってどちらも宥《なだ》めているうちに気分が悪くなったのよ。あんたは一向に帰って来ないし、皆で心配していたところ」

「すみません。おじいちゃん、大丈夫ですか」

「大丈夫。管理人さんから電話貰ってあたしが駆け付けてきたら、やっと安心して今はぐうぐう寝てるよ。お母さん、可哀相だったけど、こんな時のために保険はあるんだから遠慮しないで入ってちょうだいよ。灯台下暗しとはよく言ったもんだわよ」

話が長くなりそうでしたから、わたしは慌てて「帰ります」と言いました。でも、世田谷からでは東京を横断せねばなりません。長い帰路です。

「どのくらいかかる？」

「一時間半くらいかな」

「じゃ、出る前に妹さんのとこに電話してやってよ」

「ユリコのとこに。急いでいるんですか」

「そう。葬儀屋に行かなくちゃならないからって焦ってた。ぜひとも相談したいことがあるって」

「でも、ここは人の家だし」

「いいじゃない。国際電話だって料金払えばいいんだから。帰ってからじゃ間に合わない」

「わかりました」

わたしの父とユリコが喧嘩をしているというのはどういうことでしょう。遠いスイスで、何かとてつもなく悪いことが起きているのだとしか思えませんでした。わたしは和恵の母親に頼みました。

「すみませんが、スイスに国際電話をかけさせてください。緊急の用事が出来てしまったので」

「緊急の用事って」

和恵の母親は警戒するかのように、銀縁眼鏡の奥の目を細めました。

「昨夜母が死んだんですけど、妹が電話くれっていうので」

母親は驚いた顔で父親の方を見ました。父親がさっと振り向きました。真っ正面から見た父親は、やや吊り上がった意地悪な目が印象的でした。その目には会った人間を屈服させてやろうと企む意志の光が強くあります。対象物を見極めようと考え、そして、ねじ伏せる傲慢な目でした。その目が子供のわたしをじっと見つめて値踏みしているのを感じます。わたしは視線に負けじと胸を張りました。ああ、ここにはわたしやミツルと共通の意志がある、悪意が。それもわたしたちより数段高度な、ねちっこい狡い悪意が。かっこいい。その瞬間、わたしは和恵の父親を、この家で唯一魅力的な人物だと認めたのです。父親は嗄《か》れた猫撫で声で言いました。

「それは大変だね。でも、一〇〇番使ってかけてくれるかな。その方が料金がわかるし、お互いに助かるでしょう」

「すみません。そうします」

初めて交換を通してかけた電話に出てきたのは、まだうろたえている父でした。

「こちらは大変だよ。テリブル。警察が来て、私を調べる言うます。私いない時にお母さんが死んだのおかしい言うけど、当たり前でしょう。お母さん、頭変なったんだから当たり前でしょう。私、関係ないよ。私、頭に来て、身の安全訴えました。ひどい話。テリブル。

悲しいだけでも苦しいですのに、疑いかけられるなんてもっと苦しいです」

「お父さん、身の安全じゃなくて、身の潔白でしょう」

「結核？」

「もういいよ。で、お父さんはどうして疑われているの」

「それは言いたくないですよ。娘のあなたにもまだ言いたくないですよ。で、四時に刑事来る。私、怒っています」

「じゃ、お葬式はいつなの」

「二日後の三時から」

吐き捨てるように言った父を押し退《の》けたのか、突然ユリコに代わりました。電話を奪われた父がドイツ語で罵っているのが聞こえてきました。

「お姉ちゃん、あたしお葬式が終わったらすぐ日本に帰ることにした。だってね、お父さんたら、酷いのよ。あのトルコ人の女の人がショックで流産しそうになったからって、うちに連れて来ちゃったのよ。まだお母さんの遺体があるのによ。だから、あたし警察に言ってやったの。お母さんが死んで一番得したのは、お父さんと女の人だって。刑事が来ることになって、いい気味」

「何でそんな馬鹿なことするの。テレビドラマみたいなこと、うちに起こるわけないじゃん」

「そうだけど、あんまりじゃない」

ユリコは泣きだしました。朝の電話の時より、二人は混乱しているようです。

「お母さんが突然死んだんで、お父さんもショック受けてるのよ。そんな女の人の一人や二人、あなたも我慢しなさいよ。お父さんを支える人がいてよかったじゃないの」

「何言ってるの。頭おかしいんじゃないの」ユリコが怒鳴りました。「お母さんが死んだのに、どうしてそんなに冷静なの。お姉ちゃんは現場にいないからわからないんだよ。ほんとに冷たい人だよね。お母さんが自殺したのに、すぐ次の女の人が来て、何カ月か後にはあたしたちのきょうだいが生まれるなんて、あたしは絶対に嫌だからね。お母さんが死んだのだって、お父さんに女がいるからだったかもしれないじゃない。お父さんが殺したも同然よ。その女が殺したも同然でしょう。あたしはお父さんと縁切るよ」

ユリコの金切り声は一万キロの距離を越え、黒い受話器から洩れ出て和恵の家の陰気な居間に響き渡りました。

「お母さんは自分の事情で死んだのよ」わたしは鼻で笑いました。「あんたね、お父さんと縁切るって言ったって、お金なんかないでしょう。あなただって日本に帰って来たって住むところもないし、行く学校もないわよ」

わたしは必死にユリコの帰国を阻止しようとしました。でも、母の死んだ日に、妊娠している女を家に入れるなんて。父はいったいどうしたのでしょう。わたしも動転していました。ふと気付くと、居間にいる和恵の家族が、息を詰めてわたしを凝視していました。和恵の父親と目が合いました。うちの電話でそんな話題はご免だ。その目がわたしを非難しています。わたしは焦って電話を切ろうとしました。

「ともかく、この話は後で」

「駄目よ。今決めるの。だって、もうじき警察が来るし、あたしはお母さんの遺体を葬儀屋さんに運ぶのに一緒に行くんだから」

わたしは叫びました。

「日本は駄目。帰って来ないで」

「お姉ちゃんに駄目っていう権利はない。あたしは帰る」

「どこに」

「お姉ちゃんのとこがどうしても駄目ならいいよ。ジョンソンに頼んでみる」

「それならいいわ。ぜひ、頼んでみてよ」

「現金ね」

あの馬鹿ジョンソンの家だとは。ユリコにぴったりではありませんか。わたしは肩の荷を下ろして、気が抜けました。ユリコと会わなくて済むのなら、帰国しようがスイスに居残ろうがどちらでも構わないのです。わたしと祖父の平穏な暮らしは守られたのです。

「帰国する時、連絡して」

「どうせ興味ないくせに。馬鹿！」

ユリコの捨て台詞《ぜりふ》を耳の端で捉え、わたしは慌てて電話を切りました。十分以上は喋っていたような気がします。和恵の家族は目を伏せて、料金を報せる電話が鳴るのを今か今かと待っていました。電話が鳴りました。わたしが取る前に父親が意外に素早い身ごなしで受話器を取りました。

「一万八百円。八時過ぎてからなら、割引だったのにねえ」

「すみません。今持ち合わせがないので、明日和恵さんに払います」

「そうしてください」

父親は事務的に言いました。わたしは礼を述べて居間を出ました。薄暗い廊下から階段を見上げると、背後でドアが開く気配がしました。父親がわたしを追って出て来たのです。ドアの隙間から、居間の光が細長く洩れました。が、音はまったくせず、わたしたちの会話に耳を澄まそうとしているかのように静まり返っていました。わたしより背が低い父親は、紙切れをわたしの手の中に差し入れました。電話料金のメモでした。律義さを感じさせる書体で「10800円」とあります。

「ちょっとあなたに話があるんだけど」

「何ですか」

父親の目の中の、相手を屈服させようとする光が強くなり、わたしは少しくらっとしました。父親は最初、阿《おもね》る言い方をしました。

「あなたはQ女子に入れたんだから、優秀なお嬢さんなんでしょうね」

「一応は」

「どのくらい勉強したの」

「忘れました」

父親は微笑んでみせました。

「和恵は小学校の時からずっと勉強一筋だった。幸い、勉強の好きな頭のいい子だったからここまできたけど、私はそれだけじゃつまらないと思うこともあるよ。女の子なんだから、見てくれを綺麗にしてほしいと思うし、Q女子に入ったんだから、もっとお嬢さんぽくしてほしいし、みたいなね。そうすると、あの子はまた私の期待に応えて頑張るから、ほんとに可愛いと思いますよ。でも、親だからといって、そう闇雲に娘を評価しているわけじゃないんです。どうしてこんなに素直なんだろうと娘たちが怖くなることもありますよ。あなたはうちの娘なんかと比べて余裕が感じられる。私は大企業で仕事してるから、才能のある子や本当に優秀な子はわかるつもりだ」

わたしは薄暗がりの中でぼんやりと和恵の父親の目を見ていました。この人の論理に、価値観に、征服されてなるものかという気持ちと、されるものならされてみたいという相反する思いに引き裂かれながら。他人の意のままに生きるのは嫌だ、でも、楽しいかもしれないと思いながら。他人の意志に沿って生きることは、わたしが経験したことのない唯一のものだったからです。

「あなたのお父さんは何してるの」

和恵の父親は、横目でわたしの顔を窺いました。隠そうともしない値踏みの目。父の仕事など、この人の前では無価値なのだろうとわたしは思い、嘘を吐《つ》きました。

「スイスの銀行に勤めてます」

和恵の父親の目が光りました。

「どこかな。スイス銀行？　それともスイス・ユニオンか、クレディ・スイス？」

「言わないようにと言われているんで」

全然知らないので面食らいましたが、わたしは注意深く答えました。父親はふーんとうなずきましたが、その表情に若干の尊敬が籠められてきているようでもあります。そして、卑しささえ感じられるではありませんか。驚いたことに、わたしは気分がよくなりました。そうです。お笑いになりますでしょう。詐欺師の祖父と同じようなことを、このわたしも言っていたのですから。ということは、わたしも、この父親の価値観に合わせたということになります。この人ほど、価値と無価値がはっきりしている人はいない。暴力的なほどにです。それに、つい合わせてしまうのは、心のメカニズムなのです。弱いからだけではないのかもしれません。わたしは嘘を吐いたことを後悔しました。何と言っても、当時のわたしはたったの十六歳なのですから。和恵の父親がどんな会社でどういう仕事をしているのか知りませんでしたが、社会の論理、それも非常に偏った大人の男の論理というもので子供を縛り付けることなど平気なのだと恐ろしく思ったのでした。

「あなたは和恵にクラブのことで抗議しろって焚き付けたって聞いたけど」

「焚き付けたというか、提案したというか」

わたしの小賢《こざか》しい言い訳なんか、父親の前には通用しませんでした。

「あの子は真面目に頑張るタイプだから、何か言われるとその通りにする素直な子だってことはあなたもわかっているでしょう。あの子をコントロールするのは私だけだ。あなたは今後しなくていいよ」

どうやら、父親はわたしの本質を見抜いたのでしょう。いつの間にか、わたしと父親は和恵に対する影響力を巡って戦っているのでした。

「お父さんはあたしたちの学校生活も、あたしと和恵さんの関係もご存じないのに、どうしてそんなこと言うんですか」

わたしは思い切って反撃してみました。

「友情なんてあるの。あなたと和恵の間に」

「あります」

「だけど、あなたは我が家には相応《ふさわ》しくないね。お母さんが亡くなったことは気の毒だけど、聞いていると事情も普通の家庭とは違うらしい。私がQ女子を選んだのは、あそこなら間違いのない学校だからだよ。あそこならいいお友達に恵まれると思ったからだよ。普通の家庭から健全な子供が生まれるんだから」

わたしのうちは普通ではない、とこの人は言っているのです。ということは、わたしもユリコも健全ではないということになるのでしょう。ミツルが来たなら何というのでしょうか。

「それは違うと思います。だって」

「いいから、いいから」

父親は激しく遮りました。小さな吊り目に怒りの炎が燃え上がるのをわたしは感じました。その怒りは子供に対するものではありませんでした。和恵を損なう別の勢力に対する怒りでした。

「まあ、待ちなさい。あなたのようなお嬢さんとお友達になることはいい社会勉強になるけど、和恵にはまだ早いし、あなたの家庭とも一生縁がないだろう。うちは妹もいることだし、申し訳ないがうちにはもう来ないでください」

「わかりました」

「こんなこと言っても恨まないでよ」

父親は初めて媚びるように笑いました。きっと、女子社員にはこういう顔をするんだろうなとわたしは思いました。

「恨みません」

わたしが大人からはっきりと「お前は要らない」と拒絶されたのは、これが初めてでした。衝撃かと言われればその通りですが、和恵の父親の言い方はまさに家父長の皮を被った世間だとわたしにはわかったのです。正しいとか正しくないとか、傷付いたとか傷付かないとか、そんなことはどうでもよいのです。わたしにとっては、家の中に世間というものの価値を具現化する人間がいることが驚きでした。

わたしの父は、日本ではマイノリティですから、権力はありましたが世間とは言えません。祖父は弱いアウトローで、わたしの言いなりです。強いて言えば母親が世間代表だったかもしれませんが、母親の影響力は弱く、父にさえ勝てなかった。だから、和恵の父親のように世間というものの厳しさやくだらなさを強固な価値基準として表す人間を見るのは、それはそれで感動ではあったのです。なぜなら、和恵の父親は世間の価値などさほど信じていないのです。でも、生き抜く武器として意識的に持っているのだとわたしに匂わせていたからです。Q女子の内部事情なんて、和恵の父親はきっと気にも留めていないでしょう。和恵の父親が武器に使っているのは、外から見たイメージ、つまりは世間の見方そのものなのですから。それが当の和恵にとってどれほど残酷か、ということもこの父親にとっては意にも介さないことだったと思います。身勝手で強い奴。そのくらいはまだ高校生のわたしにもじんじんと伝わるのでした。

でも、和恵や和恵の母親や妹は、父親の思惑や武器など一生気付かないで済むでしょう。それを感じ得たことだけが、わたしには和恵に対する優越感として残ったのです。わたしやミツルが磨く悪意を、この人はもっと滑りのいいもの、もっとわかりやすいものに変えて、家族を守っている。家族を守ることは自分を守ること。その意味でわたしは、和恵に強い父親がいることが羨ましく思えてなりませんでした。父親の強い意志に染まった者は、その価値基準が正しいと思って生きていけるからです。今、気付きましたが、それはもしかすると、マインドコントロールと言われるものに近かったのではないでしょうか。頑張る信仰に冒された和恵は、父親にマインドコントロールされていたのです。

「そういうことだから、気を付けて帰りなさい」

わたしは父親に背中を押し出された気分で階段を上り始めました。父親はわたしの後ろ姿を見送ってから、居間に戻りました。ドアがぱたんと閉められて、廊下の闇が一段と濃くなりました。

「遅かったわね」

部屋で待っていた和恵は不満そうにわたしに言いました。机の前に広げた雑記帳にいたずら描きをして退屈を凌いでいたらしく、バトンを持ってミニスカートで踊るチアガールの絵が描いてありました。わたしが覗き込むと、和恵は子供のように両手で絵を隠しました。

「国際電話させてもらったの」わたしは父親の字で書かれた金額のメモを見せました。「これ、明日払うわね」

和恵はちらと金額に目を遣りました。

「高いわね。ねえ、あなたのお母さん、どうして死んだの」

「スイスで自殺したの」

和恵はうつむいてしばらく言葉を探している様子でしたが、決心したように顔を上げました。

「あなたには悪いけど、あたしにはちょっと羨ましい」

「なぜ。お母さんに死んでほしいの」

和恵は、うんと低い声で答えました。

「あたしはお母さんが大嫌い。最近気付いたんだけど、あの人はあたしたちの母親のくせに、お父さんの娘になりたいみたいなのよ。お父さんはあたしたち娘にしか期待してないじゃない。だから、お母さんでいるのは嫌なのよ」

和恵は自分だけがその期待に応えることができるのだ、という喜びに満ちていました。そうなのです。和恵はいい子だったのです。父親の期待に応えて生きていく健気ないい子だったのです。いいえ、いい信徒だったのです。

「だったら、娘も一人でいいよね」

「うん、妹も要らない」

わたしは思わず同意の笑いを洩らしました。が、我が家の事情は和恵の父親に指摘されるまでもなく、普通の家庭とは大きく違っていました。そのことは信徒である和恵には一生わからないだろうとわたしは思ったのでした。

「ちょっと待ちなさい」

玄関を出て、暗い住宅街を歩きだした途端、後ろからわたしの肩をやんわりと摑む人がいました。和恵の父親が追いかけてきたのでした。

「嘘吐いたね。あなたのお父さんはスイスの銀行員なんかじゃないんでしょう」

街灯の光が小さな目にぼんやりと反射していました。和恵から聞いたんだ。わたしは何も言い返せずに立ち疎んでいました。心の中では、好奇心から和恵の家に来たことを後悔していました。こんな中年男と知り合いたくなかった、こんな男に感化されてもいいかもしれないと考えたこと自体が馬鹿だった、と思いながら。

「嘘はいけない。私は嘘を吐いたことなんか一度もないよ。嘘吐きは社会の敵だ。いいかい。学校に言われたくなかったら、もう二度と和恵に近付くんじゃないよ」

「わかりました」

　わたしが住宅街の角を曲がるまで、父親がわたしの背中を睨み付けていることは間違いありませんでした。四年後に、和恵の父親は脳卒中であっけなくこの世を去ってしまいました。わたしにとって、この時の邂逅《かいこう》が最初で最後でした。父親が死んだ後、和恵の家は急速に崩壊していくことになるのですから、わたしは崩れる寸前の和恵の家の幸福の儚《はかな》さを目撃した人間ということになるのでしょう。わたしの背中にはまだあの時の父親の視線が銃弾のように深く食い込んでいる気がしてならないのです。あの父親が代弁する社会に狙撃された痕が。


　一週間経ち、父からは葬儀が恙《つつが》なく終わったことや、お墓をベルンに建てたという報告の電話がありました。が、ユリコからは何の音沙汰もありません。ユリコの帰国計画は頓挫したに違いないとわたしは勝手に思い込み、浮き浮きしていました。ところが、あと数日で夏休みになろうという暑い日の夕方、思いがけない人から電話がありました。ジョンソンの奥さんのマサミさんでした。山小屋以来ですから、二年ぶりです。

「こんにちは、お姉ちゃん？　あたくし、マサミ・ジョンソンですう。お久しぶりねえ」

　語尾を長く伸ばし、サ行の発音が外国人風なのはマサミさんの特徴的な喋り方でした。わたしの腕にざわざわと鳥肌が立ちました。

「ご無沙汰してます」

「あなただけ日本に残ったなんて知らなかったわ。言ってくれれば、お役に立てたかもしれないのに水臭いわねえ。それにお母さんのこと聞いて、とてもショックだったわ。ジョンソンも悲しんでいる。ほんとにお悔やみ申し上げます」

　はあ、どうも。わたしはそのようなことをもごもごと口の中で言いました。

「ユリコちゃんのことなんだけど、聞いてる?」

いきなり本題に入りました。

「何でしょう」

「ユリコちゃんね、中学高校の間だけうちで引き取ることになったのよ。部屋も空いてるし、ユリコちゃんは小さい時から好きな子だしね。それで転校先なんだけど、あなたQ女子高でしょう。ユリコちゃんも行きたいっていうから、Q女子中等部の帰国子女枠を受けてみたのよ。そしたら、受かってね。さっき合格通知が来たところなの。喜んでちょうだい。ユリコちゃん、あなたと同じ学校に入れたのよ。ジョンソンもQ女子ならここから近いし、いい学校だって喜んでるわ」

何ということでしょう。ユリコから逃れたい一心で猛勉強し、やっと得られた環境がまたもユリコに汚染されてしまうとは。わたしは絶望の溜息を吐きました。ユリコは愚鈍な娘なのに、あの美貌がある限り、特別待遇はずっと続くのです。それはQ学園でも同じなのでした。

「ユリコは今どこにいるんですか」

「ここに一緒にいるわ。待って、代わるから」

「もしもし、お姉ちゃん」

止める間もなく、母の死の直後とは打って変わったユリコの伸びやかな声が聞こえてきました。ジョンソン夫妻に甘やかされ、港区の豪邸で贅沢を満喫しているのでしょう。

「Q女子の中等部に転入するの?」

「そうよ、九月から。場所は同じだからよろしくね」

「いつ日本に帰って来たの」

「一週間前かな。お父さん、再婚するんだってさ」自分さえよければもうそれでいいという、怒りなど感じられないのんびりした口調でした。「おじいちゃん、元気?」

わたしは受話器を持ったまま振り返りました。祖父はけろっとして盆栽の世話に余念がありませんでした。落ち込んでいたのは数日間のことだったのです。

「元気よ」

ふーん、とユリコは何の関心も示さずに生返事をしました。

「あたしP区なんかに行かなくてよかったわ。こっちで頑張るからね」

頑張る信仰の真似か。そんな気もないくせに。わたしはうんざりして電話を切ったのでした。

6

これまで話してきましたのは、すべてわたしの見てきた真実です。わたしの思い出の中で生きているユリコや和恵、そして和恵の父親の姿です。一方的な話だと今頃おっしゃられても、わたしだけが生き残って、こうして元気に区役所で働いているのですからしようのないことです。祖父はご承知の通り、アルツハイマーになり、時間も場所も定かではない桃源郷で遊んでおりますしね。自分が盆栽に夢中だったことなど、ちっとも覚えてやしません。あれほど愛した真柏や五葉松は、売ってしまったり、とっくに枯れてゴミ箱に捨てられてしまいました。

盆栽で思い出したのですが、和恵の父親の話でひとつだけし忘れていたことがあります。母が自殺したその日に、わたしが和恵の家に寄って和恵の父親に追い払われたことはお話ししましたよね。そこで国際電話料金の一万八百円を支払わなくてはならない羽目に陥ったことも。

持ち合わせがなかったわたしは、後で払うと約束したのですが、実はとても困り切っていたのです。当時のわたしの小遣いはたったの三千円。それでノートや本を買ったりしていましたから、余裕などありませんでした。父からの仕送りは学費の他に毎月四万と決まっていましたし、それは共同生活者の祖父に全部手渡していたのです。祖父はその中から盆栽を買ったり世話をする費用をこっそり捻出していたのかもしれませんが。とにもかくにも、国際電話がそれほど高いと思ってもいなかったわたしは、どうやって支払おうかと頭を抱えて帰宅したのでした。

スイスからたまにかかってくる電話は当然のことながら父持ちでしたし、始終、電話で話し合うような家族でもなかったからです。父にお金を送ってくれと頼んだとしても、送金されるまで時間がかかります。わたしは、祖父から借りるしかないと思いました。が、血圧の上がった祖父は鼾《いびき》をかいて寝入っていました。付き添っていた保険外交のおばさんが話を聞いてわたしを詰《なじ》るのです。

「一万八百円も払うの？　あんた、何でコレクトコールにしなかったの」

「だって、おばさんがその家からかけなさいって言ったんじゃない。その時、教えてくれればいいのに。あたし、コレクトコールなんて知らないもの」

「まあ、そうだけど」おばさんはわたしの顔に当たらないように、煙草の煙を横に吐きました。「それにしても、ちょっと高いよ。一〇〇番の通話料金を聞いたのは誰なのさ」

「そこのお父さん」

「まさか嘘吐いてんじゃないでしょうね。あんたが高校生だからって騙したんじゃないの。騙さないまでも、普通だったら母親亡くした可哀相な子なんだから、香典と思ってそんなのいいですって言うわよ。あたしなら絶対にそう言うね。それは気持ちの問題よ。人間として当然だよ」

お金に細かい保険外交のおばさんが、自分で言うほど奇特なことをしてくれるとは思えませんでしたが、わたしの胸に一点の疑念が湧いたのは事実です。和恵の父親がわたしに嘘を吐いたのでは、と。しかし、証拠はありません。わたしはポケットの中に突っ込んであった料金のメモを眺めました。おばさんが太い指でメモを引ったくりました。だんだん腹が立ってきたのでしょう。

「こんな金額まで書いて子供に渡すなんて嫌らしい。こっちは母親が突然死んで、おじいちゃんが寝込んだくらいの悲劇なのに。あんたなんか、死に目にも会えなかったんだから。ねえ、そのオヤジ、どんな仕事してるの。どうせあんたの学校って金持ちしかいないんだから、いい家なんでしょう」

「よく知らない。大企業って言ってたし、家も立派だった」

「金持ちのケチか」

「そうも見えなかったけど」

わたしは和恵の家にそこはかとなく漂っていた倹約の雰囲気を思い出して、首を傾げました。

「たいした収入もない安サラリーマンのくせして、見栄張って生きてんのさ。でなきゃ、人情知らない奴だね」

そう断定したおばさんは、借金でも申し込まれたら困ると思ったらしく、そそくさと帰って行きました。帰る気配を感じた祖父が寝返りを打ってつぶやきました。

「寂しいなあ。みんな、俺を置いていかないでくれよ」

確かに、母はわたしとユリコを置いて、一人でさっさと消えてしまったのでした。ユリコは日本に帰って来るし、わたしは電話料金を払わなくてはならない。問題だけ残して自分だけおさらばするなんて、狡いじゃん。わたしは遣り場のない怒りを感じて、メモを壁に投げ付けました。

翌朝、教室で和恵に会うと、早速請求されました。

「お父さんから言われてるの。電話代貰うのを忘れないようにって」

「ごめん。明日必ず」

和恵の目にわたしの誠実さを疑う光がぽつんと灯ったのを覚えております。父親とそっくりでした。でも、わたしの目にも同じ光があったと思います。本当なんでしょうね、と。しかし、借金は借金。払わなくてはなりません。窮地に陥ったわたしは、その日早目に家に帰り、祖父の盆栽の中でわたしが持てる大きさの鉢を選びました。冬になったら綺麗な赤い実を付けるんだよ、その色がよくってよお、と祖父が自慢していた南天でした。土の上を緑の苔がびっしりと覆って、くすんだ青い釉薬《うわぐすり》のかかった鉢に植えられています。

祖父が放心したように大相撲に見入っているのをいいことに、わたしはそっと鉢を運び出しました。自転車の籠に入れ、急いで万寿園に向かいました。

夕暮れの万寿園の入り口でちょうど客を送り出していた保護司のおじさんは、わたしが鉢を持って来たのを見て驚きました。

「すみませんが、これ買ってくれませんか」

おじさんは嫌な顔をしました。

「おじいさんに頼まれたの？」

わたしが首を横に振ると、おじさんはにやっと笑いました。おじさんは祖父に復讐したいんだとわたしは感じました。

「だったら高く買ってあげよう。五千円でどう」

がっかりしたわたしは指を二本出しました。

「二万円じゃ駄目ですか。おじいちゃんはいい南天だって」

「お嬢ちゃん。これ、そんな価値はないよ」

「だったら、いいです。他の人に買ってもらいますから」

保護司のおじさんは、じゃ一万円にしてあげてもいいよ、とすぐ折れました。もしかすると、この鉢はもっと価値があるのかもしれません。考える振りをしていましたら、保護司のおじさんが、「重いだろう」と猫撫で声を出し、鉢を持ったわたしの手の上から自分の両手を被せました。よく磨いた革のように硬い皮膚が、奇妙に温かいのです。あまりの気持ち悪さに、わたしは思わず鉢を取り落としてしまいました。鉢は土に埋め込まれた庭石に当たって見事に割れ、南天の枝は折れて四方に飛び散りました。万寿園の下働きの若い人が驚いてこちらを見遣りました。おじさんは取り乱したように屈み込み、割れた鉢を集めながらおずおずとわたしの顔を見上げたのです。

結局、あの鉢は割れたにも拘わらず三万円で売れました。電話料金の残金は、突然の出費に備えて貯金することにしました。何しろQ女子高では、文化祭でも誕生会でも出資を強いられることが多く、それを何とも思っていない生徒ばかりだったからです。自衛のための貯金です。祖父ですか。ええ、その日はまったく気付きませんでした。翌日、祖父は母のことなどすっかり忘れたように元気になりましたが、朝、普段通りベランダで盆栽の世話をしている時、ひーっという悲鳴を上げました。

「南天君、どこ行っちゃったんだよー」

わたしは素知らぬ顔をして弁当を詰めていました。祖父は狭い部屋中を駆け回って南天の鉢を探しています。押入れを開け、四畳半の天袋を覗き、下駄箱の中まで見ています。

「あんないい木はどこを探したっていないのに、どこ行っちまったんだよ。出て来てちょうだいよ、南天君。ごめん、わたしが悪かった。あんたを蔑《ないがし》ろにしたわけじゃないの。わたしのねえ、娘が死んじゃったもんだから切なくてねえ。それでわたし挫《くじ》けてたの。ごめんね、ごめんね。だから、出て来てちょうだいよ。ご機嫌直してちょうだいよ」

祖父は狂おしく探し回りましたが、やがてくたびれたのでしょう。がっくりと肩を落としてあらぬ方を眺めました。

「あいつがあの世に連れてったのかなあ」

祖父の頭の中には、詐欺で他人を騙しても、わたしや保険外交のおばさんや警備員のおじさんという身近な人を疑う発想は微塵もありませんでした。理不尽な出来事として始末したのでしょう。わたしは安心して学校に行ったのでした。和恵の家への訪問は、こんな事件まで引き起こしていたのです。

それにしても思うのですが、母の突然の自殺は、わたしたち家族をさらにばらばらにしてしまいました。わたしは祖父と、ユリコはジョンソン夫妻と、父はスイスにずっと残って、例のトルコ人の女の人と新しい家庭を持ったのですから。父にとって日本という国は、母の死と共に記憶から消えてなくなったのです。後で知って驚いたのですが、トルコ人の女の人は、わたしとたった二歳しか違わないのだそうです。子供も、男の子ばかり三人産まれたと聞いています。一番上の男の子は二十四歳になって、スペインのサッカーチームに入っているという噂も耳に入りましたが、会ったことはありませんし、サッカーに興味のないわたしにはは違う世界のことでもあります。

でも、わたしの想像図の中では、わたしもユリコもわたしの腹違いの弟たちも真っ青な塩辛い水の中を元気に泳いでいるのです。わたしの好きなカンブリア紀のバージェス動物群で言うなら、美しい顔をしたユリコは王様ですので、他の動物を食べる動物でなければなりません。だから、アノマロカリスでありましょう。ええ、あのロブスターのような頑丈な脚を持った節足動物の祖先です。そして、中東の血が入って眉の濃い顔をしているに違いない弟たちは、堆積物の中に生きる虫だったり、遊弋《ゆうよく》しているクラゲたちなのです。わたしですか。わたしはきっと、七対の棘《とげ》で海底を這うヘアブラシのような姿をしたハルキゲニアです。ハルキゲニアは腐食動物なんですか。知りませんでした。ハルキゲニアは腐食動物なんですか。知りませんでした。死体を食べて生きているということですね。誰かの屍《しかばね》の上で、その思い出を汚しながら生きていくわたしは、ハルキゲニアそのものです。

わたしとミツルのことですか。ミツルは計画通りに東大医学部に現役合格しました。でも、ミツルはその後の人生を思ってもいなかった方向に進ませてしまいました。元気にしているようですが、今は刑務所の中におります。検閲だらけの年賀状など来ますが、返事を書いたことは一度もありません。その話をお聞きになりたいのですか。じゃ、この次に必ずいたしましょう。

それはそうと、先日、驚くべきことがあったのです。誰にもお話しする気はなかったのですが、この物語を続けていく以上、披露するのは仕方がないことでしょう。

　一審の初公判の一週間ほど前のことでした。ちなみに、このふたつの事件は、「連続アパート殺人事件」という名が付けられております。最初は「エリートOL殺人事件」などと、和恵の事件が強調されてマスコミも大騒ぎしたのですが、ユリコの事件がチャンの仕業じゃないかと言われるようになってから、こう変わったのです。殺されたのはユリコが先ですが、中年娼婦が一人殺されたって、事件に名前など付きませんもの。

　季節外れの台風が東京を直撃するという予報が入り、生温《ぬる》い風がごうごうと音を立てて吹き荒れる不穏な日でした。区役所の窓から、葉っぱがちぎれそうなほど風に揺れているプラタナスの木や、駐輪場の自転車がドミノの駒のように倒れるのが見えました。気が立つと言いましょうか、何とはなしに攻撃的な荒々しい気分になる日でした。

　わたしはいつも通り、保育園の審査受付係の窓口に座っていましたが、入園希望者は来ないし、気もそぞろでした。台風の来る前に何とか家に辿り着きたいとそればかり考えていたからです。すると、目の前に年配の女の人が立ちました。地味な灰色のテーラードスーツを着て、銀縁の老眼鏡を掛けています。年の頃は五十代半ばといったところでしょうか。髪は半白で引《ひ》っ詰《つ》め、ドイツ人女性のような堅実な印象でした。この窓口は子連れの若い母親でしか賑わわないので、孫の入園相談にでも来たのかと、わたしは仕方なく気のない声をかけました。

「ご用を承りますよ」

　女はぷっと吹き出しました。その歯並びに見覚えがあるような気がしました。

「あたくしがおわかりにならないの。お姉ちゃん」

　顔を見ても名前が思い浮かびません。化粧気のまったくない褐色の膚をしていて、口紅ひとつ付けていないのです。化粧気のない年配の女の人は、魚の顔のように見分けが付かないものではありませんか。

「あたくし、マサミ。マサミ・ジョンソンですよ」

　わたしはびっくりして声を上げました。マサミさんがこのような地味で質素な女になるとは思ってもいなかったからです。わたしの思い出の中のマサミさんは永久に、場違いな格好をしている派手な女でした。山道で光るダイヤモンド。スキー場での真っ赤な口紅。

ユリコが被らされていた、もこもこの白いモヘアの帽子。小さな子が怖がりそうな、豹の顔がプリントされたブランドのTシャツ。これ見よがしの巻き舌の英語。耳障りなサ行の発音。それでもわたしは保育園のことで来たのかと思い込んでいました。書類を取り出すことで戸惑いを隠しながら言いました。

「こちらにお住まいだったなんて知らなかったです」

「住んでなんかいませんよ」マサミさんは真面目な顔で答えました。「今は横浜なんですよ。あたくし再婚しましたから」

マサミさんがジョンソンと離婚したのも知りませんでした。わたしの頭の中では、マサミさんもジョンソンも二度と会いたくない人たちだったのです。

「知りませんでした。いつ離婚したんですか」

「二十年も前よ」マサミさんは紳銀らしい名刺入れから洒落た名刺を取り出して、わたしにくれました。

「今はこういうことをしてますのよ」

名刺には、個人英会話教師派遣業と書いてありました。名前もマサミ・ジョンソンから「マサミ・バサミ」となっています。

「イラン人の貿易商と再婚しましてね。あたくしはこれまでの人脈で英語の個人レッスンをコーディネイトしてますの。なかなか楽しいお仕事よ」

わたしは名刺に見入っている振りをして、ずっと考えていました。何のために、この人が二十六年ぶりにわたしのところまで出向いて来たのだろう、それもこんな天気の日に、と。不思議でなりませんでした。なのに、マサミさんは懐かしそうににこにこして、わたしの顔を眺めているのです。

「ほんとお久しぶりね、お姉ちゃん。最後にお話ししたのは、ユリコちゃんの中学のことでお電話した時かしら。かれこれ二十年以上も前のことね」

「はあ、そうですね」

「お元気でした？」

「お蔭さまで」

何がお蔭さまで、でしょう。わたしは世間的な挨拶を返しながら苦々しく思っていました。どうしてこんなところにマサミさんが現れたのか不思議でした。わざわざ個人レッスンの営業に来たわけでもないでしょうに。訝《いぶか》しさを隠せなくなった時、マサミさんが吐き捨てるように言ったのでした。

「あたくしと別れた後ね、ジョンソンは落ちぶれてしまったんですよ。飛ぶ鳥落とす証券マンからしがない英語教師ですもの。ユリコちゃんも殺されちゃったしねえ」

マサミさんの口調には、尋常ではない感情が籠もっていました。憎しみ。怪訝《けげん》な顔をしたわたしに、マサミさんはこう言ったのです。

「ご存じなかったの、お姉ちゃん。あたくしとジョンソンが離婚したのは、ユリコちゃんのせいなのよ」

わたしは、別荘の暖炉の前で、まだ小学生のユリコを膝に寄りかからせて甘やかしていたジョンソンの顔を思い浮かべました。生真面目な表情で山道を歩いていても、声もかけられないほど端麗で厳正に見えたジョンソン。色褪せたブルージーンズと乱れた茶褐色の髪。しかし、ジョンソンの整った容貌も、ユリコの前では不完全でした。急にジョンソンとユリコの血が混ざった子供の顔かたちが想像されてきて、わたしはその妖しさに頭の芯が痺れました。ユリコは死者になってしまったというのに、わたしはまだユリコに支配されている。そのことが不快でなりません。ぼんやりしているわたしに、マサミさんは底意地の悪さを覗かせました。

「ほんとに知らなかったようね。あたくしは、あんなに可愛がって面倒を見ていたユリコちゃんに裏切られたのよ。あたくしもショックを受けてしばらく精神科に通ったほどよ。せっかくQ女子に入れたんだから、同級生に負けないように毎日豪華なお弁当も作ってあげたし、仕送りが少ないようだから、お小遣いを融通してあげたりしてね。あの子が入っていたチアガール部の部費なんか高かったわよ。返してくれるのなら、返してほしいくらいよ」

わたしに請求するつもりなのでしょうか。わたしは慌てて頭を下げ、顔を見ないようにしました。

「ほんとに申し訳ありません」

「あなたに言っても仕方ないことですよ。あなたはユリコちゃんと仲が悪かったんだから。まあ、あの子の本性を見抜いていた分、あなたは賢かったんでしょう」

マサミさんはわたしに先見の明があると言わんばかりに褒め称えると、大ぶりのバッグの中からノートを取り出し、わたしの前に置きました。表紙に少女じみた白い百合のシールが貼られています。シールは剝がれかけて、薄汚れていました。

「これは何ですか」

「ユリコちゃんの日記というか手記よ。最後まで付けてたみたいでね。悪いけど、気味が悪かったわ。今日伺ったのは、これを返しに来たの。あなたが持っていらっしゃるのが一番いいでしょうから。どういう訳かジョンソンが持っていたんですよ。つい先日、日本語が読めないからってジョンソンがあたくしに送って来たのよ。ユリコちゃんが殺されたんで、寝覚めが悪いと思ったんでしょうけど、自分のことも書いてあるとは思わなかったのかしらね」

マサミさんは唇の両端を下げて小馬鹿にしたように言いました。地味で堅実だった印象が、たちまち胡散臭いものに変わりました。

「お読みになったんですか」

「いいえ、全然」マサミさんは激しく首を振りました。「あたくし、他人の手記になんか興味ありませんもの。それに汚《けが》らわしいことがいっぱい書いてあるんですもの」

言うことが矛盾しているのに、マサミさんは気付きませんでした。

「じゃ、お預かりします」

「ほっとしたわ。あたくしが警察に届けるっていうのも変ですしね。もうじき裁判も始まるって言いますから気にしてましたの。じゃ、お預けしましたよ。お元気でね」

マサミさんは陽に灼けた手をわたしに向かってひらひらと振りました。そして、ちらと窓外に目を遣りました。台風の来る前に帰りたい、一刻も早くこんな縁のない土地から去りたい、ユリコに縁のある女とは話していたくない、そういう余裕のない顔をしていました。

「クレーム？」マサミさんの姿がまだ見えているのに、課長が後ろからわたしの手許を覗き込みました。「それとも何か困ったことでも」

「いいえ、違います。何でもないですから」

「そうかい。あの人、保育園とは関係なさそうだから」

わたしはとっさにユリコの手記を両手で隠しました。「連続アパート殺人事件」の公判が始まれば、わたしはまた好奇の目に晒されるのでしょう。課長もわたしが何か知っているのではないかと期待しているのです。

「ならいいけどさ」

「あの、課長。今日は早引きしていいですか。すみませんけど、おじいちゃんが心配なので」

課長は何も言わずにうなずいて、窓際の自席に戻って行きました。異様な湿度のため、スニーカーの床を擦《こす》る音も今日は冴えませんでした。課長の許可を貰ったわたしは、自転車の車輪ごと持ち上げられそうな強風に必死に抗《あらが》い、急いで家に向かいました。そろそろ北風の吹く季節だというのに、湿気で膚がべたべたします。でも、この気持ち悪さは天気のせいではありません。あの劣等生のユリコが手記を残していたことが何とも不快なのでした。

小学生の時、ユリコは作文が苦手で、いつもわたしに頼んでいたくらいです。しかも、好奇心というものが欠如しているので、周囲が目に入らないのです。観察眼のない頭の悪い女が手記を書くということは、さぞかし自分勝手で自画自賛に満ちていることでしょう。ユリコに文章が書けるわけがない。絶対におかしいです。文章が苦手な女が手記など書けるものでしょうか。ユリコを騙《かた》って誰かが書いているのではないでしょうか。いったい誰なのでしょう。ああ、それにしてもこの中には何が書いてあるのでしょうか。わたしは一刻も早く、ユリコの手記を読みたくてたまりませんでした。

はい。これがユリコの手記です。正直に申し上げますが、お見せしたくはなかったです。予想通り、とても自堕落でくだらなく、恥ずかしい内容だったからです。しかも、自分のことだけでなく、わたしや母のことも嘘ばかり書いています。よくもこんないい加減なことが書けたものだと呆れました。ユリコの字に似ていますが、誰かが筆跡を真似て書いたとしか思えません。

お読みになっても、絶対に信じないでください。ほんとに全部嘘です。この手記の内容を信じないとお約束してくださるのなら、お見せします。誤字や脱字も酷いものでしたし、内容も意味不明のところがたくさんありましたが、わたしが直しておきました。

第三章　生まれついての娼婦——〈ユリコの手記〉

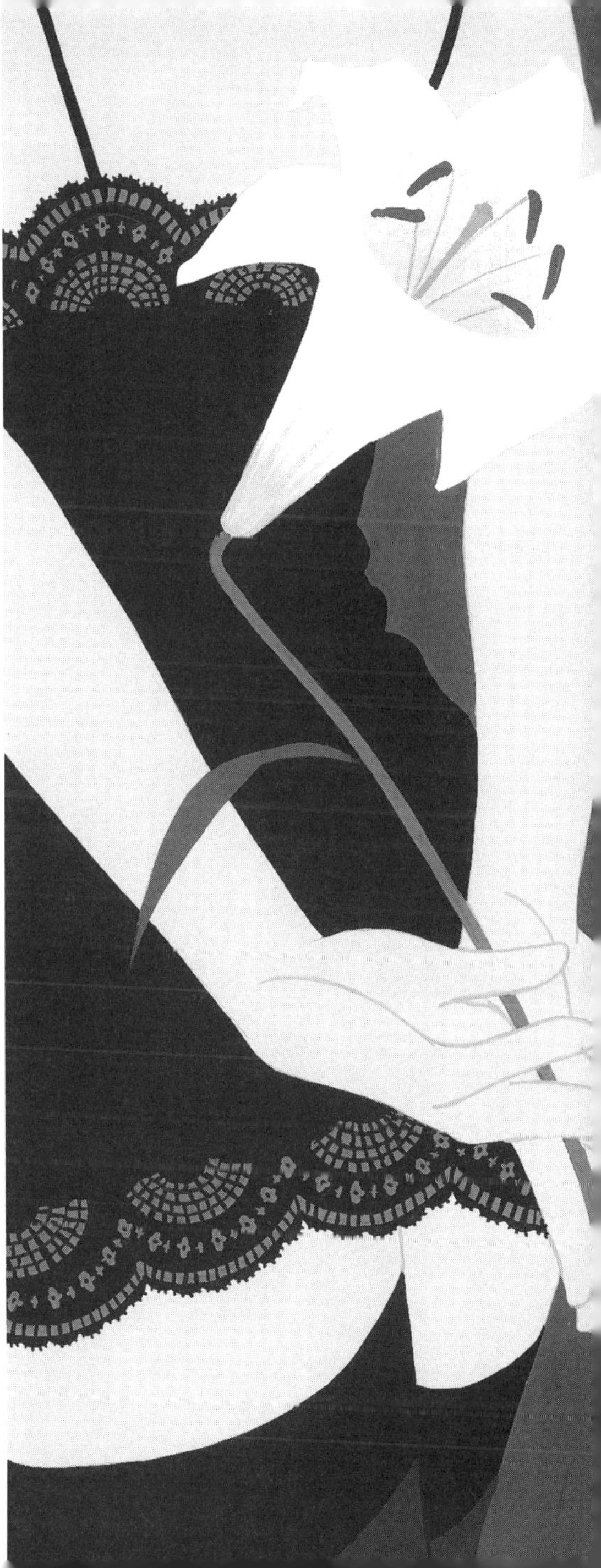

1

九月二九日

午後一時、まだ寝ていたのに電話が鳴った。客かと思って愛想よく出たら姉からだった。私からかけることはないが、姉からは週に二、三度はかかってくる。よほど暇に違いない。「忙しいからまた今度ね」と素っ気なく切ってしまったが、姉は追い縋るように「だったら、夜、電話するから」と言った。用事があるわけではないのだ。姉は私の部屋に男の気配がないか探るために電話してくる。それが証拠に、必ず最後にこう聞く。

「ねえ、今一人なの？　誰かいる気配がする」

一回だけ、ジョンソンが部屋に来てて、あれをしている最中に姉から電話がかかってきたことがあった。姉は留守電にたらたらとメッセージを吹き込んでいた。

『ユリコ、あたしです。今日はいいこと思いついたのよ。あのね、あなたとあたし、一緒に暮らしたらどうかしら。あなたの仕事とあたしの仕事と、一緒に住むことでうまくいくんじゃないかしら。だって、あたしは翻訳家だから、辞書と格闘して一日中家にいるでしょう。それでも、あたしの仕事は朝から夕方までには終わる。あなたは夜の仕事だから、あたしが仕事している間寝ていて、あたしが寝ているうちに帰って来ればいいじゃない。だったら、そんなに顔を合わせなくて済むし、家賃の倹約にもなるし、お米だって一度にたくさん炊けば美味しいわよ。ねえ、いいアイデアじゃない。部屋はどっちがいいか、あなたの意見も聞きたいんだけどね』

ジョンソンは動きを止めて、電話に聞き入った。

「あれ、オネエチャン？」

「そうよ。懐かしいでしょ」

私は笑いをこらえて答えた。

「ボクらを結び付けてくれたオンジンだね」

ジョンソンは流暢な日本語で言って、ぷっと吹き出した。私たちはあれを中断してベッドの上で笑い転げた。

「恩人だなんて、自分で気付いてないのよ」

「彼女は翻訳家になったの？」

私は首を横に振った。姉は嘘吐きだ。複雑な性格の、醜い姉。ジョンソンは私の拒否する気配を察して口を噤《つぐ》んだ。そして、私の感覚を呼び戻すために、首筋に唇を這わせた。私は首を横に曲げてキスを受けながら、ジョンソンの逞しい肩に広がる褐色の雀斑《そばかす》を眺めている。体全体が厚ぼったくなって、美しかった髪はほとんどなくなった。ジョンソンはもう五十一歳だ。

初めて会った頃、私はまだほんの子供だったけど、この男が私を好きだということがわかった。ジョンソンは日本語ができなかったし、私も英語なんか知らなかったけど、お互いに何を言いたいかすぐに通じ合ったのだった。

ハヤクオオキクナッテ。

ナルカラマッテテ。

私は姉に苛められるたびにジョンソンの別荘に駆け込んだものだ。ジョンソンは、大事な仕事の電話中でも、来客と歓談していても、私の訪問を喜んで顔を輝かせた。姉でさえも、私たちにとっては功労者だ。意地悪をして、私をジョンソンの元に送り込んでくれたのだから。迷惑なのはむしろ、元エールフランスのスッチー、マサミの親切だった。ジョンソンの妻。マサミは自分より五歳年下のジョンソンに夢中で、ジョンソンの財産や社会的地位に囚われており、ジョンソンに捨てられることを死ぬほど恐れていた。だから、ジョンソンがユリコを可愛がるのなら、私もそうしなくちゃいけない、と思い込んでいた。甘いお菓子や縫いぐるみのお土産。私はマサミの化粧台に載っているレブロンのマニキュアの方が断然欲しかったのに。しかし、私はマサミの前では子供っぽく振る舞っていた。その方がいいとわかっていたのだ。

姉と大喧嘩した翌日、ジョンソンの別荘に泊まってもいいと父から許された時は嬉しかった。二人で調子に乗り、かなり際どいこともした。マサミのグラスに睡眠薬を入れて、マサミが鼾をかいて寝ている横で、ジョンソンとひと晩抱き合って寝たこともあるし、マサミがキッチンで肉を焼いている時、背後からすっぽりとジョンソンに抱かれながらテレビを見たりした。ジョンソンの手は、ジーンズの上からだったが、私のあそこに置かれていたのだ。そして、私が固くなった男のものに触れさせられたのも、あの時が初めてだった。私はジョンソンが私の初めての男になるのだ、とはっきり確信したものだった。

日本の男の子は相手にならないと最初から思っていた。彼らはハーフの女の子など最初から諦めて近付いて来ない。そのくせ、集団になると手酷いいたずらをする。電車の中で男子高校生の群れに出会ったりしたら最悪だった。髪を引っ張られるくらいは我慢しなくてはならない。取り囲まれてスカートをめくられたこともある。私は幼いなりに学習したのだ。私にとってのサバイバルとは、男とどう渡り合うか、なのだと。

「そろそろ行かなきゃ授業に遅れる」

ジョンソンは苦い顔をして、私の狭いベッドからはみ出そうな大きな体をふたつに曲げて起き上がった。ジョンソンは小田急線の急行に乗って一時間以上かかる小さな町の駅前で、英会話のクラスを持っている。近所の主婦ばかり十二人も詰め込んだクラスだそうだ。

「五十一歳の英会話教師なんて人気がないんだ。みんな若くてハンサムな男がいいんだよ。なぜなら、日本で英会話を習うのは若い女の子ばっかりだからさ。ボクがあんな田舎でやってるのも、そこまで行かなきゃ生徒がいないせいだ」

マサミとの離婚訴訟で、ジョンソンは名誉も信用も財産も、それまで持っていたものを何もかも失ったのだった。外資の証券会社を馘首され、莫大な慰謝料で身ぐるみ剝がれ、アメリカ東部の名門の親戚たちからは総スカンを食らい、私との交際を禁じられた。マサミが法廷で私とのことを洗いざらいぶちまけたからだ。

『夫は裏切り者どころか、犯罪者です。責任を持って預かっている十五歳の少女に手を出したのですから。私の目を盗んで、二人は私の家で抱き合っていたのです。長い間、どうして気付かなかったかとおっしゃるのですか。だって、私はその子のことを気にかけ、とても可愛がっていたのですから、そんな想像なんかできるわけがありません。私は夫にも、その子にも裏切られたのです。今の私の心境がおわかりいただけますか』

その後、マサミはどうやってその場を押さえたか、私とジョンソンがどんな下品な行為をしていたかを微に入り細をうがって報告したのだ。マサミの発言の子細さは、聞いていた裁判官や弁護士まで赤面させたほどだという。私が当時のことを思い出していると、着替えを済ませたジョンソンが私の頬に優しくキスした。私たちはふざけて挨拶した。

「じゃあね。ダーリン」

「ハニー。またね」

私も店に出勤する時間になった。私はシャワーでジョンソンの汗や体液を流しながら、私とジョンソンの不思議な運命について考えている。あんなに望んだのに、ジョンソンは私の最初の男にはならなかった。その理由は、私には人より淫蕩な血が流れているからなのだ。私の最初の男は、父の弟カールだった。

2

今になって気が付いたのだが、少女時代の私は、大人の男の興味を惹く何かが過剰に備わっていたのだとしか思えない。ロリータ・コンプレックスと言われるものを喚起する魔力を強く持っていたのだ。が、残酷なことに、私が大人になるにつれてその魔力は失われていった。それでも、二十代はまだよかった。人並み外れた美貌という武器があったのだから。三十六歳の私は、歳の割にはまあまあ美しいだけの安っぽいホステスで、時には娼婦になる。そう、私はすべての意味で醜くなった。

あらゆる年齢の男が驚嘆や崇拝の眼差しで私を眺め、何とか口をきこうとして必死になったり、知り合うきっかけはないか、と頭を巡らす様子を見る喜び。私の滑らかな皮膚や艶のある髪や膨らみかけている胸をうっとりと眺めては、その様を誰かに観察されてはいないだろうかと慌てて周囲を窺う男たちの弱みを見る優越。少女の私には、男が求める神性のようなものが備わっていたのだ。美少女。その魔力が失われてどんどん平凡になっていくこと、それが私の成長だったのだ。

だが、私の淫蕩な血は男を求めてやまない。平凡になっても、醜くなっても、歳を取っても、生きている限り、永久に男を求め続けなくてはならないのが私の運命。男が私を見て驚嘆しなくても、欲しがらなくても、軽蔑しても、私はたくさんの男と交わらなくてはならない。いや、交わりたいのだ。それが、誰も持ち得なかった神性への罰なのだ。だとしたら、私の魔力というのは、罪に近いものだったのだろうか。

叔父のカールは、息子アンリを連れて、ベルンの空港に私たちを迎えに来ていた。気温はまだ零下の三月初めのことだった。カールは黒いコート、アンリは黄色いダウンジャケットを着て、柔らかそうな薄い口髭を生やしていた。カールは金髪で痩せている私の父とは、全然似ていなかった。黒髪で厳《いか》つい体。しかもアーモンド型の上がり目をしており、髪の黒さと相俟《あいま》って東洋人のようにも見えた。カールは父と抱き合って再会を喜んでから、母の手を握った。

「ようこそ。歓迎しますよ。妻が早く家に遊びに来てほしいと言ってます」

母は曖昧にうなずいて、カールの手から素早く自分の手を抜き去った。カールは困惑した表情を隠せないまま私に向き直り、顔を見てわずかに後退《あとずさ》った。その時、私にはわかったのだ。カールはジョンソンと同じだ、と。

ジョンソンと私が出会ったのは、私が十二歳で、ジョンソンは二十七歳の時だった。だから、「ハヤクオオキクナッテ」というジョンソンの心の声は伝わってきても、すぐに応えることはできなかったが、カールと会った私は十五歳になろうとしていた。カールの眼差しの奥にある淫らさをちゃんと理解したし、応えてもいいと思ったのだった。

私は真っ先に年齢の近いアンリと仲良くなった。二十歳のアンリは、私をいろいろな場所に連れ歩いた。映画館、カフェ、仲間の溜まり場。友達に、「その子は誰」と聞かれると、「従妹さ。手を出すなよ」と答えるのだ。そのうち、私はアンリと出かけるのが面倒臭くなってきた。アンリは年齢より幼稚で、東洋人とのハーフの美しい私をただ見せびらかしたいだけなのだから。

私は不思議なことに気付いた。私が歳の近いアンリや学生に魅力を感じないのと同様、彼らにも私は、大人の男たちに対するような神通力を持つことができないのだった。彼らにとって、私は神性などまったくない、一人の女の子に過ぎない。ちやほやされても、男の目に現れる大きな衝撃を得ることはできないのだ。それがつまらなくて、私は何とかカールと二人きりになる方法を考えた。

ある日の午後、私は約束の時間を間違えた振りをして、学校の帰りにアンリの家に寄った。その時間なら、アンリはまだ工場にいるのを知っていた。叔母のイボンヌはパン屋のパート、アンリの妹は高校に行っているから不在だということも。そして父の話から、昼過ぎに自宅でカールが税理士と打ち合わせをすることも承知の上だった。訪ねて来た私を見て、カールは驚いた顔をした。

「アンリは三時過ぎなくては戻らない」

「あら、じゃ時間を間違えたんだわ。どうしよう」

「入って待つかい。コーヒーでも淹《い》れてあげよう」

その声が震えているのを、私は聞き逃さなかった。

「でも、お邪魔じゃないですか」

「いいんだ。ちょうど終わった」

カールは私を居間に請じ入れた。会計事務所から来た税理士が立ち上がったところだった。布製の質素なソファに腰掛けていると、カールがコーヒーと叔母の焼いたクッキーを持って来た。叔母のクッキーはやたら甘いだけで美味しくなかった。

「学校は慣れたようだね」

「ええ、叔父さん」

「言葉も不自由なさそうだ」

「アンリに教わったの」

工場にいる時はいつもジーンズを穿いて作業しているカールは、その日、白いシャツに灰色のズボンを穿き、黒いベルトをしていた。ビジネスマンのような装いは似合わなかったが、四十五歳のカールの体は緩んでいない。カールは私の向かい側に座り、制服のミニスカートから伸びた私の脚に目を遣ったり、顔を眺めたりしてそわそわしていた。気詰まりで退屈だった。


私はカールをどうにかしようと考えた自分が愚かしく思えてきた。腕時計を眺めた途端、カールが掠れ声で言った。

「自分がアンリみたいに若かったらと思うよ」

「どうして」

「ユリコが魅力的だから。今まで会ったことがない」

「日本人の血が入っているから？」

「ああ。初めて会った時にショックを受けた」

「私、叔父さん好きだわ」

「いけないことだよ」

「何がいけないの」

カールはまるで高校生のように赤くなった。私は立ち上がって、ジョンソンとよくしたみたいに、カールの膝の上に座って肩に手を回した。固くなったあれがお尻に当たった。ジョンソンと同じ。あんな固くて長い物が本当に私の中に入るのだろうか。きっと痛いだろう。「あっ」。想像した途端に思わず声が洩れた。それが合図だった。カールはいきなり私の唇を忙《せわ》しなく吸った。震える手でもどかしく外される制服のブラウスのボタンやスカートのホック。靴もソックスもその辺りに投げ捨てられた。

私を下着姿にしたカールは、抱き上げて寝室に連れて行った。私はカール夫妻の頑丈な樫のベッドで処女を失ったのだ。その行為は予想よりも遥かに痛みを伴ったが、私は初めてにしては容易に快楽を得、自分はこのことが好きでたまらなくなるだろうと確信したのだった。

「ああ、こんな子供を。それも姪と間違いを犯すなんて」

カールは私を突き飛ばすようにして身を離すと、苦しげにつぶやいて両手で顔を覆った。何が悪いのだろう、こんな素敵なことなのに。私は悔恨に暮れるカールが急に現実に戻ってしまったようで物足りなくなった。でも、カールも同様に失望していたのだ。私は、カールの眼差しの中にあった畏れや憧れが、私を抱いた後に消滅したのを感じた。私を抱いた男たちは、皆が皆、何かを失ったような虚ろな表情をすることに気付いたのは、この時だった。だとしたら、私は永遠に新しい男を求めていなくてはならない。今、私が娼婦という仕事をしているのもそのせいなのだ。

カールとはその後も何度か、家族の目を盗んで会った。何度目かの時、カールは学校帰りの私をルノーに乗せ、後ろも見ずに走りだした。行く先は山の麓にあるカールの友人の山荘だった。季節外れで誰も使っていない家は薄暗く、水も湯も出なかった。私たちは、絨毯を汚さないために敷いた新聞紙の上でワインを飲み、パン屑を気にしながらサラミ・サンドイッチを食べた。そして、裸にされた私は、白い覆いの掛かったダブルベッドでいろんなポーズを取らされた。カールが一眼レフのカメラで撮影したのだ。カールがやっと私を抱き寄せた時、私の心は体同様、冷え切っていた。

「寒いわ、叔父さん」

「我慢しなさい」

カールは、姪である私の体をいたぶり続けた。神など、寝てしまえばあっという間に消え去る。性の相手でしかなくなった私は、私を崇めたはずの男たちに時々こういう目に遭わされた。

性の前では血の繋がりなど、あってないのだと私は思った。しかし、私たちは血縁なのだ。私たちの関係を絶対に知られたくない人物が、カールの兄であり、私の父である以上、禁忌からは逃れられない。カールは私を抱いた後、必ず怯えた。

「兄貴がこのことを知ったら、俺は殺されるだろう」

男たちは、男同士で作ったルールに生きている。そのルールの中では、女はそれぞれの男に属する物でしかない。娘は父に、妻は夫に。女の欲望の存在など、男たちにとっては厄介ではあるものの、どうでもいいことなのだ。欲望の主体は常に男にあるのだから。手出ししたり、手出しされるのを防いだり。さしずめ私は、一族の男に手出しされた女。男たちのルールでは、あってはならない禁忌。だからこそ、カールは怯えたのだ。

私は、誰の所有物にもなりたくないと思った。なぜなら、私の欲望は男たちが守れるほど、ささやかではないからだ。

しかし、その日のカールは普段と少し違っていた。父の悪口を言ったのだ。

「兄貴は触れ込みと違うよ。経理なんか明るくないんだ。そのことを指摘すると、怒鳴る。それに、あいつの女房に対する態度も許せない。まるで家政婦のように扱っているじゃないか」

母の方から家政婦でいることを望んでいる、と言ったところで、カールには理解できないだろう。母はスイスに来てから、日本人であることに拘《こだわ》るようになっていった。毎日、高価な日本食を作り、誰も食べないから余らせては冷凍庫に保存する。冷凍庫の中には、ひじきの煮物や肉じゃがやきんぴらなどが入ったタッパーが所狭しと並んでいた。私はそれらが母の鬱屈を表していると感じられて、薄気味悪かった。

「叔父さんはお父さんが嫌いなの？」

「大嫌いだよ。ここだけの話だが、あいつはトルコ人の女と出来ているんだ。俺にはわかってる。あいつは黒い髪と黒い瞳が好きなのさ」

その女性はドイツから出稼ぎに来ている工場労働者で、父に夢中なことを隠そうともせずにいつも熱く見つめているのだという。

「お母さんが知ったらどうするかしら」

カールは悲痛な顔をした。自分たちのことも母に知られたら大変なことになる、と悩んでいるのは明白だった。私とカール、父とトルコ人女性。母に隠すべきことが多過ぎた。誰もが皆、母には話しかけなくなったし、誘わなくなっていた。母に知られたくない秘密があるだけでなく、母が言葉を覚えようとせず、いつまでも自分の殻から出て来ないせいもあった。

「あの人には絶対に知られたくないね」

「私は知られてもいい」

カールは驚愕して私の顔を見た。私は目を背けて、山荘の暗い天井を眺めた。

母は私を憎んでいた。私という、自分に似ても似つかない子供を産んだことに戸惑い、整理できないままに生きている。それは私が成長してからの方が強くなった。そして、スイスに引っ越したことで決定的になった。家族の中で母だけが東洋人だからだ。従って、母の思いは西洋人に近い私より日本に置いてきた姉の方に向かったのだ。母は始終こう言って気にかけていた。

「あの子が心配だわ。私に捨てられたと思っているんじゃないかしら」

姉は捨てられていない。私こそが母に捨てられた子供だった。誰にも似ていなくて、存在自体を疎《うと》まれた子供。私を求めるのは男たちだけだ。男に欲されることによって、初めて存在する意味を持てた私。だから、私は永遠に男を欲する。宿題よりも何よりも、先にするのは男との逢い引き。それは男たちが私が今ここに生きていることを証明してくれるからだ。


ある夜、私たちは遅く帰った。アパートの前だと車を見られる恐れがある、とカールは私を裏通りで降ろした。私は暗い道を一人でとぼとぼ歩いて家に帰り着いた。玄関の鍵を開けてアパートの部屋に入ると、まだ十時過ぎなのに真っ暗なので不審に思った。キッチンを覗いても料理した気配がない。母が日本の総菜を作らない日はなかった。変だと思って、寝室のドアをかすかに開けて中を見たが、薄暗くした部屋で母が寝ている様子だったので私は声をかけずにそっとドアを閉めた。

三十分後、父が帰って来た時、私はお風呂でカールにさんざん触られた体を洗っていた。バスルームのドアが激しくノックされ、私はカールとの情事がばれたのかと慌てたのだが、そうではなかった。父は母の様子がおかしいと私に言いに来たのだった。胸騒ぎがした。私は寝室に駆けつけながら、母はとっくに死んだと心の中で思っていた。

日本では、父の顔色を窺って姉の味方なんか一度もしたことがなかったのに、スイスでは姉のことを気にかける母。私は母のこういう弱さを軽蔑していた。また、母の怠惰が嫌だった。

こんなことがあった。私のクラスメートが数人遊びに来た時、母はキッチンからなかなか現れなかった。紹介するからと私が手を引っ張ると、母は私の手を振り切って背を向けた。

「私のことはお手伝いだと言いなさい。あなたとあまりにも似ていないから、説明するのが面倒臭い」

面倒臭い。これが母の口癖だった。ドイツ語を覚えるのは面倒臭い、新しいことをするのは面倒臭い。馴染めないベルンで戸惑った母は、急速に人格を崩壊させていった。でも、母が死のうと思ったきっかけなんてわからない。いつでも死にたいと思っている人物の背中をひょいと押すのは、些細な出来事なのだ。上手に出来なかった混ぜご飯とか、納豆の値段の高さとか。あるいはトルコ人の女性のこととか、カールと私の情事とか。私はそれが何かなんて知りたいとも思わなかった。それほどまでに、母に対する好奇心は綺麗さっぱり失せていたのだ。

でも、これだけは確かだ。父もカールも、母の死に安堵した一面があること。そして、母が自分たちの罪を知って死んだのではないかという恐怖や自責の念と戦いながら、これからの人生を生きるのだということ。

しかし、私が生まれたのは、大人たちの勝手な所業の産物でしかない。スイス人の父が日本人の母と作った奇蹟の子供。私の責任じゃないのに、背負っていくのは私。そのことで手一杯の私は、さらに母の死の責任など絶対に負いたくはなかった。

だから、父がトルコ人女性を家に入れた時、私はむしろほっとして日本への帰国を主張したのだった。私を嫌う姉とは会わなければいいのだ。それに日本では、香港勤務を終えたジョンソンが、私の帰りを待っている。ジョンソンの家に何とか入れないだろうか。処女でなくなった私は、ジョンソンとあれをしてみたくてたまらなかった。私はきっとニンフォマニアなのだろう。

3

ニンフォマニアの私にとって、娼婦は天職でもあるし、絶対に向いていない職業でもある。私は相手がどんなに粗暴な男でも、醜くても、あの瞬間だけは好きになることができるし、あらゆる恥ずかしい要求にも応えられる。むしろ、相手が変態であればあるほど、好きになれるかもしれない。相手に応えられるという自分の能力を存分に実感できるからだ。

これは私の美点だが、大いなる欠陥でもある。私は男を拒絶できない、ヴァギナのように。その意味で、私は女そのものなのだ。私を求める男を拒絶することは、私が私でいられなくなることだ。

しかし、いちいち気をやっていれば身が保《も》たない。心と体が大きく引き裂かれているのに娼婦を続けるのだとしたら、いずれ破滅がやってくるのは間違いなかった。破滅がどんなものか想像したことは何度もある。心臓麻痺で倒れるか、悪い病を得て苦しむか、そして男に殺されるか、この三つだ。怖くないはずはない。でも、やめられないのだから、私という人間は女である自分に滅ぼされるのだろう。

その日を意識して、私はこのノートを書こうと決意した。日記でもなければ、手記でもない私だけの記録。ここに書いた内容はひとつも創作した箇所はない。創作だけは、私の能力にないのだ。誰が読むのか知らないが、いつも机の上に出しておこうと思う、「ジョンソンへ」とメモを添えて。私の部屋の鍵を持っているのは、ジョンソンしかいないのだから。

ジョンソンは月に四、五回、部屋に通って来る。私が金を取らない唯一の相手。これほど長く継続した関係もジョンソンだけだ。ジョンソンを愛しているのかと聞かれれば、そうだとも言えるし、そうではないとも言えるし、私にはわからない。ただ、ジョンソンが私の何かを支えていることは確かだ。もしかしたら、父という存在への渇望？　そうかもしれない。ジョンソンは私を愛することをやめないからだ、父親のごとく。だが、私の本当の父親は、私を愛さなかった。いや、愛することを中断した。

父に帰国したいと告げた時を思い出す。母が死んで一週間ほど経った深夜のことだった。キッチンの蛇口から始終、水がぽたぽた落ちる音が聞こえていた。母が死んだ途端に蛇口が緩んだのか、あるいは元々緩かった栓を母が強い力で締め上げていたのか、急に水が滴り落ちるようになっていた。私は母が「私はここにいる」と主張しているみたいで怖くてならなかったものだ。しかも、いくら頼んでも多忙を理由に配管工は来なかった。私も父も、水音がするたびにぎょっとして台所を振り返った。

「お前が日本に帰りたいのは私のせいか」

父は私の目を見ないで聞いた。父はトルコ人の女性(なぜかウルスラというドイツ風の名だった)を家に入れたことに負い目を持っていたに違いない。が、一方で、警察に通報までした私に怒っていた。怒りを感じた時点で、父は心の中で私と母を捨て去り、ウルスラを選び取ったことになる。

私が警察に連絡したのは、単なる感情的反応に過ぎない。母の亡骸《なきがら》があるのに、妊娠させた女を連れて来るという神経。でも、私が父を疑ったことは一度とてない。父は犯罪に手を染めるほど、強くはないのだ。そ犯罪を犯すだけのはみ出た大きな欲望も持たない。そんな父が母の崩壊していく様を間近で見ていれば、たえられずに逃げ出すのは当たり前だった。そして逃げた先の女が困っているとなると、背負い込まざるを得なかったのだろう。父は小心だった。

「お父さんのせいというより、私の考えよ」

「どういうことだ」

父は困惑して目を上げた。薄いブルーの瞳が弱り切っていた。

「ここにいたくない」

「ウルスラがいるからか」

父は声をひそめた。ウルスラは隣の客用ベッドルームで眠っていた。切迫流産しそうで、絶対安静を命じられていたのだった。ウルスラはブレーメンから一人で働きに来ている労働者だし、父は長期入院させられる金を持っていなかった。

「ウルスラのせいじゃないわ」

ウルスラは父以上に母の死に怯え、苦しんでいた。自分が原因で母が自殺したと思っていたのだ。私とたった三歳違い。話してみれば、子供のような素直さと単純さを併《あわ》せ持っていた。私が、ウルスラに対しては怒っていない、母の死とあなたの存在とは無関係だ、と告げただけで驚喜したほどなのだから。私の返事に父は安心したように息を吐いた。が、視線はまだ疑いを秘めていた。

「それならいいけど、お前は私が罪深いから許せないのかと思ったよ」

罪深いのは私も同じだった。だが、私はカールとの不倫と母の死とで急激に大人になっていた。

「許すとか許さないとかの問題じゃないの。私は日本に帰りたいの」

「どうして」

ジョンソンに会いたいから、という理由だけではなかったように思う。私は母を愛していた。母がいないのなら、スイスに残っても仕方がないのだった。

不思議なことに、外見は西洋人の父の血をより多く受け継いだくせに、私は母親の性格を有していた。他人をすべて受け容れ、他人を鏡にして自分の存在を知るというところが。そして、スイス人の父からはまったくと言っていいほど美しさを貰わなかった姉は、父の性格に近いものを持っていた。自分本位。意地悪な観察眼。分厚い防御壁。そして姉は母にそっくりの外見をしている。この皮肉。家族の仲が良ければ笑い話で済むのに、我が家では互いの憎しみをかき立てる原因だった。

私は幼い時から、姉の視線に晒され続けてきた。遊びでも勉強でも、姉はいつも私を見張り、することなすことすべてに口出しし、私を支配しようとした。私たち姉妹は、容貌が異なるだけでなく、その性格も激しく違っていたのだ。いや、外見が隔たっているからこそ、性格も異なって作られたのだ。

今でも父の山小屋での事件は、私の心に黒い染みのような憎しみをもたらしていた。私は真っ暗な冬の山道を五分以上も歩いてジョンソンの別荘に戻ったのだから。姉が同じ目に遭わされたのなら、私を呪い殺しかねない。さすがの父も怒り、姉を打《ぶ》った。姉が私を心底憎んでいるのだと、あの日に思い知らされた。

「お母さんが死んだのなら、ここにいても意味がないもの」

「なるほど。じゃ、日本人として生きることを選んだんだね」父は痛ましそうに口籠もった。「お前の顔では苦労するかもしれないよ」

「だって、私は日本人だもの」

この時、私の運命は決まったも同然だった。あの湿気の多い国で日本人として暮らす。ガイジンガイジンと子供たちに指さされたり、ハーフの人は綺麗だけどすぐ老けるわね、などと陰で言われ、男子高校生にいたずらされたりしながら。だから、私も姉のように防御の壁を厚くする必要があった。自分ではできない私は、その壁がジョンソンであるべきだと考えた。

「どこに行くんだ。おじいちゃんと一緒に暮らすのか」

祖父は姉に奪われた。姉はいったん手に入れたものは決して他人に渡さない。両腕で囲って、祖父と自分の住まいに私を入れてはくれないだろう。

「ジョンソンさんのところで下宿させてくれるって」

「あのアメリカ人か」父は苦々しい顔をした。「悪くはないが、金がかかる」

「下宿代は要らないそうよ。だから、お願い」

私の請願に、父は首を縦に振らなかった。

「お姉ちゃんには許したのに」

父は諦めた風に肩を竦《すく》めた。

「あの子は私に懐《なつ》かなかった」

それは二人が似通っているからだ。私たちは黙り込んだ。沈黙の最中、ぽたっと蛇口から水が落ちた。父はその音にたえかねたかのように叫んだ。

「わかった。帰りなさい」

「お父さんはウルスラと楽しく暮らすといいわ」

捨て台詞のつもりで言ったのではなかったが、父は悲しげな顔をした。

翌朝、私は学校をさぼってジョンソンの会社に電話をかけた。父の許可は得られたものの、実はジョンソンと話していなかったのだ。ジョンソンは私からの電話に喜んだ。

「ユリコ、懐かしいね。東京勤務になったから会えると思ったのに、入れ違いでスイスに帰ったというのでがっかりしてたんだよ。皆さん、元気かな」

「母が自殺したの。父は新しい女の人と暮らすと言っている。私は日本に帰りたいんだけど帰る場所がないの。日本に残った姉は一緒に住みたくないって言ってるし。困ったわ」

決して同情を引こうとしたのではない。私はジョンソンを誘おうとしていた。たった十五歳の少女が三十歳の男を誘惑したのだ。ジョンソンは息を呑み、それからこういう提案をした。

「だったら、家に来るといい。別荘の時と同じさ。お姉ちゃんに苛められた子はうちに避難してくればいいんだ。いつまででもいていいよ」

私は胸を撫で下ろしながらも、マサミのことを聞いた。赤ん坊でも産まれていたら、居辛いかもしれない。

「でも、マサミさんは何て言うかしら」

「マサミも歓迎するよ。それは約束する。マサミは可愛いユリコが大好きなんだ。ところで学校はどうするの」

「まだ決まってないの」

「だったら、マサミに探させるよ。ユリコ、一緒に暮らそう」

ジョンソンの囁きは、誘惑に応えた男のものだった。私はほっとしてソファに横になった。不意に視線を感じて目を上げると、ウルスラが私を見つめていた。ウィンク。言葉は通じないが、私の電話の調子からウルスラは本能的に何かを感じ取ったのだった。私はうなずいて笑った。あなたと同じよ。これからは私も男の世話になって生きていく。ウルスラは微笑むと素早い身ごなしで寝室に消えた。蛇口の水音はその日を境にぷっつりとしなくなった。きっとウルスラが力任せに締めたのだろう。父がいない時、ウルスラは飛ぶように歩く。絶対安静だなんて信じられないように。

私はタンスの引出しを開けた。父から来たクリスマスカードが束ねて入っていた。一番上に去年のクリスマスカード。晩婚だったアンリがようやく結婚式を挙げた時に一族で撮った写真をカードに仕立てたものだった。父とウルスラと三人の息子。カールとイボンヌ、アンリとその妻と娘二人。アンリの妹はイギリスに行ったので写っていない。私はカールの姿を凝視する。ベルンを出てから、一度も会っていない私の最初の男。カールはでっぷりと肥え、豊かな黒髪が真っ白になっていた。六十六歳。私はこの老人と本当に寝たのだろうか。

帰国する前日の午後、父が工場にいるのを見計らって、カールがこっそり会いにやって来た。カールは縫いぐるみや人形の転がる私の部屋で、私の唇を長く吸った。

「ユリコと会えなくなるのは悲しいよ。私のために残ってくれないのか」

カールの目には焦りがあった。そして安堵も。私の帰国も母の死同様、後悔の念と等分の解放感をカールに与えているに違いなかった。

「私も悲しいけど駄目なの」

「ねえ、今できないかな」

カールはジーンズのベルトを外しかけている。

「ウルスラがいるわ」

「いいよ。聞こえやしない」

カールは、ベッドの上の、まだ片付け切れていない縫いぐるみを床に払い落として、狭いベッドに私を押し倒した。体重をかけられると身動きができない。ノックの音と同時に声がした。

「ウルスラよ」

慌てて立ち上がり服装を直すカールを待たずに、私はドアを大きく開けた。ウルスラがにやにや笑っている。カールは乱れた髪を手で押さえて、誤魔化すために窓から外を眺めた。通りの向こう側にはカールの靴下工場がある。

「なあに、ウルスラ」

「ユリコ、縫いぐるみの要らないのがあったら、私にちょうだい」

「いいわ、あげる。好きなの持っていって」

「ありがとう」

ウルスラは床に散らばったコアラやテディベアを拾い上げ、不思議そうにカールを見遣った。

「社長。どうしたんですか」

「ユリコに別れの挨拶に来たんだよ」

そう、とウルスラは私の目を見ながらウィンクした。私とウルスラは共犯だった。ウルスラが出て行った後、カールは諦めた様子でジーンズの尻ポケットから封筒を取り出した。開けると、私の裸の写真と金が少々入っていた。

「綺麗だろ。記念にと思って。金は餞別だから受け取って」

「ありがとう。カールはこの写真をどこにしまっているの」

「工場の机の裏に貼り付けた」カールはそう言って、真剣な顔をした。「金を貯めて日本に行くよ」

だが、カールは一度も日本に来たことはない。私も滅多に思い出さない。最初の男は最初の客でもあったのだ。私は写真をまだ持っていた。友人の別荘でカールが撮った物だ。私は寒さに凍り付いた表情で、「裸のマハ」のようなポーズを取らされてレンズを見ている。シーツの上に横たわった青白い膚の私。広い額。ふっくらした唇。見開かれた瞳には、今の私にはないものがある。男に対する恐れと憧れ。どうしてこんな目に遭わされるのかという不安。今の私は、恐れも憧れも、不安もない。

私は化粧をするために鏡の前に座った。映っているのは、三十五歳を過ぎてから急激に老けた私。目尻の皺や口許のたるみはファウンデーションを何度塗っても隠せなくなっていたし、丸みを帯びてずんぐりした体型は父の母親にそっくりだった。年齢を重ねてやっと、私は自分の中にある西洋人の血を意識する。

最初はモデル、次に美しい外人ホステスしかいないクラブに長く勤めた。高級コールガールと呼ばれたこともある。そして高級クラブ。いずれも普通のサラリーマンは入れない店だ。胸を大きく開けたドレスを着るのに躊躇《ためら》うようになった時から、私はもっと安いクラブに転落し、さらに人妻と熟女専門の店にと移らざるを得なかった。しかも、安い金で身を売ることに精を出した。収入が減ったからだけではない。ついさっき、私は男に欲されることにのみ、存在する意味を見出せると書いた。だとすると、私は転落したのではなくて、この世に生きている意味を、もっともっと求めるようになったのだろう。私は鏡を覗き込みながら、輪郭の少しぼやけた目許に黒いアイラインを太く引いた。商売用の派手な顔を作るために。

4

姉は夜また電話をすると言っていた。その前に部屋を出たい。辛気臭い声を聞くのはご免だ。

『ユリコ、今何してるの』

姉こそ何をしているのだろう。怪しげな仕事を次々と替える姉は、理想の職業があって、それを目指しでもいるというのか。まさか、娼婦ではあるまい。私は鏡の前で笑いをこらえた。できるものならやってごらん。素晴らしさと同じだけの虚しさを抱える職業。これがあなたにできるか。私は十五歳から娼婦なんだよ。私は男なしじゃやっていけないのに、最大の敵も男なのだ。男に壊され、女である自分自身に滅ぼされる女。お姉ちゃんは十五歳の時、しこしこ勉強するだけの中学生だったじゃないか。

不意に疑問が浮かんだ。もしかすると、姉は処女かもしれない。娼婦の妹と処女の姉。いくら何でも出来過ぎだった。が、私は好奇心を抑え切れなくなり、電話のプッシュボタンを押していた。

「もしもし、もしもし。誰。ユリコ？　もしもし。ね、誰」

コールが一度鳴っただけですぐに電話は取られた。もしもしもしもし。滅多に鳴らない電話をかけてきたのは誰か、と姉が必死に相手を知ろうとしている。受話器から姉の孤独がびりびりと伝わってきて、私は取り落としていた。受話器は姉の声を響かせながら、転がった。姉が処女だろうと、同性愛者だろうと、もう私の知ったことではない。

私は受話器を戻し、店に何を着ていこうかと考え始めた。１ＬＤＫの部屋。押入れを改造したクローゼットに、たいした服はない。六本木の外国人ホステスばかりの店に勤めていた時は、豪華な衣装をたくさん持っていた。一着百万近いヴァレンチノやシャネルのドレス。数百万以上の着物。取っ替え引っ替え美しい服を纏《まと》って、ガラス玉のように無造作にダイヤモンドを付け、歩くこともできない華奢な金のサンダルを履く。足の指に口づけしたがる客のために、私はいつも素足で店に出た。歩くことなど、ほとんどなかった。マンションから店までタクシー。帰りは客の車に乗せられてホテルへ。ホテルからタクシー。私の筋肉は男と寝るためだけにあった。

だが、転落と同時に、私の服はその辺で売っている安物になった。絹から化繊、カシミヤの代わりに混紡のウール。そして、不摂生によって、いくら手入れをしても落ちない贅肉をあちこちに付けた脚は、バーゲンで買ったストッキングにくるまれている。

一番変わったのは客層だった。最初の店では芸能人や作家、青年実業家と自称する怪しげな連中、一流企業の社長クラス、外国人のＶＩＰ。次の店では、企業の金を自由に使えるビジネスマンが主だった客。そして次のランクでは安月給のサラリーマンたち。現在、私の相手は、その手の女が好きな変わり者か、金のない男だけとなった。「その手」とはゲテモノを指す。この世には、荒《すさ》みきった美や隆盛の残滓《ざんし》だけを好む者もいるのだ。

怪物的な美貌を持ち、怪物的に淫蕩な私は、今や本物の怪物になろうとしている。年齢と共に凄惨さを加味して。何度も書くが、侘びしいとは思わない。これが美少女だった私の真の姿なのだ。さぞかし、姉も私の落魄を楽しんでいることだろう。だから、それを確かめるために始終電話をかけてくるのかもしれない。

ジョンソンとの話を書いておかねばならない。

成田空港で私を出迎えたのは、緊張した面持ちのジョンソンと、対照的に陽気なマサミだった。ジョンソンは平日ということもあってダークスーツに真っ白なシャツ、レジメンタルタイを締め、神経質そうに人さし指を唇に当てて細かく叩いていた。私の初めて見る姿だった。マサミは陽灼けした膚を引き立てるためか、白い麻のドレスにゴールドのアクセサリーを満艦飾に付けていた。耳、首、腕、指。が、目尻の真っ黒なアイラインは太過ぎて、マサミの表情を曖昧なものにしていた。笑っているのか、怒っているのか。真面目なのか、おどけているのか。だからマサミが化粧をした時は、私はマサミの言葉ではなく、マサミの目許を窺って判断するようになった。その時のマサミは大袈裟に喜んでみせた。

「ユリコちゃん、久しぶりね。まあ、あなた、大きくなってえ」

オオキクナッテ。

オオキクナッタ。

私はジョンソンと目を合わせた。十五歳の私は、小学生の頃より身長が二十センチ以上は伸びていた。百七十センチ、五十キロ。そして、もう処女ではない。ジョンソンは軽く私を抱擁した。その体はかすかに震えていた。

「また会えて嬉しいよ」

「ジョンソンさん、ありがとうございます」

ジョンソンは「マークと呼んで」と言ったが、私にはジョンソンの方がしっくりした。馬鹿ジョンソン。姉が意地悪く呼び捨てるたびごとに、私は「いいジョンソン」と口の中で返していたのだ。それは私なりの弁護だったのだ。

「お姉ちゃんは来てないのかしら」

マサミは不審な顔で空港を見回した。来るわけがなかった。知らせていないのだから。

「知らせる暇がなかったんです。それにおじいちゃんが具合悪くなったって」

「そうそう」マサミは私の答えを聞いてなかった。嬉しそうに私の腕を摑む。「午後から編入試験があるのよ。急いで帰らなくちゃ。あなた、Q学園中等部の帰国子女枠を受けるのよ。通うのにも便利だし、Qならあたくしも鼻が高いわ。試験に間に合ってよかったこと」

Q学園と言えば、姉と同じ。私はそんなところに行きたくなかった。だが、見栄っ張りのマサミは私をそこに捻じ込もうとしているのだ。私は助けを求めるようにジョンソンを見上げたが、ジョンソンは首を振った。

ソノクライハ、ガマンシナサイ。

『我慢しなさい』。叔父のカールが私を撮影している時に吐いた台詞と同じだった。私は唇を嚙み締め、マサミに手を取られてマサミの運転してきた大型ベンツの後部座席に押し込められた。並んで座ったベージュの革シートで、私はジョンソンの太股が、ジーンズを穿いた私の太股に当たるのを感じた。そこだけ熱くなる。別荘での出来事。ジョンソンと私だけの秘密。愉しみを再発見した私の目は躍っていたはずだ。私はいとも簡単に次の喜びを見出していたからだ。人生は思うようにならないが、心の中は自由なのだ、と。

途中でジョンソンは車から降りて会社に戻った。私はマサミに連れられて、港区にあるＱ学園の中等部校舎に向かった。古い石造りの建物が正面にあり、両翼に近代的な校舎が広がっていた。高等部は右側のウィングだという。私は思わず姉の姿を探していた。三月に別れたのだから、四カ月以上会っていなかった。もし、私がＱ学園に入ることになったら、姉はきっと落胆し、かつ激しく怒ることだろう。私と別れたいがために猛勉強してＱ女子高に合格したのだから。私は姉の魂胆などとっくに見抜いていた。苦笑すると、マサミが感にたえたように言った。

「ユリコちゃん、スマイル、スマイル。あなたのスマイルってほんとに綺麗。そうやって笑っていたら、絶対合格よ。ペーパーテストなんて形だけになっちゃうわよ。だって、あなたのことずっと見ていたいもの。あたくしの入社試験も凄い倍率だったけど、笑顔の素敵な子から採られたわ」

スチュワーデスと、帰国子女の試験が同じだとは思えなかったが、面倒臭くなった私はいつも微笑んでいることにした。だが、受かったとしても、私までがＱ学園に通うことになったら、父はおそらく費用を工面できないだろう。だとしたら、学費の大半はジョンソンが負担することになる。私は、これは娼婦の仕事に近いと考えた。娼婦は体を金で売る。行き場をなくした中学生の私は、ジョンソンに私自身を売る、生活費と学費とで。同じことではないだろうか。

帰国子女枠を受ける受験生は十人近くいた。皆、海外赴任していた企業の子供だった。ハーフは私一人。

試験の出来は最悪だった。私は勉強熱心じゃないし、英語もドイツ語も日常会話程度で語彙などほとんどないに等しい。この分では、姉と同窓になりそうもなかった。ジョンソンは無駄な出費をしなくてもいいだろう。私は気が楽になった。

最後に面接があった。やっと私の順番がきて二階の教室に入った時、私はひどくくたびれて、微笑するのをとっくに忘れていた。無理もなかった。丸一日飛行機に乗って、到着した途端に休む間もなく、編入試験を受けさせられている。ベルンの冷涼な空気に比べ、東京の七月は蒸し暑かった。ただでさえ時差ボケで眠気が襲ってくるのを振り払いながら、私は席に着いて欠伸《あくび》を我慢した。

正面には面接官の教師が三人並んでいた。両脇が年配の女性で、一人は外国人女性だった。真ん中は三十代後半の男性教師。三人は、私の書類に目を通し、なかなか顔を上げなかった。私は退屈してあちこち見回した。窓から青い水を湛《たた》えた五十メートルプールが見えた。黒い水着を着た水泳部らしき生徒たちが黙々と平泳ぎで往復している。今、この瞬間、泳げたら嬉しいのに。私は暑さと疲労とで気が遠くなりかけた。

必死にこらえて、黒板の横の広い水槽に目を遣った。ガラスの内側に一匹のカタツムリがへばりついていた。カタツムリのぬめりを帯びた軌跡がガラスに付いて外光に反射する。水槽の底には乾いた木片や砂が敷いてあった。干し椎茸みたいなドーム型の甲羅をした大きなリクガメがのっそり現れた。カメは意外な速さで首を伸ばし、カタツムリを一瞬のうちに食べてしまった。途中で切れた軌跡。カメの口の中で砕ける殻。私は気分が悪くなった。

「大丈夫ですか」

女性教師の呼びかけに気付いた私は、慌てて席から立ち上がってしまった。教師は労《いたわ》るように優しく言った。

「座っていいんですよ」

「すみません。疲れていて」

真ん中の男性教師が私を凝視した。整髪料で後ろに撫で付けているために顔の半分が額に見える。メタルフレームの小さな眼鏡が、顔によく似合っていた。白いポロシャツの上に紺のブレザーを羽織り、左手の薬指に結婚指輪をしていた。私は微笑するのも忘れて、教師のポロシャツのボタンの辺りにぽつりと付いた、小さなインクの染みを見つめていた。

「あなた、このカメの種類知ってますか」

「リクガメですか」

「そうです。珍しいでしょう。マダガスカル産なんですよ」

真ん中の教師が笑いかけた。私がうなずくと、面接はそれで終わりだった。後でわかったことだが、真ん中の教師は生物を教えている木島という男だった。試験の成績が悪かったにも拘わらず、私は学年主任の木島に気に入られてQ学園に入学できたのだった、リクガメを知っていただけで。いや、違う。木島は私自身を気に入ったのだ。リクガメは単なる口実に過ぎない。

その夜、私は疲労で熱を出した。私のために用意された部屋は、西麻布の税務署裏にあるジョンソンの邸宅の二階の端っこだった。カーテンもベッドカバーもクッションも、部屋の布製品はリバティプリントで統一されていた。マサミの趣味なのだろう。インテリアに何の興味も持たない私はうるさく思ったが、それどころではなかった。私はベッドに入ると同時に深く眠った。夜中に人の気配で目を覚ました。Tシャツにパジャマのズボンという格好のジョンソンが私の枕元に立っていた。ジョンソンは低い声で聞いた。

「ユリコ、具合は」

「疲れただけです」

ジョンソンは長身を屈めて、私の耳許で囁いた。

「早く元気になって。やっと捕まえたんだから」

ツカマエル。私はリクガメに食べられたカタツムリを思い出し、身震いした。口の中で砕ける殻。私は水槽に入れられたカタツムリでもあるのだ。男に食べ尽くされる女。この運命を享受しない限り、幸福にはなれないだろう。またしても、心の中の自由、という言葉が脳裏に浮かんだ。私は十五歳にして、一気に老女になったのだった。

翌朝、Q学園中等部から合格の報せが届いた。マサミは喜んでジョンソンの会社に電話をかけた後、上機嫌で振り向いた。

「合格したことお姉ちゃんにも教えてあげなきゃ」

私は素直に祖父の家の電話番号をマサミに告げた。いずれ姉には会わなくてはならなかった。日本に残されたたった二人の姉妹なのだから。そうは思っても、姉が私を嫌う以上に、私も姉が嫌いだった。似ていない二人。コインの表と裏。姉は私が想像した通りの反応をした。

「万が一学校で私に会っても、絶対に声をかけないでよ。あんたはちやほやされていい気になってるでしょうけど、私は必死に生きているんだからね」

必死なのは私とて同じだった。が、姉に説明したところで仕方がない。私は言葉を呑んだ。

「ふん、運のいい奴」

「おじいちゃんに会いたいんだけど」

「おじいちゃんは会いたくないってさ。あんたのこと大嫌いなんだもの。あんたは気韻がないって言ってた。狂がないって。園芸だって」

「キインって何」

「馬鹿。あんたってＩＱ50くらいしかないんじゃないの」

姉との会話はこれでお終いだった。学校で会っても姉は知らん顔していたし、私は高校三年で退学したからＱ学園との縁も切れた。姉ともしばらく会う機会がなかった。なのに、最近は姉からの電話が多い。いったい姉に何が起きたのかと訝《いぶか》しく思う。

何の縁もない他人の家に預けられる子供。いや、私は自分から進んで預かってもらった子供だったわけだが、その子供がどんな目に遭うか、姉は考えたことがないのだろう。姉は血縁である祖父と暮らしているのだから。小さい時に数回会っただけだが、私はどこか地に足が着いていないようなふわふわした祖父が好きだった。その祖父を姉に取られた以上、私はたった一人きりで生きていかねばならなくなった。

ハーフの私は、元々どこにも誰にも所属できない不安感を心の中に持っていた。両親が愛し合ってさえいれば、その懐に抱かれて安心したのかもしれないが、両親には子供の不安感を解消するだけの愛情が不足していた。だから、私はさっさと両親に見切りを付けた姉が羨ましかったのだ。私の新しい家族は、時々山小屋に行った時に顔を合わせただけのジョンソン夫妻。ジョンソンが私を欲しているだけの繋がり。この危うさの中で生きる私の気持ちが姉に理解できるはずはない。

5

一〇月三日
昨夜、店で若い客にしつこく同じ質問をされた。鳶《とび》職仲間とやって来た客はまだ二十代で、ニッカーボッカーを穿いた両脚を大きく広げて座り、周囲を眺めては熟女専門の店に好奇心だけで入ったことを激しく後悔している風だった。

「あんた、どうしてそんな顔してるの」

「どこか変かしら」

「変だよ。整形に失敗した顔みたいだ」

客はそう言って、自分の言葉に笑った。

「私は生まれつきこうよ。生まれつき失敗してるの」

客は口籠もり、横を向いた。私の容貌に、客は落ち着かないものを感じるのだろうか。それとも、私の内部で崩壊し始めている私の核とでもいうようなものが、とろとろと流れ出して、すでに私の全身を覆っているのかもしれない。私はいつの間にか、綺麗にマニキュアした左手の中指の爪を嚙んでいた。小学校四年まで、私は爪を嚙む癖があったのだ。母にいくら注意されても直らなかった癖。歯にマニキュアの滓が付いた。私は指で歯に付いた滓を摘み取り、しげしげと眺めた。不気味なものを見た、という怯えた顔で客が凝視しているのに気付き、私はこの店も長くはないなと思った。さらなる「転落」が私を待っている。


私は幼児の頃からいつも、母の目を覗き込んでいた。私は誰に似たの、という不安を解消するためだった。母とは顔が違う。髪の色も質も違う。膚の色合いが違う。体型も違う。そっくりなのは、目の色だけだった。私は茶がかった母の目を見ていると安心した。だが、ある日、母は似ているのは目だけではない、と言った。

「だって、あなたの指はおばあちゃんにそっくりだもの」

母は私の手を取って優しく撫でてくれた。母の指は短くて爪が小さく、子供のようなちんまりした手だった。私とはちっとも似ていない。でも、会ったこともないし、話にもほとんど出ないけれども、母の母親に似ているというのなら、その血は確実に私にも流れていることになる。嬉しくなった私は、指を大事にしようとその日から爪を嚙むのをやめたのだった。そして、祖母に会いたいとねだった。

「おばあちゃんと会いたいわ。おじいちゃんと一緒にいるんでしょう」

「もういないのよ」

「どこに行ったら会えるの」

「おばあちゃんは天国」

私はがっかりして尋ねた。

「どうして天国に行っちゃったの」

「あのねえ。おばあちゃんは下町の方を流れている大きな川に落っこちちゃったのよ。そして溺れて死んじゃったの」

「どうして落っこちちゃったの」

「さあ、どうしてかしらねえ」

母は遠くを見る目をして、話を打ち切りたがった。知っているのに教えてくれないのだと私は感じた。口を噤んだ大人からは、決して真実を知ることはできない。子供の私は落胆し、川が大嫌いになった。それは今でもそうだ。ボートに乗るのも怖いし、橋を渡らなくてはならない時は下を見ないようにして小走りになる。

「あんたはその川の橋のたもとから拾って来たんだって」

話を横で聞いていた姉が口を出した。そんな嘘を言うもんじゃない、と母が姉を叱るのを横目で見ながら、私は蒼白になった。本当はそうだったのかもしれない、と思うと足元が揺れて、暗い地の底に落ちる気がした。

その夜、帰宅した父親に私はこっそり尋ねた。

「お父さん、私は本当にお母さんの子なの」

父は血相を変えて怒鳴った。父はすぐ怒るのだった。

「誰がそんなことを言った」

私が姉に橋のたもとから拾って来たと言われたことを告げたら、父はすぐさま姉を呼び付けた。

「妹に作り話を言うなんて。恥を知りなさい。罪深いと認めなさい」

姉は小さな声でごめんなさい、と父親に謝り、私の方をちらと振り返って舌を出した。後で、私と姉は大喧嘩をした。姉が私を二段ベッドの下段に突き飛ばした。いつでもいい方を取る姉は下段だった。私は姉の掛け布団の上にごろんと仰向けに転がって、壁に頭をぶつけた。

「告げ口屋。あんたなんて大嫌い」

私は急いで起き上がった。

「お姉ちゃんの意地悪。嘘吐き」

「嘘じゃないもん、ほんとだもん。あんたはお母さんに全然似てないもん」

「お姉ちゃんだってお父さんに似てないじゃない。お姉ちゃんの方が橋のたもとから拾われたんだよ」

今度は姉の顔が蒼白になる番だった。姉は悔しそうにしばらくうつむいて黙っていたが、顔を上げて私にこう言った。

「何も知らないみたいだから、あたしが本当のことを教えてあげる。みんな可哀相に思って言わないだけなんだから。あたしは、あんたがお風呂屋さんの脱衣籠に入れられて橋の下で泣いているところをおじいちゃんとおばあちゃんが見付けて拾って来たって聞いているわ。これはほんとよ。その脱衣籠にはたった三枚のおしめと汚れたベビー服が入っていて、手紙が付いていたんだって。手紙には『この子の名前はユリコ。誰か拾った方は育ててください　生みの母親より』って書いてあったの。おじいちゃんとおばあちゃんはそれを読んで、うちのお母さんにあげることに決めたんだって。お母さんは、あたし一人しかいないから、もう一人妹がいてもいいと思ったそうよ」

「ダツイカゴって何」

「馬鹿じゃないの。あんたは」姉は軽蔑したように笑った。姉は私より言葉をよく知っていた。「脱いだ洋服を入れる大きな籠よ。スキーの帰りに温泉に寄ると、たくさんあるじゃない。あれよ」

私は愕然として泣きだした。姉の嘘の具体性に負けたのだった。創作は姉の得意技だったのに、私はまんまと騙されてしまった。

「ユリコってその時から付いていた名前だったの」

「そうよ」

姉は勝ち誇って答えた。

「でも、お父さんはリリーが好きだから、ユリコにしたって私に言ったことがある」

姉は一瞬たじろいだ顔をしたが、すぐに反撃に出た。

「嘘よ。辻褄《つじつま》を合わせたのよ。あんたも知ってるでしょう。お父さんが理屈っぽいってことは」

私は力なく二段ベッドの梯子を上り、布団に潜り込んで泣いた。それでも腑に落ちないことがある。私はベッドから下を覗き込んで姉に聞いた。

「じゃ、お姉ちゃんの本当のお父さんはどこにいるの。全然似てないじゃない」

姉からの返事はなかった。姉はその答えを、今でも必死に創作しているに違いない。

実は、帰国してから、たった一度だけ祖父に会いに行ったことがある。八月の異様に暑い日だった。真っ青な空の裾には白い入道雲がもくもくと湧き、その下半分はいずれ来る夕立を告げるかのように黒みを帯びていた。私は住所を書いた紙を握り、マサミに教えてもらった通り、電車に乗った。祖父の住む公団住宅は、JRの高架線駅からバスで二十分くらいのところにあるという。バス停で降りた私は、目の前に広がる堤防を見て困ったことになったと思った。祖母の死んだ川だ、と直感したのだった。私とそっくりの指をした人が死んで流された川なのだ。私は怯えて、祖父の家に行こうか行くまいか、考え込んでいた。

堤防に、若い女が立って川を見下ろしていた。姉だ。後ろ姿だけでわかった。見覚えのあるノースリーブのブラウスを着ていた。私の視線を感じたのか、姉が振り向いた。私は物陰に隠れて、覗き見た。たった五カ月会わなかっただけなのに、姉は前にも増して母そっくりに見えた。丸い顔と小さな口許。少し出気味の歯。私はどういう訳か腹立たしかった。母に似ている姉が羨ましかったのだ。姉は私が化け物だと幼い頃から苛めてきたが、私には美しい外見などどうでもよかった。それより、姉のように母に似ていて、血が繋がっていることを目で確認できる方が重要だった。その日、祖父に会いに来たのも、もしかすると姉妹喧嘩の原因になった拾い子の話を確かめたいと思ったからかもしれない。

私は姉に見付からないように祖父の家に向かった。何棟も並んだ薄茶色の高層住宅群とその周りの低い家並み。子供たちは遊具のない公園で遊び、老人は口陰のベンチでお喋りしている。その雰囲気は、私の住んでいたベルンの下町に似ていた。でも、私が歩いて行くと、子供たちは皆驚いた顔で囁き合った。ガイジンガイジン。ベンチに座っている老女に祖父のことを尋ねた。

「日本語喋るんだね、よかった」怖々《こわごわ》と耳を傾けた老女はほっとしたように言って、目の前の公団の端っこの部屋を指さした。「あの盆栽のたくさんある家だよ」

見上げたベランダには所狭しと鉢植えが置いてあった。物干し竿には姉のものらしい白いTシャツと祖父のパジャマが干してある。私は姉の帰る前に祖父に会いたい、と階段を駆け上った。

「ごめんください」

「開いてるよ。どうぞ」

ステテコ一枚で寝転がっていたらしい祖父は私の顔

を見て慌てて起き上がり、ズボンを穿こうとして蹴躓《けっまず》いた。小さな家の中は、まるで植物園のように盆栽の鉢に覆われていた。祖父は想像していたよりも小柄な老人で、舌なめずりする癖はこ狡《ずる》そうにも見えた。

「どちらさんで」

「おじいちゃん、ユリコです」

「ユリコちゃんかあ」祖父は意外な顔をした。「いやあ、すっかり大人になっちゃって誰かわからなかった。いつ帰って来たの」

「二週間前。お姉ちゃんから聞いてないの」

祖父は首を横に振った。祖父の目から、見る見る涙が溢れ出た。

「お母さん、可哀相だったねえ。だけど、あれでしょ。やっぱ水が合わないっていうか、外国に行ったのがまずかったんでしょう。あんたのお父さんも再婚するっていうし、娘も立つ瀬ないよね」

私は父を責められている気がして黙った。そう言われてしまえば父が哀れにも思え、しかも、叔父のカールと関係した自分も哀れに思えた。私の中の淫蕩な血は、いずれ私を滅ぼす。そんな予感がして、私は沈黙した。

「入んなさいよ。あの子ももうじき帰って来ると思うから」

祖父は壁に掛かった古い時計を眺めた。

「お姉ちゃんとは学校で会うからいいです」

「Q学園に入ったの、ユリコちゃんも？　へえ、それは凄い。優秀な姉妹だね」

祖父は私を請じ入れながら、口の中で何度も、凄いね凄いね、と繰り返していた。麦茶を出してくれた祖父の顔を私はまじまじと見つめた。

「別嬪さんだね。こりゃ、姿のいい五葉の松だ」

「おじいちゃん、キインて何。キインがないから、おじいちゃんは私のこと嫌いだって本当？」

はて、と祖父は首を傾げた。その様子から、私は姉の得意の創作に違いないと気付き、このままドアに鍵を掛けて姉を閉め出したくなった。が、部屋の中はきちんと片付いていて、居間の隅に姉の机が置いてあった。もう私の入る余地はない、と諦めた。

「おじいちゃん、聞きたいことがあるの」

「何だろ」

祖父は落ち着かない様子でそわそわした。きっと、他人に面と向かって尋ねられるのが苦手な人なのだと私は思った。

「あのね、私は橋のたもとから拾われたって嘘でしょう」

「嘘、嘘」祖父は歯の抜けた顔であははと笑った。「何だ、ユリコちゃん。子供っぽいねえ。そんなこと言ってどうするの。こんなに立派になったのに」

「じゃ、おばあちゃんはどうして死んじゃったの」

祖父はさっと顔色を変えた。気弱な目になる。

「おばあちゃんか。あの日は今日みたいにすごく暑い日でさ。この辺もまだ埋め立ててなかったんだ。おばあちゃんは暑いから急に泳ぎたくなったって言って、皆が止めたのにざぶざぶ水の中に入って行ったってさ。なあに、魔でも差したんだろう」

私はQ学園の編入試験を受けた時のことを思い出した。面接のために座っていた教室から見えたプール。何もかも忘れて泳ぎたくなった瞬間。きっと、おばあちゃんも同じ気持ちだったのかもしれない。人生は自分の思うようにならない、心の中にしか自由はない。

私は立ち上がった。

「わかった。じゃ、もういいです」

「ちょっと待ちなよ、ユリコちゃん」

祖父が私の肩に手をかけた。背が低いので、祖父は背伸びした。

「なあに」

「ユリコちゃんは誰と暮らすことになったの。お父さんがアパートでも借りてくれたのかい」

「ジョンソンて人のおうちにいるの。昔、うちの山小屋の側に別荘を持っていた人」

「あの子もそこに行きたくはないのかなあ」

祖父は心配そうに言った。姉が離れていくのが心配なのだ。姉に新しい家族が出来たことを知って、私は衝撃を受けた。

「大丈夫よ、おじいちゃん」

「そうか、よかった。じゃ、元気でね。あんたは女優にでもなると成功するよ」

祖父とは、それきり会っていない。

6

私を引き取った時、マサミは三十五歳、ジョンソンより五歳年上だった。マサミは、ジョンソンの世話を焼き、ジョンソンの愛情を保持することに命を懸けていた。私はジョンソンのお気に入りなのだから、とマサミはジョンソンに見せつけるように私の面倒を見た。万が一、粗相があれば、愛が冷めるかもしれないと思ったのだろう。

私はマサミが意に添わないことをしても、決してジョンソンに訴えなかった。たとえ訴えたとしても、ジョンソンはマサミを怒らなかっただろう。皆、私の主体性などどうでもよかったのだ。私はジョンソンの家で、子供のいないマサミの愛玩物として、ジョンソンの玩弄物としての存在でしかなかったのだから。

辛い境遇だったかと言われれば、そうでもない。私は他人の玩具となるべくして生まれたのだ。男にとっては性愛の玩具、姉にとっては苛める玩具。姉は始終、私を気紛れで飼っているひ弱な動物のように扱ったものだ。関心が失せて顧《かえり》みない日が続いたかと思うと、急にしつこく苛めたり、と。マサミとジョンソンには苛められたことはないが、褒めそやされた経験もない。私は他人と一緒の時は主体性を押し潰す訓練をとっくに始めていたのだ。まるで玩具の人形のような私を、誰が心の底から大事に思ってくれるというのだろうか。

私は、マサミが買ってくれた服を嬉しがって着なければならなかった。それがフリルの付いた甘いピンクの服でも、やたらロゴが目立つ気恥ずかしいブランド品でも、人が振り向くような奇抜な服でも。マサミは私に目立つ格好をさせては、擦れ違う人々の視線を追って楽しんだ。

しかし、どうしてか下着や靴下は買ってくれた例《ため》しがない。マサミはジョンソンの目に留まる物しか買う必要がないと思っていたのだ。そのため、私は少ない小遣いを遣り繰りして身の回りの物を買うのに疲れ、時々、声をかける男に付いて行っては金を貰った。

援助交際。当時はそんな言葉もなく、私は単に自分を商品化していたに過ぎない。私に声をかける男は、ほとんどがカールのような中年男だった。が、カールよりは金を持っており、中学生の私と寝ても、罪の意識を微塵も感じない人たちばかりだったので気楽だった。

マサミは私には御しやすい人間だった。綺麗なお嬢さんね、と褒められると、母親面して喜ぶ。ユリコさんには自己主張がない、と保護者面談で言われた時は、「母親の自殺という酷い目に遭ってますからね」と篤志家気取りで釈明した。Q学園の友達が遊びに来ると、スチュワーデス時代を思い出して、ファーストクラス並みのサービスで歓待した。私が素直でいさえすれば、それで万事めでたしなのだった。

私はマサミの作った食事をすべて美味しいと言って食べた。雪のようにシュガーパウダーを振りかけたドーナツも、週一回習いに行くこってりしたフランス料理も、前日の夜から作る、これ見よがしに盛り付けられたずしりと重い弁当も。嫌だとは思わなかった。何度も言うが、心の中は自由なのだ。だから私はジョンソンと一緒になってマサミを欺くことに、生き甲斐を感じたのかもしれない。

ジョンソンは忠実で愛情深い夫を演じるのが上手だった。マサミと一緒にいる時は常に手を取り、腰を抱く。食事の後は必ず片付けを手伝う。週末の夜は、私を残して二人で食事に出かけた。そんな日は必ず二人っきりで寝室に閉じ籠もる。マサミは私とジョンソンの関係を露ほども疑っていなかったと思う、あのことが起きるまでは。

ジョンソンがいつ私と愛し合っていたのかと言うと、早朝だった。マサミは低血圧のために起きられないので、朝食を作るのはジョンソンの役目だったのだ。ジョンソンがまだ眠っている私の隣に静かに入って来る。私はまだ覚醒していない体をジョンソンにまさぐられるのが好きだった。目覚めはゆっくりと指や髪の毛の先から始まる。そして体の中心まで来ると、今度は逆に燃え盛って始末に負えなくなり、神経の末端にその炎が広がるまで気が済まなくなる。行為が終わるやいなや、ジョンソンは私の髪を撫でて言った。

「ユリコ、もう大きくならないで」

「私が大きくなったら嫌いになるの？」

「わからない。だけど、今のユリコが一番好きだ」

だが、私は成長した。Q女子高に進学する頃には、背はもう伸びなくなったが、胸が大きくなって腰がくびれ、少女というより若い女の体に急速に変化を遂げたのだった。少女でなくなった私は、ジョンソンに飽きられるのではないかと心配した。ところが逆だった。ジョンソンは夜中から私の部屋に通って来るようになった。私の体が欲しくて我慢できないのだ。徹底的にダイエットをしているマサミの肉体は、流行のドレスは似合っても、ジョンソンの欲求を満たしてはいなかったのだった。

女として完成しつつあった私の肉体は、中年男ばかりか、若い男にも狙われるようになった。通学の途中、私は何度も声をかけられた。でも、私は誰も拒まなかった。私の意志は心の中にしかない。それは決して外に出ない。

夏休みが終わって新学期になり、私はQ学園中等部に初めて登校した。中等部三年東組。担任を紹介されても、私は驚かなかった。生物教師の学年主任、木島だったからだ。木島も私が欲しいのだろう。私は木島の欲望を見抜いた心を隠し、いつものぼんやりした顔で挨拶した。私は自分の顔が、精神の欠落を表すほど美しいのだ、と気付いていた。糊のきいた白衣をきちんと着た木島は、私の顔を食い入るように眺めて言った。

「早く慣れて、Q学園の生活を楽しんでください。わからないことがあったら、何でも私に聞いて」

私はメタルフレームの中で光る木島の目を見返した。木島は怖《お》じたように後退り、目を背けながら聞いた。

「あなた、お姉さんが女子高に在籍してるって本当？」

私はうなずき、姉の名を告げた。木島はすぐにも高等部に私の姉を見に行くことだろう。そして、姉が私と似ていないことに落胆し、あるいは不審に思い、さらに私の欠落を探そうとするだろう。姉が私と違う容貌を持っていることで、私たち姉妹は他人に好奇の念を抱かせるのだった。

その朝、ホームルームが終わると、男子生徒も女子生徒も（Q学園は高等部から別学になる）、好奇心を剝き出しにして私の周りに寄って来た。私は小学生のような彼らの素直さに驚いた。育ちがいいということは、疑問と本音を対象にまっすぐぶつける無遠慮さを彼らに与えるのだった。

「どうしてそんなに綺麗なの」と、真顔で尋ねる男子生徒。

「陶器のお人形の膚みたい」と、私の頰を手の甲でそっと撫でる女の子。「マイセンのお人形ってこんな色なのよ」

私の手と自分の手とを重ね合わせてみる子。髪に触れる子。可愛いと叫んで、私を抱き締めようとする女子生徒もいた。教室の後ろに固まって、熱っぽく私を見つめ続ける男子生徒たち。でも、少年たちはどんなに粋がっても、皆子供っぽく見えた。

私は、この学校では子供の振りをしてやって行こうと決心した。面接の日、十五歳なのに心が老女となってしまった私は、ずっと子供として生きていかねばならないのだ。だが、私には育ちのよさが与えた特権的好奇心や無遠慮さはない。いっそ口をきくのをやめよう。横を向いて、私は誰にも知られないように大きな溜息を吐いた。

　顔を上げると、斜め前に座っている短髪の男子生徒と目が合った。眉の辺りに老成の翳《かげ》りとひねくれた気配があった。そして、批判する目。少年の名もキジマだった。担任の息子。

　キジマは私を欲しがらない初めての男だ、と私は直感した。私を嫌いな二番目の人間。一番目は勿論、姉だ。姉やキジマの前での私は、何の存在意義も持たない人間となる。私は自分を欲する人間によって、生きている実感を得ている存在なのだから。私はキジマの視線をゆっくりと剝がした。あなたの父親は私を欲しくて、私をこの学校に入れたのよ。だから、私がここにいる責任はすべてあなたの父親にある。キジマにそう言ってやりたかった。滅多に他人に対して向けられない私の主体性は、この時初めてベクトルの矢を得たのだった。

　偶然にも、私の教室は面接を受けた部屋だった。黒板の横の水槽にいるリクガメ。カタツムリを食べたリクガメは、今日ものっそりと水槽を歩き回って餌を探している。私はリクガメにマークと名付けた。ジョンソンのことだ。

　昼休みになった。級友たちは皆でどこかに出て行き、なかなか帰って来なかった。私は一人でマサミの作った弁当を食べた。が、食べても食べても弁当はなくならなかった。私は教室を見回して、ゴミ箱の在《あ》り処《か》を探した。

「豪華なお弁当ね。パーティでもする気？」

　頭上から声がした。小さくカールした髪を茶色に染めた女の子が、私の弁当を覗き込んでいる。その子は、弁当箱から一片のムースを指で摘んで口に入れようとしたが、ムースは崩れて机の上に落ちた。海老やブラックオリーブを入れた美しいムースゼリーは、哀れにも九月の陽気で溶けかかっていたのだった。その子はオリーブを拾って食べた。

「ちょっとしょっぱいね」

　私は女の子の髪の生え際を眺めた。茶色に染めた髪の根本から、元の黒い毛が見えていた。黒い髪を持つ日本人。姉と同じ種族。唐突に、私はウルスラを思い出した。ウルスラはこの子と同じ美しい巻き毛を持っている。ウルスラは今日も水道の蛇口を締め上げていることだろう。

「よかったらもっと食べて」

「要らない。美味しくないもの」

私は笑うのを見られないようにうつむいた。他人からは、その子の言葉に傷付いたように見えただろう。だが、私は、マサミがどんなに衝撃を受けるだろうと想像しておかしかったのだ。

その子は杢美《もくみ》という奇妙な名前の子で、皆にモックと呼ばれていた。有名な醬油会社の社長の娘で、誰よりも無遠慮という特権を手にしている子供だった。

「あなたのお父さんって白人なの」

「そうよ」

「ハーフだとそんなに綺麗になるのなら、あたしもハーフを産むわ」モックは真面目な口調で言った。「でも、あなたのお姉さんは全然綺麗じゃないわね。クラス全員でさっき高等部に行って見て来たのよ。本当のお姉さんなの？」

「そうよ」

モックは断りなく私の弁当箱の蓋を閉めた。

「信じられないわね。あたしたちが見に行ったら、すごく嫌な顔してた。ブスだし、感じの悪い人よ。あなたに相応しくないわ。はっきり言って、あなたにもがっかりした」

姉の存在は、私を時々こういう目に遭わせた。周囲の人間は私を見てはあれこれ勝手に想像するのだ。「ジェニーちゃん」や「リカちゃん」のように、立派なおうちに住んでいて、素敵なパパと綺麗なママがいて、ハンサムなお兄さんと美しいお姉さんに守られて、と。ところが、無愛想で似ていない姉を見て、私という存在にも幻滅する。そして、私は軽侮され、皆の玩具となるのだ。

私は教室を見回した。朝、あれほど興奮した級友たちが戻って来て席に着き始めたところだった。誰も私の方を見ようとはしない。モックがはっきり告げたように、私という謎の存在にひとつの答えが出されたのだろう。胡散臭い奴だ、と。

その時、私の机の上に何かが当たって転がった。丸めた小さな紙だった。私はそれを拾って制服のポケットに入れた。誰が投げたのだろうか。通路を隔てた隣は、真面目な女子生徒で、英語の教科書を広げていた。その前のキジマが振り向いて私を見た。キジマだったのか。私は紙切れをポケットから出してキジマに投げ返した。文面は読まなくてもわかっていた。姉を見に行ったキジマは、私を同類と見て取ったのだ。

放課後、モックが来て、有無を言わさず、私の腕を引っ張った。

「一緒に来て。あなたを先輩に見せるって約束したの」

モックは私と同じくらいの背丈だった。図々しいと思わせるほど姿勢がよく、幼い頃から人に大事に扱われるのに慣れていた。モックに手を引かれて廊下に出ると、綺麗に陽灼けしたポニーテールの高校生が立っていた。目は細いが口の大きな顔立ちは派手で、自信に満ち溢れていた。

「あなたがユリコね。私はチアガール部部長の中西。うちにぜひ入ってくれない」

「チアガールなんて、やったことないんですが」

私はクラブ活動というものに興味を感じたことは一度もなかった。金がない、という理由もあったが、集団で何かをする快楽など持てないからだ。

「すぐできるようになるわよ。あなたなら花形になれるし、高校も大学も喜ぶわ」

喜ぶ。すでに玩具化が始まっていた。

「自信がありません」

中西は私の言葉を聞き流し、制服のスカートから出ている私の脚を眺めた。

「脚が綺麗で長いのね。あなた、完璧な容貌しているんだから、皆に見せてあげなくちゃ」

頭の中でジョンソンの言葉が繰り返された。ユリコはパーフェクト、あそこもパーフェクト。カタツムリを食べるリクガメ。

「チアガール部の部長自らスカウトに来て、断った人はいないのよ」

中西の後ろにいるモックが威圧するように言った。反応の鈍い私に苛立ったのか唇を歪めている。分厚い唇にはピンクのリップグロスが光っていた。それでも黙っていると、モックは小さく笑った。

「ユリコって、もしかして頭悪い人？」

中西がモックを小突く。

「モック。言い過ぎ」

「だって、綺麗過ぎるもん。これで頭よかったら許せないじゃん」

中西がモックの語尾に、言葉を被せた。

「突然だから戸惑ったんでしょう。少し時間をあげるから考えておいてね。十月には試合がたくさん控えているから、うちも忙しいのよ」

部長はモックを従えて帰って行った。高校生の部長が来たというので、あちこちから「先輩」という幼い声がかかった。政治とも言えないへつらい。私は面倒が嫌いだった。ジョンソンに頼んで医者の診断書でも手に入れようかと考えたが、ジョンソンは私のチアガール姿を喜ぶに決まっている。私の前に大きな影が立ち塞がった。キジマだった。

「お前、何で俺の手紙を読みもしないで突っ返したんだよ」

7

キジマは、男にしては繊細で美しい顔立ちをしていた。切れ味のよい刃物のような鋭い目に、薄い鼻梁。だが、私の美貌が私自身の知性や意志を隠してしまうのと同様、キジマも整った容貌で損をしているところがあった。不足と過多を感じさせる美しい外見。実際、キジマは何かが欠けて何かが過剰だった。おそらくは、自尊心と自意識とでもいったものが。そして、そのアンバランスさがキジマを貧しく、賢《さか》しらに見せていた。

「お前、何で答えない」

キジマは怒りで唇を歪めた。級友に囲まれた私は終始、曖昧な微笑でうなずいたり、簡単な返事をしたり、受け身で素直だった。その私がキジマだけには頑として答えない。キジマはそのことに苛立ったのだろう。

「知らない人にお前なんて言われたくないもの」

私に拒絶の意志があることを知って、キジマは侮蔑の笑みを浮かべた。

「あなた様って言われたいか。俺はお前が馬鹿だって知ってるって言いたかったんだ。オヤジが持って帰った書類をこっそり見た。お前は到底Q学園に受かるレベルの頭じゃなかった。薄馬鹿だけど、顔がやたら綺麗だから受かったのさ。そのこと知ってるか」

「誰が入れたの」

「学校が」

「違う、学校じゃないわ。私を入れたのはあなたの父親よ、木島先生よ」

私の言葉に衝撃を受けて、キジマは細い長身を撓《たわ》めて後退った。私が逆らう意志を表す人間は姉だけだったが、今ここにもう一人増えたのだった。

「あなたのお父さんは私が気に入っているのよ。おうちに帰って聞いてみたら？　あなたもお父さんが担任の先生だなんて可哀相ね」

キジマは両手をポケットに入れてうつむき、落ち着きなく貧乏揺すりをした。まったく似ていない姉の存在が、私のイメージを損なうように、キジマも自分の父親が担任ということで信用を失ったり、噂話が耳に入らなかったり、と教室での立場が危ういのだ。私とキジマは境遇が似ていた。しばらく考え込んでいたキジマは、やがて顔を上げ、答えがわかったという勝ち誇った表情をした。

「うちは蝶や昆虫の標本だらけだ。オヤジは生物教師だからな、お前という生物が珍しくて入れたのさ。珍種だもの」

「あなたもお父さんに入れてもらったの？　珍しくもないのに」

キジマの急所を突いた手応えがあった。キジマの美しい顔がさっと紅潮し、それから怒りで青白くなった。

「みんな、そう思ってるんだな。俺が勉強できないと思って」

「思ってるんでしょうね。世間なんてそんなものよ」

「お前は世間か」

「あなたは世間じゃないの？　私の姉を見て、他の子と一緒に馬鹿にしたでしょう」

キジマは言葉を喉に詰まらせたような顔をした。私は従来、姉みたいに攻撃的な人間ではない。なのに、キジマにははっきりと怒りの意志を伝えているのはどういう訳だろう。理由は簡単だった。キジマが姉と同じく、私を嫌うせいだ。だから、私もキジマを嫌う。私は男に乞われれば拒んだことは一度もない。どんな男に対しても、欲せられた瞬間に、私の体にも心にも欲望が満ちた。だが、キジマに対してだけは欲望が湧かなかった。キジマはこの一点で、私の生涯を通じても稀な男だった。キジマは同性愛者なのかもしれないという疑いを持ったのは、かなり後になってからだった。

「それよっか、さっきの手紙をどうして突っ返したんだ。俺がお前にラブレターを書いたと思ったのか。男なら皆、お前を好きになると思っているんだろう」

「まさか。そんなこと思っていない」私はジョンソンの真似をして肩を竦めた。「あなたはどうせ、私の成績のことを書いたんでしょう」

「なんでわかる」

私は首を傾げて、言い捨てた。

「あなたが嫌いだから」

初めての学校、たった半日で態度を変えた級友、私を玩具として欲しがる学友たち。あまりのわかりやすさに、私はこのQ学園の中で生きることを面白く感じていた。立ち竦んでいるキジマを残したまま、廊下を足早に歩きだした私の前に、好奇心に満ちた顔が現れては消えた。行く先々の教室の窓から、生徒たちが私を見つめているのだった。

「俺もお前が嫌いだ」

キジマが追い付き、背後から悪魔のように囁いた。うるさく感じた私は返事をしなかった。そう言えば、キジマの耳は尖っていて悪魔に見えないこともない。

「もうひとつ聞きたいことがある。お前は何をしたいんだ。ここで何をしたい。勉強か？　それともクラブで楽しく遊ぶことか。その両方か」

私は立ち止まり、キジマを真っ向から見据えた。

「そうねえ、セックスかな」

私の答えに、キジマは惚けた顔をした。

「お前、それが好きなのか」

「大好き」

なるほど、とキジマは私の顔や体を観察した。キジマの目に、異種の生物と出会った、という驚きがあった。

「だったら、仲間になろう。助け合おう」

どういうこと。私はキジマを見返した。白いシャツの襟元から覗かせたTシャツ。きちんとアイロンのかかった灰色の制服ズボン。乱れはないのに、キジマにはどこかだらしない印象があった。

「俺がお前のマネージャーになってやる。いや、エージェントになる」

それも悪くないかもしれない。キジマの美しい目が青く光った。

「お前は早くもチアガール部から声がかかった。これからもっといろんなクラブが勧誘しに来るに決まってる。お前は目立つからスターにしたいんだ。お前はどこに入ったらいいかわからないだろうから、俺が話を付けてやるし、どことどう付き合ったらいいか助言してやるよ」キジマは廊下の隅で、私とキジマが話すのを遠巻きにしている生徒を振り返った。「見ろ、あれは皆クラブの勧誘に来てるんだ。アイススケート、ダンス、ヨット、ゴルフ。主だったところは皆来てる。あいつらはお前みたいな珍種を入れて、男子部や大学生だけでなく他校の奴らにも威張りたいんだ。Q女子はこんなに美しい女がいるんだってな。金も頭もある。残るのは何だ。決まってるよな。美だ」

私はキジマの饒舌を遮った。

「私はどこかのクラブに入った方がいいってこと？」

「セックスしたいのなら、その方がいい。そうだな、一番派手なチアガールがいいだろうな。それに中西自らが勧誘に来たんだから顔を潰すこともできないしな」

自分が玩具になることに何の抵抗もない私は、キジマがなぜ私に関わろうとするのか興味を持った。

「さっきの話だけど、私はあなたの何を助けられるのかしら」

「お前のマネージャーになれば、俺は偉そうにできる」キジマは目尻を下げ、卑しく笑った。「俺はあと半年で男子部に行く。そこでは、俺たちの競争はもっと激しくなるだろう。外部生も来るしな。勉強だけじゃない。男にはありとあらゆる競争があるんだ。その中で、俺はきっと勝ち抜けるだろう。なぜなら、お前というタマがあるからだ。男子部の生徒は皆、お前とやりたがる。ここの生徒は男も女も、金で世の中なんか何とかなると思ってる奴らばかりだ。だから、俺が調整する。それでどうだ」

悪くない。私はうなずいた。

「いいわよ。あなたの取り分は」

「俺は四割。高いか」

「構わない。ただし、条件があるの。私の家には絶対電話しないで」

キジマは私の真新しい学生鞄を眺めた。

「お前はアメリカ人と一緒に住んでるんだろう。そいつは親戚じゃないのか」

違う、とかぶりを振ると、キジマはポケットから手帳を取り出した。

「愛人か」

「そんなようなもの」

「姉貴は似てないし、お前とは別に住んでる。複雑な奴だな」

キジマは手帳に何か書き付けてページを破り取り、私に素早く渡した。

「だったら連絡は必ずここで取ろう。渋谷のサテンだ。放課後、いつもここで落ち合う」

こうして、キジマは私の最初のポン引きになったのだった。キジマが男子高、私は女子高に別れた後も、キジマは私に様々な生徒や学生を紹介してきた。それも厳選した上で。部長と副部長に呼ばれてラグビー部の合宿に行ったこともあるし、ヨット部の顧問教師と寝たこともあった。Q学園の生徒ばかりでなく、他校の生徒も大学生もOBも教師も、ありとあらゆる男たちが、若くて美しく、チアガール部のスターである私と寝たがったのだから。そして、キジマは後腐れのないようにうまく彼らを整理してくれた。キジマとの取引は、私が一人立ちするまで続いた。


その日、商談を成立させた私とキジマは、購買部でコーラを買ってプール前のベンチで乾杯した。プールでは、出来たばかりだというシンクロナイズド・スイミング部が外部からコーチを呼んで練習していた。部員の付けた透明の鼻クリップを見て、キジマは笑い転げた。

「コーチはオリンピック選手だ。ワンレッスン五万の金を部費で賄《まかな》っているんだぜ。週に三回だ、信じられるか。それだけじゃない。ゴルフ部の連中は、コーチに全英オープンに出た一流プロを雇った。プロはQ学園にコネを付けておけば、子供が入れるかもしれないなんて目論んでんだ」

「あなたのお父さんはそういう恩恵がないの」

「ある」キジマは私の視線から顔を背けた。「内緒で女子高生徒の家庭教師を頼まれている。ハイヤーが迎えに来て、たった二時間教えて五万貰ってくる。うちはその金でハワイに行ったよ。そういうことを生徒は皆知ってる」

ここの生徒は何でも金で買えると思っている、というキジマの話を思い出した。私は年若い娼婦としてはかなり稼げるかもしれない。私は九月の空を振り仰いだ。残暑の厳しい東京の空は、都心の放出した熱を抱え込んでいるかのように、薄らぼんやりした灰色をしていた。

コーラを飲み干したキジマが、女子高のグラウンドを眺めている。紺のショートパンツを穿いた女子高の生徒がぞろぞろと出てきた。キジマが私の肩を叩いた。

「面白いもの見せてやる。付いて来いよ」

「面白いものって？」

「お前の姉貴が体育の授業に出るぞ」

「姉とは話をしたくないから行かないわ」

「まあ、いいから。ちょっと覗けよ。面白いぞ。お前の姉貴のクラスは有名人が多いからな」

姉のクラスは、奇妙なリズム体操の授業を始めるところだった。ジャージ姿の女性教師が真ん中に立ち、その周囲を盆踊りの輪よろしく生徒たちが囲む。教師は手にタンバリンを持ち、激しく打ち鳴らした。その途端に、踊りの輪が奇妙な動きを始めた。

「脚は三拍子、手は四拍子」

三拍子で歩きながら、腕は決まった振りでリズムを取る。体操とも踊りとも言えない滑稽な姿だった。強いて言えば、動きの多い盆踊りだった。

「あれはリズミック体操ていうんだ。Q学園女子の伝統の十八番だ。お前もいずれ体育でやらされるから見ておけよ。あれの見所は、誰が野心を持っているかがすぐわかることさ」

「野心て何に対して？」

他人を受け容れることしか考えない私の心には、野心など存在しないのだった。自由は心の中にだけ存在するのだから、現世的な欲望が芽生えるはずもない。それに、学校でどんな野心を抱けるというのか、私には見当も付かなかった。

「いい成績を取りたいってこと。そうすれば大学で行きたい学部に行けるだろう。この学校は勉強だけができても許されない。リズミックも一番にならなきゃ、総合成績がよくないんだ」

キジマはそれが癖の貧乏揺すりをして面倒臭そうに言った。

「そんなつまらないことが野心の対象なの？」

「世の中のほとんどは、お前みたいに綺麗じゃないから違う人生を考える」

つまり努力することなのだ。努力が何を与えてくれるのか。長い時間の経過に耐えられない一時的な自己満足に過ぎないもの。私は努力なんか信じない。

姉にも野心があるのかどうかが気になり、私は踊りの輪を注視した。姉は何度か周回しただけで、脚をもつれさせて脱落した。脱落した生徒は、踊りの輪を取り囲んで見ている。姉はたいして関心がなさそうに腕組みして、必死に手足を動かす生徒たちを眺めている。わざと脱落したのだ、と私は姉の計算を思った。

「脚は七拍子、手は十二拍子」

振りがさらに複雑になった。たちまち、十数人が間違えた。ぞろぞろと踊りの輪から出て、姉と一緒に正確な振りを続ける級友を見守っている。そのうち、ギャラリーの数の方が多くなった。

「見ろよ、あの二人。ひっちゃきだぜ」

キジマが意地悪さを剝き出しにして独りごちた。たった二人になった踊り手は、教師の繰り出す滅茶苦茶に難しい要求を、軽業師のように演じていた。他の学年の生徒も、中等部の生徒も遠巻きにして眺めている。私とキジマは姉に見つからないように、踊りの輪に近付いた。

「脚は八拍子、手は十七拍子」

生徒の一人は小柄で均整の取れた体をしており、敏捷そうに見えた。信じられない動きを軽々とこなして、余裕さえ感じられた。

「あいつはミツル。学年で一番。一度も凋落《ちょうらく》したことがない有名人だ。あいつが医学部を狙ってるのは誰でも知ってる」

「あの人は」

私はあやつり人形みたいにぎくしゃくした動きをしている細い少女を指さした。黒い髪が多くて鬱陶しく、顔にも仕種にも、とっくに自分の限界を超えている人特有の痛々しさがあった。

「あれは佐藤和恵とかいう外部生。チアガール部に入ろうとして断られ、大騒ぎしたんだって」

その言葉が聞こえたかのように、細い少女がこちらをちらと振り返った。そして、私を見て手足の動きを止めた。途端に拍手とどよめきが聞こえた。ミツルという少女が勝った瞬間だった。

8

一二月一三日

娼婦になりたいと思ったことのある女は、大勢いるはずだ。自分に商品価値があるのなら、せめて高いうちに売って金を儲けたいと考える者。性なんて何の意味もないのだということを、自分の肉体で確かめたい者。自分なんかちっぽけでつまらない存在だと卑下するあまり、男の役に立つことで自己を確認したいと思う者。荒々しい自己破壊衝動に駆られる者。あるいは、人助けの精神。その理由は女の数だけ存在するのだろうが、私はどれでもなかった。男に欲せられることによって容易に欲情し、性交が好きでたまらない私は、できる限りたくさんの男たちと一回限りの性交をしたいと願っている。要するに、私は深い人間関係にまったく興味がないのだ。

佐藤和恵はどうして娼婦になったのだろうか。Q女子高で優等生を目指し、チアガール部に入れないことをアンフェアだと怒った和恵は、校内で後ろ指を指される有名人ではあったが、ことあるごとに無視されるという、両極端な存在でもあった。中学三年からキジマをポン引きとして生きた、娼婦の私との接点は、あまりなかったと言ってもよい。そんな和恵に何が起きたのか。私はさっきから和恵のことばかり考えている。なぜなら、昨夜、私は和恵に二十年ぶりで出会ったからだ。それも、円山町のホテル街で。

指名がさっぱり入らなくなった私は、実入りの悪さに音《ね》を上げ、直引《じかび》きをすることにした。私自身が街に立って、客を引いて交渉するのだ。だが、店がある新大久保周辺は、中南米や東南アジアから出稼ぎにやって来た娼婦のために縄張り争いが激しかった。たった数メートルもおかない距離に、決して乗り越えてはならない幻の境界線があまた存在する。境界線を越えれば袋叩きの目に遭う。新宿では、簡単に街娼にすらなれない掟が出来上がりつつあった。過当競争の時代に突入したのだ。孤独で何の後ろ盾も持たない私が、滅多に来ない渋谷まで出向いたのには、そのような訳があった。

私が選んだ場所は、神泉駅に近いホテル街の一画だった。角に地蔵が立つ仄暗い物陰で、私は男が通るのを待ち受けた。北風の強く吹く寒い夜だった。私は銀色の超ミニドレスの上に羽織った赤い革コートの前を掻き合わせた。ミニドレスの下は小さな下着一枚。すぐに商売できる衣装は、防寒の役目を果たさない。私は震えながら煙草を吸って、客を待った。狙いは忘年会帰りの酔客だ。

痩せこけた女が追い風に押しやられるようにして、安っぽいホテルに挟まれた坂を駆け下りてきた。腰まである長い黒髪が背中で揺れている。薄っぺらな白のトレンチコートのベルトをきつく縛り上げ、肌色の野暮ったいストッキングを穿いた脚は折れそうに細い。女を一風変わった目立つ存在にしていたのは、圧倒的とも言えるほどの貧相な肉体だった。北風に薙《な》ぎ倒されそうな細い体は、骸骨の上に薄皮を張ったかというように平板だった。そして、まるで仮装大会だと笑った後に、精神を病んでいるのかと背筋が寒くなる厚化粧。黒々と太く描いた眉と真っ青なアイシャドウ。深紅に塗られた唇は、ネオンを反射しててらてらと光っていた。女は私に向かって拳を振り上げた。

「誰に断って、そこに立ってるのよ」

意外な言葉が出たことに私は驚いていた。

「いけないの？」

私は煙草を道端に捨てて、白いブーツの先で踏み潰した。

「いけないの、じゃないよ」

女の血相が変わっている。強気な様子に、ヤクザでも一緒にいるのかと心配になった私は、背伸びして道の向こう側を見た。誰もいなかった。私を見つめていた女が何か声を発した。

「ユリコ」

呪詛のような低いつぶやきだったが、私は聞き逃さなかった。

「あなた誰」

見覚えのある顔だった。が、どこで会った誰なのか。特徴を捉えているのに、稚拙なために誰の似顔絵か判別できないもどかしさを感じる。私は女をじっくり観察した。痩せているので馬面がいっそう目立つ。かさついた膚。出っ歯。鳥の脚みたいな筋張った手。醜い女だった。年齢は私とそう変わらない中年女。

「わからない？」

女は嬉しそうに笑った。笑うと、煮詰めた煮物のような懐かしい臭いが、女から漂ってきた。その臭いは乾燥した冬の空気に一瞬止まり、それから北風に吹き飛ばされて消えた。

「どの店で会ったのかしら」

「会ったのは店じゃないわ。それにしても、あなた老けたわね。顔も皺だらけだし、体もぶよぶよ。最初、誰かわからなかったくらいよ」

ということは昔から私を知っている誰かだ。私は厚化粧の下に隠された顔を思い出そうとした。

「二十年余り経つと同じようになるのに、若い時は天と地ほどの差なんだものね。見比べてちょうだいよ、今はどう違うの。同じかそれ以下じゃないって、あの時の友達に見せてやりたいよね」

　女は赤い口を開け、小気味よさげに言い放った。滲んだアイラインの下で素早く動く黒い目が、昔、私を振り返った時の目つきを彷彿とさせた。どんなに隠しても、余裕のなさを露わにしてしまう視線。私は、女が私と出会って緊張しているのだと気付いた。息を呑んで喋る調子。ようやく私は、目の前にいる薄気味悪い女が、あの日、リズミック体操を必死に演じていた生徒だと思い出したのだった。さらに数分経ってから、その名が「佐藤和恵」だったと記憶を蘇らせた。姉と同じクラスで、姉とも関わりがあったという変わった女。和恵は私に異様な関心を抱き、ストーカーもどきの行いをしたこともあった。

「あなたは佐藤和恵ね」

　和恵は、私の背中を両手で乱暴に押した。

「そうよ、和恵よ。わかったら早く行きなよ。ここは私の縄張りなんだから、客取ったら承知しないよ」

　意外な言葉に、私は苦笑しながら繰り返した。縄張り、と。

「あたし、娼婦やってんの」

　かすかに自慢する響きがあった。私は和恵が街娼になっていたことに軽い衝撃があり、言葉が見付からなかった。きっと私は、自分が特別な女だと思っていたのだ。物心ついた時から、自分は他人と違うと密かに思い込んでいたのかもしれない。誰とも違う自分に、自惚《うぬぼ》れがなかったとは言えない。

「あなたがどうして」

「じゃ、あんたがどうして」

　和恵は即座に言い返した。私は答えられずに、和恵の長い髪を眺めた。明らかに安物のカツラだった。変装して娼婦をする女を、男は気味悪がる。和恵にいい客は付かないだろうと思った。だが、すでに私にも、いい客は来ないのだった。口には出さずとも、客の顔色で気に入っていないことくらいは見当が付く。若い頃の持てはやされ方とは雲泥の差だった。若い素人女が娼婦の真似をする世の中だ。自分も和恵も娼婦としての価値はほとんどない。和恵の言うように、二十年余という時を経て、私たちは同列の存在になったのだ。

「でもね、私はユリコと違うわよ。だって、私は昼間働いているんだもの。あんたは寝てるだけでしょう」

和恵はポケットから何かを出して私に見せた。どこかの会社の社員証らしかった。和恵は面映ゆそうに言った。「私は昼間は堅気なのよ。それも一流会社の総合職よ。あなたには一生できない難しい仕事をしてるの」

じゃ、どうして娼婦をするのか。私の喉元まで質問が出かかった。が、私はそれを呑み込んだ。聞いたところで、娼婦をしたい女の理由がまたひとつ新たに増えるだけだった。私はそんなことに関心はない。

「あなた、ここに毎晩いるの」

「週末にホテトルもやってるから、毎日来たいところだけど、そうは来れないわね」

和恵は、習い事でもするかのように言った。その言葉の端には、楽しささえ窺えた。

「じゃ、あなたの来ない時、私にも立たせてくれないかしら」

私は縄張りが欲しかった。十五歳の時から娼婦だというのに、今の私は縄張りも持っていないし、役に立つポン引きもいない。

「ここに立たせてくれってこと？」

「そう。お願い」

「だったら、条件があるわ」

和恵は私の腕を乱暴に引っ張った。指とは到底言えない細く固い箸に摘まれたみたいだった。私の二の腕にざわざわと鳥肌が立った。

「あなたとあたしとで、この場所に交代で立ってもいいよ。でも、それだったら、あたしと同じ格好をしてよ」

理由はわかっていた。いつも同じ場所で立つ娼婦には、固定の客が付くこともある。しかし、こんな醜い姿になるのか。嫌悪を感じた私の動揺などまったくお構いなしで、和恵は道行く二人連れのサラリーマンに目を留めた。

「お兄さんたち、お茶飲みません」

声をかけられた二人連れは、私と和恵を何度も見比べてそそくさと逃げて行く。和恵はダッシュして追いかけた。急に走ったせいで、大声で話しかける声が乱れている。

「いいじゃない。二人いるんだから、それぞれ遊んでってよ。安くするわよ。途中で取り替えたっていいわよ。あの子はハーフだし、私はＱ大出てるのよ」

嘘だろう、と男の一人が嘲笑う。ほんとよ、ほんとだってば。和恵は社員証を出したが、男の一人が見ようともせずに和恵を邪慳に突き飛ばした。和恵はよろけながらも、男を追って行く。

「待ってよ。待ってってたら」

諦めた和恵は私の方を振り向いて、にやっと笑った。直引きの経験がない私は、和恵に私がこれから辿る道筋を教えてもらっている気がした。

その夜、私はアパートに帰る道すがら、歌舞伎町の二十四時間営業のスーパーに寄り、真っ黒な直毛のカツラを買った。和恵と同じ、腰まである長さだった。

私は今、黒いカツラを付けて鏡の前に立っている。目の上に真っ青なシャドウを塗り、赤い口紅を引いた。和恵に見えるだろうか。見えなくてもいい。和恵は、あの地蔵前の場所に立つために自分を娼婦に仕立てた。私も同じ扮装をして、同じ場所に立つ。

電話が鳴った。客か。勇んで出ると、ジョンソンからだった。明後日、私の部屋に来ることになっていたのだが、ボストンにいる母親が死んだために行けなくなったと言う。

「お葬式に帰るの？」

「帰れないよ。金がないし、母とは縁を切っているじゃないか。家で喪に服すことにするよ」

ジョンソンの言う「喪に服す」とは、あれをしないことだった。以前、父親が死んだ時も同じことを言った。

「私にも、喪に服してほしい？」

「いいよ、ユリコは関係ない」

「確かに関係ないね」

「ユリコはクールだからね」

ジョンソンは悲しげな笑い声を上げた。関係。電話を切った後、私は人間関係について考えている。私はさっき深い人間関係を持ちたくないから娼婦をしているのではないか、と書いた。父と姉という血縁を別にすれば、ジョンソンだけが、唯一私の持ち得た、深くはないが長い人間関係だ。だが、私はジョンソンを愛しているわけではない。私は他人を愛したことなど一度もないのだから、人間関係を持たなくて済む。ジョンソンが例外なのは、私が十四年前にジョンソンの子を産んだからなのだ。そのことは誰も知らない。父も姉も、当の子供も。

その子供はジョンソンが手許に置いて育てている。中学二年生の男の子。名前は聞いたが忘れた。ジョンソンが私と連絡を取り、月に四、五回部屋に通って来るのは、二人の間に子供がいるからに他ならない。ジョンソンは信仰を持っているのだ。私が密かに子供に愛情を持っているに違いない、という信仰を。私は苛立ちつつも、否定も肯定もしない。ジョンソンが子供の話をするのを、ただ黙って聞く。

「ユリコ、あの子は音楽の才能があるらしいよ。学校から報告を受けた。嬉しいかい」

「あの子は背が高くなったよ。百八十センチになるところだ。とても綺麗な子なのに、どうして一度も会おうとしない」

私は赤ん坊を産み落としたことがある。それは事実だ。だが、自分の血を分けた子供など要らない。だから、ジョンソンの母性信仰には辟易とさせられる。しかし、これだけ長く娼婦という仕事をしていながら、妊娠したのはたった一回しかないのだから、私とジョンソンの子供は運が強いのだろう。それとも、弱いのか。

私は十八歳になる前にQ女子高を退学した。高校三年になったばかりのことだった。ジョンソンと私の仲が、マサミに露見したからだった。

その頃、ジョンソンは危険を承知で、毎晩のように私のベッドに忍び込んで来ていた。私を抱くためだけではなかった。私がキジマの紹介で寝た客の話を聞くためだった。

「その野球部の学生はユリコを抱いた後、何と言った」

「また会ってくれたら、ホームランを打つと言ったわ」

馬鹿な奴だ、とジョンソンは笑い、私の裸身を満足げに眺めた。自分の持ち物が完璧だと確認する喜び。ジョンソンは話を聞くだけで寝室に戻ることもあれば、話の細部に興奮して私を抱くこともあった。マサミのナイトキャップにこっそり混ぜる睡眠薬と同様、私の話を聞くまで、ジョンソンの一日は終わりを告げなかったのだ。その晩のジョンソンは会社で面倒なことがあったのか、疲れた顔で延々と私に話をさせながら、ベッドの上でバーボンをラッパ飲みした。私が初めて見る自堕落な姿だった。

「もっと話せ」

種が尽きた私は、キジマの父親の話をした。

「私に関心がある人は、必ずコンタクトを取ってくる。でも、関心があるくせに、一度も取ろうとしなかった人もいる。キジマのお父さん、木島先生よ。生物教師」

「どんな教師だ」

よく見ると、ジョンソンの目は猛禽類の目に似ている。その目が鈍く淀んだ。

9

ジョンソンは私の学園生活に、一切興味を抱かなかった。私の成績もチアガール部の活動も、モックを始めとする交友関係も。たまに私の部屋でわざわざチアガールの扮装をさせては、青と金色のスカートの襞に触り苦笑した。ユリコの学校はアメリカのチアガールを似て非なるものにして遊んでいるのだ、と。ジョンソンは日本の少女たちにまったく関心を持っていなかった。おそらく、少女としての私にも。そして、日本という国にも。


私はジョンソンの家から学校に行き、戻って食事をし、夜はマサミの目を盗んでベッドを共にするだけ。ジョンソンの娘でもなければ、妻でもない不思議な存在。敢えて言えば、性的関係を持った知り合いの娘程度でしかなかったのだから、親身でないのは当然だった。しかも、ジョンソンはインモラルな人間だった。Q学園における私のアルバイトを知って面白がり、性の興奮剤にした。高い学費を半分負担してくれたのは、私の性的奉仕に対する代価のつもりだったに違いない。

「キジマという教師の話をしなさい」

私はくたびれて眠かった。しかし、ジョンソンの酔眼は淫蕩に濡れている。木島のことに、興奮する材料が埋もれていると勘付いたのだろう。シェラザードのように夜な夜な面白い話をして、ジョンソンを喜ばせることができたらいいのに、と私は思った。そうしたら、さっさと眠りに就《つ》ける。だが、私は姉みたいに作り話が得意ではなかった。ジョンソンが私の言葉の何に興奮するのかもわからず、ただありのままに伝えるだけ。私はベッドに仰向けに寝転んでぽつりぽつりと話し始めた。

「私をQ学園に入れてくれた先生よ。面接の日、私が入って行った教室には、大きな茶色い亀が飼われていたの。私は帰国したばかりで疲れていたし、試験の出来が悪かったから編入試験は落ちたに違いないと思って憂鬱だったわ。だから、亀を見つめていたの。その水槽のガラスの壁をカタツムリがのろのろ這っていた。そうすると、亀は私の見ている前で首を伸ばしてそれを食べてしまったの。そしたら、木島先生が亀の名を私に聞いた。私はリクガメと当てた。木島先生は生物の先生だったから、その答えに満足して私を気に入ったのよ」

ジョンソンは吹き出したために、唇の端からバーボンを垂らした。

「リクガメだろうが、ミドリガメだろうが何だっていいんだ。この四角い物は何ですか。はい机です、と答えたって、ユリコを入れたのさ」

ジョンソンは、私が馬鹿でセックス好きで、勉強ができないと思っていた。木島の息子のように。そして、私の姉と同じく。侮られても滅多に腹を立てない私だったが、急にジョンソンに逆らいたくなった。ジョンソンが、私のシーツにバーボンの茶色い染みを付けたからだった。マサミに叱られるのは、ジョンソンではなく私なのだ。

「そのリクガメはマークっていうのよ」

ジョンソンは、大袈裟に肩を竦めた。

「俺ならカタツムリをマークとして、リクガメにはユリコと名付ける。男を食って生きていく女だもの。そのキジマという教師も、ユリコに食われたくて水槽に入ったのさ」

酔ったジョンソンはいつになく辛辣だった。感情を露わにしないからこそ、私はジョンソンと気楽な関係を保てたのに。

「キジマはユリコにどうして声をかけないのだ。ユリコは教師とだって商売しているじゃないか」

「木島先生の息子が私のマネージャーなのよ」

ジョンソンは声を出さないように大きな掌で口を押さえながら、笑い転げた。

「だからできないのか。コメディみたいだ」

笑い転げるようなことではなかった。Q女子高に進学した私は、高校の生物を担当している木島にしばしば出くわした。そのたびに、木島は困惑したような硬い面持ちで私と挨拶を交わした。が、私は木島の生真面目な顔の下に、私を慮《おもんぱか》る温かなものがあったと確信している。

　高校二年が終了した時、こんなことがあった。木島は、私を見るなり、激しい勢いで手招きした。相変わらずの白衣姿。教科書を持つ長い指にチョークの白い粉が付いていていた。

「妙なことが耳に入ったので、まずきみに聞くよ。無論、否定してくれることを願っているが」

「なぜですか」

「きみの恥だからだよ」木島は苦しげに言った。「あなたを辱《はずかし》め、あなたの評判を悪くする最低の噂だ。私は信じない」

　私はどうして木島が信じたくないのかわからなかった。どれほど精緻な噂でも、当事者の心を正確には伝えられない。というより、心の中は他人が手に取れるような簡単なものではない。だとしたら、木島の言うことなど最初から不毛で、自分が信じたいという欲望が剝き出しになった勝手な代物なのだった。

「どういう噂ですか」

　木島は横を向いて唇を歪めた。人のいい木島に嫌悪の表情は似合わなかった。一瞬、木島が見知らぬ男に見え、性的に思えた。私はその時の木島を魅力的に感じた。

「きみが金を取って生徒と寝ているという噂だ。本当ならば退学だよ。学校の方で調べる前に何とかしたいと思っている。嘘だよね」

　私は迷った。嘘を言えば救われるかもしれない。が、私はチアガール部にもクラスの女子生徒にもうんざりしていた。

「嘘じゃないです。でも、私は自分の意志で好きでやっています。私の副業ですので放っておいてください」

　木島は動揺すると顔が赤くなる。

「放っておけないよ。だって、きみの魂が汚《けが》れる。そんなことをしてはいけない」

「魂は売春なんかでは汚れません」

　バイシュンという言葉を聞いて、木島は怒りで声を震わせた。

「気付かないだけだ。汚れる。あなたの魂は汚れている」

「じゃ、先生が家庭教師をして二時間で五万円貰って、そのお金でハワイに家族旅行するのとどう違うのですか。それは恥じゃないのですか。先生の家族は汚れない？」

木島は唖然として私の顔を見つめた。どうして私がそんなことまで知っているのか、想像も付かなかったのだろう。

「それは確かに恥だが、魂は汚れないよ」

「なぜですか」

「だって、労働の報酬だからだろう。私は労働するために努力している。でも、身を売ることはしてはいけないことだよ。あなたが女性だということはあなたが選んで努力したことじゃない。たまたま、あなたは美しい女性に生まれついただけだろう。そのことを利用して生きるのは魂が汚れる」

「利用しているわけじゃない。先生のバイトと同じです」

「同じじゃないよ。だって、きみの仕事は、きみを好きな人間を根底から傷付けることだよ。誰もきみを愛さなくなるし、きみも愛せなくなる」

新しい考えだった。私の体は私のもので、誰のものでもないはずだ。私を愛そうとする人間は、私の体まで支配しなくては気が済まないのだろうか。愛がそんなに不自由なものなら、私は一生知らなくてもいい。

「私は愛なんて要らないのです」

「よくもそんな傲慢なことが言えるね。きみはどういう人間なんだ」

木島は苛立った様子で指に付いたチョークの粉を見た。眉間に深い皺が寄り、撫で付けた髪がひと筋額にかかっている。驚いたことに、木島は私の肉体が欲しいのではなく、私という人間の心の中身を知りたいらしい。私の心。決して意志を外部に出さない私の心を知りたいと願う人間は初めてだった。

「ねえ、先生。先生は私を買わないの」

木島は答えずにしばらく黙っていた。やがて顔を上げてきっぱり言った。

「要らない。私は教育者で、きみは教え子だから」

では、勉強のできない私をこの学校に入れてくれた理由は。私は尋ねようとして、はっとした。木島は私の内面に興味があっただけでなく、欲しかったのだ。玩具の人形のような私の内面。誰も関心を抱かないものを求める人間がいる。カールでもなく、ジョンソンでもない、キジマの父親が私を好きだということが、私の心を一瞬痺れさせた。私は感動したのだった。が、感動はしても欲情はしない。欲情しなければ、私は存在しない。存在しない私は何か、その先を見据える必要などなかった。私はいつも誰かに欲せられているからだ。

「先生、私を買わないのなら、私も先生を要らない」

木島の赤らんだ顔色が見る見る青白く冴えていくのを私は観察していた。

「それに先生の息子が私のポン引きなのよ。先生は聞いてないの？」

木島はしばし沈黙し、大きな息を吐いた。

「聞いてなかったよ。申し訳ないことをした」

木島は私に頭を下げた。校舎に向かって歩きだした背中を見て、いずれ木島は私とキジマを退学にするだろうと私は覚悟したのだった。そのことはジョンソンに告げていなかった。

案の定、高三になったばかりの五月、校門を出たところで息子のキジマが待ち受けていた。キジマは紺の学生服の前を開け、真っ赤なシルクのシャツを見せていた。胸には金の鎖。乗っているのは黒のプジョー。すべて、私と稼いだ金で木島に内緒で買った物だった。四月生まれのキジマは、さっさと免許を取ったのだった。

「ユリコ、乗れよ」

私は狭いプジョーの助手席に身を沈めた。帰って行く女子生徒たちが、私たちをちらと横目で見た。羨望の眼差し。彼女たちはプジョーやキジマの存在が羨ましいのではなく、私とキジマが学外の、あるいは学内に埋もれている快楽を発見したことが羨ましいのだ。その手の視線の持ち主の筆頭が、昨夜会った佐藤和恵のような女だったのだ。キジマは、怒りを抑えるように煙草に火を点けて煙を吐き出すと、こう言った。

「お前、俺のオヤジに何か言っただろう。やべえぞ。お前も俺も退学になるかもしれない。俺たちのことは連休中の会議で決まるんだって。ゆうべオヤジに言い渡された」

「あなたのお父さんも辞めるんじゃないの」

「そうかもしれねえな」

キジマは嫌な顔をして横を向いた。その表情は木島にそっくりだった。

「これからどうする」

「さあ。私はモデルにでもなって生きてく。こないだスカウトされた時の名刺持ってるから。あるいは娼婦ね」

「俺はお前に引っ付いてていいか」

いいよ、私はうなずきながら前方を歩く女子生徒たちを眺めていた。一人が振り返って私を見た。姉だった。ばか。口を開けて声を発しない言葉を投げ付ける。ばかばかばか、と。


いきなりジョンソンが私に馬乗りになり、首を絞めようとした。やめて、と私は叫んで重いジョンソンから逃れようとじたばたした。ジョンソンは四肢で押さえ付けると私の耳許で叫んだ。

「キジマという教師はユリコが好きなんだ」

「たぶん」

「ユリコのような女と関わろうとするなんてクレイジーだ。大馬鹿者だ」

「そうよ。だって木島先生も私も学校辞めるんだもの」

「どういうことだ」

ジョンソンは力を抜いて、私に尋ねた。

「ばれたのよ。私も木島先生の息子もきっと、退学。木島先生も辞めると思うわ」

「ユリコは俺とマサミに恥をかかせるのか」

バーボンの酔いばかりではなく、荒々しい怒りがジョンソンを赤く染め上げていた。私はされるがままになった。ここで殺されても仕方がない、と思ったのだった。私の肉体を欲しいという男たちが、なぜ心にまで目を向けるのかよくわからなかった。それも気紛れに。酒瓶がベッドの上で倒れ、どくどくとバーボンがこぼれてシーツに染みが広がった。シーツばかりかマットレスも濡れる。私はマサミに叱られるのを恐れ、瓶を手で振り払った。フローリングの床に落ちた酒瓶がごとんと大きな音を立てた。

「お前は心のない空っぽの娼婦だ。最低の娼婦だ。俺は嫌いだ」

ジョンソンが私を犯しつつ囁く。これもジョンソンの新しい遊びか、と私は天井を眺める。今日は感じないだろう。いや、もしかするとこれからもずっと。十五歳にして老女になった私は、十七歳にして不感症になるのかもしれない。

突然、ドアが激しくノックされた。

「ユリコちゃん、大丈夫？　誰かいるの」

答える間もなくドアが開き、怖々とゴルフクラブを持ったマサミが及び腰で入って来た。裸で犯される私を見て叫び声を上げ、さらに犯している男が、自分の夫だと知って床にくずおれた。

「あなた、これはどういうこと」

「見たままさ、ハニー」

ベッドの横で罵り合いをするジョンソン夫妻を横目で眺め、私はまだ全裸で天井を眺めていた。


私がジョンソンの家で暮らした三年足らずの期間は、Q学園の生徒だった時期とも一致する。私は高校三年になったばかりで退学を勧告された。キジマも一緒だった。木島先生は息子の不祥事の責任を取って学校を辞め、軽井沢にある企業の寮の管理人になったと聞く。今でもそこで、のんびり昆虫採集をしているらしいが、私は二度と会っていない。

キジマとは退学を勧告された後に、渋谷のいつもの喫茶店で落ち合った。暗い隅でキジマは私に手を挙げた。片手に煙草を持ち、スポーツ新聞を広げていた。どう見ても、高校生というより群れからはぐれた若い男だった。キジマはがさがさと新聞を畳んで私の顔を見た。

「俺、どっかの学校に潜り込むよ。今時、高校も出てないんじゃ、男はどうしようもねえだろう。お前はどうする。ジョンソンは何て言ってる」

「好きなようにしろって」

要は、私は何の後ろ盾もなく、体ひとつで生きていかねばならないということだった。これまでと同様に。だから、何の変わりもなかった。

第四章　愛なき世界

1

わたしの話も聞いてください。ユリコにこんな嘘ばかり書かれてしまっては、口を挟まずにおれません。それがフェアというものではないでしょうか、違いますか。ユリコの手記は、あまりに不潔で、区役所勤めの真面目なわたしにはたえられません。だから、少し説明させていただけませんでしょうか。

　ユリコは、わたしが日本人の母に似て醜かったと書いていますけど、わたしは誰がどう見てもハーフではありませんか。見てください、この膚の色。黄色ではなく、クリームがかっていますでしょう。そして、この顔つき。鼻が高くて目が窪んでいるじゃないですか。ややずんぐりした体型は残念ながら、母に似たのです。わたしが東洋人ぽく見えるとしても、前にもお話ししましたように、それはわたしの個性なのです。わたしとユリコはほとんど似ていない姉妹なのです。

　胸を張って何度も申し上げますが、わたしの中には確実にスイス人の父の遺伝子が流れております。このことは、美貌をちやほやされたユリコが外見だけでわたしを判断するように仕向けているとしか考えられません。

　それにしても、誰がユリコを騙《かた》ってこの手記を書いたのでしょう。最初から何度も言うように、ユリコは文章が書けるような、整理された頭脳の持ち主ではありませんでした。作文なんか、それはそれは拙《つたな》いものでした。ここにユリコが小学校四年生の時の作文がありますから、お見せしましょう。

「きのうわたしはおねえちゃんときんぎょをかいにいきましたが、きんぎょやさんがにちようびでしまっていたので、あかいきんぎょをかえないのはいやだなあとおもってわたしはなきました」

　小学校四年でこれですからね。それにしては字が大人っぽいというのですか。まさか、わたしが書いてユリコの作文だと偽っているとおっしゃるのではないでしょうね。違いますとも。この間、祖父の持ち物を整理していたら押入れから出てきた物です。このような悪文をわたしがひとつひとつ手直ししてやっていたのですから、わたしがいかに妹の頭の悪さ、性格の悪さをカバーしてやっていたか、おわかりでしょう。

　ところで、和恵の高校時代のことをもう一度お話しいたしましょう。というのも、さっきユリコの手記に和恵のことが書いてあったからです。ユリコが中等部に編入して来た時、Q女子高でもひと騒ぎありました。その騒ぎは当然のことながら、姉のわたしにも及んでとても迷惑しましたので、よく覚えております。

最初にユリコのことを尋ねたのは、ミツルでした。昼休み、ミツルは参考書を片手にわたしの席までやって来たのです。わたしはちょうど弁当を食べ終わるところでした。その日のおかずは、前日に祖父が作った大根とがんもどきの煮物でした。なぜそんなことまで覚えているかと言いますと、煮汁がこぼれて英語のノートに大きな茶色い染みを作ったからです。こういうことがしばしばあるので、わたしは祖父がこさえる煮物をおかずにする日が一番憂鬱だったのです。ミツルは、濡らしたハンカチで必死にノートを拭いているわたしを、気の毒そうに眺めていました。

「あなたの妹さんが中等部に編入したんですって」

「そうらしいわね」

わたしは顔を上げずに答えました。ミツルはわたしの冷ややかさに驚いて首を傾げました。小刻みで素早い仕種と丸くなった目。ミツルはやっぱりリスみたいだ。わたしはミツルを可愛らしいと感じもし、同時に小動物に似ているなんて馬鹿みたいだ、と思ったりもしたのでした。

「そうらしいっておかしな反応ね。妹さんのことなのに、全然興味ないみたい」

ミツルはあの大きな前歯を見せて親しげに笑いました。わたしはノートを拭く手を休めて、こう言ったのです。

「あの子については全然興味ないの」

ミツルはさらに目を丸くしました。

「へえ、どうして。綺麗な妹さんだって聞いたわ」

わたしは問い返しました。

「そのことだけど、あなたは誰に聞いたの」

「木島先生が言ってたから。あなたの妹さんは木島先生のクラスに入ったそうよ」

ミツルは手にした参考書をわたしの眼前にかざしました。生物の参考書で、著者名は「木島高国」。中等部の担任をしながら、わたしたちの生物教師でもあります。まるで定規で測ったような四角い字を黒板に書く神経質な教師です。端正と言えば言えなくもない整った顔をしているのも気に入りません。わたしは大嫌いでした。ミツルは聞かれもしないことを言いました。

「あたしは木島先生を尊敬してるわ。博識で面倒見がいいし、とてもいい先生だわ。中等部の合宿の時にもね」

わたしは思い出を語ろうとするミツルを遮りました。

「木島先生は何て言ってたの」

「ミツルのクラスに、ユリコという転校生のお姉さんがいるそうだねって。知りませんって言ったら、そんなはずはないよって。よくよく聞いたらあなたのことじゃない。びっくりしたわ」

「なぜ驚くの」

「あなたに妹さんがいるなんて知らなかったから」

賢いミツルは、ユリコがわたしに似ずに怪物的な美貌をしているせいだとは決して言いませんでした。その時、わたしたちは廊下がざわめいているのに気付きました。大勢の女生徒が廊下から、入り口から、わたしの教室を覗いているのです。中等部の生徒たちであることは明らかでした。遠慮がちながら、後ろには男子生徒までがいました。

「何かしら」

わたしが廊下の方を見遣ると、一瞬しんと静まり返りました。中から、巻き毛を茶色に染めた大柄な女生徒があたかも代表者のように進み出て、教室に入って来ました。その堂々とした物腰と自信からも、内部生であることは明らかでした。内部生のクラスメートたちが気軽に「モック、何の用」と尋ねています。モックと呼ばれた生徒はその問いには答えず、わたしの前に立ちはだかりました。

「あなたがユリコさんのお姉さんですか」

「そうよ」

わたしは埃が入るのが嫌なので、弁当箱に蓋をしました。ミツルは生物の参考書を胸に抱いて、不安そうでした。モックは英語のノートに広がった染みをちらと見ました。

「今日のおかずは何ですか」

「大根とがんもどき」

答えたのは、わたしの隣の生徒でした。モダンダンス部に所属するその生徒は底意地が悪く、わたしの弁当を毎日チェックしては笑ったり、顔を顰《しか》めたりするのです。モックは興味なさそうに隣の生徒を無視し、わたしの髪を観察しながら言いました。

「ユリコさんとは本当に姉妹なんですか」

「本当よ」

「悪いけど信じられません」

「信じなくたって結構」

生意気な子供とは話したくありません。わたしは席から立ち上がり、モックの目を覗き込みました。モックはたじろいだのか、少し後退りました。モックの大きなお尻が前の子の机にぶつかって音を立て、教室中がわたしたちの方を見ました。すると、モックの肩までしか背のないミツルが、モックの腕を摑んで、ややきつい口調で諭《さと》したのです。

「余計なこと言わないで早く教室に帰りなさいよ」

モックはミツルに腕を摑まれたまま廊下を振り返り、大袈裟に肩を竦めてみせると、足音も荒々しく教室を出て行きました。途端に生徒たちから大きな失望の溜息が聞こえました。

いい気味です。わたしは子供の頃から、ユリコを引きずり落としてやるのが面白くてたまりませんでした。人は美しい者を見ると過剰に期待するものです。手の届かない者であってほしいと願い、その通りだったら安心して、ますます憧れます。だけど、意外に粗末で冴えないと知るや、感嘆を蔑《さげす》みに変え、羨望を嫉妬に転化させるのです。わたしはもしかすると、ユリコの価値を反転させるために生まれたのかもしれません。

「あの子まで来ているとはね。呆れたわ」

ミツルの声が聞こえたわたしは、我に返りました。

「誰のこと」

「木島高志。木島先生の息子さんよ。息子さんは木島先生のクラスにいるのよ」

誰もいなくなった廊下にまだ一人だけ男子生徒が居残って、教室の入り口からわたしを見つめていました。木島そっくりなちんまりした顔の、線の細い男子。綺麗だと言えなくもない整った容貌。でも、力強さはありません。木島の息子の鋭い視線とわたしの視線が絡み合いかけましたが、息子の方からふっと外されました。

「あの子は問題児だって聞いてる」

ミツルが自分の胸に抱いた生物の参考書の、木島高国と書かれた部分を指で撫でました。その手付きに愛情があるのを感じて、わたしはミツルに意地悪なことを言いたい衝動に駆られました。

「どうせ、ひねくれ者なんでしょう」

ミツルは驚いた様子で聞き返しました。

「どうして知ってるの」

「目でわかる」

木島の息子とわたしの間には共通点がありました。ユリコの人気を落とす者、木島先生の評判を損なう者、負の存在。わたしは木島の息子はユリコのあまりの怪物ぶりに不審を抱いてわたしを見に来たのでしょう。そして、わたしを知ったことでユリコを蔑むでしょう。でも、木島の息子は男です。下手すると美しいユリコに同情してしまいかねない。わたしは面倒な事態になったことにうんざりしました。この学校で何とか生きていかねばならないのに、ユリコの出現でわたしの状況はより困難になったのですから。わたしは木島の息子のように、ここでの生活を負の存在のままで終わりたくはありません。この日、わたしは、機会があったらユリコを追い出そうと決意したのです。

「ねえねえ、何事なの」

親しげな声に振り向くと、佐藤和恵が馴れ馴れしくミツルの肩に手を置いて立っていました。ミツルに何とか近付きたい和恵は、いつも話しかけるきっかけを窺っているのです。細過ぎる脚を強調してしまう似合わないミニスカート、触ったらごつごつした骨しかない痩せた肉体。うっとうしい髪の量。相変わらず靴下には赤い刺繍が施してあります。和恵はあの殺風景で陰気な部屋の中で、せっせと靴下にポロのマークを真似て針を刺しているのでしょうか。

「この人の妹さんの話よ」

ミツルがさりげなく肩に置かれた手を外しました。和恵は傷付いたように少し顔色を変えましたが、それでも平静を装って尋ねます。

「妹さんがどうしたの」

「中等部に編入したんですって。木島先生のクフスよ」

たちまち和恵の顔に、焦燥の色が浮かびました。わたしは和恵そっくりの妹を思い出し、黙っています。

「中等部に編入したのって凄くない？　あなたの妹って頭いいのね」

「べつに。帰国子女枠だもの」

「帰国子女って有利よね。たいして勉強できなくたって入れるって本当かしら」和恵は溜息を吐きました。

「うちの父も海外赴任だったらよかったのに」

「この人の妹さんはそれだけじゃないの。物凄く綺麗なのよ」

ミツルはきっと和恵が嫌いなのでしょう。前歯を爪でこつこつと叩きながら、和恵に言いました。しかし、わたしと話す時と違って、叩き方が投げ遣りでした。

「綺麗なのって、どういうことなわけ」

どうしてあなたの妹が綺麗なのよ、あなたはちっとも綺麗じゃないのに。そう言いたそうに和恵の顔が歪みました。

「凄い美人なんだって。だからさっき中等部の子たちがこの人に会いに来たのよ」

和恵は自分は何も持っていない、ということに気付いたかのように虚ろな目で自分の手を見ました。

「あたしの妹もここを狙ってるのよ」

「やめた方がいいんじゃないの」わたしは意地悪く言いました。和恵の顔が紅潮して何か言いたそうに唇が尖ります。「内部生が意地悪するから、入りたいクラブにも入れないじゃない」

わたしの厭味に和恵は咳払いをしました。すでに和恵はアイスケート部に入部していました。が、リンク代を払うのが大変らしいと陰口を叩かれているのをわたしは知っていたのです。アイスケート部は、オリンピッククラスのコーチを雇ったり、リンクを借り切って練習するので、お金がかかります。そのために、どんな下手な生徒でも入部させて部費を納めさせるのだと聞きました。この学校の生徒は、自分たちの快楽のためなら他の生徒をどんな目に遭わせても平気なのです。

「言っておくけど、あたしはアイスケート部に入ったのよ。チアガール部の次に入りたかったクラブだから満足してる」

「あなたが一度でも滑ることはできたの」

適切な言葉がなかなか出てこないのか、和恵は唇をしばらく舌で舐め回していました。

「お金をたくさん出している内部生や、綺麗で可愛い先輩がリンクを独占してるんじゃないの。オリンピックに出たコーチは、そういう生徒のプライベートレッスンも見ているはずだから、えこ贔屓するに決まってる。でなければ、才能を認めた生徒しか教えないんじゃない。馬鹿馬鹿しくて、高校生のアイスケートごっこなんて見ちゃいられないものね。所詮、お嬢様のお遊びなんでしょう」

わたしは和恵を傷付けてやれ、と思ったのですが、驚いたことに、「お嬢様のお遊び」という言葉を聞いて、和恵は嬉しそうに顔を綻《ほころ》ばせるではありませんか。そうです。和恵は俗物でもあったのです。勉強もできるし、アイススケートもできる「お嬢様」として、皆に認められたい気持ちも人一倍強かったのです。それは和恵の父親の切なる願いでもありましたし、このQ女子高に努力して入った外部生と、その父母のほとんどに言えることではなかったでしょうか。わたしはなおも言ってやりました。

「あなたはリンクの掃除やスケート靴の手入ればかりやらされてるんでしょう。それとも筋肉トレーニングという名のしごき？　そういえば、この間、気温が三十五度もあったのにグラウンドを何周も走らされてたわね。あなた、顎出して苦しそうだったわ。それもお嬢様のお遊びなの？」

わたしに圧倒されていた和恵は、ようやく口を開きました。

「しごきなんかじゃないわよ。基礎体力を付けるためのトレーニングよ」

「基礎体力なんか付けてどうするわけ。オリンピックに出られるの？」

言っておきますが、これは決して意地悪ではありません。和恵のような努力を信じている鈍い女には、誰かがいつか事実というものをきちんと教えてやって、教育し直さねばなりません。世間知らずの和恵に世の中の理《ことわり》を教えてやるのは快感でもあるのです。そして、それは和恵を汚染しているあの父親への反撥でもあったのです。

気が付くと、横にいたミツルは、窓際でお喋りしているグループのところに行き、談笑の輪に入っていました。わたしとミツルの目が合いました。ミツルは何も言わずに軽く肩を竦めてみせただけでした。意味のないことしても無駄よ。ミツルはきっとそう言いたかったのでしょう。

「あたしはオリンピックに出ようなんて思ってはいないけど、まだ十六歳なんだから、死ぬ気で努力すれば行けないこともないと思うわよ」

わたしは呆れました。

「あなたってほんとにお目出度い人ね。じゃ、あなたがテニスをこれから死ぬ気でやったからってウィンブルドンに出られる？　あなたが綺麗になろうと死ぬ気で努力したからってミス・ユニバースになれる？　あなたが死ぬ気で勉強したからって学年で一番になれる？　ミツルを抜ける？　あの子は中学一年からずっと学年で一番だっていうじゃない。一度も座を譲ったことなんかないなんて、一種の天才よ。あなたの言う努力って何よ。努力なんていくらしたって、絶対に限界ってあるわよ。だってあなたは天才じゃないんだからさ。努力しただけで擦り切れる一生ってあるんじゃない」

昼休みはそろそろ終わろうとしているのに、わたしはいつしか本気になっていました。中等部の連中がわたしを見せ物のように見に来たから、苛立っていたのでしょう。見せ物になるべき存在は和恵の方なのです。来てはいけない場所に来て、してはいけないことを平気でしている和恵なのです。しかし、和恵はなかなかしぶとかった。和恵はわたしを小馬鹿にしたように言いました。

「黙って聞いていたけど、あなたの言うことって、負け犬の思想だと思うわ。何にもやったことのない人がよくそういう言い方をするわ。あたしは努力し続けるわよ。そりゃ、オリンピックやウィンブルドンは無理だと思うけど、学年で一番になることは不可能だとは思わないわ。あなたはミツルを天才だって言ったわね。でも、あたしはそうは思わない。ただの努力家よ」

偏差値順に序列が決まっている、という和恵の家の話を思い出したわたしは、軽蔑の笑みを浮かべました。

「あなた、怪物って見たことある？」

和恵は不揃いの眉を上げて、不審な顔をしました。

「怪物って？」

「人間じゃない人たちよ」

「天才ってこと？」

わたしは言葉を呑み込みました。天才だけでは済まないのです。怪物とは、何かを歪ませて成長し続けて、その歪んだものが大きくなり過ぎた人のことなのです。わたしは黙ってミツルを指さしました。さっきまで談笑していたミツルは、そろそろ午後の授業が始まるからとすぐに席に着き、独特の雰囲気に包まれておりました。ミツルが授業に際して、身辺に漂わせる空気というのは、うまく言葉で説明することができません。例えば、冬の気配を察知するリス、とでも言えばいいのでしょうか。誰も気付いていないのに、迫り来るものの正体を知っていて、一人身構えているとでも言った方がいいかもしれません。この本能があるからこそ、ミツルはさほどの努力を要さないでも勉強ができる人なのでした。その力はこのQ女子高で身を守る楯であり、敵を斬り倒せる刀でもあったのです。ミツルは、でも、その力を全開にし過ぎている。実は最近、わたしはミツルが怖くなっていたのでした。和恵はわたしが言葉に詰まったと思ったのでしょう。

「あたしは努力して上に昇るわよ」

「してみたら」

「すごい嫌な言い方ね」和恵は言いにくそうに言葉を選んで続けました。「うちのお父さんが、あなたって変わってるって言ってたわ。若い娘らしくないってね。もしかすると僻《ひが》んでるだけなんじゃない。綺麗な妹か、勉強のできる人とか、うちみたいに父親がしっかりしているサラリーマンの家庭とかに」

和恵は席に戻って行きました。あんな父親の意見をわたしに告げるなんて。わたしは和恵の後ろ姿を見送りながら、和恵のこれからの努力とやらを見届けてやろうと決心したのでした。

教室は静まり返っていました。腕時計を見ると、とっくに午後の授業が始まる時間ではありませんか。わたしは出しっ放しになっていた弁当箱を鞄の中にしまいました。ドアが開き、白衣を着た木島が生真面目な表情で教室に入って来ました。

すっかり忘れていましたが、今日は週に一度の生物の授業がある日だったのです。ユリコ。わたしを睨み付けていた木島の息子。そして木島。何という因縁の日でしょう。わたしは急いで生物の教科書を探し出して机の上に置きましたが、慌てたために下敷きが床に落ち、静かな教室にその間の抜けた音が響きました。一瞬、木島が眉を顰《ひそ》めたのが見えました。

木島は教壇に両手を突いて、教室をひとわたり見回しました。わたしを探しているに違いありません。わたしは見付からないように顔を伏せていましたが、木島の視線がわたしのところで留まるのを感じました。そうです、わたしは美しいユリコを損ねる醜い姉なのです。でも、あなたの息子もあなたを損ねているでしょう。わたしは目を上げて、木島を真っ向から見ました。

わたしの視線を受け止めている木島の顔は、息子によく似ておりました。広いおでこと細い鼻梁。鋭い目つき。顔に似合った銀色の眼鏡が木島を学究的に見せているのですが、身なりはいつも何かがひとつ乱れているのです。剃り残した髭とか、一筋はらりと額に垂れた髪とか、白衣に付いた染みとか。その一点の乱れが象徴しているものが、意に添わない息子の存在なのかもしれません。相似形の父と息子は、目の表情だけが違っていました。拗《す》ねた目をした息子と違い、木島はまっすぐに対象物だけを見るのです。その視線は固定することなく、輪郭をなぞったり、造作をひとつひとつ丁寧に眺めたりすることから、木島が観察していることがわかるのです。木島は口を開かずに、しばらくわたしの顔や姿形を観察していました。ユリコとの生物学的な相似は見付かったか。わたしを変種の昆虫みたいに見るな。わたしは燃えるような怒りと共に、木島の視線を吸い込んでいたのでした。木島はやっとわたしから目を離すと、ゆったりした口調で言いました。

「今日は、恐竜の楽園が終わったところからでしたね。恐竜が裸子植物の花を食べ尽くしてしまったって話をしましたよね。覚えてますか。恐竜の首が伸びたのも、高いところにある花を食べるためだった。生物は環境に適応するっていう面白い話でした。そこでわかったのは、裸子植物は風に頼って生殖するだけなので食べ尽くされる一方だった。それに比して、被子植物は昆虫をパートナーにすることで生き延びたっていうことでしたね。ここまでで何か質問は」

ミツルは身じろぎもせずに木島を見つめています。わたしは木島とミツルの間に、二人だけの密度の高い空気があるように思いました。ミツルは木島が好きなのでしょうか。わたしはその空気の塊が見えやしないかと目を凝らしました。

以前、わたしがミツルに恋心を抱いていたと申し上げましたよね。もしかしたら、それは正確ではないかもしれません。わたしとミツルは、地下水脈で繋がっている山中の深い湖のようなものだったのだと思います。山中にぽつねんとあって、訪れる人もない寂しい湖なのですが、地下で繋がっていますから水位はいつも一緒なのです。わたしが下がればミツルも下がり、わたしが満たされればミツルも満たされる。同じ思いで繋がっているのです。なのに、ミツルには木島という違う世界が見えているのかもしれない。わたしは木島の存在を邪魔だと思いました。

しかも、木島はユリコを気に入ったに違いないのです。わたしに関心を持ったということは、ユリコという女に興味があるからに他ならないからです。わたしの言うことは間違っていますでしょうか。確かに、わたしは恋愛をしたことなど一度もありません。でも、好きな人間がいれば、その人間の係累に興味を持つのが普通ではありませんか。それとも、木島は生物教師として、わたしとユリコの生物学的関係に興味を抱いたのでしょうか。木島が黒板に字を書きました。『花と哺乳類　新しいパートナーの誕生』

「教科書の七十八ページを開いて。ネズミは被子植物の実を食べて、糞から種を撒き散らします」

カリカリとクラスじゅうが一斉にノートに書き込む音がします。わたしはノートも取らずにぼんやりと考え込んでいました。ユリコは被子植物。わたしは裸子植物。被子植物は、花の美しさや蜜で昆虫や動物を誘う。木島は動物なのだろうか。動物だとしたら、何だろう。木島が向き直ってわたしを見ました。

「さあ、ちょっと復習しましょうか。そこのあなた、恐竜はどうして絶滅したのか覚えていますか」

木島の指はわたしを指していました。他のことを考えていたわたしは戸惑い、ふて腐れました。木島が厳しい声で促します。

「立って」

わたしはがたがたと椅子をずらしてゆっくり立ち上がりました。ミツルが振り返ってわたしの顔を眺めています。

「巨大隕石ですか」

「それもある。植物との関係は」

「覚えていません」

「じゃ、あなた」

ミツルは音もなく立って、すらすらと答えました。

「食べ尽くしたら次に移動するだけで、植物を独占できないからです。そうなると恐竜の生存を支えていた森が消滅します。その点、被子植物と動物の関係は一対一です。パートナーシップで互いに共存します」

「その通り」と木島はうなずいて黒板にミツルが言ったことをそのまま書き付けました。和恵がいい気味とばかりにわたしを見て、肩をそびやかしました。嫌な女。わたしは和恵にも、ミツルにも、木島にも敵意を抱いたのです。

生物の後の授業は体育で、リズミック体操でした。

体操着に着替えてグラウンドに集合しなければならないのですが、わたしの足は重かった。生物の授業の屈辱から、まだ脱し切れていなかったのです。木島は、皆の前でわたしを辱めようとしたに違いありません。ユリコの姉だからということで。いいえ、美しいユリコに、わたしのような姉がいることが許せなかったのです。ところが、逆に思う人物もいたのは、わたしにとっても驚きでした。和恵のことです。

リズミック体操は、ご存じの通り、Q学園女子の体育の必修科目です。手と脚とをばらばらに動かして、脳の働きを活性化させる運動なのだそうですが、家でまったく練習をしないわたしは苦手でした。とはいえ、最初から間違ってしまえば目立ちます。何とか中盤まで頑張らねば、と必死に踊っている最中、わたしはユリコが木島の息子と連れ立って、私たちを眺めているのに気付いたのです。

ユリコはしばらく会わないうちに、変貌を遂げていました。白いブラウスの胸がはち切れそうに膨らみ、高い位置にあるお尻はタータンチェックのスカートを突き上げています。まっすぐに伸びた脚は完璧な形をしていました。そして、あの顔。白い膚に茶色の瞳。いつも何か問いたげで、憂いさえ感じさせる美しい顔。うまく作った人形だって、こんなに可愛くは出来ないでしょう。体は大人の女より豊満なのに、顔はあどけないなんて狡い。わたしたちは本当に姉妹なのでしょうか。年頃になったユリコの美しさは、姉のわたしにさえも信じられないほどだったのです。

ユリコの成長に驚いたわたしは、たちまち間違えてしまいました。失敗した者は、踊りの輪の外に出なくてはなりません。予定より早いのは、ユリコのせいだ。わたしはのんびりした顔で踊りを見ているユリコが腹立たしくなりました。あっちへ行け、と内心で毒づいていますと、級友の嘲りが耳に入ってきました。

「佐藤さんを見てよ。あのタコ踊り」

ミツルに負けじと、和恵が必死の形相で踊っていました。努力など無駄だ、とわたしが言ったから、目にもの見せようと頑張っているに決まっています。対して、ミツルは涼しい顔で腕を左右に振り、バレエでも踊るような軽やかな足取りで悠々とステップを踏んでいました。和恵がユリコを見て、呆然とした様子で動きを止めました。とうとう怪物を見たのだ。わたしは和恵の顔に表れた衝撃を見て、思わずほくそ笑んだのです。

「さっきは悪かったわ」授業が終わった途端、和恵が駆け寄ってきました。「まあいいから、仲良くしましょうよ」

わたしは和恵の変化を薄気味悪く思って返事をしませんでした。

和恵は額からぽたぽたと垂れる汗を拭おうともせずに、わたしに聞きました。

「あなたの妹、名前何ていうの」

「ユリコ」

和恵は羨望とも感嘆とも嫉妬ともつかない、奇妙な熱が籠もった口調でつぶやきました。

「へえ、名前も綺麗じゃない。あたしと同じ女だなんて信じられないわ」

そうなのです。怪物的な美貌を持つユリコとわたしたちは女という同じ生物なのに、そのことがどうしても信じられなくなるのでした。生まれついての姿かたちがこれほどまでに違うということを目の当たりにすると、美醜という相対的な判断などどうでもよくなり、たったひとつだけの絶対的な美と、凡庸なその他であることを認識せざるを得なくなるのです。ユリコの前では、わたしたちはあまりにもつまらない、単なる生物学的な意味での女でしかなくなってしまうのですから、怪物は本人以外の人間をすべて無価値な存在にしてしまうほどの力を持っているのです。

正直に申し上げましょう。個性だの、才能だの、そんなものは、凡庸な種族が何とか競争社会を生き延びるために備えて磨く武器でしかないのです。わたしが悪意、ミツルが頭脳。才能をそれぞれ磨いて、このQ女子高で何とかサバイバルしようとしているのも、姿かたちが他を圧倒して、力を封じてしまうほどの怪物ではないからなのです。動物だってそうではないでしょうか。保険外交のおばさんが飼っているマルチーズは、近所の大きな犬に出会うたびに、尻尾を巻いて体を縮めました。巨大な存在の前では、誰もが萎縮するのです。それは動物の本性ではないでしょうか。

「顔も綺麗だし、体も綺麗だし、名前も綺麗だし。言うことない人って、あたしは初めて見たけど。ああいうのを完璧って言うのかしら」

熱に浮かされたようにまだぶつぶつと繰り言を垂れ流す和恵の体から、つんと酸っぱい汗の匂いが漂ってきました。その強い酸味が、和恵のユリコに対する関心の高さを物語っている気がして、わたしは思わず顔を背けました。ユリコという怪物を見た和恵の世界は、少しずつ変容するに違いありません。子供の頃からユリコと暮らしてきたわたしと同じく。わたしはいつも自分を、ユリコという丈の高い、陽射しをいっぱい浴びている植物の陰で、枯死する木みたいだと連想していたのですから。

ユリコは木島の息子と共に、校庭を去るところでした。ひねくれ者の木島の息子がユリコにくっついているのは、何かよからぬことを企んでいるからに違いありません。先程の授業の屈辱は、この馬鹿息子で晴らしてやればいいのかもしれない。わたしは木島親子とユリコを、この学校から早く追い出してやりたいと願ったのでした。

何も知らない涼しげな顔で、軽やかに去るユリコの後ろ姿を皆の好奇と賛美に満ちた視線が絡みついて追いかけていきます。わたしが密かに「キリン娘」と名付けている級友がやって来て、頭の上から和恵に聞こえよがしに言いました。キリン娘は茫洋とした眠そうな顔をしているのですが、百八十センチ近くも背があり、バスケットボール部に属しているのです。

「あの子のこと、早速チアガール部がスカウトに行ったらしいわよ、部長自ら。あれだけ綺麗なら即スターだものね。きっとみんなで奪い合うに決まってるわ。面白くなったと思わない？」

中等部からのキリン娘は、和恵の反応を見たくて言ったのです。わたしも同じ思いでした。和恵は素早く目を伏せましたが、わたしはその小さな目に勝ち気な光が走ったのを確認しました。キリン娘はさらに付け加えました。

「どこのクラブが取るのか興味津々だわ」

「あら、あたしは断られたのに、それって不公平じゃない」

予想通りの和恵の反論を聞いて満足したキリン娘は、重い瞼を半分開いて吹き出しました。

「チアガール部は特別なのよ。だって、男にもてることしか考えてない子の集まりだもの。男って馬鹿だから、Q女子高のチアガール部員ってだけでアイドル視して騒ぐでしょう。どっちもどっちだわ。あなた、断られて正解よ」

「あたしはそんなこと考えて入部希望を出したんじゃ

ないわ」

　和恵は憤然として抗議しました。

「そうよね。あなたはただミニスカートの下からパンツ見せたかっただけだものね」

　キリン娘は意地悪く言い捨てて、笑いながら行ってしまいました。

「何よ、あったま悪そうな声して。英語の発音だって悪いくせに。よく中等部から入れたわね」

　和恵は怒りを鎮められずに悔しそうに言い返しましたが、無論、キリン娘の耳には届きませんでした。長い首でリズムを取りながら、仲間の方に行ってしまったのです。

「あたしが男の子にもてたいと思う？」

　和恵は、わたしに向き直って問いかけました。違うわよね。あなたは、Q女子高の一員としての証《あかし》のために入部したかったのよね。わたしはそう思ったのですが、口には出さずにミツルの方を見遣りました。リズミック体操で勝者となったミツルは、四十代の女性体育教師と談笑しているところでした。教師からタンバリンを渡されたミツルが、足でリズムを踏み、トントントンとタンバリンを叩きました。わたしの視線を感じたミツルが、手を止めて笑いました。

「ねえ、聞いてるの」

　苛立った和恵が尖った声でわたしの放心を咎め、腕を掴みました。和恵の掌が汗でじっとりと濡れています。わたしは和恵の汗の匂いを思い出し、腕を振り払いました。

「聞いてるのってば。あたしは別に男にもてたいから入ろうとしたわけじゃないいって言ったのよ」

「わかってるわよ」

「ほんとにわかってるの？　あたしはね、ただチアガールというスポーツがしたいだけなの。憧れだったの」

「はいはい」

　わたしは和恵と話しているのが面倒臭くなりました。ええ、わたしはいつも和恵と話していると、相手をするのに飽きてしまうのです。和恵がどういう道筋で、何を考えているのかが容易に想像できるものですから。和恵ほど、他人から見てわかりやすい女はいなかったのではないでしょうか。

　ところが意外なことに、この時の和恵の本心というのは、わたしの想像を絶したところにあったのです。

そのことは、これからお話しします。

数日経って、わたしは和恵から手紙を貰ったのです。帰りしな、背後から近付いて来た和恵が、わたしの手の中に小さな封筒を押し込んでいったのです。電車の中で開けてみると、スミレの花がプリントされた少女趣味の便箋二枚に、綺麗だけど個性のない字でびっしりと書いてありました。


前略にてごめんください。

私もあなたも、同じ外部生。あなたはうちに遊びに来てくれたし、うちの両親にも会っているし、もしかするとQ女子高で一番仲良くなれそうな人ではないかと思います。私の父が、家庭環境の違うあなたとは付き合うなと言いましたが、手紙だったら父にもばれません。時々こうやって文通しませんか。互いに悩みを打ち明けたり、勉強のことを相談し合ったりしませんか。

私はあなたのことを誤解していたような気がします。あなたって、同じ外部生なのに何だか落ち着いていて、この学校に昔からいる人みたいだから。それにミツルとよく話し込んでいるので、少し近寄りがたくて敬遠してました。

Q女子高の人たち（特に内部生）って、何を考えているのか、よくわからないのでまだ馴染めません。でも、私は自分を恥じているのではありません。私が小学校の時から目標にしていたQ女子高に入れたのは、私自身の努力の成果だと思っています。そう、私は自分に自信を持っています。自分が信じてやってきたことがちゃんと実を結んで、いい結果が出て、本当に幸せな人生を歩みだしていると思ってます。

だけど、こういう時だけはどうしたらいいのかわからなくなります。誰かに相談したくて、思わずペンを取りました。私はあることで悩んでいるのです。そのことでぜひ、相談に乗ってください。

佐藤和恵

書き出しの「前略にてごめんください」というのは、大人の手紙の冒頭部分を真似たのでしょう。その姿を想像するとおかしくて笑ってしまいますが、和恵の悩みとはいったい何かと気になって仕方がありません。悩みの相談になんか乗りたくはないものの、その中身は知りたい。他人の悩みほど、人を興奮させるものはありませんでしょう。

ちなみに、わたしはこれまで生きてきて、悩んだことなんてほとんどありません。それは現在も同じです。わたしは悩む前に結論を出して、そのように行動するからなのです。人は容易に結論が出せないから悩む、とおっしゃるのですか。結論を出すなんて、とても簡単なことではありませんか。自分の身の丈に合ったことは何か、を常に考えている人間には悩みなど生まれません。日光が足りなくて光合成ができないのなら、その植物は枯死するしかないのです。間引かれる運命になりたくなければ、光を遮る丈の高い植物を倒すか、光合成をしなくても生きられるものに存在を変えるしかないのです。

その晩、わたしはそんなことをぼんやりと考えながら、英語の予習をしておりました。すると、夕飯の支度をしていた祖父が台所からこう尋ねたのです。

「『ブルーリバー』チェーンは、お姉ちゃんと同じクラスの子のうちなんだってね」

「そうよ。ミツルって子のお母さんがやってるの」

わたしは、髪の手入れの悪い、薄汚れたジャージ姿のミツルの母親を思い出しました。でも、祖父は、楽しそうに続けます。

「俺、驚いちゃったよ。この辺りでＱ女子高に行ってる娘がいるうちなんて、うちだけかと思ってたのにさあ。こないだ駅前の『ブルーリバー』で警備員やってる奴と会ったんだよ。そいつは管理人の同級生なの。管理人と親しくて、管理室に遊びに来てたの。俺、あそこの植木の手入れもしてやってるからさ。そしたらさあ、そこのママさんの娘もＱ女子高の生徒で同じクラスらしいっていうじゃない。同じ学校の父兄の誼《よしみ》で一度飲みに行ってみようかな、なんてね。そんなこと考えたら、生きてるの楽しくなっちゃったよ」

「行ってみたら。ミツルのお母さんもおじいちゃんに、来てください、とか言ってたよ」

「ほんとかい。俺なんか行ったら迷惑だろう。だってジジイだもん」

「客なら誰でもオッケーでしょう。盆栽好きだって前に言っておいたし、喜ぶんじゃない」

私は上の空で答えましたが、祖父は本気にしたのか、ジャリジャリとやけに景気のいい音を立てて米を研ぎ始めました。

「『ブルーリバー』は、結構高いだろうなあ。若い女しかいないしなあ。少しまけてくれるかな」

大丈夫でしょ、とわたしは生返事をしました。和恵の手紙に心を捉われていたのです。わたしは和恵の手紙を取り出し、英語の教科書の上に置いてもう一度読み返しました。そして、明日聞いてみよう、と決意したのです。


「手紙読んだわ。悩みって何」

「誰もいないところで話したいの」

勿体ぶった和恵は、真面目な顔で腕組みをしたまま、空いていた階段教室に入って行きました。時折、生物や地学の授業に使う階段教室は普通の教室より広く、中央の教壇を囲む半円形になっていました。教壇の真後ろに、スライドや十六ミリ映画を上映するための白いスクリーンが掛かっています。和恵はまるで授業中の教師のように、階段の途中からわたしを振り返りました。余裕のない小さな目に複雑な膜が張っています。わたしに言っていいものかどうかという逡巡と、心中を打ち明けたい欲望とがせめぎ合っているのでしょう。

「なかなか人には言いにくいことなのよ」

「でも、言いたいんでしょう」

わたしは最上段の椅子に腰掛けました。外はいい天気だというのに、放課後の教室はしんと静まり返っていて薄暗く、気味が悪いほどでした。

「じゃ、言うわね、思い切って」和恵は羞《は》じらうように頰に手を当て、途切れ途切れに言葉を選びました。

「あのね、あたしね。あの、木島君のことが好きなのよ。知ってるでしょ。木島先生の息子、木島高志君。だから、高志君がユリコさんとどういう付き合いをしているのか知りたいと思って。あたし、木島君とユリコさんが一緒にいるところを見て以来、気になって眠れないの」

何ということでしょう。わたしは弾む心を必死に抑えて、冷静に問いました。

「木島先生の息子って、中等部の子でしょう」

「そうよ、三年。あなたの妹と同じクラス」

「確かに顔は綺麗だと思うけどね」

わたしは木島の息子の、爬虫類を思わせる体型と、ひねた目付きを思い起こしながら言いました。

「あたしはああいう顔が好きなの。男の子なのに繊細で綺麗で、背も高くてクールだし、夢中になっちゃった。最初に見かけたのは、夏休み前だったの。学校前の本屋で会って、かっこいい子だなと思ってたら、木島先生の息子だって聞いてびっくりした。あたし、あの親子のこと、いろいろ調べたのよ。昔っから田園調布に住んでるとか、木島先生もQ学園出身だとか、弟が初等部にいるとか。木島先生は夏休みに必ず家族旅行に行くけど、昆虫採集を子供たちに手伝わせている、とか」

わたしは、あっと声を上げました。和恵がリズミック体操でミツルに負けた理由がようやくわかったからです。いえ、それだけではなく、裸子植物と思った和恵が、パートナーである昆虫や動物を見付けようとしていることに驚いたのです。何という身の程知らずな女なのでしょうか。それも、あのひねくれ者の木島の息子が好きだなんて。世の中とは、どうしてこんなに皮肉な事実を用意しては、わたしの前に差し出してくれるものなのでしょう。わたしは笑いを嚙み殺すのに苦労しました。

「そうだったの。うまくいくといいわね」

「だから、あなたの方からユリコさんに聞いてくれないかしら。ユリコさんはすごく綺麗だから木島君は好きになったんじゃないかと思うと、心配で夜も眠れないの。だけど、あたしにだって脈はあるとは思うのよ。前に、あたしの方を見て、笑いかけてくれたことがあったから」

木島の息子のことですから、和恵の滑稽さに失笑したに違いありません。ユリコや木島親子をこの学校から追い出したいと願うわたしの策略に、この笑いだしたくなる話を使えないでしょうか。わたしはあれこれと考え始めたのです。

「ユリコにそっと聞いてみてあげる。ユリコと木島君はどういう関係なのか。そして、木島君はどんな女の子が好きか」

和恵は息を詰めるようにしてうなずきました。わたしは和恵の不安げな表情を見て、こう付け加えました。

「それで、あなたが木島君を好きだってことは言っていいの？」

和恵は慌てた様子で両手を振りながら、階段を駆け上って来ました。

「駄目、駄目。それはまだ駄目。あたしは慎重にいきたいの。告白はもっと先」

「わかったわ」

「でも、これだけは何気なく聞いてみてくれないかしら」和恵はずり落ちた紺のハイソックスを膝下まで引っ張り上げて言いました。「ひとつ年上の女の子でも、木島君は好きになってくれそうかどうか」

「女の子が年上かどうかなんて関係ないんじゃないかしら。あの木島先生の息子なんだもの。そんなこと気にしない、頭のいい子に決まってるわよ」

わたしは和恵の恋情を煽ってやることにしました。和恵は声を弾ませ、小さな目を憧れで見開きました。

「そうよね。あの先生も素敵だものね。あたし、木島先生の生物の授業好きよ」

「じゃ、今日ユリコに電話してそれとなく聞いてみるわね」

わたしは嘘を吐きました。ジョンソンの住所はおろか、電話番号さえ知らないのです。でも、和恵は心配そうに顔を伏せました。

「うまく言ってね。あなたの妹、お喋りじゃないかしら」

「あたしたちは口が固いから大丈夫」

「そう、よかった」和恵は腕時計を覗きました。「あたし、そろそろクラブに顔を出さなきゃ」

「もう、滑らせてもらえたの？」

和恵は曖昧にうなずき、クラブでお揃いの紺のスポーツバッグを持ち上げました。

「コスチューム作ったら滑らせてあげるって言われたから作ったの」

「見せてよ」

渋々、和恵はバッグの中からアイススケートの衣装を取り出しました。紺と金色のＱカラー。チアガール部の衣装とそっくりのデザインでした。

「自分でスパンコールを付けたの」

和恵は胸の前にコスチュームを当てました。

「チアガールみたいだわ」

「そう？」和恵は少し嫌な顔をしました。「あなた、あたしがチアガール部に断られたから、よく似た衣装を作ったと思ってるんじゃない」

「思ってないけど、思う人はいるかも」

わたしの率直な意見に、和恵は一瞬顔を曇らせましたが、自分に言い聞かせるようにつぶやきました。

「しょうがないわ。もう作っちゃったんだし。あたしはＱカラーの色の組み合わせが好きだから使っただけなんだもの」

和恵は、こうやって自分を誤魔化す術を知っているのです。現実にすぐに折り合いを付けて、図々しく生きる和恵。わたしは和恵のこういうところが嫌いなのでした。

「木島君って、どこのクラブの子が好きなのかしら。アイススケートが嫌いだったらどうしよう。軽薄な男子部の男と一緒で、チアガールが好きだったりして」

おやおや。キリン娘と同じことを言っている。わたしは滑稽に思いましたが、優しく微笑みました。

「アイススケートも派手だから、きっと好きよ。少なくともバスケットボールよりはいいんじゃないかしら。それに勉強できる子も好きよ」

「やっぱりあなたもそう思う？　あたし、木島君を好きになってから、勉強するのが楽しいの」

和恵は幸せそうに言うと、机の上に衣装を広げてぞんざいに畳み、バッグにしまいました。和恵は挙措が粗雑なので、丁寧な遣り方ができないのです。

「ああ、もう行かなきゃ。遅れたら先輩のブレード磨きやらされるの。じゃ、また明日ね」

和恵はコスチュームとスケート靴の入った鞄を提げて、ばたばたと駆けだして行きました。一人残ったわたしは、階段教室の硬い椅子にずっと腰掛けていました。秋の日暮れは早く、だんだんと暗くなっていきます。お尻が痛くなってきました。机の端っこに、油性ペンでいたずら書きがしてあるのに気付きました。「LOVELOVE・JUNJI・愛してる」とあります。わたしは思わず連想しました。LOVELOVE・TAKASHI・愛してる。LOVELOVE・KIJIMA・愛してる。ミツルと木島の間の熱い空気の塊。わたしは溜息を吐きました。

わたしは生涯一度も男を好きになったことなどありません。男との間に空気の塊など感じなくて済む人間なのです。それは楽ちんで、とてもいいことです。和恵も同じ種族のはずなのに、どうしてそれがわからないのでしょうか。

九時過ぎ、わたしがお風呂から上がってテレビを見ていたら、玄関の扉が開き、わたしと入れ違いに外出していた祖父が帰って来ました。お酒を飲んできたらしく、顔が真っ赤で息が切れています。

「遅かったね。ご飯食べちゃったよ」

わたしは卓袱台《ちゃぶだい》に載った祖父の分のおかずを指さし

ました。鯖の味噌煮と菜浸しとおしんこ。祖父自身が出かける前に、用意していったのです。祖父は何も言わずにふっと大きな息をひとつ吐きました。祖父は見たことのない背広を着ていました。抹茶色に太い黒い縦縞の入った派手な服です。中は薄黄色の半袖シャツで、襟元にループタイと言うのですか、七宝焼で出来た妙な物を付けていました。祖父は男にしては小さな手で、ループタイの紐を緩めて何か思い出し笑いをしました。「ブルーリバー」に行ったに違いありません。

「おじいちゃん、ミツルのお母さんのお店に行ってみたの？」

「うん」

「ミツルのお母さんはいた？」

「うん」

普段、口数の多い祖父にしては珍しく寡黙なのが気にかかりました。

「どうだった」

「すごくいい人だったよ」

祖父はしみじみと独り言のようにつぶやいた後、わたしとあまり話したくないのか、外に出しっ放しの盆栽を見に、ベランダに出て行ってしまいました。いつもなら、盆栽を夜露に当てたりしないのに、とわたしは少々嫌な気がしたのです。

その夜、わたしはとても奇妙な夢を見ました。太古の海の中で、わたしや祖父がふらふらと漂っている夢でした。死んだはずの母も、トルコ人の女の人と暮らしているという父も皆がいて、海底の黒い岩の上に腰を下ろしたり、ざらざらした砂に横たわって休んだりしているのです。わたしは子供の頃に気に入っていた緑色の吊りスカートを穿いていて、スカートの襞を撫でさすりながら、懐かしいなあと思っているのでした。祖父は「ブルーリバー」に着て行ったお洒落な格好をして、ループタイを水中に揺らしています。父と母は、いつも家で着ていた普段着姿でした。両親が昔の姿なのを見て、二人とも遠い思い出の存在になったのだ、と子供の姿をしたわたしは夢の中で感慨に浸っているのです。

水中にはプランクトンがたくさん浮遊していて、目を凝らすと細かい雪が降りしきっているように見えるのでした。見上げた水面からは青空が透けているのに、わたしたち家族は穏やかに海の中で暮らしているのです。何と不思議で心和む夢でしょう。でも、ユリコの姿がありません。わたしはそのことに安堵しつつも、いつユリコが現れるのだろうと、どきどきして待ってもいるのでした。

真っ黒な頭をした和恵がチアガールの姿で、生真面目な顔で泳いできます。肉色のタイツを穿いていますから、きっとアイススケート用の衣装なのでしょう。和恵はリズミック体操の振りを懸命にしているのですが、如何《いかん》せん水の中ですから、動きは緩慢でおかしいのです。わたしは吹き出して、ミツルはいないのかしら、とあちこちに目を遣りました。ミツルはどうやら、海底に横たわる廃船の中で勉強しているようです。その廃船の甲板には、ジョンソンやマサミもいました。わたしがそちらに行こうとした時、急に辺りが暗くなりました。大きな人影が、輝く水面を覆い隠しているのです。わたしは驚いて上を見ました。

とうとうユリコがやって来たのです。わたしは子供のままなのに、ユリコは女神のような真っ白な衣装を着て、大人の顔と体をしているのです。豊満な胸が白い衣装から透けて見えます。長い腕と長い脚。ユリコは美しい顔でにこやかに微笑みながら家族の元に泳いで来ます。水中を見渡す光のない目。わたしは怯えて岩の陰に隠れようとしますが、ユリコはわたしを引きずり出そうとその優美な形の腕を伸ばすのです。

目が覚めたら、目覚ましがなるちょうど五分前でした。わたしは慌てて時計を止め、夢のことを考えました。ユリコが来て以来、ミツルも和恵も祖父も急に変になったことについてです。ミツルは木島先生に、和恵は木島の息子に、祖父はミツルのお母さんに、皆、心を奪われてしまったのではないでしょうか。恋愛だけは、わたしの心に作用しない化学変化なのでよくわかりませんが、何とか食い止めてミツルと祖父だけはわたしの側に引き戻さねばなりません。

ユリコは疫病神。子供の時からずっと思っていた言葉が蘇りました。今、成長して前にも増して美しくなったユリコは、いやらしい熱線を発しては、Q女子高の連中もわたしの周囲も脅かそうとしているのです。みんな熱に浮かされておかしくなる。ユリコと戦えるだろうか。いや、戦わなくてはならない。わたしは決意を固めました。

昼休みに、満を持した様子で和恵がわたしのところにやって来ました。空いた席に弁当の包みを置き、けたたましい音を立てて椅子を引き出しました。

「一緒に食べていい？」

とっくに座ろうとしているくせに。わたしは苛立って、和恵の姿を凝視しました。ブス。かっこ悪い。最低。罵りの言葉を繰り出したくなるほど、今日の和恵は変な姿をしていました。カーラーを使って髪を巻いたらしく、いつもはヘルメットのように頭にへばりついている髪が、笠を被ったみたいに真横に広がっているのです。カールは一応、内巻きになっているのですが、カーラーの段がくっきりと残っています。和恵はやることが粗くて技術も幼稚ですから、髪を巻くのもきっと下手糞なのでしょう。しかも、小さな目が眠そうな二重瞼に変わっているのでした。

「目、どうしたの」

和恵はそっと目許に手を遣りました。

「これ、エリザベス・アイリッド」

それは、一重瞼を糊でくっ付けて二重瞼にするという代物でした。内部生の何人かが、トイレで使っているところを盗み見たことがあります。わたしは、和恵があの小さな楊枝のようなプラスチックの二股スティックで、瞼を突いている姿を想像し、胸が悪くなりました。スカート丈がさらに短くなり、えぐれた腿が半ばまで見えます。必死にお洒落しても浮いてしまうのは、滑稽を通り越して痛々しいくらいでした。

級友が和恵を見て肘で小突き合いながら露骨に笑っているにも拘わらず、和恵自身は自分のことを言われているという自覚がないのです。ひょっとすると、和恵は現実認識がまったく欠けている人なのかもしれません。わたしは和恵と仲良く見えることさえ苦痛になってきました。ただの「しこ勉女」だけだったらまだ許せたのに、和恵はユリコのせいでもっと変な姿になってしまったのですから。

「佐藤さん、お願いしたいことがあるの」

同じクラスのアイススケート部員が二人、和恵の横にやって来ました。二人共、内部生ですが、片方は腰巾着と言われていました。二人の父親がどこかの大使とかで仲がいいのですが、派遣された国に序列があるらしく、それが二人の力関係となって表れているのでした。

「なあに」

和恵が機嫌よく顔を向けました。和恵の二重瞼を見た二人の顔に笑いが浮かび、それを必死に隠そうとしているのを、わたしの目はしっかり捕らえました。でも、和恵は気付かずに、髪も見てくれと言わんばかりにカールを指で触りました。二人は髪に視線を移し、とうとう忍び笑いを洩らしましたが、和恵はきょとんとしています。

「クラブで中間テストの対策委員会を作ることになったのよ。あたしたちが幹事なの。悪いけど、英語と古典のノート、コピー取らせてくれない。あなたが一番できるから」

内部生が和恵に頼んでいます。わたしは馬鹿らしくなって横を向きましたが、「いいわよ」と和恵は誇らしげに承知してしまったのです。

「だったら、現国と地学もいいかしら。みんな喜ぶと思うわ」

「お安いご用よ」

二人は和恵の了承を得ると、さっさと教室を出て行きました。今頃、廊下で爆笑しているに違いありません。

「あなた馬鹿よ。対策委員会なんて嘘に決まってるじゃない」

余計なこととは知りながらも、わたしは思わず口を挟みました。でも、和恵は「一番できる」と言われたことに満足げでした。

「皆で助け合わなくちゃ」

「ご立派ね。あなたは彼女たちに何を助けてもらったの」

「あたしはスケートもできないから、技術とかいろいろ教えてもらっているのよ」

「あなたスケートできないのに、クラブに入ったの？」

和恵は困惑した様子で弁当の包みを開けました。中身は小さなお握り一個とトマトだけ。わたしは祖父の残した鯖の味噌煮を詰めてきていて、それを楽しみにしていたほどですから、和恵の弁当の貧弱さには驚きました。和恵はお握りをさも不味そうに食べ始めました。中身は何も入っていない塩むすびです。

「滑れないとは言ってないわ。お父さんと何度も後楽園に滑りに行ったもの」

「じゃ、コスチューム作ってどうするの。無駄じゃない」

「あなたに関係ないでしょう」

むきになって言った後、和恵はわたしへの頼み事を思い出したのか、感情を剝き出しにしたことを誤魔化すようにトマトをかじりました。勢いが余って、和恵の口から赤い汁が飛び、机の上を汚しました。和恵は他人の机に付けたトマトの染みに気付かず、苦行のように口を動かし続けています。余程、食べることが嫌いなのでしょう。わたしはしつこく問いました。

「コスチュームとかリンク代とかにお金かかるって、あなたのお父さんは何も文句言わないの」

「言うわけないじゃない」和恵は唇を尖らせます。「余裕あるもの」

余裕なんかあるわけないじゃん。わたしは殺風景な和恵の部屋の様子や、和恵の父親に国際電話の料金を請求されたことを苦く思い起こしました。

「あたしのクラブのことはどうでもいいわ。それより、あのことユリコさんに聞いてみてくれた？」

「例の件ね」わたしは箸を置いて、唇を舐めました。

「すぐに電話して聞いておいたわ。あのね、安心して。ユリコは木島君に校内を案内してもらっていただけだって」

「ああ、やっぱりね」

ほっとした顔で、和恵はトマトの汁で汚れた指を、弁当を包んできたハンカチで拭いました。

「それから、木島君は今誰も付き合っている人はいなさそうだって言ってたわ」

「そう、よかった」

和恵が手を叩いて喜びました。わたしは嘘の報告をしていることが面白くてたまらなくなってきました。

「年上については何て言ってたの」

「ああ、そのことはユリコの意見だけど、関係ないみたいって。木島君、年上の女優とかが好きみたいだってよ」

「へえ、誰？」

「大原麗子とか」

わたしは咄嗟《とっさ》に口からでまかせを言いました。ええ、当時、大原麗子は憧れる人も多いと聞いたものですから。和恵は「大原麗子かあ」とがっかりした顔で中空を睨み付けました。いくら何でも、大原麗子には負けると思ったのだと思います。ええ、和恵を騙すのは実に楽しかったです。わたしは久しぶりに、幼いユリコに様々な嘘を吐いて誑《たぶら》かしていた頃のことを思い出して心が躍りました。でも、ユリコは芯のところでわたしを信用してはいなかったから、反撃してくる手強いところがありました。馬鹿な子は馬鹿な子なりに、あれこれ考えるのでしょう。なのに、和恵はころりとわたしの嘘に騙されるのです。父親にマインドコントロールされている和恵は、きっとどこか無防備で、抜けていたのです。ええ、その意味では無垢な女でした。

「で、どう思う。あたしに勝ち目あると思う？」

自惚れの強い和恵は自信を取り戻した様子で、横目でわたしを窺いました。

「あるわよ」わたしは断言しておきました。「あなたはまあ勉強ができる方だからさ。木島君は頭のいい女の人が好きらしいわよ。だって、木島君はミツルの名前を知っていて、憧れも持っているって」

「ミツルのことを」

衝撃を受けたのか、和恵はミツルの方をきっと見遣りました。ミツルはとっくにサンドイッチの弁当を食べ終わって、カバーの掛かった本を読んでいました。英語の小説のようでした。ミツルを凝視する和恵の横顔からは、嫉妬が熱く感じられました。あんたは敵いっこないわよ。ミツルは怪物なんだから。わたしは和恵の横顔を意地悪く眺めたのです。

ミツルが視線を感じたのか、こちらを振り返りましたが、その目には何の関心も表れていませんでした。わたしは昨夜、祖父が「ブルーリバー」に行ったことについて、ミツルから何の話も出なかったのを奇妙に思っていました。ミツルの母親は、わたしの祖父がお店に行ったことを報告していないのでしょうか。すると、ねえねえ、と和恵がせがみました。

「木島君はあと、どんな女の人が好きなのかしら」

「そりゃ、男だもの。やっぱり綺麗で可愛い人が好きなんじゃない」

「綺麗な人ね。そうか」和恵はお握りを食べあぐねて溜息を吐きました。「ユリコさんみたいになりたい。あんな顔に生まれてきたなら、どんなにいいかしら。どういう人生が開けているのかしら。あの顔で頭がよかったら最高よね」

「あの子は怪物だから」

「そうね。勉強なんかできなくてもいいから、怪物になりたいと思うことあるわ」

和恵は本気でつぶやいていました。ええ、あの人は最後、本物の怪物になってしまいましたよね。わたしは、でもその時は、将来のことなんかまったく考えてもいませんでした。え、のちの和恵の奇行は、この時のわたしの対応に原因があるとおっしゃるのですか。わたしに責任があると。まさか、そんなことはありますまい。だって、すべての原因は、その人間を形作っている核とでもいうべきものに存するのではないでしょうか。和恵が変貌する原因は和恵自身にあったのだと思いますよ。

　確かにわたしは、弁当を食べ終えた和恵にこう言ったことは覚えています。それは作為とまではいかない、単なる悪意程度のことだったと思います。悪意だから作為だとおっしゃるのですね。その定義ならば、そうかもしれません。でも、質問の発端は、まさに単純な好奇心でしかなかったのですよ。

「あなた、少食ね。朝ご飯食べ過ぎたんじゃない」

　和恵は激しく首を振りました。

「まさか。あたし、朝は牛乳一本しか飲まないのよ」

「どうして。前に蕎麦つゆまで飲んでたじゃない」

　和恵はむっとしてわたしを睨み付けました。

「そういうことはやめたの。あたし、食事制限することにしたのよ。だって、モデルみたいに綺麗になりたいんだもの」

　和恵は今で言うダイエットをしていたのです。わたしはその時、とても残酷なことを思いました。和恵が今より痩せてしまったら、もっとみっともなくなって誰も和恵を好きにはならないだろうと。だから、こう勧めたのです。

「そうね。あなた、もう少し体重を絞った方がいいように思うわ」

「そうでしょう。そう思うでしょう」和恵は恥じ入ってスカートを下に引っ張りました。「脚なんか太いものね。スケートも痩せている方が軽くていいって言われた」

「ほんのちょっとの努力よ。木島君も細いもんね」

　和恵はわたしの言葉に決然とうなずいたのでした。

「あたしが細くて綺麗になったら、木島君とお似合いになるかしら」

　和恵は楽しそうに言うと、空の弁当箱をトマトの汁で汚れたハンカチで再び包んだのです。いつの間にか本を小脇に挟んだミツルがやって来て、わたしの肩を叩きました。

「ユリコさんが来てるわよ。あなたに用事があるんだって」

ユリコが。あれほどわたしのところには来るなと言っておいたのに。わたしは驚いて、廊下を見ました。教室の入り口に、ユリコと木島の息子が二人してこちらを覗き込んでいました。わたしはまだ二人がいることに気付いていない和恵の背を押しました。

「木島君よ」

その時の和恵の反応を見せてあげたかったです。頬を紅潮させて、うろたえだしたのです。どうしようどうしよう、まだ早いわ。どうしようどうしよう、と。わたしは立ち上がりました。

「大丈夫。あの子たちはわたしに用事なんだから」

「だって、あなたユリコさんにあたしが木島君が好きだって言っちゃったんでしょう」

「言ってないわよ」

嘘、嘘、と取り乱した和恵を持て余し、わたしは二人のところにさっさと向かいました。ユリコが近付くわたしを真っ向から見据えています。緊張しているせいか、眉根を寄せて真剣な表情をしていました。癪なことに、背が伸びて、わたしより十センチは高くなっています。半袖のブラウスから出た腕は細くて長く、完璧な形をしています。指も美しく、どんな指輪も似合いそうでした。わたしとは似ていない顔と体をした妹。あんたは誰に似たの。化け物。幼い時からの思いが、またもマグマのようにわたしの内部から噴出するのを感じました。

「何の用」

わたしのぶっきらぼうな物言いに、びくっと木島の息子が反応するのがわたしにもわかりました。おお、怖い。きっとそんなことを言ったのでしょうが、わたしには聞こえませんでした。

「お姉ちゃん。担任の木島先生が家庭調査表を出してくださいって言うんだけど、どう書いたらいいかしら。お姉ちゃんが書いたのと一緒じゃないと変だと思って」

「あんたはジョンソンとマサミのことを書いておいたらいいじゃない」

「でも、ジョンソンは家族じゃないわ」

わたしは疑いを口にしました。

「もしかして家族以上だったりして」

木島の息子がにやっと笑ってユリコの顔を眺めました。その瞬間、ユリコの頬が紅潮して、目に光が射しました。怒りという感情が生み出す意志。意志を持つと、ユリコの目には光が射すのでしょう。わたしはユリコに意志など必要ないのだから、感情そのものを打ち消したい、いや踏みにじってやりたいと強く思ったのです。でなければ、その神々しいほどの美貌に負けそうな気がしてならないのでした。

「あたしはお父さんとお姉ちゃんのことは書いておくから、先生から何か言われたら、お姉ちゃんの方に回すわ」

「勝手にしたら」わたしは木島の息子を見ました。「ところで、あなた。木島先生の息子さんでしょう」

「そうです。それが何か」

木島高志は憮然とした目でわたしを見返しました。教師である父親のことを言われるのが一番嫌なのでしょう。なぜなら、自分は木島先生を損ねる存在だからです。

「木島先生はいい先生なのにね」

「家でもいい父親ですよ」

高志は受け流しました。

「ユリコといつも一緒にいるみたいだけど、あなたたち仲がいいのね」

「俺はこの人のジャーマネですから」

高志はふざけて言うと、制服のズボンのポケットに両手を突っ込んで肩をそびやかしました。お前にわかってたまるかという、冷ややかに拒絶するものがびんびんと伝わってきました。この二人の間には何か企みがある。わたしはそれが何かを知りたくてなりませんでした。

「何のマネージャーなの」

「いろいろです。そうそう、ユリコはチアガール部に決まりました」

ふーん。わたしは皮肉を感じて振り向きました。和恵は関心のない振りを装ってうつむいています。でも、注意をわたしたちに向けているのはあからさまでした。

「木島君、あの人、どう思う」

高志はちらと和恵を見て、何の関心もなさそうに首を傾げただけでした。ユリコが面倒臭げな顔をして高志の腕を引っ張りました。

「キジマ、早く行こう」

ユリコはすでに、わたしから離れた。わたしはその時、気が付いたのです。ユリコはもう、雪道で必死にわたしの後を追っていた妹ではなくなったということが。つい六カ月前、スイスに発つ時だって、口はきかないものの、いよいよわたしと別れる段になったら、切なそうな顔をしていたのに。

「ユリコ、あんたスイスで何があったの」

わたしはユリコの腕を摑んで詰問しました。体温が低いのか、ユリコの腕はしっとりと冷えていました。わたしの質問の意図ですか。当然のことながら、それは下品で意地の悪いことでした。男との初体験とか、その手のことだったのです。でも、ユリコは意外なことを告げました。

「あたしの一番好きな人が死んだの」

「誰」

「もう忘れたの」ユリコの目の中の光が一瞬、燃えるように強くなりました。「お母さんに決まってるじゃない」

ユリコはわたしを軽蔑するように見下げ、顔を背けて答えました。ユリコが顔を歪めたり、目に光が生じると、悲しげな表情になるのです。わたしはその顔をもっと醜くしてやりたいと願ったのです。

「あんた、ちっとも似てないくせに」

「似てることに何の意味があるの」

言い捨てたユリコは、高志の肩を摑みました。

「キジマ、もういいよ。行こう」

高志はユリコに引っ立てられるように踵《きびす》を返したのですが、不思議そうにわたしの顔を眺めていました。わたしがどうしてむきになったのか知りたかったのでしょう。そうです。わたしは「相似」ということにずっと拘って生きているのです。それは今でも同じです。その理由は、わたしにもわかりませんが。

「ねえ、あなたたち何の話をしてたの。長かったわね」

席に着く前に、和恵が走り寄って来て尋ねました。

「いろいろ。あなたの話は出なかったわ」

和恵は無理矢理、二重瞼にした不自然な目を伏せ、考え込んでいます。

「どうやったら、あたしのことを木島君に知ってもらえるかしらね」

「手紙を書けばいいんじゃない」

わたしの提案に和恵は顔を綻《ほころ》ばせたのです。

「それがいいわ。今度、手紙書くから見てくれる？」

客観的な意見が欲しいんだもの」

客観。わたしは唇を歪めて笑ってしまったのでした。後で、その笑い方がさっきのユリコの表情の真似だと気付きました。

2

その夜、わたしが何をしたとお思いですか。相似。そのことに囚われていると気付いたわたしは、祖父を問い詰めてみようと決心したのです。わたしの父親は誰なのか、ということを。いえ、わたしはハーフです。それは間違いありません。日本人である母とどこか違う国の人間とのハーフだと信じております。だって、この膚。黄色くありませんでしょう？　違いますか。

ただ、わたしの本当の父親が、ユリコの父親である、あのスイス人の男でないことは絶対に確かです。なぜなら、まず似ていない。それに、あの凡庸な男から、どうしてわたしのような明晰な子供が生まれるとお思いですか。そんなことあるわけがありません。父の方も、何とはなしにわたしに距離を置いていましたし、一度叱責を始めると、愛情なんかまったく感じられない遣り方でわたしを虐待したではありませんか。このように証拠はたくさん挙がっていたのです。

子供の頃から、ユリコは何かというと容貌の違いに触れて、わたしを苛めてきました。このわたしがユリコに苛められたということが信じられませんか。なぜです。ユリコが美しいからですか。とんでもありません。ユリコはああ見えても、わたし以上に意地悪で、邪悪なものをいっぱい持っているのです。わたしの心を抉《えぐ》ることを、何の躊躇《ためら》いもなくやっていました。『じゃ、お姉ちゃんのお父さんはどこにいるの。お父さんに似てないじゃない』。これが最終兵器でした。子供同士の喧嘩でも言ってはならないことがありますでしょう。ユリコは、わたしに勝てない時は、最後には必ずこの爆弾を落とすのです。ユリコほど気が強い性悪女はおりません。これは本当です。

わたしがスイス人の父親が実の父親でないとわかったのは、ユリコの存在なのです。だって、ユリコは誰にも似ていませんが、明らかに西洋人と東洋人のハーフ特有の容貌をしていましたし、頭が悪いのは両親にそっくり。わたしは誰にも似ていないのに、ユリコとは違う東洋人臭い顔で、優秀。じゃ、わたしはどこから来たのだろうか。わたしは物心ついた時から、自分の存在が不思議で仕方なかったのです。わたしの父親は誰なのだ、と。

ある時は、理科の授業がわたしの疑問に解答を与えてくれました。突然変異。そうだ、わたしはきっと突然変異なのだ、と納得しかけました。しかし、その魔法もすぐに解けてしまいました。だって、スイス人にも日本人にも似ずに、怪物的に美しいユリコの方が突然変異の度合いが強い、と思ってしまったからです。それは負けも同然で悔しいことです。以来、わたしは解答を見付けられずにおります。それは今でも同じです。そして、ユリコが日本に帰って来たことで、わたしの疑問は再び成長を始めてしまったのです。だから、和恵の恋愛騒ぎなど、もうどうでもよくなってしまいました。

祖父は夕方からどこかに出かけたらしく、家にはおりませんでした。夕食の支度もまだだったので、わたしは仕方なく米を研ぎ、冷蔵庫にあった豆腐で味噌汁を作りました。おかずは何もありませんが、祖父が何か買って来てくれるのだろうと待つことにしました。なのに、祖父は待てど暮らせど帰って来ません。やっと玄関のドアが開いたのは、十時近くでした。

「遅かったね」

あちゃー。わたしの文句に、祖父は叱責されたかのように首を竦めておどけました。あれ、祖父の背が高くなった。わたしは驚いて玄関まで迎えに出ました。祖父は見覚えのない茶色い靴を脱いでいます。三和土《たたき》に置かれた祖父のちんまりした靴は、女の靴みたいに踵《かかと》が高くなっています。

「この靴、どうしたの」

「へへ、シークレット・ブーツって奴」

「こんなのどこで売ってるの」

「まあ、いいじゃない」

祖父は照れ臭そうに頭を掻きました。祖父の肩の辺りから、ポマードが強烈に臭いました。祖父は洒落者で、家でもポマードを欠かさず付けているのですが、その夜の臭いの量は半端ではありませんでした。わたしは鼻を押さえて、祖父を観察しました。祖父は見たことのないサイズの合わない茶色の背広に、警備員のおじさんに借りた青いシャツを着ていました。前に警備員のおじさんが自慢していたのを覚えていましたから、すぐにわかりました。それに祖父は小柄なので、背広の袖口からシャツの袖が長く出てしまって借り着だとすぐばれるのです。そして銀色の派手なネクタイを締めていました。

「ごめんよ。腹減っただろう」

祖父は上機嫌でわたしに折り詰めを手渡しました。鰻の蒲焼の香ばしい匂いがポマードの臭いと渾然《こんぜん》一体となって漂い、わたしは眩暈《めまい》がしました。たれの染み出した折り詰めはじんめりと湿っています。わたしは折り詰めを両手で持って、しばらく黙っていました。祖父の様子が明らかにおかしいのです。祖父は盆栽詐欺から足を洗ったはずなのに、どうして次から次へと新しい服や物を買えるのでしょう。祖父はどこから金を工面しているのでしょうか。わたしはとうとう口にしました。

「おじいちゃん、その服、新しいね」

「駅前のナカヤで買ったの」祖父は生地を撫で擦《さす》りました。「ちょっと大きいんだけど、これ着てると遊び人みたいだろ。俺、何だか贅沢にはまっちゃったよ。ネクタイも勧められてね。こういう服には銀のネクタイが映えるって言われたからさ。よく見るとこの地模様、蛇のウロコみたいだけどね。それが時々光って渋いんだって。靴もさ、駅の向こう側の北村商店まで行って買ったんだよ。俺、背低いだろ。だから、たまには他人を見下ろしてみたいな、なんて思っちゃって。あれこれ散財しちゃったから、反省してシャツだけはあいつに借りたの。だって、この色、背広に合うじゃない。ほんとはカフスするらしいけど、カフスだけはないからなあ。今度いいのあったら買ってみようって思ったけど、先にシャツだよなあ」

祖父は残念そうに袖口に視線を遣りました。確かに袖はだらんと伸びて、男にしては華奢な指まで掛かっています。わたしは折り詰めを指さして詰問しました。

「じゃ、鰻はどうしたの。誰に貰ったの」

「おお、そうだ。早く食べなよ。お弁当のおかずにと思って、多めに買ったんだから」

「あたしは誰に貰ったって、聞いたんだよ」

「誰にって俺が買ったんだよ、小遣いで」

祖父は怒気を孕んだ声で言い返しました。わたしの中の悪意と疑惑にようやく気が付いたのでしょう。でも、過剰反応するということは、わたしに知られると都合の悪いことがあるに決まっています。

「ミツルのお母さんのお店に行ったの？」

「行ったよ、悪いか」

「昨日も行ったじゃない。よくお金あるね」

祖父はガラガラと音を立ててベランダの戸を開け、またもしまい忘れた盆栽を眺めました。が、昨夜のようにいそいそと世話をするわけでもなく、秋の夜風を顔に受けてぼうっとしています。わたしは嫌な予感がして、ベランダに見に行きました。明らかに盆栽の鉢がふたつ三つ減っていました。

「おじいちゃん、盆栽売ったんだね」

祖父は何も言わず、五葉の松の大きな鉢を持ち上げて、尖った松の葉に愛しそうに頬擦りしました。

「明日はそれを売っちゃうの」

「いや、これは死んでも売れねえよ。万寿園だったら三千万の値を付けるかもしれないけどな」

万寿園にいる保護司のおじさんの顔が脳裏に浮かびました。だったらわたしが売ってやろうか、わたしが売った方が高く売れるかもしれない、と一瞬思いましたが、祖父の言う値段は当てになりません。しかし、このまま放っておいたら祖父の盆栽は次から次へと売られ、その収益は万寿園と「ブルーリバー」に全部吸い上げられてしまうことでしょう。わたしは自分たちの生活が冒される気がして焦りました。

「ミツルのお母さん、いた？」

「いたよ」

「二人でどんな話するの」

「あの人は忙しいから、俺の相手ばっかりってわけにはいかないよ」

あの人。祖父の口から出たその言葉は、これまで聞いたことのない憧れに満ちていました。祖父の体から、何か得体の知れない柔らかで強いパワーが出ています。皆を変にするユリコの影響を感じて、わたしは目を耳を塞ぎたくなりました。祖父が振り向いてわたしを見ました。その顔に怖《お》じる気配があります。わたしが祖父の恋を嫌がっていることを察したのだと思います。

「ミツルのお母さんと何の話をしてるの」

「たいした話なんかできないってば。あの人はオーナーだからさ」

「だから、外で鰻食べたんだ」

わたしの推測は当たっていました。

「うん。店の子には内緒でちょっと出ましょうって言われてね。川向こうの何とかいう高いところに連れてってもらったよ。俺、萎縮しちゃってさ。そんな高い鰻屋行ったことないだろ。肝吸なんて初めて飲んだ。実に旨かったな。お姉ちゃんにも食べさせてやりてえなって言ったら、一人でお留守番じゃ可哀相って、あの人が折り詰めを頼んでくれたんだ。この間、お母様が亡くなったばかりですものねって。一人でよくやってらっしゃるわって。本当に優しい人だよ」

『母親に自殺されちゃ、子供も立つ瀬ないよね』

運転席から振り返ってさばさば言い放ったミツルの母親のひしゃげた声。「あの人」は祖父には優しいかもしれませんが、わたしの母の死など何も感じなかったはずです。祖父の口から伝えられるミツルの母親は、どうしてこんな風に天女みたいにたおやかになってしまうのでしょう。ミツルだって自分の母親をこう評していたではありませんか。

『うちの母親って変わっているでしょう、偽悪的で。あたし、ああいうの嫌いなのよ。ことさらに嫌なことを自分から言う人って、弱い人だと思わない?』

そんなことを思い出していると、わたしの内部にミツルの母親に対する反感が満ちて弾け出そうになったのです。わたしは仏頂面で確かめました。

「やっぱり貰い物じゃない」

「貰ったって言い方が引っかかるんだよ、俺は」

祖父がむきになったのを制して、わたしはぴしゃりと言ったのです。

「でも、あれだね。ミツルのお母さんはおじいちゃんが刑務所に入っていたって知ったらショック受けるでしょうね」

祖父は黙って背広を脱ぎました。眉間に皺が寄っています。わたしは祖父が困ることを言ってやりたくてたまりません。だって、祖父はわたしと楽しく暮らしていたのに、わたしと盆栽を置いてユリコと同じようなイヤらしい世界に旅立とうとしているのですから。裏切り者。和恵のことは面白いから煽っても、祖父が恋をするのだけは何としても阻止しなくてはなりません。

「そのことはいずれ話すよ、俺からね」

祖父はそう言って大きな溜息を吐きました。その時バランスを崩してズボンの裾を踏み、足を取られて転びそうになりました。踵の高い靴に合わせてズボンの丈を伸ばしたせいでしょう。裾が侍の袴みたいにだぶついています。わたしは思わず吹き出し、和恵の二重瞼を思い出しました。恋のために人は道化になってしまうのです。他人から見ると嘲笑されるようなことを大真面目でして、笑われていることに気付かなくなるのです。このパワーを全部ユリコが統《す》べている。そしてわたしの住む世界を浸潤していく。わたしは憎しみと焦りで気が狂いそうになりました。

「おじいちゃん、あの人って気韻ある？」

えっと聞き返す祖父に、わたしは苛立って声を荒らげました。

「ミツルのお母さんて、気韻があるって聞いてるんだよ」

「ああ、あるよ。気韻でいっぱい」

なあんだ。わたしは急に祖父にも失望したのでした。盆栽の世話をしながら「狂がある」だの「気韻」だのと叫んでいた祖父は、あんなつまらないおばさんにも気韻があると言うんですから。ということは、以前、祖父がユリコは美し過ぎるから気韻がない、と言ったことだって怪しいではありませんか。わたしの中で祖父に対する愛情が減じるのを感じました。それは大きな落胆を伴っていました。この世界で好きな人はおじいちゃんだけだったのですから。わたしは固い声で祖父に話しかけました。

「それよっか、おじいちゃん、話があるんだよ」

祖父は背広を丁寧にハンガーに掛けてから顔を上げました。

「何だよ、改まって」

「あたしの父親って誰。どこにいるの」

「誰って、スイス人のあいつに決まってるじゃねえか。お前、何言ってるんだ」祖父は不機嫌になって、ズボンのベルトを緩めました。「あいつ以外の誰もいやしないよ」

「嘘。あの人は父親じゃないよ」

「嫌だなあ、そういうの」祖父はズボンを脱ぐと、くたびれた様子で畳の上にぺたんと座りました。「何か夢でも見てるんじゃないのかねえ。お前の母親は俺の娘だし、お前の父親はあのスイス人。俺は反対したけど、娘は結婚するって聞かなかったんだよ。だから、間違いないの」

「だって、あたしは誰にも似てないよ」

「似てるってそんなに問題かなあ。前にも言ったろ。俺の家系はあまり似ないいんだって」

祖父は、どうしてそんなことに拘るのかとわたしの顔を不思議そうに見上げるのでした。わたしは失望して、まだ手にしていた折り詰めを床に投げ付けたくなったほどです。その衝動を何とか抑えているうちに、わたしは恐ろしいことに気付いたのです。母はその秘密を胸に抱いて死んで行ったのではないかと。

「戸籍見ろよ、戸籍。ちゃんと書いてあるから」

祖父はネクタイを外し、懸命に皺を伸ばしてぶつくさ言いました。そんなものは当てになりません。わたしの父親は美しく頭のいい白人に決まっています。フランス人かイギリス人だといいのに。その人は、わたしと母親を捨てて、放浪の旅に出て行ってしまったのです。もしかすると死んでしまったのかもしれません。だから連絡できないのでしょう。あるいは、わたしが成長するのを待って連絡してくるつもりなのかもしれません。そうだったらいいのに。わたしはカーテンを引かない窓に映る自分の姿を、目を凝らして眺め続けたのでした。

わたしと父の間には、どうしても埋められない奇妙な距離感がずっと存在していました。それが何かはわかりません。ウマが合わないとしか言いようのない間柄でした。父もユリコとは自然に話すのに、わたしに相対する時は緊張の度合いを深めるのです。唇の脇に皺が刻まれるのですぐ気が付きました。だから、顔を合わせていても取り立てて話題もなく、かといって、わざわざ探すのも面倒ですから、わたしは父が居間にいるとさっさと部屋に帰ったものです。

時たま、仕事から帰った父が、わたしを問い詰めることもありました。こういう時は、機嫌の悪いことが多いので要注意なのですが、わたしはわたしでそんな父と交戦したいような昂《たか》ぶった気分になり、意地でもそこに留まることがあったのです。父の攻撃はこういう風に始まります。

「お前は痩せているけど、給食をちゃんと残さずに食べているのか」

父の攻撃は大概、そんなくだらないことから始まるのでした。父は、給食費を払っている以上、子供たちが給食を全部食べてこないと許さないのでした。でも、嘘を吐《つ》けば何とでもなります。何だ、そんなことか。わたしは内心せせら笑いながら、級友から借りたマンガの本から目を上げずに答えます。

「食べてるよ」

「本を置いて、ちゃんと私の目を見なさい」父はわたしの手からマンガを取り上げて怒ります。「答えるまで本は返さない」

「それ、借りた本だから返して」

わたしの抗議に初めて、父はしげしげとマンガを眺めます。くだらない。父の顔が歪んでいるのがわかります。父は無教養で頭の悪い男でしたが、日本のマンガやテレビ番組などを「馬鹿になる」と言って軽蔑していたのです。父の声が怒りで震えます。

「こんな物を読んで恥ずかしいとは思わないのか」

「思わないよ。返して」

わたしの手を振り払い、父は借りた本を破いてゴミ箱に投げ捨てるのです。わたしは父の感情の爆発を前にして、心を固くしていきます。敵は意外なところから攻めてきた、という自分の甘さに対する反省です。さっきまでテレビを見ていたユリコは、わたしと父との間に戦争が始まったと察してとっくに部屋に消えているのでした。そうです。ユリコはああ見えても、要領がよく、逃げ足も早いのです。

「お父さん、本どうするの。弁償しなくちゃ」

わたしが哀れなマンガを指さして非難しても、父は頑然と言い張るのです。

「お前の友達のためにもよくない。保護者には私から電話して事情を説明するから、本は諦めなさい。弁償する必要なんかない」

いつの間にか、給食の話題はマンガに移り変わっています。事後処理に駆けずり回るのは母でした。わたしの報告で青くなった母は、新しいマンガ本を買いに行き、わたしに手渡すのです。なくしたから新しいのを買った、と言いなさい、と。母は母で、気の弱いところがあったものですから、本屋で見つからなくて、大騒ぎしたこともあります。このように、両親の正反対な態度に翻弄されるのは、いつもわたしなのでした。本当に馬鹿馬鹿しい限りではありませんか。母のうろたえる様が今でも思い出され、わたしはとても嫌な気分になるのです。

両親が口論をしていたりすると、いたたまれませんでした。でも、ユリコは平気な顔をしてテレビを見続けているのです。わたしと父が喧嘩する時は逃げておきながら、そういう時は意にも介さないのですから、あの子は鈍かったのでしょうか。それとも、わたしと父の諍《いさか》いがそんなに辛かったのでしょうか。

両親の口論の内容は、主に家計に関したことでした。わたしの家は、父が家計を管理し、母は父からお金を貰う形で毎日の惣菜を買っていたのです。前にも言いましたが、父は吝嗇で、誰も気付かないようなことまで細かくチェックするのが常でした。

「ホウレンソウは昨日も買ったんだから、また買うことはない」

冷蔵庫を開けて中身を点検した父が、スーパーのレシートを握って母を問い詰めています。

「安売りだったんですよ。いつもの百三十八円が九十八円だったんですから」

「四十円安くたって、同じ野菜を買う必要はないよ。昨日の残りを食べればいい」

母は無益な反論を試みます。

「あなたはホウレンソウを茹でると、どのくらいの量になるか知ってるの」

「知ってるさ」

でも、茹でたらこんなですよ。母が掌に幻のホウレンソウを載せて見せています。いや、このくらいにはなる。父が大きな掌にてんこ盛りにします。何言ってるの。あなたは料理などしないんだから、わかるはずないわ。こんなに小さくなるんですよ。それを四人家族で分けているんですから、一日でなくなるに決まってますよ。だったら、二日に分けたらいい、オヒタシになんかするからすぐなくなるのだ。ニンジンと混ぜてソテーしたらいい。それはお肉の付け合わせじゃないですか。うちのご飯には合わないわ。ご飯というけど、生活習慣の違う私がどれほど妥協しているかわかっているのかね。

こんな具合に不毛な口論が延々と続くのです。母がもう少し頭がよかったら、茹でて冷凍にするから大丈夫だとか、じゃ、あなたが買い物と調理を担当してください、とかいくらでも言いようがあったと思いますが、悲しいことに、母は力のない反論を繰り返すだけだったのです。父には、母の家庭経営が甘く思えてならなかったのでしょう。それだけではありません。父は家族の誰に対しても不満を持っていました。わたしは言うことを聞かないという理由で。そしてユリコは、自分の意見を出さないということで。自分だけ正しいと信じて荒れ狂う父が、わたしはユリコの次に大嫌いでした。要するに、わたしは家族で好きな人間が一人もいないという孤独な子供時代を送ったのですよ。不幸ではありませんか。違いますか。だから、わたしは佐藤和恵が無条件に父親の価値観を踏襲していることが不思議でならなかったのです。お父さんのいい子になる和恵が理解できないばかりか、軽蔑していたのです。

　ユリコの手記の中に、わたしと父の性格が似ていたという記述がありましたよね。わたしはあの箇所を読んだ時、本当に、鳥肌が立つほど腹が立ちました。わたしと父は似ているところなど、まったくありません。だって、わたしは別の人間の子供なのですから。あの人の遺伝子は絶対に受け継いでおりませんとも。

　小学校六年の時、わたしは白系ロシアの血を引いたバレリーナのマンガを読んで、こういう作文を書いたことがあります。内容をお知りになりたいのですか。うろ覚えですが、書いてみましょう。


『遥かロシアの地』

　雪の降り積む平原に、レンガ造りの家が一軒建っている。今は雪に覆われているが、家の横に生えた大きなリンゴの木は、夏に青々と葉を繁らせてその家を優しく包んでいる。リンゴで作ったジャムを熱い紅茶に入れ、その家に住む老婆はペチカの前で密かに思い出している。そう、あの日本に一人置いてきた孫娘のことを。あの子に手紙を書きましょう。老婆は樫で出来たテーブルに向かい、鉛筆を舐めながら字を書くのでした。

　アンナ、元気かい？　お前のお父さんはモスクワに行ったきり、帰って来ないよ。ボリショイ劇場で公演があるのです。でも、便りのないのは元気の証拠と言いますから、安心してちょうだい。お父さんとパ・ド・ドゥを踊るのは、ロシアの誇る名花、パブロワだそうです。白鳥の湖だということですが、お父さんは自分の創作バレエをやりたいと張り切っていました。でも、お父さんの創作バレエは、日本をテーマにしています。「さくらさくら」や「花」なんて学校で習うような唄はひとつも出てきません。チャイコフスキーが作るような素晴らしいバレエ音楽だそうです。写真が出来たら、あなたにも送りますから楽しみにしていて。

　日本で一人暮らすのはとても寂しいでしょうね。あなたをあんな家族に預けてきたこと、お父さんはとても後悔していますよ。でも、政治的な亡命の最中の事件ですから、仕方がなかったのです。でなければ、あなたの命はなかったかもしれない。だから、お願いですから、勉強して一日も早く大人になってください。あなたは金色の髪をしたお父さんと、黒髪のウラル美人との間の美しい子供。あなたが大人になったら光り輝いて、あなたの妹なんか問題にならないことでしょう。

　こんな内容だったと思います。ユリコの作文はあったのに、どうして自分のは持っていないのかとおっしゃるのですか。さあ、どうしてでしょう。わかりません。そんなことはいいじゃないですか。ともかく、わたしの子供時代というのはこういう感じだったのです。わたしに文才があったことなども、今ではもう、どうでもいいことですが。

　いずれにしましても、Q女子高時代のわたしは、父と離れて暮らせて本当にほっとしました。それは現在でも変わりません。あの人とわたしはおそらく他人同士。気も合わないし、一生会うことがなければそれで万事めでたしなのです。何ですか。わたしに影響を与えた男の人はいないのかというご質問ですか。和恵にとっての父親のような、ですか。それは皆無でしたね。父との関係は今お話しした通りでしたし、わたしは男を好きになったことも、肉体関係を持ったこともないのです。わたしはユリコみたいなニンフォマニアではありませんから。

　わたしはむしろ、男という生き物が嫌いで嫌いでたまらないのです。肉も骨も固くて汚い皮膚を持ち、体中にざらざらした毛を生やし、厳つい膝頭を持った男たちが。声は太くて、体は脂臭いし、挙措は乱暴で、頭がずさん。ええ、わたしに悪口を言わせたら、それは切りのないことです。わたしが区役所のバイトでよかったとつくづく思うのは、通勤電車に乗らなくて済むことでしょうか。毎日、あんな臭いサラリーマンたちとすし詰めになって通うのだけは、絶対にできません。

　でも、わたしは同性愛者ではありません。そんな汚《けが》らわしいことは絶対にありません。確かに、高校時代のわたしはミツルを少し好きになりましたが、尊敬に近いものでしたし、すぐに消えてなくなるような淡い感情でした。ミツルが頭脳という武器を磨いていることに気付いたわたしが、勝手に連帯感を募らせ、多少憧れを持っていただけなのです。なぜなら、高一の後半、ミツルは生物教師の木島を好きになってしまいましたし、実はその前にもある出来事があって、わたしとミツルとは仲違いをしてしまったからなのです。

祖父が「ブルーリバー」に通い出して何週間か経った頃でした。祖父は盆栽を売り続けて店に通う金を工面しておりましたので、わたしは空っぽになったベランダを見ては、悲しいやら、情けないやらで、不愉快極まりなかったのです。そんな鬱屈した思いを抱いていたある日のことです。

芸術の時間が終わった時でした。わたしは書道を選択していましたから、別棟にある階段教室から教室に戻って来ました。勝手に好きな字を書け、という教師の出題に、わたしは「気韻」と書きなぐってきたところだったのです。すると、先に教室に戻っていたミツルがわたしの姿を見付けて、手にした譜面を振って合図しました。ミツルは音楽を取っているからです。わたしは制服のブラウスに飛んだ墨の染みを眺めて、憂鬱な気分になっていましたから、ミツルの弾んだ声が少しうざったく感じられました。ミツルは、翌週から中間テストが始まるせいで睡眠不足の赤い目をしていました。

「ちょっと話したいことがあるんだけど、いい」ミツルの白目に複雑な模様を作っている細い血管を見つめ、わたしはうなずきました。「母がね、あなたとあなたのおじいさんと四人でお食事しましょうって言うんだけど。いかが？」

「どうして」

わたしはとぼけました。ミツルは前歯をコツコツと爪で叩き、首を傾げたのです。

「母はあなたのことが気に入ってるみたい。ご近所だし、一度ゆっくりお話ししてみたいんですって。よかったらうちに来てもらってもいいし、どこかで美味しいものでも食べませんかって」

「わたしなんかが行くより、あなたのお母さんとおじいちゃんと二人っきりにしてあげた方がいいと思うけど」

理不尽さを嫌うミツルの目が、謎を解こうというようにきらりと光りました。

「それ、どういうこと」

「あなたのお母さんに聞いてみたら。あたしは遠慮する」

ミツルが怒ったのを見たのは初めてでした。顔が紅潮し、眦《まなじり》がきつくなりました。

「あなたって失礼な言い方するのね。理由があるのなら、はっきり言ったらどうかしら。あたしはそういうの好きじゃない」

涙声を耳にして、わたしはミツルの心の傷を知ったのです。ミツルは、あの母親のことを言われるのが苦痛なのでしょう。でも、わたしは思っていることを告げました。

「じゃ、言いましょうか。あなたのお母さんに、うちのおじいちゃんは夢中みたい。別にそれはそれでいいのよ、あたしには関係ないから。だけど、あたしを引っ張り出すのだけはやめてほしいの。あたしは人の恋路のダシになんかなりたくないもの」

「それはどういうことなのかしら」

ミツルの顔が見る見る青ざめていきました。

「あなたのお母さんのお店に、うちのおじいちゃんはしょっちゅう行ってるわ。お金がないから盆栽を売ってね。おじいちゃんの盆栽だから、わたしには関係ない。だけど、あなたのお母さんって、どういうつもりでおじいちゃんと付き合ってくれているのか、不思議に思うこともあるわ。だって、うちのおじいちゃんはもうじき六十七よ。あなたのお母さんはまだ五十前でしょう。そりゃ、恋愛に歳は関係ないと思うわ。でも、あたしは淫靡な雰囲気ってすごく苦手なの。あたしの妹のせいかもしれないけど、最近のあなたも変だし、おじいちゃんも変だし。ユリコが帰って来て以来、いろんな世界が崩れていくのを見るのが嫌なのよ。わかる？」

「わからない」落ち着いたミツルはゆっくり頭を振りました。「あなたの言うことは支離滅裂だわ。だけど、ひとつだけわかったことがある。あなたはあたしの母親とあなたのおじいさんとが付き合っているのを許せないってことがね」

許せないよりも、もっと悪いのです。わたしは恋愛をする人間たちを裏切り者だと憎んでいるのですから。わたしは黙り込みました。すると、ミツルはこう言い放ったのです。

「あなたは幼稚な人ね。あたしは母親が何をしても構わないけど、あなたの口から伝えられると、母親がとても汚く聞こえることがたえられないわ。あなたとはもう話もしないし、付き合わないことにする。いいかしら」

「仕方ないわね」

わたしは肩を竦めたのです。こうして、わたしはたった半年間でミツルとの交流を絶たれたのでした。

3

そろそろ、佐藤和恵の話に戻らなくてはなりませんね。ええ、そうでしょうとも。わたしの祖父とミツルの母親の嫌らしい恋物語なんか、お聞きになりたくないですよね。でも、この話にはおかしな後日談があるのです。予定通り東大医学部に現役合格したミツルが、Q大学文学部ドイツ語学科に進学したわたしに連絡してきたのでわかったのです。そして、同時にいろいろと揉め事が起きたのです。ユリコと和恵の話とは直接関係がありませんが、時間があればそのことも、おいおいお話しいたしましょう。楽しみにしていてください。

佐藤和恵に奇行が目立つようになったのは、いったいいつ頃のことだったでしょうか。わたしたちが高校二年に進級したあたりかもしれません。和恵が、中等部を卒業してQ女子高に入学してきたユリコを追い回しているという噂が耳に入ったのです。今の言葉で言えば、ストーカー行為というのでしょうか。おぞましいことです。和恵はユリコの教室を覗き込み、体育の授業を盗み見、ユリコがチアガールとして出場する試合に行き、飼い主の後を追う犬のようだったという話でした。もしかすると、ジョンソンの家まで尾けて行ったかもしれません。それもユリコに会うと、魅入られたようにその姿を目で追っていたというのですよ。和恵は何を思ってストーカーになったのか、ですって。そんなこと、このわたしにも想像付きませんよ。

前にも申し上げましたが、ユリコの怪物的な美貌は見る人を落ち着かなくさせるのです。どうしてこんな美しい人間がこの世に存在しているのだ、それに引き替え、自分は何の意味がある、とユリコの存在に畏怖する者は、必ずや自分に返ってくる疑問に答えなくてはなりません。その苦しい自問自答にたえられる人間だけが、心から美しいとユリコを認めることになるのです。ですから、ユリコの周辺というのは常に騒がしいものでした。中等部時代、いつも一緒にいた木島の息子は、都下にありますQ学園の男子高に進学しましたから、代わりにあの生意気な少女が金魚のフンのようにユリコにくっついていました。はい、そうです。モックとか呼ばれていた醤油屋の娘です。

モックはチアガール部のマネージャーをしていました。ですから、ボディガードとしてユリコと行動を共にし、あらゆる誘惑や妬《ねた》み嫉《そね》みからユリコを守っていたのです。ユリコはチアガール部のマスコット・ガールだったのです。それはそうでしょう。さして運動神経も頭もない女に、いくら何でもチアガールの難しい技がこなせるわけがありません。ユリコはQ女子高チアガール部の美的レベルを示す広告塔の役割を果たしていただけなのです。

背の高いユリコとモックが校内を歩いていると、皆はその姿に圧倒され、視線を外すことができないのでした。わたしはいい気なもんだと呆れておりましたけどね。ユリコは無表情な顔で女王然として少し先を歩き、モックが侍女よろしく付いて行く。さらにその後ろを和恵が必死の形相で追っているのです。おかしな図でした。

和恵は食べたばかりのお弁当をトイレで吐いているのをしばしば目撃されていました。お弁当といっても、碌《ろく》な食べ物ではありません。小さなお握り一個とトマトか、お菓子。和恵は特に「五家宝《ごかほう》」という黄粉《きなこ》の駄菓子に目がないらしく、よく持って来てました。でも、それを食べた後はひどい後悔に暮れるらしく、必ずやトイレに駆け込んで吐くのです。クラス中がそのことを知っていて、和恵がごそごそと五家宝の袋を出した時は肘でつつき合って笑ったものです。ある時は黒く腐敗しかけたバナナを嫌々食べていたという噂もありました。なぜバナナが黒くなったかというと、食べずに何日も持ち歩いていたからだと、それを見た級友が証言していましたっけ。はい、和恵は拒食症になっていたのだと思います。でも、当時はそんな病気があるとも知りませんでしたから、わたしたちは和恵の偏食や食べた後に吐く癖を毛嫌いしていました。

アイスケート部でも、実に評判が悪かったようなのです。何度も請求しないとリンク代を出さないとか、練習日なのに勝手に衣装を着て澄まして滑っているとか、退部勧告がなされるのは時間の問題だということでしたが、不思議にそうはなりませんでした。というのも、和恵は試験の時のノートの供給源として重宝がられていたからなのです。でも、無料でノートを貸し出すのはクラブの仲間だけ。級友からはお金を取っていました。ええ、一教科に付き、百円くらいは取っていたと思います。その頃から、和恵が物凄く金に執着する、ケチだ、という陰口も同時に囁かれるようになりました。

　和恵の変化はすべて高校一年の後半からです。最初はQ女子高の裕福な環境に溶け込もうとして努力し、冬に急に壊れてしまったのです。大学生の時、あの父親が死んだせいで人間が変わったという話も耳にしましたが、わたしの知り得る限りでは、和恵の変貌はすでに高校二年から発芽していたのです。

　わたしが目にしたのは、教師にしつこく質問を繰り返す和恵の異様な熱心さでした。勉強に対する執念は異常とも言えるものでした。和恵はおそらく、自分には勉強しかないと悟ったのだと思います。教師の方が辟易《へきえき》して、「次に行きましょう」と言ってこれ見よがしに腕時計を覗いたりしているのに、和恵は泣きそうな顔で「先生、わかりません」と訴えるのです。クラス中が迷惑な顔をしていてもお構いなしでした。ええ、和恵は周囲の反応なんか見もしませんでしたよ。現状認識をますます欠落させていったのです。それなのに、問題が解けた時は一人でさっと手を挙げて得意げな顔をしたり、答案を書く時は片手で隠したり、勉強に関してはまるでガリ勉の小学生に戻ったみたいでした。

　この頃、和恵に対するクラスの評価は決定的になったのでした。そうです。「変な人」と。和恵は、絶対に関わり合いになりたくない「変人」になってしまったのでした。

　でも、それはわたしが仕組んだことでもあったのです。おわかりでしょう。和恵は思うようにならない人間関係を思い知り、そのことに打ちのめされたからなのです。木島高志のことです。わたしは、和恵の木島高志に対する恋情を風船玉のように膨らませるためにありとあらゆることをしたのですから。和恵はわたしのアドバイス通り、高志への手紙を数通書いて、わたしのところに見せに来ました。わたしはそれを添削して和恵に返してやりました。そして、和恵はその手紙をまた何度も書き直し、高志に送るべきか否か、迷いに迷っていたのです。手紙を見たいですか。では、お見せしましょう。なぜわたしが持っているのかと言いますと、わたしが自分のノートに写し取ってから、和恵に返したからです。それがまだ残っているのです。

　前略にてごめんくださいませ。

　突然のお手紙を差し上げるご無礼、お許しくださいませ。最初に自己紹介をさせていただきます。私は女子高一年B組の佐藤和恵と申します。私は将来、経済学部に進んで経済問題の研究をしたいと考えております。そのため、毎日勉学にいそしむことを自分に課している真面目な生徒です。クラブはアイススケート部に所属しています。まだ大会に出られるような腕前（足前というのでしょうか）ではありませんが、いずれ出られることを夢見て頑張っています。よく転ぶので、練習の後は痣《あざ》だらけになりますが、それも練習の内だと先輩に言われました。だとしたら、私はかなりの練習熱心ということになります。

趣味は手芸と日記を付けること。日記は小学生の時からずっと欠かさず付けています。今では書かないと気持ちが悪くて眠れないくらいです。高志さんはどこのクラブにも入っていないと噂で聞きました。趣味は何ですか。

私は今、木島先生に生物を教わっております。木島先生は難しいことを嚙み砕いて教えてくださるのでいい先生です。授業のうまさと高潔な人格を、私はとても尊敬しております。私がQ女子高に進学できてよかったとつくづく感じたのは、木島先生のような優秀な先生方がたくさんおられるからです。高志さんは、木島先生のご子息としてQ学園の薫陶を小さい時から受けておられると聞きました。何と素晴らしいことでしょうか。

恥ずかしいのですが、告白してしまいます。私は一学年上でありながら、高志さんに憧れを持っております。私は妹しかいませんので、男の人のことはよくわかりません。もし、よろしければお返事をいただけませんか。文通ができたらいいな、と夢のようなことを考えています。それではまた、お手紙差し上げます。中間テスト頑張ってくださいネ。

佐藤和恵

これが一通目でした。二通目を見せられた時、わたしは思わず吹き出しそうになりました。「スミレ咲く道」という詩だったからです。これを和恵は「ばんばひろふみ」に歌ってもらいたい、と言ってわたしに見せたのです。

「スミレ咲く道」

野のスミレ、ひともと。

あなたの足跡が続く道。
こぼれたスミレを摘みながら
あなたのあとを追うのでしょう。
野のスミレ、咲く道。
あなたの心が溢れる空を
高く見上げて泣きながら
あなたと逆の帰り道。
野のスミレ、見えない。
あなたの愛をさがせなくって
わたしはとまどいおそれてます。
夜の山道、横は崖。

この時、和恵は土方歳三の句だという俳句のようなものも見せてくれました。確か「知れば迷ひ知らねば迷はぬ恋の道」というものだったと思います。和恵は「これはあたしの気持ちなの」と、この句を丁寧に便箋に書き写し、四つに折って定期入れにしまっていました。勉強は人を押し退《の》けてもやり抜くのに、恋愛に関してはおくてで古風なのでした。

「ねえ、どう思う。この手紙、出しても平気かしら」

和恵はわたしの目を見つめてそんなことを聞くのです。わたしは半分空恐ろしく、半分愉快に思いながら、一週間の間隔を空けて、二通とも高志の自宅に出させたのです。空恐ろしいと思ったのはなぜかと言いますと、恋に落ちた人間は愚かなことをする、と感じ入ったからなのです。たいした才能もないのに、あれこれと創造してしまうなんて恐ろしいではないですか。貰った方も戸惑うに違いない押しつけがましい手紙も書くし、少女趣味の詩だって書いてしまうのです。自分の無知や無才を晒け出すことになってしまうのに、平気で創り、後先顧みずに自分の恥部を相手に易々と明け渡してしまうのですから。わたしが恋を嫌悪するのはそういうこともあるからなのです。

当然、高志からの返事は来ませんでした。普通でしたら、この時点で相手に気がないと気付くのですが、和恵は混乱した様子でした。

「どうして返事がこないのかしら。もしかしたら届いていないのかな」

エリザベス・アイリッドで無理矢理二重にした和恵の目は大きく見開かれ、瞳はぎらぎらと輝いていました。そして、前より痩せた体からは不思議なオーラが出て、体全体から発光しているのです。濁った沼が発する気体のような。お化けみたい。こんな醜い女でも恋をするんだ。わたしは和恵が怖くて、その姿を正視できなかったほどです。和恵はわたしに、ねえねえ、と言うのです。

「ねえねえ、どう思う。ねえ、どうしたらいい」

和恵のしつこさにわたしは鳥肌を立てて、こう答えました。

「中等部に行って高志君を呼び出して、直接聞いてみたらいいじゃない」

「できないわよ、そんなこと」

和恵は蒼白になって沈み込みました。

「だったら、クリスマスにプレゼントあげて、その時聞いてみたら」

わたしの提言を聞いた和恵は、ぱっと顔を明るくしました。

「マフラーでも編もうかな」

「そうよ、男の子は手作りに弱いって言うじゃない」

わたしは教室を見回しました。十一月に入って、クラスの中にはボーイフレンドのためにセーターやマフラーを手編みしている子たちがちらほらと目立ったのです。中には請け負ってふたつ三つと編んでいる子もいたほどです。ええ、Q女子高の生徒たちは他校の男子からもてるので、二股三股かけている子なんかざらでした。

「ありがと。そうしてみる」

不安を秘めながらも、新しい目標を摑んだ和恵はとりあえず落ち着いた様子でした。やがてその顔に自信が漲《みなぎ》ってくるのがわかりました。あたしだってできるわよ、そのくらい。和恵はそう思ったに違いありません。和恵の自信というのはいつも鼻持ちならなくて、わたしはそれを感じるたびに、何とかへこませる方法はないものかと考えてしまうのでした。しかも、その横顔はあの男によく似ていました。ええ、和恵の父親に。わたしの母親が死んだ日、もう和恵とは付き合うな、と偉そうに言い渡したミスター世間。そこで、わたしはある計画を立てたのです。

クリスマスに近くなった頃、和恵が高志のために編んでいるマフラーは一メートル以上の長さになっていました。黄色と黒のだんだら模様。蜜蜂のお尻みたいな醜いマフラーです。わたしはこのマフラーを首に巻き付ける高志を想像し、こみ上げる笑いをいつも押し隠すのに苦労したものでした。

冬の夕暮れ時、わたしは木島の自宅に電話をしました。木島の父親は職員会議があるので、帰宅していないことを確かめてからです。電話に出たのは、意外にもはきはきと元気のいい高志本人でした。高志はきっと学校と家庭とで人格が違うのでしょう。気味の悪いことです。

「はい、もしもし木島です」

「あたし、ユリコの姉ですけど。高志さんですか」

「そうです。似てないお姉さんですね。僕に何か用ですか」

木島はたちまち愛想のいい声を引っ込めてトーンを下げました。

「いつもユリコがお世話さま。実は、あなたにお願いがあるのよ」

高志は警戒を深めた様子です。高志の拗《す》ねた目付きを思い出して不快な気持ちになったわたしは、早く用件を終わらせたくて、こう切り出しました。

「電話じゃ言いにくいことなんだけど、あたしも見ていられないので思い切って言うわね。あなた、あたしのクラスの佐藤和恵って子から手紙を貰ったでしょう」

高志から息を呑む気配が伝わってきました。

「その手紙、返してくれないかって本人が言ってるの。恥ずかしくて死んでしまいたいくらいなんだって」

「何で本人が言わないんですか」

「とてもあなたに電話なんかできないって泣くから、あたしがしてるんだけど」

「泣いているんですか」

意外なことに、高志はしんと静まりました。もしかして。わたしの中で不安が高まりました。思うように事が進まなかったらどうしようか。

「和恵は、あなたに手紙を出したことをすごく後悔してるのよ」

高志はしばらく沈黙していましたが、やっとこう答えました。

「そうですか。僕はちょっと感動しなくもなかったなあ。特に、あの詩よかったですよ」

「どこが」

「初々しくて」

「嘘言《きげす》わないでよ」

蔑みのあまり、わたしは思わず叫んでいました。まさか、そんなはずはない。あんなくだらない詩を高志が気に入るのはおかしい。でも、高志は飄々《ひょうひょう》と返しました。

「ほんとですよ。だって、僕はユリコさんと、純情とはまったく縁のないことばかりしてますからね」

「それ、どういうこと」

わたしのレーダーは即座にユリコと高志の発する秘密の熱を捉えました。かすかに邪悪の匂いもします。和恵のことなどもはや念頭から去り、わたしは高志の言葉の意味を考え始めました。が、高志は慌てた様子で早口に誤魔化しました。

「どうでもいいじゃないですか。僕とユリコさんのバイトなんだから。お姉さんに関係ないでしょう」

「ねえ、二人でどんなバイトしてるの。教えてくんない。あたし、一応、ユリコの姉なんだからさ」

わたしは勢い込んで尋ねました。ユリコと高志は何かでお金を稼いでいるのです。それが「純情とは縁のないこと」とは。わたしは、この間ちらりと見かけたユリコの首に光っていた細い金色の鎖や、制服のブラウスの下に透けていた、レースでごってり飾られたブラジャーや、赤と緑のリボンがこれ見よがしにくっついたスリッポンを思い浮かべました。あれは確かイタリアのグッチとかいうブランドではないでしょうか。仕送りなどほとんどないユリコが、どうしてQ学園に相応しい、いやそれ以上の服装ができるのか不思議でなりませんでした。いくら何でも、ジョンソンが高校生に金を注ぎ込むはずはありません。ああ見えても、ジョンソンはケチに決まってます。今度はこの謎を解かなくてはならない。どうやったらわかるのでしょうか。わたしは受話器から耳を離し、秘密を探る計画を立てることにしました。余程、ぼんやりしていたのでしょう。「もしもし、もしもし」と呼びかける声がして我に返りました。高志のからかいを含んだ声が聞こえます。

「もしもし、どうしたんですか」

「何でもないわ。ねえ、あなたたちのバイトって何」

「それより、佐藤さんの手紙どうしましょうか」

高志は話を変えました。深追いしても仕方ない。わたしは諦め、和恵の話に戻しました。

「ともかく和恵は恥ずかしいって。あたしはそれを伝えるように頼まれただけなんだから、そうしてあげてよ」

「変な話だな。貰った手紙って、貰った人に所属するんじゃないのかな。どうして返さなくちゃならないんでしょうか」

「あのね、和恵って、思い詰める質《たち》なのよ。返してくれないなら、手首切っちゃうかもしれないわよ。睡眠薬、飲んじゃうかもしれないわよ。それが嫌なら早く送り返してやって」

「わかりました」面倒臭そうに高志は答えました。

「明日、持って行きます」

「駄目」わたしは大声を上げました。「和恵の家に送って」

「郵便でいいんですか」

高志の不審な問いをよそに、わたしは指示しました。

「いいのよ。住所と苗字だけ書いて封筒ごと返してあげて。他には何にも入れないで。それから、できれば速達で」

わたしは言うだけ言って、がちゃんと電話を切りました。さあ、もうこれで大丈夫。和恵は送り返されたラブレターを見て蒼白になるに決まってます。そして運が好ければ、和恵の父親がこれを知って激怒することでしょう。さらに、もっと運が好ければ、わたしはユリコと高志の企みを暴くことができることでしょう。わたしは学校に行くのが楽しみでなりませんでした。

三日間学校を休んだ和恵が登校して来た朝は見物でした。教室の入り口にぬっと立ちはだかった和恵は、暗い目で教室を見回しました。もう髪を巻いてもいないし、エリザベス・アイリッドで無理矢理、二重瞼にもしていませんでした。いつもの、地味でださい優等生の佐藤和恵に戻っていました。でも、首には驚くほど派手なマフラーが幾重にも巻き付けられていました。黄色と黒の縞模様。和恵は高志のために編んだマフラーを自分で巻いてきたのです。マフラーは腹の減った大蛇が、和恵の痩せた首を絞め上げているようにも見えました。和恵の姿を見た級友の何人かは、見てはいけないものが視界に入ってきたという風に慌てて目を伏せたくらいです。が、そんなことも意に介せず、和恵からノートを借りようという魂胆のアイススケート部員が駆け寄りました。

「佐藤さん、どうしたの」

和恵は眩しそうに級友を見上げました。おどおどした顔。

「テスト前に三日も休まないでよ」

「ごめんなさい」

「英語と古典なんだけど、貸してくれる」

和恵は気弱な目をして何度もうなずき、前列の生徒の机の上にどさっと学生鞄を置きました。当然のことながら、すでに席に着いていた前列の生徒は嫌な顔をしました。内部生でスタイルのいいその生徒は、ケーキやクッキー作りがうまいことで有名だったのです。ちょうどお菓子の本を開いて見ていたところでした。

「ねえ、人の机の上に勝手に物を置かないでくれる。あたし、この本を見ながらお菓子作るのよ。汚いじゃない」

「ごめんなさい」

和恵は何度も頭を下げて謝りました。和恵の体全体から発せられていた、あの不思議なオーラはとうに消え失せていました。和恵は果物の搾り滓のように、惨めで醜くなっていたのです。

「ほら、ここに泥が入った。あなたってガサツね」

生徒はわざとらしく本から泥を払い落としました。和恵の鞄は通学途中に電車のホームだの、歩道の上なんかに置くものですから、底が汚れていたのです。その声が聞こえた何人かはくすりと頬を緩め、他は無関心を装いました。ノートを奪い取られ、級友から嘲りの視線を浴びた和恵は、よろけて自分の席に辿り着いたのです。そして、助けを乞うかのようにわたしを振り返りました。わたしは反射的に顔を背けました。それでもまだ、和恵の想念が絡み付いてきます。助けて、という声。あっちへ行け。わたしは夜の雪道でユリコを突き飛ばした時のことを思い出しました。嫌なものを力ずくで斥《しりぞ》けてやりたい荒々しい衝動。突き飛ばした後の爽快感。和恵をそうしてやりたくてたまりません。疼《うず》くような思いを抑え、わたしは何とか一時間目の数学の授業を終えました。その日は、いつもしつこい質問を繰り出しては教師を困らせる和恵もいやに静かでした。

「ねえねえ、ちょっと聞いてくれる」

放課後、取り入る隙を与えなかったわたしの背後から、とうとう和恵の哀れな声がかかりました。わたしはすでに二階の廊下を歩き始めたところでした。

「何、どうしたの」

さっと振り向いたわたしの視線を真っ向から受けた和恵は苦しそうに目を伏せました。

「高志君のことなんだけどね」

「彼から返事が来たの？」

「そうなの」和恵は渋々という様子で認めました。

「四日前ね」

「凄いじゃない。どんなことが書いてあったの」

わたしは興奮する振りをしながら、和恵が何と答えるのか楽しみで仕方がありませんでした。やっぱり駄目だったわ。しかも、あたし、お父さんにばれて叱られたの。どうしたらいい。死にたいわ。わたしは頭の中で勝手にシナリオを書いて喜んでいたのです。でも、和恵は唇を舐め回して黙っていました。適切な言い訳を探しているのでしょう。わたしは焦《じ》れて聞きました。

「ねえ、高志君、何て書いてきたの」

「あたしと付き合いたいって」

嘘吐き。わたしは唖然として和恵の顔を凝視しました。が、和恵は羞《は》じらいでこけた頰を染めるのです。

「こう書いてあったわ。僕もあなたのことは前から気付いていました。父の授業を褒めてくれて嬉しいです。年下の僕でよかったら、文通から始めましょうって、趣味のことでも、何でも聞いてくださいって」

「それ、本当？」

わたしは半信半疑でした。だって、そうじゃないですか。高志が手紙を返しますと言ったところで、それを確かめる術はないですし、高志はあのくだらない詩を気に入ってもいました。だから、万が一ですが、真実かもしれないのです。あるいは、高志も人が悪く、気がないのに和恵をからかうことにしたのでしょうか。わたしは自分の計画が失敗したのかと思い、慌てました。

「その手紙、見せてよ」

わたしの差し出した手を眺め、和恵は迷った風に視線を泳がせましたが、厳然と首を振りました。

「駄目よ。高志さんが人には見せないでって書いてたから。これだけは、いくらあなたでもできないわ」

「じゃ、どうしてあなたはマフラーしてるの。それって高志さんにプレゼントするんじゃなかったの」

和恵ははっとして首許に手を遣りました。中細毛糸。目の詰んだ一目ゴム編み。十センチ幅で繰り返されるブラックアンドイエロー。さあ、どうなのよ。正直に言いなさいよ。わたしは和恵を小突いてやりたい欲望と戦いながら、意地悪く和恵の反応を窺っていました。

あんた、何て言い訳するのよ。

「自分の記念にしようかと思って」

ほら、ばれた。わたしは小躍りしました。

「だったら、あたしが持ってってあげようか。文通だけじゃなくて、プレゼントしたら喜ぶんじゃない」

わたしがマフラーを鷲掴みにすると、和恵は手を払い除けました。

「触んなよ、汚い手で」

低く脅すような声でした。わたしは凍り付いて和恵の目を見返しました。たちまち、和恵の顔が紅潮しました。

「あ、ごめん。ごめんなさい。そんなつもりじゃないの」

「いいわ。悪かったわ」

わたしは踵を返しました。怒った振りをして、徹底的に下手に出てもらおうと思ったのです。

「待ってよ。ごめん。謝る」

和恵が追って来ましたが、わたしは振り返らずに歩きました。実は、この場をどう収めていいのか、さすがのわたしも混乱していたのです。いったい真実はどこにあるのでしょう。和恵は本当に高志と文通することになったのでしょうか。それとも虚言？　放課後の校内は生徒の笑い声や走り回る音で賑やかでした。でも、わたしの背後から追って来る和恵のひたひたという足音と、荒い吐息、短いスカートが鞄に擦れる音がはっきりと聞き分けられました。

「謝る。待って。相談できる人って、あなたしかいないんだから」

泣き声が聞こえた気がして、わたしは立ち止まりました。和恵が涙で顔をぐちゃぐちゃに崩しながら母親に置いてきぼりを食らった子供みたいな表情で、わたしの前に回り込みました。

「ごめん。許して」

「どうしてあんなこと言うのよ。あたしは親切に言っただけなのに」

「わかってる。だけど、何かあなたの言い方って意地悪な気がして苛ついたの。そしたら、あんなこと言っちゃって。本心から出たんじゃないのよ」

「だって、あなたたちうまくいきそうなんでしょう。あたしに当たることないじゃない」

わたしの言葉に和恵はきょとんとしました。やがて、その顔に狂騒と言えなくもない奇妙な明るさが射しました。

「そうよ。あたしたち、うまくいったらアツアツよ」

「デートしなよ」

うん、とうなずいた和恵があっと叫んで立ち竦みました。廊下の窓から、校門に向かって歩いて行くユリコと高志の後ろ姿が見えたのです。わたしは急いで窓を開けました。

「ちょっと、何するの」

蒼白になって逃げようとする和恵のマフラーを摑み、わたしは首から剝ぎ取りました。やめてよ、やめてよ、と縋《すが》り付く和恵を廊下の壁に力いっぱい押し戻し、わたしは大声で呼んだのです。

「高志くーん」

高志とユリコが同時にこちらを見上げました。わたしは窓からマフラーを摑んだ両手を激しく振りました。黒いダッフルコートを着た高志は怪訝な顔でわたしを見つめていましたが、ユリコの肩を抱くようにして校門を出て行きました。紺の洒落たコートを羽織ったユリコが非難する目でわたしを見詰めています。気でも狂ったの、お姉ちゃん。

「あなたって、酷いことするのね」

和恵が廊下に蹲《うずくま》って泣いていました。行き交う生徒は好奇心を丸出しにしてわたしたちを見遣り、ひそひそと囁きながら去って行きます。わたしは和恵にマフラーを返しました。和恵はマフラーを恥ずべき物のように背中に隠しました。

「あいつ、まだユリコと一緒にいるじゃない。あなた、何で嘘吐くの」

「嘘じゃないもの。本当に返事が来たんだもの」

「じゃ、高志君、あなたの詩のこと、何か言ってた」

「いい詩だって。本当よ」

「じゃ、自己紹介の手紙は」

「素直でいいって」

「教師が書いたレポートの感想じゃないんだよ」

わたしは腹が立って怒鳴りつけました。だって、そうじゃないですか。和恵の想像力の貧困さといったらお粗末で話になりません。もう少し独創的な嘘を吐いてほしいです。わたしは猫撫で声で聞きました。

「あなたのお父さん、何て言ったの」

和恵は急に黙り込みました。ええ、そうです。この日から、和恵はさらに壊れ始めたのでした。

4

その夜、わたしの家に三人の人物から電話がかかってきました。それは我が家にとっては異常な事態でした。祖父はまだ便利屋をしていましたが、保険のおばさんは直接仕事を持って来ますし、わたしには電話をかけてくる友達なんか一人もいません。

最初の電話は、祖父と二人で「太陽にほえろ！」を見ている最中にかかってきました。コールの音に祖父は慌てて立ち上がり、こたつ掛けに足を取られて蹴躓《けっまず》きました。後で気が付いたのですが、祖父はミツルの母親からの連絡を待っていたに違いないのです。その時はわからず、わたしは祖父の慌てた様子に思わず笑ったほどでした。祖父は痰の絡んだ声で、「あ、もしもし」と言った後、すぐに直立不動の姿勢になりました。詐欺師のくせに、祖父には気の弱い律義さがあるのです。

「どうもお世話になっております。勉強？　いやあ、とんでもないですわ。してくれりゃいいんですが口開けてテレビ見てます。はあ、そうですか。うちのがお宅にお邪魔したこともあるんですか。そりゃ有り難いことですな。あら、国際電話までかけさせてもらったんですか。うちのは何にも言わないもんですから、わたしも知らなくて。それはそれは大変失礼いたしました」

祖父は言わなくてもいい余計なことを喋った上に、ぺこぺこと何度も頭を下げました。その姿は、他人に不必要に卑屈になる母親にそっくりです。姿かたちは似ていなくても、人間の芯は同じだとわたしは冷ややかな気持ちで眺めていました。ミツルの母親との恋愛事件以来、わたしは祖父にも心を閉ざしていたのです。やがて、額にぷつぷつと冷や汗を噴き出させた祖父は、わたしに受話器を手渡しました。

「テレビ見ていたんですって、余裕ねえ。期末テストは来週からでしょう」

和恵の母親からでした。魚みたいな顔をした和恵の母親。わたしは殺風景な家を思い出しながら、素っ気ない挨拶を返しました。『そんなことはどうでもいいから、早く聞いてみろ』。父親の押し殺した声が耳に飛び込んできました。母親の横で苛立っているのでしょう。わたしは、しめたと思いました。まんまとわたしの作戦に引っ掛かった哀れな家族。母が死んだ日の屈辱を晴らす絶好の機会でした。ミツルの代役でしかなかったわたし。和恵と付き合うなと脅されたこと。国際電話の料金。これらの落とし前は、きちんと付けてもらわなくてはなりません。母親はおずおずとわたしに尋ねました。

「最近、うちの和恵の様子はどうでしょう」

「どうって言われても困ります。付き合うなと言われましたから、よく知りません」

「あら、何のことかしら。私は聞いてないけど」

母親が困惑した声を出した途端、父親に代わりました。単刀直入で強引、そして相変わらず傲慢でした。

「あのねえ、和恵が木島高志って男とまだ付き合っているのかどうか教えてくれないかな。うまく聞き出そうと思ったのに、私が怒鳴ってしまったんですよ。まだ高一なのに早過ぎる、みっともないことするんじゃないってね。そしたら泣くばかりで口をきかないんだよ。もしかすると、和恵ははしたないことしてるんじゃないだろうね」

言う端から、言葉尻が怒りで震えているのがわかります。もしかすると、和恵の父親は高志という存在に嫉妬しているのかもしれません。きっと、こういう男は和恵の生活全般に影響を及ぼす絶対者として君臨したいのでしょう、それも生涯にわたって。こんな時、わたしの頭には悪魔のような知恵が次々に湧いて出るのでした。ええ、わたしは和恵の自立を妨げてやろうと決心したのです。

「いいえ、そんなことはありません。みんなはラブレター書いたり、マフラー編んだり、校門で待ち伏せしたりしてますけど、和恵さんははしたないことはひとつもしてません。お父さんの誤解だと思います」

父親は猜疑心が強いのか、なかなか納得しません。

「じゃ、あの派手なマフラーは誰にやるために編んだんだろう。問い詰めても言わないんだ」

「自分のだと聞いてます」

「自分のために、貴重な時間を割いて編んだと言うのかね」

「和恵さんは器用ですから」

「送り返された手紙は。あれは完全にラブレターだろう」

「現国の授業に創作というコースがあります。その授業で書いたものだと思います」

「木島という生徒は教師の息子だそうだね」

「はい。ですから、架空の相手としては文句がないと判断したんでしょう」

「創作かなあ」わたしの滅茶苦茶な説明に、父親はさすがに疑心暗鬼でした。「親はね、心配なんだよ。このままじゃ期末テストに差し支えるからねえ。あの子は経済学部狙いだから、絶対に成績を落とすことはできないんだよ」

「和恵さんなら大丈夫ですよ。お父さんのことを尊敬してるっていつも言ってます。東大出たお父さんみたいに生きるって。クラスでも和恵さんは人気者です」

父親はわたしの言葉に感激した様子でした。

「そうそう、いつも言ってるんですよ。お前、男の子なんか大学に行けばいくらでも付き合えるぞって。Q大生なんだから、よりどりみどりだぞってね」

さあ、どうかしら。わたしは大学生になった和恵の不格好さ、不器用さを想像して笑いだしそうになりました。努力を信じる種族は、なぜにこうも、楽しいことを先へ先へと延ばすのでしょうか。手遅れかもしれないのに。そして、どうして他人の言葉をいとも簡単に信じてしまうのでしょう。

「あなたの意見を聞いて安心したよ。じゃ、テスト頑張って。これからもよろしく付き合ってやってください」

あらあら、この間は家庭環境が違うから付き合うな、と言ったじゃない。わたしの憤懣をよそに、ほっとした父親はさっさと電話を切ってしまいました。横で聞いていた祖父が、能天気に自慢しました。

「俺も物怖じしなかっただろう。俺はQ学園の親なんか、ちっとも怖くないんだからさあ」

わたしは無視してテレビドラマに戻りましたが、肝心の山場はとっくに終わっていました。腹立たしく思いながら夕刊を広げていると、電話がまた鳴りました。再び祖父が素早く取り、今度は嬉しそうに叫びました。

「ユリコちゃんかあ、久しぶりだね。元気かい」

わたしはまだユリコと話したそうな祖父から受話器を奪いました。

「何の用なの。早く言って」

突《つ》っ慳貪《けんどん》なわたしの態度に、ユリコは高く澄んだ笑い声を上げました。

「親切に電話して教えてあげようと思ったのに意地悪は変わらないわね。ねえ、お姉ちゃん、今日はどうしてタカシの名前を呼んだの。あたし、びっくりしたわ」

「それより、何を教えてくれるって言うの」

「タカシのことよ。だってタカシのこと好きなんでしょう。だったら無駄よ」

「何で。あんたのことが好きだからなの」

「違うわ。あの子はたぶん、同性愛よ」

「同性愛」わたしはさすがに驚きました。「どうしてそんなことわかるのよ」

「だって、あの子、あたしをちっとも欲しがらないもの。じゃあね」

　何という自信満々の嫌らしい言い方でしょうか。腹立たしい一方で、腑に落ちたわたしは「なるほど」とつぶやいていました。わたしの様子を窺っていた祖父が遠慮がちに口を挟みました。

「お姉ちゃん、ユリコちゃんの電話に冷たいね。たった二人きりの姉妹なのにさ」

「ユリコは妹なんかじゃないわ」

　祖父は何か言い返したそうに唇をすぼめましたが、わたしの不機嫌な顔を見て口を噤みました。

「最近のお姉ちゃん、ちょっと怖いね。俺にも冷たいしさ。何かあったのかい」

「何かあったじゃないでしょう。おじいちゃんのせいだよ。あんなミツルのお母さんなんかに入れ込んで、最低だよ。不潔だよ。こないだミツルがお母さんとおじいちゃんと四人でご飯食べようなんて変なこと言うから、ミツルとも仲悪くなっちゃったじゃない。ユリコが帰って来たら、途端にみんなスケベになっちゃって。最低」

　祖父は縮かんだように小さくなって部屋の隅に並んだ盆栽を見遣りました。それはもう三鉢しか残っていなかったのです。五葉松と真柏と楓。その三鉢が売れるのも時間の問題でした。わたしはそのことも気に入らなかったのです。

　三度目の電話が鳴りました。意気消沈した祖父が動こうとしないので、今度はわたしが出ました。掠れた女の声がいきなり祖父の名を呼びました。

「安治《やすじ》さん？」

　ミツルの母親なのでした。わたしと話した時はカエルが潰れたようなひしゃげた声でがさつに喋っていたのに、祖父の名は優しく呼ぶのです、聖母のように。わたしは何も答えずに祖父に受話器を突き付けました。

祖父の顔が見る見る赤らみ、わたしの手から受話器を引ったくりました。祖父は少し緊張して喋っています。「あそこは梅の季節がいいらしいねえ」。二人で温泉にでも行くつもりなのでしょう。わたしはこたつに入ったまま仰向けになって、祖父の様子を横目で観察していました。祖父はわたしの視線を感じて平静を装っていましたが、声は弾んでいるのです。

「いいや、まだ寝てないよ。わたし、宵っ張りだから。あなたは何してたんですか」

二人の会話から、目に見えないどろどろの液体がこぼれ出てくる気がします。祖父の横顔が喜びに輝いています。この世に、抑えようとしても抑えられない喜びなんか、存在するのでしょうか。わたしが一生経験することのない喜び。いえ、したくもない喜び。皆、その喜びを味わうと、わたしから逃げ去って行くのです。寂しいかって？　まさか。わたしは自分がいつも平常心を保っていることを誇りに思っていますから、怒りを感じるのですよ。仲間だと思った祖父の行動はわたしに対する裏切りです。でも、とわたしは思いました。逃げられるのが寂しいと思う相手は逃げられないようにすればいいし、離れてもらいたい、うざったい人間はもっと逃げるように仕向ければいいのです。祖父とミツルは逃げてほしくない人ですし、ミツルの母親とユリコはもっともっと遠ざけたい人です。

さて、わたしからしたら、和恵はどちらのグループに入るのでしょう。幼児のように父親を好きで、努力を信じる馬鹿女。ああいう鈍い女は手許に置いて苛めるに限る、これがわたしの結論でした。すでに和恵の存在自体が、わたしや、Q女子高の過酷と言ってもいい生活に苛つく級友たちの、格好の餌食となっていたのですから。

翌朝、馬鹿な和恵はわたしに礼を言いました。

「ゆうべは父にあのこと言わないでくれたのね。ありがとう。父が怒るので困ったけど、あなたが否定してくれたから、何とか収まったわ」

「お父さんは許してくれたの」

「うん、もう大丈夫」

これで和恵は、父親の呪縛からしばらくは逃れられないでしょう。あるいは一生。その方が面白い。自ら逃れる絶好の機会を作ってやり、手ずから壊したわたしは、嬉しさにほくそ笑んだのでした。そうです。和恵を見ていると、愚かな人類を操る神様のような気分になれるのでした。

わたしがこうして和恵を苛めたから、和恵がおかしくなったとおっしゃるのですか。いいえ、違います。何度も言いますけど、和恵の中に常にある、父親に対していい子でいたい、いい学校に通っていることで世間から尊敬されたい、という思いがあまりにも幼稚で純情だったのです。以前、和恵は現状認識が甘いと申し上げたと思いますが、その欠落は決定的でした。それは周囲を見ないことだけではありません。自分も見えないことです。実は、ここだけの話ですが、和恵は自分の容姿に密かな自信を持っていたのですよ。これは本当です。わたしは鏡を覗き込む和恵の姿を何度も目撃しましたが、和恵は鏡の中の自分に笑いかけ、恍惚とした表情を浮かべていました。はい、自惚《うぬぼ》れていたのです。

和恵も和恵の父親も、自分と同じくらいの能力を持った人間はごまんといる事実を絶対に認めようとはしませんでした。また、和恵と同等の能力、あるいは多少能力が落ちても、姿かたちが数段美しい女は和恵よりも価値があるという事実をとうとう最後まで認識しませんでした。逆に言えば、とても幸せな人生ではありませんか。何でも見通して客観化してしまう、わたしと比べてみればおわかりでしょうよ。

わたしやミツルがサバイバルのためにそれぞれ天賦の才を磨こうとしているのに対し、和恵は自分を知らなさ過ぎました。自分を知らない女は、他人の価値観を鏡にして生きるしかないのです。でも、世間に自分を合わせることなんて、到底できるものではありません。いずれ壊れるに決まってるじゃないですか。

なぜわたしが笑うのかって？　だっておかしいじゃないですか。そんな自明の理を、和恵はどうしてわからなかったのだろうと不思議でならないからですよ。確かに、わたしは和恵に冷たかったです。苛めました。今でも冷たいです。和恵が殺されたと聞いた時も、特に何にも感じませんでしたしね。でも、生涯でたった一度だけ、わたしは和恵に感謝したことがあります。

それは、和恵のある発見でした。ユリコと高志のストーカーになった和恵は、二人の奇妙な放課後の生活を知ったのです。ある日、和恵がわたしを呼び止めて、こう告げたのでした。

「木島君って、あなたの妹を始終誰かに紹介してるのね。それも、いつも大学の体育会クラブの部長とか副部長クラスばかり。あれって何してるのかしら。あたし不思議でしょうがないんだけど」

「純情とはまったく縁のない」バイト。それは売春に違いありません。ユリコは男好きですし、高志は同性愛者。二人の趣味と実益を組み合わせれば、薄汚いバイトはすぐに成り立ちます。わたしの勘は冴え渡りました。わたしは和恵を使って報告を上げてもらい、とうとう二年後には、木島親子とユリコをこの学校から追い出すことに成功したのでした。それはもうご存じでいらっしゃいますでしょう。

そう言えば、ユリコの手記には驚くべきことが書いてありましたね。覚えていらっしゃいますか。ユリコとジョンソンの間に男の子供がいるということです。さすがのわたしも初耳でした。もう高校生になっているはず。そんな大きな子供がいるなんて。わたしはいずれ、その記述が真実か否かを確かめに行かなければならないでしょう。いえ、絶対に行くべきです。だって本当だとしたら、ユリコの息子がどんな顔をしているのか、この目で確かめなくては気が済みませんもの。

わたしの母親の弱い遺伝子と、スイス人の父親の身勝手な遺伝子から生まれたユリコと、アングロサクソンのジョンソンとの間に出来た息子なんて。ああ、想像するだけでわくわくします。

第五章　私のやった悪いこと——〈張《チャン》の上申書〉

1

裁判長「あなたは中華人民共和国四川省宝興県大宜村出身、一九六六年二月十日生まれの張哲鍾《チャンチェチョン》ですね」
被告人「はい、そうです」
裁判長「住所は東京都渋谷区円山町四丁目五番地的矢ビル四〇四号、『ドリーマー』従業員で相違ありませんね」
被告人「ありません」
裁判長「通訳は要らないということですが、大丈夫ですね」
被告人「はい、私は日本語がうまいです。大丈夫です」
裁判長「それでは検察官、起訴状を朗読してください」

起訴状

左記被告事件につき公訴を提起する。

平成十二年十一月一日

東京地方検察庁

検察官　検事　野呂義明

東京地方裁判所御中

国籍　中華人民共和国

住居　東京都渋谷区円山町四丁目五番地的矢ビル四〇四号

職業　ホテル従業員

一九六六年二月十日生

張　哲鍾

公訴事実1

被告人は、新宿区歌舞伎町所在の中華料理店「香格里拉《シャングリラ》」の店員をしていた時、平成十一年六月五日午前三時頃、新宿区大久保五丁目十二番地のアパート「ホープハイツ」一〇五号室において、平田百合子（当時三七年）の頸部を両手で絞め付けて窒息により殺害した上、同室にあった同女の財布から二万円を抜き取り、同女の付けていた十八金のネックレス（時価七万円相当）を強取し、

公訴事実2

また同被告人は、平成十二年四月九日午前零時頃、渋谷区円山町四丁目五番地のアパート「緑荘」一〇三号室においても、佐藤和恵（当時三九

年）の頸部を両手で絞め付けて窒息により殺害し、同室にあった同女の財布から四万円を強取したものである。

罪名および罰条

第一　強盗殺人　刑法第二百四十条後段

第二　強盗殺人　刑法第二百四十条後段

裁判長「今から、検察官が朗読した公訴事実について審理をしますが、ここであらかじめ被告人に言っておきます。被告人は黙秘権がありますので、この法廷では終始黙っていることもできるし、ある質問には答えて、他の質問には答えないということもできます。しかし、答える場合には、その内容は被告人の有利にも不利にもなることがありますので、注意してください。以上を前提として聞きますが、検察官の朗読した公訴事実について被告人の意見はどうですか」

被告人「私は平田百合子さんを殺害したことは認めますが、佐藤和恵さんは殺していません」

裁判長「公訴事実1は認めるが、2は認められないというのですね」

被告人「そうです」

裁判長「財物強奪についてはどうですか」

被告人「平田さんのお金とネックレスは盗《と》りましたが、佐藤さんのは盗っていません」

裁判長「弁護人の意見はどうですか」

弁護人「被告人と同意見です」

裁判長「それでは、検察官。冒頭陳述を読み上げてください」

「**検察側冒頭陳述要旨**」公訴事実1について

第一、被告人の身上経歴等

被告人は、一九六六年二月十日、中華人民共和国四川省において、農業を営む父、張小牛（当時六八年）と、母、張秀蘭（当時六一年）の三男として生まれた。長兄、安基（当時四二年）、次兄、根徳、姉、梅華（当時四〇年）、妹、美君《メイクン》の五人兄弟であったが、次兄、根徳は子供の頃に、妹、美君も平成四年、事故死した。十二歳で村の小学校を卒業し、その後は家業の農業を手伝っていた。

被告人は出稼ぎを考え、平成元年（一九八九年）、妹、美君と共に広東省広州市に列車で向かった。広州市内で職を得て二人で働き、平成三年（一九九一年）、同じく広東省深圳《シェンチェン》市に移住した。

　被告人と妹、美君は平成四年、福建省から密航船でわが国に不法入国を図ったが、美君は水死した。被告人は平成四年、二月十九日、石垣島より不法入国を果たし、その身分を隠しながら、ビル清掃、調理場下働き、工事関係など様々な職業を経験した。平成十年から新宿区の居酒屋「のみすけ」、平成十一年からは、新宿区の飲食店「香格里拉《シャングリラ》」で働いていた。同年七月から武蔵野市吉祥寺本町にあるラブホテル「ドリーマー」の従業員であった。被告人は結婚歴はなく、住所地において中国籍の沈毅《ツェンイー》、黄《ファン》、ドラゴンらと住んでいた。

　被告人は、前記不法入国事実によって、平成十二年六月三十日、東京地方裁判所において懲役二年、執行猶予四年の有罪判決を受けた（同年七月二十日確定）。

第二、被害者、平田百合子の身上経歴等

　被害者平田百合子（以下、「平田」という）は、現在スイスにてシュミット紡績株式会社に勤務している父、ヤン・マーハ（スイス国籍）と、母、平田幸子《さちこ》の次女として、昭和三十七年五月十七日に生まれた。

　ヤンと幸子は婚姻関係を結んでいなかったために、平田はマーハを名乗ったり、母親の平田を名乗ったりしていた。

　両親と平田は昭和五十一年、品川区北品川から、スイス国ベルン市に移住した。同年七月、当地にて幸子が死亡したため、平田は父ヤンと別れて一人帰国した。長女は幸子の父と一緒に暮らしていたため、平田は米国人の知人宅に寄宿することになり、Q学園中等部に編入した。平田はこの後、Q女子高校に進学したが、高校三年の時に素行不良で退学処分になっている。

　平田は高校を退学した後、米国人の知人宅を出て一人暮らしを始め、モデルクラブに所属して広告や雑誌のモデルとして活動したが、昭和六十年から六本木「マロード」のクラブホステスになった。平成元年に、同六本木の「ジャンヌ」に移り、その後、何度か店を変わった。平田はホステスをしながら、新宿、渋谷で売春をするようになった。

第三、犯行に至る経緯等

　被告人は、前述の通り、新宿区歌舞伎町の飲食店「香格里拉」でウェイターとして稼働していたが、時給が安い上、福建省出身の中国籍の者たちで占められた店では疎外感が強かった。「田舎者のくせに上海出身者の振りをしている」など、同僚間での評判も悪く、この店での私的付き合いはほとんどなかった。

また、料理を運ぶ際につまみ食いをしたり、瓶の底に残ったビールやウィスキーを持参のペットボトルに詰めて持ち帰るところも何度か目撃されており、店主から注意されたことも多々あった。

他方、勤務態度は真面目で、無断欠勤や遅刻はなかった。本国に送金するという理由で、午後十時に勤務が終わった後も、近所の風俗店「太ももっ子」のゴミ出しやタオル洗いなどのアルバイトをしていた。アルバイト後は、渋谷区円山町の自室に終電で帰宅するために、歌舞伎町を急ぎ走って、帰っていた。

被告人は、「香格里拉」で午後零時から午後十時まで、水曜日を除く毎日働き、時給八百円及び交通費六千五百円が支給されており、毎月約二十万円が手渡しで支払われていた。その他、風俗店のアルバイトは二時間で二千円という約束だった。

円山町の的矢ビル四〇四号室の部屋代は、一カ月六万五千円だったが、同居する沈毅、黄、ドラゴンら三人から三万五千円ずつ取っており、差額四万円を副収入にしていた。

本国で両親が家を新築するから三百万円は送金しなくてはならない、と同僚らにも始終語っていたが、手首に二十四金の腕輪を付けたり、伊勢丹デパートで五万円の本革ジャンパーを買ったり、と服装は派手で、高価な物を好んでいた。

第四、犯行状況

平成十一年、六月四日夜十時頃、「太ももっ子」に急ぐ被告人は歌舞伎町二丁目大久保公園前で、傘を差して立っている平田を見かけた。大久保公園に街娼が立っているのは知っていたが、被告人が平田を見かけたのはこの日が初めてだった。日本を経由して、最終的にはアメリカに渡りたいと考えていた被告人は、ハーフの平田をアメリカ人と見間違って興味を惹かれた。

平田の第一声は「あなた、いい顔してるわね」だったため、アメリカ人ではないと落胆したが、褒められた被告人は同女と関係を結んでもいいと思った。しかし、「太ももっ子」の勤務を勝手に休むと解雇されるのではないかと不安になり、手を挙げて笑いかけただけで「太ももっ子」に行き、平常の勤務に就いた。

被告人は平田の存在が気にかかり、帰りも大久保公園の前を通ろうと決心した。翌五日、午前零時五分過ぎ頃、大久保公園の前まで行ってみると、平田は雨の中、まだ立っていた。

平田が被告人の顔を見て、「待ってたら冷えちゃった」と嬉しそうに声をかけたため、被告人は平田と性交したい気持ちを強く持った。

この時、被告人の所持金は二万二千円程度だった。平田に値段を聞くと、三万円だと答えたので、ホテル代がなくなるからと被告人は同女との交渉を諦めようとした。すると、平田は「一万五千円でもいい」と値を下げたので、被告人は平田を同伴して付近のホテルに泊まろうと決心した。ところが平田の方から「近くに使える部屋があるのよ」と言いだした。被告人は余計な金を遣わなくて済んだと安堵し、平田に付いて行った。

途中、平田は大久保通りのセブン－イレブンに寄り、缶ビール四本と袋入り柿ピーナッツ、餡パン二個を買った。代金千五百七十五円は平田が財布から出して支払った。

平田が案内した部屋は、大久保五丁目北新信用組合ビルの裏手にある木造モルタル二階建てのアパート「ホープハイツ」だった。ホープハイツは一階五室、二階五室がある。本件現場である二〇五号室は同建物の北端部分で、外階段を上って最奥にある。

同室は平田百合子名義で平成八年十二月五日から、家賃三万三千円で借り受けられ、毎月二十六日に平田の銀行口座から引き落とされていた。平田は売春目的で使用していたと見られる。同室は、畳敷きの六畳和室で、玄関と和室の間に台所と洗面所、便所などがある。家具はほとんどなく、和室に布団が畳んで置いてあった。

被告人と平田は和室で缶ビールを二本ずつ飲み、その後、布団を敷いて性交を行った。そのまま眠ろうとした被告人は平田に早く帰るように促され、電車がないこと、雨が降っていることから、泊めてほしいと懇願したが平田に断られた。

更に、平田は自分の部屋を使ったのだから、最低でも二万円欲しいこと、セブン－イレブンで買ったビールその他の代金を支払うことを被告人に迫った。平田の要求に応えると、被告人は所持金がすべてなくなってしまうので、雨の中を歩いて渋谷まで帰るのは嫌だ、と被告人は平田の要求を拒絶した。平田がこのことを激しく詰《なじ》ったため、被告人は俄《にわ》かに殺意を催し、六月五日午前三時頃、平田の頸部を両手で圧迫したことによって同女を窒息させて殺害した後、同室で午前十時まで眠った。

午前十時半頃、被告人は平田のバッグ内の財布から二万円を抜き取り、同女が付けていた十八金のネックレス（時価七万円相当）を奪って自分の首に掛け、同女の死体を放置したまま、同室の鍵を施錠せずに逃走した。

第五、犯行後の状況

午後零時の出勤時間よりも一時間早く「香格里拉」に到着した被告人は、その日のうちに退職したい旨を出勤してきた店主に願い出た。店主がこれを承知しなかったため、被告人は給料の残額支払いなどの相談もせずに、店のロッカーに置いてあった靴や服などを紙袋に入れて退出した。

「香格里拉」から出て来た被告人と、出勤してきた同僚Ａは店の前で出会い、立ち話をした。被告人はＡに店を辞めたことを告げ、靖国通り方向に歩いて行った。この時、Ａは被告人の胸に、見覚えのない金のネックレスが下げられているのに気付き、贅沢をしていると感じた。

その後、被告人は「香格里拉」を出て、ＪＲ線山手線で渋谷駅で下車し、徒歩で円山町四丁目の的矢ビル四〇四号室に戻った。

被告人が居住していた的矢ビル四〇四号室は、平成十年四月に、被告人が密航船で知り合った陳という男が借りていたもので、陳が引っ越してからも被告人がそのまま借り受けていた。家賃の六万五千円は、陳の口座に被告人が振り込む形で支払われていた。

的矢ビルは鉄筋四階建ての建物で、エレベーターはなく、敷地と建物は山本ふみが所有している。四〇四号室は、六畳と三畳の和室と台所、風呂があり、三畳間の方は被告人が一人で使用していた。

六月五日午後零時頃、四〇四号室には、ドラゴンと呼ばれる男と、黄と自称している男が寝ていた。沈毅と自称している男は、新小岩のパチンコ屋に出勤して留守だった。ドラゴン、黄、沈毅の三人は、いずれも被告人が東京で知り合った中国籍の者たちで、素性も仕事も互いに話し合ったことはなかった。

　ドラゴンと黄は、被告人が帰って来て物音を立てるので起床し、いつの間にか外出した。被告人は台所で食事を作った後、これを食して就寝した。同日夕方起きると沈毅が戻って来ていたので、二人で外出し、渋谷駅東口にあるラーメン屋「宝龍」で食事し、渋谷会館にあるボウリング場でゲームをして、同夜、午後十一時頃、部屋に戻った。

　数日経っても、死体発見のニュースが見当たらないため、被告人は沈毅に新しい仕事を頼んだ。沈毅は被告人にパチンコ屋などを紹介したが、被告人はうるさいことを理由に断ったため、更に探すことを約束した。

第六、平田の死体発見及びその後の状況

　平田の死体は、犯行から十日後の六月十五日、隣室の韓国人Kが異臭がすると大家に届け、大家が部屋を開けようとして施錠されていないのに気付いて、ドアを開けたことにより発見された。死体はTシャツのみで、肌掛け布団が頭の上から掛けられていた。

　平田の死体は腐敗が進んでいたが、頸部に不整形の圧迫痕があり、頸部軟部組織、甲状腺被膜下に出血が認められた。

　平田の死体が発見されたというニュースを知り、被告人は「香格里拉」に、未清算の給料を受け取りに行くことを断念した。平田から奪ったネックレスも証拠品になると思い、所持品の旅行鞄のポケットに隠した。

また、経済的逼迫感から、沈毅の持ってくる仕事を何でも受ける気になった。

　沈毅は被告人に、武蔵野市吉祥寺本町一丁目にあるラブホテル「ドリーマー」の清掃アルバイトを紹介し、被告人はこれを受け、同年七月から働き始めた。


「検察側冒頭陳述要旨」公訴事実2について

第一、被害者、佐藤和恵の身上経歴等

　被害者、佐藤和恵（以下、「佐藤」という）は、G建設株式会社に勤務していた父、嘉男、母、聡子の長女として、昭和三十六年四月四日に生まれた。佐藤が小学校一年の時、一家は埼玉県大宮市より、世田谷区北烏山に転居した。佐藤は地元の小学校、中学校を経て、Q女子高等学校に進学し、Q大学経済学部に入学した。

　佐藤が大学二年の時に父親が病死したため、佐藤は家庭教師や塾講師のアルバイトなどをして学資を稼ぎながら卒業した。

昭和五十九年三月、Q大学を卒業した佐藤は、四月、父親の勤めていたG建設株式会社に入社した。G建設は業界最大手で、「G家族主義」という言葉が生まれるほど社員の結束が固いことで知られ、社員の子女を積極的に雇用していた。成績優秀な佐藤は、G建設始まって以来の女子総合職の先駆けとして入社し、将来を嘱望されていた。

同社での佐藤の所属は、総合研究所調査室で、平成七年には副室長に昇進している。同研究所は、建築業における経済の影響を研究したり、ソフト面の開発をする部署であり、佐藤は、主に高層ビルの経済効率などの研究を行っていた。佐藤の論文は社内で高い評価を得ており、その仕事振りは真面目で一途であった。

しかし、上司や同僚らと飲みに行ったりすることもなく、社内で個人的な付き合いがないため、佐藤の退社後の生活は知られていない。佐藤に結婚歴はなく、母親と妹の三人暮らしだった。父親亡き後の家計は、佐藤が主に支えていた。

佐藤は平成二年、二十九歳の時、調査室からG建設系列の子会社である、工学研究所に一時出向した。その頃、拒食症になって入院した。なお、佐藤は高校二年の時にも、拒食症と診断されて、医師の診察を受けたことがある。

平成三年五月頃から、佐藤は退社後にクラブホステスのアルバイトを始めた。平成六年頃からはホテトル嬢、平成十年頃から渋谷界隈で売春をするようになった。

公訴事実1の被害者、平田百合子と本件の被害者佐藤は同じQ女子高出身者であるが、学年が違うこともあり、在学中も卒業後も交友関係は特にない。

第二、本件に至る被告人の生活状況

公訴事実1の事件後、「香格里拉《シャングリラ》」と「太ももっ子」を辞めた被告人は、武蔵野市のラブホテル「ドリーマー」の従業員になったが、居住場所は変わらず、渋谷区円山町四丁目五番地的矢ビル四〇四号室に起居していた。四〇四号室には、ドラゴン、黄、沈毅ら三人の同居者の他に、牛虎、阿呉と呼ばれる中国籍の人間が始終出入りしていた。

「ドリーマー」での被告人の勤務は、毎火曜日以外の毎日、午後零時から午後十時まで、客室清掃とリネンやタオル類の洗濯、という仕事内容だった。

平成十一年は真面目に勤務していた被告人だが、平成十二年一月頃から次第に勤務態度が悪くなり、遅刻や早退、欠勤が目立つようになった。客室清掃業務は、二人一組になってやる仕事のため、被告人と組んでいるイラン国籍の同僚からローテーションに支障が出るとの文句が出た。しかも、「空き部屋で寝転がっていた」「石鹸やシャンプー、タオル類を持ち帰る」「アダルトビデオを見ていた」等、職場での評判は悪かった。

同年二月、「ドリーマー」の隣にある寿司屋の飼い猫に、被告人がホテルの窓から水の入った避妊具を投げ付けたのを近所の人間に目撃されたことがあり、経営者は被告人の解雇を決意していたところだった。

「ドリーマー」での時給は七百五十円で、被告人は平均して月に十七万ほどの給料を手渡しで受け取っていた。交通費は支給されなかった。「香格里拉」時代と比べて、収入の減った被告人は、同居のドラゴン、黄、沈毅らから、それぞれ十万円、四万円、六万円の借金をした。理由は、故郷の母親が入院したために送金する金が足りないとのことだった。

狭い部屋に牛虎や阿呉を時折宿泊させていたのも、牛虎や阿呉から借金をしていたせいだった。それにも拘わらず、ドラゴン、黄、沈毅からは毎月三万五千円の部屋代を取り立てていたため、三人と被告人との仲は日増しに悪くなっていた。三人の中でも比較的仲の良い沈毅にも、被告人は「ドリーマー」の仕事についての不満を始終洩らし、紹介した沈毅の機嫌を損ねていた。

平成十二年三月二十五日、被告人は、この日が被告人の給料日と知っているドラゴン、黄、沈毅ら同居人三人から、貸した金を早急に返すように迫られた。被告人はそれぞれ半額ずつ返すことを提案したが、被告人が鍵を掛けた旅行鞄の中に現金二十四万円を密かに隠し持っていることを知っている三人はこれを承知せず、被告人の家賃差額収入についても激しく非難した。

そして、借金の他にそれぞれ十万円ずつ支払うことを請求した。三人に厳しく責められた被告人は、請求を認めざるを得なくなり、給料と隠し持った金を合わせて、それぞれ三人に借金を返し、他に家賃差額分として、五万ずつ返すことになった。

結果、被告人は、翌月の給料日まで六万で暮らすことになった。この出来事で、被告人とドラゴン、黄、沈毅ら三人との仲は悪化した。

同じ頃、的矢ビル四〇四号室を借り受けている陳から被告人に連絡があり、的矢ビル四〇四号室を三月中に明け渡すよう、再三の要請があった。その要請は一月から出ており、行き場所がなくなる、という被告人の請願に、陳は期限を四月いっぱいに延ばし、的矢ビルの北に隣接して建っている渋谷区円山町四丁目五番地緑荘一〇三号室を代わりの物件として紹介することで明け渡しを呑むように言っていた。陳は、更にその紹介料とこれまでの謝礼として、被告人に十万円を要求した。被告人は、経済的苦境に追い込まれた。

なお、「ドリーマー」のイラン国籍の同僚は、被告人が借金してでも金を貯めようとしていた真の理由は、「パスポートを買う金が貯まったら、すぐにアメリカに行くつもり」と聞いていた。

第三、緑荘一〇三号室の状況

被告人とドラゴン、黄、沈毅らの居住していた渋谷区円山町四丁目五番地的矢ビルは、京王井の頭線神泉駅北口駅前の幅員四・七メートルの一方通行路を北に向かって百メートル行ったところの右手にある鉄筋四階建てのビルである。

本件現場である同番地所在の緑荘は、同ビルの北に隣接している。緑荘は木造モルタル地下一階地上二階建ての店舗併用アパートである。両方の建物とも、山本ふみが所有している。

緑荘は一、二階共に三室あり、本件現場の一〇三号室は一方通行路に面した西側の端になる。一〇二号室は空室、一〇一号室は原喜美夫が居住していた。建物西側に二階に通じる鉄製の外階段が設けられている。地下一階は、一〇三号室の真下に当たり、「食通どころ七福」が使用していた。

同荘南側は各部屋の出入り口に通じるコンクリート製の通路となっており、本件現場の一〇三号室の南側は通路に通じる出入り口ドアと腰高窓がある。同室は、南側が台所、奥が畳敷き六畳和室となっており、玄関と和室の間に便所がある。

陳は親戚から山本ふみを紹介されて、的矢ビル四〇四号室を四万五千円で借り受け、更に六万五千円で被告人に又貸ししていた。陳の親戚は、埼玉県新座市に開店した中華料理店の従業員を寝泊まりさせるために、四〇四号室を至急空けるよう陳に要請した。

陳は行き場所がないと訴える被告人のために、山本ふみに頼み、緑荘一〇三号室を借り受ける手筈を整えており、部屋を見たいという被告人の希望で、平成十二年一月二十八日、被告人に山本から借り受けた緑荘一〇三号室の鍵を渡した。

緑荘一〇三号室は、平成十一年八月十八日まで柿谷シズが居住していたが、死亡したためにその後は空室となり、同年九月にはガス、同年十月には、電気の供給も停止された。

同室の鍵は一個で、山本ふみがこれを所有していたが、一月二十八日に被告人に貸し出すまで、その鍵を用いて同室を利用する者はいなかった。

第四、被告人と被害者の関係

被告人は、平成十年十一月頃、同居人黄から「道で出会った日本人の女性と暗がりでセックスしてきた」と聞いた。痩せて髪が長い女性、とその特徴を聞き、時々この界隈で見かける女性だと確信した。翌月中旬頃、被告人は帰宅する際に佐藤に出会った。

黄の話を思い出して佐藤を見ると、佐藤が「遊ばない」と誘ってきたので迷った。なおも佐藤が「部屋に行っていい」と尋ねるので、「友達がいるから」と断ろうとした。すると、佐藤が「何人いるの。全員でもいいわよ」と言うので、被告人は四〇四号室に佐藤を連れ帰った。

この時、同室にいたのは、ドラゴンと沈毅の二人だった。被告人とドラゴン、沈毅の三人は、順次、佐藤と性交した。

他方、被告人は、翌十一年一月頃、黄と連れ立って歩いていたところ、渋谷区円山町の路上で佐藤と擦れ違った。被告人は黄に向かって、「お前が寝たのは、あの女だろう」と聞いた。黄がうなずくと、被告人は自分も佐藤と交渉を持ったことを喋った。黄は、平成十年十二月頃に被告人、ドラゴン、沈毅の三人が四〇四号室で佐藤と関係を持ったことを、ドラゴンから聞いて知っていたので、そのことを言うと、被告人は「実は佐藤のことは、一年くらい前から知っていたんだ」と言った。

第五、犯行状況

平成十二年四月八日（土曜日）午後四時頃、佐藤は

行先を言わずに自宅を出た。午後六時、以前から付き合いのあった会社員と渋谷駅ハチ公前で落ち合い、渋谷区円山町のホテルに入った。この時、相手から四万円を受領して、午後九時前、道玄坂上で会社員と別れ、神泉駅方向に向かった。

同日、被告人は「ドリーマー」に出勤し、午後十時に遅番の者と勤務を交代した。被告人は午後十時十三分発の京王井の頭線渋谷行きの電車に乗り、帰宅の途に就いた。被告人は午後十時四十分頃、神泉駅に着き、的矢ビルに向かった。同駅から的矢ビルまでは徒歩で二分の距離である。

被告人は的矢ビル付近で佐藤に出会い、同女と性交しようとした。しかし、的矢ビル四〇四号室にはドラゴン、沈毅、黄らがおり、彼らとの仲が悪化している被告人は同女を同伴して帰ることに躊躇《ためら》いを持った。折よく、前記の事情で緑荘一〇三号室の鍵を所持していることから、同室に同女を連れ帰った。被告人は、緑荘一〇三号室で同女と性交した。

佐藤は、客と入ったホテルの備え付け避妊具を持ち帰って所持していた。この内の一個である「ホテル・ガラスの城」の避妊具を使用して被告人と性交した。使用した避妊具は南側通路に捨てられた。

被告人は、前述の通り、金に困っていたことから、帰り支度を始めた佐藤から金品を奪うことを決意した。

翌九日午前零時頃、佐藤がコートを着て、身支度がすっかり整った時、被告人は同女の所持していた茶色革のバッグを引っ張って奪おうとした。しかし、同女の抵抗に遭い、同女の顔面を殴打した上に、殺意を持って同女の頸部を両手で圧迫して窒息させ、同女を殺害した。

この間に、同女のハンドバッグの金メッキの留め金が壊れた。

被告人は、右ハンドバッグ内にあった財布から、少なくとも四万円以上の現金を奪い取り、同女の死体を放置して同室に施錠しないまま、的矢ビル四〇四号室に逃げ戻った。

佐藤の母、聡子は、四月九日未明になっても帰宅しない娘を案じていた。佐藤はこれまで一度も無断で外泊したことがなかった。聡子は、四月十日になって、佐藤が会社に出社していないことがわかった時点で、捜索願を出していた。

第六、犯行後の状況

　被告人は、翌九日には「ドリーマー」に平常通り、出勤した。同日、帰りに同僚二人に誘われ、井の頭公園で花見をしながら缶ビールを飲み、午後十一時半頃、井の頭公園駅から的矢ビルに帰った。

　翌十日は「ドリーマー」の勤めが終わった後、被告人は沈毅と渋谷駅で待ち合わせて、東口のラーメン屋「宝龍」に行き、その後、渋谷会館でボウリングをした後、緑荘は的矢ビル四〇四号室より狭いから引っ越さない旨を伝えた。また、被告人は「大阪に働きに行く決心をした」と言った。

　同月十一日、休日であった被告人は埼玉県新座市に行き、陳と会った。被告人は陳に現金十万円を渡し、緑荘には引っ越さない旨を伝えると共に、緑荘一〇三号室の鍵を返した。

　一〇三号室の鍵は、陳がその夜、杉並区在住の山本ふみ宅に返しに行った。山本は、当鍵を的矢ビルと緑荘の管理会社を経営している長男彰に手渡した。

第七、死体発見状況

　同年四月十八日、山本彰は的矢ビル一階にある知人宅に寄った際、緑荘一〇三号室の玄関ドアの施錠を確認しようとした。同人が同室玄関横の腰高窓を見たところ、隙間が開いていたので中を覗いてみると、奥六畳間に寝ている人の上半身が見えたため、陳の友人か陳の店の関係者の中国人が宿泊しているものと思った。

　山本彰は声をかけながら玄関ドアを開けてみた。鍵は掛かっておらず、玄関三和土《たたき》には、女物の靴が揃えて置かれていた。同人は、寝ているのは女性だと思い、びっくりさせるのも悪いと、部屋に漂う異臭に気付いたものの、声をかけずに外から施錠して立ち去った。同玄関ドアは、鍵を使用せずに内側からドアボタンで施錠ができる。

　同年四月十九日、山本彰は緑荘一〇三号室に横たわっていた人物のことが気になって、もしまだ同じ人物が緑荘一〇三号室に留まっているのなら、文句を言おうと鍵を持参して同室に再び出向いた。異臭のことも気にかかっていた。

　窓から様子を見ると、人物は前日と同じ姿勢で横たわっていた。同人は玄関鍵を開けて室内に入り、佐藤の死体を発見した。

　佐藤の死体は、頸部に圧迫痕があったほか、頭部、顔面と四肢に、鈍器で打撲したことによって引き起こされる擦過傷、打撲傷があり、頸部軟部組織、甲状腺被膜下及び実質に出血があった。

第八、死体発見後の被告人の行動等

被告人は、同年四月十九日夜、「ドリーマー」から的矢ビル四〇四号室に戻ったところを、付近の聞き込み捜査を行っていた警察官の訪問を受けた。

ドラゴン、黄、沈毅の三人はまだ仕事から戻っていなかった。居住地、勤務先等について詳しく聞かれた被告人は、警察官が帰った後、すぐ三人に連絡を取ろうとした。

被告人は、渋谷区道玄坂の「カルビはうすＢＡＮ」で働く沈毅の携帯電話に連絡をして、「警察が大勢来て、知らない女の写真を見せられた。警察はまた来ると言っていたので、部屋に帰ると不法滞在が発覚して捕まるかもしれない」と伝えた。

これを聞いた沈毅は、黄の勤務先である杉並区高円寺南の「ミラージュカフェ」に電話をして、部屋に戻らずに逃走した方がいい、と伝えようとしたが、黄は勤務を終えて帰途に就いた後だった。沈毅は新宿区歌舞伎町二丁目の「美蘭楼」で働くドラゴンのところに赴き、このことを伝え、両人はその夜、ドラゴンの知人宅に宿泊した。

黄は事件を知らずに的矢ビルに帰宅する途中で、警察官の質問を受け、被害者の写真を見せられ、被害者を見かけたことがあること、緑荘の鍵は被告人が所持していたことなどを話した。

一方、被告人は、同十九日夜は的矢ビル四〇四号室を出て、渋谷区道玄坂のカプセルホテルに宿泊した。翌二十日は警察官に勤務先を答えたこともあって、「ドリーマー」には行かず、終日ホテル内で過ごした。

翌二十一日、被告人はカプセルホテルから埼玉県新座市の陳の家に行き、陳に緑荘一〇三号室の鍵を犯行日前日の四月八日に返却し、この時一緒に十万円の現金を渡したと警察に証言してくれるように依頼した。しかし、陳はすでに警察官から事情聴取を受けていたため、これを拒否した。更に、陳は緑荘一〇三号室の鍵を所持していた被告人を警察が探しているから出頭した方がいいと勧めたが、被告人はこれを拒絶した。

陳に会った帰り、金に困った被告人は、仕事を辞めることと、これまでの給料を受け取りたいと願い出るつもりで、武蔵野市の「ドリーマー」に寄った。
経営者からの通報で警察官が「ドリーマー」を訪れ、事情聴取の結果、被告人の不法入国及び不法滞在が発覚した。被告人は出入国管理及び難民認定法違反容疑により、同日逮捕され、右事実により同年六月三十日、有罪判決を言い渡された。
その後、平田百合子の殺害現場「ホープハイツ」二〇五号室で採取された指紋が被告人のものと一致したこと、平田百合子の金のネックレスを所持していたことなどから、慎重な捜査の結果、平田事件と佐藤事件を同時に起訴した。

2

上申書「私のやった悪いこと」

張　哲鍾

（原文は中国語。本上申書は、警察内道場で、マネキン人形を使っての犯行再現実験が行われた後に、取調官の勧めによって書かれたものである）

刑事の高橋先生に、お前がこれまで生きてきたことや、お前のやった悪いことを包み隠さず書け、と言われました。私は無我夢中で生きて参りましたから、自分の半生を振り返ったことなどありませんでした。また、遠い昔の出来事で思い出せなくなったことも、悲しみのあまり忘れてしまいたいと記憶の壺の中に封印してしまったことも、怒りに任せて捨て去ってしまった記憶も多々あります。
でも、高橋先生にいただいたこの機会に、ぜひとも、自分について書いてみたいと思いました。そして、私の愚かな生き方と、取り返しの付かない失敗についても考えます。それから、佐藤和恵さんを殺した疑いが私にかけられていると聞きました。その無実についても、この文の中で訴えていきたいと思います。

中国人は生まれた場所によって運命が決まる。よく言われる言葉ですが、私はその通りだと思います。私が四川省の山の中ではなく、上海や北京や香港などの都市で生まれ育ったのならば、私の人生はもっと希望に満ちた、明るいものだったと確信しております。異国で、このような愚かな行いも絶対にしなかっただろうと思います。

私の生まれた四川省もそうですが、中国の内陸部には、中国の総人口のおよそ九割が暮らしております。でも、富は中国全体の一割しか手にしていないのです。その逆が上海や広州などの沿海部です。沿海部の人たちは中国の人口の一割に満たない数なのに、富は九割手中にしています。沿海部と内陸部の経済格差は、広がる一方です。

私たち内陸部の人間は、自分たちの手の決して届かないところにある紙幣の匂いや黄金の輝きを感じながら、歯噛みして生きていく他なかったのです。アワやヒエを食べ、顔や髪を埃まみれにして畑にしがみついて生きるしかないのです。

私は子供の頃から、両親や兄弟たちに哲鍾は村中で一番頭がいいと言われて育ちました。これは自慢でも何でもありません。ただ、私の状況を知っていただきたく、申し上げているだけなのです。確かに、私は年の割には賢い子供でした。読み書きも自分でいつの間にか覚えましたし、金の計算もすぐできました。私は自分の頭脳を伸ばしたいと思いましたから、上の学校に行きたい、もっと学問をしたいと願っておりましたのに、私の家は貧しくて、私は村の小学校しか通わせてもらえませんでした。願いが叶わないと知った子供はひねくれた木の根っ子のように、心の底で黒い嫉《そね》みや醜い妬《ねた》みを育てるのかもしれません。私はそういう環境に生まれ育ったことを自分の運命と思っております。

出稼ぎをして、広州や深圳で働いておりました時は、ここに元から暮らしている人々みたいに豊かになりたい、金を貯めたい、と必死でした。でも、日本に来てからは、その思いも虚しく感じられてなりません。なぜなら、日本の豊かさは中国の沿海部の都市とは比べ物にならなかったからです。

もしも、私が中国人ではなく、日本人であったならば、私の今の苦しみは存在しなかったことでしょう。生まれ落ちたその時から、旨い食物は腐るほどあり、水道の栓を捻れば安全できれいな水がふんだんに出て来て、お風呂にも入り放題。隣の町や村に行くにも、徒歩や、いつ来るとも知れないバスを待つのではなく、三分おきにやって来る電車に乗れば行くことができるのです。好きなだけ勉強ができて、自分がやりたい職業に就けて、美しい洋服を着て、携帯電話や車も持てて、いい医療が受けられて楽しい一生を終える。あまりと言えばあまりに違う国の姿に、私は苦しみすら覚えてしまいます。

なのに私は、嫉妬と羨望を感じた自由と驚異の国、日本で囚われの身となってしまいました。何という皮肉でしょうか。実に情けないことです。貧しい故郷で私からの便りを一日千秋の思いで待つ病気の母に、このことが知られましたら、私は生きてはいけません。

警察の取調官の皆様、並びに裁判長閣下にお願いがございます。平田百合子さんを殺した罪を償いましたならば、どうぞ私を生まれた土地に帰してください。帰れましたならば、私は痩せた土地を耕して、自分の一生は何だったのか、私の罪は何だったのか、と考えながら生涯を終えることでしょう。何卒《なにとぞ》、私にご寛恕《かんじょ》をくださいますよう、伏してお願い申し上げます。

「黄色い大地」という映画をご覧になったことはありますでしょうか。私は日本で知り合った女の人から、とてもいい映画だから見るように、と勧められ、レンタルビデオ屋で借りてその人と一緒に見たことがあります。その女の人は台湾出身の出稼ぎ者で、私に親切にしてくれた人でした。

しかし、映画の始まりと共に、私は息苦しくなり、いてもたってもいられなくなりました。一九三七年頃の設定だということでしたが、映画の舞台となった土地の姿や、そこでの暮らしが、私の生まれ故郷にそっくりだったからなのです。六十年以上も昔の話なのに、私の家は映画と同じ貧しさの中にまだある。そのことが辛く悲しくてなりませんでした。

映画の風景は厳しいものでした。茶色い乾いた山々が連なり、山には草木が一本も生えていません。私の故郷の山々は、映画よりももっと峻険で頂きが尖っておりましたが、人やロバの歩く細い道が禿山に延々と続いているところなどはそのままでした。私の家は、岩山に穿《うが》たれた洞窟を利用して作られておりましたから、映画の中の家の方がずっと豊かに思えました。私は紙や木で出来た家に憧れを抱いておりました。一度でいいから、人の手によって作られた家に住みたいと思っていたのです。

主人公の少女と同様、私と妹の仕事は片道三キロ離れた川に水を汲みに行くことでした。真冬の辛さと言ったら、到底言葉にはできません。山の稜線で強い風に煽られて水桶を引っ繰り返してしまったことなど、何度もあります。私も妹も、ひどいしもやけで手足の指先はいつも崩れておりました。

「すごいところね。こんなところに生まれたら、あたし死んでしまうよ」

知り合いがそうつぶやいた時、私は思わずビデオを止めてしまいました。知り合いは怒って、私の手からビデオのリモコンを奪って点け直しました。

「何で止めるのよ」

知り合いの問いに、私は答えられませんでした。言ったところで無駄だ、と思ったからです。私の顔色を見て、知り合いは私の家の貧しさを知ったのだと思います。馬鹿にした顔で、「あんたって田舎者なのね」と言いました。私は黙ってうつむいていました。ですから、私はハリウッド製の爽快で楽しい映画しか好きではありません。

馬鹿にされることは、私の半生に付いて回ることでした。私の家は村の中でも特に貧しく、住まいも洞窟でしたから、村の人から一段低く見られておりました。父に貧乏神が取り憑いている、と言い触らしている人もおりました。婚礼や祭事に呼ばれて行っても、父は末席のさらに端で小さくなっていました。

父は客家《ハッカ》の出で、子供の頃に私の祖父に連れられて、福建省の華安県というところから四川省に流れて来て、この村の一隅に住み始めたそうです。村の連中は漢民族ですが、客家の人間は一人もいないということで、家を建てることもすぐには許されず、洞窟住まいを始めたようです。

祖父は占い師をしておりました。最初は繁盛したらしいですが、そのうち祖父が占うと不吉な予言しかしないと嫌われ、次第に仕事がなくなり、我が家は貧乏のどん底に落ちました。祖父は誰に頼まれても占いをしなくなり、家でも口を噤んでしまいました。きっと、口を開けば皆が身構え、本気で占っても憎まれるので、何も言いたくなくなってしまったのでしょう。

やがて、祖父は滅多に動くこともなくなり、髭も髪も伸び、達磨《だるま》の置物みたいになりました。私が覚えておりますのは、洞窟の一番奥の暗がりに座り込んだ祖父に、家族の誰も注意を払わずに暮らしていたことくらいでしょうか。食事時になりますと、母が祖父の前に茶碗を置いていました。それがいつの間にか減っているので、祖父が生きて食べていることを知るのです。祖父が死んだ時も、しばらくは誰も気付かなかったほどです。

一度、家に誰もいない時、祖父が小学生の私に話しかけたことがあります。祖父の声などほとんど聞くことがなかったので、私はとても驚いて振り返りました。祖父は奥の暗がりの中で目を見開き、私にこう言ったのです。

「家に人殺しがいる」

「おじいちゃん、今何て言ったの。誰のこと」

私が聞き返しても、祖父はもう二度と何も言いませんでした。利発だの要領がいいだのとおだてられていた私は、半分死んだような祖父の言葉を信じませんでした。そしてそのことをすぐに忘れてしまいました。

私たちは山の中腹の畑を、たった一頭の痩せ牛を使って耕す毎日でした。他に二頭の羊も持っていて、その世話は次兄の根徳の仕事でした。作物は雑穀ばかりです。父も母も兄たちも真っ黒になって早朝から暗くなるまで働いていましたが、家族全員の食い扶持《ぶち》をその畑から収穫するのは無理でした。何度か旱魃《かんばつ》が襲い、一家で空腹にたえる日が数カ月続いたこともあります。私は大人になったらいつか、死ぬほど白い米の飯を食ってみたいものだと本気で考えておりました。

そんな暮らしをしていましたので、私は物心ついた時から、大きくなったらこの家を出てまだ見たことのない大都会に働きに行くと決心していました。家は長男の安基が継ぐことになるでしょうし、姉の梅華は十五歳で隣村に嫁に行きました。私と次兄の根徳、そして末の妹の美君《メイクン》はこの畑の収穫や数頭の羊だけでは食べることができないのです。

私と長兄の安基とは八歳の年の差があります。次兄の根徳とは三歳違い。私が十二歳の時、大事件が起きました。安基が根徳を死なせてしまったのです。私は祖父の予言が的中したことに怯え、妹の美君と抱き合って震えておりました。

口論になり、安基が根徳を殴った上に、突き飛ばしたのです。根徳は洞窟の岩に頭をぶつけて動かなくなりました。警察官が調べにやって来ましたが、父は事実を隠匿しました。根徳が自分で仰向けに転んで頭を打ったと届け出たのです。もし、安基が弟殺しの罪に問われたら、安基は刑務所に行かなくてはなりません。そうなったら、畑を耕す手がなくなりますし、刑を終えた安基は生涯、独り身となるでしょう。

私の村では男が余っておりました。近隣の村では、四人の男が共同で一人の花嫁を娶《めと》ったという話さえあったほどでした。そのぐらい皆が貧しかったのです。この時の兄弟喧嘩の原因は、嫁のことでした。根徳が安基をしつこくからかったのです。

「兄ちゃんが嫁さんを貰ったら助かるよ。俺と哲鍾は苦労して嫁さんを貰わなくて済む。何とか貰ってくれよ」

隣村でのことを当てこすったのですが、貧しい安基に嫁の来手がないことは村中の噂になっていることでしたので、安基には腹立たしい限りだったのでしょう。また、真面目な安基には根徳の下品な冗談がたえられなかったのだと思います。根徳は村の若者の中でも、とりわけ怠け者で嫌われている連中とばかり遊んでいました。

「馬鹿な冗談を言うな」

いつもは穏やかな安基にあんな怒りが潜んでいることは想像もつきませんでした。私は人間というのはわからないものだとつくづく思います。それは自分自身も含めてのことであります。安基は根徳を殺した後、人が変わってしまいました。祖父と同様、誰とも口をきかなくなってしまったのです。安基は結婚もせずに家族と村で暮らしています。

私の家族は、呪われているのかもしれません。激情に駆られた結果とはいえ、私も兄も人殺しになってしまいました。その罰として、兄は生涯、孤独と窮乏にたえる生活を、この私は、平田さんを殺《あや》めた罪を異国の牢獄で償わねばなりません。最愛の妹も、日本に来る途中で非業の最期を遂げました。私にはもう何も残っていません。

祖父が故郷の福建省から流れて来ざるを得なかったのも、その占いが不吉過ぎて、人々から追われたせいではなかったか、と今では思っています。祖父にはきっと、私の家族の暗い未来が見えたのでしょう。だから、洞窟の隅っこで物言わぬ置物のようになって死んだのです。

それにしても、祖父がせめて「人殺しはお前のことだ。将来、気を付けろ」と諫めてくれさえしたなら、私は身を慎んで注意深く生きたことでしょう。日本にも来なかったと思います。そうすれば、平田百合子さんとも出会わず、妹も死なず、佐藤さん殺しの疑いもかけられずに、地元の工場に働きに出て一日一元の稼ぎでも満足する、そんな一生を終えたと思います。愚かな私の人生を思うと、悲しくてなりません。

　平田さんにも申し訳なく、何とお詫びしていいのかわかりません。私のつまらない命でよければ、いつでも差し出したいと思います。

　しかし、十三歳の時の私に、そのような未来が想像できるわけもありません。当時は、安基は何ということをしでかしてくれたのだろうと怒りを鎮めることができませんでした。両親の嘆き、村人の心無い噂、それらを思うといたたまれずに安基を詰《なじ》ることもありました。でも、人間の感情というものは不思議です。私は心の底では安基に深く同情していたのです。

　無理もありませんでした。次兄の根徳には、私も大嫌いなある性質がはっきりと表れておりました。根徳は遊び好きで女にだらしなく、父が稼ぐ小金を盗んで酒を飲んだりする碌《ろく》でもない男でした。羊相手に獣姦していたのを村人に目撃され、父が恥をかいたこともあります。

　正直に申し上げますが、私は一家の恥を垂れ流す根徳が死に、父の畑を継ぐ安基が刑務所に行かずに済んだことに、実は安堵しておりました。安基が刑務所に入ってしまったら、畑は私が継がねばなりません。それは本当は有り難迷惑でした。わずかな土地に縛り付けられ、私は文明も知らずに生涯貧乏で暮らしたことでしょう。

　中国の内陸部の貧しい農民には、たったひとつだけいいことがあるのです。自由です。誰からも顧みられない私たちは、自由だけを手にしているのです。どこへ行こうと何をしようと、どこで野垂れ死のうと勝手な自由。私はその時すでに、都会に出ることしか考えていませんでした。

　兄の事件後、私は根徳の跡を継いで羊を追うように父に命令されました。が、十八歳になった時、近くに出来た麦藁帽子や麦藁枕を作る工場で働くことになりました。母が胃を病んだため、羊を売ってしまったからです。麦藁の屑にまみれる工場勤めは、羊飼いや農業よりも楽ではありましたが、賃金は安く、一日たったの一元しか稼げませんでした。しかし、その稼ぎも現金収入のない我が家には貴重な金でした。

　その頃から、近隣の農家の次男三男は皆、沿海部の都市に出稼ぎに出るようになりました。家族全員が食べて行くには耕地面積が足りず、農村では圧倒的に労働力が余っていたのです。若い男たちは仕事もなく、結婚相手もいませんから、根徳のように村でうろうろして、小さな悪事ばかり働くようになってしまいます。

私の幼馴染みの健平《ジェンピン》という男も、後に経済特区になった広東省の珠海《ツーハイ》という市に出稼ぎに行きました。仕事は工場建築現場でのセメント流しや材木運びだということでしたが、健平の留守宅では、ふんだんな仕送りでカラーテレビを買ったり、バイクを買ったり、と贅沢をしていました。私は羨ましくてならず、いつか私も出稼ぎに行きたいと願うようになったのです。健平から私に来た手紙にも、女の子とデートして映画を見たとか、初めてレストランに入ってハンバーガーを食べたとか、夢のような話が綿々と書き連ねてあるのですから。

私は一刻も早く都会に出て行きたくてなりませんでしたが、一日一元の稼ぎでは遠くに行く汽車賃も作れません。貯金を始めたものの、汽車賃には到底届かず、借金でもしない限りは無理でした。しかし、村には借金できる相手もいなかったのです。何とか金を工面して健平のように沿海部の街に出稼ぎに出ること。それが私の唯一無二の夢になりました。

一九八八年、天安門事件が起きる前年のことでした。健平が死んだという報せが突然、村に届いたのです。健平は珠海市から海を隔てて見えるマカオに密入国しようとして、海で溺れ死んだのでした。報せてくれた人の手紙にはこう書いてあったそうです。

健平は頭の上に衣類と金を結わえ付け、日が暮れるのを待って珠海の街外れからマカオ半島目がけて泳ぎ出した、と。真っ暗な海を何キロも泳いで密入国するなんて、日本人には想像もできない蛮勇と映るでしょう。でも、私には健平の気持ちが痛いほどわかりました。

珠海とマカオは地続きです。珠海の街からはマカオの街が見えるのです。同じ民族が住む違う国が広がっているのです。そこにはカジノがあって金が唸り、金さえあればどこにでも行ける、ありとあらゆる自由があるのに、国境には警備兵がいますし、高い塀に高圧電流が流されていると聞きます。何と残酷な場所でしょうか。

もし捕まったら、刑務所送りは間違いありません。刑務所の悲惨な状況は聞いたことがあります。動物のように南京虫が這い回る狭い部屋に押し込められ、糞便まみれの馬桶《マートン》を奪い合うような生活を送るのです。

でも、海には高い塀は存在しません。波しか自由を遮るものがないのだとしたら、私も泳いでマカオに、いや香港にまで行こうとしたことでしょう。

中国人は生まれた場所によって運命が決まる。その通りです。健平は命を懸けて、定められた運命を変えようとしたのです。この出来事は、私の気持ちを変えました。私が健平の代わりに海の向こうの自由な国、金を幾らでも稼げる国に行こう、と決心したからです。


その年の終わり、妹の美君に縁談がありました。貧乏な我が家には条件のいい縁談でした。相手は同じ村の男でしたが、うちよりは金がある農家でした。ただ、年の差がありました。美君はまだ十九歳なのに、相手は三十八歳にもなっていたのです。まるで解放前の話のようですが、真実です。相手の男は背が低くて不細工な男でした。だから、三十八歳になっても嫁が来なかったのです。私は妹に聞きました。

「お前は嫁に行くんだろう。今よりは裕福な暮らしができるよ」

美君は即座に首を振りました。

「絶対に行かない。私はあんな醜い猿みたいな人は大嫌い。背も低いし、うちよりちょっと金持ちだってことで、見下しているじゃない。たとえ嫁に行ったところで、やることは畑を耕すことだけ。私はお姉さんのように老けこみたくない」

私は無理もないことだと妹の顔を見ました。私の姉は六歳上なのですが、嫁に行った先が我が家と同じくらい貧乏な上、次々と子供が出来て、老婆のようにすっかり萎《しぼ》んでしまったのです。

それにひきかえ、美君は、兄弟でも見惚《みと》れるほどの可愛い娘でした。頬がふっくらとして鼻は細く、体つきもほっそりして華やかさの漂う美人なのです。四川省は元々美人の産地と言われております。四川娘はどの都市に行ってももてると聞きました。私の妹は流れ者の血筋ですが、近隣のどんな娘よりもずっと綺麗で、気が強かったのです。

「私はお兄さんのような人なら嫁に行く」美君は真剣な表情でつぶやきました。「健平の家のカラーテレビで見たけど、お兄さんならどんな俳優にも負けないと思う」

自慢しているようで恥ずかしいのですが、私は自分が美男の部類だと思ったことは、実はなくもありませんでした。しかし、狭い村のことですし、都会に出ればいくらでも自分よりいい男がいるに違いないと思っていました。でも、この時、妹の言葉ではっきりと自信を持ったのです。日本に来てからも、私はよく「柏原崇」という俳優に似ていると言われたものです。美君はまんざらでもない私を見て、こう言いました。

「お兄さん、私たち兄妹は顔もスタイルもいいから、二人でテレビに出たり、映画に出演したりしてお金持ちになろうよ。こんな田舎にいたら、そんなチャンスもないし、死んだ方がましよ。ねえ、一緒に広州に行こうよ」

妹は洞窟の我が家を見回しました。暗く寒く、いつも湿った家。外からは、アワの種蒔きの時期を相談する安基と母の陰気な声が聞こえていました。まっぴらだ、こんなところ。私は安基の声に耳を塞ぎました。妹も同じ気持ちになったのでしょう。私の手を取って誘いました。

「ねえ、お兄さん。二人してコンクリートで出来たおうちに住もうよ。水汲みなんかしなくても水道があって、電線は壁の中を通っていて、トイレもお風呂もある暖かい家に。テレビや冷蔵庫や洗濯機を買って、楽しく暮らそうよ」

我が家に電気が来たのはつい二年前のことでした。それも盗んだ電線を使って、私が近くの電信柱から勝手に電線を引いたのです。

「俺も行きたいよ。でも、金がないから貯めなくちゃ」

妹は馬鹿にしたように私の顔を見ました。

「何言ってるのよ。お兄さんにお金が貯まる頃には私はお婆さんになってるわ。それに、まごまごしてたら汽車賃が値上がりするって」

その噂は方々で聞きました。翌年の旧正月が過ぎたら汽車賃が値上がりするというのです。何としてもその前に村を出たいのはやまやまなのですが、二人分の汽車賃などどうやっても工面できません。すると、美君が囁きました。

「お兄さん、結婚すると言えばあの人は結納金を持って来るわよ。だから、それを遣ったらどうかしら」

とんでもない妹ですが、二人で村から脱出するとしたら、その方法しかないのです。私は渋々承知しました。

妹が結婚を承諾したと聞いた相手の男は大喜びで、何十年もかかって貯めた金を持って来ました。全部で五百元。我が家にとっては年収以上の額でした。喜んだ父が箪笥にしまい込んだ金を楽々と盗み出し、私と妹が村を後にしたのは、旧正月が終わった翌日のことでした。私たちは人目を避けて、朝一番のバスに乗ろうと夜明け前に村外れの停留所に急いだのです。

　ところが、バスは満員でした。皆、汽車賃の値上げを聞いて慌てふためいて都会に出ようとしていたのでした。私と妹は何とか乗り込み、重い荷物を持ったまま、二日ふた晩立ちずくめでバスに乗っていました。でも、この程度の我慢で憧れの広州に行けるのなら。私は妹を励まし、笑いかけました。ようやくバスが終点の田舎駅に近付いた頃、雪交じりの雨が降っていました。へとへとの私は、雨宿りする場所はないかと外を覗き、驚きのあまり妹の手を強く摑みました。

　駅前には、大勢の人たちが雨に濡れた地べたに座り込んでいたのです。その数はおよそ数千人。若い男女が着膨れした丸い体を雨に打たれ、鍋釜や衣類を突っ込んだビニール袋を後生大事に持って、ひたすら列車の到着を待っていたのです。この分では、二軒しかない旅館も満員なのでしょう。商店もない閑散とした駅の前には人の波しか見えませんでした。濡れそぼった群衆からは、その呼気と熱気とで、もやもやと白い水蒸気が上がっていました。

　しかも、到着したバスは私たちの乗ったバスだけではありませんでした。次々と満員の乗客を乗せたバスが来るのです。私の村よりさらに奥地から、同じような貧しい農民を運んで来ます。人間はどんどん増える一方でした。バスから降りた農民たちは、駅前に近寄ることもできず、その周辺で押し合っていました。あちこちで小競り合いや騒ぎが起きて、公安が駆け付けて来ましたが、どうにもできません。

　これでは汽車に乗るどころか、切符も買えないかもしれない。私は呆然としました。結納金を盗んで出た以上、村には二度と戻れません。さすがに気の強い妹も気が殺《そ》がれたのか、べそをかき始めました。

「どうしたらいいの。これじゃ汽車に乗るまでに一週間かかってしまう。その間にもっと人は増えるし、汽車賃は値上がりするわ」

「何とかするよ」

　妹を慰めながら、私はなるべく駅に近い人の群れに自分の体を無理矢理押し込みました。当然、「並べ」「後ろに行け」という怒鳴り声が起きましたが、私は声のする方を睨み付けました。中には柄の悪い者もいて喧嘩になりそうでしたが、妹が男たちに哀れな声で訴えました。

「気分が悪くて死にそうです」

　男たちは仕方なくほんの十五センチほどの空間を空けました。私はそこにまず足を食い込ませ、それから濡れた地べたに鍋釜を置き、何とか座り込むことに成功すると妹を膝の上に乗せました。妹は私の肩に顔を埋め、いかにも気分が悪そうにぐったりしてみせました。私たちはきっと労《いたわ》り合う仲の良い夫婦に見えたことでしょう。でも、私も妹も心臓が破裂するほど気が焦り、何も考えられないくらいに昂っていたのでした。しかし、汽車を待つしかないのです。周囲の様子を窺った妹が私に囁きました。

「お兄さん、ここに並んでいる人は皆切符を持ってるわ。切符を買わなくちゃ駄目なんじゃない」

　切符売り場はとうに封鎖されています。私は妹の肩を押さえ、その囁きを封じました。これだけ混んでいれば、切符を買う必要なんかない、と。それより命があるかどうか、他人には絶対に負けないという気持ちが続くかどうかの方が問題でした。私は他人を突き飛ばしても、自分たちは汽車に乗るんだと決心を固めました。

　待つこと六時間。その間も出稼ぎ者たちはどんどん増えていきます。単線の田舎駅に一万人以上の人間が集まっていたのですから、全員が乗れるはずがないのは自明の理です。しかも、それぞれの駅に同じ数の人間が汽車を待っているのです。中には、汽車に乗ることを諦めて故郷に帰って行く者もいましたが、ほとんどの農民は私と同様、自分たちだけは何としても乗るんだと目を血走らせていたのでした。

　やがて、「汽車が来るぞ」という叫びがどこからか聞こえました。座り込んでいた農民はどよめいて一斉に立ち上がりました。駅側は、なだれ込む人間を恐れてとっくに改札を止めています。数十人の公安がホームの周りを警護していましたが、私たちは銃も恐れず、じわじわとホームに押し寄せました。

　巨大な人垣に迫られた公安たちの顔が見る見るこわばり、腰が引けていくのがわかりました。汽車がゆっくりとホームに入って来ました。しかし、興奮した群衆から大きな失望の溜息が洩れました。チョコレート色の列車の窓が真っ白に曇って中がまったく見えないのです。乗車口からは、人の腕や足、荷物などが突き出ています。汽車はすでに超満員なのでした。

「これじゃいつまで経ってもこの駅から動けない。どんなことがあっても、この手を離すなよ。絶対に乗るぞ」

私は妹の手を強く握りました。二人で荷物を体の前に抱え、力任せに人込みを押し進みました。私の荷物の中に入っている鉄鍋が背中に当たったのか、すぐ前の男が口を尖らせて振り返りましたが、足を取られて横向きにどうっと倒れました。たちまち人垣が崩れ、数人が転びます。が、私は構うことなく、人の背中や手足を踏み付けながら汽車に向かいました。

群衆に恐れをなした公安や駅員は足早に逃げ去ってしまいました。それを見るや否や、私たちは一気になだれ込んだのです。他人を突き飛ばし、突き飛ばされて前につんのめり、それでも皆、自分だけは汽車に乗ろうと無我夢中でした。

「お兄さん、お兄さん」

妹の金切り声が聞こえます。髪を摑まれて後ろに倒されそうになったのでした。ここで転んだら、踏み潰されて死んでしまうかもしれません。私は抱えていた荷物を捨てて妹を助け、髪を摑んで放さない女の顔を殴りました。女は鼻血を噴き出させましたが、誰もそんなことに構ってはおりません。必死でした。

この時の私の行動を非難されては立つ瀬がありません。日本の人には想像もできないことだと思います。大量の人間がたった一本の汽車に乗ろうと争っている姿は滑稽に見えるかもしれません。しかし、私たちには、命の懸かった真剣な一瞬だったのです。この汽車に乗れなければ、冷たい雨の中で何日も野宿するしかないのですから。それに、私と妹は結納金を奪って村を出ています。妹の許婚《いいなずけ》が追いかけて来たら、と思うと足が竦む思いでした。

私と妹は何とか列車の側まで近付くことができましたが、今度は列車に乗っている人間が、誰一人入れまいと、私たちに棍棒を振り上げて脅すのです。私の前にいる男がこめかみの辺りを殴打されて倒れた時、汽車の車輪が動き始めました。焦った私は、横にいた屈強な男たちと協力して、棍棒を振り上げている男を引きずり降ろしました。そして、落ちた人間を踏み台にして妹と二人、汽車に乗ることに成功したのです。私たちに続いて、必死の形相の男女たちが乗り込もうとします。しかし、今度は私が棍棒を振り上げる番でした。本当に、今思い出しても鳥肌が立ちます。地獄のような光景でした。

汽車がようやく動き出しても、私と妹は興奮が冷めず、だらだらと汗を流し続けて互いの顔を見合っていました。妹の髪は乱れ、顔のあちこちに泥や痣《あざ》が付いています。私も酷い格好をしているはずでした。言葉にこそ出しませんが、私たちは同じ思いでした。助かった、運が好かった、と。

しばらくして我に返ると、私たちはまだ、着膨れした人間たちでぎゅうぎゅう詰めの通路に立ったままの状態でした。横になるどころか座ることもならず、半日後には重慶、それから二日がかりで広州に向かうのです。村から一歩も出たことのない私たちが、バス、汽車という初めての乗り物に乗って、見知らぬ土地に運ばれて行く。果たして体力が続くのだろうか。この先、いったいどうなるのだろう、とまたも不安が押し寄せてきましたが、ここまで来たなら、前へ進むしかありません。

「喉が渇いた」

私の胸に寄りかかった妹が訴えましたが、手持ちの水も食料もバスの中でとっくになくなっていました。駅では場所を取られるのを恐れ、水も食料も補給できないままに汽車に乗り込んでしまったのでどうにもなりません。私はほつれた妹の髪を指でとかしてやりました。

「我慢しろよ」

「わかってるけど、こうして立って行くしかないのかしら」

妹は周囲を窺いました。通路に立っている人間の中には、器用に片手で水を飲んだり、饅頭を食べたりしている者もいます。驚いたことに、赤ん坊を抱いている女もいました。中国の農民は逞しいのです。

どう見ても十六、七歳ではないかと思われる四人の少女の集団が通路の隅に陣取っていました。皆、精一杯のお洒落をして、赤やピンクのリボンを髪に結んでいますが、陽に灼けた丸顔やしもやけで腫れた赤い手は、野良仕事をさんざんしてきた田舎の少女のものでした。妹の方が比べ物にならないくらい美しい、と私は妹を自慢に思ったのです。

なのに醜い少女たちは汽車が揺れるたび、嬌声を上げて周囲の男にしがみついているのです。妹が軽蔑を籠めて睨み付けました。すると、一人がネスカフェの空き瓶に入れた茶を見せびらかすようにして飲み始めました。外国製のインスタントコーヒーは、私たちにとって非常な贅沢品だったのです。私の村でも、金持ちの家でしか見たことのない空き瓶でした。

私の妹が羨ましそうに茶を見ていますと、少女はますます図に乗り、蜜柑を取り出して皮を剝き始めました。小さな蜜柑でしたが、通路に柑橘類の甘酸っぱい香りが漂いました。ああ、あの時の匂い。私はそれを思うと、涙が出ます。持てる者と持たざる者の隔たり。それは限りなく大きく、人の人生を狂わせるのです。こんな思いを知らない日本の人は本当に幸せです。

突然、蜜柑の香りを消し去る悪臭が鼻を突きました。便所の扉が開いたのです。皆、振り返り、すぐに目を伏せました。一見してヤクザ者と知れる男が現れたからでした。ほとんどの者が薄汚れた人民服を纏《まと》っているのに、男は珍しい灰色の背広を着て、赤いとっくりセーター、だぶついた黒ズボンを穿き、首に白いマフラーを巻いているのです。服装はよいのですが、根徳にそっくりの鋭い目つきは明らかに拗《す》ね者でした。便所の中を覗くと、似たような男たちが二人ばかり、煙草を吸っていました。

「あいつら、便所を占拠して使わせないんだ」

私の斜め横に立つ、私より頭ひとつ小さい男が忌々《いまいま》しげに囁きました。

「じゃ、どこで用を足すんだ」

「垂れ流しさ」

私は驚いて足元を見ました。確かに汽車の床は液体で濡れています。乗り込んだ時から異様な臭いがすると思ったのは、乗客の糞便だったのです。

「大便はどうするんだ」

「さあね」男は一本しかない前歯を剝き出して笑いました。「俺はビニール袋を持ってきたから大丈夫さ」

しかし、ビニール袋がいっぱいになれば床に捨てるに決まっています。同じことなのです。後ろのニキビ面の若い男が合いの手を入れました。

「あんた、手で受けたらどうだ」

周りの乗客が笑いましたが、半ば自棄《やけ》のようでした。私は情けなくなりました。いかに私の家が貧しく、洞窟だったとはいえ、男女が同じ場所で大小便を垂れ流すことなど考えたこともありません。それは人間の暮らす環境ではないのです。

「他の車両もそうなのか」

「同じだよ。誰でも、汽車に乗ってまず確保するのは座席じゃないんだ。真っ先に便所さ。万が一、便所が空いてたとしても、どのみち汽車の中はすし詰めだ。便所まで行き着くことなんかできやしないよ。便所を占領したら、多少臭くても板を持ち込めば座れるし、寝られる。そして誰も入れずに仲間だけで閉め切っていられるだろう」

私は首を伸ばして車両の中を覗きましたが、四人がけの席も通路も人がぎっしりと立ち、黒い頭ばかりで座っている人間など見えません。網棚にも子供や若い女が横になっていました。なまじ座席に座っていたら動くこともままならず、衆目の中で用を足すことになるのでしょう。

「男はまだいいが、女が可哀相だ」

「あいつらに金を払えばいいんだ」

「金を払うのか」

「ああ、便所を使わせて商売してる」

私はこっそりヤクザ者を見ました。退屈して外に出て来たらしい男は、四人組の少女たちを品定めし、それから赤ん坊に乳を飲ませている母親を凝視しました。少女たちは素知らぬ顔で横を向いています。男は私の妹に目を留めました。私は心配になり、男の視線から妹を隠すようにしました。妹の美しさが心配になったのです。男が私を睨みましたが、私は下を向いていました。男が大きな声で叫びました。

「便所、一回二十元だ。使う者はいないか」

二十元というのは、日本のお金に直すと三百円くらいでしょうか。信じられない値段でした。私の工場勤めは一日たった一元だったのですから。

「高いよ」

蜜柑を食べていた少女が勇を鼓して抗議しました。

「だったら使うな」

「使わなかったら死んじゃうよ」

「勝手に死ね」

男は言い捨てて便所の扉を閉めました。狭い便所で大の男が数人も、何をしているのかわかりませんが、それでも通路で立っているよりは遥かにましに違いありません。

「お兄さん、私は赤ん坊になりたいわ。おむつをしておっぱい飲んで、何も心配することもないんだから」

妹が母親に抱かれて眠る赤ん坊を眺めながらつぶやきました。妹の顔は青黒く、目の下にはっきりと隈が浮き出ていました。無理もないのです。汽車に乗るまで、すでに二日間も立ち通しでバスに揺られて来たのですから、疲労も極限でした。私は妹を寄りかからせて少し眠るように言いました。

どのくらい時間が経ったでしょうか。人の頭越しにわずかに見える窓から、夕焼けの空が見えました。人々は立ったまま押し黙り、列車の揺れに任せて同じ方向に体を左右させています。眠っていた妹が目を覚ましました。

「お兄さん、あとどのくらいで重慶かしら」

私は時計を持っていないのでわかりません。さっきの前歯のない男が洩れる息で答えました。

「あと二時間くらいで重慶に着くよ。そこでまた人が乗る。どうなることやら」

「なあに、少しの辛抱さ。故郷で貧乏するよりましだ。明日の食い物を心配したり、天気を気にしたりするよりはこうやって運ばれる方がいいよ」

ニキビ面が言いました。私も同じ気持ちでした。汽車の中は地獄ですが、この先には、大都会という新天地が待っているのです。自由があるのです。金さえ稼げば何とでもなる自由が。出舎にいれば、金を稼ぐこともできないのですから。しかも、健平はさらなる自由を求めて死んだではないですか。外国という自由。汽車に乗れた人々が、この酷い状況にじっとたえているのも故郷に戻るよりは遥かにいいと思っているからなのでした。

突然、こぽこぽと瓶に水を入れているような音がしました。四人組の少女たちが照れ笑いをしています。中の一人が仲間に囲まれてしゃがみ、用を足しているのでしょう。妹が笑いました。

「ネスカフェの瓶も台無しね」

「お前は大丈夫か」

妹は青い顔で空を見つめています。そろそろ用を足させなくてはなりません。私は途方に暮れて便所を振り返りましたが、扉は開きません。

「便所に行くか」

妹は歯を食いしばって言いました。

「嫌よ。一回二十元なんて高過ぎる。着くまでに二人で何度も行ったら、私の結納金がなくなってしまうじゃない。あんな奴らに儲けさせることはできないよ」

「じゃ、どうする」

「ここで垂れ流す」

それも仕方がないだろうと私は天井を仰ぎました。夜になり、天井にはオレンジ色の照明が一個灯っているだけです。この薄暗さならば、目立たないかもしれません。妹がそっと小用を始めました。私は周囲の気を逸らしてやろうと後ろの男に聞きました。

「重慶で水や食料が買えるかな」

私の質問に前歯のない男はせせら笑いました。

「何を甘いことを言ってる。いったん降りたら、二度と乗れないよ。だからみんな食い物と水だけはしっかり持っている」

「誰か水を分けてくれないかな」

「いいよ」という声が上がり、ほっとしてそちらを向くと、継ぎはぎだらけの人民服を着た男が水の入った薄汚れたポリボトルを振りました。「ひと口、十元だ」

「高過ぎる」

「なら、飲むな。俺の分だって怪しいんだから」

私は愕然として妹の顔を見ました。妹は決然とした表情で叫びました。

「二人で十元にして」

「仕方ないな。いいだろう」

すると、同じ車両の端にいた若い女がちっぽけな蜜柑を差し出しました。

「これ一個で十元はどう」

「水を飲んでから考える」

愛想のない妹の返事に、蜜柑の女は舌打ちしました。私は衆目の中で用を足した妹が可哀相でなりませんでしたが、妹は利かない顔をして目を輝かせているのです。妹は回ってきた水のボトルを嬉しそうに抱え、白い喉を反らして水を飲みました。たっぷり飲んだ後、私にボトルを渡して囁くのです。

「お兄さん、私、肝が据わった。思いっきり飲んでやろうよ。十元も払うんだから」

「そうだな」

私は妹の変貌に驚き、ボトルに口を付けました。水は温《ぬる》く、赤錆の味がしましたが、半日ぶりの水分です。一度飲み始めると止まりませんでした。男は焦って「もう止めろ」と怒鳴っていますが知ったことではありません。

「これが俺のひと口だよ」

私の言い分に、男の商売が下手だと周囲の人間たちが嘲笑を浴びせました。

「早く金を払え」

私はポケットから金を取り出しました。輪ゴムで縛った紙幣の束を見て、周囲の者がどよめくのが痛いほど伝わってきました。勿論、私だって、他人の見ている前で金を出したくありませんでしたが、身動きが取れないのですから仕方がありません。

金勘定する私の手許を、皆が一斉に背伸びして覗き込みます。私は手が震えて、うまく数えられませんでした。注目されているからだけでなく、十元の金を一遍に払うことが、村では一度もなかったからなのです。妹も緊張しているのか、ごくっと唾を飲み込む音をさせました。

水をひと口飲むだけで、こんな大金が出て行くこと。その時の私は理不尽さに仰天し、その辺の水溜まりで汲んだかもしれない素性の知れない水にも金を取ろうとする、他人の無慈悲さに衝撃を受けていました。しかし、いい経験でした。なぜなら、こんなことは序の口で、都会に着いてからは見るもの聞くもの、すべて驚くことの連続だったからです。特に日本で、湯水のように金を遣うことに頓着しない人々を目の当たりにして、その罰当たりな様に腹立ちを覚えたくらいです。

とにもかくにも、私はやっとのことで一元札を十枚数え、人の手から手へと男に払いました。すると、男が憎々しげに怒鳴ったのです。

「田舎臭い格好してるのに金持ちなんだな、畜生。もっと取ってやるんだった」

さっきの蜜柑を売ろうとした若い女がすかさず揶揄《やゆ》しました。

「あんまり強欲になりなさんな。それはあんたに商売の頭がないからだよ。この田舎の兄ちゃんを責める前に自分の空っぽ頭を叩いた方がいい。少しはよくなるようにね」

周囲がどっと笑いました。

「この二人はお大尽だぞ。五百元近くは持っている」

前歯が一本しかない男が、大声で車内に触れ回りました。皆、感嘆の声を上げました。例の四人組の少女たちが、口をぽかんと開けて私を見つめています。

「おい、余計なことを言うな」

私の文句に、男はへっと小馬鹿にしました。

「お前は世間知らずだな。現金は小分けにして持つんだ。人前じゃ絶対に出さないものだよ」

そうだそうだ。無責任に周囲の人間が同調します。

前歯の男が私をからかいました。

「よっぽど田舎から出て来たに違いない。財布って物を知らないのか。お前の村は貧乏で、嫁日照りなんだろう」

「あんただって田舎者でしょう。臭くて仕方がないよ。お風呂って物を見たことがあるのかい。それとも、垂れ流すのが普通の生活だったのかい。ねえ、頼むから、私のお尻からその汚い手をどけてよ」

妹が言い返し、車内は爆笑で沸きました。前歯の男は真っ赤になり、うつむいてしまいました。私は妹の手を握りました。

「美君、よく言った」

「お兄さん、負けないでよ。こいつらなんか、いずれ私たちの足元にひれ伏すのよ。私たちは誰からも憧れられるスターになって、大金持ちになるんだからさ」

妹は強い調子で言い、私の脇腹を肘で突きました。そうなのです。私はいつもこの機転のきく、気の強い妹に助けられて生きてきたのです。なのに、もう美君はこの世にいないのですから、私が見知らぬ国、日本でどんなに途方に暮れて心を惑わしたことか、少しはご理解いただけると思います。

「ところで、あんたたち。蜜柑は買わないの。どうなの」

水売りの男をとっちめてくれた女が声をかけてきました。

「もう要らないよ」

「じゃ、喉が渇いたら言ってよ。あたしはたっぷり持ってるから」

「ありがとう」

今度は別の方向から、誘いがかかりました。

「キビ饅頭はどうだ。一個十元にしてやるぞ。渇きが治まったら、腹が空く番じゃないか」

饅頭という言葉を聞いた途端に、私の腹は辺りに聞こえるような大きな音を立てて鳴りました。周囲の人間がまたも笑いました。私の前に立っている中年男が振り向いてからかいました。

「聞こえた、聞こえた。腹の虫が鳴ってるぞ。何でもいいから食いたいんだろう」

私と妹は、バスでも立ち詰めで来ましたので、駅前で何か食べて休むつもりだったのです。しかし、駅前は混雑していてそんな悠長なことができる状態ではありませんでした。だから、ほとんど二昼夜、飲まず食わずの状態だったのです。皆が注目しているので、妹もおとなしくして何も言いませんでしたが、空腹にたえているのは間違いありません。饅頭売りの男が声を張り上げました。

「キビ饅頭旨いぞ。俺のお袋は饅頭作りの名人なんだ。中に砂糖がたっぷりの餡を入れてきた。あんたら二人でなら、十個は軽い。どうだ、十個なら九十元にしてやろう」

私は苦笑しました。いくら何でも、九十元といえば私の三カ月間の労賃に等しいのです。それがキビ饅頭十個にしかならないのですから、暴利に過ぎます。

「高いよ。俺はキビ饅頭なんか二個五角で買ってたぞ。どうして三十倍以上も取るんだ」

角というのは元の十分の一ですから、五角なら十円くらいなのです。男は言い返すことができずに沈黙しました。乗客は、この遣り取りを楽しんでいる様子で、騒然となりました。私のように水も食料も何も持たずに汽車に乗り込んだ男が、現金だけはふんだんに持っていることが知れたからです。私たちはいいカモだと判断されたのでした。

「高過ぎる。暴利だ。俺たちの窮状に付け込むのは悪人だ」

私はなおも抗議しましたが、急に周囲がしんとしているのが不思議でした。後ろから男の太い声がしました。

「仕方ないだろう、兄さん。あんたが腹が減ってどうしても欲しいのなら、金を出さなくちゃ手に入らない。物を持っている奴は欲しい奴に売って金を稼ぐ。需要と供給の関係だ。それが資本主義ってものなんだ」

何と、あの便所に閉じ籠っていたヤクザ者が私に訓を垂れているのでした。畜生。私は不快でたまりませんでした。連結部分に立っていた女が「そうそう」と合いの手を入れてせせら笑いました。女は二十代後半くらいでしょうか。厚化粧をして、若い男の腕に縋《すが》って甘えておりました。

「あなたが買わなきゃ、誰かが買うだけよ。おじさん、私に五個で三十元で売ってよ」

「五個なら四十五」

「三十五」

「四十二」

「三十七」

私の頭の上で素早く取引がなされました。キビ饅頭売りは情けない顔をしてみせましたが、同意したようです。女はビニール袋に入った黄色い色のキビ饅頭を、早速、男と二人で分け合って食べ始めました。横目で見たところ、饅頭は潰れていますが、実に旨そうでした。私の腹がまたしても大きな音を立てました。妹は黙って下を向いています。

「誰か便所を使わないか。一回二十元。高いと思うのなら垂れ流せ」

ヤクザ者が声をかけました。時機を見計らい、現れては商売しているのです。赤ん坊を連れた女がとうとう手を挙げました。続いて、四人組の少女が一人。女は赤ん坊を夫に預け、夫から紙幣を貰っています。少女はポケットから金を出しました。なけなしの金なのでしょうが、まさか人前で大便をすることはできないのでしょう。二人の女は乗客を掻き分けて便所に向かいました。金を受け取ったヤクザ者が代金と引き換えに紙を渡しました。

「これで拭け。その辺になすり付けるな。俺たちの居場所だからな」

入れ替わりにヤクザ者の仲間が便所から出て来ました。二人とも、男と似たような姿をしていました。セーターに背広を羽織り、色違いの長いマフラー。一人は黒いレンズの嵌《は》まったサングラスをしていました。明らかに手下らしく、ヤクザ者の後ろに侍《はべ》っています。全員、年の頃は私とそう変わりないように見えました。女たちが終わると、男の何人かが便所に向かいました。私は妹の手に紙幣を押し込みました。

「お前も行けよ」

妹は最初は嫌だという素振りをしていましたが、諦めたのか、乗客を押し除《の》けて便所に向かいました。私はヤクザ者が妹に狼藉をしないかと心配で、振り返って監視していました。

「どこから来たの」

ヤクザ者が妹に話しかけています。妹の答えは聞こえませんでしたが、妹が私の方を指さして何か説明しています。ヤクザ者が私をちらっと見て、白い歯を見せて笑いました。お前は兄貴か。そう言っているのでしょうが、私は何となく腹立たしく、目を伏せました。

「怒るな。あいつらは特権階級なんだ」

ニキビ面が私に囁きました。

「特権階級？」

「そうさ、便所を持ってる特権階級だよ。何が資本主義だ、笑わせるぜ。鄧小平《タンシアオピン》に躍らされている愚昧《ぐまい》な馬鹿どもだ。俺は広州の師範大学に行くところなのさ。あいつらなんか、字も書けない屑だぜ」

「屑かもしれんが、あんただって便所に行くだろう」

「俺は死んでも行かない。あいつらにはびた一文払わない」

お前もビニール袋に糞便を垂れ流すのか。私は言ってやりたかったのですが、何も言いませんでした。その時の私の感想は実に子供っぽいものだったのです。世間にはいろいろな人間がいる、と思ったのです。人口四百人の村しか知らない私は、この汽車の中で初めて世間というものの勉強をしたのでした。それはニキビ面の言うように、またヤクザ者が教えてくれたように、確かに資本主義というものでもあったのです。

「お兄さんも行ったら」

妹が戻って来て言いました。

「いいよ、まだ我慢できる。あいつらは広州に行くまでに降りるかもしれないし」

妹が首を振りました。

「あの人たちも広州まで行くんだって。それに、思ったより親切だわ。私がお金を払おうとすると要らないって言うの。無料《ただ》でさせてくれたの。きっとお兄さんも無料《ただ》だわ」

「何でだ」

私は憤って妹の肩を摑みました。妹は私の手をやんわりと外しました。

「私が気に入ったからでしょう」

「お前があいつと笑いながら話したからだろう」

私は嫉妬を剝き出しにして言いました。しかし、妹はそんな私を気の毒そうに眺めるのです。

「何言ってるの。利用できるものはしなくちゃ生きていけないわよ。私の結納金を遣い果たす気なの？」

私は訳がわからなくなって汽車の天井を仰ぎました。私と妹は仲がいいはずなのに、妹は私と違う考えを持っている。そのことがどうして私を傷付けるのかが、理解できなくなったのでした。

がつんと鈍い衝撃があり、乗客がよろめきました。汽車が突然速度を落としたのです。車窓から、高い建物に灯った照明や、電信柱が見えます。都会だ。私は興奮しました。重慶に着いたのです。重慶だ、重慶だ。

乗客の間に期待と不安に満ちた吐息が洩れました。さっき妹に遣り込められてからおとなしくなっていた前歯の男が、背後から言いました。

「お前らは切符を持っていないだろう。俺はお前らが横入りしたのを知ってるぞ」

そして、ピンク色の切符をひらひらと見せたのです。

「これがない奴はすぐに降ろされる。刑務所入りだ」

妹がはっとして私の顔を見ました。その時、汽車はホームに滑り込んだのでした。重慶は大きな都会で、しかも南に向かう汽車の始発駅です。私たちの乗った汽車に、支線から乗り継ぐ農民たちが乗ろうとしているのでしょう。ホームは大量の農民で身動きもならないことになっていると思われます。

乗客を押し退けて、ヤクザ者たちがやって来ました。手に太い棍棒を持っています。脅し付けて誰一人乗せないつもりなのです。ヤクザ者が私に棍棒を手渡しました。

「お前も手伝え」

私は仕方なしに後に続きました。身構える間もなく、ドアが開きました。ホームには誰もいません。拍子抜けすると、小銃を抱えた若い公安が駅員と一緒に現れたのです。私は呆然として棍棒を脇に置きました。公安が怒鳴りました。

「検札をする。切符を見せろ。ない者は降りろ」

乗客は、ピンク色の切符を手に持ち、高く掲げました。私と妹は下を向いています。ぎっしり詰まった乗客の中で切符を持たない者は私と妹だけでした。

「お前は持っていないのか」

公安が尋問しました。私は買えなかった状況を説明しようと口を開きかけましたが、ヤクザ者が手で制するのです。

「幾らでなら買えますかね」

公安はすぐに横の駅員の耳許に何か言い、駅員が厳しい顔で答えました。

「広州まで二百元」

法外な値段でした。正規の料金ならば、一人三十元程度なのです。差額は公安と駅員の二人が着服するに決まっているのです。「値切れ」と、車内からニキビ面の声がしました。私は勇気を出して値切りました。

「二人で二百元」

「降りろ」と、駅員が首を横に振りました。「無賃乗車で逮捕する」

公安が私に銃を向けたのでたまりません。私は慌てて釣り上げました。
「二人で三百元」
「二人分なら四百元だ」
「だったらさっきと同じでしょう。二人で三百五十元でどうですか」
駅員と公安はしばらく相談していました。私は気が気ではありません。やがて駅員が鹿爪らしい顔でうなずきました。私がポケットから金を差し出すと、駅員は金と引き換えに薄っぺらな切符を二枚、私の手に押し付けてドアを閉めました。

このようにして私と妹は、乗客たちから水や食物を売ってもらって、何とか飢えと渇きを凌ぎながら、ひたすら広州に向かったのでした。人前で金を数えても、もう私の手は震えなくなりましたが、あれだけあった金が残り少なくなったことが返す返すも悔しくてなりません。汽車に乗る前に食物や水を調達していれば、妹の貴重な結納金を遣うこともなかったのです。こんなに大量の出稼ぎ者が移動を企てている、という事実を知らなかった私は甘い人間でした。いい教訓です。広州に着いた時、五百元あった持ち金は百元しか残っていませんでした。

しかし、私は、金さえあれば生きていける、という究極の真実を学びました。ヤクザ者にわざわざ教えてもらわなくても、この苛酷な長い旅が手を替え品を替えして、田舎者の私に教えてくれたのです。狭い汽車の中での需要と供給の関係。これは私たちが出て行こうとしている現実そのものの姿でした。

それにしても、金しか価値を持たない、とは何と惨《むご》い現実でしょう。現金収入がほとんどない農民は、いったいどうしたらいいのでしょうか。山の斜面を丹念に耕しても、金は畑に埋まっていません。ささやかな自分たちの食物を得るだけです。でも、畑があれば、まだましな方でした。畑のない者は、泣く泣く金稼ぎの世界に突入する他ないのです。

中国の農村は、二億七千万人の労働力を擁しているそうですが、耕地面積が足りませんから農業で食べていけるのはたったの一億人です。残りの一億七千万人の内、郷鎮企業と言われる地場産業に行くのが約九千万人、余った八千万人は都会に出稼ぎに行くしか生きる道はないことになります。この余剰労働力の流れを、当時の中国では「盲流」と呼んでおりました。現在は「民工潮」と呼び方が変わっておりますが、闇の中で溢れ、金という光の方向に流れていく民なのですから、「盲流」という言葉は言い得て妙なのかもしれません。

これらのことはすべて、私の斜め後ろに立っているニキビ面が、退屈のあまり、私に講釈してくれたことです。ニキビ面の名前は東真《ドンジェン》といいました。ひょろひょろと痩せて背が高く、ハンガーのように怒った肩。顔は、黄色い膿が吹き出した大きなニキビで覆われていました。私より三歳若い二十歳。東真は醜い男でしたが、物知りでした。東真は、チベット自治区に近い町から、広州師範大学に入学するためにはるばると汽車を乗り継いでやって来たのでした。東真はなおも言いました。

「知ってるか、哲鍾。旧正月が終わってから、四川省から広州まで、どのくらいの人間が移動すると予想されているか」

私は首を傾げました。私は人口四百人の村の出ですから、人が大勢集まってくる様子そのものが思い浮かびません。また四川省全体と言われても、地図を見たことがありませんから、ピンときませんでした。

「わからないよ」

「約九十万人だ」

「そんなに多くの人がどこへ行くんだろう」

「お前と同じ、広州や珠江デルタさ」

ひとつの都市に九十万人もの人が流れ込んできても、なお仕事があるということが信じられませんでした。私はバスや汽車で運ばれているだけでしたので、大都会というものもまったく想像することができなかったのです。

「仕事はどこに行けば世話してくれるのかな」

東真は鼻で笑いました。

「お前は馬鹿だな。自力求職というスローガンを知らないのか。仕事は自分で見付けるしかない」

それを聞いて、経験のない私は落胆しました。学歴がなくとも、私は自分がかなり機転のきく、利口な人間であると思います。でも、私がこれまでにした仕事といえば、羊飼いと麦藁帽子工場の工員しかないのです。どんな種類の仕事があるのかもわかりません。私は健平が工事現場で働いていたという話を思い出し、聞いてみました。

「工事現場はどうだ」

「誰でもできるから競争率が高いぞ」

　東真は水筒の水を飲みながら答えました。私が羨ましそうに眺めていますと、「飲むか」とひと口飲ませてくれました。水は生臭く、腐りかかっていましたが、金を払わなくて済んだ私はほっとしました。車両の中で大学に行くという乗客はたった一人、東真だけです。インテリならさぞかし農民を見下しているだろうと思っていましたが、話してみたら、案外気さくで親切な男でした。

「労働力市場という場所が必ずあるから、そこへ行って待つんだ。できればスコップとか道具を持って行った方がすぐ雇われると聞いた」

「妹はどういう仕事があるかな」

「女なら、まず子守り、清掃、病院の洗濯婦、シーツ洗い、遺体安置所で遺体を綺麗にする係、火葬場の案内人、お茶汲み、何でもあるが全部下積みだな」

「どうしてお前はそんなに物知りなんだ」

「この程度のことで物知りとは言わないよ」東真はピンクの歯茎を露出させて笑いました。

「常識だ。お前こそ何で知らないんだ。出稼ぎに行った奴らが喋りまくるじゃないか。口から口へ、あらゆる情報があっという間に行き渡る。中国人は口コミが命だ。お前の村だって出稼ぎ者はいるに違いないのに。それとも、お前は村じゃ仲間外れだったのか」

　私は遣り場のない怒りを蘇らせました。私たち一家は、村人の誰からもあまり口をきいてもらえなかったからです。その理由は、我が家の並外れた貧しさのせいだけではなかったように思います。祖父の不吉な占いや、次兄を殺した長兄の噂が密かに流れていたのです。そんな中で唯一、溺死した健平だけが私と親しくしてくれたのでした。考えに耽《ふけ》っている私の耳に、東真が意味深なことを囁きました。

「しかし、お前の妹は、俺が言ったような地味な仕事は嫌いだろうな」

　私は少し前に便所に行った妹がまだ帰って来ないことに気付き、そちらの方向に顔を向けました。妹は大きく開いた便所のドアの前で、例のヤクザ者たち三人と親しげに会話を交わしていました。何が面白いのか、どっと笑ったので、乗客が一斉に四人を振り返りました。私はヤクザ者を見上げる妹の眼差しに、媚びがあるような気がして不快になりました。東真が私の脇腹を突きました。

「お前の妹はゴロツキと仲良くなったみたいだな」

「そうじゃない。便所の金を払うのが勿体ないから、ああやって演技しているんだ」

「そのわりには親しげだよ、ほら、あいつを叩いている」

妹は何か言われたらしく、笑いながらヤクザ者の腕を何度も打っているのでした。ヤクザ者はふざけて大袈裟に痛がる真似をしています。

「放っておけよ」

私の憤怒に気付いた東真がからかいました。

「お前の態度は、兄妹というより恋人みたいだな」

私は顔を赤らめました。東真の言ったことは図星だったからです。恥ずかしいのですが、私は妹を好きでした。私の働いていた麦藁帽子工場では、私たち男の工員の他に、十代の女工を十人ほど使っておりましたが、私は始終、彼女たちから声をかけられたり追いかけ回されたりしたものです。でも、彼女たちには興味がありませんでした。それは妹を上回る器量の持ち主がいなかったからなのです。

「でも、あの様子じゃ、お前の妹はあのヤクザ者に付いて行くかもしれない」

「美君はそんな馬鹿なことはしない」

その時の東真の言葉が現実のものになるとは、思ってもいませんでした。汽車がやっと広州駅に着いた時、ホームに飛び降りた妹が清々した表情でこう言ったのです。

「お兄さん、駅前で別れてもいいかしら」

私は仰天して、本気か、と妹に何度も尋ねました。

「ええ、私はもう仕事を見付けたの」

妹は得意そうに言いました。

「どんな仕事だ」

「一流ホテルの客室係だって」

私は二昼夜かかった旅の疲れも手伝って、ホームにへたり込みました。

「あの人たちが紹介してくれるって言うから、あの人たちと一緒に行くの」

妹の指さした方向に、ヤクザ者の三人組が立っていました。私は三人組のところに行き、重慶で私に棍棒を渡して手伝うように言った男を指さして怒鳴りました。

「俺の妹に何を吹き込んだんだ」

「あんたが哲錘か。俺は金竜《ジンロン》という名だ。あんたの妹が仕事を探しているというので、紹介した。白天鵞賓《ホワイトスワン》・館《ホテル》の客室係だ。みんながやりたがるいい仕事だぞ。運がいいと思えよ」

金竜は白いマフラーを悠々と巻き直して答えました。

「白天鵞賓館というのはどこにあるホテルだ」

「沙面《シアーメン》という旧租界地に建っている一流ホテルさ」

「沙面とは？」

金竜が二人を振り返って、爆笑しました。

「田舎者に教えたってわかるまい」

すると、妹も一緒になって私を笑ったのです。その時、私は気付いたのです。妹は何も知らずに汽車に乗って、四百元近くの金を遣ってしまった私に腹を立てているのだと。私は怒って妹の肩を摑みました。

「お前はどういう目に遭わされるかわかっているのか。こいつらはヤクザだぞ。一流ホテルなんて嘘で、お前は身を売る羽目になるかもしれないよ」

妹は少し迷った様子でしたが、金竜は鼻の横を掻きながら面倒臭そうに答えるのです。

「本当だ。俺はそこのホテルのコックと友達だから顔がきくんだ。心配なら後でホテルに来るといい」

妹はその言葉を聞いて、私に手を出しました。

「残ったお金を半分に分けて」

仕方なく、私は百元を妹と折半しました。金をさっさとポケットにしまった妹は、嬉々として私の顔を見ました。

「お兄さん、会いに来てね」

妹は身の回りの物が入った小さな袋を提げ、金竜たちと連れ立って駅の構内から出て行ってしまいました。きっと私は、妹を庇護していると言いながらも、妹の存在に頼っていたのでしょう。急に片翼をもがれたような気がして、立ち竦んでいました。私を突き飛ばしながら、長旅に疲れた農民たちが出口を目指して足早に歩いて行きます。

「驚いたな。お前の妹は行動派だ」

一部始終を見ていた東真の声がしました。

「参ったよ」

私の弱音に、東真が気の毒そうな顔をして言いました。

「まあ、しょうがない。最初は一人でやって行くしかないよ」

農民の出稼ぎ者はほとんどが仲間同士で来ます。そして、同郷の者を頼って仕事を探したり、仮住まいをさせてもらったりして生きるのです。しかし、私にはそんな仲間がおりませんでしたから、妹が頼りでした。情けない話ですが、妹に去られた私は、広州でどうしたらいいのかわかりませんでした。

「どこかでスコップを買えよ」

東真はそう言って、特徴のある肩を怒らせ、人混みの中に消えました。気が付くと、私はびっしょり汗をかいておりました。二月の初めだというのに、広州は四川省に比べると、南国のように暑かったのです。着膨れした上着を一枚二枚と脱ぎ、私は人に揉まれながら駅の出口へと向かったのです。

外は強烈な陽射しがかっと照り付けていました。摂氏二十度ぐらいはあったのではないでしょうか。私の故郷ならば、六月の気候です。そして私は眼前の光景に啞然としました。駅前広場はまたもや人の波でした。中国内陸部からやって来た数千人の出稼ぎ農民たちが、行く当てもなく、駅前広場に座り込んでいたのでした。どの顔も茶色く陽に灼け、栄養失調で縮み、粗末な衣服を重ね着して、持ち込んだ布団や鍋釜の上に座っているのです。中には、幼児を連れた女もいました。

私たち農民は、どこに行っても競争するしかないのだと思いました。他人を出し抜かなくては生き残れない。妹は早速、コネを作って第一関門を抜けました。私はこの人の群れから抜け出すことができるのでしょうか。私は立ち眩みを起こしそうになりました。しかし、東真の言葉を思い出しました。スコップを買って労働力市場に行け。

私は広州駅を背にして歩きだしました。駅前の広い道を車が何台も走っています。バスやトラックや乗用車、オートバイ。私の見たことのない車ばかりです。男も女も垢抜けた格好をして、自信たっぷりに見えました。建物は城のように大きくて私を圧倒し、窓ガラスに太陽を反射させて目を射ます。車が通る広い道をどうやって渡ったらいいのかうろたえていますと、老婆がさも馬鹿にしたように階段のある橋を示しました。その上を大勢の人が歩いて道路を渡っていました。私も橋を渡って道路を越えましたが、疲労と空腹とで膝が震えて止まりません。いえ、それだけではなく、私は広州市に、いいえ都会に圧倒されたのです。こんな時に妹がいてくれたらと、私は心細くてなりませんでした。しかし、私を裏切った妹に深い怒りを感じていたのも事実です。

突然、一人の公安が私の前に立ち塞がりました。重慶駅での出来事を経験した私は、咄嗟《とっさ》に五元渡して尋ねました。

「労働力市場に行きたいのですが、どこにありますか」

公安は素早く金をポケットに入れ、何か答えました。が、私にはさっぱりわからない広東語なのです。私は慌てました。同じ中国なのに、言葉が違うことを忘れていたのです。労働力市場、労働力市場、と何度も叫んで、私は必死にスコップで土を掘る真似までしましたが、公安は駅前広場を示すだけです。

やがて私は理解しました。駅前にいる出稼ぎ農民は、ただ座っているのではなく、そこで職を探していたのです。雇い主が駅前に来て、労働者を選んでいくのでしょう。しかし、私は駅前には戻りたくありませんでした。あれだけの人数がいたのなら、職を得ることは奇蹟に近いことです。待っているうちに持ち金を遣い果たし、物乞いでもするほかなくなります。それに、私は前へ前へと進みたい人間なのです。黙って何かを待つことだけは、どうしてもできない質《たち》でした。

私には、職が見付かるまで野宿する人たちが、雨乞いをする故郷の農民の姿にだぶって仕方がありませんでした。すべては天に任せよう、と自身の運命を大いなるものに委ねている人々。俺は自分で探す、と私は自分に言い聞かせ、駅前の群衆から逃れたい一心で、車やオートバイの走る道路の脇をひたすら歩きました。

やがて私は、落ち着いた街並みに出ました。プラタナスの並木道が延々と続き、その両側に、ペンキの剝げかかった似た古い家がぎっしり並んでいます。どの家も間口は狭いのですが、二階の窓に両開きの木製ブラインドが付いていて、私の故郷では見たことのない色鮮やかな南国風の造りでした。私はその道を歩くうちに、自分も広州人と同じような気分になってきたのです。冬でも暖かく、緑が多い、賑やかな街で暮らす自分。

以前は、沿海部に住む人間だけが豊かに暮らしている、ということが妬ましくてなりませんでした。なのに、街を彷徨《さまよ》い歩いていますと、街の方が私に寄り添って心を開いてくれている気がします。次第に、私の心に力が湧いてきました。私は若く、体力もあり、体も顔も頭も悪くない。だとすれば、この街で成功してこのような美しい家に住むことも夢ではないのです。

チャンスがあれば、私は何でもできるでしょう。自力求職。東真は、実にいいことを言ってくれた、と私は微笑みを浮かべたのでした。

　私は幾つもの角を曲がり、着飾った人々が行き交う繁華街に紛れ込みました。アイスクリームを食べながら歩く髪の長い女の子。細いジーンズを穿きこなした若い男。金色に輝くネックレスが並ぶショーウィンドウの前で足を止め、スーツやシャツなどの格好いい服を売っている店の前で、買い物をする若い人たちや大量の商品に見惚れました。由緒ありげな古い食堂は、店の前に生《い》け簀《す》が置かれ、太った魚や大きな海老が跳ねていました。中では、人々が肉や魚の炒め物などを楽しそうに食べていました。どの料理も皆、私が見たこともない色とりどりの食材で作られ、とても旨そうです。それを彼らは一人何皿も注文して、延々と食べ続けているのでした。

　日も暮れかかってきました。私はさすがに都会の刺激に疲れ、路地の端っこに重い腰を下ろしました。喉が渇き、腹が減ってなりませんが、無駄な金を一切遣いたくありません。私はわずか五十元になってしまった持ち金を、すでに五元も無駄に遣ってしまったのです。自転車に乗った子供が通りかかって、ジュースの瓶を道端に捨てました。私は急いで瓶を拾い上げ、残った液体を飲み干しました。後で知ったのですが、それはコカ・コーラという飲み物でした。瓶の底にほんの少ししかありませんでしたが、甘い薬のような味は忘れられないくらい美味でした。瓶に水道水を入れ、残った味が消え去るまで口を付けていたほどです。

　金を稼いで、この飲み物を毎日飽きるまで飲んで、さっきの商店でジーンズを買う。そして、旨い料理をたらふく食べて、あの美しい家に住むのだ。私はそう決意してまた歩き始めました。すると、ビルの建設現場がありました。休み時間なのか、明らかに出稼ぎ者とわかる汚い服装の男たちが輪になって談笑しています。私は男たちに労働力市場の場所を聞いてみました。男は汚れた指で方向を示しました。

「中山路《チエンサンルー》に戻って東に歩いて行くと珠江という大きな川がある。その川縁が労働力市場だ」

　私は男に礼を言い、男たちが再び仲間内の話に戻った隙に、スコップの一本を奪って逃げ去ったのでした。

　労働力市場が開かれるという場所はすぐにわかりました。道のどん詰まりがコンクリートの護岸になっていて、その先に茶色の大きな川が見えました。珠江です。そこには、私と同じように職を求める出稼ぎ者がすでに二、三十人、集まっていました。市場の周りには労働者の住宅なのか、廃材やセメント袋で作られたバラックが建ち並び、食べ物の露店まで出ています。暇な男たちは車座になって声高に喋ったり、くたびれた様子で蹲《うずくま》ったりしていました。私は、ひまわりの種を食い散らかしている若い男に話しかけました。

「ここが労働力市場かい」

「そうだ」

男はぶっきらぼうに答え、掌に載せた種を大事そうに一粒ずつ口に運んでいます。男が目の端で私のスコップを捉え、羨ましげな顔をしました。私は奪われまいとスコップをしっかり握り、男に確認しました。

「俺もここに並んでいいか」

「早く来た者勝ちだから、誰も文句は言わないさ。この辺の場所を取らなきゃ、仕事にあぶれるからな」

ということは、この男は今日の仕事にあぶれたから、前の方に座れたということなのでしょう。失えば得られるし、得られた翌日は失うかもしれない。ここでも他人を出し抜かなければ仕事は手に入らないのです。

「市は朝の何時頃に始まるんだ」

「時間なんて決まってねえよ。市ったって、トラックがやって来て、労働者を集めてさっさと行っちまう。ぼやぼやしてると、駄目なんだ」

私は男のすぐ後ろに陣取りましたが、そのうち旅の疲れが出たのか、スコップを抱いたまま眠ってしまいました。

寒さと人々の話し声で目が覚めました。朝陽が昇りかけている青空が真っ先に目に入りました。驚いたことに、私は夕方から翌日の朝まで、冷たい護岸の上で熟睡していたのです。私は慌てて起き上がりました。すでに、数百人の男たちが集まっていて、市が始まるのを今か今かと待っているのでした。私は目を擦《こす》り、瓶に入れた水道水を飲みました。突然、トラックが猛スピードでやって来ました。

「橋梁工事、モッコ担ぎ、五十人」

荷台に乗っている男が大声を上げると、どっと手が挙がり、男たちが我先に飛び出します。それを長い棒で制して、男が叫びました。

「スコップ、ツルハシを持っている者」

私は急いで前に走り出ました。男は私の体つきと手にしたスコップを見てうなずき、トラックに乗るようにと顎で合図しました。しかし、後はもう男が止めようが何をしようが、トラックを取り囲んだ男たちが、我先にと荷台によじ上りだしたのです。荷台が大きく揺れ、何人かが引きずり落とされました。汽車と同じでした。出稼ぎ者でいっぱいになって、これ以上、人を積めなくなった時、トラックは出発しました。数人が振り落とされて転びましたが、誰も気に留めません。私はスコップを取られないように必死に胸の前で抱え、朝の冷たい川風に頰をなぶられていました。私はまたも、ここでの身の処し方を学んだのです。ともかく他人を押し退けてトラックに乗りさえすればいいのだ、と。とりあえず、私は最初の自力求職に成功したのでした。

建築工事の仕事は三カ月間やりました。仕事は簡単でしたが、肉体的にはきついものでした。朝から競争して、運よく仕事があれば七時から夕方五時まで、現場でセメントを練ったり、鉄骨を運んだりします。一生懸命働いて、賃金は一日十七元でした。それでは足りないと、工事現場の仕事が終わったら街の清掃や屑拾いの仕事をしてさらに稼ぐ者もいましたが、私は充分満足でした。日給が麦藁帽子工場の十七倍だったからです。私は故郷とは比べものにならないほどの賃金を貰えて、嬉しくてなりませんでした。

金を貯めるために、現場に行くたびに木ぎれやビニールなどを拾い集め、労働力市場の脇に小さなバラックを建てて暮らしました。そうすれば、いつ何時トラックが来てもすぐさま駆け付けることができるからです。バラックの仲間たちは親切で、モツ鍋料理などを作ると私にも分けてくれたり、酒盛りに呼んでくれたりしました。しかし、それも四川省出身者に限りました。私たち中国人は同郷の者、つまり同じ言葉を喋る者しか信用しないのです。

金が千元ほど貯まった頃、私は工事現場の仕事をやめたくなっていました。風呂も便所もないバラック暮らしに飽き飽きしていましたし、たまに街中に遊びに行くと、私と同じ年頃の男たちはもっと楽しそうに女の子と遊んでいるではないですか。私も早く、街中で、楽で格好のいい仕事をしたいと思い始めていたのです。でも、出稼ぎ者ができる仕事は、都市の仕事の中でも下積みの、今で言う「３Ｋ」と呼ばれるものばかりでした。その点は、日本でも同じです。私は、今後の仕事のことを相談するためにも、そろそろ妹に会いに行くことにしました。それまで行かなかったのは、見捨てられた私の意地でした。

私は妹に会うために中山路まで行って、新しいTシャツやジーンズなどを買い求めました。妹は一流ホテルにいるのだから、私があまりみすぼらしい格好をしていたのでは恥ずかしいだろうと思ったからです。それに私は、肉体労働のために陽に灼け、逞しい体になっていました。男らしくなって垢抜けた私を見て、妹も少しは喜んでくれるかもしれないと思ったのでした。私は妹を連れ去った金竜《ジンロン》に対抗意識を燃やしていたのです。そして、金竜が体格のいい男だったことを片時も忘れてはいなかったのです。

六月初めの暑い日、私は妹への土産に買ったピンクのTシャツの袋を持って、珠江沿いの黄沙大道を歩き、妹の働く白天鵞賓館に向かいました。ホテルは沙面の珠江側に聳《そび》えておりました。地上三十階はあろうかという堂々たるホテルです。私は白亜の建物を見上げ、美君はこんな立派なホテルで働いているのだと妹を誇りに思いました。でも、私は建物や周囲を歩く外国人観光客に威圧されてしまい、なかなか正面玄関に近付けません。お揃いの臙脂《えんじ》色の制服を着た屈強なボーイが四人立っており、私を胡乱《うろん》な目で睨み付けるのです。ボーイたちは得意げに、タクシーから降りる客を案内したり、散歩から帰って来た外国人の泊まり客に英語で挨拶をしていました。ボーイたちが相手にしてくれそうもないので、私は玄関横の芝生の庭を掃除している男に話しかけました。男の身形《みなり》や態度から、男が出稼ぎ者だとわかっていたからです。

「ここで張美君という者が客室係として働いているのですが、どこに行ったら会えますか」

男は東北部の訛りのある北京語を話しました。

「聞いてきてあげましょう」

男は親切で、箒《ほうき》を投げ出して聞きに行ってくれました。しかし、いくら待っても帰って来ません。私は募ってくる不安を抑えながら、陽を照り返してぎらぎら光る珠江を眺めていました。やがて、後ろから肩を叩かれました。先刻の男が気の毒そうな顔で言うのです。

「張美君という名の客室係はいません。他の係の人も調べましたが、このホテルにはいません」

私は愕然としましたが、内心では、やはりそうだったのかと思わないでもありませんでした。うまい話がそう簡単に転がっていないことは、三ヵ月間働いて得た実感でしたから。妹は金竜に騙されたのです。今頃、妹がどこで何をされているのかと思うと心配でたまりませんが、どうにもなりません。妹は広州という巨大な街に飲み込まれてしまったのです。私が変な意地を張っていたために、妹の行方を失ってしまったのです。私はもう二度と美君に会えないのかと思い、涙が出ました。

「では、金竜というヤクザっぽい男はいませんか。コックの知り合いだと言ってましたが」

「姓は？　ホテルのどのレストランですか」

わからない、と私は首を横に振りました。

「ここのコックは皆、高い給料を貰ってますよ。ヤクザと知り合いのはずがないでしょう」

男は私の世間知らずを笑うように肩を竦め、仕事に戻って行きました。私は落胆して、ホテル横から沙面に向かって歩きました。沙面は、珠江という大河がふたつに枝分かれする北岸寄りに自然に出来た中洲です。解放前は、中国人は一歩も入れない租界地だったそうですが、今は公園になっていて誰でも入れるのです。沙面に来たのは初めてでした。洋館の立ち並ぶ広い道路の真ん中はグリーンベルトになっていて、真っ赤なサルビアやハイビスカスが咲き乱れています。立ち並ぶ建物は、広州の街で私がいつか住みたいと願った小さな家など問題にならないほど立派で、かつ美しいのです。私は上には上があるものだと溜息を吐《つ》きながら、ベンチに座って考え込んでいました。どうしたら美君の行方を突き止めることができるだろうかと絶望していたのです。その時でした。私は男に呼び止められました。

「おい、お前」

公安のような横柄な口調でしたので、一時滞在証明書も労働証明書も持たない私はぎくっとしました。しかし、男は紺のスーツ姿で、政府の役人のようにも見えます。貧相な体格をしているのですが、口調といい、居丈高な態度といい、かなり地位の高い仕事に就いている人間だろうと思われました。私はまずい奴に捕まったと思い、愚鈍な田舎者の振りをしました。

「私は何も悪いことをしていませんが」

「わかってる。いいから、ちょっと来い」男は私の腕を取り、西洋館の横に停まっている真っ黒な車を指さしました。「あれに乗れ」

逃げることもできず、私は男に腕を引かれたまま車の前に連れて行かれました。車は大型のベンツでした。サングラスを掛けた運転手が私を見て、にやりと笑います。私は後部座席に無理矢理座らせられました。助手席に乗ったスーツの男が、私の方を振り返って言いました。

「仕事を世話してやる。ただし、口外しないことが条件だ。これができないんだったら、今すぐ降りろ」

「どんな仕事ですか」

「行けばわかる。嫌なら降りろ」

私は恐ろしくてなりませんでしたが、もしかしたら自分の運命が変わるのではないかという予感がして、車から降りることができませんでした。工事現場の生活はもううんざりでしたし、恋しい妹とは生き別れてしまいました。どうにでもなれ、という気持ちが湧き上がっていたのは事実です。私はうなずきました。

私を乗せたベンツは、二度と来ることはないだろうと思った白天鵞賓館に戻って行きます。正面玄関に横付けされると、先程、私をないがしろにしたボーイが駆け寄って来て、丁重にドアを開けてくれました。ボーイたちはベンツから現れた私を見て、驚いた顔を隠しません。私は何だか非常に気分がよくなり、この先どんな目に遭ったところでこの気分を味わえたのならそれでいいではないかと思ったのでした。それほどまでに、出稼ぎ者は沿海部でのうのうと暮らす都市生活者に憎しみを持つものなのです。

私はスーツの男の後に付いてホテルの中に初めて入りました。広いロビーに溢れる、美しい服装の豊かな人々。思わず見惚《みと》れて立ち止まりますと、男が私の腕を乱暴に引きます。私はエレベーターに乗せられ、最上階の二十六階で降りるように言われました。さすがに不安になった私は降りるのを躊躇《ためら》いました。ここで降りたら、二度と元の生活に戻れないような気がしました。

3

「どうしたんだ。早く降りろよ」

戸惑う私を、男が急《せ》かせました。

「私はやっぱりやめます。許可証も持っていませんが、もうじき故郷に帰りますので許してください」

哀願したにも拘わらず、男は無言で私の二の腕を乱暴に摑みました。私は無理矢理エレベーターから降ろされ、一緒に歩くように強要されたのです。男があまりに強引なので、何かとんでもないことに巻き込まれるのではないかと、私の脚は恐ろしさでがくがく震えました。男は私を引きずるようにして、誰もいない薄暗い廊下をまっすぐ奥に向かって歩いて行きます。

廊下には、ベージュ色の分厚いカーペットが敷き詰められていました。そこかしこに睡蓮や鳳凰などが織り込まれていて、踏むのが勿体ないような上等な段通《だんつう》なのです。仄《ほの》かな照明が等間隔を置いて灯り、どこからか美しい音楽が低く流れています。廊下全体にいい匂いが立ち込めていて、私は恐怖しながらもうっとりし、安堵している自分もいるのが不思議でなりませんでした。田舎に住んでいたら、この世にこのような美しい場所があることも知らずに死んでいくところだった、と。

男が一番奥の部屋のドアをノックしました。「はい」と甲高い女の声が返事して、すぐに開きました。紺のスーツを着た、口紅がやけに目立つきつい顔の若い女が立っています。女は「入れ」と命令口調で言いました。恐る恐る中を覗いた私はほっとしました。私のような若い男が三人。やはり拾われて連れて来られたのでしょう。おどおどと不安げな様子でソファに座り、テレビを見ていたのです。

私は長いソファの端に腰を浮かせるようにして座りました。若い男たちはいずれも私のような出稼ぎ者であることは、服装から見ても間違いありません。彼らも私同様、見知らぬ男女と豪華な部屋に圧倒され、何をさせられるのかわからずに怯えておりました。

「そこで待て」

男は言い捨てて、隣の部屋に入って行きました。男は長いこと出て来ません。口紅の目立つ女は一切口を開かず、私たちと一緒にテレビの画面に目を遣っていました。私は女の目付きが鋭いことから、女も公安か政府の機関に勤めている人間なのではないか、と目星を付けました。出稼ぎの生活を三カ月やっていると、高飛車で威張り散らす役人たちにはすぐに鼻がきくようになっていきます。

テレビの画面に映っているのは、騒乱でした。血を流した若い男が叫び、戦車が行き交い、人々が逃げ惑っています。さながら内戦でした。北京で天安門事件が起きた翌日のことだったのです。私はまったくこの事件を知りませんでしたから、思わず画面を凝視しましたが、きつい顔の女が手許のリモコンで消してしまいました。若い男たちは落ち着かぬ様子で女から目を逸らし、互いに顔を見合わせていました。

何十人も寝泊まりできそうな大きな部屋でした。ロココ調というんでしょうか、西洋風の豪華なソファセットに大型のテレビ。隅にはバーカウンターもあります。カーテンを大きく開けた窓からは、午後の陽光を照り返す大河、珠江が見えます。貨物船が行き交い、その航跡が広がって小舟が揺れる様。外は暑くてもエアコンがきいて、空気は涼しく適度に乾いています。何と快適なことでしょう。

女が厳しい目で私を睨みましたが、私は構わず立ち上がり、窓から景色を眺めました。右側の端っこに、私がバラックを建てた労働力市場が見えました。煤けた景色です。あの場所にはもう二度と帰らない。こんな綺麗なところがあるのなら、バラックなんかお断りだ、と私は強く思ったのでした。天安門事件のことなど、遠い北京での出来事で、私には他人事に感じられました。

隣の部屋のドアが静かに開き、私を連れて来た男が顔を出しました。男は私を指さしました。

「お前だけだ。後は帰っていい」

待っていた男たちは安心しつつも、何かを取り逃がしたような複雑な表情で帰って行きます。私は何が何だかわからないままに、隣の部屋に入りました。見たこともない大きなベッドが中央に置かれ、女が煙草を燻《くゆ》らせながらベッド横の椅子に座っていました。

女は背が低く、がっしりと肉の付いた頑丈な体つきでしたが、髪を茶色に染めてピンクの縁の大きな眼鏡を掛け、真っ赤なガウンを羽織って、大層派手な格好をしているのです。年の頃は四十前後だと思われました。

「こっちへおいで」

意外に可愛い声で、女が小さな二人掛けのソファを勧めました。私を連れて来た男はいつの間にか出て行き、気が付くと、私は女と二人だけで向き合っていました。女は眼鏡の奥の重そうな瞼を上げて、私を観察しています。いったい何が起きるのか、と私も女を見つめ返しました。

「私のこと、どう思う」

女が私に尋ねました。

「怖いです」私の正直な答えに、女は口を歪めました。

「みんなそう言うね」

女は立ち上がって、ベッド横の棚に置いてあった小さな金庫を開けました。金庫から取り出されたのは、茶匙一杯の茶でした。女は、節の太い大きな手を器用に動かしてポットから小さな茶器に湯を注ぎ、私のために茶を淹れてくれました。

「旨いだろ」

私はコーラの方がずっと旨いと思ったのですが、同意しないと女が怒るような気がしましたので何度もうなずきました。女は自慢げに言いました。

「これは最高級の烏龍《ウーロン》茶なんだよ。雲南省にある私の畑から取るんだけどね、一年にこれっぽっちしか取れないんだ」

女は手でサッカーボールほどの大きさを示しました。私が高級な烏龍茶を飲んだのは、この時が初めてでした。

「名前は何ていう」

小柄な女は茶を啜り、品定めをするように私の顔を眺めました。その目つきは柔らかなようでいて険しく、私の心臓は縮み上がりました。こんな訳のわからない人物に会ったことはなかったからです。

「張哲鍾です」

「つまらない名前だな。私は露珍《ロウチェン》。歌詞を作る仕事をしてる」

私は歌詞を作る仕事がどういうことをするのか、皆目わかりませんでした。でも、露珍という女が只者でないことだけは、これまでの経緯やこの豪華なホテルの部屋を見れば、世間知らずの田舎者にだって予想が付きます。歌詞を作るだけの女が、人手を介して私のような男を集められるものでしょうか。それも何のために。もしかすると、この女は犯罪組織の一員かもしれない。私の脚は再び震え始めました。謂《いわ》れのない疑いをかけられたのかもしれないと思ったのです。しかし、露珍は面倒臭そうに言うのです。

「あんたに私の恋人になってもらうよ」

「恋人ってどういうことですか」

「私と寝るんだよ」

女は目を見てはっきり言ったので、私の頰は屈辱で火照りました。

「私にはできません」

「できるさ」女は平然としています。「代わりにお金をたくさんあげるよ。あんたはお金が欲しいから、出稼ぎに来たんじゃないのか」

「そうですけど、私は自分の労働でお金を得ています」

「これも労働じゃないか」

女は自分の言い方がおかしいと思ったのでしょう。自分を恥じるようににやりと笑いました。女の育ちがいいのか悪いのか、私には全然見分けることができません。

「お金はどのくらいいただけるのでしょう」

「私が満足できたら、幾らでもあげる。どう、いい話だろう」

私は咄嗟に言葉を返せませんでした。心の中では、いくら何でも男娼はできない、と拒否する気持ちと、もう工事現場で働くのは嫌だ、楽して金を稼げ、という気持ちとが戦っていました。しかし、私は金に目が眩《くら》んだのです。私の可愛い妹も騙されて、今頃は身を売っているに決まっています。だったら、私も。私はゆっくりうなずきました。露珍は満足げに、私の茶碗に茶を注ぎ足しました。

実は、この話を正直に書くのは、相当な勇気が要ります。裁判長閣下に差し出す上申書でこんなことまで書くのは躊躇《ためら》われますが、私はこの機会に自分の半生を振り返ってみたいのです。どうか、軽蔑なさらずにお読みくださいますよう、お願い申し上げます。

このような成り行きで、私は露珍という金持ちの中年女に金で買われることになりました。私からします と体を奪われたようなものでしたが、露珍は私に若干の恋愛感情を持っていたのではないかと思います。言葉はいつも乱暴ですが、可愛い犬を愛でるように私を見るからです。それに、四人の男たちの中から私を選んだ理由が、私の顔かたちが露珍の求めている男に近かったということ、テレビを見ずに一人立って珠江を眺めたのがかっこよかった、ということでしたから、私の中に、何か露珍の気を引くところがあったのでしょう。私は気付きませんでしたが、私たち四人が待たされた部屋には、露珍の部屋から見ることができる鏡があったのだそうです。

私は、露珍の部屋で暮らすように命令されました。そこでの生活は、見る物、聞く物、すべてが私の知らないことばかりでした。西洋式の食事とその作法。朝食をベッドで食べる自堕落。屋上のプール。私は山の中で育ちましたから、泳げません。プールサイドで膚を灼く私を尻目に、露珍は見事なクロールで往復していました。プールは会員制で、そこで寛《くつろ》いでいるのは、金持ちの中国人や外国人ばかりでした。私はスタイルのいい西洋人の女に憧れ、醜い露珍と一緒にいるのが恥ずかしいと思ったりもしました。

私は酒も飲みました。ビールにウィスキー、ブランデーにワイン。露珍はビデオでアメリカ映画を見るのが好きで、ニュースなどはほとんど見ません。私は天安門事件がその後どうなったのか知りたかったのですが、新聞もありませんので叶いませんでした。露珍は、若い頃、アメリカにいたことがあるのだと私に洩らしました。当時、中国人で海外に行ける者は政府の関係者か、留学生ぐらいでしたから、露珍の出自はますます大きな謎になるばかりでした。しかし、私は敢えて何も聞かず、年下の若い恋人の振りを続けようと決意したのです。というのも、私にとっては天国である白天鵞賓館のスイートルームの生活を堪能したいと思ったからでした。

露珍は嫌な人間でした。私が少しでも自己を主張すると、たちどころに怒るのです。他人の主張にはどんなことでも傲岸に拒絶するのです。そんな時、私は辟《へき》易《えき》し、この女から逃れて、どこかで自由に暮らしたいと思ったものです。というのも、私の行動範囲は、二十六階のスイートルームと、プールだけ。ホテルの中を自由に歩くことも、外出も禁じられていました。報酬が少なかったことも失望の原因で、私は一週間もしないうちに不満を持つようになりました。

天安門事件から十日以上経った日のことでした。朝、ベッド横の電話が鳴り、露珍が珍しく血相を変えて受け答えをしているのです。

「で、どうしたらいい。すぐ帰った方がいいのかな」

電話を切った後も落ち着かない様子で、露珍は私に身を寄せてきました。私は露珍に背中から抱かれて振り向きました。

「北京で面倒なことが起きてるらしい」

「露珍は関係あるの」

露珍は起きて煙草をくわえ、何も答えませんでした。

「鄧小平が出しゃばったんだ」

そのつぶやきで、露珍の出自がおぼろげながらにわかったのです。露珍はおそらく、共産党幹部の子女なのでしょう。天安門事件が起きた後、露珍の父親に何か問題が生じたのかもしれません。その日一日、露珍は不機嫌でした。始終、電話がかかかり、そのたびに消沈したり、激昂して怒鳴っていましたが、私には知らされていないのだから関係がありません。暢気にハリウッド映画を見ていましたら、露珍が言いました。

「哲鍾、私、北京に帰らなくちゃならないんだ。あんた、ここで待ってて」

「一緒に付いて行ってもいいだろう。俺は北京に行ったことがないんだ」

「駄目だ」

露珍は男のように首を振りました。

「だったら、ホテル内を少しうろついてもいいかい」

「仕方がない。その代わりあいつを付けておくから」

露珍は渋々承知しました。あいつというのは、私をここに連れて来た露珍のボディガードのことです。

「私に何も言わないでどこかに行っちゃ駄目だ。浮気も駄目。あんたが裏切ったら、あんたは即刻、刑務所入りだ」

露珍は私にこういう約束をさせて北京に向かいました。露珍のお供は、きつい顔の女でした。女は露珍の秘書で、同じフロアに住まっているのです。女は私のことを軽蔑しているのか、決して目を合わせようとはしないので癪の種でした。また、ボディガードや運転手は、露珍がいずれ私に飽きるだろうと読んでいるのか、露珍の不在時には私をぞんざいに扱うのです。そんなつまらないことどもが若い私には応えて、屈辱感を募らせ、何かしでかしてやりたい気分でもありました。

露珍と秘書が北京に発った翌日、私はボディガードに見張られながら、ホテル内をうろつくことにしました。

「おい、露珍は誰の娘なんだ」

私はエレベーターの中で男に聞きました。連れて来られた当初、怯えていた私の態度が大きくなったので、ボディガードは不快そうでした。黙って横を向いています。

「露珍が帰って来たら、お前と秘書が出来ていることをチクってやるぞ。あと、煙草と酒を盗んで横流ししていることをな」

私がはったりで脅しますと、ボディガードは顔色を変えました。

「言われたくなけりゃ、露珍の父親が誰か教えろ」

ボディガードは眉を顰《しか》めました。

「言ったところで無学のお前の知らない名前だよ」

「いいから言えよ」

「李拓民《リトウオミン》だ」

私は驚きのあまり、床にへたり込みそうになりました。李拓民と言えば、中国共産党のナンバーツーではありませんか。現国家主席が政権を失ったら、次は李拓民と言われているのです。私が逃げたら刑務所入りだと露珍は脅して行きましたが、冗談ではないのでしょう。とんでもない女と関わってしまった、と恐怖で膝から力が抜けてしまいそうでした。

「その話は本当なのか」

私はボディガードの肩を摑みましたが、乱暴に払い除けられました。

「露珍は李拓民の長女だ。運がいいか悪いかは、お前の態度次第だな。前にいた奴らは、馬鹿だったよ。贅沢な暮らしに目が眩んで、泥の田圃に足を突っ込んでいたことなんかすぐに忘れてしまうのさ。そういう時、露珍は怖いぞ。自分が何者だったかを、思い知らされる」

「調子に乗れば罰を与えるってことかい」

ボディガードは答えず、にやにやしました。虎の威を借る嫌な奴。私はエレベーターが下に着く前に叩きのめしてやろうかと身構えましたが、すぐに足裏に軽い衝撃があり、ロビーに到着してしまったのです。しかし、扉が開くとそこは別世界で、私は露珍のことを忘れてしまいました。

Tシャツ姿でのんびり歩く家族連れや、急ぎ足のビジネスマン、慇懃《いんぎん》なボーイたち。露珍の部屋に囚われていた私が外界に出たのは、実に二週間ぶりだったのです。背中の開いたドレスを着た西洋人の女が、私と目が合って微笑みを返してくれました。ああ、何と世界は広く、様々な人がいるのでしょう。私は広いロビーのそこかしこを歩く人々すべてに目を奪われたのです。豊かな富を満喫している平和な人達。私もこうなりたい、いや、絶対になるのだ。またしても、富への憧れが、自由への希求が、私の心を占領し、私は苦しさを覚えました。ついこの間までは、何としても露珍の元に留まって贅沢を満喫しようと思ったくせに、今度は露珍の部屋に戻らねばならないことを思うと憂鬱でなりません。私はこのまま逃走したい気分になりました。すると、私の心が読めたかのようにボディガードが耳許で囁くのです。

「忘れるな。お前、調子に乗るなよ。お前の着ている服も靴もすべて露珍様の物だ。てめえの物だなんてこれっぽっちも思うなよ。お前が今ここから逃げたら、窃盗罪でパクってやる」

「うるせえな」

「田舎者め」

「お前こそ、そうだろう」

「俺は北京出身だ」

私たちは小声で罵り合いながら、表面は何事もなく取り繕い、ロビーのあちこちを歩き回りました。

確かに、私は露珍が用意してくれた白いポロシャツとジーンズを身に着けていました。ポロシャツはフレッド・ペリーとかいうイギリスの物、ジーンズはリーバイス。靴は白い線が入った黒い表革のナイキでした。当時、ナイキのシューズを履ける中国人が大陸にいったい何人いたでしょうか。貰った当初、私は嬉しくてならず、毎日靴の手入れを怠らなかったほどです。私が隙のない服装をしているからこそ、人々は尊敬の眼差しを投げかけるのでしょう。あの人は若いけれどもお金持ちだ、と。私と同年齢のボーイが羨ましそうに私のナイキを見つめています。そこで私は気付いたのです。これまでの私は、露珍の贅沢さに驚き、その富を味わうことで精一杯でした。でも、富が富としていっそう輝くのは、賞賛を浴びるからなのです。他人の目がなければ、富の価値は半減する。そう思った私は、やはり露珍から逃れるべきだと決心を固めたのでした。

私は自分の姿をじっくり観賞するために、隅にあるソファに腰掛けることにしました。そこは大きなガラス窓に全身が映るのです。ボディガードは、私が自分の服装を満足げに眺めるのを見て、冷笑しました。

「馬子にも衣装だな。お前のその服は前の奴のお下がりだぞ」

私は愕然としました。新品ではないらしい、と思っていましたが、まさかお下がりとは。

「そいつはどうしたんだ」

「そいつは黒竜江省から来た奴でな。露珍の宝の茶を勝手に飲んだんだ。その前の奴は、内モンゴル自治区だった。奴は露珍のルビーの指輪を嵌めてプールで泳ぎ、石を落っことしたんだ。水の中で赤い石はどう見えるのか実験したかった、と言い訳してたよ。まるでガキの言い訳じゃねえか。だから言っただろう。皆、贅沢を覚えると自分の出自を忘れて訳がわからなくなるんだって。奴らは今頃、刑務所で南京虫と暮らしているよ」

それを聞いて、私は怖くなりました。これから私を待つ運命のような気がしました。なぜなら、露珍と知り合ってまだ二週間しか経っていませんでしたが、露珍は私に夢中なのに、私は露珍がまったく好きではなかったからです。私は今に、露珍から逃げることばかり考えるようになるでしょう。それも、露珍の物を少し頂いて。

抗弁させていただければ、その時の私は、露珍から何かを奪うことが窃盗だという罪の意識など全然ありませんでした。なぜかと言われれば、労働の正当な報酬を貰っていない、という不満が根強くあったからです。露珍は私に金を払うと言いながら、一日二十元程度しかくれなかったのです。私の不平に、露珍はこう言い返すのです。

「本当は一日百元払ってるんだ。でも、お前の宿泊費と食費を引けば、こうなってしまうんだ。酒と煙草は私の奢《おご》りだがね」

私は無理矢理連れて来られて、二十六階の部屋に閉じ込められ、露珍にいいように体を弄《もてあそ》ばれているのに。それは飯場の論理と同じではありませんか。いくら贅沢を味わわされても、私は露珍の言い分だけはどうしても承知できないのでした。

「そろそろ帰るぞ」

ボディガードが私の腕を小突きました。仕方なしに立ち上がった私は、これでは囚人と同じだと気が重くなりました。党幹部の娘に拉致された哀れな農民。

「見ろ」ボディガードが私に言いました。「ベビーカーの子供だ」

アメリカ人らしい白人の夫婦が、小さなベビーカーを押してロビーの噴水を見ていました。子連れで海外旅行とは。私は幸せそうに笑っている夫婦を凝視しました。夫は半ズボンにTシャツ。妻はお揃いのTシャツにジーンズ。健康な白人たちでした。しかし、ベビーカーの中の、やっと首が据わったくらいの赤ん坊は東洋系です。奇特な外国人が貧しい中国人の孤児を養子にでもしたのでしょう。

「それがどうしたんだ」

ボディガードはこっそり他も指さしました。ロビーには同じようにベビーカーを押している白人夫婦が何組もいるのです。赤ん坊は、皆、中国人でした。男の子、女の子。一様に真新しいベビー服を着せられています。

「孤児の斡旋」

「誰が」

ボディガードは黙って天井を示しました。

「露珍がやってるのか。露珍は作詞家と言っていたぞ」

「そう言ってるが、お前、露珍の歌を聞いたことがあるか」

私が首を振りますと、ボディガードは鼻先で笑いました。

「孤児斡旋が本業さ。ここで慈善事業をしてるんだ」

慈善事業というのは本当でしょうか。贅沢を知っている露珍が金儲けから無縁でいられるとは思えません。でも、真実のところは私にもわかりませんので、余計なことを書くのはやめにします。私が書きたかったのは、そういうことではないのです。要するに、私はベビーカーの中で無心に眠る赤ん坊にも嫉妬したのです。何も知らないうちにアメリカに渡ることができて、アメリカ人として生きられる幸せ。私の祖国は私を生み、育ててくれましたが、長じてからは誰も何もしてくれません。田舎に生まれれば、一生田舎暮らし。都会で生きるには許可証がいるし、海外にも行けません。私たち出稼ぎ労働者は、法の網を逃れて逞しく稼ぐしかないのです。私がそんなことを考えておりますと、ボディガードが私の肘を摑みました。「おい、戻るぞ」と。「それから、俺の名は玉偉《ユウウェイ》様だ。覚えておけ」

後に、玉偉から聞いたのですが、露珍が慌てて北京に向かったのは、弟が天安門事件で片腕を折る重傷を負い、かつ逮捕されてしまったからでした。露珍には、歳の離れた腹違いの弟が二人いて、一人は版画家となって上海で暮らし、もう一人は北京で仲間とロックバンドを結成しているそうです。

逮捕されたのは、下の弟でした。彼のロックバンドは若者の間で人気が高く、天安門広場に居座る学生たちのテントの前で、何度か演奏した、とのことです。そのうちに熱狂に感染し、あの日、学生や労働者たちと共に座り込んでいたということですから、愚かしいではありませんか。親に対する反抗心もあったのでしょうが、それにしても、恵まれた人ほど体制に反抗したくなるのだ、と私は思いました。私たちは反抗しようにも、まず金を稼ぐことが先決です。金がなくては生きていけません。デモだの、座り込みなんかをやっていたら、干上がります。

　露珍の北京滞在が長引いているのは、弟を助けることができないからでした。父親の権力をもってすればすぐさま釈放されるはずなのに、ニュース映像で弟の公演の様子が流れてしまい、世間の、いえ世界中の注目を集めてしまったので誰もどうにも動けないのでした。弟を釈放すれば騒ぎになります。こうなったら、逆に厳罰にすればいいのだ、と玉偉は主張しました。玉偉は弟をよく思っていないらしく、目を細めて憎々しげに言うのでした。

「監獄に入れてやれ。あいつも目が覚めるだろう」

　李拓民の三人の子供たちは、全員アメリカ留学を経て、金をふんだんに持ち、それぞれ好きな都市でかっこいい西洋風の職業に就いていたのです。何と恵まれたことでしょう。共産党員とはいえ、権力を持てば、その力をきりなく私的に行使できるのです。

　しかし、その話を聞いた私は、怒りを感じるというよりはまたしても羨望の方が遥かに勝っておりました。「中国人は生まれた場所でその運命が決定される」。この言葉は、天安門事件のヒーロー、ウアルカイシが発したものだそうですが、その通りではありませんか。私も党幹部の息子に生まれていたのなら、今このような罪を犯さずとも済んだのではないでしょうか。本当に悔しくてなりません。

　露珍はなかなか帰って来ませんでした。その不在は二週間に及び、北京で弟の釈放を巡って奔走している様子でした。私なら、腹違いの弟のことなどどうでもいい、と思うのですが、露珍のような恵まれた人間には、親族の利益をみすみす失うこと自体が考えられないのでしょう。また、弟たちの母親が露珍の同級生だということを聞いて、私はとても驚きました。露珍の母親はとっくに亡くなり、露珍の父親は、まだ高校生だった露珍の友達を見初《みそ》めたというのです。権力者は強欲、かつ放埒である。それも、私には新鮮な発見でした。

　露珍からは毎日、玉偉に電話が入りました。玉偉は露珍と話しながら、私に目配せしたり、わざとらしく顔を顰《しか》めたりするので私は笑いをこらえるのに必死でした。

　私は玉偉と仲良くなり、露珍の留守中、二人でテレビを見たり、露珍の酒を勝手に飲んだりして遊んでおりました。二人の目下の話題は、何といっても天安門事件でした。玉偉は、指名手配になった若い女性活動家の顔を見て、私に言うのです。

「これは悪党だぞ、哲鍾。こんな女に引っかかったら碌なことにはならないぞ。俺は目付きでわかる」

「白潔《バイチエ》はどうなんだ」

私はからかいました。白潔というのは、あの目つきの鋭い露珍の秘書のことです。

「あいつは気を付けた方がいい。あいつと運転手の楊《ヤン》は党員だ」

「でも、お前は白潔と出来てるじゃないか」

玉偉は何も言いませんでした。もしかすると、玉偉は白潔に惚れていたのかもしれません。しかし、その頃の私は一度も恋愛をしたことがありませんでしたから、玉偉の気持ちも摑めませんでした。

「玉偉、お前も党員なのか」

「まさか。俺はただのボディガードさ。教育もねえよ。字なんか書けないからな」

玉偉は三十二歳。北京出身と言っていましたが、本当は近郊の農家の出でした。玉偉の母親が李家でずっと家政婦をしていたために、玉偉も雇われたのだそうです。

玉偉は悪党でした。どこから調達してきたのか、安ウィスキーと露珍の高級スコッチの中身を取り替えてしまったり、ゴミ箱の中から露珍が書き損じた手紙などを拾って保管していました。手紙は、何かあった時に脅迫の材料にするのだ、と言うのです。また、露珍の机の引出しを開けて金庫の鍵を探したりしていました。私は万が一露見した時に、すべて私の仕業《しわざ》になるのではないかと気が気ではなかったのですが、玉偉はそんな私を小心者だと笑うのです。

とうとう明日は露珍が帰るという連絡のあった日、私と玉偉は屋上のプールに行きました。玉偉は入ることを禁じられていたのです。

「天国じゃねえか、畜生」

玉偉は吐き捨てました。二十五メートルプールの水は澄んで、底に塗ったブルーのペンキがゆらゆらと陽射しに揺れています。屋上に吹く風は熱く、街の喧騒などまったく聞こえませんでした。客は十人足らずで、泳ぐ者など誰もおらず、互いに関心も持たず、思い思いの格好で日光浴を楽しんでいました。

隅に小さなバーカウンターがあり、どこから入って来たのか、若い女が人待ち顔にカクテルを飲んでいました。長い髪を背中まで垂らし、洒落たサングラスに小さなビキニを着けていました。このプールに一人で来ている女は明らかに、金持ちの男を探す娼婦です。

「どうせ、俺たちなんか相手にしないよ」

私の言葉に、玉偉はタオルの下に隠した札束を見せました。

「これさえあればいいんだよ」

「どこから盗ったんだ」

露珍の金であることは間違いありません。ウィスキーなら誤魔化せても、現金は無理です。私は蒼白になりました。

「やばいじゃないか。俺のせいになったらどうする」

「大丈夫だ」玉偉は面倒臭そうに言って、煙草に火を点けました。「あの女を引っかけたら、今晩中に戻すから」

私は呆れて玉偉の顔を見ました。

「さあ、行こうぜ」

玉偉は札束から数枚札を抜き取って、手に持ちました。女は近付く私たちに気付かず、ストローをくわえて横を向いています。素晴らしくスタイルのいい女でした。ほっそりとして長い手脚に小さな卵形の顔。

「お嬢さん」

振り向いた女が、何事か叫んでサングラスを外しました。美君の大きな目に、見る見る涙が溢れるのを、私はぼんやりと眺めていました。

「お兄さん」

「何だって」

玉偉が怪訝な顔をしました。

「俺の妹なんだ」

「なるほど、兄妹か。よく似てるよ」

玉偉の顔にまず驚きが、そして侮蔑が表れてくるのを、私は非常に腹立たしい思いで観察していました。心の中では、私たちを淫売兄妹と思っているに違いありません。プールでは派手過ぎる化粧と明るい茶に染めた髪が、美君を蓮っ葉な商売女に見せているのです。再会は嬉しい。でも、と私は苦々しい思いも捨て切れませんでした。お前は広州駅で私を捨てて行ったから堕落したのだ、俺の言った通りじゃないか、と詰りたい気持ちを打ち消せないのです。それに自分だけ美しく都会的に変身した美君が憎たらしくもあったのです。しかし、私と再会して涙を流す美君がつい哀れになってしまう自分もいるのでした。私は複雑な感情をどうしたらいいのかわからず、しばし茫然としていました。

美君が玉偉の肩を指で突きました。

「あんた、悪いけど外してくれる。私たち、久しぶりに会ったんだから」

玉偉はふて腐れた様子で肩を竦め、ビールを買ってから離れた椅子で新聞を広げました。途端に、美君が甘え声で喋り始めました。

「お兄さん、会えてよかった。ねえ、私を連れて逃げて。金竜は心の真っ黒な蛇よ。私に客を取らせて稼ぎを全部奪って、文句を言うと殴るの。今も下のロビーで、私を待ってるわ。私にプールで客を引かせてね」

そう言った後、美君は怯えた目で周囲を窺いました。いつも自信に溢れ、機転のきく賢い美君がこのような表情をすることが私には衝撃でした。でも、私だって、露珍が帰って来たら愛玩物になるのです。兄妹で体を売っていることは、屈辱以外の何ものでもありません。自分の存在より巨大なものに覆われ、どうにも抗《あらが》えない苦しみ。それは経験した者でなければわからないことです。それでも私は逃亡することに賛成できませんでした。なぜなら、露珍が怖かったのです。

「逃げるって言っても、どこに」

私の曖昧な言い方に対し、美君ははっきりと答えました。

「深圳に行きましょう」

またしても美君が、私の次なる運命の地を決めたのです。深圳。私も経済特区である深圳についてはあちこちで噂を耳にしました。幾らでも仕事があるし、給料もいい、と。これは余談ですが、私が東京で長く住んだ場所も、日本語では同じ発音のシンセンでした。電車に乗っていて「次は神泉」というアナウンスを聞く度に、私はこの日のことを思い出し、奇妙な感慨に耽《ふけ》ったものです。

「それはいいが、どうやって逃げようか」

私は空を仰ぎました。私の逃亡を知れば、露珍は強大な権力を頼みにして私の行方を追おうとするかもしれません。私は刑務所にだけは行きたくありませんでした。迷う私の腕を強く握って、美君は地団駄を踏みました。

「お兄さん、早く決心して。今しか逃げるチャンスはないわ」

振り向くと、玉偉が私たちの方を凝視しているのに気付きました。何か疑惑を感じたのでしょう。早く早く、と美君はせっつきます。

「お兄さん、私が一生娼婦でもいいのね」

我に返った私は、激しく首を振りました。この時の私の心境は、他人にはわかりにくいものだったかもしれません。一緒に育った美君は大事で可愛い存在でしたが、捨てられて以来、私の中には黒い憎しみも生まれていたのです。憎しみというのは恐ろしいものです。美君が多少は痛い目に遭ってもいい、という残酷な気持ちなのです。それで気が晴れるかと言えばそうではなく、苦しむ美君を見て私もきっと傷付くのがわかっているのに、それでもなお傷付けたい、と願う気持ちの底には何があるのでしょう。私は、悪魔なのでしょうか。とうとう、私が美君と逃げる決心をしたのは、ただひとつの理由でした。美君が他の男に抱かれるのが嫌だ、という嫉妬でした。自分の持ち物が汚されるような気がしてならなかったのです。

「どうしたらいい。俺は玉偉に見張られているんだ」

私が自分の状況をかいつまんで話しましたところ、美君は心得顔で言いました。

「簡単よ。私があの男と寝たい、と話してくれればいいのよ。二人で芝居を打ちましょう」

私は美君の腕を取り、玉偉のところに向かいました。

「玉偉、俺の妹がお前を気に入ったそうだ」

玉偉の顔が綻《ほころ》び、椅子から立ち上がりました。

「そうか。お前が話を付けてくれたんだな」

意気揚々と歩く玉偉を先頭にして、私たち三人は部屋に戻りました。美君は露珍の贅沢振りに驚いたらしく、羨ましそうに私を見ました。

「お兄さん、ここに住んでいたの。私たちが夢見た生活じゃない。エアコンにテレビにルームサービス」

玉偉が皮肉な笑いを噛み殺しています。腹が立った私は玉偉に吹っかけてやりました。

「玉偉、俺の妹は高いぞ。千元。それも前払いだ」

玉偉は文句も言わずにプールで見せびらかした金を妹に手渡しました。露珍の金庫から奪った金です。困惑した私は、その金を机の上に置きました。金がなくなったことが私のせいになったら困ると思ったからです。玉偉が露珍の部屋のエアコンを点けに行っている間、美君が私に囁きました。

「あいつが風呂に入ったら逃げるわ。お兄さんは準備してここで待ってて」

美君は玉偉の手を引いて露珍の寝室に消えました。シャワーの音が聞こえます。私は不安でたまらず、何度も腰を浮かせてはまた腰掛け、落ち着きませんでした。すると、美君が飛び出して来たのです。

「お兄さん、早く」

私はその手を引いて露珍の部屋を後にしました。美君は廊下を走りながら、「いい気味」と笑っていましたが、私は後のことが心配で気が気ではありません。

エレベーターの中で、私は以前、美君の土産に買ったピンクのTシャツの袋をそのまま置いてきてしまったことに気付き、声を上げました。しかし、美君は金を勘定しています。

「こんなに貰ったことないわ」

美君は私に金を見せびらかしました。私が机の上に戻しておいた金です。

「どうして持って来たんだ。それは玉偉のものじゃないよ」

「いいじゃない。資金がなくちゃ逃げられないもの」

美君はブランド品のバッグに金をしまって言い返すのです。

「俺の罪になる」

私のつぶやきに美君は耳を貸しませんでした。美君は変わった。私は愛する妹の横顔を眺めました。少し上向きの鼻、反り気味のぽってりとした唇が愛らしい顔。思わず抱き締めたくなるような細い体。美しくはなったけれども、美君の心はさもしい。広州に来てからわずか四カ月間の出来事が、ここまで妹を変えたのです。私は戸惑いを隠せませんでした。

それに間違いなく、露珍の留守中に金品を持ち逃げした、と私は濡れ衣を着せられることでしょう。そのことが心を塞いでいました。思えば、ピンクのTシャツは、私が失ったものの象徴だったのかもしれません。私と美君の純真さです。私たちは露珍の部屋にそれを置き忘れ、もう二度と持たないと決心することで生きようとしたのです。

ロビーを急ぎ足で通り抜ける時、ソファに座って煙草を吸っていたアロハシャツの男が慌てた顔でこちらを見ました。金竜でした。サングラスを掛けていますが間違いありません。金竜が立ち上がって追いかけて来るのを横目で捉え、「タクシー」と私はボーイに怒鳴っていました。私たちはこうして辛くも広州を脱出したのでした。

今、刑事の高橋先生から、余計なことを長く書くな、と怒られました。見知らぬ女性を殺《あや》めてしまった私の愚かさを反省するために書く機会を与えていただきましたのに、つい私の取るに足らない生い立ちや、恥ずかしい行いなどを書いてしまいました。つまらぬ話をお聞かせしましたことを、高橋先生と裁判長閣下にお詫び申し上げます。

しかしながら、祖国での出来事を書いて参りましたのは、私がこれまで何も悪事を為さず、ただひたすら、ささやかな金を得て自由に暮らしたい一心だけだったことをおわかりいただきたいからなのです。なのに、今は獄舎に繋がれ、毎日刑事さんからは責められ、私の所業ではない佐藤和恵さん殺しの疑いまでかけられていることが、どうしても納得がいきません。何度も申し上げます。私は佐藤和恵さん殺しに関しては無実です。だから、佐藤和恵さんのことは、何も書けません。高橋先生に、この事件について早く書くように、と言われましたので急ぎます。

深圳市に入るには、許可証が要ります。私たちは何も持っていませんでしたので、まず東莞《トンコワン》市という経済特区のすぐ近くにある町に住み処を定め、仕事を探しました。そこは第二ボーダーと呼ばれる地帯で、深圳市で働いている中国人が金を落とすことで賑わっている場所でした。面白いことに、香港に住む中国人は深圳市の物価が安いと買い物や遊びに来て、深圳市の中国人は東莞市に同じ目的で行くのです。経済特区に近い街は、こうして経済格差を利用することで潤っているのでした。美君はホステスの子供たちを見るベビーシッターの仕事を見付け、私は製缶工場に勤めることにしました。

この頃が一番幸せだったように思います。私たちは仲の良い夫婦のように助け合って暮らしました。そして、二年ほど、汗水垂らして働いて貯めた金で許可証を買い、深圳市に移り住んだのです。一九九一年のことでした。

私たちは深圳市一番のカラオケクラブで職を得ることに成功しました。美君はホステス、私はアシスタント・マネージャーに雇われたのです。私が職を得られたのは、美君のお蔭でした。スカウトされた美君が、私の就職を条件にしてくれたからなのです。しかし、私は美君がホステスになるのが少し嫌でした。容易に娼婦に戻るような気がして心配だったのです。美君は美君で、私が店の他のホステスに心を移すのではないかと不安がっていました。私たちはひとつのカラオケクラブで互いを監視し合う、という不思議な関係の兄妹だったのです。

どうして日本に来たのか。必ず聞かれる質問です。二人で日本に行こう、と最初に言いだしたのは美君です。妹は常に私の運命を決めるのです。正直に言いますと、私はアメリカにずっと憧れておりました。しかし美君は、こう主張しました。アメリカでは中国人は時給一ドル程度で安く使われる、日本の方が金を貯められる、日本で貯めた金を持ってアメリカに行っても遅くはないではないか、と。その通りだと思いました。美君の合理主義はいつも、優柔不断で気弱な私を迷わせるのですが、最後には私に決意させる力を持っているのでした。だから私は相変わらず美君に頭が上がらなかったのです。

ある日、私でさえも即座に日本行きを決めざるを得ない事件が起きました。私はクラブの経営者に呼ばれて聞かれたのです。

「四川省出身の張という男を探している者が広州から来て、あちこち尋ね回っているらしいんだが、お前のことか」

「同姓同名の者はたくさんいますよ」私はとぼけ、何食わぬ顔で尋ねました。「どうして、その男を探しているのですか」

「さあ。懸賞金が付いているそうだから、天安門事件と関係あるのかもしれない」

「どんな人間が探しているのでしょう」

「男女だよ。目つきの悪い、細い男ときつい顔の女だとさ」

面倒を嫌う経営者は、私を疑いの目で見ました。露珍の命で、玉偉と白潔が深圳にまで来たのです。私は青ざめ、平静を装うのに苦労しました。懸賞金が付いているのなら、いずれ密告されるのは間違いありません。深圳で働く者たちは金には敏《さと》いのです。その夜、部屋に戻って美君に相談すると、美君も眉を顰めました。

「実はお兄さんには言わなかったけど、この間、駅前で金竜にそっくりな男を見たのよ。いつ店に来るかと思うと心配で仕方がないの。そろそろやばいかもしれないわね」

私たちの働くカラオケクラブは高いので有名でした。大陸の中国人が遊ぶ店ではなく、香港や日本の客を主に相手にしていたからです。金竜が店に来ることはおそらくないと思われましたが、狭い街の中でいつ会うかもしれません。危険が迫っていました。

その翌日から、私は日本に渡るため、蛇頭を探し始めました。上海にでも行けば、金竜からは逃げおおせるかもしれませんが、露珍の手からは逃れられないでしょう。上の弟が上海にいると聞いていますし、国家権力を後ろ楯にしている人間とは、どだい戦えるわけがないのです。幸い、福建省の長楽市から来ているホステスがいたため、私たちは蛇頭に紹介してもらえました。私はすぐさま、電話で日本行きを申し込んだのです。

蛇頭に払い込んだ金は、二人分の偽パスポート代、百万円だけでした。残りの金は日本で働いて返すことになっていました。一人二百万円ずつ。都合五百万かかり、残りの四百万円を日本で返さなくてはならないのです。私は溜息を吐《つ》きましたが、追われている以上、背に腹は代えられません。

一九九二年二月九日。この日のことは一生忘れられないでしょう。私たちが日本に向けて出航した日のことです。それは偶然にも、私と美君が故郷を後にした日と同じでした。あの苦しい航海のことは、私と同じような手段で入国した同胞を危険に晒すことにもなりかねませんし、妹の死を思い出すのは辛いことです。だから誰にも言いたくありません。簡単に記しておきます。

私たちは総勢四十九人。ほとんどが福建省出身の若い男でした。中には美君と同じ年頃の若い女も数名乗り込んでいましたが、夫婦者なのか、男の横でひっそりとうつむいていました。女たちは命懸けの航海に臨み、男の足手まといにならないよう、緊張していたのだと思います。でも、美君だけは元気で、濃い茶色の偽パスポートを嬉しそうに何度も撫でていました。一生、手にすることはできないと思っていたパスポートだったからです。

船は最初、小さな漁船でした。甲板に詰め込まれ、長楽の港を出港したのです。出航した当初は天気もよく、気温も高いので私はほっとしたものです。しかし、沖合いに出ると風が強くなり、船は荒波に揉まれ始めました。やがて沖合いに一隻の貨物船が姿を現しました。すると、船長が私たちに一人一本ずつドライバーを手渡し、乗り換えろ、と怒鳴るのです。ドライバーを何に使うのかわからぬまま、私たちは揺れる船から船へと乗り移りました。入れられた先は、狭いコンテナでした。コンテナはすぐに真っ暗になりました。中に人間が入っていることがわからないように完全に閉じられたのです。四十九名の人間が入っていますから、次第に息苦しくなりました。

「ドライバーで壁に穴を開けろ」

誰かが叫びました。あちこちでカンカンと穴を穿《うが》つ音が響きました。私も必死に穴をこじ開けました。どんなに力を込めても開いた穴はほんの数ミリです。そこに口を付け、新鮮な空気を吸うことで何とか生き延びなくてはならないのです。窒息の恐怖が治まると、今度は自堕落な雰囲気になってきました。最初はコンテナの隅で用足しをしていた私たちも、二日目に入ると垂れ流しに近くなりました。元気だった美君は閉じ込められた途端に、私の手を握って離さなくなりました。美君は閉所恐怖症だったのです。

外海に出て四日目のことでした。船のエンジンが止まり、船員が慌ただしく甲板を行き交う気配がしました。台湾に寄港したのです。しかし、誰も何も言いませんので、私はてっきり日本に着いたのだと思い込んでしまいました。船酔いと閉所恐怖症で、元気なく寝転がっていた美君が、物凄い力で私の上着を摑みました。

「日本に着いたの」

「たぶん」

不確かでしたから、私は首を傾げましたが、喜んだ美君は起き上がって急に髪をとかし始めました。明かりがあったら、化粧までしかねない張り切り方でした。ところが、丸一日経っても船は停泊したきり、何も起きません。じりじりした美君が立ち上がり、コンテナの壁を激しく拳で打ちました。

「ここから早く出して」

暗闇に蹲《うずくま》る福建省の男たちが、押し殺した声で私に言いました。

「慌てるな。まだ台湾だ」

美君は台湾と聞いて衝撃を受けた様子で、「台湾でもいいから、外に出たい。もう嫌だ。誰か助けて」と狂ったようにコンテナの壁を叩き、泣き叫んだのです。「おい、女を何とかしろ。外に洩れるとやばいじゃねえか」

その時、もっと優しくしてやればよかったのですが、私の背には四十七人の密航者の鋭い視線が突き刺さっています。私は焦って、暴れる美君の頬を殴って鎮めたのです。殴られた途端、美君は糸が切れた操り人形のように、くたっとくずおれてしまいました。そして、排泄物や吐瀉物のこびりついた汚い床に横たわった状態で、暗闇で目を見開いているのです。私は美君の様子がおかしいことに不安を感じましたが、美君のせいで他の密入国者を危険な目に遭わせるわけにはいきません。鎮まったのをいいことに、放っておきました。この後に起きた悲劇を考えますと、私が殴ったことで美君の強い生命力が消されてしまったのではないかと思えてならないのです。

貨物船は翌日、やっと台湾を出航し、荒れる冬の海をゆっくりと日本に向かいました。美君は物も食べず、口もきかず、ほとんど半病人みたいに臥せったままでした。そして六日目、遂にコンテナの扉が開いたのです。どうっと入ってきた洋上の外気は冷たく、凍えるようでしたが、コンテナの中の淀んだ空気や臭いが洗われる気がして、私は大きく息を吸い込みました。美君は衰弱していましたが、自力で立ち上がり私に微笑みました。

「辛かった」

これが美君の最後の言葉になるとは、私は想像だにしておりませんでした。事故は、その二十分後に起きました。闇に乗じて、貨物船から日本上陸のための小舟に乗り移る時です。どういう訳か、美君が小舟に足を掛けた瞬間、それまで穏やかだった海面が異常に盛り上がり、大きな波が来たのです。美君はあっけなく海に落ちました。先に小舟に乗った私が美君の手を取ろうとしたのに、間に合いませんでした。私の手は虚しく空気を掻き、海に落ちた美君はひどく驚いた顔で私を見上げ、あっという間に波間に消えて行きました。さよなら、というように美君の手がひらひらするのを私は茫然と見ているだけでした。助けたくても、私は泳げないのです。私は大声で名前を呼びましたが、誰もどうにもできず、夜の海を見つめるだけでした。私の最愛の妹は、あれほど夢見た日本を眼前にしながら、真冬の冷たい海で死んだのです。

私の長い物語もそろそろ終わりに近付いております。高橋先生、裁判長閣下、どうぞ最後までお読みくださいますようお願い申し上げます。「私のやった悪いこと」という題で、私の生い立ちや、これまでの悪い行いについて書け、そして反省をしろ、という高橋先生の命令でしたが、様々なことを思い出して、私は何度も後悔の涙に暮れております。私は何と最低の男でしょう。美君を助けてやれず、平田さんを殺め、こうして自分はぬくぬくと生きている。故郷を出た頃の私と妹は希望に燃え、未来は豊かで明るいものだと信じて疑いませんでした。しかし、今の私の手の中には、罪以外のものは何も残っていないのです。私は異国で、初めて出会った女の人を殺めるという畜生にも劣る所業をしでかしてしまいました。私がこのような悪い人間になったのは、美君という私の魂を失ったせいだと思います。

日本に上陸してからのことは、高橋先生にお話しした通りです。私は密入国者ですから、常に人の目を気にして、野良猫のようにこそこそと生きてきました。中国人は出身地で固まり、助け合って暮らす習慣があります。同胞のいない私は仕事探し、部屋探しも容易ではありませんでした。そして、妹を失った私には、それを嘆く相手もいなかったのです。三年かかってやっと蛇頭に渡航費用を返済した後は、金を稼ごうという気力さえも失う日々が続きました。日本で知り合った仲間たちが、皆、故郷に残した妻子のために働いているのも、私の目には羨ましく映ったものです。

そんな時、歌舞伎町で働く台湾人の女性に出会いました。最初の方に書きましたが、私と一緒に「黄色い大地」という映画を見た人です。彼女は、私よりも十歳年上で、子供を二人、高雄に残してきたと言っていました。クラブの雇われママをしながら、日本語学校に通い、子供の養育費を稼いでいたのです。彼女は優しい人でした。自暴自棄になりがちな私を、とても大事にしてくれたのです。

しかし、どんなに優しい心を持った人でも、生まれ育ちが違えば理解できないことも多々あります。私の生まれ故郷の貧しさや、出稼ぎに出てからの苦しみ、妹を失った悲しみを完全に分かち合うことはできません。私は、そのことでもどかしさを覚えるようになったのです。それで、その人とも別れ、一人でアメリカに渡ることを最終目標としたのでした。

はぐれ者ははぐれ者としか生きられません。神泉で一緒に暮らしていた仲間たちも、一人はぐれて暮らす者ばかりでした。しかし、沈毅《ツエンイー》や黄《ファン》が脱獄者だということは、高橋先生から聞かされるまで知りませんでした。犯罪者と知っていたら、私は絶対に近付きません。一緒に住む仲間たちとうまくいかなくなったのは、私が内密にニューヨークに行く準備をしていたからで、決して金のトラブルとは関係がありません。

私が仲間から家賃を多めに徴収して自分の分を浮かしていた、と高橋先生は私を責めましたが、私が代表して陳さんから部屋を借りている以上、いつも綺麗にしておかなければならないし、光熱費の支払いなどがありますから、当然のことではないでしょうか。いったい、仲間の誰が便所掃除をしてくれたでしょう。ゴミを捨てるのも私、布団干しも私。すべて私がやっていたのです。

今回、私は仲間の裏切りに傷付きました。特に、黄の言ったことは全部嘘です。佐藤和恵さんと私が昔から知り合いだった、佐藤和恵さんと三人で関係を持ったことなどです。それはまったくの虚偽であります。黄は、私に罪を着せて得をするある理由が存在するのではないでしょうか。今一度、お考えいただきますよう、高橋先生、裁判長閣下にお願いいたします。何度も申し上げますが、佐藤和恵さんには会ったことがありません。その件に関しまして、私は冤罪であります。

平田百合子さんに出会ったのは、互いの不運でした。高橋先生から、平田さんが昔はとても綺麗でモデルをしていた、と聞きました。「今は老けちゃって娼婦なんかしてるけど」と高橋先生はおっしゃいましたが、私は今でも美しい人だったと思います。

歌舞伎町で出会いました時も、私はその美しさにわくわくしました。それで私は、時間がないにも拘わらず、「太ももっ子」の帰りにわざわざ寄ったのでした。平田さんが雨の中で私を待っているとわかった時はとても嬉しかったです。平田さんは私を見て微笑み、こう言ったのですから。

「待ってたら冷えちゃった」

あの雨の夜のことはよく覚えております。傘を差している平田さんの背中に垂れた、腰まで届きそうな長い黒髪が美君と同じでしたので、私はどきっとしたのです。それに、横顔が美君にそっくりでした。それが平田さんに惹かれた最大の理由です。私は常に美君の姿を探しているのです。お前の妹は死んだんだ、忘れろよ、と美君のことを知っている仲間は言いましたが、私は、いつかこの世でまた美君に巡り会うのではないかという幻想を消すことができません。

確かに、美君は夜の海に消えて行きました。でも、もしかすると、通りかかった漁船に救われて生きているかもしれない、どこかの島に泳ぎ付いたかもしれない、などと希望が膨らんでしまうのです。美君は私同様、山育ちですので、たぶん、泳げないと思います。でも、広州にいた時に泳ぎを覚えたかもしれません。何しろ美君は頭も要領もいい、素晴らしい女でしたから。突然、美君が現れて、広州のプールで再会した時のように目に涙をいっぱい溜めて「お兄さん」と言ってくれるのではないか。期待して、私はいつも街を彷徨《さまよ》うのです。

「あなた、いい顔してるわね」

平田さんは最初に私の顔を褒めてくれましたので、私も平田さんに言いました。

「あんたは俺の妹にそっくりだよ。妹は美人だからね」

「妹さんって幾つ」

平田さんは一緒に歩きながら、水溜まりに煙草を投げ捨てて顔を上げました。私は平田さんの顔を正面から眺め、この人はやはり美君ではなかった、と落胆しました。

「もう死んだよ」

「死んじゃったの」

平田さんは肩を竦めました。その時、悲しそうだったので、私は平田さんに好感を持ったのです。この人になら、自分のことを打ち明けられるかもしれない、と思いました。すると、平田さんの方から言ったのです。

「その話、ゆっくり聞かせてよ。私の部屋近いから、ビールでも飲もうか」

高橋先生は「娼婦がそんなこと言うかよ」と、私のこの供述を信じてくださいませんでした。でも、真実です。私は娼婦としての平田さんに会ったというより、美君に髪型と横顔がよく似た女性として出会ったのです。この言葉が本当なのは、その後、コンビニでビールや餡パンを買った時、平田さんが代金を支払ったことでも証明されるのではないでしょうか。平田さんは私に好意を持っていたと思います。勿論のこと、私は平田さんと値段の交渉はしました。でも、平田さんは三万円を一万五千円にまけてくれたのですから、私と平田さんの間に交情があったのは明らかかと思います。

平田さんは大久保のアパートの部屋に入ると、私に向き直りました。

「さあ、どうすればいいの。あなたの希望通りにするから言ってよ」

私は何度も心の中で繰り返していたことを告げました。

「涙ぐんで俺を見つめて、お兄さんと言ってほしい」

平田さんは、その通りにしてくれました。私は思わず、平田さんを抱き締めていました。

「美君、会いたかったよ」

平田さんと性交しつつ、私はとても興奮していました。間違ったことかもしれません。でも、私は自分を確認したのです。私は妹を兄妹として愛したのではなく、一人の女として愛したのだ、と。そして、妹が生きていたら、自分たちはこうしたかったのだと思ったのでした。平田さんは優しい人でした。体を離すと、またも促してくれたのです。

「他にはどうすればいいの」

「辛かった、と言って俺を見てくれ」

私は「辛かった」という中国語を平田さんに教えました。平田さんは、うまく発音してくれました。ところが、驚いたことに平田さんの目に本物の涙が浮かんでいるのです。きっと、「辛かった」という言葉が、平田さんの心の中にある何かを引き出したのだと私は思いました。私たちは平田さんの布団で涙ぐみ、しばらく抱き合っていました。無論、私には殺意など生まれようがありません。その逆だったのです。民族が違っても、境遇が違っても、わかり合える。台湾人の女性には通じなかったものが、この夜、初めて会った平田さんとは通じるのです。私は不思議でなりませんでした。平田さんも同じ思いと見えて、私に抱かれて涙をはらはらとこぼすのです。そして、首に掛けていた金のネックレスを私に付けてくれました。どうして平田さんがそんなことをしたのかわかりません。

なぜ平田さんを殺したのか、ということも、私にはよくわかりません。平田さんが帽子を脱ぐように、いとも簡単にカツラを取ったせいかもしれません。カツラの下から現れたのは、白髪混じりの薄茶色の毛でした。平田さんは、美君とは似ても似つかない外人みたいな女の人だったのです。

「ゲームはそろそろおしまい」

平田さんが急に冷たい表情になったので、私はびっくりしました。

「ゲームだったのかい」

「当たり前じゃない。私はこれで商売してるのよ。あなた、お金払ってよ」

私は白けた気持ちになり、ポケットから現金を出しました。この時、支払いを巡ってトラブルになったのは事実です。平田さんが、私の持っている二万二千円を全部置いていけ、と言ったからなのです。理由を聞きますと、平田さんはうんざりした様子で答えました。

「あなたの近親相姦ゲームに付き合ったんだから、あなたは一万五千円以上払わなくちゃいけない」

近親相姦ゲームとは何という言葉でしょう。私はかっとなって、平田さんを布団の上に突き飛ばしました。

「何するのよ」

平田さんは鬼のように怒り、飛びかかってきました。私たちは激しく揉み合いました。

「このケチ。中国人なんか相手にしなきゃよかった」

私が怒ったのは、金のことではありませんでした。私は、私の大事な美君が汚されたような気がしたのです。いいえ、私と美君が故郷を脱出して何とか築き上げてきた、これまでの苦しい物語が、かもしれません。それは果たせぬ夢でした。叶わぬ夢は容易に憎しみに転化します。美君があんなに夢見た日本。でも、私は生き延びて美君が上陸できなかった国の醜い部分を背負って生きている。そして、美君に似た女を探し求めながら生きている現実。やっと見付けた女は金のためにゲームをしているだけだったというのに、見通せなかった私の愚かさ。それらが奔流のように溢れ、私は訳がわからなくなってしまいました。気が付いたら、私は平田さんの首を絞めていました。金品を強奪しようという気持ちはありませんでした。私は取り返しの付かない過ちを犯したのです。平田さんのご冥福を祈り、私の一生を懸けて償いたいと思います。

平成十二年六月十日

張《チャン》　哲鍾《チェチョン》

第六章　発酵と腐敗

1

わたしが区役所を休んでまで、「連続アパート殺人事件」の第一回公判に来たことが、そんなに意外ですか。裁判所って、どの法廷も同じ造りなんですね。でも、この部屋が一番大きくて、傍聴券の籤引《くじび》きまでしているのには驚きました。傍聴券を求めて、二百人くらい並んだとか聞きましたけど、皆さん、ユリコと和恵の事件によっぽど興味がおありなんですね。マスコミの人も大勢来ているそうですが、テレビカメラも入るんですか。そう言えば、課長もわたしが休みを届け出ると、何か聞きたそうに口をむずむずさせていましたっけ。

わたしは以前、チャンという中国人が、ユリコや和恵を殺したかどうかなんてまったく興味がない、と申し上げたことがあります。それは今でも変わりありません。だって、二人とも街娼をしていたのですから、変態に出会ったり、運が悪ければ殺されることだって、充分承知していたと思います。承知していたからこそ、次の客はどんな客だろう、今日は生きて帰れるだろうか、とはらはらどきどき、めくるめくスリルを感じていたのではないでしょうか。無事なら無事でほっとして、寝る前に稼いだ金を数え、危険な目に遭えば遭ったで、知恵を働かせて生き延びる。それはさぞかし、ハードな実感を得られる経験でありましたでしょう。

わたしが見知らぬ男の人に会うたびに、この男とわたしとの間に子供が出来たらどんな子供だろう、と想像して楽しむようなものだったかもしれません。もっとも、わたしの場合は頭の中で想像図を描くだけですから、殺された二人からすれば、体を張ってないのに一緒にするな、と言うでしょうね。

わたしが今日の裁判に出向いたのは、高橋という刑事さんにチャンの書いた「上申書」の写しを貰って読んだからです。「私のやった悪いこと」という題の、とてつもなく長く退屈な供述書でした。中国でどういう苦労をしたとか、可愛い妹が何をしたとか、どうでもいいことが延々と書いてあるつまらないものです。わたしはそんな部分はほとんど飛ばして読みましたけど。

その中で、チャンが自分のことを繰り返し「顔と頭がいい」だの、「柏原崇に似ている」だのと書いているものですから、わたしはどのような男だろうと思って見に来たのです。殺された日のユリコがチャンに、「あなた、いい顔してるわね」と言ったそうですが、美貌で鳴らしたユリコにしてそう言わしめる男の顔を、ひと目見たいではありませんか。

わたしの脳裏にはいつも、山小屋でジョンソンの膝にもたれる小学生のユリコの姿が消えないのです。世にも美しい男と女の子。二人は美しいがゆえに互いに惹かれ合い、終生離れることができませんでした。いいえ、わたしは決して嫉妬しているわけではありません。美貌の磁石効果とでも言いましょうか。美貌は引き合い、くっついたままでひとつの極を成すのです。わたしはハーフでいながら、残念にも極を成すほどの美貌には恵まれませんでしたから、美貌を所有する人間の観察者でいつづけようと思っているだけなのです。

わたしは今日のこの日のために、「人相学」の本を借りて読んで参りました。はい、チャンの骨相や人相を観察しようと思ってです。丸顔は「肉厚質」で円満、細かいことに拘《こだわ》らないかわりに決断力に欠け、飽きやすいそうです。角顔は「筋角質」で、体付きも筋肉タイプ。負けず嫌いで頑固ゆえに人間関係に難あり。逆三角形は「繊細質」で、体も華奢。神経質で芸術家タイプ、とか。さらに、顔を上から横に三つに分け、「上留」「中留」「下留」で、運命を見るのだそうです。さしずめ、わたしは繊細質で、デリケートで美的感覚に優れたアーティストタイプになるのでしょう。社交性に欠けるところもぴったりです。

次に、「五具」と言って、眉、目、鼻、口、耳の五つのパーツを見ます。注目すべきは眼光で、鋭ければ鋭いほど気力が充実しているとか。高い鼻は自尊心も高く、大きな口は積極的で意志も堅固なのです。

顔や体で性格や運命がわかるのならば、美しいユリコはどうして悲運だったのでしょう。顔が綺麗なだけで馬鹿だったユリコ。だとしたら、あの顔に何か大きな欠陥が存在していたに違いないのです。わたしはそう考えながら、思わず「あっ」と声を洩らしていました。それは完璧という名の大きな欠陥だったということに思い至ったからです。

「大丈夫ですか」

正義の味方よろしく、わたしの横に寄り添っていた若い検事が顔を覗き込みました。茶色のフレームの中の目が、わたしを可哀相な被害者の姉と決めつけています。はあ、とわたしは曖昧にうなずきました。

「そろそろ始まりますから、右の前列にどうぞ」

わたしは籤など引かなくても最初から特別扱いでしたから、先に法廷に入りました。ユリコの関係者はわたしだけなので当たり前です。祖父には、ユリコのことは伝えておりません。何度も言いましたが、祖父は今、「みそさざいハウス」で介護を受けつつ、過去の夢を追いかけ、また過去の悪夢に追いかけられて、現在のことなど脳味噌の隅々からすっかり取り払ってしまいました。わたしと祖父が暮らした、質素だけど幸せな日々は、本当に短い間でした。祖父は、わたしが大学生になると同時に、ミツルの母親と暮らし始めたからなのです。だったら、ミツルの母親が惚けた祖父の面倒を看てくれればいいのに、と思いましたが、ミツルの母親は祖父が惚け始めた途端に祖父を見捨ててしまったのでした。まあ、そんなことはどうでもいいことです。

開廷の時間になりました。傍聴人が走るようにして席を奪い合います。わたしは被害者の関係者らしく、一番前の端っこの席でうつむいておりました。長い髪が両頰にかかっているので、わたしの顔は傍聴席からは見えないはずです。

やがてドアが開き、腰縄手錠を掛けられた男が、両脇をデブの廷吏に挟まれて姿を現しました。チャンです。ああ、どうしたことでしょう。どこが「柏原崇」なのでしょう。わたしは愕然として、その薄汚い男を凝視しておりました。ずんぐりした体軀に禿げかかった頭蓋が乗っています。丸顔で眉は太く短く、おまけに団子鼻なのです。注目すべきは眼光だ、とばかりに目を見ましたが、細い目は鈍い光を放ち、きょときょとと傍聴人を窺い、知った顔でもいたら助けてくれ、と言わんばかりです。口はちんまりとして、絶えず半開きになっています。人相学から言いますと、チャンは大雑把で飽きやすく、頑固で人間関係に難があり、しかも意志が弱い、となります。わたしは失望し、傍聴席で大きな溜息を吐《つ》きました。

わたしの溜息の波動が伝わったのでしょう。被告人席に畏《かしこ》まったチャンが、ちらりとわたしの方を見遣りました。おそらく、わたしがユリコの関係者だとあらかじめ教えられていたのだと思います。わたしが見返すと、気弱そうに目を逸らしました。あなたはユリコを殺した。わたしは眼光に意味を籠めて睨み付けました。チャンは視線を感じたらしく、身じろぎして唾を飲み込みました。

いいえ、睨んだからと言って、わたしはチャンの罪を咎めたのではありません。何と説明したらいいでしょうか。わたしが幼い頃からずっと、その存在に苦しめられ、人生を左右するほどのわだかまりを感じさせられていた美貌の妹、ユリコ。わたしたち姉妹が惑星だとしたら、太陽が当たる面はいつもユリコで、わたしは裏側の夜だったのです。わたしが太陽の当たる方向に巡って行っても、すぐにくるりと星は自転してしまって、ユリコに陽が当たるようになるのです。だって、そうではありませんか。わたしは、ユリコの支配から逃れようとしてQ女子高に入ったのに、ユリコが転入して来たせいで、またもユリコの姉として比較される運命に陥ってしまいました。恨み骨髄のユリコが、こんな薄汚い男にあっけなく殺されてしまったなんて。そうです、わたしはユリコを心から軽蔑したのでした。

裁判はさっさと終わり、チャンは再び腰縄手錠を掛けられて法廷から出て行きました。わたしは狐に化かされた気がして、なかなか傍聴席から立つことができませんでした。

チャンという男はどうして、「自分たち兄妹の顔はいい」とか、「自分は柏原崇に似ている」だのと、嘘八百を並べ立てられるのでしょう。もしかすると、稀代の大嘘吐きではないでしょうか。チャンは和恵を殺したことは冤罪だと主張しているそうですが、そのことからもわたしはチャンが和恵を殺したと確信したのでした。だって、そうでしょう。自分の姿かたちを客観的に把握できないどころか、美しいと思い込んでいる人間なんて、頭がおかしい嘘吐きに決まっています。

「すみません、ちょっとよろしいですか」

わたしは法廷の廊下で、顔色の悪い若い女に捕まりました。青黒い顔は腎臓が悪いと人相学の本に書いてありましたから心配になりましたが、女はテレビ局の人間だとやや自慢げに言いました。

「平田さんのお姉さんでいらっしゃいますね。公判の感想を伺いたいのですが」

「わたしは被告から視線を外しませんでした」うんうん、と女はしたり顔にメモを取っています。「たった一人の妹の命を奪ったチャンが憎いです」

わたしの言葉を最後まで聞かずに、女が質問を被せました。

「あのう、平田さんの事件は被告人が自供していますよね。問題は、佐藤和恵さんの事件だと思うのですが、普通の会社勤めの女性が娼婦をしていたということについて、いかがお考えですか。何でも、お姉さんは佐藤さんと同級生だったと聞いていますが」

「わたしは和恵の、いいえ和恵さんの場合も、何かはらはらどきどきするものを求めて、それを糧《かて》として生きたいと思っていたような、そんな感じがするんですけど、その相手が被告だと思うと、あの人は『肉厚質』なので少し違うような気もするし、何が何だかよくわかりません」

わたしがしどろもどろに説明していているうちに、女記者は困った顔になり、メモを取っている振りをしてうなずくだけになってしまい、やがて気もそぞろになりました。ユリコの事件は、世間はどうでもいいのだというこ とに、わたしはまたもや思い知らされたのです。みんなの関心は、あの佐藤和恵が世間的に通りのいい会社の社員であったことにだけあるのです。この注目のされ方は、いかにも和恵らしいではありませんか。

ふと気付きましたら、とっくに女記者の姿は消え、わたしはよく磨かれた廊下に一人残されておりました。代わって、がりがりに痩せ、異様に目の大きい女がわたしの前に現れました。女はわたしが一人になる機会を窺っていたらしく、注意深く周囲を見回して誰もいないことを確認しています。長いまっすぐの髪を垂らして、インドのサリー風の衣装を身に着けています。でも、それは絹ではなく、木綿のごわごわした生地でした。女は微笑みながら、わたしの顔を熱っぽく見つめるのです。

体の外見、形と動作から、その人間の運命を考えるのが人相学だそうですが、それからしますと、女の顔かたちは知的でデリケートということになります。しかし、それにしても痩せ過ぎているのと、風変わりな衣装が気にかかります。わたしは暗記するほど読み込んだ、人相学の本を思い出そうと躍起になりました。

「どうしたの。わからない？」女は近くまで来て、チューインガムの香りのする息をわたしに吐きかけました。「あたし、ミツルよ」

わたしはびっくりして、立ち竦《すく》みました。というのも、ミツルの近況は、新聞で知ることが多かったからなのです。ミツルはある宗教団体に入信して幹部に上り詰め、その宗教団体がテロを起こしたために、服役しているはずでした。

「ミツル。もう出所したの？」

わたしの言葉にミツルの頰が硬くなりました。

「そうよね、あたしのこと誰でも知ってるよね」

「うん、知ってるわよ」

ミツルは困った顔で、廊下を振り返りました。報道陣はとうに帰った様子で、法廷前の廊下には誰も残っていませんでした。ミツルは天井を仰ぎました。釣られてわたしも見上げましたが、青白い蛍光灯が埋め込まれているだけでした。

「東京地裁は忘れられないわ。あたしは四〇六号法廷。何十回も公判に出たわ。あたしには誰も来てなくて、味方は弁護人だけ。その人も実は、心の中ではあたしを責めていて、ちっとも理解していなかった。あたしは、早く終わらないかなあ、とそればかり思ってた」

回顧するようにつぶやいたミツルは、わたしの腕を軽く取りました。

「ねえ、よかったらお茶でも飲まない。あなたと話したいわ」

わたしはサリーの上に黒いハーフコートを羽織った奇妙な姿のミツルと一緒に歩くのは嫌でしたが、ミツルの嬉しそうな様子を見ると無下にも断れません。仕方なく承知しました。

「地下のコーヒーハウスでもいいかしら。ああ、あたしが自由の身で地裁のコーヒーハウスに行けるなんて楽しいわ」ミツルは弾む声で言ったかと思うと、不安げに何度も背後を振り返るのです。「あたしは公安に尾《つ》けられているのよ」

「大変ね」

「何言ってるの。あなたの方が大変じゃない」

ミツルはエレベーターに乗り込むなり、同情した顔でわたしの手を握るのです。わたしは汗で湿ったミツルの手が少し気持ち悪くて、そっと外しました。

「どうして」

「だって、ユリコさんお気の毒だわ。あんなことになるなんて、信じられない。和恵さんのことだって驚いたわ」

エレベーターが地下に着いたので外に出ようとすると、ミツルの体とどんと当たりました。ミツルが恥ずかしそうに謝りました。

「やだ、ごめんなさい。あたし、まだ実社会に馴染んでないのね」

「いつ出たの」

「二カ月前よ。あたし、六年間も入っていたの」

ミツルはわたしの耳許で大事な秘密を話すように囁くのでした。わたしはミツルの後ろ姿を観察しました。高校時代、勉強ができて優しかったミツルの面影はすでにありませんでした。賢いリスのように利発だったミツルは、今は爪ヤスリみたいに細くてざらざらして薄っぺらでした。ミツルの母親によく似ていました。率直でどこか痛々しいミツルの母親。だけど、祖父を裏切った人。ミツルがその宗教団体に入ったのは、ミツルの母親と、同じ医者である夫の勧めだったと聞いていますが、それは本当なのでしょうか。

「ご主人はどうしたの」

「夫はまだ中よ。あたしは息子が二人いてね、その子たちを夫の実家に預けているから教育が心配なの」

ミツルはコーヒーを啜りました。唇からコーヒーがだらだらとこぼれてサリーの胸元を汚しましたが、ミツルは気にも留めません。

「中って？」

「拘置所よ。あの人はたぶん、極刑になるでしょう。でも、当然よ」ミツルは思わず感想を言ってしまった自分を恥じたのか、顔を上げました。「そんなことより、あなたも気の毒だわ。ユリコさんがこんなことになるなんて信じられない。それに和恵さんもそう。まさか、あの人がって感じよ。あの人、努力家だったじゃない。努力することに疲れたのかしらね」

ミツルは信玄袋のようなバッグから煙草を取り出して火を点けました。

ミツルは煙草を吸うのに、慣れていない様子でした。煙草を持つ手もぎごちなく、煙を吸い込む時も実に苦しそうでした。課長が喫煙コーナーで一服する時の至福の表情とあまりに対照的ですので、ミツルにとって、嫌いな煙草を無理矢理吸うことがまるで修行の一部であるかのようにも見えました。

「あなたの宗教って、煙草を吸ってもいいんだっけ」

わたしはそう聞いてから、しまったと思いました。ええ、わたしにだって良識はありますから、今の鋭い指摘が出所してきたばかりのミツルの傷を抉《えぐ》ることにすぐさま気付いたのですよ。案の定、ミツルは苦笑しながら煙を吐き出しました。ミツルの大きな前歯が見えました。懐かしいと思ったのも束の間、煙草の煙が歯の隙間からしゅるしゅると漏れるのを見て、前歯の隙間が少し広がったと思いました。

「あたしたちも歳を取ったわねえ。あなたの歯、隙間が広がったみたい」

ミツルは、そうねえ、と複雑な顔をして、前歯を爪でこつこつと叩きました。そして、こう言うではありませんか。

「あなたも老けたわ。それに悪意が迸《ほとばし》った顔になった」

悪意が迸った顔、は人相学の本には載っていませんでした。分類から言えば、「筋角質」になるのかもしれませんが、わたしは「繊細質」ですから違います。ひょっとしたら、宗教的な分類なのかもしれません。その言葉に触発されたわたしは、先程の裁判で見たチャンを思い出していました。チャンこそが悪意の迸った顔ではないでしょうか。大嘘吐きの悪党の顔。上申書なんか嘘で塗り固めているに決まっています。きっとあいつは中国で大勢の人を殺して金を奪い、妹も犯して殺し、ユリコも和恵も殺したのではないでしょうか。ふと気が付くと、ミツルが戸惑った風にわたしの顔を見ているのでした。わたしはミツルに尋ねました。

「ねえ、悪意が迸った顔って、悪いカルマに覆われてるってことなの？　あたしのカルマってどんなの。あなたなら説明できるでしょう」

ミツルは途端に煙草を潰し、暗い顔になりました。それから、追っ手がいるかのように素早く周囲を窺い、声を潜めました。

「あたしはもう脱会したんだから、変なこと言わないで。だから、その表明として煙草を吸ってるのよ。でも、あなたはあたしの信じていた教義を曲解してるわ。そういうマスコミ報道を鵜呑みにする態度は、真面目に宗教を信じている人を馬鹿にしていると思う」

「あら、悪意が迸ったのかしら」

わたしは、ミツルの思いがけない反応に呆れておりました。わたしは単に、人相学的見地からはみ出た概念について話したかっただけなのですから。ミツルは慌てて痩せた手を振りました。

「ごめんなさい。あたしが悪かったわ。出所してからずっとこうなのよ。何か自分に自信がなくて、どう振る舞っていいかわからないの。ていうか、忘れてしまったの。ほんとはリハビリしないといけないらしいんだけど、ここに来たらあなたに会えるかと思って来ちゃったのね。ユリコさんや和恵さんの裁判を再会の場に使うなんて、同窓会みたいで嫌だな、なんて思ったりもして」

　ミツルはひと息に喋ったのでくたびれたのでしょう。大きな溜息をひとつ洩らし、自分の爪をじっと眺めました。ミツルの小さく細い手は乾燥でささくれており、爪の横には逆剝けが出来ていて、ストッキングを穿く時に引っ掛かりそうでした。でも、どうせストッキングなんか穿かないからいいのだろう、とわたしはミツルの格好を観察しました。サリーの下は素足で、学生が穿くような紺色のハイソックスでした。靴は薄汚れたズックです。

　ミツルが思い出した、とばかりに顔を上げました。

「ねえ、獄中から出したあたしの手紙届いてる？」

「ええ、四通ね。年賀状と暑中見舞い」

「あんなところから年賀状出すのって辛いわよ。大晦日に紅白歌合戦がラジオで流れるの。あたしは座禅を組みながらそれを聞いて泣いていたわ。あたしの人生って何だったんだろうってね。そう言えば、あなたは返事くれなかったわね。あなたって、優等生のあたしがこんなことになって喜んでなかった？　むべなるかなって思ってる人、たくさんいると思うわよ」

「むべなるかなって、どういう意味」

「やっぱりという意味よ」ミツルは声を荒らげました。「つまり、あたしが見事に蹴躓《けつまず》いたと思って世間は喜んでるのよ」

　高校生の時のミツルは、無茶苦茶なことも、人を傷付けることも決して言いませんでした。何か言いたい時はいつも、前歯を叩いて相手のことを慮《おもんぱか》ってから発言する慎重な人でしたから、わたしはこう言ってしまったのです。

「ミツル。あなた、お母さんに似てきたんじゃないの」

　ミツルの母親は何か発言してから、自分の言葉によって打ちのめされるところがありました。そして、坂道を転がり落ちるように、ますます余計なことを言って思ってもいないところに行ってしまうのです。嘘吐きのチャンと反対だ、とわたしはまたしても公判で見たチャンの狡そうな顔を思い浮かべていました。

「そうかしら」

　ミツルが困惑しています。

「あなたのお母さんに車に乗せてもらったことあったわね。あたしの母が自殺したって報せが来た日の朝だったわ。あなたのお母さんは、母の自殺の原因を、更年期のせいとかって言ったじゃない」

謝るかと思ったら、ミツルは目を細めて切ない表情をするではありませんか。

「ああ、そうだったわね。あの頃に戻りたい。何も知らずに生きていたあの頃に戻れるものなら、戻ってやり直したいわ。ガリ勉なんかしなければよかった。他の子みたいにちゃらちゃら遊んでお洒落して、チアガール部かゴルフ部かアイススケート部にでも入って、男の子と合コンして、楽しく青春すればよかった。あなたもそう思うことあるでしょう」

わたしには過去に戻りたいという発想なんか、毛頭ありません。もし、わたしに帰りたい日々があるとしたら、盆栽好きの祖父と暮らした平穏な暮らしです。でも、祖父はユリコの発信するエッチな波動で狂わされ、ミツルの母親と恋をして変わってしまったのですから、戻りたい過去などわたしの中にはすでに存在しないのです。ミツルは、わたしとサバイバルする才能を確認し合ったことを忘れてしまったのでしょうか。わたしは、鈍いユリコに対する苛立ちに近いものをミツルにも感じたのです。わたしにとっては、その感情こそが懐かしいものでした。

「ねえ、何を考えてるの」

ミツルは不安そうにわたしの表情を窺いました。

「昔のことよ。あなたが戻りたいっていう大昔のこと。ユリコが被子植物で、あたしが裸子植物だった頃のこと。ユリコは枯れてしまったけどね」

ミツルは怪訝《けげん》な顔をしましたが、わたしは敢えて説明をしませんでした。わたしが何も言わないでいると、ミツルは急に羞《は》じらった様子で顔を背けました。それこそが、高校の時のミツルの特徴的な表情でした。

「ごめん。あたし変よね」ミツルが信玄袋をぎゅっと摑んで縮こまりました。「何かね、あたし一生懸命やってきたことや、信じてきたことが全否定された感じで、やり切れないのよ。刑務所の中でも、なるべく考えないようにしていたんだけど、出所したら一気にどばっと襲ってきて、パニックになっているのよ。勿論、あたしたちのやったことって大きな間違いだったわ。罪のない人をあんなに殺して、どうかしてたのよ。でも、しょうがなかったのよ。気がコントロールされてしまってるんだもの。教祖に心を読まれているんだもの。逃げられなかったわ。あたし、もう駄目だと思う。

夫は死刑間違いなしだし、子供を抱えてどうしたらいいのかしら。残されたあたしがしっかりして子供を育てなくちゃいけないのに、できないかもしれない。ほんとに自信がないの。努力してガリ勉して東大入って医者になったのに、六年のブランクは取り戻せないに決まってる。それにあたしを受け入れてくれる職場なんかどこにもなさそうだし」

「『国境なき医師団』とかに、入ったら？」

わたしは無責任に言いました。

「他人事ね」ミツルは暗い声でつぶやきました。「他人事って言えば、ユリコさんや和恵さんが娼婦をしていたなんて、みんな驚いているみたいだけど、あたしには信じられるわ。あの人たちは反抗していたのよ、この世の中にね。特に和恵さんはそうだわ」

ミツルもさっきの腎臓の悪そうな女記者と同じことを言いそうです。皆、ユリコのことには関心がなく、和恵だけがもてはやされるのです。ミツルの目には、かつてあった知性の輝きや孤独の影はなく、ただ空虚が広がっていました。

ウェイトレスがやって来て、コーヒーカップを片付け、グラスに水を足して行きました。えらの張った四角い顔。典型的な「筋角質」です。眉と眉の間に仏像のような大きな黒子《ほくろ》があるのは、何か意味があるのでしょうか。わたしは考えながら、グラスの水を飲みました。コーヒーハウスはがらがらになり、席に座っているのは、わたしたち二人だけでした。

「あなたの子供たちは今、どこでどうしてるの」

ミツルは、再び煙草に火を点け、煙に目を顰《しか》めました。

「夫の両親のところにいるわ。上の子が高校二年で、下の子が中学受験よ。下の子はQ学園に行きたがっているらしいけど、絶対に無理でしょうね。学力の問題じゃないわ。あの子たちは一生、あたしたち夫婦の子という烙印を押されて生きるのよ」

烙印などいいではありませんか。わたしだって、怪物的な容貌を持つユリコの姉という烙印を押されて生きてきたのですから。わたしはその子たちを見たくてたまらなくなりました。ミツルの子供はどんな顔をしているのでしょう。拾った木の実を地中に埋めておく賢いリスでしょうか。それとも、素早く野山を駆ける狐でしょうか。ミツルの言うように背負った運命が過酷なら、その子はどんな才能を磨いてサバイバルしていくつもりなのでしょう。わたしはミツルではなく、その子供たちのことを考えようと思いました。生物は進化するのです。わたしは遺伝子がどのように受け継がれ、傷付いて変わっていくのかに興味を引かれるのです。すると、ミツルが意外なことを言いだしました。

「あなたが母のことを恨んでいるのは知ってるわ」

「なぜ」

「あなたのおじいさんを捨てたから」

わたしは驚いて、聞き直しました。

「あたしのおじいちゃんはあなたのお母さんに捨てられたの？」

そうよ、とミツルは言って、しばらく無言でした。でも、わたしは祖父がミツルの母親に捨てられようが拾われようが、どちらでもよかったのです。祖父は盆栽に替わるものを見付けただけの話で、ミツルの母親に「狂」や「気韻」を見出して幸福だったのですから。

「あなたは知らないでしょうけど、母はきっとあなたのおじいさんのことが原因であの会に入ったのよ。母はまだ脱会してないわ。最後まで踏み止まると言って。今、修行をしながら残っている信者の世話係をしているわ」

祖父が聞いたらどんなに仰天するでしょう。だって、そうじゃないですか。ミツルと夫はあの宗教団体で、有名なエリートの医者夫婦でした。二人はあの会の広告塔として使われ、ミツルも参院選に立候補したほどなのです。二人が信仰の道に入ったのは、ミツルの母親の強い勧めだったと聞いています。その母親の入信した原因が祖父にあるなんて。因果は巡ると言いますが、まさかこんなことだったとは、思いも寄らないことでした。

「母にとって、あなたのおじいさんの人生を狂わせたことは生涯の悔いなのよ。いいえ、おじいさんだけじゃないわ。あなたとおじいさんの生活を変えてしまったことも全部」

祖父は、わたしがQ大学に進学すると、ミツルの母親と暮らすと宣言して公団住宅を出て行ったのでした。ミツルの母親が、近くに出来たマンションを購入して二人で住もうと祖父に声をかけたからでした。その住まいに一度行ったことがありますが、当時は珍しかったオートロックのマンションでした。祖父はそれが自慢でならない様子でした。しかし、皮肉なことに、祖父に惚けが始まったことがわかったのは、オートロックのお蔭でした。祖父は、外出のたびに鍵を忘れ、違う家のインターホンを押しては『俺だよ、俺だよ』と叫んでいたからなのでした。

「あたしもあなたも、母とおじいさんの恋愛のせいで、一人暮らしを余儀なくされたじゃない。なのに、母は逃げ帰った。母は周囲を滅茶苦茶にして逃亡したのよ。だから、母は自分が許せないの。それで修行の道に入ったって言ってたわ」

「修行すると許されるわけ？」

「いいえ」ミツルは傲然と首を振りました。「そうじゃないわ。解脱《げだつ》への道を選んだのよ。つまり、母はどうして人間がそういう自分勝手な煩悩を持っているのか、人間世界の法則を知りたかったからなのよ。あたしと夫はその頃、人間の生死について悩んでいたわ。人間は死んでどこへ行くのか。転生はあるのか。医者である以上、死に直面することは避けられないことなんだけど、割り切れないケースがあるのよね。そしたら母が、一度教祖の話を聞いてみたらって勧めてくれて入会することになったのよ」

　わたしは何だか話を聞くのが面倒臭くなって、視線を逸らしました。とどのつまり、自分だけ幸福になりたい人が宗教に行くのではないでしょうか。違いますか。

「おじいちゃんはもう気にしてないわよ。だって、完全に惚けて寝たきりだもの」

　ミツルがぎょっとしてわたしを見ました。

「おじいさん、まだ生きてたの」

「生きてるわよ。九十過ぎだけどね」

「何だ、てっきり亡くなったかと思って」

「お母さんもそう思ってるんでしょう」

「話が嚙み合わないわね」ミツルは誤魔化し、折れそうな首を傾げました。「あたしが完全に社会復帰してないからでしょうね」

　わたしは、ウェイトレスの額の黒子を眺めていよした。

「あたしは出所してから、誰にも会ってないの。弁護士の人に会うなって言われているの。だから、外出なんかほとんどしてないのよ。でも、喋りたくて仕方ないの。あたしの話をしていい？」

　わたしはもう飽きていたのですが、うなずくしかありませんでした。ミツルは短くなった煙草を揉み消し、語り始めたのです。

「あなたもよく知っているでしょうけど、中学・高校時代のあたしは、勉強で勝者になろうと思っていたわ。成績で圧倒できると信じていたの。中学の時に母の保護者会の挨拶のことで苛められたからよ。辛い体験だったわ。どこにも行き場がなくて誰にも言えないし、死にたくなるの。あんな目に遭えば、何としても皆を見返してやる、と思うのは当たり前でしょう。あたしはすごく勉強したわ。学年一番をキープしなくちゃならないと、それはもう必死だった。特に、あなたたち外部生が高等部から入って来た日には、首位を取られるのではないかと心配で夜も眠れなかったほどなの。あなたと知り合ったのは、そういう時だったわ。あなたが勉強ができないとわかって、仲良くなれると嬉しかった。ほら、野球選手の落合って人、知ってるでしょう」

唐突に、ミツルが野球選手の名前を出したので、わたしは面食らいました。ミツルの頭は大丈夫でしょうか。勉強と修行のやり過ぎでショートしてしまったのではないでしょうか。わたしは曖昧に答えました。

「聞いたことがあるような気がするけど」

とは言うものの、自信はありませんでした。わたしは顔の美しい運動選手しか興味がないし、名前も覚えられないのです。

「落合博満選手よ」

「その人、綺麗な顔してるの」

「そうでもないわ」ミツルは大事なことを言おうとした矢先にわたしに遮られたせいでしょう、苛ついて怒鳴りました。「何でそんなつまらないこと言うの。顔なんか、どうでもいいじゃないの」

おや、とわたしは不思議に思ったのです。以前のミツルは用心深いだけでなく、とても気が長くて思慮深く、怒った顔など見せない生徒だったはずです。短気はミツルの母親にもなかった形質です。わたしはミツルの内面の変化を感じ、人間というのは歳を取るとどう変わるかわかったものじゃない、とまた改めて思ったのでした。ミツルは、信玄袋の中から駅前で配られるサラ金のポケットティッシュを取り出し、せかせかと額の汗を拭いました。

「ああ、嫌だ。ホットフラッシュだわ。獄中で生理が止まったのよ、あたし。まだ四十前なのに、更年期障害になっちゃったのかしら。あなた、独身でしょう。こういう風になったことない？」

わたしは焦るミツルがおかしくて、吹き出してしまいました。

「あなた、ゴクチュウって言葉が好きね」

ミツルはわたしをちらっと見遣りましたが、かすかに嫌悪が感じられました。

「あなたは、ほんとに悪意が迸ってるわね」

互いに気を悪くしたわたしたちは沈黙し、テーブルの上を見つめていました。わたしのコーヒーも、水もとうになくなっています。わたしは、一刻も早く帰りたかったのですが、ミツルは気を取り直したらしく、意気込んで喋り始めるのです。

「ごめんね。あたしが言いたいことは、そんなことじゃないの。つまり、あたしは落合選手みたく、努力しているのを悟られないようにするのが好きだったってことを言いたかったの。あの人は練習をしない天才と言われたらしいけど、実は、深夜密かに素振りをしたりして練習の鬼だったらしいのよ。そういうの、かっこいいじゃない。だから、あたしは徹夜で勉強しても目薬を差して充血を消したり、リポDを飲んだりして、勉強なんかしてない顔をしていたのね。そんなつまらないことにも、あたしは多大な努力を払ってやり通していたのよ。とにもかくにも、Q女子高でのあたしの趣味は勉強で、あたしの特技はガリ勉を悟られないように振る舞うことで、あたしの目標は首位のキープ、最終目標は一番の難関と言われる東大医学部に現役で受かることだった。すべてその通りになったわ。あたしの希望通りよ。それで意気揚々と大学に行ったのに、一度身に付いた習性は消えなかったの。今度はクラスでトップになることがあたしの目標になったわ。そして、次はあたしの選んだ耳鼻咽喉科でのトップ。その次は大学病院、次は研修で行った先の病院。ところが、だんだんと見えなくなってきたのよ」ミツルは虚ろな目をしました。「何が見えなくなったかというと、あたしがトップであるということが。そうでしょう。医者の仕事って、テストの点で評価されるわけじゃないんだもの。患者の命を救うことが一番だってわかっているけど、耳鼻咽喉科では、命に関わる大病はそんなにないわ。来る日も来る日もアレルギー性鼻炎ばかり。一度だけ、下顎悪性腫瘍の患者を発見したことがあるけど、その時だけかしら、張り切ったのは。だから、虚しくなってしまったの。でも、宗教は修行すればするほどステージが上がっていく。あたしに向いていると思ったわ」

わたしは大きな溜息を吐きました。どうしてこんなことに時間を潰しているのだろうという焦燥といいましょうか、怒りといいましょうか、そのような黒々とした思いがわたしの中に渦巻いて、わたしはいてもたってもいられなくなりました。だって、そうじゃないですか。わたしはミツルに恋情すら抱いたことがあるのですよ。なのに、そのミツルが天才の振りをするのがかっこいいからしていたと告白しているのです。わたしが悪意を、ミツルが頭脳を磨くことは、かっこいいからしているのではなくて、Q女子高でサバイバルするために磨いた武器だったのに。すると、ミツルが自信なさげにわたしの顔を見上げました。

「あたし、何か変なこと言ったかしら」

わたしは黒い思いを少しずつ吐き出してやることにしました。そうでもしなければ、このゴクチュウ帰りにはわからないと思ったからです。

「あなたは大学でも、クラスで一番になれたの?」

ミツルは黙りこくって三本目の煙草に火を点けました。わたしは煙を手で払い除け、ミツルの返事を待っていました。

「なぜそんなこと聞くの」

「ただの好奇心よ」

「正直に言うわね。本当は違うわ。あたしはたぶん、中位だった。どんなに努力して授業を聞いても、徹夜で勉強しても、勝てない人たちがいたの。それはそうよね。全国からあたしみたいな勉強で勝ち抜いてきた連中が集まってくるんだもの。そこで一番を取るなんて、努力をしなくても元々優秀な、天才的頭脳を持つ人でなくてはできないのよ。あなたには本当のことを言うけど、あたしは大学ではたいしたことなかったわ。何年か経って自分が一番どころか二十番にも入れないと気付いた時、あたしは愕然とした。これはあのミツルじゃないって、アイデンティティの危機だった。それで、あたしはどうしたと思う」

「想像もつかない」

「天才的頭脳を持った人と結婚することにしたの。それがあたしの夫よ。タカシというの」

タカシという名前から、わたしはまたも柏原崇を連想していました。でも、新聞でタカシの写真を見たことがありますが、ミツルの夫も柏原崇とは似ても似つかない、痩せぎすで眼鏡を掛けた、真面目そうな研究職風の男なのです。いくら天才的頭脳を持っていたとしても、わたしにはまっぴらご免のご面相でした。人相学的に言っても、耳が悪魔のように尖って口が小さいので、中留、下留共に弱いのです。中年期から老年期は悲惨な運命を迎える顔です。タカシの運命を考えると、人相学は見事に当たっているではありませんか。

「タカシの顔なら見たことあるわ」

「でしょう。あの人、有名人だものね」

「あなたもね」

わたしの皮肉に、ミツルは再びホットフラッシュに襲われたのか、顔を紅潮させました。ミツルは信者拉致事件を数件起こしたのです。逃走した信者を部屋に監禁して薬物を使ったイニシエーションとやらをやっているうちに、薬物過剰摂取で死なせてしまったのでした。しかし、その事件は、ミツルの夫がセスナ機から毒ガスを散布して、農業従事者や子供たちを多数殺した事件と比較すれば、まだそう罪のない部類なのでした。ミツルの夫は、被害妄想に陥った教祖の命令で、教団本部の設営に反対する村民の畑にマスタードガスを撒き散らしたのです。その時、運の悪いことに、野外授業に来ていた小学校の児童が巻き込まれて、十五人も死んでしまったのでした。ミツルは急に話を変えました。

「ねえ、あなた浸透圧って知ってる」

いちいちうるさい女だと思いながら、わたしは首を横に振りました。

「ほら、あれよ。一番わかりやすい例を言えばね、数の子の塩抜きする時に、海水程度の塩分を含んだ水に入れるじゃない。そうすると、塩分濃度の濃い方から薄い方に塩分が移動するのよ。やったことない？」

貧乏なわたしは、数の子など十年以上食べておりません。無言のわたしをちらりと見たミツルは、もっとわかりやすい例を思い付いたらしく、声を弾ませました。

「じゃ、ナメクジに塩をかけたことない？」

わたしが訳がわからず憮然としておりますと、ミツルが恥ずかしそうに言うのです。

「つまり、あたしは結婚することによって、夫の優秀な頭脳があたし程度になるのじゃないかと思ったのね。頭脳の浸透圧よ」

言う端から、空気の抜けた風船みたいにミツルの体が萎んでいくのがわかりました。痩せた体がますます平べったくなり、煙草を持つ手に幾本もの醜い筋が浮かび上がりました。ミツルは自分と結婚することによって、夫の頭脳の程度を落とし、相対的に自分を浮かび上がらせようとしたのでしょうか。わたしは啞然として、空っぽになったミツルの頭を眺めました。あんなに賢かったミツルが、こんな非科学的なお馬鹿さんになってしまうなんて、いったいどうしたことでしょう。

「その頃よ。あたしの母があなたのおじいさんと別れて、観念を断ちたいと言って教団に入ったのは。観念というのは、この世の煩悩のことなの」

「断ち切れたんならよかったじゃないの。おじいちゃんのことなんか気にしないでよ」

思わず語気を強めてしまいましたら、ミツルが阿るように言いました。

「あなたもあたしが許せないのね。あたしが殺人教団にいたから差別するのね」

わたしは首を傾げました。

「ていうか、あなた、少し頭おかしいわよ」

「あら、失礼ね。あたしもそう思ってるわよ」ミツルは傲然と頭を上げました。「あなただって、昔から容貌のことを気にしてる頭のおかしな人だわ。何かって言えば、顔のことばかり。ユリコさんが綺麗だからコンプレックス持つのはわかるけど、異常な関心の持ち方よ。あなたって、高校の時からハーフだって自慢してたじゃない。みんな、陰で笑っていたのよ。あなたは確かに綺麗じゃないわ。だけど、肉体なんて精神の鍛え方で幾らでも超越できるのよ」

わたしはミツルの口から、虚偽に満ちた罵詈《ばり》雑言《ぞうごん》を聞くとは思いもしませんでした。あまりのことに、さすがのわたしも反論できずに口をぽかんと開けておりました。しかし、ミツルは六年間も刑務所に入っていたのです。このくらいの思い違いは仕方がないのかもしれません。ところが、興奮したミツルはなおも言い募るのです。

「あなたのユリコさんに対する憎しみも異常よ。嫉妬っていうのかしら。ユリコさんは同じハーフでも綺麗だから、姉としてはやりにくいかもしれないけど、あれほど苛めることはなかったんじゃない。あたし、知ってるのよ。あなたがユリコさんと木島君のことを学校に密告したこと。ユリコさんが男子部の子とどういう風に付き合ってたって、そんなことあなたに関係ないじゃない。ユリコさんは人気者で、アイドルだったんだから。それを売春しているなんて報告して、実の妹を退学にするってすごい憎悪よね。悪いけど、あなたのカルマを落とさない限り、あなたの魂は永遠に転生できないわ。あなたは生まれ変わるとしたら、地面を這う虫よ」

わたしは頭に来て言い返しました。洗脳されたミツルにここまで言われては黙っておれませんから。

「ミツル。あなただって、本当は馬鹿だったのよ。何が学年で一番よ、何が東大医学部よ。浸透圧の話を聞いて呆れたわ。あなたは賢いリスかと思っていたけど、実はナメクジだったのね。あなたはただの見栄っ張りよ。まるで和恵みたい」

「あなたも変わったわよ。あなたは本当に悪意の塊みたいな顔になったわ。あなたの真実ってどこにあるの。あなたは嘘ばっかり吐いて生きているんでしょう。まさか、今でもハーフって自慢してるんじゃないでしょうね。あなたはユリコさんに成り代わりたいだけの女よ」

わたしは憤然と席を蹴って立ち上がりました。その勢いが強かったために、わたしの座っていた布張りの椅子が後ろに倒れそうになったほどです。ふと気付くと、いつの間にかウェイトレスが遠巻きにして、怒鳴り合うわたしたちを眺めているのでした。我に返ったミツルが慌てて顔を隠しました。わたしはミツルに伝票を押しやりました。

「もう帰るわ。ご馳走さま」

ミツルが伝票を押し戻します。

「割り勘にしましょうよ」

「これだけ言いたいこと言われて、割り勘はないんじゃない。どうせあたしはユリコにコンプレックス持ってるわよ。だけど、そのユリコの公判日にそれを言われるなんて、被害者遺族の立場はどうなるの。心の傷はどうしてくれるの。補償してちょうだいよ」

「何であたしが補償するの」

「あなたの家ってお金持ちだったじゃない。お母さんはキャバレーを何軒も持っていたし、あなたの見栄で港区に豪華マンション借りていたでしょう。おじいちゃんと住むために、リバーサイド地区にオートロックのマンション買ったりしたじゃない。あたしはしがないフリーターなのよ」

ミツルがさばさばと言い放ちました。

「あなたって、都合の悪い時は急にしがないフリーターとか言うのね。いつもは自信たっぷりでドイツ語の翻訳家になるとか吹いてたくせに。あなたの英語の点数は酷かったじゃない。それからしたって、ハーフっぽくないわよ。言っておくけど、うちはお金なんかないの。自宅と店を売った三億円と車二台と清里の別荘地を教団にお布施として納めたんだから」

わたしは渋々金をテーブルの上に置きました。ミツルが小銭を数えながら言いました。

「あたし、今度の公判も来るわ。あたしのリハビリにちょうどいいような気がするの」

ご勝手に、という言葉を呑み込み、わたしはさっさと歩きだしたのでした。すると、ぺたぺたとミツルのズック靴の足音が追って来ました。

「ねえ、大事なことを忘れていたわ。木島先生から手紙を貰ったのよ」

ミツルが信玄袋から封筒を取り出して、わたしの前にかざしました。

木島先生。何と懐かしい名前でしょうか。出来の悪い息子のために、学校を辞職せざるを得なくなった木島先生。広いおでこと細い鼻梁を持った学究肌の生物教師。ミツルの初恋の人。でも、わたしは、わたしとユリコの生物学的差異に興味を示す木島先生が大嫌いでした。勿論、その息子も。

「木島先生から、いつ手紙が来たの」

「獄中にも何通も頂いたわ。先生はあたしのことをとても心配してくれてね。あたしたち文通してたのよ」

ミツルは誇らしげに言うではありませんか。わたしは木島先生の消息など何も聞いていませんでしたから、死んだのだろうと思っていたのです。まさか、ちゃっかりとミツルに手紙を出していただなんて。

「ずいぶん、親切ね」

「教え子の不祥事に心を痛めているのよ。あたしが患者を心配するようなものだと思うわ」

「あなたの患者は不祥事なんか起こさないじゃない」

「社会復帰がまだ充分じゃないあたしに、あなたの悪意はきついわ」

ミツルは大きな息を吐きながら言いました。しかし、わたしはミツルにうんざりしていて、早くも腰が退《ひ》けていました。悪意どころではありません。これでは、ユリコと和恵の公判が同窓会になったようなものです。ひっそりと生きているわたしは、忘れていた人間が突然現れたり、過去の人間の消息を聞いたりすることに疲れを感じたのです。それもすべてわたしのせいではなく、娼婦になったユリコと和恵が一般大衆の興味を引くような殺され方をしたからなのです。

「あなたのことも書いてあるから見せようと思って持ってきたの。貸してあげるから、次の公判の時に必ず返してね」

ミツルはわたしの手に分厚い封筒を渡しました。読みたくもない手紙を渡されたわたしは、ミツルに返そうとしましたが、ミツルはふらふらと歩いて行ってしまいました。わたしは昔の面影を探そうと、ミツルの後ろ姿を見つめていました。テニスが上手だったミツル。リズミック体操を軽々と踊っていたミツル。わたしはミツルの何でもこなせる運動神経や、優秀な頭脳などが空恐ろしく、怪物だと思ったこともあるのです。

しかし、今のミツルは普通の行為でさえも、できそうにありませんでした。ミツルは公安を恐れるあまり、始終振り返っては周囲に人影がないか確かめているのですが、そのたびに前方から来る人とどんと真正面からぶつかっているのです。相手は躱《かわ》そうとして右に左に避《よ》けるのですが、ミツルは見事に同じ方向に行って必ずやぶつかってしまうのです。同じ極の磁石が弾き合う様を見ているようで面白かったのですが、それは異様な鈍さでした。ぶつかった人は薄気味悪そうにミツルの顔を見遣り、主張があるようでない、変てこな服装を上から下まで眺めるのです。ミツルは他人の視線にも気付かずにエレベーターに辿り着きました。そして、しばらく待った挙句、ボタンの存在をやっとのことで発見するのです。

ミツルは高校の時、学校という残酷な森に適応し、生き生きと暮らしていたリスだったのに、今は社会に不適応なナメクジになってしまったのです。ミツルはきっと濡れた葉っぱの裏側にしか棲めないことでしょう。その虚《うつ》け方は、昔のミツルを知っている者にはどうしても信じられないことでした。空っぽになったミツルは、また別の怪物に生まれ変わったのです。

高校の時に、わたしとミツルは地下水脈で繋がっている山中の湖だと感じたことがあるのを思い出しました。ミツルの水位が下がればわたしも下がる。わたしたちの感情は呼応し、思考の方向はまったく同じでした。しかし、今ではその水路も消え、わたしたちはそれぞれが独立した寂しい湖になりました。しかも、ミツルの湖はすでに涸《か》れて、ひび割れた底を露わにしているではありませんか。わたしはミツルに会わなければよかったと思いました。

「平田さんのお姉さんですよね」

わたしの名を誰かが呼びました。わたしは木島の手紙をそそくさとポケットに入れ、顔を上げました。見覚えのある男が立っていました。さも高そうな茶色のスーツを着た四十代の男。白髪混じりの顎髭を生やし、オペラ歌手のように丸々と太っています。いかにも旨い物を食べていそうな「肉厚質」の男でした。男は朗々とした声でわたしに話しかけました。

「すみませんが、少しお時間いただけませんか」

男をどこで見たのか考えましたが、わかりませんでした。首を傾げているわたしに、男は自己紹介しました。

「お忘れですか。私はチャンの弁護士の田村です」

田村は、わたしが出て来たばかりのコーヒーハウスに誘いました。眉間に黒子のあるウェイトレスにまた会うのでしょうか。わたしは田村のつるつるするスーツの裾を摑みました。

「先生、あたしはここでお話ししたいのですけど」

田村は不承不承うなずきました。

「いいですよ。偶然お見かけしたので、お声をかけたのはこっちなんですから。後であなたにお電話しようと思っていたんですよ」

田村は億劫そうに廊下の隅に行きました。閉店してしまった食堂の真横でした。昼休みが終わり、閉店してしまった食堂の中では、従業員がテーブルを動かしたり、ビールを運んだりして、貸し切りパーティの準備をしているところでした。法廷では他人の運命を決めているくせに、地下ではどんちゃん騒ぎをやろうというのですからいい気なものです。被告にだけはなりたくないものだ、とわたしは思いました。

「先生はどう考えているのか知りませんけど、あたしはチャンは和恵も殺していると直感しました」

田村は絶句し、芥子《からし》色のネクタイの結び目を直す振りをしました。

「ご遺族のお気持ちはお察ししておりますが、私の感触では冤罪ではないかと」

「まさか。人相学から言っても、チャンは悪人の相ですから、間違いありません」

田村は困った顔をしただけで、わたしの言い分には敢えて反論もしませんでした。被害者の遺族だから、何を言われても仕方がないのでしょう。でも、わたしは被害者意識に左右されるような感情的な馬鹿女ではありません。わたしは人相学的見地から論ずるべきだと思って、喋ろうと唾を飲み込みました。ところが、田村は声をひそめてこんなことを言うのです。

「実は、お姉さんに伺いたかったのは、百合子さんと和恵さんが最近お付き合いなさっていたかどうか、なんですよ。検察も証明できないらしいのですが、私もいくら考えても偶然の一致とは思えないんです。だって、あなたの妹さんとあなたの同級生である和恵さんが、一年をおかずに殺されたんですよ。偶然にしては奇妙じゃないですか。お姉さんは二人から何も聞いていませんか」

ユリコの手記が頭を過《よ》ぎりましたが、わたしがどうしてわざわざ教えてやらなきゃいけないのでしょう。田村が自分で調べればいいじゃないですか。ええ、弁護士が高い費用を取ることも知ってるんです。わたしは知らん顔をしました。

「あたしは知りませんよ。だって、あたしはユリコとも和恵ともまったく付き合ってませんでしたからね。二人とも単に悪運だったんじゃないですか。人相学的に言いますとね、チャンは筋角質と肉厚質の混ざった娼婦好きなんですよ。チャンは和恵も殺してますよ、間違いないです」

田村は、慌ててわたしを遮りました。

「あの、わかりました。もう結構です。チャンのことは審理中ですからおっしゃらないでください」

「何でですか。あたしは可愛い妹を殺された被害者遺族なんですよ」

「お気持ちは痛いほどわかっております」

「何がわかるって言うんですか」

わたしはだんだんとこの弁護士をいたぶるのが面白くなってきました。しかし、額から汗を噴き出させた田村は、ハンカチでも出すのかポケットをあちこち探りながら、巧みに話を変えたのです。

「そう言えば、あのカルト宗教の幹部も来てましたね。あの人も同級生だとか。あなたのクラスは、その何て言うか、ユニークだったんですね」

「ええ、今日は同窓会みたいです」

「こういう大きな公判は、散らばっていた人が集まったり、行方不明だった人から連絡があったり、そういう側面もありますね。彼女は玄関のところで、テレビカメラや写真週刊誌に追いかけられてましたよ」

ミツルは公安ではなく、マスコミに捕まってしまったのでしょう。わたしは一緒に帰らなくてよかったとほっとしました。

「ミツルは繊細ですけど、眼光に力がないから気力が落ちているんだと思いますわ」

すると、田村は「失礼しますわ」とわたしに挨拶し、そそくさとコーヒーハウスに入って行くのです。もっと喋りたかったのに、とわたしは肉のついた背中を睨み付けてやりました。それにしてもユニークとは何という言い草でしょう。頭に来るったらありゃしません。にしても、わたしの頭の中では、先程のミツルの言葉がぐるぐると渦を巻いていたのです。

『あなたは確かに綺麗じゃないわ』

わたしはとても傷付いていたのです。四十歳になろうとしている女が、他人の言葉で傷付いてどうする、とおっしゃるのでしょう。でも、わたしは、長い時を経て、突然現れたミツルに詰《なじ》られるとは思ってもいませんでした。ですから、わたしの傷は二重になっているのです。『綺麗じゃないわ』という言葉と、それがわたしを傷付ける目的で、仲が良かったと信じていた旧友から発せられたこと、のふたつなのです。

わたしは、生き抜くために自分の悪意を磨いてきました。しかし、他人の悪意には脆弱なのです。わたしの悪意は、出来の悪い天麩羅《てんぷら》よろしく、分厚い小麦粉の衣のようなものでしかなかったのでしょうか。ミツルの悪意という濃いつゆの中で次第に溶けだして、種をぶよぶよと覆うだけの代物でしかなかったのでしょうか。だとしたら、天麩羅の種は何なのでしょう。

わたしは急に自分に自信がなくなったのです。わたしにしては珍しいことでした。こんな時、おじいちゃんがいてくれたら慰めてもらえるのに、とわたしは初めて、孤独な身の上を悲しく思ったのでした。わたしを取り巻く世界が意地悪だからこそ、わたしはさらに意地悪を磨き、傷付けられる前に傷付けて相手をへこませてやろうと努力してきたというのに。わたしは弱っているのでしょうか。

何とか辿り着いた公団の部屋は冷たく、古ぼけた畳に染み付いた味噌汁の臭いがしました。わたしは石油ストーブに火を点けて、部屋を見回しました。みすぼらしい部屋。ベランダに所狭しと盆栽が置かれていた頃、わたしたちは貧乏でしたが、幸せでした。ユリコも日本にいなかったし、Q女子高には入れたし、血の繋がったおじいちゃんを守って二人で生きていくのだと意気込んでいたせいです。おじいちゃんが詐欺事件を起こした犯罪者だから、わたしはおじいちゃんが好きだったのかもしれません。だって、わたしよりも弱い人間ですから。ええ、変ですね。わたしらしくないです。わたしは「同窓会」のために、落ち込んでおりました。木島先生の手紙ですか。夜になってから嫌々読みました。これがそうです。いかにも年寄り臭く字が震えてますから読みにくいですし、わたしの予想通り説教ばかり書いてますけど、読みたいのならどうぞ。構いません。

拝啓

ミツル君、お元気ですか。信濃追分の冬は殊に厳しく、庭の土が霜柱で浮き上がっております。このまますべてが凍り付く長い冬がやって来ようとしています。僕も六十七歳、いよいよ人生の冬構えとなりました。

僕は相も変わらず、N火災保険会社の寮番を務めております。とっくに定年を過ぎましたので、お役ご免かなと思っていたのですが、毎年見える専務のご厚意で何とか続けさせていただいています。専務もQ大学の出身者です。

さて、まずは出所された由、おめでとうございます。これでミツル君に出す手紙も、ミツル君から貰う手紙も、検閲という不快な目に遭わなくて済むわけですね。長いお務め、本当にご苦労さまでした。ご主人のことや、預けたお子さんたちのことを心配するあなたの心中をお察しします。

しかし、ミツル君はまだ四十歳ではありませんか。未来はこれからです。マインドコントロールの悪夢から早く覚められたのですから、犠牲になった方々への謝罪と鎮魂の心を忘れずに現世で正しく生きることに励まれれば、必ずやいいこともあると信じております。僕にできることがあれば、何なりと言ってください。

あなたは僕の最も優秀な教え子でしたから、僕はあなたの未来には何の不安も抱いておりませんでした。でも、こういう躓《つまず》きがあるのだと心を新たにしています。あなたの犯罪行為は、当時、何の屈託もなく教えていた僕にも責任があることなのです。あなたと一緒に僕も罪を償っていこうと決心しております。

実を言いますと、ミツル君の所属しておられた教団の犯罪行為以来、僕は心の安まらない日々を送っておりました。そして、一昨年と昨年に起きた悲劇は、さらに僕をいたたまれない気持ちにさせています。あなたも知っての通り、平田百合子さんと佐藤和恵さんが殺されたことです。同じ犯人と言われているようですが、僕には世間が騒いでいる偶然よりも、お二人が無惨に殺され、捨てられたことが辛くてならないのです。二人のことはよく覚えておりますから。

特に、佐藤和恵さんのケースは、「昼は総合職、夜は娼婦」などと興味本位に書き立てられました。あんな真面目で努力家だった生徒の最期が、心ないマスコミの餌食になるとは。ご家族の無念を思うと、僕はご自宅に伺って伏して詫びたくなるのです。先生がなぜ、とミツル君は言われるかもしれませんが、僕の長男のことも含め、僕は父親としても、教育者としても、間違った道を歩んだのではないかという思いを捨て去ることができないのです。

元々、Q女子高は、女性の自立と高い自尊心を持つことを教育理念に掲げてきました。しかし、Q女子高出身者の離婚、未婚、自殺率は他校より高いというデータがあるのです。恵まれた環境で、誇り高く勉学に打ち込んできた優秀な女生徒たちが、どうして他校の生徒より不幸にならなければならないのでしょうか。実社会が厳しいというより、僕らはあまりにも学園をユートピアにし過ぎたのかもしれません。あるいは、実社会との齟齬《そご》に対して、身を守る術を教えなかったのかもしれない、そのような思いに駆られてしまうのです。いいえ、それは僕ら教師たちも同様です。僕らも傲慢で世間知らずだったと反省するのです。

厳しい自然の中で寮番という地味な仕事をしていますと、粛然とします。自然に対して、裸の人間は無力です。科学を身に纏《まと》った僕らは科学がなければ生きていけないのに、科学だけでも生きてはいけないのです。心にも何かが必要なのに、僕らが学校で教えたことは科学の心だけだったのではないだろうか、という忸怩《じくじ》たる思いがあります。あなたの信仰では、そういう教えはないのでしょうか。

僕は、教育の意味をもう一度考え直さねばならないと思っているのです。しかし、やっと気付いた僕はすでに歳を取り、現役の教育者ではありません。ばかりか、息子の不祥事から職を辞した失格教師です。その悔いと、ミツル君のしたこと、そして平田さん、佐藤さんに起きた惨《むご》い事件とが、晩年の僕を苦しめているのです。といって、ミツル君のしたことを責めているわけではありません。それは、あなたがこれからの一生をかけて償い、考えていくことでしょうから。

僕は寮番という仕事の傍ら、キジマコクヌストモドキの個体群の研究をライフワークにしています。キジマコクヌストモドキは甲虫の一種です。僕が裏の森で偶然発見したものなので、名誉にも僕の名が付けられたのです。名付け親になったからには研究のテーマにしなければならない、と半ば義務、半ば権利のように僕が研究を続けているのは、ご承知のことでしょう。

生物の個体群というのはとても面白いです。食物と生活環境さえ整っていれば、個体の数はどんどん増えていきます。このように個体密度が高まることを個体群成長というのはミツル君もよく知っていることでしょう。個体密度が飽和状態を超えれば、今度は個体間の競争が激しくなって、結局は出生率が低下し、死亡率が増加します。個体密度の高まりは、しばしば個体の発育や形態、生理などに影響を及ぼすことは生物学の常識です。

僕の研究しているキジマコクヌストモドキにも変種が発見されました。他のものより翅《はね》が長く、脚が短いのです。これはきっと個体密度が高まったために、移動力を増そうと昆虫の形質に変化が起きているのだと考えています。僕はこの変種がどうなるのか見届けたいと思いますが、それまで生きることは叶わないでしょう。

関係のない話とお思いにならないでください。僕は、このことからあなた方のことを連想したのです。もしかすると、あなたの信仰も、平田さんの街娼という仕事も、佐藤さんの二重生活も、個体の形質の変化なのではないかと考えたのです。個体密度が高まったというより、同一の生活環境の中に留まる息苦しさ、と言いましょうか。その苦しさが形態の変化を生んだのだ、と思えてならないのです。それは過酷で辛い経験だったに違いありません。おそらく、その辛い経験を僕らは教えることができなかった。それだけでなく、僕はもっと惨い実験をして、これらの結果を引き出したとも言えなくはないのです。

優秀なあなたにも、僕が何について書いているのかわからないでしょうから、もう少し正直に書きましょう。

平田百合子さんの事件を新聞で知った時、僕はあなたの事件と同じく、いやそれ以上に衝撃を受けました。僕が決定した、息子と平田さんの退学が、二十年の時間を経て、今度の事件を起こしたのではないかと考えたのです。平田さんのお姉さん（名前は忘れました。あなたと同じクラスにいた地味な人です）から、百合子さんが僕の息子と組んで売春行為をしている、どうしたらいいでしょうか、という相談を受けた時、僕は、「許せない、たぶん退学ですね」と即座に言い放ちました。

その時の僕の気持ちを率直に申し上げますと、僕は自分の息子以上に平田さんが許せないと思ったのです。これは教師にあるまじき私情としか申し上げられません。実に恥ずかしいことですが、あるがままに書きます。しかし、告白ごっこではありません。自分の決定が、教育的配慮、さらには人間としての慎重さに欠けていたという深い反省なのです。

奇しくも僕は、平田百合子さんのQ学園中等部転入を決めた人間です。平田さんはスイスから帰国されたばかりで転入試験の成績はよくありませんでした。特に、国語と数学の点数が悪かったので、Q学園のレベルには達していない、というのが他の教師の意見でした。が、僕は無理矢理転入させたのです。その理由は幾つかあります。平田さんが美しかったので心を動かされたことがまずあります。美しいものはいつまでも観察していたい、という願いが僕のような中年教師にもあったのです。そして、一番大きかったのは、同一の個体種の中に異種を放り込むとどうなるのだろうという生物学的実験でした。

その動機の双方が、僕を裏切り、僕の職を失わせる結果となりました。やはり、あのように並外れた美貌の持ち主を、同一個体群の中に入れてはいけないのです。その波紋は大き過ぎました。皮肉にも、僕の息子が平田さんの女衒《ぜげん》のようなことをして、汚い金を稼いでいたという恥。なおかつ、僕は平田さんを気紛れで入学させ、退学させたことによって、彼女を堕落させ、死に至らしめたのではないかという不安から逃れることができません。

平田さんを退学させた時、寄宿先のジョンソン夫妻を呼んで話を聞いたことがあります。奥さんの方がひどく怒っていて、平田さんを身ひとつで放り出したいと言っていたのを思い出します。僕はその意見に同調したのでした。平田さんに腹が立っていたのです。しかし、平田さんが何をやったとしても、それはまだ未成年の平田さんの責任ではなく、常に生活環境の方の問題なのです。僕はそのことに気付きながらも、平田さんに対して怒りを感じていました。

平田さんのお姉さんも、平田さんが退学してからは元気になるどころか、見る見る精彩を欠いたと聞いています。学校内での二人の確執も、僕が作り上げたと言っても過言ではありますまい。お姉さんは実力で入学したのに対し、妹の百合子さんは、僕が好奇心だけで入れたのですから。人間は生物実験の対象ではないのです。

そして、佐藤和恵さんのことも僕は気にかかっています。佐藤さんがQ女子高内で苛められていたという事実。僕は、その原因も平田百合子さんの入学にあるのではないかという因果を考えざるを得ません。佐藤さんが平田さんに憧れ、一緒にいる僕の息子に焦がれ、結果、平田さんのお姉さんに辛く当たられたという話も耳に入らないではありませんでしたが、僕は見て見ぬ振りをしました。佐藤さんにとって、せっかく努力して入ったQ女子高の生活は、さぞや過酷なものだったことでしょう。それでも、個体間の競争なのだからやむなし、と僕は手をこまねいていたのです。

努力は、個体密度の高まりによる発育、形態及び生理の変化とは関係がありません。むしろ、無駄なことです。なぜなら、変化は個体が勝手に遂げるのですから。その無駄なことを僕ら教師が、いや教育そのものが佐藤さんに強要したばかりに、佐藤さんは大学でも、会社でも、頑張り続け、とうとう壊れた結果、やっとのことで形態の変化を起こしたのです。でも、その変化は男の欲望に合わせる、という残酷なものでした。自立と自尊心の理念とは正反対に向かう変化を生じさせたのは、僕の気紛れからかもしれない。僕にはそう思えてならないのです。もし平田さんが入学しなかったら、佐藤さんは拒食症に陥ったりせずに学校生活を送られたかもしれません。

密度が低ければ、生物は単独生活をする孤独相になり、高ければ形態に変化を起こしながら集団で暮らす群生相になる。だけど、女生徒の場合は孤独相になり得ない気がしてなりません。生存競争が激しいからです。成績、性格、経済的基盤だけならともかく、何よりも容貌という、持って生まれたどうしようもないものが加わるからです。これらが複雑な様相で絡まり、ひとつで勝てば別のもので負ける、という激しい競争を起こしていたのに、平田さんというスーパーな女生徒を僕は入れてしまった。男子部でも、平田さんを巡って、様々な争いが生じたと聞いたのは、息子と平田さんが退学してからのことです。僕は看過し続け、あるいは放置し、二十年後の様々な事件の引き金を内包させたのです。僕が責任を感じると言った意味をわかっていただけますか。

ミツル君、あなたのように優秀な頭脳を持った生徒でも、この争いから超越していたとは僕は思いません。おそらく、他人からは見えない努力を積み重ねて勝ち進んでいたのでしょう。あなたは容貌にも優れ、並外れた成績を収めていました。だけど、その快進撃の裏には、きっとあなたにそうさせずにおかない何かの力が働いていたことでしょう。その力が、負けたからこそ生じる何かだったとしたら、負けを感じなくなった時点で、あなたは目的を失ってしまう。そこで手当てをしなければ、あなたは怪物になってしまうのです。

僕はそれを見抜けなかった。その点が教育者としての敗北だと思われてなりません。そして、誰にもある「負け」の部分を掬《すく》い取るような教育をなすべきだったと、悔やまれるのです。しかし、すべてはもう遅過ぎます。何人もの命が失われ、あなたは成熟への礎《いしずえ》を築くはずの中年期を獄に繋がれなくてはならなかった。このことが残念でなりません。せめて、平田さんのお姉さんにだけでもこの気持ちを伝えたいと思ったのですが、申し訳ないことに彼女の名前も覚えていません。そうです。僕もあの時点では、教師でありながら平田さんの魅力に囚われ、実の息子に嫉妬さえ覚えていたのですから、恥ずかしいことです。

息子の高志とは縁を切りました。今、どこで何をして暮らしているのか、その生死すら僕は一切知りません。風の噂では、退学後も同じような仕事をしていると聞きました。高志は楽して稼ぐ甘い毒に溺れ（それも女性を利用するという最低の毒です）、その沼から一生抜け出せないのでしょう。妻は僕に内緒で連絡を取っていたかもしれませんが、僕には消息を伝えようともしませんでした。それほど、僕の怒りは激しく深かったのです。

ミツル君にもお報せしましたように、妻は三年前に癌で亡くなりました。下の息子一家と野辺の送りを済ませましたから、果たして高志が妻の死を知っているのかどうかもわかりません。何も知らずに学園生活を送っていた下の息子も、高志の退学、僕の退職を機に転校しましたので、高志とは縁を切っている次第です。

妻は高志を可愛がっておりましたから、さぞかし無念だったことと思います。ですが、僕にはどうしても許せなかったのです。あろうことかあるまいことか、同級生の女生徒に客を紹介し、手数料を取っていた、など。しかも、大学の運動部や教師にまで女衒まがいのことをして売り込み、マネージャー気取りだったというではありませんか。高志のしたことは恥そのもので、僕の許容範囲、いや価値観を遥かに逸脱することでした。高志が僕自身を壊滅させたと言っても言い過ぎではないのです。

学校側の調査では、高志が得た金は数百万単位に及んでいたことになっています。息子は爛《ただ》れた金で免許を取って外車を乗り回し、僕に隠れて華美な生活を楽しんでいたのです。その額は、平田さんに払う金額の半分近くでした。言うなれば、高志は平田さんの心身を傷付けて自分の財を成す、という鬼畜にも等しい行為をしていたのでした。不覚にも、僕も妻も自分の息子の所業に気付きませんでした。同じ家に住んでいてどうして、と思われるでしょうが、息子はこれらを秘密にし、家では何の変わりもなく僕と接し、二重生活をしていたのです。

現在思いますのは、高志の中に、僕に対する反感や復讐心があったのではなかろうかということです。僕は高志の父親でありながら同じ学園の教師であり、なおかつ平田さんに対して形容し難い感情を持っておりましたから。高志が平田さんに対し、僕と同様の感情があったら、決して女衒のような真似はできますまい。だからこそ、そんな冷血とも言える「ビジネス」を思い付いたのではないか、と僕は震撼させられるのです。他者への愛や想像力の欠落に僕はまた傷付いたのです。即ち、僕が息子二人を母校であるQ学園に入れたこと自体がそもそも間違いの出発点だったということも考えられ、僕は昨今起きたことも含め、多大な責任を感じて茫然とするのみなのです。

これは不思議な縁と言えましょうが、殺された佐藤和恵さんが高志に何度か手紙をくれたことも僕は知っています。僕はその時、高志にこう言い渡しました。「誠意をもって対応しなさい」と。高志が佐藤さんに何の関心も抱いていなかったことを知っているからです。高志の対応が充分だったかどうかは知る由もありませんが、佐藤さんが高校生活途上で拒食症を発症されたことが、もしかすると高志のせいではあるまいか、と思ったこともないではありません。しかし、僕にはどうすることもできなかった。このことも、高志を入学させた僕の責任かと痛感するのです。

七十近い老人が回顧しますに、青春とは残酷なものであります。若い者は、自己を尖らせるあまり、他を容れません。しかし、Q学園での青春はもっと酷ではなかったかと思うのです。いや、Q学園だけではなく、日本の教育そのものが、かもしれません。前に、僕は学生たちに科学の心しか教えてこなかったのではないか、と書きました。僕が恐れて書けなかったことをもっと書きましょう。

実は、僕は学校で真実を教えてこなかっただけでなく、別の「錨《いかり》」を心に埋め込んでしまったのではないかと心配でならないのです。それは他人よりも優れる、という絶対的な価値観でした。それが本当の意味でのマインドコントロールなのかもしれないと僕は恐れるのです。なぜなら、努力をしても報われない生徒は、「錨」の存在に一生苦しめられるからなのです。佐藤和恵さんがそうではありませんでしたか。あるいは、平田さんのお姉さんが。彼女たちは、凡庸ではありませんでしたが、学業ではミツル君には敵《かな》いませんでした。

そして、僕らが埋め込んだ「錨」さえも破壊するものの前にあっては、さらに無力だったと思えてならないのです。それは、努力をもってしてもどうにもならない生まれついての「美」というものの存在なのです。

ミツル君は、獄中からくれた手紙に、かつて僕に好意を抱いていたと告白をしてくれましたよね。僕は嬉しく感じつつも驚きました。実は、僕は高校生のミツル君を教えながら、美しい平田百合子さんに心を奪われかかっていました。彼女が誰よりも美しく、眺めているだけで幸福感を与えてくれたからです。このことは、他人よりも優れなければいけないという「錨」を無力に、いやまったくの無意味にしてしまうのではないでしょうか。それゆえに、人は生まれついての「美」を躍起になって否定して、「錨」を強化しようとする。つまり、努力をするのです。だから、平田百合子さんは存在するだけで憎まれ、学園から追放されてしまった気がしてなりません。そして、「美」を辱《はずかし》め、弾き出した方も「錨」を解くことができずに、海底深くに「錨」を沈めたまま、洋上で大波に翻弄されているだけなのではないでしょうか。

僕は言葉が過ぎるでしょうか。僕の言っていることは間違っていますか。僕にはわかりません。ただ、追分で静かな日々を送っていると、過去のことがあれこれと思い出され、ああすればあの人は死なないで済んだ、とか、ああいえばこの人はこんなことをしなかったのに、と慙愧《ざんき》の念に駆られるのです。

僕はミツル君のご主人とミツル君自身が為したことの善悪はわかります。それは絶対にあってはならない、赦《ゆる》されないことです。だからといって、あなた方の信仰が何であったかというのは、また別の問題だと思います。信仰することの是非ではなく、他人を殺《あや》めてもいいとする信仰にあなた方を向かわせたものは何なのか。僕はそのことが知りたいです。あなたのような優秀な生徒は、平田さんに匹敵するスーパーな存在でもありました。なのに、あなたは理性を狂わせていった。そして、平田さんもどんな男でも受け入れ、性を売る売春婦という形でしか、この世の中で生きてはいけなかった。これはいったいどういうことなのでしょうか。教育の敗北、というのは簡単です。しかし、僕はさっきも書きましたように、個体密度の息苦しさにおいて、何もできなかった教師としての無力感、あるいは個体密度を高めてしまった罪悪感も感じるのです。

佐藤和恵さんのご家族に伏してお詫びしたいと書きましたが、同様に平田さんのお姉さんにもお会いして、僕が気紛れでしたことの怖ろしい結末に対し、お詫びをしたいと思います。しかし、尊い命は失われてしまったのです。何と残酷なことでしょうか。

僕は昆虫の観察をしながら、この寒冷の山中で朽ちていくことでしょう。僕はそれでいいのです。だが、ミツル君を始め、平田さんのお姉さん、佐藤さんのご遺族はこの喪失感をどうされるのでしょうか。ああ、僕は心配でなりません。

出所された直後のあなたに、このような脈絡のない長い手紙を書いてしまいました。どうぞお許しください。そして、元気になられましたら、どうぞ追分の方にもお出かけください。僕のフィールドワークを見せて差し上げましょう。

敬具

木島高国

どうですか。木島先生の手紙は面白かったですか。今頃反省したって遅いのに、何をくだくだと考え込んでいるのでしょうか。わたしにはよく理解できません。それに、木島の息子もタカシという名前だったなんて。わたしはすっかり忘れておりましたので、その箇所で思わず笑ってしまいました。ミツルの夫もタカシ。タカシが二人。いずれのタカシの顔もわたしの好みではありません。しかも、木島先生はわたしのことを忘れてしまって「名前は忘れました。あなたと同じクラスにいた地味な人です」とは何ごとでしょう。失礼にもほどがあります。それでも元教師と言えるのでしょうか。耄碌《もうろく》して、ちゃんちゃらおかしいです。どうせわたしは「ユリコのお姉さん」です。

木島先生は、個体密度が高まると、個体の形質に変化が起きる、と書いていますけど、わたしにはそうは思えません。ミツルもユリコも和恵も、単に腐敗したのです。発酵も腐敗も、微生物によって起きると教えてくれたのは生物教師の木島先生ではありませんか。それには水が必要、と。わたしが考えるに、水とは、女の場合、男なのです。

わたしはユリコと違って男という生物が大嫌いです。男と好き合うこともなければ、抱き合うこともない。だから、発酵も腐敗もせずにこうやって生きています。ええ、わたしは乾燥してしまった樹木なのです。ユリコは生まれついての男好きですから、長い発酵を経て腐敗した。ミツルは結婚して道を誤って腐敗し、和恵は歳を取るに従って自分の生活になかった潤いが欲しくなって腐敗して滅んだのです。違いますか。

2

次の公判は一カ月後でした。開廷は午後二時からでしたから、わたしは区役所を早退する旨を課長に申し入れました。アルバイトであるわたしが遅刻したり、早退することに、うちの課長はいい顔をしません。でも、それがユリコの裁判ですと、「いいよ、いいよ。

行っておいで」と二つ返事でうなずくのです。この手を使えば、幾らでもさぼれそう、とわたしは思いました。かといって、わたしは裁判に行きたいのではないのです。チャンのあんなしけた顔なんか見たくはないですし、マスコミに追いかけられるのも迷惑です。しかし、ミツルが木島先生の手紙を必ず返してくれ、と言ったものですから行かないわけにいきません。わたしは義理堅いところがあるのです。それにしても、ミツルは今度はどんなファッションで現れるのでしょう。ホットフラッシュはどうなったでしょうか。わたしは少なからず期待しておりました。

わたしが早めに法廷に着きますと、髪の短い女がこっちこっちと手招きするではありませんか。黄色いタートルネックのセーターに茶色のスカート、胸元には小粋にスカーフを巻いています。わたしはこのような知り合いがいただろうかと首を捻りました。

「あたし、ミツルよ」

大きな前歯。すばしこそうな瞳。確かにミツルでした。あの奇妙な格好をした中年女はどこに行ってしまったのでしょう。

「あら、変わったわね」

ミツルの変身に驚いたわたしは、荷物を乱暴に座席に置きました。替わりにミツルのバッグが床に落ち、ミツルは顔を顰《しか》めてバッグを拾いました。もう信玄袋ではなく、グッチの黒いショルダーバッグでした。

「そのバッグどうしたの」

「買ったの」

この間はお金がないと言ってたじゃない。すべて布施にしてしまった、と愚痴るので割り勘にしたばかりなのに。グッチのバッグならば、わたしのバッグなど十個は買える値段ではないでしょうか。わたしは厭味を言いたかったのですが、とりあえずうなずきました。

「よかったわね、元気そう」

「お蔭さまで少し落ち着いてきたのよ」ミツルは微笑みました。「この間はまだ駄目だったけど、やっと社会に適応してきたみたい。前は浦島太郎みたいでどうしようもなかったのよ。街も変わっているし、物の値段も違うし、六年も入っていると社会の変化を膚で感じるものだわ。実はね、あたし、先週木島先生の寮にお邪魔したのよ。そこでいろいろな話をしたらよくなってきたの。あたし、立ち直れると思うわ」

わたしは何だかがっかりして隣に腰掛けました。

「木島先生に会ったの？」

なぜか、ミツルは急に頬を赤らめました。

「そうなの。あなたに貸した手紙を思い出していたら、とても懐かしくなってしまって会いに行ったの。先生、凄く喜んでくれてね。二人で冬枯れの軽井沢の森を散歩したわ。寒かったけど、こんな温かい人もちゃんといるんだと思って感激した」

わたしは唖然として、羞《は》じらうミツルの顔を見つめました。

「まさかあなた、また水を欲しているの。懲りないわね」

「水？」ミツルは意味がわからないといった風にわたしの目を見返しました。「どういうこと」

「何でもないわ。ところでこれ」

わたしは木島先生の手紙をミツルの手に押し込みました。

「先生の手紙、読んでくれた？」

「読んだわよ。今頃、何をこいてるのかしら。耄碌したと思ったわ」

「どうして。先生があなたの名前を覚えていなかったせい？」

ミツルが率直に聞いてきたので、わたしはまたむかついたのです。

「そういうわけじゃないけど、どうして」

「あなたに手紙を見せたって言ったら、先生があなたのことを気にかけていらしたからよ。あんな書き方をして気を悪くしてないかと。先生はあなたがユリコさんのことで沈んでいるんじゃないかと心配してるの」

「してないわよ。どうせあたしはユリコの姉だもん」

ミツルは大きな溜息をひとつ洩らしました。

「こう言っちゃ悪いけど、あなたって昔からひねくれていたものね。可哀相。いい加減にユリコさんの呪縛から自由になったらどうかしら。それも一種のマインドコントロールじゃないかって先生がおっしゃっていたわ」

「先生、先生ってやけに連発するわね。何かあったの」

「ないわ。でも、先生の言葉があたしの心の琴線に触れるの」

もしかすると、ミツルは木島先生に恋をしているのでしょうか。高校の時と同じように。懲りもせずに同じことを繰り返す人間もいるのです。わたしはミツルにうんざりしたので前を向きました。両手に手錠、腰縄を掛けられたチャンが両脇を廷吏に挟まれて入廷してきたからです。チャンは気弱そうにわたしをちらりと見遣り、すぐに目を逸らしました。法廷中の注意がわたしに向けられているのを感じました。被害者の遺族対加害者の図を、確かめたいのです。空中を憎しみの視線が飛んで、チャンに刺さる瞬間を見たいのでしょう。わたしは皆の期待に添おうとチャンを睨み付けました。ところが、ミツルの邪魔が入りました。ミツルがわたしの腕をつつくのです。

「あそこ見て。あの人よ」

うるさく思いながら振り返ると、ちょうど傍聴席の後ろの空いた席に男が二人座るところでした。太った男と美しい若い男の二人でした。

「あれ、木島高志じゃないかしら」

木島高志は、わたしの大嫌いなひねこびた目つきをしておりましたが、悔しいことに、美少年ではありました。蛇を思わせる細身の体に、ちょこんと乗った小さな頭蓋の形もよく、顔の造作は繊細で、細い鼻梁の先は尖り、切れ味のいい刃物を連想させるところがありました。加えて、厚めの唇が少しエッチ、と焦がれる女の子もいたことでしょう。ええ、あの佐藤和恵のように。しかし、いくら何でも、若過ぎますし、この少年ほどには美しくありませんでした。わたしは目線を外すことができず、裁判長の入廷の時も振り向いて二人の男を凝視していました。

木島と思《おぼ》しき男はダッフルコートを丁寧に畳んで抱え、開廷の礼の時は不器用に突っ立ったままでした。太った男が腕を摑んで座らせました。質素な黒いセーター皆が着席しても、依然として空を睨んでいます。太っの上からも窺える、肩の骨と胸の筋肉の何とも言えないバランス。少年と青年の間の若木のような伸びやかさ。そして、女と男それぞれの美点を奪い取った、得も言われぬ顔をしているのでした。とりわけ濃い眉の形が美しく、指でなぞりたくなる完璧なアーチを描いています。木島ではない、とわたしは断じました。

「あれはどう見たって木島高志じゃない」

「木島君よ、木島君。絶対に間違いないわ」

ミツルが静まり返った法廷を気にして囁きます。

「あんなに若いはずないじゃない。それにもっと意地悪顔だったわよ」

「違うってば。あの太った方よ」

わたしは驚いて椅子から立ち上がりそうになりました。どう見ても百キロはある肥満した男なのです。顔の肉を相当削らなければ、木島高志の面影は掘り出せそうにありません。裁判が始まりましたが、わたしは後ろの二人が気になってまったく集中できませんでした。しかも、その日の裁判はチャンの生い立ちに関する質問だけで、死ぬほど退屈だったのです。

「私は小学生の時は、とても優秀な生徒でした。生まれつき頭脳が優れていたのです」

どうしてこんな恥ずかしい自慢を人前でいけしゃあしゃあと言えるのでしょうか。ユリコもつまらない男に殺されたものです。わたしは呆れ、欠伸《あくび》をこらえながらも、木島高志を背中で意識しておりました。なぜあんなに醜くなってしまったのでしょう。まるで別人だと、息子との縁を切ったという木島先生に知らせてあげたいほどの変貌です。そうだ、写真を撮って手紙を書いてやろう、とわたしは思いました。

やっと公判が終わり、チャンが出て行くと、ミツルが肩を落として小さな溜息を吐《つ》きました。

「ああ、あたしは法廷ってやっぱり辛いわ。自分の裁判を思い出すの。あの時ほど自分が丸裸にされたと感じたことはなかった。さっきの被告人質問を聞いていて、思い出したわ。あたしの歴史が、すべて白日の下に晒されるのよ。それを聞いているうちに、自分のことでいて自分じゃないみたいな変な気がしてくるの。しかも、イニシエーションの時に亡くなった人のことが明らかになると、自分が確実にひとつの命の終焉に手を貸したんだと怖くなる。カルマが落ちてよかった、と前は思っていたけど、その時はがたがた震えが来て、立っていられなくなる。人生には物語があるのよ。物語には力があってね、あたしは人の命を救う医者になったはずなのに、どうしてこんな酷いことをしたのかと愕然とするの。混乱したまま、裁判は進むのよ。唯一の救いは、母が信者の人たちを連れて来てくれたことね。入廷した時にわずかに目で合図してくれるの。頑張って、あなたは間違っていないっていうサイン。裁判って、公衆の面前で裁かれるけど、外の人に会えるチャンスではあるものね」

「じゃ、反省してないってことじゃない」

「というより、混乱するということよ。物語性というのはね」

わたしはミツルの複雑な感慨などもはや聞いていら

れず、手で遮りました。早く行かないと木島高志が帰ってしまう。木島高志本人には興味がありませんが、連れの少年について聞いてみなくては気が済みません。どこの誰。どうして木島高志が連れているのか。だって、世にも稀な美少年なのですから。木島高志の息子なのでしょうか、でなければいったい何者なのでしょう。わたしは気を揉んでいました。もし、木島高志の息子ならば、木島自身がどんなに醜くなろうと木島の価値はわたしの中で天上にまで高く上るのです。ミツルがまだ喋ろうとするので、わたしはこう言いました。

「同窓会しましょう」

「何のことを言ってるの」

傍聴人がいなくなった法廷に、ミツルの間抜けた声が響きました。すると、驚いたことに、木島高志の方からわたしとミツルの席に向かって来るではありませんか。木島高志は派手なセーターにジーンズを穿いて、若作りをしていました。ブランド物の小さなポーチを抱えているところなどは時代遅れのヤクザです。中には、膨らんだ財布や携帯電話や下品な名刺なんかをどっさり入れているに決まっています。しかし、残念ながら連れの少年はこちらに関心を向けようともせず、相変わらず視線を泳がせて椅子に座ったままでした。

「ミツルさんですよね」

体に肉が付くと、声も太るものです。木島高志の声は濁っていて聞きづらく、鼻にかかっていました。深酒、煙草に夜更かし。不摂生を重ねた証拠に顔色が青黒く、皮膚の毛穴が目立ちました。顔を指で押すとにゅるにゅると脂肪が出てきそうです。わたしはそんな想像をして、悲鳴を上げたくなりました。でも、ミツルは微笑んで挨拶しました。

「あなた木島君でしょう。お久しぶりですね」

「ミツルさん、大変でしたね。私、新聞見て仰天しましたよ。でも、もうよろしいんでしょう、あっちの方は」

木島高志は世慣れた調子で裁判長の席の辺りを指さしました。姿かたちだけでなく、ものの言い方が柔らかく、しかも女性的に変わっています。ミツルの顔が曇ります。

「ご心配かけてすみません。Q学園の人たちにもご迷惑おかけしてしまって申し訳ないです。でももうお務めは終わりましたから」

「ご苦労さまです」

木島高志は深々と頭を下げました。ミツルは涙ぐんでうつむいています。まるでヤクザ映画のようではないですか。わたしは関心がないので、少年を眺めていました。少年はミツルの涙声を耳にしたのか、こちらを見ました。正面の顔は絶品でした。でも、どこか懐かしい気がするのはどうしてでしょう。

「私のことがよくわかりましたね、ミツルさん。もう誰も私だってわからないだろうなと思いますよ。こんなに太ってしまってはね。この間も銀座でQ学園の同級生と偶然会ったことがあるんですよ。でも、向こうは私に気付かないで行ってしまいました。あれだけユリコを欲しがって私に土下座してた人が、ですよ。ユリコも知らない男に殺されちゃいましたけど、言うなれば本望だったのではないでしょうか」

「本望なんですか」ミツルが大声を出しました。

「前から言ってましたよ。いつか客の男に殺されるんじゃないかって。怖いけど、それを待っているところもあるって。あの人は頭のいい、複雑な女でしたから」

ミツルが困惑した風に、前歯を爪でこつこつと叩きました。迂闊に同意するわけにもいかないと思ったのでしょう。木島高志の父親のお蔭で、ミツルにもようやく社会性が戻ってきたのです。わたしは口を挟みました。

「あたしも本望と思わないでもないけど、あんたに言われる筋合いはないわ」

木島高志が苦笑しました。わたしは笑いで誤魔化す人間が大嫌いです。うちの課長みたいですから。

「あなた、ユリコのお姉さんですよね。今度のことはご愁傷さまでした」木島高志はミツルにしたように、わたしにも丁寧に礼をしました。「私にはわかるんですよ。お姉さんもユリコがこういう道を歩んで、最後は客に殺されるのを待っていたってことを何となく想像してらしたんじゃないですか。お姉さんと私だけが、実はユリコの本当の理解者だったんだと思いますよ」

何を勝手なことを言ってるのでしょうか。わたしはユリコの理解者なんかではありません。

「あんたのせいよ。あんたがユリコを悪の道に追いやったのよ。あんたがユリコにああいう仕事を教えたんだわ。あんたと会わなかったら、ユリコは生きていたはず。それだけじゃないわ。和恵だって、あんたが苛めたのよ」

わたしは憎しみを籠めて詰ってやりました。いいえ、本音ではありませんでした。ただの嫌がらせです。

「和恵さんを苛めてなんかいないですよ。だって、私は和恵さんから手紙を貰った時にどうしようかと困ったほどなんですから。あの人は痛々しかった。私は好きじゃないけど、傷付けたくはなかったですよ。私にも、そのくらいの神経はありますもの」

木島高志は奇妙に自信なさそうに抗弁しました。おそらく、自分が関わった二人の女が殺されたことに怯えているのでしょう。いい気味です。

「何で裁判なんかに来たのよ」

木島高志は言い淀み、額に噴き出た汗を分厚くなった掌で拭いました。それを見たミツルが話を変えました。

「それより、今までどうしていたの。あなた、木島先生に勘当されたんでしょう」

「どうもこうも、三つ子の魂百までって言うじゃないですか。私は同じ商売してますよ。エスコートサービスっていうんですか、女の人を紹介する仕事をしています」

木島高志はポーチからごそごそと名刺を出して、わたしとミツルに手渡しました。ミツルが声に出して読みました。

「『モナリザご婦人の会。最嬢級のご婦人があなたを待っています』だって。木島君、これ字が間違っているわ。それに古めかしくない？」

「そういうのを好きな客もいるんです。それに間違いじゃない。わざとですよ。ところでミツルさん、オヤジどうしてますか」

「お元気よ。昆虫の研究をしながら、軽井沢で寮の番人をしていらっしゃるわ。でも、お母様、亡くなられたわよ」

ミツルが遠慮がちに告げました。

「何年前ですか」

「三年前だって聞いた。癌だったと伺っています」

「癌か。切ないですねえ」さすがに木島高志は意気消沈して肩を竦めましたが、首が肉に埋まっているために目立ちませんでした。「お袋には心配かけちゃいましたから。私も来年四十になるのに、人には自慢できない仕事をしているし、顔向けできませんよ」

「木島先生も心配してらっしゃるわよ」

「でも、手紙にはそんなこと書いてなかったじゃない。

息子についての反省ばっかだったわ」

わたしの暴露に、ミツルは困った顔をしました。

「手紙があるんですか。ミツルは困った顔をしました。私のことを書いているなら、見せていただけませんか」

ミツルがバッグを掻き回しているので、わたしは止めました。

「コピー取ってからにしたら。大事な手紙なんだから なくされたら困るし、今度いつ会うのかわからないんだし。役所はみんなそうしてるのよ。あんたは人が好すぎる」

「それもそうねえ」

木島先生に恋をしているミツルは迷っています。でも、木島高志は両手を合わせて拝む振りをしました。

「見るだけです。今ここでお返ししますから」

ミツルが渋々手渡した手紙を、木島高志は法廷の椅子に腰掛けて読み始めました。わたしは少年のことを尋ねました。

「木島君。あの子、誰。あんたの息子?」

木島高志は手紙から目を上げました。その目におどけたようなからかいの色が浮かぶので、わたしは不快に思いました。

「お姉さん、わからないんですか」

「ええ、誰」

「ユリコの息子さんですよ」

わたしは唖然として少年の顔を眺めました。確かにユリコの手記に出てきました。ジョンソンとの間に息子が生まれた、と。ということは、あの美しい二人の間に出来た子供がこの少年なのです。高校生。ミツルが大きな前歯を見せて微笑みました。

「じゃ、あなたの甥御さんになるのね」

「そういうことね」

わたしは慌てて髪の毛を手櫛で撫で付けました。醜い木島から、ユリコの息子を奪い取りたい一心でした。でも、肝心の少年はわたしたちの方を見向きもしません。静かに坐り、木島の用事が済むのを待っているのです。

「木島君、あの子の名前は」

「百合雄です。ジョンソンさんが付けたと聞いています」

「どうしてあんたのところに百合雄がいるのよ」

「ジョンソンさんはユリコの事件がショックで帰国してしまったんですよ。百合雄も連れて行こうとしたのですが、百合雄は日本にいることを選んだのです。だから、高校は途中でしたが、私が引き取りました」

わたしは百合雄のところに向かいました。ユリコの息子の百合雄。わたしは湧き上がる歓喜に酔っていました。それは、再び美しい者を目にする、という喜びだったのです。

「百合雄ちゃん。こんにちは」

百合雄が顔を上げて、わたしを眺めました。

「どうも、こんにちは」

声変わりの終わった、太いけれども若さを感じさせる強い声です。瞳の何という美しさ。青白く透き通るようです。わたしは高鳴る胸を抑えながら言いました。

「あたし、ユリコの姉なの。だから、あなたの伯母になるのよ。あなたのことはちっとも知らなかったけれども、あたしたちは親戚なのよ。ねえ、悲しい出来事を乗り越えて一緒に生きていこうね」

「あ、はい」百合雄は戸惑った様子できょろきょろと辺りを探しました。「あの、木島のおじさんはどこでしょうか」

「あそこにいるじゃない」

「そうですか。おじさん、おじさん。どこにいるの」

わたしはその時、奇妙なことに気付いたのです。百合雄には木島の姿が目に入らないのでしょうか。すぐそこにいるというのに。木島高志が先生の手紙のせいで、涙に曇った目を上げました。

「百合雄、ここにいるよ。安心しなよ」木島高志はわたしに説明しました。「お姉さん、百合雄は生まれつき目が見えないのです」

抜きん出て美しいのに、自分の姿を確かめることができない人間にとって、世界はどのような姿で自分を取り囲んでいるのでしょう。賛辞け耳に聞こえてきても、美しいという概念そのものを確かめることはできるのでしょうか。あるいは、目に見える美とは関係のない美を追い求める？　ああ、百合雄の世界はどんな姿かたちをしているのでしょう。

わたしは「甥」の百合雄が欲しくてたまらなくなりました。百合雄とならば、わたしは自由に振る舞えて、楽しく生きられそうです。自分勝手と言われても構いません。百合雄がわたしに絶対必要な人間だと思ったのです。百合雄が、他人の目というくびきから解放してくれる気がしたのです。そうです。百合雄の美しい瞳にわたしの姿が映ったとしても、百合雄の脳の中ではわたしの像は決して結びません。だとしたら、わたしという存在の意味も変わるはずです。だとしたら、わたしの存在は声と肉体だけだからです。百合雄にとって、わたしの存在は声と肉体だけだからです。太ってずんぐりした体型も、この醜い顔も見えません。

わたしが自分の姿を認めていなかったというのですか。何をおっしゃいます。わたしは自分自身が妹のユリコに深い劣等感を抱くほど不細工な女であることも承知しております。他に父親がいる、という考えですか。そのことは偽りだったとおっしゃるのですか。違います。これはわたしの中での、仮想のゲームなのです。顔も体も美しく生まれて、かつユリコより勉強ができ、優れていながらも男嫌いの女でありたい、という。現実との違和は、仮想の自分を持つことで少しは解消されると考えたからなのです。悪意という鎧《よろい》は、仮想ゲームのスパイスでしかありません。違いますか。それとも、仮想の自分を持つこと自体が馬鹿馬鹿しいとおっしゃるのですか。だったら、怪物的な美貌を持つ妹と暮らしてみればいいのです。生まれながらにして自分を否定される、ということがどんなことかおわかりいただけるのではないでしょうか。幼い時から、周囲の接し方が明らかに違う経験をなされればいいのです。

擦れ違う大人たちは、必ずユリコの頬を撫でて行きました。「何て可愛い子でしょう」。そして、お揃いの服を着たわたしに注意を移した途端、戸惑って視線を泳がせるのです。「おや、この醜い子は誰」と。近所でも小学校でも、わたしは注目の的でした。ユリコと全然似ていないお姉さんとして。常に陽の当たる側のユリコ。いつも暗い夜の面のわたし。そして、ユリコは喧嘩するたびにわたしに言いました。「このブス」と。悔しかったですとも。だから、わたしは自分がユリコに似ていると信じ込むことでサバイバルしてきたのですよ。滑稽ですか。ええ、わたしが突然鎧を脱ぐ理由が知りたいのですね。簡単です。百合雄が出現したからです。

わたしたちは地下のコーヒーハウスに移動し、テーブルを囲んでおります。でも、わたしが見ているのは、離れた席に背筋を伸ばして端然と腰掛けている、ユリコの息子の美しい顔面のみ。わたしがいくら見惚れていても、本人はまったく気付かないのですから気が楽です。眉と眉の間に黒子のあるウェイトレスも、ウェイター、支配人らしい中年の男までもが時折、百合雄に恥ずかしそうな視線を送り、そわそわしているではありませんか。このださいコーヒーハウスそのものが光り輝き、特別な場所に見えます。わたしは、百合雄に送られる人々の賛嘆の視線の量を楽しみ、帯びた熱に浮かされ、視線を発する人間に対する優越に満ちて、とても嬉しかったのです。

百合雄がわたしたち三人から離れて座らされたのは、社会性の戻ったミツルによる気遣いでした。ミツルは、百合雄に聞かれたくない話、つまり木島高志やユリコのその後について、聞きたがっていたのでした。

「木島君とユリコさんは、退学になってからどうしていたの」

木島高志は百合雄を見つめるわたしの横顔を窺いました。

「お姉さん、何か聞いてました」

「いいえ、全然。だって、ユリコはジョンソンの家を出て自活を始めて以来、音信不通になってたから。あたしだって困ったわよ。スイスの父からは心配した電話がじゃんじゃんかかってくるし、おじいちゃんはあなたのお母さんにぞっこんで恋に狂っちゃったから、それどころじゃないし」

「ごめんなさいね」

ミツルは母親のことが話題に上ったので、少し緊張した面持ちでコーヒーカップを口に運びました。もうこぼしたりもせず、落ち着いた物腰でした。ミツルが、そうそう、と思い出したように言いました。

「そのうち、同級生の間で噂になったのよね。ユリコさんがａｎ・ａｎのモデルになってるって。びっくりして、本屋で立ち読みしたわ。今でも覚えてる。流行りのサーファーファッションだったけど、体の線が露わで、しかもその線が完璧で。お化粧したら、ほんとに綺麗なので溜息が出たものよ。でも、すぐ姿を見なくなった。ＪＪだったかしら、あれも巻頭グラビアだったわね。あの頃は女子大生ブームの走りで、あたしたちもちやほやされたものよね」

ミツルはわたしに同意を求めかけましたが、笑顔を引っ込めました。ええ、わたしにはそんな浮わついたブームなど無縁だったからです。

「ユリコさんて、いろんな雑誌に出てたけど、どういう訳だかすぐ消えちゃうのよ。専属になることもないし、その雑誌には二度と顔を出さなくなる」

そうです。ユリコは当時たくさん創刊された女性誌に登場しては、すぐ消えてしまうので、幻のモデルと言われたのです。わたしは理由が想像できます。おそらく、男にだらしないユリコが、カメラマンやアートディレクターとか、その周辺にいる人たちと、肉体関係を持ってしまうからなのです。そういう女は、尻が軽いと言われて軽蔑され、次の仕事など来なくなるに決まっています。なぜわかるのかと言いますと、簡単です。この木島高志がマネージャーよろしくユリコの後にくっついて、事あるごとに男を紹介して回ったからですよ。当の木島高志は、太って醜くなった顔を綻《ほころ》ばせながら、当時を回顧するではありませんか。

「そうですね。ユリコは顔が整い過ぎてたし、豊満だったから、当時のファッション誌と合わなかったんですよ。それに色気が溢れていた。中学生の時なら美少女でまだ売れただろうけど、十八くらいになったら、ファラ・フォーセットもびっくりのゴージャスな女になっちゃったもの。当時はああいう女にぴったりの媒体がなかったんでしょうね。今だったら、藤原紀香なんか目じゃないのにね」木島高志が業界ぽい言い方をして、ポーチから取り出した煙草に火を点けました。「背が百七十そこそこだから、ファッションモデルは中途半端だし、女優になるにはバタ臭いし。意外に使い道なかったんですよね。結局、金の唸っている男たちに目を付けられるしかないんですよ。バブルの頃なんか、凄かったですよ。私が斡旋してましたけど、不動産で儲けた男たちが万札を扇のようにぱーっと広げてね。これでユリコを二時間買わせてくれって。あれ、三十万くらいありましたね」

「木島君、そんな言い方はないでしょう。失礼よ」

ミツルがわたしの方を見て、目配せしました。

「すみません」木島は素直に謝りました。「でも、私が言いたいのはね。飛ぶ鳥落とす勢いって言うんでしょうか。そのことなんですよ、当時のユリコの魅力というのは。レキシントンクイーンとか行くと、ユリコの周囲に人垣が出来ちゃうんですよ。凄かった」

「あなたも儲かったでしょう」

わたしははっきりと聞いてやりました。夢見心地で極楽時代を思い出していた木島高志は、わたしから目を逸らし、垂れた口許を太い指で掻きました。

「まあね。私も一時は若い身空で路頭に迷いましたからね。なにしろ、お姉さんからの密告で突然の退学処分ですからね」

「密告じゃないでしょう。木島先生の手紙には、相談されたってあるじゃない」

ミツルが抗議しましたが、木島高志は小馬鹿にしたように肩を竦めました。

「あれは密告ですよ。お姉さんの人生は、ユリコへの嫉妬によって成り立っているんです」

「違うわ。ユリコのためを思ったのよ」

「そうですか。じゃ、過ぎたことだし、そういうことにしましょう。私にも言いたいことは山ほどありますがね」木島高志は厭味を言いました。「私もその時は高校三年ですよ。たったの十八歳。家に帰ったら、お袋は泣いてるし、弟はこわばった顔で私に口をきかない。帰って来たオヤジにいきなり耳の辺りをがつんと殴られましたよ。それ以来、こっちの耳は難聴でね」木島高志は右の耳を押さえました。「オヤジは本来、左利きなんですよ。だから、利き腕で殴りやがったんです。予想もしなかった強い力でしたね。私、泣きはしませんでしたけど、さすがにびびりました。オヤジが『お前の顔なんか見たくない。もう二度と俺の前に現れるな』って怒鳴りました。お袋が一生懸命取り成すんですが、もう駄目です。あいつは頑固なんですよ。私も言い返しました。『ユリコに聞いたよ。あんたもあいつとやりたかったんだってな。だから悔し紛れに退学処分にしたんだろ』って。そうしたらもう一回、私の耳を殴り付けました。ええ、同じ場所で、前よりもっと力が籠もっていました。『ばかやろ。聞こえねえじゃねえか』と言ったら、何て返したと思います。『そのくらい我慢しろ。ユリコさんの身になれ』だって。ユリコは楽しんでやってるのに。でも、今思えば、ごもっとも、と言うんでしょうかね。私はさっき、歳取ったオヤジの手紙を読んで泣けてきましたよ。まだあのことに囚われてるのかってね」

「前置きはいいわよ。で、あなたはユリコとどうしたの」とわたし。

「どうしたもこうしたも、追い出された私たちは一緒に暮らすことにしたんです。二人でマンションを見に行きましたよ。金ですか。金は三百万くらいありました。二人とも、金をばっちり貯めていましたからね。借りたのは、青山の高級マンション。麻布にしたかったけど、『学校の側なのでやめました。２ＬＤＫだったかな。一人一室でね。その翌日から、早速私がユリコを連れて営業に回りました。まず、モデルクラブに行って売り込みました。でも、モデルは続かなかった。さっき言った理由です。やがて、ユリコが勝手に客を取って、部屋に客を連れ込むようになったんです。これは嘘ではありません。ユリコは天性の淫乱女ですから」

わたしは大きくうなずきました。そうなのです。ユリコは「水」がなくては生きていけない女なのです。腐敗するための水が。

「そのうち、パトロンになりたい男が出て来ました。皆、土地成金ばかりですよ。居場所がないので、自分の部屋を借りなければ、と思っていた私は、出なくても済みました。ユリコが代官山に引っ越すことになったからです。パトロンが資金を出して、ユリコを囲ったのです。ユリコはもうマネージャーの必要がなくなったんですね。私は青山の部屋に残りましたが、じきに家賃が払えなくなったためにそこから出ざるを得ませんでした。後は転落の一途です。面白いでしょう」

黙って話を聞いていたミツルが口を挟みました。

「あなたの話で不思議なのは、二人で暮らしていたのに、どうしてユリコさんが売春をしても平気なの。あなたたちの関係って何なの」

「何でしょうね」木島高志は天井を見上げました。「強いて言えば、利益を一にするカイシャみたいなものでしょうか」

「恋愛関係はないの。ユリコさんは魅力的だったわ」

「ありません。私は同性愛者です」

あっとわたしは叫びそうになりました。いけない、危険です。百合雄が木島高志の魔の手にかかってしまうのでは。わたしは反射的に百合雄の方を見ました。百合雄はいつの間にかヘッドフォンを耳に付けて、体をかすかに揺らしながら目を閉じています。ミツルが前歯をこつこつと爪で叩きました。

「木島君は高校時代からそうだったの」

「いや、わかりませんでしたね。自分でも不思議だったんですけど、なぜ同級生がユリコの後を追い回すのか。きっとユリコの中に、男を騒がせる何かがあるんだろうと思っていたのですが、それが自分にはわからなかった。二人で暮らすようになってから、ある日、ユリコのところに来た客に惹かれたんです。中年のヤクザでした。そして、私は女のユリコに嫉妬してる自分に気付いたんです。その時からですね」

告白を続ける木島高志はうっすらと目を閉じ、自分自身を開く喜びに満ちています。

「私はユリコと別れてから、女だけでなく男の斡旋業も始めたんです。ノウハウはありましたから、商売はうまくいきましたよ。ユリコとはその後も付き合い続けて、時々、仕事を回したりしてました。でも、この数年は互いに避けていました」

「その理由は」とミツル。

「あまりにも変わったからでしょうね。私は太り、ユリコは老けました。私たちは輝かしい黄金の時代を知っている。ユリコが歩く背後から男たちが憑かれたようにくっついて行く様を。そういう男たちを手玉に取る自分。でも、最近のユリコは上客は絶対に取れなくなっていた。私も商売ではユリコに価値がないのを知っています。嘘は吐けませんよ。だから、ユリコも遠のいて行ったのだと思います。そして、ユリコが連絡して来なくなって、私はほっとしていたんです。そんな時ですよ、事件のことを知ったのは。そして、和恵さんの事件が起きた。自分の商売が怖いと思いましたね。だから、百合雄のことをジョンソンに頼まれた時は、すぐに引き受けましたよ。罪滅ぼしです」

わたしは、話を遮りました。

「あなたのところに百合雄を預けるわけにはいかないわ」

「いいじゃない」

ミツルが驚いて顔を上げましたが、わたしははっきりと言ってやりました。

「だって、親戚はあたしだけだし、木島君の仕事も、木島君自身も、若い男の子にはいい環境とは言えません。百合雄はあたしが預かって、あたしの家から学校に通わせます。スイスの父にも連絡を取ります。そうしたら、百合雄にも少し援助してくれるでしょうから」

実は、スイスの父は、ユリコが死んで以来、わたしには何の連絡も寄越さないのです。冷たい男です。でも、ユリコの息子の存在を知ったら、お金を送ってくれるかもしれません。

「それはそうだけど」

木島高志は、わたしの顔を姿を、値踏みするように眺めました。わたしのような不気味な女に可愛い百合雄を預けたくないのでしょう。わたしはかっとして立ち上がりました。

「いいわ。あたしが直接百合雄に聞いてみるわ」

私は百合雄の前に行きました。目を閉じて音に酔っていた百合雄は、気配を察したのか、見えない目を開けました。長い睫《まつげ》、茶色の虹彩、透明な白目。何という美しさでしょうか。濃い眉がその美しい目を縁取っているのです。わたしは百合雄に聞きました。

「百合雄ちゃん、伯母ちゃまの家に来ない。伯母ちゃまがあなたの面倒を見るわ。ずっとお父さんと一緒に暮らしてきたのなら、日本の女の人と暮らすのもいいと思うわよ」

百合雄は輝く歯を見せて笑いました。

「あなたを育てられるのはユリコの姉のあたししかいないわ。あたしの家にいらっしゃい。一緒に生きていきましょう」

わたしは動悸を抑え、百合雄を説得にかかりました。突然の申し出ですから、戸惑った百合雄に断られたらおしまいです。百合雄は視線を宙に浮かせたまま、問いました。

「伯母さん、僕にパソコン買ってくれますか」

わたしは率直にものを言う百合雄に驚いて、少し慌てたのです。

「パソコンできるの」

「ええ、学校で習いました。音声ソフトさえ使えば、僕らにはとても便利なものです。僕はパソコンで音楽を作っていましたから、どうしても必要なんです」

「あなたのためなら買うわ」

「だったら、僕は伯母さんと一緒に暮らします」

わたしは夢見心地で、買うわ、買うわ、と何度もつぶやいていました。

3

話はとんとん拍子に進みました。はい、ご覧の通り、わたしは百合雄を引き取って、P区の公団住宅で暮らしております。わたしはてっきり、百合雄はジョンソンと一緒にいたのかと思っていたのですが、小学校からずっと大阪府にある全寮制の盲学校に預けられ、そこで育ったのでした。ですから、時々大阪弁が顔を出します。その微笑ましいこと。顔はこの世のものとは思えないほど美しいのに、性格は朴訥《ぼくとつ》で口も重いのです。趣味と言えば、音楽を聴くことだけ。手のかからない利口な少年です。その美しい少年がわたしと深い関係にあるのです。思いもしなかったこの事実。何と言っても、百合雄の母親はユリコ、そして、父親はジョンソンなのですから。

それにしても、苛酷と思えたわたしの人生でしたのに、運命は何という楽しみを用意してくれていたのでしょうか。このままP区役所勤めで朽ち果てるのかと無念でならなかったわたしは、思いがけず百合雄を手に入れたことが嬉しくてなりませんでした。人の運命など、わからないものです。わたしは祖父との、あの平穏で楽しい日々を再現したいと張り切ったのです。弱い祖父はわたしを頼り切っていました。きっと、目の見えない百合雄もわたしに依存し、わたしと共に生きることを喜びとすることでしょう。

「あなたのお父さんから連絡はあるの」

わたしはジョンソンに奪われるのが心配で、百合雄にそっと尋ねます。

「木島のおじさんのところに何度か電話がありました。でも、父親と言っても、一緒に暮らした期間も短いし、木島のおじさんの方が好きだなあ」

「何が好きなの」わたしはたちまち嫉妬に駆られます。「あんなちゃらんぽらんな人のどこがいいの」

百合雄はわたしの言い方がきついので、抗議しました。

「あの人はちゃらんぽらんじゃないです。僕には優しいです。僕が必要だと言ったら、パソコンを買ってくれると約束してくれたし」

またしてもパソコンの話が出ました。経済的余裕のないわたしは、焦りました。

「でも、買ってくれてないじゃない」わたしは断じます。「あの人は下心があったのよ。あなたをパソコンで釣ろうなんて大間違い。あたしがあなたを魔の手から守るのよ」

「どういうことなのか、僕にはわからないけど」

「いいのよ、気にしなくても。あの人とあたしは、昔から悪い因縁があるの。話せば長い話よ。百合雄ちゃんは知らなくてもいいことだけど、あなたのお母さんの悲劇は木島のせいでもあるの。あなたが大人になったら、お話ししてあげましょう」

「僕はお母さんに会ったことはありませんから結構です。父から話は聞いていましたが、母は僕のことが嫌いだったんだろうと思います。小さい頃、僕は寂しかった。でも、最近は慣れて、特に何も感じませんよ」
「ユリコは自分にしか関心がなかった女よ。あたしは違うわ。あたしはユリコに苦しめられてきたから、あなたの気持ちはよくわかる。あなたの面倒はあたしが一生見るから、安心していつまでもいてちょうだいね」

百合雄は音楽にしか興味がないので、適当に返事をすると、すぐにヘッドフォンを耳に掛けてしまいます。洩れてくるのは、わたしにはわからない英語のラップとやらでした。百合雄は曲に合わせて体を左右に揺らしています。

百合雄は学校で、ピアノの調律師になる勉強をしていたということです。その勉強が中途で打ち切られたことも百合雄はまったく気にしていない様子でした。朝起きてから、夜眠るまで、百合雄はヘッドフォンを離しません。

「百合雄ちゃん、あなたは将来何になりたいの」

百合雄はわたしの問いかけに、またヘッドフォンを外しましたが、面倒臭そうな様子も見せません。

「音楽関係の仕事かな」

「調律？」

「いや、曲作りです。だからパソコンが要るんだ。僕、自分で言うのも変ですが、才能あると思うんです」

才能。ぞくぞくする言葉です。怪物的な美貌を持ったユリコの子供は、美しさのみならず、誰にもない才能が備わっているのです。その才能にわたしは貢献できるでしょうか。

「わかったわ。あたしが何とかする」

とはいえ、お金はありません。わたしは溜息を吐いて、古ぼけた部屋を見回しました。

「ジョンソンのところには行かないの」

「本場のラップが聴きたいから、いずれアメリカには行ってみたいと思いますが、父にはボストンに家族がいるそうです。日本人の奥さんと離婚してから一度帰国して、向こうで結婚したと言ってました。その家には十歳になる息子がいるんだと告白されたことがあります。跡継ぎは作ったからいい、と言っていましたので、僕はきっと父にとっても邪魔な存在なんでしょう」百合雄はさばさばと言いました。「僕には音楽しかないのです。音楽にのめり込む運命なのです」

「じゃ、頑張ってやんなさい」

わたしは百合雄の引き締まった頬を撫でました。わたしにはユリコにはない母性があるのです。百合雄はにっこり笑いました。

「僕は母親の愛に飢えてました。だから、伯母さんがいたことはすごく嬉しいです」

百合雄は目が不自由ですが、その分、心の声を聴くことに長《た》けているのでしょう。わたしは百合雄の手を取って、わたしの頬にも触らせました。

「あたしはあなたのお母さんにそっくりなのよ。あなたのお母さんって、こういう顔をしていたの。触ってごらんなさい」

百合雄はおずおずともう片方の手を差し出しましたので、わたしはその冷たい大きな手を摑み、わたしの鼻や瞼に当てました。

「あなたのお母さんもあたしも、とても綺麗だと言われたわ。ほら、くっきりした二重瞼でしょう。それに大きな目と細い鼻。眉毛はあなたに似てるわ。綺麗なアーチを描いているの。唇はふっくらしてピンクなの。ああ、あなたと同じなのに、あなたはそれを確かめることができないのね」

「できません」百合雄はさすがに悲しそうに言いました。「でも、視力がないことがハンディキャップだとは思いません。僕は美しい音楽に囲まれて暮らせる才能に恵まれたのですから。僕の望みは音楽を聴くこと、そして誰も聴いたことのない音楽を作ることだけです」

素晴らしくシンプルな望みです。わたしは欲のない百合雄を得て、石油を掘り当てたような気分でした。土中から噴き上がる重たい黒い水。それは、わたしの中でこんこんと湧いて出る母性でした。そのためにはお金を稼いで、百合雄にパソコンを買ってやらなくてはなりません。わたしはスイスの父親に無心をすることにしました。わたしは昔のアドレス帳を探し当て、父に電話をかけました。

「もしもし、あたしですが。娘です」

女の声がドイツ語で返事をしました。父が再婚したトルコ人の女に違いありません。すぐに父と替わりましたが、父は老いた声で、日本語がほとんど理解できなくなっていました。

「マスコミ、オコトワリデス」

「お父さん。ユリコに息子がいること知ってますか」

「マスコミ、オコトワリデス」

電話が一方的に切られました。わたしは落胆して百合雄を見遣ります。百合雄はこうなることがわかっていた、とでも言うように、ユリコにそっくりの横顔を見せて目を閉じています。おそらく百合雄の世界は、音によって美が形作られているのでしょう。わたしは目に見えるものしか信じられなくて、美の存在が見えるのに、百合雄にとっては可視の美など意味がないのです。というより、わたしも百合雄も一生知らずに生きていくのです。ということは、わたしも百合雄の美を知ることができないということでしょうか。美しい子供を得たというのに、わたしは百合雄と共有できる世界を持てないのです。何と恐ろしいことでしょう。そして、悲しい。わたしは片思いにも似た激しい痛みを心に感じ、その場に蹲《うずくま》りたくなりました。こんな感情は生まれて初めてでした。

「誰かが来ます」

ヘッドフォンを外した百合雄が耳を澄まして言いましたが、わたしには何も聞こえません。不思議に思って顔を上げた途端、玄関のドアがノックされました。百合雄の聴覚は異様に発達しているのです。

「あたしよ、ミツル」

団地の薄暗い廊下にミツルが立っていました。ミツルは明るいブルーのスーツを着て、ベージュのコートを腕に掛け、春めいた服装をしていましたから、煤けた廊下が急に華やかに見えました。

「あなたの住所って高校時代から変わってないのね。お邪魔してもいいかしら」

ミツルは遠慮深く伏目がちでわたしの家を覗き込みました。わたしは仕方なしにミツルを請じ入れました。ミツルは礼を言って、脱いだハイヒールをきちんと三和土《たたき》に揃えました。隣にある百合雄の大きなスニーカーを目に留め、微笑を浮かべます。ミツルは何の用があって来たのでしょう。先日、裁判所で会った時よりもいっそう洗練されて、落ち着いた様子でした。ミツルはだんだんと昔のミツルに戻っていくようです。

「突然でごめんなさいね。報告に来たのよ」

ミツルは卓袱台《ちゃぶだい》の前に座って、コートとバッグを傍らに置きました。コートもバッグも真新しく、高価な品であるのは間違いありません。わたしはミツルの変貌を横目で確かめながら湯を沸かし、紅茶を淹《い》れました。ええ、祖父と一緒に飲んでいたリプトンのティーバッグです。わたしは頑固ですから、いったん決めた嗜好を変えるのが嫌なのです。隣の部屋では、相変わらず百合雄がヘッドフォンを耳に付けて、体を揺らしています。

「息子と同じことをしてる。上は高校二年だから、百合雄ちゃんと一緒ね。うちの子は夫の両親の家から学校に通っているの。あたしは近付いてはいけないと禁じられているんだけど、この間、挨拶がてら様子を見に行って来たのよ」

ミツルはひと口紅茶を飲みました。目に涙が光っています。

「禁じられているのは、どうしてなの」

「家族で出家したせいよ」ミツルははらはらと涙をこぼしました。涙が紅茶のカップに入るのをわたしはぼんやりと眺めておりました。「夫とあたしと母と子供二人と。うちは一家全員で出家したの。あたしは教団の治療部に回され、夫は法皇部に配属されたわ。息子たちは教団の学校に通わされて、五年も会えなかったの。今、息子たちは教団のことなんか忘れて音楽やゲームに夢中よ。そして、あたしのことも忘れかけているる。忘れなくてはこの世の中で生きていけないのよ。あたしも夫も、息子たちには死んだも同然の身なのよ。夫の両親がそう言って育てているんだもの。あたしは刑務所から出た時、真っ先に子供たちに会いに行ったわ。だけど、二人とも怪訝な顔であたしを気味の悪いおばさんだと言わんばかりに見るだけだった。せっかく、更生して、母親として、善き社会人として生きようと思っていたのに、母親としても失格、医者としても失格、夫は極刑間違いなし。居場所がなくなってしまったみたいで気が狂いそうだった。出所後あなたに会った時、あたし、とても変だったでしょう」

「ええ、変だった」

わたしは素直に答えました。ミツルはうなずきました。

「あなたなら、そう言うだろうと思ってたわ」

「ところで、報告って何」

ミツルはハンカチで涙を拭きました。

「あたし、離婚して木島と結婚することにしたの」

キジマ。どっちのキジマでしょう。まさか木島高志の方ではありますまいか。そして、百合雄を引き取りに来たのでは。取り乱したわたしの様子を見て、ミツルがくすっと笑いました。

「木島先生の方よ。あたしたち、あれからずっと文通していて、とうとう結婚することにしたの。先生がこう言ったわ。あなたと一緒に生きることが、教育者としての僕の最後の仕事ですって」

「あらまあ、おめでとう」

わたしはこわばった声で祝福しました。勿論、わたしには百合雄がいますから、そう羨ましくはなかったのですが、百合雄の確固たる音楽の世界にわたしは入ることができない、と悲しみを感じたばかりだったせいで、素直には喜べません。悪意というわたしの鎧は、もろくも崩れ去っていたのでした。それでもせいぜいこう言ってやりましたが、ミツルは余裕を持って笑っているのです。

「木島先生は結局、あなたのような優等生を救うのね。てことは、あなたはデブの木島高志の義理の母親になるってことなのよ」

「わかってるわ。今日は、その木島高志からの言付けを持って来たの」ミツルはバッグから書類袋を取り出しました。「あたしの義理の息子が、これをあなたに託したいと言ってるの。ぜひ、受け取ってくれないかしら」

わたしは現金ではなかろうかと紙袋の中を覗きましたが、古い日記帳のような物が二冊入っているだけでした。

「佐藤和恵さんの日記なのよ。あの人が殺される寸前に木島君の家に届いたんですって。木島君は事件後に警察に届けなくちゃと思ったらしいけど、あの人の仕事は言うなれば違法の売春斡旋業じゃない。だから、自分は嫌だって。それで誰かに会えると思って裁判に来たらしいのよ。あたしのところに持って来たんだけど、あたしも公安に尾行されている身分だし、余計な事件に関わりたくないの。あなたはユリコさんのお姉さんで、和恵さんの友達でもあったわけだから、一番二人と関係が深いわ。これを持つ人がいるとしたら、あなたしかいない。あなたがこれをどうしようと構わないから持っていて」

ミツルは空気を吐き出すように一気に喋ると、わたしの方に書類袋を押して寄越したのです。殺された和恵の日記。ああ、何て忌まわしい物を。わたしは、思わず押し返しました。ミツルが再び元の位置に戻そうとします。わたしたちは、狭い卓袱台の上で書類袋を巡って、しばらく攻防を繰り返したのでした。ミツルがいつになくきつい面持ちでわたしを見遣りました。わたしもミツルを睨み付けます。わたしは和恵の日記など欲しくはありません。だって、そうじゃないですか。和恵を殺した犯人が、チャンだろうが他の誰だろうが、そんなことはわたしには関係のないことです。もしかして、この中に和恵が娼婦をすることになった原因のようなものが書いてあるとすれば、わたしが和恵の何かを引き受けることになりはしませんか。何かとはおそらく、和恵の中にあるどうしようもない弱さ、邪悪なもの、はたまたこの世との強烈な戦い、に他なりません。ですから、わたしが和恵の日記を欲しい訳がありましょうか。ありませんとも。わたしは和恵の心中など知りたくはないのです。なぜなら、なぜなら。しかし、ミツルはわたしに懇願するのでした。

「お願いだから、持っていて。そして読んであげてよ」

「要らないわ。縁起が悪いもの」

「縁起が悪いですって」ミツルが傷付いた顔をしました。「てことは、あたしのような罪を犯した人間と関わり合うのも縁起が悪いと思ってるの」

ミツルの内部に、これまでなかった力が漲《みなぎ》っているのを感じ、わたしはたじろぎました。恋愛の力でしょうか。水分を得た植物が生き生きと黒土に根を張り、風雨に負けまいと頭を高く上げている印象があって、わたしは戸惑っていました。苦り切っていると言っても間違いではありません。水を得た女は皆、居丈高になるのです。あのユリコがそうでした。わたしはやっとのことで言い返しました。

「あなたのことは縁起が悪いなんて思ってないわよ。あなたの場合は信仰の問題じゃない」

「信仰って簡単に言うけど、あたしはあたしの弱さがいとも簡単に、あの教祖を崇めたのかと思うと、今でも混乱するわ。自分の中の弱さと向き合うのは、大変なことよ。すごく辛いわ。だけど、あなたはあなたの弱さを考えたり、克服しようとしたことなんか一度もないでしょう。あなたがユリコさんに対して病的なコンプレックスを持っているのは知ってる。あなたは恐ろしいことに、そこから抜け出せていない。あなたが何ものとも対峙していないからよ」

「偉そうに言わないで。それとこの日記とがどう関係するのよ」

わたしは憮然としました。なぜ、わたしが和恵の日記など読まねばならないのでしょう。

「あなたが読むのが一番いいと、あたしが思ったの。

木島君もそう言ってたし。あなたと和恵さんは仲が良かったんだから、読んであげるべきよ。きっと、和恵さんも誰かに読んでほしくて木島君に送って来たんだと思うわ。それは警察じゃないし、検事でもないし、裁判官でもないの。この世の誰かよ」

　何を根拠にそんなことを言うのでしょう。ご承知のように、わたしと和恵の仲は良くありませんでした。一緒に高等部から入学し、向こうが話しかけてくるので仕方なく相手をしていただけのことです。それも感情の行き違いがあれば、たちまち瓦解するような柔《やわ》な友情でした。あの木島高志との恋愛沙汰があって以来、プライドの傷付いた和恵は、わたしを避けていたくらいなのですから。

「和恵さんの家にまで行った人ってあなただけでしょう。あの人はあなたと同じく孤独な人だったわ」

「木島君が持つべきだわ。和恵は、木島君が好きだったから送り付けたんじゃないの。手紙はなかったの」

「手紙はないわ。いきなり、木島君の住所に送られてきたそうよ。和恵さんが木島君の住所を知っていた訳は、と聞いたら、言いにくそうに答えたわ。木島君は和恵さんがアルバイトしていたホテトルのオーナーと知り合いで、店の前でばったり会ったことがあるんだって。その時、名刺を渡したらしいのよ」

「じゃ、あたしが和恵の家族に送ってあげる。区役所から送れば、郵送料も無料だし」

　ミツルがきっと目を上げました。

「それはやめた方がいいわ。和恵さんのお母さんだって、読みたくないと思うわよ。いくら親子だって、知りたくないことはあるし、知る必要もないんじゃない」

「知る必要があるのがどうしてあたしなの。説明してくれない」

　説明してくれない。これは、高校時代の和恵の口癖でした。わたしはそれに気付いて苦笑いをしましたが、ミツルは横を向いて前歯をこつこつと爪で叩いていました。はっきり言いたくないのだ、とわたしはミツルの大きな前歯を眺めておりました。昔よりも隙間の空いた歯を。隣の部屋では、ヘッドフォンを付けた百合雄が胡座《あぐら》をかいて広い背中を見せています。が、体を揺らしていないので、もしかするとあの優れた聴覚でわたしたちの話を受け止めているのかもしれません。百合雄にわたしの弱みを知られたくない、とわたしはミツルを家に上げたことを後悔し始めました。しかし、ミツルは歯を叩くのを急にやめて、わたしの目をまじまじと見つめるではありませんか。

「あなたは和恵さんが娼婦をやっていた理由を知りたくないの？　少なくとも、あたしは知りたい。だけど、あたしはそこまで関わり合いたくないの。あたしは自分の起こした事件を考えるだけで手一杯だからよ。あたしが考えなくてはならないのは、和恵さんのことではなく、自分と自分が関わっている人間のことだけ。あたしの家族と、木島先生と、あたしが死に至らしめた信者たちのことよ。人生の目的が明確になった以上、あたしはもうユリコさんと和恵さんの裁判には行かないと思う。あなたとも久しぶりに会えたし、木島君とも話したから、後はもう自分の問題を考えていくしかない。でも、あなたは違う。これからもユリコさんの公判に行くんでしょう。息子さんの百合雄さんを引き取ったんだし、あなたの妹のことなんだから、どうしたって和恵さんの問題とも関わらざるを得ないじゃない。だから、読むべきなのよ」

　わたしは、ユリコの手記に、円山町のラブホテル街で和恵とばったり出会った記述があったことを思い出しました。その後のことが、この中に書いてあるのかもしれません。読みたいような読みたくないような。わたしは恐る恐る書類袋の中を覗きました。

「どんなことが書いてあるの」

「ほら、興味を引くでしょう」ミツルは勝ち誇ったように言いました。「和恵さんが何を考えていたのか知りたくない？　あの人は、あたしみたいに一生懸命勉強していたわ。そして、社会に出て、真面目に仕事をしようとしていた。大会社に就職して成功するだろうと誰もが思っていたのに、そうじゃなかった。なぜこういう選択肢が出て来たのかわからないけど、和恵さんは娼婦になったのよ。それも街角に立って客を引いていたって言うじゃない。一番危険なことだわ。もともと、娼婦のアルバイトをしてきたユリコさんの場合とはまったく違う。あなたは、和恵さんに何があったのか、知りたくないの」

　わたしはいつもと違うミツルに圧倒され、不快の念を抱いたのです。

「ずいぶんと熱弁を振るってくれるじゃない。あたしに何が何でも読ませたいというあなたの意図は何なの」

そうです。ミツルになぜこうまで言われなくてはならないのでしょう。わたしに何か落ち度でもあるのでしょうか。わたしはむかっ腹が立ってきました。ミツルは紅茶をゆっくり飲み干してかちっとカップを置くと、その音が合図のように喋りだしました。

「あたしがこう思うからよ。今まで言ってはならないと思っていたけど、今日は言うわ。あなたと和恵さんは、とてもよく似ている。あなたは本当はガリ勉だった。しこしこ勉強して、努力を積み上げ、運よくQ女子高に入学できたけれども、実力の拮抗している女子高ではそんなにできる方ではなかった。だから、あなたは勉強の面で勝つことを早々に諦めたのよ。そして、あなたも和恵さんと同様、高等部から入って来た時にあたしたちとの差に驚いて、何とか差を縮めたいと願ったはずだわ。あなただって最初は真似をしてスカート丈を上げたり、ハイソックスを穿いたりしていたじゃない。忘れたの？　でも、こう言っちゃ悪いけど、あなたはお金がないからそうすることも諦めたのよ。あなたはファッションや男の子や勉強なんかに興味のない振りをして、悪意を身に付けてQ女子高で生き抜こうとしたんだわ。あなたは高校一年の時より二年、そして三年の方がより意地悪になっていった。あたしがあなたと離れたのもそのせいよ。一方、和恵さんは必死に皆に追い付こうとしていた。和恵さんの家は経済的にも可能だったし、勉強もできたから、中途半端ではあったけど付いていけるはずだった。だけど、あの人の懸命さがイジメの対象になった。夢中で追いかけて来るのが見え見えだったからよ。思春期の女の子って残酷だから、それがださく見えたのね。和恵さんを見て笑っていたあなただって、イジメの対象の一人だったじゃない。あたしは、あなたが『ださい、ビンボー』って言われて泣いたのを覚えているわ。体育の授業の時だっけ。だから、あなたは孤高を保つことでサバイバルしようとしたみたいだけど、うまくいかないことも多かったわね。あなたは卒業する時にみんなで作ったスクールリングが好きでしょう」

ミツルはわたしの左手の指を見ました。わたしは慌てて指輪を隠しました。

「どういうこと」

わたしの声は悔しいことに震えていました。ミツルが人が変わったようにわたしを攻撃するので、どう対処していいのかわからなくなったのです。高校時代のあることないことを言い募るものですから。しかも、隣の部屋では、わたしの大事な百合雄が聞き耳を立てているかもしれないのです。

「覚えてないの？　言いにくいけど、思っていることを言うわね。あなたとはもう二度と会わないかもしれないから」

「どこかへ行っちゃうの」

わたしの声が不安げだったからかもしれません。ミツルは急に優しい顔になって笑いました。

「木島先生と結婚して軽井沢に行くって言ったじゃない。あなただって、率直にものを言うあたしとは、そうそう会いたくないでしょう。あたしは相手の気持ちを忖度《そんたく》して遠慮する癖をもうやめたのよ。あなたを傷付けるかもしれないけど、この際だから言うわ。話を続けるわね。Q女子高を卒業して、あたし以外の生徒がQ大学に進むことになったわよね。その時、みんなで恒例の卒業記念のスクールリングを作ったじゃない。学年全員で作ったリングよ。校章が入った金の指輪。あたしはとっくになくしてしまったからデザインも忘れてしまったけど、まさかそれじゃないわよね」

ミツルが指さしたので、わたしは指輪を手で隠したまま首を横に振りました。

「違うわよ。これはあたしがパルコで買った物よ」

「そう、まあどっちでもいいんだけど。下から来た子は、あの指輪に関心があまりなくて付けてなかったわ。ただの記念だったのね。でも、大学に進学してから、これ見よがしに付けていた子は、ほとんどが高等部から入った人ばかりだったと後で聞いたわ。下から来たということを自慢できるからよ。虚しい話だけど、笑えないわ。あたしがその話を聞いて驚いたのは、その指輪をいつも肌身離さず付けていたのは、他ならぬあなただったってこと。これはくだらない噂かもしれないし、真偽のほどもわからないけど、あたしはあなたの心の中身が見えた気がして意外だったわ」

「誰に聞いたの」

「忘れたわ。そのくらい、つまらない話ではあるの。でも、本当につまらないかっていえば、そうでもない。あたしたちは下から来ることが最上級であるかのように、Q学園では学ばされた。高等部よりは中等部、中等部よりは初等部。初等部ならば、兄弟姉妹や親や親戚もそうでなくてはいけない。生え抜き。それが最高の位だったからよ。本当に馬鹿馬鹿しいことね。でも、笑えないわ。むしろ、怖いことよ。あたしたちが暮らすこの日本を支配している価値観なのだから。なぜなら、あたしは似たような宗教に入ってしまったわ。出家して修行をすればステージアップして、ヒエラルキーの位が上がって行くの。だけど、あたしや夫が一生懸命修行しても、幹部中の幹部にはなれなかった。教祖の側に行くことも叶わなかった。だって、教祖とその取り巻きがその宗教の『生え抜き』なんだもの。本物のエリートなんだもの。ね、これって何かに似てない？　あたしは獄中でそのことを考えていた。あたしの人生が間違ったと思ったのは、あたしが中等部からQ学園に入って、一生懸命『生え抜き』に近付こう、としていたのではないかってことね。あなたもあたしも同じ。和恵さんも同じ。皆で虚しいことに心を囚われていたのよ。他人からどう見られるかってこと。あたしもあなたも和恵さんも、マインドコントロールされていたのかもしれないわね。その意味で言えば、誰よりも一番自由だったのは、ユリコさんよ。あの人は違う星から来たのではないかと思うほど、解放されていたし、自由な鳥のようだった。だから、日本でははみ出さざるを得なかった。あの人が男の人にあれだけもてたのは、美貌だけではないかもしれない。男の人がユリコさんの本質を本能的に見抜いたせいかもしれないわね。あの木島先生だって惹かれたくらいなのよ。あなたがユリコさんに劣等感を抱いて止まなかったのは、ユリコさんの美しさだけではなく、あの人の自由さが、あなたにはどうしても得られないものだったせいかもしれない。でも、あなたはまだ遅くない。あたしは罪を犯したから、これからは懺悔の余生だけど、あなたはまだ遅くないのよ。お願いだから、これを読んであげて」

ミツルはそう言って、立ち上がりました。その瞬間、香水の仄《ほの》かな香りがふわっと漂いました。わたしはミツルに率直に言われたことが衝撃で、動くこともできませんでした。スクールリングのことなど、忘れていたのです。いいえ、認識すること自体を忘れていたと言いましょうか、本当にわたしの体の一部のようになっていたからです。ええ、指輪は今もわたしの中指に光っているのです。ミツルはわたしを詰ったことをすっかり忘れたかのように、隣の部屋の百合雄に柔らかく話しかけました。

「百合雄さん、あたし帰りますけど、この人をよろしくね」
百合雄が振り向いて、その美しい目を中空に固定したまま、ゆっくりと頭を下げました。百合雄の見えない目は、何色とも形容できない不思議な色合いなのです。澄んだ青みを帯びた茶色。わたしはその色に見惚れて、ミツルのことなどどうでもよくなってしまいました。気が付いたら、ミツルは帰ってしまった後でした。

わたしはかつてミツルに感じたことのある恋情を一瞬、蘇らせました。聡明で賢いリスのようなミツル。ミツルは本当に森に帰って行ったのです。木島先生と安全で豊かな森に籠もって、もう二度と森から出て来ないでしょう。ミツルがいなくなったら、わたしはどうしたらいいのでしょうか。ユリコもいません。和恵も死にました。わたしは途方に暮れて溜息を吐きました。

溜息の波動が伝わったのか、百合雄が立ち上がってわたしの方に歩いて来ました。そうだ、わたしには百合雄がいます。百合雄は卓袱《ちゃぶ》台《だい》の上を手探りで書類袋に触れました。そして、日記を取り出すではありませんか。百合雄は和恵の日記をしばらくまさぐっていましたが、やがて穏やかな声で言いました。
「僕は、ここに憎しみと混乱を感じます」

第七章　肉体地蔵——〈和恵の日記〉

1

×月×日

五反田、?ＫＴ、一万五千円。

朝から雨。定時に会社を出て、地下鉄銀座線新橋駅に向かう。前を行く男が勢いよく振り向いた。タクシーでも拾おうとしたのだろう。男の傘から水が飛んで来て、あたしのトレンチコートの胸に染みを付けた。頭に来てハンカチを探す。昨日のがバッグに突っ込んであったので、それで染みを細かく叩いた。新橋の雨は灰色に濁っているから染みは落ちない。クリーニング代が勿体ない。タクシーに乗り込む男の背中に、傘の中から小さな声で罵声を浴びせる。馬鹿野郎、後ろも見やがれ。しかし、飛んで来た傘の水の勢いを思い出し、男の力は強いなあとつくづく思う。憧れと嫌悪。男に対して、いつもこの相反したふたつの感情がある。

地下鉄銀座線。車両のオレンジ色が嫌い。地下鉄の駅に吹く埃っぽい風が嫌い。轟音が嫌い。臭いも嫌い。常時、耳栓をしているから、音は何とかなるけど、臭いだけはどうにもならない。特に雨の日は最悪だ。埃だけでなく、他人の臭いがいっぱい混じっている。香水、整髪料、吐息、加齢臭、スポーツ新聞、化粧品、生理中の女。人間はもっと嫌い。不機嫌なサラリーマンと疲れたＯＬ。あたしは誰も好きになれない。あたしが好きになれるほどのレベルの高い男はなかなかないし、たとえ好きになってもどうせ裏切られると思うので、その気持ちを持続できない。地下鉄が嫌いな理由はもうひとつある。あたしと会社を繋ぐから。あたしは銀座線が地下に入って行く瞬間、真っ暗な地底に引きずり込まれて、アスファルトの下を這い進む感じがする。

赤坂見附駅で、運よく座る。隣の男が読んでいる書類を覗いた。「プラント」の四文字。同業か。業界何番目のどの会社だろう。男はあたしの視線を感じて、書類の端を折って、見られないようにした。あたしも会社では、机の上に書類で高い壁を作って周りを囲い、誰にも覗かせない。そして、耳栓をして仕事に没頭する。目の前は白い書類の山。横も山。崩さないように積み上げていったら、あたしの頭より高くなった。さらに高くして、天井まで届かせたいと思う。天井には蛍光灯が埋まっていて、あたしの顔色を青く冴えなくする。だから、いつも赤い口紅を塗っていなくてはいけない。口紅とバランスを取るために、アイシャドウも青く。そうなると目と口だけが目立つから、眉も濃く描かなくてはバランスが取れない。どんどんエスカレートするバランス感覚。バランスを取るのは難しい。でも、バランスを取らないと、この国では生きていけない。男に対する憧れと嫌悪。会社に対する忠誠と裏切り。あたしの中のプライドとマッド。泥のことだ。泥がなければプライドが輝かないし、プライドがなければ泥の中で足元を掬《すく》われる。両方あってこそ、あたしという人間が生きていける。

「佐藤様　あなたの立てる音が耳障りでなりません。お願いですから静かに振る舞ってください。みんなが迷惑しています」

今日、こんな手紙があたしの机の上に置いてあった。ワープロの字だ。誰が書いたか、なんてどうでもいい。あたしを邪魔に思う調査室の誰かの嫌がらせに決まってる。あたしは手紙をひらひらさせて、室長のところに抗議に行った。

室長は東大経済学部卒。四十六歳。社内結婚をした短大出の妻と二人の子供。男の手柄は潰し、女の手柄は横取りする悪癖あり。以前、あたしの書いた論文に書き直しを命じておいて、あたしのテーマを自分の論文にちゃっかり流用したことがある。「建設コストにおけるリスク回避」。こんなことは日常茶飯事だ。それを未然に防いで何とか生き延びなくちゃならない。そのためには精神のバランスを保って、自分にとって一番のメリットは何かを見据える必要がある。緊張がなければ物事の本質はわからないし、弛緩がなければ緊張は持続しない。

「室長、手紙が置いてありましたけど、どう処理しましょうか」

室長は最近使い始めたメタルフレームの老眼鏡を掛けて、ゆっくり手紙を読んだ。口許にかすかな嘲笑が浮かぶ。気付いてんだよ、こっちは。

「処理って言われても、これはあなた個人の問題じゃないんですか」

室長はあたしの服装を眺めながら言った。今日は化繊のプリントブラウスに紺のタイトスカート。金メッキの長い鎖を付けている。昨日も一昨日も、その前の日もたぶん同じ。

「でも、個人の問題が組織に還元されてます」

「還元ねえ」

「あたしが本当に耳障りな音を立てているかどうか、そして耳障りというのはどの程度のことを言うのか、きちんと証明してほしいんですけど」

「証明ですか」

　室長は困惑した様子であたしの机の方に目を遣った。書類の山が積み上げられている机。その横に亀井嘉子が座っている。亀井はパソコン画面を覗き込んで、熱心にキーボードを叩く振りをしている。去年の社内改革で、パソコンは副室長以上に一人一台ずつ導入された。勿論、あたしは副室長だから貰えたが、ヒラの亀井は自分で持ち込んだのが自慢なのだ。亀井は、毎日違う服を着てくる。前に同僚から「佐藤さんも亀井さんみたいに、毎日洋服替えて来てくださいよ。見る楽しみが増えるから」と言われたので、「だったら、洋服百着買えるくらいのお給料をあんたがくださいよ」と言ってやったら、慌てて逃げて行った。

「亀井さん、悪いけどこちらに来てください」

　亀井は振り向いて、あたしと室長を見た。顔色が変わっている。急いでやって来る。ハイヒールの音が忙《せわ》しげに響き、仕事をしていた社員が一斉に頭を上げてこちらを窺った。亀井はわざと靴音を響かせて注意を喚起しようとしている。

「何でしょう」

　亀井はあたしと室長を見比べて聞いた。三十七歳のあたしより、五期下の三十二歳。雇用均等法の時代に入社して来た恵まれた女。東大法学部卒を鼻にかけている。しかも服装が派手で、給料の大半を洋服代に遣っているという噂がある。自宅通勤だし、官僚の父親が健在なのだから贅沢ができるのだ。あたしなんか、専業主婦の母親がいて、父親の代わりにずっと働いて家計を支えてきて洋服を買う金なんかない。

「ちょっと聞くけど、佐藤さんの立てる音って周囲に迷惑をかけてますか。唐突な質問で申し訳ないんだけどね。あなた、隣の席だからどうかなと思って」

　室長は手紙を隠して、さりげなく亀井に尋ねた。亀井はあたしを見遣ってから、息を呑み込んだ。

「わたくしもキーボードを叩きますから、ご迷惑をかけているかもしれません。夢中になりますと、結構響くと思いますし」

「いや、あなたのことじゃなくてね。佐藤さんのこと」

「はあ」亀井は困った顔をしたが、その仮面の下に悪意が透けて見える気がする。「そうですね。佐藤さんはいつも耳栓をしてらっしゃるから、もしかするとお気付きになってないと思いますけど。例えば、コーヒーカップを置いたり、書類を広げたり束ねたりする音とか、引出しの開け閉めの音とか、やや激しいかなと感じることはないでもないです。でも、気になってるのではなく、問われたから答えたまでです」

亀井はそう答えてから、すみません、と小さな声で付け加えた。

「それは佐藤さんに注意した方がいいという程度ですか」

「いえ、そんなあ」亀井は慌てて否定した。「だから、今申し上げましたように、わたくしはお隣の席ですから、答える義務があると思ってお答えしただけです。敷衍《ふえん》するような問題ではないと思います」

室長は、あたしの方を向いた。

「じゃ、いいじゃない。あなた、気にしなくても」

室長のやり方はいつもこうだ。組織の長として問題に当たるのではなく、すぐに当事者を作り上げてしまう。亀井は不服そうな顔をした。

「室長、どうしてわたくしが関係するのですか。何のことか、さっぱりわからないのですが」

「あなたが書いたんでしょう」

あたしが激昂して叫ぶと、亀井は何のことを言われているのかわからない、と怪訝《けげん》そうに唇を尖らせた。とぼけるのがうまい。室長が、まあまあ、とあたしに向かって手を挙げた。

「個人的な感覚の問題だから、感覚の鋭敏な人が書いたということにしましょうよ。ね、それでいいじゃないですか。問題を大きくしたって、仕方がないよ」

室長は机上の電話を取り上げ、用事を思い出したかのように内線電話をかけ始めた。さっぱり意味が通じないという演技をして、亀井がしきりに首を傾げながら席に戻って行く。あたしは亀井の横に戻るのも嫌だったので、給湯室に行った。

給湯室では、調査室のバイトとアシスタントの女の子が二人で数人分の茶を淹れていた。バイトはフリーターで、アシスタントは派遣だ。二人共、頭の悪い顔をしているくせに、利発そうに見せる化粧がうまい。ショートの髪を茶に染め、おでこの横でヘアピンで留めている。二人は、あたしの顔を見てこわばった表情をしたから、あたしの悪口を言っていたに決まっている。あたしは新しいコーヒーカップを取り出して聞いた。

「お湯沸いてる？」

「はい」バイトが薬缶を指さした。「今、ポットに入れるところでした」

あたしは自分で買ったインスタントのドリップコーヒーを淹れた。バイトとアシスタントは手を休めてあたしの手許を眺めている。意地悪な視線。湯がこぼれて床に落ちたが、放っておいて席に戻った。亀井が手を休めてあたしに言った。

「佐藤さん、さっき申し上げたこと気にしないでください。わたくしもうるさいと思いますから」

あたしは答えないで書類の壁に埋もれた。朝から四杯目のコーヒー。カップがそのまま置いてある。空いたカップを積み重ねて場所を作る。どれにも赤い口紅の跡。帰りに全部片付ければいい。それが合理的だ。隣の亀井が密やかにキーボードを叩く音がする。あたしは耳栓を奥に捻じ込んだ。亀井は綺麗でも、東大出てても、あたしのような真似はさすがにできないだろうと優越感を感じながら。バッグの中に入っている大量のコンドームを見たら、亀井が何と言うか、考えるだけでも楽しい。


地下鉄が外に出た。渋谷駅。あたしはこの瞬間が好きだ。地底から地表へ。ようやく身内に解放感が溢れ出てくる。さあ、これから夜の街を行く。泥の真っ只中に。亀井の行けない世界に。バイトとアシスタントの女の子もたじろぐ世界に。室長の想像もできない世界に。

道玄坂の雑居ビルの中にあるホテトルの事務所に着いたのは七時少し前だった。事務所はワンルームマンションだ。小さなキッチンとトイレとユニットバス。十畳の洋間にソファとテレビが置いてある。その隅に事務机があって、電話番の男が腰掛けている。男は退屈そうに金髪に染めた髪を触りながら、週刊誌を読んでいる。格好は若いが、三十代半ばを過ぎている。すでに十人くらいの女の子が来ていて、テレビを見て、電話がかかるのを待っている。ゲームボーイをしている者も、雑誌を眺めている者もいる。しかし、今日は雨だ。雨の日は実入りが悪いから、長く待つことを覚悟しなければならない。あたしはここで佐藤和恵から

「ゆりさん」になる。源氏名は一貫して「ゆりさん」だ。高校時代に出会ったユリコという、美しいけど頭の悪い女から頂いた。あたしは床に直接座って、まだ読んでいなかった経済新聞をガラステーブルの上に広げた。

「誰。濡れた傘を中に入れてる人。靴が濡れてるじゃない」

だらしなく灰色のジャージを着て、髪を三つ編みにした女が怒鳴った。化粧をしていないので、眉なしの顔が不気味だけど、三つ編みは化粧をするとちょっと可愛くなるものだから、指名が多くて威張っている。すいません、と謝って、あたしは立ち上がった。傘は表の廊下に出しておかなくてはいけないのを忘れていたのだ。犯人があたしだとわかった三つ編みは、電話番の男にアピールするように怒鳴った。

「あんたの傘が戴っかってたから、あたしの靴、中まで濡れてんのよ。履けなくなったら弁償してくれる？」

あたしは仏頂面で自分の折畳み傘を持って廊下に出た。青いポリバケツが置いてあって、そこに各々傘を突っ込んである。癪に障ったので、帰りに間違った振りをして高い傘に取り替えてやろうと目星を付けた。部屋に戻ったら、三つ編みの女がまだあたしを睨み付けている。

「ついでに言っておくけどね。さっきから新聞広げるバサバサいう音、何とかなんないの。みんなテレビ見てるのにさ。それから、狭いところで新聞大きく広げないでよ。みんなうざいと思ってるんだから。少しは気を遣ったらどう。あんた何か間違ってるよ。自分のことしか考えたことないんでしょう。仕事が欲しいのは同じなんだから、譲り合ってくれなきゃ」

ここでは亀井と違って、皆はっきりものを言う。あたしは不承不承うなずいたけど、三つ編みの嫉妬を感じた。あたしの学歴や一流会社に勤めているということがうすうすわかるのだろう。そうよ、あたしは昼間は堅気なんだから、Q大出てるんだから、難しい論文書いてるんだから、あんたらと違うんだから。そうは思っても、夜の世界は女の魅力一本だ。三十五歳を過ぎた頃から、そろそろ駄目かなと焦りを感じないでもない。男は欲が深い。学歴も欲しければ育ちのよさも欲しいし、美しい容貌も、従順な性格も、肉体も、何もかもが欲しいのだ。その中で生きていくのは大変というより、本当は馬鹿馬鹿しい。とにかくメリットを探して合理的に生きていかなければならない。あたしのメリットはバランスを取りつつ、金を稼ぐことだ。いつからこんな考えになったんだろう。ふと思い出しそうになったが、あたしは忘れるために経済記事に集中した。

電話が鳴った。あたしは電話番の男を見つめた。仕事を回してほしいからだ。が、指名は三つ編みだった。三つ編みはテーブルの隅に鏡と化粧道具を出して化粧を始めた。他の女たちは、自分に指名が入らないかと期待しながら、相変わらずテレビを眺めたり、マンガを読む。あたしも何食わぬ顔で、買ってきたコンビニ弁当を急いで食べた。そして、新聞を読み、気になった記事をスクラップした。三つ編みが髪を解いて真っ赤なミニドレスに着替える。まっすぐな太い脚。大きなお尻。デブ。あたしは顔を背けた。肉が付いた体は醜い。

十時近くになっても、次の電話が入らない。三つ編みはとっくに帰って来ていて、くたびれた様子で床に寝そべってテレビを見ている。部屋中に諦めの気持ちが蔓延していた。今日は駄目かもしれない、という暗い気分だ。電話が鳴った。皆が耳をそばだてる中、電話番が困った顔で電話の保留ボタンを押した。

「自宅出張。五反田のアパートで風呂なしだって。行ってくれる人いますか」

若いだけが取り柄の、馬面の女が煙草に火を点けた。

「すみませーん。あたしはお風呂がないのだけは勘弁ですう」

三つ編みがスナック菓子の袋を破いて同調した。

「図々しいんだよ、大体。風呂もないのに女を呼ぶなっていうんだよ」

怒りの声があちこちから出る。

「じゃ、断ろうか」と言って、電話番があたしをちらりと見た。あたしは立ち上がった。

「あたし、行ってもいいです」

「ゆりさん、行ってくれる？　じゃ、受けるからね」

電話番がほっとした顔をしたが、電話で客にＯＫを出した後、一瞬せせら笑いを浮かべているのを目撃した。事務所として感謝はするものの、個人的にはあたしを侮蔑している、と感じるのはこういう時だ。あたしのような歳のいった女は悪い客に割り振って急場を凌ぎ、トラブったらクビにしようとしているのだ。悔しいが、これがあたしの直面する現実だ。お金を稼ぎたかったら我慢するしかない。

あたしが持参した鏡の前で化粧直しを始めると、女たちが白けた顔をした。風呂なし男のところになんかよく行くよ、と思ってるのだろう。冗談じゃない、まだ甘い。男と渡り合うには、相手のデメリットを利用しなくてはならない。風呂なしの男なら、風呂なしのデメリットを金か時間で払ってもらわなくちゃ損。あたしを笑う女たちも、三十七歳になってみればいい。あそうしたらよくわかるだろう。あたしは女たちには意地を張った。

あと三年。四十歳で、あたしはこの世界から身を引くつもりだ。年齢的な限界が迫っている。ホテトルが駄目なら、熟女専門、あるいは自分で交渉する直引《じかび》き。それが嫌なら身を引くしかない。だが、夜の解放がなくなったら、あたしの昼間の世界も崩壊するかもしれない。それが怖い。怖いけれども生きていかなくてはならないのだから、気持ちの揺れが一番の邪魔者だ。バランスを取らなくては。もっと強くなりたい。

狭いバスルームで青いミニのスーツに着替えた。東急本店のバーゲンで八千七百円の品だ。長髪のカツラを被る。腰まであるロングヘア。カツラを被ると、何でもできるような気がする。佐藤和恵から「ゆりさん」へ。電話番から客の住所と電話番号を書いた紙を受け取り、表に出た。ポリバケツの中の、三つ編みのものらしい長い柄の付いた洒落た傘を選ぶ。タクシーに乗って、男の住居に向かう。

客のアパートは、五反田の線路沿いにあった。タクシーに料金を払って、領収証を貰う。ホテトルによっては、運転手が送り届けるところもあるが、あたしの事務所は交通費を後で精算することになっている。ミズキ荘、二〇二号室、田中宏司。ミズキ荘の外階段を上がり、二〇二号室をノックする。

「あ、悪いねえ」

六十歳近い肉体労働者風の男がドアを開けた。陽に灼けた顔。ごつい体。部屋は黴《かび》と焼酎の臭いがする。あたしは素早く室内を覗いて、他に男がいないか確かめた。ホテルだったら指定したラブホテルに入ってもらうから心配はないが、自宅出張の時は入る前に気を付けないと危ない。ある女の子の場合、次々に男が現れ、結局、四人の男に輪姦されたという。一人分の料金で四人とセックスするなんて、割が合わなさ過ぎる。

「あんたには悪いけど、もっと若い子が来ると思ったなあ」

あたしの全身を無遠慮に眺めた挙句、田中が嘆息した。家具はすべて安物。この暮らし振りでは、ホテトル嬢と遊ぶ贅沢など滅多にできないことだろう。あたしはトレンチコートを羽織ったまま、田中に返す。

「あたしももう少し若いお客さんだと思ってた」

「ま、お互いさまってことかな」

田中は諦めた風に冗談めかしたけど、あたしはにこりともせずに部屋を眺め回す。

「お互いさまじゃないよ、おじさん。ここ、お風呂ないんでしょう。そんなとこに誰も来ないわよ。あたしは人助けだと思って来たの。感謝してよ」

弱みを衝《つ》かれた田中が恥じ入って目尻を掻いた。最初から高飛車に出ないと、この手の男は駄目だ。図に乗られて苦労するのはこっちだ。あたしは部屋に入って、まず電話をした。到着したことと、問題はないということを事務所に報告する義務がある。

「もしもし、ゆりです。今着きました」

電話番が男に代わるように促した。田中が出る。

「この人でいいよ。まあ、文句ないってことはないけど、風呂がないから仕方ないやわ。今度はもっと若い人頼むよ、兄ちゃん」

厚かましさに目が眩む思いがする。が、あたしは慣れているから傷付かない。むかついた分だけ手早く済ませて、田中から金をせびり取ろうと攻撃的な気持ちが強くなる。

「おじさん、仕事何してるの」

「え、いろいろ。工事関係」

「言いたくないんだ」

どうせ工務店か何かで働いているのだろう。あたしなんかゼネコンの副室長よ、年収一千万よ。心の中で声が高まる。攻撃的な気分が続いていて、それは優越感となって田中を軽んじている。受身で弱気の客は、娼婦も楽しめることがある。

「世間話なんかいいよ。あんたを時間で買ってるんだし」

田中は時計を見ながら言った。とっくに敷いてある煎餅布団。万年床で不潔なのだろう。あたしは萎《な》える気分を奮い立たせる。

「おじさん、あそこ洗った？」

「洗ったよ」田中は流し台を指さした。「さっき丁寧に洗っといたから舐めて」

「本番だけよ」あたしは適当にあしらって、バッグの中からコンドームを取り出した。「これ、着けて」

「いきなりで、できるかな」

田中は不安そうにつぶやく。

「できなくたってお金は貰うわよ」

「冷たいね」

あたしはトレンチコートを脱いで丁寧に畳んだ。胸のところに雨水の染みがまだ残っていた。唾を付けて指で擦《こす》る。

「おねえさん、そこで服を脱いでみてよ。ストリッパーみたいにこうやって」

田中は品を作って伸びたTシャツを脱ぎ、作業ズボンをずり下げて見せた。男って最低だ。白い陰毛の中に萎《しな》びた性器が見える。サイズが小さいので助かった。大きい男は後で痛いから嫌。だけど、あたしはやんわりと拒絶する。

「そういうことはできないのよ。あたしは本番だけなの」

あたしは素早く下着を脱いで煎餅布団に横たわった。あたしの裸を見て、田中は性器を擦り始めた。その間、二十分。あたしは傍らに置いた腕時計で帰りの時間を確かめている。あと、一時間十分あるけど、五十分程度で誤魔化して帰りたい。

「悪いけどさ、ちょっと股広げて、見せてよ」

田中の懇願に少しだけ応えてやる。田中はおとなしいし、気が弱いから、このくらいはしてやっていいだろう。あんまり冷たくして逆ギレされても困る。それに、見ず知らずの男かと思うと、逆に大胆なこともできるのが不思議だ。池袋でホテトルの女が客を殺した事件があった。正当防衛にならなかったのが不思議な、いかにもありそうな事件だった。客は女を縛り上げてビデオに撮ったり、ナイフを見せて「殺してやる」と脅したのだ。女がどんなに怖かったか、あたしにはよくわかる。あたしはそんな目に遭ったことはまだないけど、いつ異常者に会うか知れない。怖いけれども、死なないならば会ってみたくもある。ひりひりするような恐怖が、生きている実感と背中合わせだということを、あたしは夜の世界で学んでいる。

ようやく勃起した田中が焦りから手を震わせてコンドームを着けている。手伝ってやることもあるのだが、風呂なしの田中には絶対にしてやらない。田中がいきなりあたしに抱きついてきた。胸を不器用にまさぐる指ががさついて痛い。

「痛いよ、おじさん」

ごめん、ごめんと謝りながら、田中はあたしのあそこに性器をあてがった。早くも萎えているので、時間がかかりそうだとうんざりする。仕方なく指で勃起を手伝ってやった。やっと性交できて十分。年寄りは遅いから嫌。田中は果てた後、しばらく横に寝転がって、おずおずとあたしの髪を撫でた。

「ねえさん、俺、久しぶりだよ」

「よかったね」

「やっぱりセックスっていいね」

あたしは毎晩やってるよ。相槌を打つのも面倒になり、起き上がった。寝床に取り残された田中が、落胆した顔で言った。

「あんた、少しは枕話ぐらいしてくれなくちゃ。風情ないでしょう。昔の女郎は皆そうだったよ」

「いつの時代の話よ」あたしは笑ってティッシュで拭き取り、下着を着ける。「おじさん、幾つなの」

「俺は六十二になったばかり」

その歳でこんな生活か、とあたしは部屋を見る。六畳一間の侘しいアパート。今時風呂もなく、外便所の生活。あたしはこういう人生の終わり方だけはしたくない。でも、あたしの父が生きていたら、このくらいの歳なのかともう一度田中の顔を見た。白髪混じりの頭髪、肉の落ちた体。学生時代は自分のことをファザコンだと思ったこともあるが、遠い昔だ。父親と同じ年頃の中年男とほぼ同年齢になってしまった。

「おめえ、馬鹿にすんなよ」

突然、田中が怒鳴ったので驚いた。

「なんで。馬鹿になんかしてないよ。何言ってるの」

「おめえ、今俺のこと馬鹿にして見てただろう。俺は客なんだからな。おめえなんか、ただの淫売じゃねえか。それも三流の淫売だよ。歳食ってるし、裸になったってがりがりでおっ立ちゃしねえ。頭に来んなあ」

「悪かったわね。言っとくけど、あたし馬鹿になんかしてなかったわよ」

あたしは急いで服を着た。怒った田中に何をされるかわからない。何しろ、ここは田中の自宅なのだ。包丁でも取り出されたらことだ。早く機嫌を収めて、金を貰わなくてはならない。

「もう帰るのかよ。頭に来んなあ」

「また呼んでよ。こっちも不景気だしね。今度サービスするから」

「サービスって何だよ」

「舐めてあげる」

田中はぶつくさ言って、緩んだブリーフに片足を突っ込んだ。時計を見る。あと二十分以上あるけど、中途半端なので帰りたい。

「二万七千円いただくわね」

「二万五千円って書いてあるじゃねえか」

田中は手許のチラシを確認する。老眼らしく、醜く目を細めている。

「言いませんでした？　お風呂がないと二千円高くなるのよ」

「だって、洗ったよ。何の文句があるんだ」

あたしは説明するのも面倒なので首を振っただけだ。知らない男の性器を体に入れたのだ。洗い流したいに決まっている。男というのはどこまでも自分中心にしか考えない。田中が不服そうに言った。

「高いんだよ」

「じゃね、おじさん。二万六千円でいいわよ」

「わかった。おいおい、まだ時間あるじゃねえか」

「二十分でもう一回やりますか」

田中は舌打ちして財布を取り出した。三万貰って釣りの四千円を渡す。気が変わらないうちに帰ろうと靴を履いた。外に走り出て、タクシーを拾った。まだ雨が降っている。雨水を跳ね飛ばして走る車中で、苦いものを反芻する。物扱いされる痛み。でも、それがいつしか甘味に変わることもある、という予感。あたし自身が物になってしまえばいいのだ。そうなると、会社でのあたしが邪魔になる。会社でのあたしは物ではなく、佐藤和恵なのだから。事務所に帰る途中、少し前で降りて歩き、タクシー代を二百円ほど浮かせた。行きの領収証で二倍の料金を精算してもらえばいい。

円山町にあるお地蔵様の前でマルボロ婆さんを見た。マルボロ婆さんというのは、いつもぺらぺらの白いマルボロのロゴ入りジャンパーを羽織っている女のことだ。事務所でも有名な女で、年の頃は六十前後。頭がおかしいのか、始終、地蔵の横に立って男に声をかけている。今日は雨なので白いジャンパーが濡れそぼり、下に着ている黒い下着がくっきりと透けて見えた。客なんか一人も通らないのに、相変わらず幽霊のように地蔵の横に立っている。娼婦を続けていると、最後はああなってしまうのだろうか。ホテトルもクビになったら、自分で客を引くしかないのだから。あたしは恐怖に近い思いを押し殺し、マルボロ婆さんの後ろ姿を凝視した。

事務所には十二時前に戻ることができた。女の子たちは、今日は実入りが悪いと思ったのか、ほとんどが上がっていた。残っているのは、三つ編みと電話番の二人だけ。一万円を電話番に手渡し、千円をお菓子代として供出する。事務所でお菓子や飲み物を買う時の足しにするためだ。それは客が付いた女の義務だ。田中から千円余計に貰ったお蔭で、お菓子代が無料になった。ほくそ笑んでいると、電話番があたしを上目遣いで見た。

「ゆりさん。さっきのお客さんから電話あったよ。あんたが二万六千円取ったって。話が違うってえらい怒ってた。風呂なしだから特別ですって誤魔化しておいた」

「すみません」

あのオヤジ、チクったんだ。田中の気弱そうな顔が頭に浮かび、猛烈に腹が立った。今度は三つ編みがあたしに詰め寄った。

「あんた、あたしの傘持って行ったでしょう。あんたが帰るまで待ってたんだからね。人の物、勝手に使わないでよ」

「あ、ごめんなさい。ちょっと借りました」

「ごめんなさいじゃないでしょう。復讐とかいう奴なんじゃない」

すみません、すみません、と謙虚な振りをして謝り通す。三つ編みは「お疲れー」とふて腐れて帰って行く。あたしも終電に間に合わないので、さっさと帰り支度を始めた。

渋谷発十二時二十八分の井の頭線最終の富士見ヶ丘行きに乗った。明大前駅で京王線に乗り換える。そして千歳烏山駅で下車。十分ほど歩いて自宅に帰る。一日中雨降りだから、気が滅入る。あたしは何をしているのだろう、と雨中で立ち止まった。今日は夕方からずっと事務所に詰めていて、たった一万五千円の上がり。毎週二十万は貯金したいと思って頑張っているのだが、なかなか目標額には達しない。一カ月で八十万から九十万。一年で一千万。そしたら、四十歳までに一億円は貯まるはずなのに。貯金という目標は楽しい。

やればやるだけ、目に見えて貯まるから。そう、勉強に似ている。

2

×月×日

渋谷、ＹＹ、一万四千円。

渋谷、ＷＡ、一万五千円。

Ｑ女子高時代、木島君という男の子を好きになったことがある。生え抜きのＱ学園一家で生物教師の息子。一学年下の、繊細な顔をしたクールな男の子。あたしは手紙を書いたり、待ち伏せしたりした。今から思うと、どうしてあんな無駄なことができたのか、まったくもってわからない。あたしは少しでも木島君に好かれたくて努力したのだけれども、木島君はユリコという綺麗な同級生といつも一緒だった。ユリコの姉はあたしと同級で、ユリコとは似ても似つかない地味な女。友達は皆、そいつの悪口を言っていた。あの人はブスのくせにすぐにハーフだって自慢するのよ、ちょっと頭が変、あんな綺麗な妹がいるんじゃおかしくなるのも無理はないよねって。

高校に入って女子部と男子部に分かれてからも、放課後になると木島君は必ずユリコを迎えに来た。そして、二人でどこかに行ってしまう。あたしは悔しくて、勉強ができることで二人を見返してやろうと思った。自分の価値は自分で高めなければならない、と父が言ったから。やればやるだけ報われる、と父があたしに示してくれたから。

あたしが、希望通りＱ大学経済学部に入った時、二人は退学処分になった。いい気味だった。あたしは後で退学の理由を知った。嫉妬に駆られたユリコの姉が密告したのだ。不純異性交遊。つまり、ユリコは高校生でありながら、男と寝て金を取っていたというわけ。あたしは父の言うことは正しいと思った。あたしみたいにこつこつやっている者が、ユリコみたいな生まれつき派手でちやほやされる女に勝てるんだって。

でも、奇妙なことに、今のあたしはユリコの道をなぞっている。昼間は仕事のできる会社員をやり、夜はユリコと同じことをしている。ユリコだって、昼間は真面目な高校生で、クラブ活動も熱心にやってたのに、夜は商売に励んでいたのだから。どうしてあたしは同じことをしているのだろう。父は間違った人生をあたしに教えたのか。あたしは古ぼけたピアノの上に飾ってある父の写真を眺めた。遺影にも使った写真だ。社屋をバックに、ばりっとしたスーツを着て堂々と立つ厳《いか》めしい表情。あたしは父が好きだった。なぜなら、父があたしを一番大事にして、可愛がってくれたからだ。誰よりもあたしの能力を認め、あたしが女に生まれたことを残念がってくれた。

『和恵はこの家の女の中で一等頭がいいね』

『お母さんは？』

『お母さんは家に入ったから、もう勉強しなくなっちゃったんだ。新聞も全然読んでないだろう』

父はあたしに共犯者のように囁いた。日曜のことで、母は庭で花の手入れをしていた。あたしは中学生で、高校受験を控えていた。

『お母さんだって新聞読んでるわよ』

『三面記事とかテレビ欄だけだよ。経済欄とか政治欄なんか見てないよ、わからないんだもの。和恵も一流会社で働くといい。頭のいい男に出会って刺激を受けるから。和恵は結婚することないよ。この家にずっといるといい。その辺の男なんか問題にならないくらい、頭がいいんだから』

結婚して家に入ると女はみんな馬鹿になるのだ、とあたしは思い込んだ。それだけは避けなければならない。もし、結婚するとしたら、頭のいいあたしを認めてくれる、より頭のいい男とするしかない、と思った。その頃は、頭のいい男が必ずしも頭のいい女を選ぶとは限らないことを知らなかったのだ。あたしは、うちの両親があまり仲が良くないのも、母の頭が悪く、努力をしないせいだと考えた。その母は、表面では父を立てながらも、父のことを田舎者だと馬鹿にしていた節がある。

『お父さんって、あたしと結婚した時、チーズも知らなかったのよ。あたしが朝食に出したら、これは何だ、臭いから腐っているって真顔で言うのよ。驚いたわ』

母が笑って言ったことがある。その笑いには蔑みが含まれていた。母の家は代々東京で官僚や弁護士を輩出し、父は和歌山の田舎町の出身で苦学して東大に入り、会社になくてはならない経理畑を歩いたのだ。父は勉強、母は家柄、それぞれ互いに自慢していた。

あたしは何だろう。Q大卒であること、一流会社の総合職であること、痩せてスタイルがいいこと、あるいは男にもてること。すべて持っていることが一番かっこいいと思う。昼間は仕事のできる一流会社の会社員で、夜は男にもてる娼婦。スーパーマンみたい。新聞記者なのにスーパーマン。誰も知らないもうひとつの顔。夜はもう一人の違うあたし。そんなことを考えて、あたしはいつの間にかにやにやしていた。母の叱声が飛んだ。

「和恵、こぼしてるわよ」

あたしは夢想しながら、コーヒーをぼたぼたこぼしていた。化繊のスカートに茶色の染みが出来た。母が台布巾をあたしの方に投げて寄越したので、それで拭く。でも、染みは広がるだけで取れなかった。染みは出来てしまったら、もう取れない。あたしは諦めて傍らの新聞を引き寄せた。

「スカート取り替えたら」

母があたしの方を見ずに言った。母が片付けているのは、妹の朝食だ。トーストと目玉焼き、コーヒー。母は妹のために朝食を作る。妹はメーカーに勤めているのでとっくに家を出たが、あたしはフレックスタイム。コアの時間帯は九時半から四時半までだから、八時半過ぎに出ればいい。

「いいよ。紺だから目立たないでしょう」

母の大袈裟な溜息が聞こえたので、あたしは顔を上げた。

「何よ」

「少しは服装に構ったらどう。何日も同じ格好してる」

あたしはかっとした。

「あたしのことなんか、放っておいてよ」

母は一瞬沈黙したが、喋りだした。

「言いたくないけど、言わずにおれないわよ。あなた、最近遅いけど何をしてるの。お化粧濃いし、すごく痩せてるし、ちゃんと食べてるの」

「食べてるわよ」

あたしはギムネマの錠剤をばりばり嚙んで、コーヒーで流し込んだ。ギムネマは近頃凝っている痩せ薬だ。果物の成分が体内の余分な脂肪を流すという触れ込み。コンビニで売っているのを買って、朝食代わりにする。

「それ、お薬じゃない。ちゃんと食べないと体が参るわよ」

「あたしの体が参ったら、お母さんの懐にお金が入らないって仕組みだものね」

厭味を聞いて、母はまた大きく嘆息した。次第に、婆さん臭くなる。髪が薄くなったし、目と目が離れた魚みたいな顔が、ますますヒラメのようだ。母はこう言った。

「あなた怪物になってきた。気味悪いわ」

あたしは素知らぬ顔で新聞を読み続けた。あと十分ほどで会社に行かなくちゃならない時に、どうしてこんな話をされなくちゃならないのだ。効率が悪い。メリットがない。そうだ、母という存在は何のメリットもない、とあたしは突然気付いた。目を上げて母を見る。

「どうしたの」

母は新聞に挟まれていた広告紙を折り畳んで鋏で切り、電話の横に置くメモ用紙を作っていた。何十年もケチな生活を続けるとこうなるのだ。以前は家柄を誇っていた母も、家にお金を運んでいた父がいなくなったら、ただの吝嗇《りんしょく》婆あだ。

「あたしのどこが怪物」

「考えたくないけど、毎晩何をしてるのか想像したら、頭が変になりそう。その痣《あざ》は何」母はあたしの両手首にある痣を指さした。「何か変なことしてるんじゃないの」

「時間だ」

あたしは腕時計を見て立ち上がった。新聞をテーブルに叩き付ける。母が両耳に手を当てたので怒鳴ってやった。

「うるさいって言うの？　そのぐらい、我慢しなさいよ。あなたはあたしのお金で暮らしてるんだから仕方がないでしょう」

「何が仕方ないの」

「あたしが何をしようとあんたは何も言えないってことよ」

あたしは言い放ってからさすがにはっとした。父と同じ会社に入った頃は、母や妹を食べさせることが誇らしくてならなかった。でも今は重荷という事実。父は自宅の風呂場で倒れていたのだ。早く発見できたら助かったかもしれない。あたしの中に、家に母がいたのにどうして、と責める気持ちが消えてなくならない。先に寝《やす》んだ母が悪い、と。父が死んだ当初は、父の代わりにあたしが大黒柱としてこの家のために働くのだという気負いがあった。あたしは家庭教師のアルバイトをたくさん入れて、毎日駆けずり回った。なのに、この人は何もできなかった。あのいじましい草花の世話をするだけ。粗大ゴミ。デメリットだらけの女。あたしは軽蔑の目で母を見た。

「早く行かないと遅刻するわよ」

母はあたしの目を見ずに言った。早く消えてよ、という表情。あたしはトレンチコートを羽織り、ショルダーバッグを肩に掛けた。玄関まで母は見送らない。あたしが稼いでいるのに、父と同じようにはしてくれない。あたしは埃まみれの黒いパンプスを履き、家を出た。疲れて体が重い。睡眠不足。駅まで歩く途中、手首の痣を見た。昨夜の客がＳＭ趣味で、あたしは両手首をきつく縛られたのだ。そういうこともたまにはある。だから、あたしは一万多く取った。「変わった趣味なら一万円プラスでいいわよ、やったげる」と。

会社では眠くてたまらず、会議室の机の上で寝た。床に横たわるわけではないのだからいいだろうと仰臥《ぎょうが》して眠る。誰かがドアを開けてあたしが寝ているのに気付き、慌てて出て行った。後で何か言われると思うが、どうでもいい。

一時間ほど寝て席に戻ったら、隣の亀井がさっと紙を隠すのが見えた。わかっている。懇親会の知らせだ。あたしが一度も出席しないのを知って、もう誰もあたしには知らせてこない。でも、あたしは亀井に嫌がらせをしたくなり、「それ何」と聞いた。亀井は覚悟を決めたみたいに紙を差し出した。

「佐藤さん、どうされますか。来週、懇親会があるんですけど」

「いつなの」

「金曜だそうです」

その瞬間、調査室内の空気が止まった気がした。みんな、あたしがどう反応するか窺っている。あたしはちらりと室長を見遣った。室長はパソコンに向かって何か打ち込んでいる真似をしている。

「やめとくわ」

途端に空気が溶けて流れ出した。そのくらいのことはあたしにもわかる。亀井がおずおずと言った。

「そうですか、残念ですね」

亀井の服装は派手だ。今日も、ぴかぴか光る生地のパンツスーツに真っ白なシャツを着て襟元をはだけ、中に金のアクセサリーを付けている。うちのような地味な会社では浮くけど、外に出ればキャリアの顔ができると思っているのだ。そんなもの、夜のあたしに比べれば。あたしはまたしても優越感が湧いてくるのを感じた。

「あのう、佐藤さんは懇親会に一度も出たことないんですか」

亀井が突然逆襲してきた。あたしは書類の壁に頭を突っ込んで答えなかった。耳栓を奥に捻じ入れた瞬間に、亀井が余計なことを言ったとばかりに謝ったのが聞こえた。

「すみません」

新入社員の時、懇親会に出たことが一度だけあった。総勢四十人ほどだっただろうか。会社の側の居酒屋で行われるというので、あたしはそれも仕事の内だと思って出席した。先輩社員の他に、新入社員が十人ほどで、四大卒はあたしと同期の女の二人だけ。

そもそも四大卒の女は極端に少なかった。百七十人の新入社員中、たったの七人。総合職という名称も職制もなかったが、あたしたち四大卒の女は男と同じ働きをするように要請されている、と思っていた。中でも、あたしは亀井とそっくりな東大卒の女と一緒に調査室に入れられたから、優秀な人材と目されていたのだと信じて疑わなかった。女は山本という名だったはずだが、定かではない。五年も経たないうちに辞めてしまったからだ。でも、あたしは死んだ父に代わって、同じ会社で一生働くのだ、と決意していた。あたしの学んできた知識、あたしの培ってきた教養が、会社でも生かされると思っていた。

懇親会で目にしたのは、酔うほどに乱れる先輩や同期たちの姿だった。とりわけ衝撃だったのが、男性社員による女性新入社員の品定めだった。品定めの対象は、ほとんどが短大卒のアシスタントたちで、あたしともう一人の東大の女は茫然とその喧噪の中に座っていた。他にも若い女性社員がいたが、慣れているのか嬌声を張り上げて一緒になって笑っているのだ。やがて男性社員全員による人気投票が始まった。

「一緒に海に行くのは誰がいい」

五期先輩の男が音頭を取り、課長や室長までが挙手で票を投じた。結果、設計部のアシスタントをしている女の子が選ばれた。一緒にライブに行くなら、一緒に公園を散歩するなら、と次々にシチュエーションが変わる。最後が「結婚するなら誰」というものだった。満場一致で選ばれたのは、控えめで性格がよいとされている営業補佐の女の子だった。

「やれやれ」

東大の女があたしの方を振り向いて同意を求めた。

あたしは何も答えず、ただこわばってぺちゃんこの座布団に座っていた。幻想が崩れていく。仕事ができるはずの男たちは、酒を飲むとこんなことをしているのだ、という思い。

「ここにまだいますよ」

同期の男があたしたちを指さした。

「山本さんはどうだ」

男たちが、滅相もないと怖《お》じる真似をした。

「山本さんは頭がいいからな。負けちゃうものな」

男たちがどっと笑った。山本はつるりとした顔の、近寄り難さを感じさせる美人だった。山本は冷ややかに肩を竦《すく》めた。

「じゃ、佐藤さんはどうだろう」

同期の一人があたしを名指した。同じ調査室の先輩が酒に酔った真っ赤な顔で答えた。

「佐藤さんはやばい。だって、コネ入社だもの」

あたしは実力で入社したと思っていた。しかし、世間はそうは見てくれない。あたしは誰にも認められない自分というものを、生まれて初めて発見したのだった。

3

勝ちたい。勝ちたい。勝ちたい。
一番になりたい。尊敬されたい。
誰からも一目置かれる存在になりたい。
凄い社員だ、佐藤さんを入れてよかった、と言われたい。

でも、たとえ一番になったって、仕事は外から見えにくい。数字で表される営業ならともかく、あたしの仕事は研究論文を書くことなのだから、あたしの優秀さが伝わらない。苛々する。どうしたら、あたしの能力を会社の人間全員に認めさせることができるだろうか。懇親会の席で、先輩から「コネ入社」と言われたあたしは、会社の中で目立つ方法をあれこれ考えたのだった。

とりあえずは同期の山本を抜くことだった。百七十人の新入社員のうちの七人。あたしたち四大卒の女は、「荒野の七人」などと揶揄されて、とかく注目の的だった。誰が言ったか知らないが、「荒野」とはよく言ったものだ。なぜなら、あたしたちが行くのは男が築き上げた、男しか存在しない世界であり、後続の女も見えない、女にとってはまったく前人未踏の「荒野」なのだから。

　全社員があたしたちを注視している。あたしは視線を感じて張り切った。でも、社員の関心と期待が集まっているのは、偏差値的に一番いい大学を出ている山本であることは明白だった。山本は優等生の典型で、顔も綺麗なら、何でもそつなくこなせる。ならば、何としても仕事で成果を上げなくては意味がない、とあたしは焦った。

　あたしは常に山本の動向を気にした。山本がスーツを新調すれば、どこで買ったか聞いて、あたしも買いに行った。山本が考え込む時によくやる、額に指を当てる仕草を真似した。会議で山本が質問した時は、あたしもすかさず手を挙げた。上司が山本一人を呼んで話していると、気になって仕事が手に付かなかった。あたしに内緒で仕事を頼んでいるのではないか、こっそり一人だけ褒め上げているのではないか、と。

　山本に抜け駆けさせてはならない。しかし、山本はいつもほんの少しだけ、あたしの先を行く。山本はあのミツルによく似ていた。さほどの努力をしなくても何でもできて涼しい顔をしている。憎たらしい女。顔立ちも悪くないし、気さくで、お茶汲みも厭わない。話の輪にも入っていける。女性アシスタントたちの受けもよかったので、あたしは悔しくてならなかった。あたしはお茶汲みを拒否していたから、山本の態度が「荒野の七人」に対する裏切りに感じられたのだ。当時、総合職という言葉も概念もなかったものの、山本には「荒野」にいる者としての矜持と意地がなさ過ぎた。なのに、皆の注目を浴びるのは不公平だ。

　ある日、あたしは給湯室の前で足を止めた。山本が大きな盆に載せた三十個近い湯飲みを次々に洗っていた。調査室全員のお茶を淹れるお茶当番らしい。お茶当番を無視していたあたしは、山本を詰《なじ》った。

「山本さん、どうしてあなたがお茶汲みするの。あたしたちはそんなことのために雇われたんじゃないでしょう」

「あら、佐藤さん」

　手首に被さってくるブラウスの袖を懸命にまくり上げながら、山本は振り向いた。

「仕方ないわよ。あたしがしなきゃ、あの子たちが代わりにするんだもの。そういうの嫌じゃない」

「させときゃいいでしょう、それしか仕事がないんだから。あの子たちって、寄ると触ると、男の噂話か、服と化粧のことばっか。やってらんないわよ」

「そうかな。あたしはああいう風に生きたい、と思うことあるな」

山本が後ろを窺った。給湯室の前の廊下をちょうど、アシスタントと呼ばれる女子社員たちが数人通りかかった。当時、女子社員は制服を義務付けられていた。紺色のベストスーツに白い長袖ブラウス。冬はその上に同色のカーディガンを羽織り、夏はパフスリーブの半袖になる。あたしたち七人は私服を許されていたから、その差は一目瞭然だった。女子社員たちは昼食の弁当の買い出しから戻って来たのか、各々レジ袋を提げて楽しそうに喋っていた。あたしは軽蔑の笑いを洩らした。

「どこがいいの。べたべたして学校の延長みたい。安いお給料でコピーを取らされたり、お茶を汲んだり、永久に補助の仕事しかできないじゃない。あたしは違うわ。あたしは仕事して生きていくんだもの。それにあたしはあなたのように恵まれてないの、母親と妹の生活費を稼いでるんだから」

「そうよね」山本が手を止めて溜息を吐く。「あなたは偉いわよ」

「それ厭味？」

「まさか」山本は意外だというように、形のいい眉を顰《ひそ》めた。「本気で思ってるのよ。あなたは頑張ってる。でも、あたしはこの会社が嫌になっちゃったわ。どうして、あたしたちだけがみんなの注目を集めなくちゃならないの。毎日、飲み屋で噂になってるわよ。あいつらがああした、こうしたって。だから女は駄目だ、とけなされたり、なかなか悪くないよ、と持ち上げられたり。そういうのって疲れない？」

あたしは首を振った。山本の気弱さに驚いたのだ。

「疲れるどころか、もっと頑張りたいわ」

山本はあたしの顔を見つめた。

「そう言い切れるあなたが羨ましいわ。あたしはアシスタントみたいに気楽に勤めたい。そして時期が来たら、こんな会社辞めたい」

「せっかく入ったのに？」

山本はうなずいた。

「確かに友達はうちの会社の名前を出すと羨ましそうな顔をするわ。よく入れたわねって。建設は好景気だし、うちの会社は業界ナンバーワンで海外でも有名だしね。お給料だって高い。仕事もその気になれば凄いことやらせてもらえると思う。だけど、あたしは虚しいのよ。あたしたちに担わされているものって重過ぎるんだもの。男以上に働いて、女の仕事もして、両方に気を遣ってくたびれて。だけど男にはなれないのよ、一生。何か変じゃない、これって。だって、あたしは男になんかなりたくないの。ただ仕事したかっただけなのに、このままじゃ擦り切れちゃうよ」

山本は大きな急須からそれぞれの湯飲みに手早く茶を注いだ。寿司屋で貰った魚の名が書いてある大きな湯飲みは室長のだった。女子社員のはディズニーやスヌーピーなどのキャラクターが付いている子供っぽいマグで、男子社員は妻が買って来た夫婦茶碗の片割れらしい、つまらない色や形の物が多かった。

「だから、結婚しちゃおうかな、と思うことあるわ。専業主婦になって、地味だけど気楽に生きていければって」

「相手がいるの？」

あたしはかすかな敗北感を感じながら言った。またひとつ先んじられた、という感覚。彼氏がいること。あたしは男なんて一生要らないと思っているわけではない。どう接していいかもわからないし、男性社員の方でもあたしを敬遠しているのを知っているから、興味を見せるのが癪なのだった。それと、山本ほどの女が専業主婦願望があることへの軽蔑もあった。あたしの質問に山本は答えず、曖昧な顔で微笑んだ。あたしはその笑いが高みに立っているように感じられてならない。

「ここで結婚して家庭に入ったら負けじゃない。頑張らなくちゃ」

「そうかなあ」山本は長い首を傾げた。「頑張りたくなくなっちゃった。だって最初から負け戦なんだもの。会社って、あたしたちを試しているだけって感じがする。試されるだけって屈辱じゃない。だったら、自分の幸せを考えて生きていく方が勝ちってもんじゃないかな。彼氏もそう言うしね」

山本の現実適応能力はあたしより高かったのだ。でも、当時のあたしはそうは思えなかった。山本が脱落するならしめたものだ、と考えたし、早々と敗北宣言することへの侮蔑もあった。

山本があたしに心を開いたのは、その一瞬だけだったと思う。後は、いつも通りのクールな優等生に戻ってしまったから、あたしに言ったことも本気だったかどうかわからない。もしかすると、心にもないことを言って、あたしをも試したのかもしれない。それほどあたしたちの戦争は熾烈を極めていたのだ。対男性社員、対アシスタント、そして仲間の七人に対しても。それが荒野にいるということだった。

山本が英検の一級を持っていると聞いたあたしは、早速英検の勉強を始めた。猛勉強の末、一年後には一級合格を勝ち取った。だが、英検一級を持っている者など、会社には珍しくもない。まだ足りないと感じたあたしは、メモはすべて英語で取ることにした。日本語を英語の構文に置き換えて書くのだ。これは効果があった。皆が目を丸くして感心してくれた。あたしは自分の成果に満足だった。

またある時は、新聞に投書することを思い付いた。経済のみならず、国際政治について言及すれば、あたしの広い知識と抜群の文章力がアピールできる。あたしは全国紙の投稿欄に、「ゴルバチョフのやるべきこと」という小論文を投書した。それが朝刊の投稿欄の中段を飾った朝、あたしは意気揚々と会社に行った。

「新聞見たよ、凄いね」と誰もが言って、誉め称えてくれるに違いない。だが、どの社員も気付かぬ様子で忙しく働いている。新聞を読まないのかとあたしは不思議でならなかった。

昼休み、室長がたまたまその欄を眺めていたので、何かコメントしてくれるのではないかと思ったあたしは、昼食を食べずに室長の机の周りをうろうろして待っていた。室長は顔を上げて、あたしの方を見た。

「これ、佐藤さんが書いたの」

室長は新聞を指でぱしっと叩いた。あたしは胸を張った。

「そうなんです」

「へえ、アタマいいねえ」

それだけだった。あたしは失意を覚え、何か間違ったのかと考えかけたが、ひとつの結論に達することで自分を救った。即ち、突出した者に対する嫉妬である、と。

入社して二年近く経つ頃、あたしが英語で論文を書いている傍らに人影が立った。

「スラスラとうまいもんだねえ。佐藤さんは留学してたんですか」

たまたま調査室に来ていた総務課長だった。さも感心したように、あたしの手許を覗き込む。課長は樺野《かばの》という名前だった。樺野は四十三歳。名もない大学を出たお人好しだ、と少し軽侮されているような人物だったから、あたしは無視した。答える必要もないと思った。樺野は取りつく島もないあたしを見て穏やかに微笑んだ。

「佐藤さんのお父さんをよく存じ上げてますよ。私が入社した時から経理にいらしてね。お世話になりました」

あたしは顔を上げた。父の話は何人かから聞いたが、話してくれた人はほとんどが社内の傍流の人ばかりだった。樺野も傍流の一人だ。あたしは父が馬鹿にされているみたいな気がして不機嫌になった。

「はあ、そうですか」

「お父さんはまだお若いのに残念でしたね。でも、あなたみたいな優秀なお嬢さんがいらしてよかったです。楽しみですよ」

あたしは黙ってうつむいていた。樺野は何も答えないあたしに驚いたのか、すぐに部屋を出て行った。その日の夕方、帰り支度をしているあたしのところに、五年先輩の男性社員がやって来た。そいつは、懇親会であたしを「コネ入社」だと言った相手だった。

「佐藤さん、ちょっと余計なことだけどいいかな」

先輩は周囲を窺い、囁いた。

「何ですか」

あたしの中の敵愾心《てきがいしん》がむくむくと頭をもたげる。あたしはそいつを赦していなかった。

「言いにくいけど、先輩としてひと言忠告します。さっきの佐藤さんの態度はよくないですよ。樺野さんに失礼だと思うな」

「じゃ、あなたの態度はどうなんですか。あたしのことをコネ入社だと皆の前で言ったこと、あなたも失礼ではないですか」

あたしの反撃が予想外だったのか、先輩は顔を歪めた。

「あなたが傷付いたのなら、酒の席だとはいえ、申し訳なかった。謝ります。悪気じゃなかったんですよ。佐藤さんはG建設一家だから失礼なことを言うな、と牽制の意味で言ったんだ。樺野さんも同じ気持ちで近付いて来たんだと思うから、あの態度は無礼だよ。一家だったら、皆でもり立てよう、応援しよう、という気持ちを持つ人だっているんだ。あなたがそのことでふくれるのは変だよ」

「そうおっしゃいますけど、あたしは実力で入社したんです。あたしは父の跡を継いで仕事したいと思ってますが、あたしは自分の力で勝ち取ったんです。勿論、父のことは誇りに思ってます。でも、ずっと言われるのは嫌なんです」

先輩は腕組みをした。

「ほんとに実力だけなのかな」

その言葉に、あたしは悔し涙を浮かべた。

「だったら、確かめてくださいよ。コネだ、コネだ、なんて言われたくないです」

「いや、そういう意味じゃないんだ」先輩は、まあまあとあたしを抑える仕種をした。「俺だって、コネ入社なんだよ。伯父がこの会社にいたんだよ。もう定年退職したけどね。コネと言われようと何と言われようと、俺はそのことでずいぶん守られているところもある。無論、コネ入社だと敵視する奴もいるし、伯父の敵対関係がそのまま持ち越されたり損もあるさ。でも、周囲はどうせ敵ばっかなんだから、どんな味方でも、味方を作って損はない。日本の会社とはそういうものだ」

「そんなの変ですよ」

「あんたは男の世界を知らなさ過ぎるよ」

先輩はそう言い捨てて行ってしまった。あたしは不愉快でたまらなかった。何が男の世界だ。都合のいい時だけ、男は自分たちの連帯を強め、余所者を排除する。同じG建設一家だって、女だったら余所者ではないのか。現にQ大卒のグループも社内にあるらしいが、女のあたしには声がかからない。あたしの周りは敵だらけだった。まさしく荒野の中のあたし。不意に、山本の押し殺した声が耳に飛び込んできた。

「わかった。じゃ、映画館の前で待ってるからね」

山本は私用電話をかけているのを知られないように慌てて切って、あたりを見回した。楽しそうな表情。心が浮き立っているのか、微笑みがこぼれている。男と会うのだろうか。『どんな味方でも、味方を作って損はない』。先輩の声が蘇る。だとしたら、女には男という味方しか出来ないのだろうか。山本がここでたえられるのは、彼氏がいるからか。あたしは愕然として椅子にへたり込み、机に顔を伏せた。

「お先に失礼します」

山本が帰って行く。赤い口紅がひときわくっきりとして、全身が歓びに溢れている。あたしはむっくりと身を起こした。山本の後を尾《つ》けようと思ったのだ。

日比谷の映画館で山本を待っていたのは、学生風の男だった。ジャケットにジーンズ、スニーカー。大学院生のような地味な形《なり》をしている。顔も平凡で、どこにでもいそうな男だった。だが、山本は嬉しそうに手を振り、二人は映画館の中に消えて行く。なあんだ。あたしは山本の恋人が冴えない男だという事実に安堵しつつも、思惑が外れたことにがっかりしていた。

しかし、開幕ベルの鳴る映画館街に一人立っているうち、心がざわざわと落ち着かなくなってきた。一匹、二匹、三匹、四匹。あたしの心にどこからか小さな黒い虫が湧いて出てくる。いくら振り払っても、虫は増える一方だった。やがて、心の中すべてがざわざわと黒い虫で埋め尽くされるのを感じて、あたしはあまりの気持ち悪さに闇雲に駆けだしたくなった。

あたしが求めても得られないものを山本は持っているのだ。いや、山本だけじゃない。仕事ができないとあたしが馬鹿にしている女子アシスタントも、無礼極まりない同期の男も、樺野のような傍流のオヤジも、至極当然のように持っているのに、あたしだけが持てないものがある。それは人間関係だった。友達とか、恋人。心ときめく誰か。あるいは楽しく話せる人。退社後にぜひ会いたい、と思わせる人物。会社の外に絶対あるはずの自由を感じさせてくれる人々の存在。

五月の風は爽やかだった。日比谷公園の繁った樹木をオレンジ色に染めて、夕陽が沈んでいく。だけど、あたしの陰鬱な暗い気持ちはいっかな晴れなかった。

黒い虫が右往左往してひしめき合い、ぶつぶつと不平を垂れながら増殖し、溢れる。何であたしだけが、何であたしだけが、と。あたしは背を丸め、宵の風に吹かれて、銀座をほっつき歩いた。あの陰気な家であたしの帰りを待っているのが母しかいないことが重荷でならなかった。明日も会社に行くのが嫌でたまらない。あたしの絶望が、焦燥が、虫たちを活気づける。

あたしの生活は中年の男たちと変わりない。家と会社を往復し、給料を運ぶだけの生活。収入はそのまま家計となる。母はまず貯金をし、残りの金で安い米や味噌を買い、妹の学費を払い、家の修理をする。あたしの小遣いは、母が管理している。もし、あたしがどこかに行ってしまったら、妹の進学で蓄えをほとんど遣ってしまった母は路頭に迷うだろう。だから、あたしは逃げられないのだ。どんどん歳を取っていく母親が死ぬまで養い続けなければならない。この重責は男と同じではないだろうか。あたしはまだ二十五歳でしかないのに、一家を支えている。あたしは、稼ぎのある永遠の子供だ。

男たちには秘密を持つ楽しみがある。仲間もいる。飲みに行ったり、女に現《うつつ》を抜かしたり、陰謀を張り巡らせたり。でも、あたしには仕事以外、何もない。その仕事も一番ではないのだ。山本に敵わない。人間関係も持っていない。高校時代から友達と呼べる人もいなかった。ないないづくしに虫がわんわんと共鳴する。あたしは虚しさと寂しさのあまり、銀座通りの真ん中で大声で泣きたいほどだった。虫が一斉に鳴き喚《わめ》いた。

誰か声をかけて。あたしを誘ってください。お願いだから、あたしに優しい言葉をかけてください。

綺麗だって言って、可愛いって言って。

お茶でも飲まないかって囁いて。

今度、二人きりで会いませんかって誘って。

あたしは夜の銀座を行き交う男たちに無理矢理目を合わせて、声に出さずに懇願し続けた。だけど、あたしをちらりと見た男たちは、困惑した表情で目を逸らすか、無関心を装った。

大通りから横道に入ると、丹念に化粧して香水の匂いを纏《まと》ったホステスたちが路上を歩いていた。女たちは路地に紛れ込んだあたしに目もくれなかった。女たちの視界に入るのは、客である男たちだけ。夜の店は男によって成り立つ世界なのだろうか。だったら、あたしのいるカイシャも似たようなものよ、とあたしの心の虫がホステスに語りかけた。一人、店の前で人待ち顔のホステスがあたしをじっと見つめた。三十代半ば。銀鼠《ぎんねず》の着物を着て、臙脂《えんじ》の帯を締めている。真っ黒な髪をアップに結い上げ、一緒に吊り上げられた意地悪な目であたしを睨む。

『何であたしを見てるの』

あたしの心の虫が女に抗議した。すると、着物の女は虫に説教し始めた。

『あんたみたいな素人女は目障りだわ。どっか行きなさいよ。だいたい、あんたはわかってないわよ、お嬢さん。カイシャの男たちが、夜の店で遊ぶのよ。だから、カイシャも店も繋がってるの、どっちも男の世界なの。すべて男のためにあるのよ』

あたしは肩を竦める。

『なるほどね。だから、あたしはどちらの場所でも要らないのね。空気みたいな存在なのね』

『甘い甘い』着物姿の女がたしなめた。『あんた、甘いだけじゃないわ。お馬鹿さんよ。空気は必要不可欠なものでしょう。あなたは空気ほどのものでもない。時代が要請した、ただのお飾りよ。アリバイ的に作っておかなければならないもの。自然に生まれてきたものじゃなくて、人工的な不自然なものなの。あたしたちの存在が、男にとっては必要不可欠なものなのよ。水や空気みたいなもんね』

『でも、あたしは仕事したいのよ』

『そんなものは男に任せてればいいじゃない。女が男並みにできる仕事なんてひとつもないんだからさ。あたし？　あたしは女なんだから、女の仕事をするの』

『あたしは稼がなきゃならないんだもの』

『女を磨いて男を探した方が賢いわよ』着物姿の女はあたしの地味な格好を上から下まで検分するように見た。侮蔑。『それも無理そうね。あんた、女捨てたの？』

『捨ててないわよ。そりゃ、あたしはあなたと比べれば地味かもしれないけど、あたしは代わりに仕事ができるんだもの。あたしはQ大卒でG建設なんだもの』

『何の意味もないわね』女は断じた。『あんたは女として平均以下だわ。銀座ではどこにも就職できない』

平均以下。偏差値五十以下。誰もあたしを望まない。あたしは気が狂いそうになった。あたしが平均以下のレベルだなんて、酷い。

勝ちたい、勝ちたい、勝ちたい、一番になりたい。いい女だ、あの女と知り合ってよかった、と言われたい。

あたしの心の中の虫が、また鳴きだした。

細長いリムジンがやって来る。スモークガラスで内部が見えない。路上にいた人間が、足を止めて注視する中、滑稽なほど大きな車は何とか角を曲がって、一軒の豪華な店の前で停まった。運転手が、恭《うやうや》しくドアを開く。四十代と思しき、ダブルのスーツを着た遣り手風の男が若い女を伴って現れた。他店のホステスたちも、ボーイも、通行人も、女の美しさに目を奪われて唖然とする。黒のカクテルドレスに映える、真っ白な膚と赤い口紅。長く柔らかな茶の巻き毛。

「ユリコ」

あたしは思わず声を上げた。Q女子高時代の恋敵、猥褻な生き物。努力や勤勉などと無縁、男とセックスするためだけに生まれてきた女。ユリコはあたしの声に気付いて振り向いた。あたしの顔をほんの少しの間だけ眺めていたが、何も言わずに男と腕を組んだ。あたしが佐藤和恵だってわかったくせに、どうして知らん顔するのかしら。あたしは不満で唇を尖らせた。

「あの人と知り合いなの？」

突然、着物姿の女が問うた。心の中でさんざん議論し合ったつもりのあたしは、現実の女に話しかけられて慌てて後退《あとずさ》った。実際の女の声は想像より若く、親切そうだった。

「高校が一緒なんです。あたしはあの人のお姉さんと仲が良くて」

「あらまあ。じゃ、お姉さんも美人でしょうねえ」

女は嘆息したが、あたしは言い捨てた。

「いいえ、似ても似つかないブスでした」

驚いた顔の着物の女を置いて、あたしはその場から去った。不意に、ユリコの姉は、ユリコがいるあらゆる場所で恥をかいているのだと思い、何となく溜飲が下がったからだった。不幸から脱却するには、より不幸な人間を思うこと。ユリコの姉は、あたしのように優秀でもなく、貧乏臭く、一流会社に就職することもできなかったはずだから、あたしはまだ上等なのだと自分を宥《なだ》めた。心の中の黒い虫は、こんなちっぽけな満足で雲散霧消する。あたしはその夜、果てないと思われた不安からこうして抜け出したのだった。でも、虫はいずれ湧いて出てあたしを苦しめるだろう。その予感もまた確実にあった。

若い頃の思い出は碌なものがない。あたしは首を振って早く忘れ去ろうとした。バスルームの鏡に映るあたしの顔を見つめていたら、ついこんな嫌な出来事を考えていた。あたしは三十七歳。若さも残り、ダイエットしているから体も細くて七号オッケーだけれど、あと三年で四十歳になる。それが怖くてならない。四十歳の女って完全なババアだ。ババアに商品価値はない。絶対ない。三十歳になる時もババアになるようで怖かったが、四十歳の比ではないし、まだ未来に対する希望があった。希望というのは、例えば、抜擢されて出世するのではないかとか、誰か素敵な男と出会うのではないか、という類の笑っちゃうもの。今はどちらも綺麗さっぱりない。

　年齢の節目の時が、いつもあたしを変にして滅茶苦茶に壊すことはわかっている。あたしがこんな商売を始めたのだって、三十歳になった年だった。経験がないことに焦っていた。だから、初めての男は、処女だと言ったら興味本位で付いてきた客。思い出したくもない。あたしはたぶん、五十歳になることはないかもしれない。四十歳になれるかどうかも怪しい。だって、ババアになるくらいなら死んだ方がましだと思うから。そうだ、死んでもいいよ、ババアになってしまうのなら。意味ないもの。

「一緒にビールでも飲みませんか」

　部屋から客の呼びかけが聞こえた。我に返ったあたしは、シャワーを全身に隈なくかけた。体中にぬめって光る見知らぬ男の汗や唾液、精液を洗い流す。だけど、今日の客は悪くない。五十代半ばか。服装や物腰からして一流会社に勤めていそうだし、優しい。事が終わって、ビールを勧めてくれた客なんて初めてだ。

　五十代半ばの男から見れば、あたしの年齢でも若い相手になるらしい。いつもこういう客ばかりならいいのに。そしたら、四十になってもやっていけると思えるのに。バスタオルを体に巻いてバスルームから出た。下着姿の客が煙草を吸いながら、あたしを待っていた。

「あなた、ビールでも飲みなさいよ。もう少し、時間大丈夫でしょう」

　客の落ち着きがあたしを和ませる。これが若い客だったら、あくせくと何度もやりたがる。

「いただきます」

　グラスに両手を添えたら、客が目を細めた。

「育ちがいいんだね。どこかのお嬢さんって感じだよね、あなた。ね、どうしてこんなことしてるの」

「さあ、どうしてでしょう」育ちがいい、と言われて気をよくしたあたしは、上品に微笑んでみせる。「いつの間にか、でしょうか。家と会社の間を往復しているのがつまらなかったんでしょうね。冒険を求めるところがあるんですよ、女には。だって、こういうお仕事してると、普段会えない方に会えますし、世間というものを知ることができますからね」

　冒険だってさ、何と陳腐な常套句だろう。男は自分が即物的に買ったくせに、相手の女には物語を求める。物語そのものを買ったつもりなのだ。

「冒険かあ」男は乗ってきた。「身を売るなんて確かにすごい冒険だなあ。男には絶対できないよ」

あたしは微笑んで何気なくカツラの位置を直した。シャワーを浴びても顔は洗わないし、カツラは外さない。

「あなたは会社に勤めてるの」

俄然、興味を感じた様子で客が聞いた。出っ歯気味の口許から唾が飛んだ。

「はあ、そうなんです。内緒ですけど」

「誰にも言わないから教えてよ。会社どこなの」

「お客さんも教えてくれますか。だったら言うけど」

期待を籠めて誘う。うまくいけば、これからも指名してくれるかも、という打算。

「いいよ。僕はね、言いにくいんだけど、大学の先生なのよ。教授」

客の言葉の端々に自慢が潜んでいるのがわかる。だけど、身元がはっきりしているのなら、大歓迎。

「あら、どちらの先生なんですか」

「名刺上げるよ。あなたもあったら頂戴よ」

あたしたちは裸で名刺交換をし合った。客の名は吉崎康正。吉崎は千葉県にある三流私大の法学部教授だった。改めて老眼鏡を掛けた吉崎は、感心した様子であたしの名刺に眺め入っている。

「驚いたねえ、あなたG建設の調査室副室長なの。偉い人だったんだ。役職まで付いているじゃないですか」

「たいしたことないですよ。経済関係の研究機関で論文書いてるだけの仕事ですから」

「それって、僕らの仕事と同じだ。あなた、大学院出たの」

吉崎の目に関係者を怖れる臆病さと好奇心が見え隠れし、それらが攪拌されてますます熱を帯びた。

「いいえ、あたしはQ大の経済学部出ただけです。院なんて、とても」

「Q大出て、ホテトル嬢やってる人なんて初めて会ったなあ。感激しちゃった」吉崎は浮き浮きした様子であたしのグラスにビールを足した。「また会ってくださいよ。出会いを祝して乾杯だ」

あたしも、乾杯、と行儀よく言ってグラスをちんと合わせる。あたしは名刺を見ながら吉崎に確認した。

「先生、あたし今度、研究室にお電話してもいいですか。事務所を通さないでデートしたいのよ。でないと、事務所にマージン取られるから損しちゃうのよ。それとも携帯の番号教えてくださらない？」
「携帯持ってないから、研究室でいいよ。わかるようにしておくよ。Q大の佐藤ですって言えば、わかるようにしておくよ。G建設の佐藤です、でもいいよ。まさか助手もQ大出のお嬢さんがホテトル嬢だなんて思いもしないだろうし」
吉崎はうひひと笑った。医者や教授なんて俗物ばかりだ。あたしが知った男の社会というものはひどく権威に弱く、権威を持った人間は必ずや馬鹿になる。あたしは自分が一番になりたいと焦っていた頃を思い出して、苦い笑いを嚙み殺した。でも、吉崎はこれから大事な客になるはずだ。あたしは、今まさに自分が資本主義の原点にいるのだ、と感じて愉快だった。

連れ立ってホテルを出るなり、吉崎はあたしから離れて知らん顔をした。でも、あたしは気にならなかった。それどころか、心が弾んでいた。あたしという女に興味を持った吉崎が、今後、上客になるのは間違いなさそうだったからだ。事務所にマージンを取られずに稼ぐことができるのなら合理的だ。あたしたちが体を張って金を稼ごうとしているのに、一人で街に立てないのは理不尽この上ない。とはいえ、直引《じかび》きは危険過ぎる。どんな客に会うかわからないし、金を取り損ねることだって多いと聞く。だから、事務所に所属して客を取らざるを得ないのだ。でも、吉崎だったら、単に話好きな大学教授だし、あたし自身に興味があるのだからいい客になるはず。

あたしは鼻歌を歌いながら、いい気分で夜道を歩いた。事務所での冷遇、三つ編み女の意地悪、会社での疎外感、こうるさい母親、歳を取って醜くなること。あたしを取り囲む嫌なことを綺麗さっぱり忘れてしまう勝利感があった。好事が待っていそうな、期待に満ちた気分。これほど楽観的になったのは久しぶりだった。初めて水商売に入った三十歳の頃、エリート女性社員ホステスと珍しがられて、ちやほやされた時期があったけど、それ以来だ。

あたしは吉崎の腕に、無理矢理、あたしの腕を捻じ込んだ。吉崎が、面映ゆそうにあたしを見遣って笑う。
「いやいやいや、恋人同士みたいだね」
「恋人になりましょうよ、先生」

坂道で擦れ違った若いカップルが、あたしたちを見て囁き合った。いい歳して、という嘲りの表情。あたしは他人の視線などどうでもいいから気にも留めなかったが、吉崎が慌ててあたしの腕を払った。

「まずいよ、あなた。僕は教え子に見られたりしたらおしまいだからね。こっそりやりましょう、こっそり」

「わかりました」

しおらしく謝るあたしに、吉崎は気弱に手を振った。

「いやいやいや、あなたを責めたんじゃないよ」

「わかっています」

しかし、吉崎は落ち着かぬ風情で辺りを見回した。折から空車が来る。

「じゃ、僕はここで。車拾うから」

あたしは熱意を籠めて吉崎の眼鏡の奥の目を見つめた。

「先生、今度いつ会ってくださるの」

「来週、電話ください。Q大の佐藤と言ってくれれば、わかるようにしておくよ」

尊大さを感じさせる言い方だったが、あたしは平気だった。吉崎があたしの素晴らしさと優秀さを見抜いてくれたのだ。嬉しくてたまらない。稀な邂逅《かいこう》ではないかとすら思った。

事務所に帰る道すがら、あたしは道玄坂のてっぺんから渋谷の街を見下ろした。渋谷駅に向かってなだらかなカーブを描く坂道。夜半過ぎて、少し強くなった十月の風があたしのトレンチコートの裾をはためかせる。昼の鎧は、夜のマントだった。スーパーマンのマント。昼は会社員、夜は娼婦。そして、マントの中身は柔らかで魅力的な女の体。あたしの頭脳と肉体は、それぞれ確実に金を稼ぐ。ふふふ。唇から自然に笑いが洩れた。街路樹の間を縫うようにゆっくり走るタクシーのテールランプが甘く光っている。今夜のあたしも美しく、弾んで見えるに違いない。あたしは百軒店《ひゃっけんだな》の曲がりくねった小路に入り、知り合いでもいないかと探した。今夜こそ、会社の人間にあたしという女を見せ付けてやりたかった。あたしは冴えない変な社員じゃないし、論文だけの部員じゃない。寂しい独身女でもないし、吝嗇な中年女でもない。光り輝く夜のあたしを見てくれ、とあたしは叫びたかった。今日のあたしを見た社員は、皆驚くことだろう。調査室の副室長は仕事ができるだけじゃないんだ、身を売るなんて凄いこともしているのだ、だから男に可愛がられるのだ、頭でも体でも金を稼げるのだ、と。吉崎もあたしを賞賛していたではないか。

「楽しそうですね」

五十代のサラリーマン風の男が、あたしを眩しそうに眺めていた。灰色のスーツにひしゃげた埃まみれの靴。よれた背広のボタンを開け放し、縦長の黒いショルダーバッグを肩に掛けている。バッグからは男性週刊誌が見えた。ほとんど白髪。肝臓でも患っているような青黒い顔色。満員電車とスポーツ新聞の似合う、いかにも金とは縁のない男だった。あたしの会社にはあまりいないタイプだが、あたしは優しく微笑む。あたしから男に声をかけることはあっても、かけられることなど滅多にないから。

「これからお帰りなんですか」

男の口振りにはどこかの地方の訛りがあった。自信なさげに尋ねる。あたしはうなずく。

「そうですけど」

「よかったら、ちょっとお茶でも飲みませんか」

食事でもなく、酒でもない。これはどういう意味だろうか。あたしは内心首を傾げる。ナンパされているのか。あるいは商売女と見抜かれたのか。あたしは腕時計を覗いた。事務所に戻って金を払わなくてはならなかった。

「いいですけど、十五分くらい待っててくれますか。用事があるんで」

「用事？」

男は驚いたのか、同じ言葉を繰り返した。

「はい、用事を済ませて、また来ますから。それからだったらいいですよ」

新しい「客」の出現に、あたしの心はざわめき立っている。第二の吉崎を捕まえられるかもしれない。逃してなるか。今夜はついてる。

「じゃあ。どこかで待ってましょう」

男は困惑して居並ぶ店を見た。バー、若者向けの居酒屋などが並んで、人通りが絶えない。キャバレーの客引きの男が、興味深げにあたしたちに注目している。

「ここで」

あたしは自分が立っているアスファルトで覆われた地面を指さした。男が驚いた。

「こんな道端で？　いや、どこかの店で待ってますよ」

「いいえ、ここでいいです。お金が勿体ないもの」

男がぽかんと口を開けたが、あたしは構わずショルダーバッグを右手で押さえてダッシュした。事務所まですぐそこだから、走れば十五分で戻って来られる。飲食街を必死に走るあたしを、そぞろ歩く男女が何事かと眺めているが、知ったこっちゃなかった。店に払うお金があったら、あたしに払ってほしい。

事務所は女の子が出払っていて、数人が退屈そうにテレビを見ていた。指名など来ない新参者と、いかにもてなさそうな鈍い女ばかりだった。息せき切って部屋に入って来たあたしに、全員がじろりと不審の目を巡らした。

「ただいま。あたし、もう上がります」

電話番に吉崎から貰った二万五千円のうち一万を払って、菓子代を落とした。

「慌ただしいね。何かあったの」

あたしは何も答えずに再びハイヒールを履いた。

「ゆりさん、着替えなくていいの？」

「いいです」

あたしは張り切って百軒店に戻った。男は煙草を吸いながら待っていた。あたしの姿を見て、明らかに安堵した様子を見せた。

「そんなに走って来なくても待ってるのに」

「だって悪いじゃないですか。ね、どこに行きます」

男は困った顔でうつむいた。女に慣れていないのだ。あたしは男が、これから起きることに対して怖《お》じているのを見抜く。昔のあたしみたい。初めて水商売に入った頃のあたしと同じ。男が求めているものがよくわからなくて、戸惑っていたあたし。今はわかる。いや、わからない。迷ったあたしはサラリーマンの腕に手を絡めた。吉崎のように嬉しがらず、男ははっと身を固くした。キャバレーの客引きがあたしを見て笑った。カモを捕まえたんだね、ねえさん。あたしは自信に満ちて見返した。そうよ。あたしの魅力で捕まえたの。今夜は楽しいわ。だが、男の腰は退《ひ》けている。

「どこって言われても、私はあまり知らないし」

「じゃ、ホテル行きましょうよ」

あたしの直截的な誘いに男が慌てた。

「それは、どうかな。金があまりないから。私、誰かと話したいなと思っただけなんだよね。そこにあなたが通って。あなたがそういう人だとは、私わからなくって」

「幾らなら出せるの」

はっきり聞くと、男は恥ずかしそうに小さな声で答えた。

「ホテル代も払うなら、一万五千円かな」

「ホテル代安いとこあるわよ、三千円。だから、あたしに一万五千円ちょうだい」

「あ、それなら何とか」

男がうなずくのを見て、あたしはホテルに向かって歩きだした。男が付いてくる。ショルダーを引っ掛けた右肩が異常に下がって、格好悪かった。しょぼくれた男だが、あたしに声をかけたのだから大事にしなくちゃ。あたしは振り向いて尋ねる。

「おじさん、幾つ」

「私は五十七歳」

「若く見える。五十くらいかと思ってた」

吉崎なら喜ぶところだろうが、男は顔を顰《しか》めただけだった。やがて、目当てのホテルが見えてきた。円山町の外れ、神泉駅に程近いラブホテルだ。あそこよ、とあたしが言うと、男は暗い表情を隠さなかった。こうなった経緯を後悔しているのだろう。あたしはちらりと男の様子を窺い、逃げられたらどうしよう、何とかしなくちゃ、と躍起になっている自分にびっくりした。今まではホテトルの事務所に属し、客から電話がくれば派遣される形で部屋に出向いていた。部屋で主導権を握っているのは、無論、客の方で、あたしたちは客から値踏みされる存在でしかない。『何だ、お前みたいな女が来るのか』と言われ、目の前でチェンジの電話をかけられる屈辱。最近は、チェンジを期待して、あたしが最初に行かされることも多くなった。チェンジを申し出る客に、『もう少し出せば、いい子がいますから』と値段を吊り上げるためだけに行かされるのだ。思い出したあたしは、自分が惨めになって唇を噛む。入り口で男が財布を出した。素早く覗いたら、万札が本当に二枚しか入っていない。

「おじさん、いいのよ。後で」

「ああ、そうですか」

男はのろのろと薄い財布をしまった。ラブホテルなど来たことがないのだろう。あたしは何としても常連客にしようと目論む。上客ではないが、吉崎やこの男のような客をたくさん持てば、あたしはホテトル事務所から独立できるのだから。それはあたしにとって、屈辱からの脱出口であり、歳を取ることへの対抗策のように思えてならない。あたしは三階の一番狭い部屋を選び、二人でもきついエレベーターに乗った。

「おじさん、部屋で話しようよ。あたし、こう見えても会社員なのよ」

ほう、と男があたしの目を見遣った。娼婦に捕まって、やばいと思っていた顔に赤みが差す。

「ほんとよ。後で名刺も上げるから。あたしの話も聞いて」

「いいね。それはいいね」

部屋は小さく汚い。部屋の幅いっぱいにダブルベッドがあるだけで、窓ガラスを覆う障子は破れ、カーペットは染みだらけだ。男はショルダーバッグを床に下ろして嘆息した。靴下が臭った。

「これで三千円かあ」

「仕方ないわよ。円山町で一番安いんだもの」

「うん、ありがとう」

「ビール飲んでいい？」

男に笑いかけ、あたしは勝手に冷蔵庫から瓶ビールを取り出した。グラスに注ぎ、乾杯する。男はちびちびと舐めるように飲んだ。

「おじさん、どんな仕事してるの。よかったら名刺ちょうだい」

男は一瞬躊躇《ためら》ったが、懐からくたびれた名刺入れを出した。名刺には『㈱値千金製薬　営業部次長　新井和歌雄』と記されていた。場所は目黒。聞いたことのない会社だった。新井が節くれ立った指で社名をさし、言い訳した。

「私のとこはね、薬の卸しと販売やってるの。富山だから聞いたことないでしょうね」

あたしは勿体ぶって自分の名刺を出した。新井の表情に驚きが走った。

「こんなこと聞いたら失礼かもしれないけど、あなたは立派な会社に勤めているのに、どうしてこういう仕事しているのかなあ」

「どうしてかしら」あたしはビールを呷《あお》った。「会社じゃ、誰もあたしに注意を払わないから」

思わず本音を洩らしたことに気付き、あたしはあっと声を出す。「荒野の七人」は、誰一人として成功しなかった。あたしが異様に肩に力を入れて仕事をしていたのは三十歳までだった。二十九になった途端、研究機関への出向を命じられた。ライバルの山本は五年間いただけでさっさと結婚退職し、同期の女の中で残っているのは四人だけだった。一人は広報、もう一人は総務、残り二人は工学部出身だったから建築部で図面引きだ。あたしは三十三歳でやっと調査室に戻れたけれど、誰もがぱっとしない。同期の男たちには差を付けられ、組織の中枢には絶対入れず、女子アシスタントたちからも煙たがられる存在。後から入社してきた四大卒の女の子の方が伸びやかに仕事をしている。要するに、会社でのあたしは勝ち組から負け組に移行したのだ。なぜなら、もう若くないし、女だから。あたしたちは上手に歳を取れない。キャリアなんて積めない。

「何か嫌になったのね。復讐してやりたくなったというか」

「復讐？　誰に」新井が天井を見上げた。「そういう気持ちは誰にでもあるけど、復讐なんかしたって自分が傷付くだけでしょう。淡々とやるしかないんじゃない」

そんなことはない。あたしは復讐してやる。会社の面子《メンツ》を潰し、母親の見栄を嘲笑し、妹の名誉を汚し、あたし自身を損ねてやるのだ。女として生まれてきた自分を。女としてうまく生きられないあたしを。あたしの頂点はQ女子高に入った時だけだった。あとは凋落の一途。あたしは自分が身を売っていることの芯にようやく行き当たった気がして声を出して笑った。

「新井さん。こういう話もっとしたいから、また会ってよ。一万五千円でいいからさ。ここでビール飲みながら語り合いましょうよ。経済問題なら詳しいのよ。今度から缶ビールとつまみを買ってくるわ」

あたしが真顔で懇願すると、新井の目に初めて情欲らしき影がうっすらと浮かんでくるのがわかった。男って何もの？　こいつらにしてやられているのだ、とあたしは虚しさを噛み殺した。

4

×月×日

渋谷、？E、一万五千円。

今日は午前中からずっと空き会議室の机の上で寝ていた。背中が痛いのを我慢すれば、どうということはない。昨夜は十一時半まで事務所に詰めていたが、あたしにだけ一回も声がかからなかった。先週、立て続けにチェンジを食らって以来、電話番があたしに仕事を回してくれないのだ。あいつに付け届けを怠ったことはないのに、冷たい仕打ちに心が萎《な》える。そろそろあのホテトルで働くのも限界ということだろうか。

「ゆりさん、幾つになったんだっけ」、無神経な言葉を発する電話番。「聞かない方がいいっすよ、驚くから」と合いの手を入れて笑う三つ編みの軽蔑。無益な夜の翌日は、会社で疲れて仕方がないのはどうしてだろう。特に今日は眠気にたえられなかった。歳だ、歳。身も心も疲れ果てている。あたしは時折、廊下から聞こえる社員の声や足音を意識しながら、大の字でうとうとしていた。

「よくもまあ、こんなところで寝られるもんだねえ」

突然、男の声がした。

「あなた、調査室の佐藤さんだよね」

慌てて飛び起きると、以前、父に世話になったと声をかけてきたことのある樺野が立っていた。樺野はあたしの予想に反して出世し、総務部長を経て常務にまでなっていた。あたしの会社の役員は、滅多に姿を見ることもできない雲の上の人だ。役員室がビルの最上階にあって、あたしたちとは違うエレベーターを使い、社用車が送迎するから、ばったり会うこともないのだ。

樺野は特に優秀でもないのに、人格円満、敵なし、というだけで出世街道を走ったらしい。それは、あたしが理解できない会社組織の不思議なところだった。

「鼾《いびき》が聞こえるから覗いてみたら、女の人が寝てるんだもの。びっくりしちゃうよ」

「すいません。頭が痛くて」

あたしはのろくさと机から下りて、カーペット張りの床に脱ぎ捨てた靴を履いた。生欠伸《なまあくび》が洩れる。樺野はやや不安そうな面持ちであたしの全身を眺めている。あたしは腹立たしかった。何だよ、感じ悪いな。常務だからって威張るなよ、おっさん。寝てる途中で起こすんじゃねえよ。

「頭が痛いんなら医務室があるでしょう。それにしても、佐藤さん。あなた大丈夫かな」

「何がですかあ」

あたしは長い髪を指櫛で梳《す》いた。もつれてなかなかうまくいかない。何を見たのか、樺野が目を背ける。

「自分でわからないの？　痩せ過ぎだよ、がりがりじゃない。若い頃より痩せたから、あなたが誰かしばらくわからなかった」

痩せて何が悪い。男は痩せていて髪の長い女が好きに決まっているのに。百六十五センチで四十五キロ。最高に素敵な体重だ。朝はギムネマ。昼は地下の社員食堂で売っているのり弁当。それも時々抜くし、白飯はなるべく残す。竹輪の天麩羅だけは食べるけど。あたしは太った女を見ると、頭が悪いと感じられてならないのだ。

「太ると服が似合わないですもん」

「服ねえ。確かに若い女の人ならそうでしょうけどね」

　どうせ、あたしは中年だよ。あたしは心の中で樺野に悪態を吐《つ》いた。それとも、あたしの服装が気に入らないとでも言うのか。母親が毎朝文句を言うように。今日もあたしは緑と黄色の模様のある化繊ブラウスに紺のスカートだった。金メッキの鎖をじゃらじゃら付けるのが好きだけど、今日は忘れてきたからポイントは欠けているが、ストッキングも穿き替えたし、化粧もばっちりだ。皆似たりよったりの格好をしてるじゃないの。

「ねえ、佐藤さん。一度病院に行きなさいよ。どっか悪いんじゃないのかなあ。仕事のし過ぎじゃないの」

　仕事のし過ぎだって？　夜の仕事の方を言ってるのだろうか。あたしの唇から自然と笑みがこぼれた。

「そんなにやってませんよ。だって、ゆうべも干上がってましたもの」

「何のこと」

　樺野が驚いた様子で問い返す。あれれ、頭がごっちゃになっている。このおっさんは常務なのだ。あたしは必死に昼間の自分に戻ろうとしたが、なかなか上手に切り替わらなかった。あたしの頭はついに壊れ始めたのだろうか。

「いえ、別に。残業がなかったということです」

　夜の残業はあったけどね。そこに誰も知らないあたしがいるのよ。ふふふ、とまたしても笑いがこみ上げた。

「確かに調査室も忙しいんだろうね。以前、あなたの論文は真摯で出来がいい、と誰かが褒めてたよ」

「かなり昔のことじゃないですかあ。それに視点に積極性がないとか言ってませんでしたあ」

　あたしは二十八歳の時、「建設における土地金融投資　新たな神話作り」という論文を書いて、経済新聞社の賞を貰ったことがあった。あたしの生涯で一番幸福な時期。日本全体もバブルで浮かれ、建設業が好景気で沸いていた最良の時。それでも、あたしの論文に戦略性が欠如していると文句を垂れる奴がいたのだ。悔しい思いは絶対に消えない。

「そんなことないでしょう。あなたは優秀だから」樺野は不意に痛ましげな表情になった。「佐藤さん、お母さんは心配してないのか」

「母が？　どうしてですかあ」

あたしは人さし指を顎に当てて、首を傾げた。このポーズは、お嬢さんぽくて可愛い、と先日会った大学教授の吉崎が褒めてくれて以来、頻繁に使用している。吉崎はお嬢さんぽい女が好きらしい。あたしはお嬢さんだから吉崎に好かれる。

「だって、あなたがしっかりしないとお母さんも困るでしょう」

そうよ、あたしは稼ぐ子供なのだから母はあたしを一生離さない。稼がなくなったら、わからないけど。突然に、あたしは歳を取ったらどうしようと恐怖した。会社をクビになり、夜の仕事も駄目になったら、あたしの収入はまったくなくなる。そしたら、あたしは母親に見捨てられる。

「わかりました。しっかりします」

急に神妙になったあたしに、樺野はうなずいた。

「今日のことは誰にも言わないから、気にしなくてもいいよ。通ったのがたまたま僕でよかった。だけどねえ、こんなことを言ってもいいかどうか。あのね、あなたは変人に見えますよ」

「どこがでしょう」

あたしはもう一度、首を傾げるポーズを取った。

「化粧が濃い、と周囲の人はあなたに注意しませんか。化粧は別に構わないけど、あなたのは度を越しているようだ。常識の範囲内ではないよ。これは老婆心からの忠告だから気にしないでほしいけど、一度精神科に行った方がいいかもしれないね」

「せいしんか？」あたしは恐れて大声を出した。「何であたしがあ」

高校二年の終わりに拒食症になって、精神科にかかったことがあった。命に関わるなんて大袈裟なことを言われたので、母親は泣き、父親は怒って、馬鹿みたいな騒ぎになった。あれって治ったのだろうか。二十九歳の時はどうしたんだっけ。

あたしの声が聞こえたのか、会議室のドアが開いて女性秘書が顔を出したが、あたしを見て仰天した。

「常務、ここにいらしたんですか。お時間過ぎてます」

「じゃ、僕は行かなきゃ」

樺野は、急いで部屋を出て行った。女性秘書の咎める目があたしに突き刺さる。何よ、あんた。あたしは街角であたしと擦れ違った時の堅気の女の視線を思い出す。ああはなりたくないものだ、と語る眼差し。あんたは夜の解放を知らないいんでしょう。あんたは男に欲されたことがないんでしょう。あれ、あたしはもう娼婦の心になっているのか。

調査室に戻ったら、室長があたしをじろりと見て、「佐藤さん、ちょっと」と言った。何だよ、また説教かい。あたしはうんざりして室長のところに行った。室長はパソコン画面から目を外し、回転椅子をくるりとあたしの方に向けた。

「離席してもいいですけど、長過ぎませんか」

「すいません。頭が痛くて」

同じことを繰り返す。あたしは横目で亀井の様子を窺う。亀井は今日も派手な格好をしている。赤いTシャツに黒いパンツ。髪を後ろでまとめて資料を読んでいる。キャリア女の振り。ああ、嫌だ。そんな虚しいことをよくできるわね。

「佐藤さん、聞いてるの」

室長が苛立った声を出し、部屋中があたしに注目した。亀井がちらりとこちらを見て、あたしと目が合うとさりげなく外した。

「そういう時は事前に言って、と言ったんだよ」

「はあ、すいません」

「子供じゃないんだから、注意してください。少し目に余ります。ついでに言っておくけど、この調査室だっていつまで存続するかわからないんだよ。好景気が終わって切られるのは生産部門じゃないんだ。余剰の部署だよ。企画室や調査室なんか真っ先に整理の対象になるんだから、きみも気を付けた方がいい」

恫喝だ。あたしはふて腐れて下を向いた。あたしは副室長なのに、真っ先にクビになると言うのか。それは理不尽ではないか。あたしが女だから？　あたしが夜は娼婦をしているから？　そう思ったら、今度は優越感が湧いてきた。もうひとつの世界を持っている自分が偉い気がする。誰よりも凄いことをしているスーパーなあたし。論文で賞を取った、体を売っている調査室副室長。あたしは胸を張った。

「わかりました。気を付けます」

叱られて気分が塞いだので、コーヒーでも淹れようと調査室を出た。廊下を歩いていると、向こうから来る社員があたしを右に左に避けて通る。やめてよ、珍獣じゃないんだから。あたしは頭に来たけど、夜の仕事のことを思って平気になった。ついでに、三つ編みに仕返しをしてやれ、と思い付く。一階のロビーに下りて、公衆電話からホテトル事務所に電話した。

「はい、つぶつぶイチゴです」

電話番の声が聞こえる。昼間から詰めている女の子たちの間に緊張と期待が走っている姿を思い浮かべて、おかしかった。あたしはハンカチで受話器を押さえ、声色を使った。

「あの、先日来たカナって子のことですけど、客から文句を言ってくれということなので代理で伝えます」

カナというのは、三つ編みの源氏名だ。

「どういうことですか」

「カナって子が客の財布から金を取ったらしいです。泥棒です」

あたしはチクるとすぐに電話を切った。いい気味だ。事務所に顔を出すのが楽しみで仕方がない。

その日は仕事らしい仕事もせずに、会社を出た。あたしは途中のコンビニでおでんとお握り弁当、ついでに電話番のために煙草まで買って、浮き浮きして事務所への道を急いだ。今日こそは仕事しなくちゃ、という焦りがあった。四十歳までに一億貯めるつもりなのに目標は遥かに遠い。とにもかくにも、客を回してもらわないことにはどうにもならない。三つ編みは怒られているはずだから、あたしの方に回される客もいるだろう。あたしは張り切ってドアを開けた。

「お早うございます」

電話番があたしを見て、素早く視線を逸らした。事務所にはすでに五、六人の女の子がいて、ごろごろと寝転がって週刊誌やテレビを見たり、ウォークマンで音楽を聴いたりしていた。三つ編みはあたしを無視して顔を上げない。

「あの、これ」

あたしはコンビニで買ってきたキャスターマイルド、一カートンを電話番に渡した。散財ではあるけど、これは仕事を貰うための投資なのだから仕方がない。

「え、俺にくれるの」

電話番は意外だったのか、困惑した顔をした。

「ええ、よろしくお願いします」

これでよし。あたしは安心して、テーブルの上で弁当を広げた。おでんの汁をちびちび飲み、お握りを食べる。電話が入った。全員が緊張して電話番を見る。あたしを指名してよ。あたしは訴えるように電話番を見たが、電話番は三つ編みを指した。

「カナちゃん、ご指名」

「はい」

三つ編みはうざったそうにテレビの前から立ち上がった。さっさと夕食を終えたあたしは、不審に思う。なぜ三つ編みはクビにならないのだ。三つ編みが出て行くと、電話番があたしを呼んだ。電話がないのにどうしてだろうか。あたしは愛想笑いをしながら近付いた。

「何ですか」

「ゆりさん、あのさあ」

説教の臭いがする。あたしは警戒して身を屈めた。

「ゆりさん、あんた、もう来なくていいよ。さっきのチクリの電話、ゆりさんでしょう。あんな姑息なことしないでよ。カナちゃんは売れっ子なんだから」

クビになった。あたしは愕然として項垂《うなだ》れる。他の女の子は素知らぬ顔をしているが、聞いているのは間違いなかった。あたしは電話番に言った。

「じゃ、煙草返してください」

神泉駅から帰るために道玄坂を上る。ついこの間、勝利感に満ちて坂を見下ろしたことが嘘のように惨めだった。あたしはどこかで煙草を売ろうと考え、小さな坂を上ったり下りたりしながら駅に向かった。地蔵の前にマルボロ婆さんが立っている。誰も通らないのに、じっと客を待っている。白いぺらぺらのジャンパーの下に透けている黒いブラ。白く塗りたくった顔に真っ赤な口紅がけばい。近くで見ると七十近い。実入りなんかほとんどないに違いない。あたしの未来の姿。あたしは立ち止まって長いこと眺めていた。マルボロ婆さんがあたしを認めて怒鳴った。

「商売の邪魔すんな。あっちへ行け」

奪ってやろうか。あたしは暗い路地に佇《たたず》んで、マルボロ婆さんを背後から突き飛ばす感触を想像していた。

あたしは切迫した思いに囚われて道玄坂を駆け下りた。どこかのデパートのトイレででも化粧を直し、是が非でもマルボロ婆さんのシマを奪いたい。立ちんぼのできる、あたしだけのシマを得なくては。それはホテトルをクビになった今日でなければならず、惨めさを払拭するためには、今この瞬間でなければならなかった。

「109」の建物が見えた。道玄坂と東急百貨店に向かう道が人混みの急流だとしたら、流れが分岐する中州の突端に建つ灯台のようなファッションビルだ。あたしは女を品定めしている若い男や、買い物に興ずるOLたちを掻き分けて中に入り、地下一階のトイレに直行した。トイレは若い女で混んでいたが、あたしは鏡の前を占領して化粧を分厚くするのに専念した。青いアイシャドウを重ね塗りして、普段より赤い口紅をたっぷり付ける。仕上げにバッグに入れておいたカツラを被る。変身。商売に向かう時の、ホテトル嬢「ゆりさん」が出来上がる。別人になったあたしを見つめているうちに、自信が湧いてきた。いいじゃん。これなら、事務所なんか要らない。あたしは一人でも夜の商売ができる。

それは、吉崎にあたしの価値を認められた時の充足感や勝利感にも似ていた。今度こそ、あたしが自分を認め、あたし自身の価値を高め、一人で儲ける時が来たのだ。会社でもなければ店でもなく、ホテトルの事務所でもない。自分の足で踏みしめることのできる大地が地蔵前にある。そこで、あたしはもっと自分を解放するのだ。どうして、以前のあたしはマルボロ婆さんが惨めだ、なんて思ったのだろうか。マルボロ婆さんは、尊敬すべき女の中の女だったのに。

あたしは腰まで届くカツラの長い髪をなびかせて、道玄坂を再び上った。ラブホテル街を抜けて、地蔵前に向かう。薄暗い路地で明滅する小さな光は、客待ちするマルボロ婆さんが吸う煙草だった。古い料亭の一画を三角形に切り取った地点に、ひっそりと優しい顔の地蔵が立っている。打ち水の跡も清々しい。あたしの立つべき場所だ。

「おばさん、こんちは」

煙草を横ぐわえしたマルボロ婆さんは、胡乱《うろん》な目付きであたしを見遣った。が、態度に反して、口調は気取っていた。先程、あたしを怒鳴り散らした面影はない。

「何かご用。あたくし、女の方に用事はないのよ」

「商売の方はどうですか」

マルボロ婆さんは地蔵を振り返り、あたかも地蔵が友達であるかのように話しかけた。

「商売どうですかだって。そんなの相変わらずよねーえ」

捻った首筋に縮緬《ちりめん》のような皺がたくさんあるのが、闇を透かしても露わだった。栗色のふわふわしたカツラを被っているが、短軀でがっしりした体付きは悲しいほど老けて見える。若く、痩せているあたしは訳もなく優越感を持った。マルボロ婆さんは、あたしに視線を戻して、上から下まで眺めた。

「あなた、さっきあたくしをじっと見ていた人でしょう。カツラ被って来ても、すぐわかるわよ。あなたも直引きなの？」

「今日からやろうと思ってるんですけどね」

「ふうん」と、マルボロ婆さんはにやにやして、また地蔵に問うた。「ま、うまくいくかどうか、地蔵のみぞ知るってねえ。そうでしょう」

あたしは単刀直入に用件を言うことにした。今夜はあたしが立ちたいんだから、早く早くどいてよ、と気が急《せ》いていた。

「おばさん、このシマ、今日からあたしに譲ってくれませんか」

マルボロ婆さんはむっとした仕種で煙草を投げ捨てた。口調も激変した。

「何で、あんたに譲らなきゃならないのよ」

「だって、何事にも交代の時期ってあるでしょう。おばさん、まだ現役張れると思ってるの」あたしは肩を竦めた。「そろそろ引退したらどう」

「あたしに引導を渡すって言うの。だけど、こう見えたってお得意さんがあたしにはいっぱい付いているんだよ」

マルボロ婆さんは虚勢を張った。薄いナイロンジャンパーの下に透けて見えるのは、黒いブラだけじゃなかった。締まりのない胴体も、その胴体の持ち主が実は七十歳近いことも明らかだった。

「誰もいないじゃない」

あたしは人通りのない道を指で示した。もう八時近いというのに、人っ子一人通らない。対面の寿司屋から白い作業着を着た若い男が現れて、うんざりとあたしたちを見た。何か言いたそうに唇を尖らせたが、マルボロ婆さんが手を振ると嫌な顔をしたきり口を噤んだ。男は店の前からホースを引っ張ってきて、植木や敷石に勢いよく水を撒き始めた。

「あんたは何も知らないのよ。これから客は続々来るわ」

マルボロ婆さんはのんびり言って、澄まし顔をした。あたしはバッグに入れていたキャスターマイルドのカートンを取り出した。

「おばさん、これ上げるからさ、この場所をあたしに譲ってよ」

マルボロ婆さんは黒いマスカラで縁取られた小さな目を上げて煙草を見た。そこには怒りがあった。

「あんた、舐めんじゃないわよ。煙草くらいで譲れるかっていうのよ。あたしはね、こう見えたって売り物があるんだよ。男が見たがる売り物がこの体にはあるの。それはあんたにはないものよ。見たい？ 見たくなくたって見せてあげる」

マルボロ婆さんがジャンパーのジッパーを一気に引き下げた。黒いブラと緩んだ肉体が剝き出しになった。マルボロ婆さんはあたしの手首を摑んで、無理矢理、胸に触らせようとする。あたしは必死に抵抗したが、マルボロ婆さんの力は予想外に強かった。

「やめてよ」

「やめないよ。見せてあげるって言ったじゃない。ほら、触ってご覧」

マルボロ婆さんが強引にあたしの手を右側のブラの中に突っ込ませた。あたしは啞然としてマルボロ婆さんの顔を見た。そこにあるのはふくよかな乳房ではなく、丸めたボロ布だったからだ。マルボロ婆さんは続いて左側にも触らせた。それは予想通り柔らかで、摑もうとすればどこまでも逃げていく緩んだ肉だった。

「わかっただろ。あたしには右のお乳がないんだよ。十年前にガンで取ったんだ。それからここに立ってる。最初はびくびくしてたよ。あたしは女として不完全なんじゃないかって思ってたからね。でも、客の中には、お乳のないあたしが好きな人もいるんだよ。どうだ、不思議だろ。わかる？ わかるはずがないよ、あんたに。それが商売ってものなんだ。だから、あんたにはこの場所は譲れないよ。あたしのお乳のない胸を好きだって言ってくれる客が付いているうちはね。あんたは痩せてて女っぷりは悪いけど、まだあたしより若いし、女で通る年齢だろう。地蔵の前に立つには早いし、いろんなものを持ち過ぎているんだよ。ないものあったら見せてみろっていうんだ」

マルボロ婆さんは勝ち誇ったように言った。あたしは社員証を出した。

「じゃ、おばさん。見てよ、これ」

「何だよ」

「あたしの社員証」

「眼鏡がなきゃ、見えないよ」マルボロ婆さんが手に取って目を細めた。「何て書いてあるんだ」

「G建設総合研究所調査室副室長、佐藤和恵。あたしのことよ」

「凄いじゃないか。名前を聞いたことがあるよ。一流企業だろう。しかも『長』が付いてる。これがほんとにあんたなら、何であたしのシマを取ろうとするんだ。あたしはないもの見せろって言ったのに、これじゃ自慢じゃないか」

「自慢じゃないわ。何で見せたのかわからない」

あたしは本当にわからなかった。学生時代の目標で、現在のあたしの自慢、そしてアイデンティティであるはずの会社。それがどうしてマルボロ婆さんのなくなったお乳と同じなのか、自分でも見当が付かなかった。でも、誇れるものと恥ずべきものは実は表裏一体で、あたしを苦しめたり、喜ばせたりするのだ。そのふたつのものは、常にあたしの人生を複雑にする。いや、あたしの人生そのものが複雑なのかもしれない。だから、あたしは社員証を見せたのだろうか。


昼間は会社員で夜は娼婦。両方なければ生きていけないあたし。会社では、夜の仕事が隠したい恥ずべきことになり、地蔵の前では、昼の仕事を言えない。でも、そのどちらもがあたしを裏切る感じがしてならなかった。つまり、会社であたしは夜の仕事を喋り、地蔵の前で昼の職業を明かす。あたしの複雑だった世界が、今ひとつにまとまろうとしている。シンプルで解放された世界に。でも、その解放は誰にもわからない。あたしは自分が壊れていきそうな不安で蹲《うずくま》った。

「どうしたんだよ。こんなところで倒れないでよ」マルボロ婆さんが冷ややかな声で言った。「大丈夫かい。迷惑だから立ってよ」

「すいません」

あたしはよろよろと起き上がって、料理屋の黒塀に手を付いた。

「という訳でお断りだから、一昨日《おととい》おいで」

マルボロ婆さんが煙草に火を点ける。折から、男がこちらに向かって来る。灰色のスーツに白いシャツ、黒い鞄。ださいサラリーマン。しかも、下がった眉が卑しい。

「おばさん、勝負しよう。あの人が買ってくれた方がここに立つ。どう」

「いいけどさ。あれはあたしの常連だよ」

マルボロ婆さんは、してやったりという風に笑った。

よう、と男が挨拶し、マルボロ婆さんを見遣った。誰も通らない暗い路地だからこそ、買いやすい女もいるのだ。馬鹿にしていたが、マルボロ婆さんの固定客も少なくはないのだと気付いたあたしは、このシマを絶対に奪おうと決心した。

「エグチさん」と、マルボロ婆さんは声をかけた。

「今晩どう」

エグチと呼ばれた男はにこりともせずにあたしを見た。あたしも負けじとエグチを誘う。

「あたしと遊びませんか」

「この人は」

「新顔だよ。あたしも人が好いから追っ払えなくてね」

マルボロ婆さんがカツラを直しながら答えた。

「エグチさん。あたしとどう」

エグチは下がり眉を寄せて思案している。五十代後半と思しき年齢だった。こめかみに黒い染みが散らばっていた。マルボロ婆さんは勝負は決まったという顔で、にやにやした。

「本当に勝手な女よ」

「サービスしますよ」

あたしは構わず言った。エグチがいとも簡単に言った。

「よし、あんたを買おう」

マルボロ婆さんがショルダーバッグを体側に引き寄せて顔を顰《しか》めた。

「冷たいね、エグチさん。それはないだろう」

「たまにはいいじゃない」

あたしは得意になって、マルボロ婆さんに煙草の包みを渡した。マルボロ婆さんは諦めたように包みを受け取ったが、その目に笑いが広がっているのを認めたあたしは逆上した。

「何がおかしいの」

「べつに。今にわかるよ」

マルボロ婆さんが負け惜しみを嚙いた。そろそろ引退しなよ、婆さん。あたしは心の中で毒づいた。勝った、という思いでいっぱいだった。

「あたしが帰って来るまでなら立っててもいいわよ」

あたしはマルボロ婆さんに言い捨てて、エグチと腕を組んだ。エグチの腕は年齢の割に太く、筋肉質だった。

「あそこがいいんだ。安いからな」

エグチが指さしたのは、あたしが前に新井を連れ込んだ、この辺りで一番安いラブホテルだった。エグチはよく知っているらしい。

「あんた立ちんぼ、いつから」

「今日からよ。マルボロ婆さんのシマを譲ってもらったからよろしくね」

「やるもんだね。名前は」

「ゆりでーす」

あたしたちは狭いエレベーターの中で会話した。エグチのあたしを見る目に好奇心が溢れている。エグチも吉崎や新井と同様、常連客にしなくてはならない。あたしはあまりにもうまくいく事態に浮き浮きしていた。

新井と入った部屋と同じだった。ついこの間のことなのに、あたしは素知らぬ顔で風呂の湯を出し、グラスをふたつ置いて、冷蔵庫からビールを出して栓を抜いた。エグチはベッドに腰掛けてあたしのやることを不機嫌そうに見ていた。

「おい、そんなことといいから、俺の服脱がせろや」

「はい、ただ今」

あたしは驚いてエグチの顔を見た。怒りで赤く染まっている。もしかすると、面倒な客か。危ない男かもしれない。あたしは事務所でこれまで問題になった客の名前を頭の中で蘇らせようとした。

「おい、早くしろ」

エグチが怒鳴った。あたしけおっかなびっくりエグチの背広を脱がせた。慣れないのでうまくできない。安物のポマードの臭い。みすぼらしい背広とズボンをハンガーに掛ける。ほつれたランニングと黄ばんだブリーフ姿になったエグチが自分の足元を指さした。

「おい、靴下」

「はい、すみません」

靴下を脱がせると、エグチは下着のまま腕組みして、仁王立ちになった。

「お前、早くしろや」

何ですか、と顔を上げると、いきなり横っ面を張られた。よろけたあたしは、反射的に抗議した。

「乱暴しないでよ」

「うるせえ。早く裸になってベッドの上に立て」

サディストだ。それもゲームなんかじゃない。あたしはまずい客に当たったとがたがた震えながら服を脱いだ。全裸になってベッドの上に危うく立つ。エグチが命令した。

「そこで排便しろ」

あたしは耳を疑った。

5

×月×日
渋谷、Y、四万円。

渋谷、?ホームレス、八千円。

地蔵前に立つようになってから、毎日が楽しい。時には、近くの料理屋の板前から水を掛けられたり、罵られたり、嫌な目にも遭うが、自分の知恵と体で世間を渡る実感は会社では決して味わえないものだ。マージンを取られない金が貯まっていくのも嬉しい。これは、まさに商いをしている感覚だった。マルボロ婆さんもきっと、この商売が楽しくてやめたくなかったに違いない。

マルボロ婆さんがすんなりとあたしにシマを譲ってくれるとは思わなかった。あたしはエグチと別れてから、頭に来て地蔵前に戻ったのだった。というのも、エグチがとんでもないサディスト野郎だったから、てっきりマルボロ婆さんにはめられたと思ったのだ。

「おばさん、あいつ最低じゃない」

子供のようにアスファルトの地面にしゃがみ込み、耳障りな音を立てながら石ころで何やら絵を描いていたマルボロ婆さんは、顔を上げてにやっと笑った。

「てことは、あんたあれしたの?」

「したよ。あたしきっと、あのホテルは出入り禁止になるわ」

「あんた大物だね」マルボロ婆さんは立ち上がり、あっけなく言った。「あんたにこのシマ譲ってやるよ」

「ほんとにいいの」

「あたしはくたびれた。あたしはもうエグチの要求に応えられない。それは引退しろってことなんだ」

翌日の夜、地蔵前に来てみると、マルボロ婆さんの姿はなかった。爽やかな引退と華々しいデビュー。笑える。

それにしても、夜の立ちんぼは辛い。会社ではいつも眠くてだるいから、仕事なんかほとんどしなくなった。せいぜい、経済新聞の記事を切り抜く程度だ。それも、吉崎のような上顧客のためのサービスとしてだった。コピーは無料だから、スクラップブックを三部作ってストックした。レポートを書く振りをして、誘いの手紙やバースデーカードもせっせと書いた。調査室を抜け出して空いている会議室に潜り込んで寝るのも、机が書類の山に埋もれてしまったので女子トイレで弁当を食べるのも、習慣になった。そのせいか、会社の人間は滅多にあたしに近付かなくなった。「あの人よ、お化けさんって言われているのは」とエレベーターの中で女の子たちが囁き合うのを耳にしたこともあるが、あたしは自分がどう思われようと、そんなことは気にならなくなった。あたしはひたすら夜になるのを待っていたのだ。昼間の自分はまやかし、夜の自分こそが本当の自分。もはやバランスを取るのも馬鹿らしく、あたしは昼間の自分が、幽霊のように儚《はかな》く消えていく気がしてならなかった。生きている実感を得られるのは、圧倒的に楽しい夜の方だったのだ。

十二月に入ったある日、あたしは吉崎と会ってホテルにしけこんだ後、地蔵に向かって歩きながら、ショルダーバッグの中にある財布をバッグの上からそっと押さえた。満足だった。吉崎は会うたびに三万円くれるのだが、今夜は経済関係のスクラップブックをプレゼントしたので、一万円多くくれたのだ。あたしはこれからも吉崎のために切り抜きを続けようと決意した。地蔵の前にすでに男が一人立っていた。

「おねえさん」

黒のタックのあるパンツに白のブルゾンを着ている。坊主頭。ブルゾンの胸に獅子の形をした金の飾りがぶら下がっている。あたしは客が待っているのかと思って愛想笑いした。

「待っててくれたの。遊ぶ?」

「遊ぶっていうか」

男は苦笑して短い髪を手でしごいた。

「あたしはそんなに高くないわよ」

「あのね、俺のこと、わからないかなあ」

「何ですか」

男は太いパンツのポケットに両手を入れた。パンツが提灯のように膨らむ。

「俺はこの辺を仕切っている松頭会の者だけどさ、あんた新顔でしょう。組に寄せられた情報でね、地蔵の前に新しい女が立っているっていうから見に来たんだよ。いつからここにいるの」

ヤクザがみかじめ料を取りに来た、と気付いたあたしは緊張して後退《あとずさ》った。しかし、男の物腰は驚くほど柔らかだった。

「ふた月前からです。前にいたマルボロ婆さんが譲ってくれたんで」

「あの婆さんなら、こないだ死んだよ」

「へえ、どうして」

「さあ。病気じゃないの。もうここに立つのも辛くて、ふらふらだったらしいよ」男は興味がないらしく、素っ気ない言い方をした。「そんなことより、あんた、うちの組に任せない？　ねえさん一人じゃ危険だよ。こないだも、ホテトルの子が客にぼかすか殴られてさ。頭の骨陥没して重体よ。若い奴らとか無茶するし、危ない客もいるからさ、女一人じゃ無理よ」

「大丈夫ですよ」

あたしは金を気にしてバッグを押さえ、首を振った。

「あんた、まだ何もないからそんなこと言ってられるんだよ。そういう客に遭ってからじゃ遅いじゃないの。うちの組は良心的よ。値段も月に五万だしさ。安いでしょう」

五万も。冗談じゃない。あたしはきっぱり断った。

「すいませんけど、あたしの水揚げ少ないから、五万も払えない」

ヤクザ者はあたしの顔を正面から見た。値踏みの視線を感じたあたしが、表情を固くすると、ヤクザ者はにやにや笑った。

「だったらさ、こっちも検討してみるから、ちょっと考えておいてよ。また寄るからさ」

「わかりました」

ヤクザ者は神泉駅の方に下りて行った。いずれまた来る。何とか逃げる方法はないかと思案しつつ、あたしは唇を舐め回した。ヤクザの出現も一人で商売をしている者に降りかかってくる試練ではある。あたしは暗がりの中で手帳を出し、経営者よろしく、先月と今月の水揚げをざっと計算してみた。月に約五十万の収入。その一割をヤクザに取られることになるのは嫌だった。目標額の一億にはまだ半分も到達していないからだ。

「おい、おねえさんよ。あんた商売してる人？」

計算に夢中になっていたあたしは、眼前に男がいるのに気付かなかった。あたしはヤクザが別の男を連れて来たのかと一瞬緊張したが、立っている男は明らかにホームレスだった。五十がらみ。黒っぽいコートに灰色の作業ズボン。汚れた紙袋をふたつと、蓋が破れたショッピングカートを引いていた。

「そうですよ」

あたしは慌てて手帳をバッグにしまった。

「ここにいたおばさん、どうしたの」

「死にました。病気だって」

あたしはヤクザから聞いた通りのことを伝えた。ホームレスは嘆息し、変なイントネーションで喋った。

「あれまあ。ちょっと来なかったら、もうおっ死《ち》んでたってかい。いいおばさんだったけどね。もろいもんだよね」

「おじさん、マルボロ婆さんのお客だったの。じゃ、あたしが引き受けるわよ」

「いいかい」

「おじさん、ホームレスでしょう」

あたしは男の服装をチェックした。持ち物ほど汚れてはいなかった。男はたじろいだようにうつむく。

「そうだけど」

「いいわよ」

ホームレスだろうと何だろうと客には変わりない。あたしは何度もうなずいた。商談がまとまった。ホームレスはほっとした様子で辺りを見回した。

「俺、金がねえからさ。おばさんとは駅前の空き地でやってたんだよ」

空き地か。あたしは驚いたが、むしろさっさと終わっていいかもしれないと割り切った。メリットさえあればどこでやろうと同じことではないか。

「幾ら出すの」

「八千円くらい」

「おばさんの時は」

「三千円だったり、五千円だったり。だけど、あんたは若いからさ。悪いじゃない」

若いと言われて気をよくしたあたしは指を八本出した。

「だったら、いいわよ」

あたしはホームレスの男と並んで神泉駅に向かった。駅を見下ろす段丘状になっている崖の中腹に、枯れた草が茫々と生えている広い空き地があった。建設の予定があるらしく、足場や資材が積まれている。格好の場所だった。あたしは足場の陰で、トレンチコートを脱いだ。ホームレスの男が荷物を傍らに引き寄せて、耳許で囁く。

「バックから入れさせて」

「わかった」あたしは男にコンドームを手渡し、足場に手を付いて尻を突き出した。「寒いから早くしてね」

男が入ってくる。どんな男だろうと、どこだろうと、金さえ貰えば一切構わない。あたしの心は思ってもいなかったほど、シンプルに、そして強くなっていく。あたしはそのことが嬉しかった。男はしつこくあたしを突いて、やがて果てた。あたしは渋谷駅前で貰った武富士のポケットティッシュで始末する。男が身繕いして言った。

「ありがと、あんたいい人だね。また金が貯まったらね」

掌に押し込まれる汚い千円札。あたしは皺を伸ばしながら、薄暗がりの中で枚数を数えた。間違いなく八枚あった。ホームレスが空き地から去って行くのを見届け、札を財布に入れる。踏まれた枯れ草の上に捨てられた使用済みのコンドーム。吉崎と行ったホテルの枕元にあった物だった。ゴミなんか捨てまくってやる。街中を荒らしてやる。あたしは夜空を見上げた。木枯らしが吹いて寒い夜だったが、心は弾んでいた。より自由に。より楽しく。男の欲望を始末してあげるあたしは、いい女だ。


ユリコと出会ったのは、再び地蔵の前に戻って来た時だった。マルボロ婆さんから譲り受けたあたしのシマに、女が立っていた。それも外人女が。逆上して近付いたら、ユリコだったのだ。ユリコはあたしが何者かもわからず、あっけらかんとしている。昔からこういう鈍い女だった。あたしはユリコを観察した。腰高な分だけ、胴体の余った肉が目立つ野暮ったい肉体。目尻の皺が深く、そこにファウンデーションが溜まっている。二重顎になった美女のなれの果て。なのに、赤い革のコートに銀色のマイクロミニという派手な服装をしている。あたしは声高らかに笑いたい気分だった。

「ユリコ」

ユリコはぎょっとした顔であたしを見たが、あたしが何者かまだ気付いていなかった。

「あなた誰」

「わからない？」

あたしがあんまりいい女になったので、ユリコは見当が付かないのだ。反対にユリコは醜くなった。いい気味。笑える。冷たい北風が吹いてきた。ユリコは寒そうに赤い革のコートの前を掻き合わせる。あたしは風なんか平気だった。だって、あたしは野外で商売してきたんだから。あんたにできないでしょう。元美女で根っから娼婦のあんたには。生まれた時から娼婦で、今も娼婦のあんたには。だけど、醜くなった女。あたしは大声で笑った。ユリコは品のいい声を出した。

「どの店で会ったのかしら」

「会ったのは店じゃないわ。それにしても、あなた老けたわね。顔も皺だらけだし、体もぶよぶよ。最初、誰かわからなかったくらいよ」

さすがにユリコは困惑して首を捻った。その仕種は昔と同じだった。皆に注目されることに慣れて、意地悪もされないくらいに綺麗過ぎるから、女王様然としていたユリコ。

「二十年経つと同じようになるのに、若い時は天と地ほどの差なんだものね。見比べてちょうだいよ、今はどう違うの。同じかそれ以下じゃないって、あの時の友達に見せてやりたいよね」

ユリコはあたしを見据えた。そう、この目があたしは嫌いだった。勉強ができないくせに、何もかも悟っているかのような偉そうな目。あたしはユリコの姉を思い出した。ユリコがこんなに醜くなったのをあいつは知っているのだろうか。あたしはすぐさまあいつに電話をかけてやりたくなった。あいつは、ユリコ・コンプレックスから逃れることができずに、不幸な生涯を送っているに決まっているのだから。

「あなたは佐藤和恵ね」

ユリコはあたしの正体をやっと見破った。高みから投げかけるような言い方。あたしは腹立ちを抑えきれず、ユリコの背を押した。柔らかな肉がいっぱい付いた丸い背中。

「そうよ、和恵よ。わかったら早く行きなよ。ここはあたしの縄張りなんだから、客取ったら承知しないよ」

「縄張り？」

こいつは、あたしが同類だということにまだ気付かないのだ。あたしはユリコの鈍感さがおかしくてたまらない。あたしが娼婦になったということは、そんなに凄いことなのだろうか。

「あたし、娼婦やってんの」

「あなたがどうして」

　ユリコは衝撃を受けたらしく、足をもつれさせた。

あたしはすかさず言い返した。

「じゃ、あんたがどうして」

　聞くまでもなかった。ユリコは中学生の時から、男を誑《たぶら》かして生きてきたのだから。こいつは男がいなければ生きていけない種類の馬鹿女であり、あたしは男なんか必要としない賢い女だった。なのに、今は同じ娼婦になって地蔵前でばったりと出会ったのだ。合流する流れ。あたしは運命を感じて、実は嬉しかった。

ユリコがあたしに懇願した。

「あなたの来ない時、私にも立たせてくれないかしら」

　確かに、あたしが三百六十五日、地蔵前で商売するのは難しかった。いくら会社での生活が消えていこうとしていても、あたしは会社を辞めることだけはできない。会社で貰う給料は、母のために絶対に必要なのだ。あたしが来ない日に、知らない女にこのシマを奪われるのは嫌だし、ヤクザに金をせびられるのも怖かった。あたしはユリコのだぶついた大柄な体軀を見つめ、策略を巡らせた。

「ここに立たせてくれってこと？」

「そう。お願い」

「だったら、条件があるわ」あたしはユリコの腕を引っ張った。「あなたとあたしとで、この場所に交代で立ってもいいよ。でも、それだったら、あたしと同じ格好をしてよ」

　来られない時にユリコをあたしの身代わりにする。いい考えのように思えた。

6

×月×日
渋谷、？外人、一万円。
　ユリコと出会った翌日は、小春日和と言いたいほどの陽気だった。師走の冷たい風に吹かれて寒い思いをして客を引くより、暖かな夜の方が楽だし、客も浮かれて乗りやすい。今日は実入りがいいかもしれない。立ちんぼの面白さは、天候やその日の気分に左右されて、毎日違う商売ができることだ。ホテトルの事務所に所属していた時には絶対味わえない醍醐味だった。

あたしは機嫌よく鼻歌を歌いながら、地蔵前でユリコが現れるのを待った。本当に来るかどうかは、半信半疑だった。ユリコが何を考えているのかなんて、見当も付かない。ユリコは中学時代から、誰とも違っていた。美し過ぎる容貌も近寄り難かったし、いつも焦点の合わない目で宙を眺めているから取っつきが悪くて、話しかけるのも躊躇《ため》われる。上の空かと言うとそうでもなく、他人と微妙な距離を測る名人なのだった。問われれば答え、そうでなければいつまでも口を噤《つぐ》んでいるユリコ。あたしは、ユリコの何ものにも動揺しない、醒めた目つきが大嫌いだった。だが、クールだったユリコも歳を取って醜くなり、運を逃し、とうとう食い詰めたのだ。年月は誰にでも平等に訪れる。あたしは逆に優越感を持った。孤独で貧しいユリコに比べ、あたしは一流企業の管理職でもあり、れっきとした、いい家庭のお嬢さんでもあるのだから。

でも、そんなことを考えたあたしは、吹き出しそうになった。あたしの生活など、とうに破綻しているのかもしれない。地下鉄に乗って会社に行き、タイムカードを押して机の前に座っているのは、かつて佐藤和恵だった女だ。入社当時、「荒野の七人」と呼ばれて、ちやほやされた優等生。亡くなった父親の代わりに稼ぐ、家族思いの和恵はすでにいない。母はますますあたしを避けて、まともに見ようともしなくなった。妹はあたしと極力会わないように朝早く家を出て、あたしが帰る夜中には寝ている。今ここに存在しているのは、円山町で街娼をするかっこいいニュー佐藤和恵。一人立ちしたニュー・マルボロ婆さん。あたしは新しい人生を始めたばかりの自分を祝福したい気持ちでいっぱいになり、マルボロ婆さんがしていたように、地蔵に話しかけた。

「お地蔵さん、あたし別人になっちゃった。すんごく楽しいよ」

あたしの沸き立つ心に合わせて地蔵も優しく微笑んでいるかのようだった。あたしは地蔵の前に、なるべく光った十円玉を置いて手を合わせた。

「お地蔵様、今夜あたしに四人の客をお与えください。それがあたしのノルマです。ノルマを果たすのはあたしの使命です。どうぞよろしくお願いします」

祈った途端、神泉駅方向から学生風の二人連れがぼそぼそと喋りながらやって来た。あたしは地蔵に礼を述べた。

「お地蔵様、早速、ご利益ありがとう」

二人は暗がりに立っているあたしに気付き、幽霊でも見たような顔をした。あたしはすかさず声をかける。

「お兄さん、どっちかあたしと遊ばない」二人は困惑して、肘を突つき合った。「ねえねえ、いいじゃない。遊ぼうよ」

若い学生はあたしを不気味に思っているのか、早くも逃げ腰だ。あたしは、会社の人間が嫌なものを見たとばかりに、あたしから目を背けるのを思い出した。「109」のトイレで化粧をする時も、若い女たちは身を躱《かわ》して、あたしのためにスペースを空ける。母親と妹が、あたしを見て顔を歪める瞬間。皆が表明するのは、生理的に我慢できない者を認めた時の嫌悪ではないだろうか。

あたしは完全にコースアウトしてしまったのか。あたしは自分がどんな風に見えているのか、わからなくなった。でも、あたしは二人が歩く方向にしつこくくっついて歩いた。

「ぱーっと遊びましょうよ。いっそのこと、二人一緒でもいいわよ。三人でホテル行くんだったら、二人で一万五千円でいいからさ。どう」

学生たちは、口もきけない。急いであたしの前から去ろうとしている。獲物が逃げる。その刹那、思いがけないところから声がかかった。

「あたしもいるのよ。一人ずつ、どう」

坂の上にあたしと同じ格好をした女が両手を大きく広げて、学生の行く道を塞いでいた。学生たちは仰天した様子で立ち竦んだ。

「一人五千円、安くするわ」

腰まである黒髪のカツラ。バーバリのトレンチコート、黒のパンプス、茶のショルダーバッグ。目の上に青いアイシャドウを厚く塗り、真っ赤な口紅。あたしにそっくりで、あたしよりひと回り大柄な立ちんぼがへらへら笑っている。ユリコだった。学生は慌てふためいて逃げて行った。ユリコは学生の背中を見送った後、あたしに両手を上げてみせた。

「逃げられちゃった」

「あんたが脅したからよ」

あたしは不機嫌に言ったが、ユリコは気にしなかった。

「まあまあ、夜は長いわよ。ところで、和恵さん。これでいいかしら。あなたに似せたのよ」

　ユリコはトレンチコートの前を開けた。中に着ているのは、青い安物のスーツだった。それはあたしの着ている服と感じがよく似ていた。あたしは、道化のように真っ白なファウンデーションで覆われたユリコの太った顔を眺めた。醜さを強調する化粧。それがあたしなの？　あたしはさすがにむっとした。

「それがあたしの格好だっていうの」

「そうよ、和恵さん。あなたはお化けみたい」

　ユリコはしれっと言うと、煙草を取り出して口にくわえた。あたしは悔しくなってユリコを詰った。

「あんただって。ハーフの美女が泣くわよ。デブで醜いわ」

　ユリコは苦笑し、外人めいた仕種で唇を歪めた。

「笑っちゃうわね、お互い」

　あたしはユリコに尋ねた。

「お互いってどういうこと。あたしは会社員に見えないの」

　ユリコはあの捉えどころのない目であたしをぼんやりと眺めた。

「見えないわ。会社員どころか、若い娘にも、普通の中年女にも、何にも見えない。あなたはモンスターよ。怪物」

　ユリコはつぶやいた。あたしもユリコを見つめた。鏡に映る己の姿。二匹の怪物がここにいる。

「あたしが怪物なら、あんたも怪物よ。ユリコ」

　あたしたちは思わず苦笑した。角のラブホテルから出て来た中年のカップルが、あたしとユリコを見て一瞬硬直し、くるりと踵《きびす》を返す。

「あっちへ行け、馬鹿。エッチしたくせに、他人の顔のんびり見るんじゃねえよ」あたしは怒鳴ってやった。

「そんなに気味悪いのかよ」

　ユリコは顔色を変えずに煙草の煙を吐き出した。

「そうでしょうね。同じ格好をした娼婦が二人立っているんだから。だけど、この世には怪物が好きな男もいるわ。不思議なことにね。というより、男があたしたち怪物を生み出すのかもしれないわね」

　あたしは顧客の吉崎や新井を思い浮かべる。彼らはあたしがどんな風になっても、きちんと二週間に一度は会ってくれる。どうしてあの人たちは、あたしが変貌していくのを黙って見ていられるのだろうか。あたしは先週会った時の吉崎や新井の言葉や出来事などを思い出そうとしたが、もはや何も覚えていなかった。いつものように地蔵前で落ち合ってホテルに行き、缶ビールを飲みながら、新井の愚痴や吉崎の自慢を聞いてやり、交わっただけ。何を話したんだっけ。思い出すのは、新井の貧乏臭いスーツの縫い目がほつれていたことや、吉崎のあたしの体をまさぐる指に逆剝けが出来ていたことくらいだった。ユリコがあたしの思いを遮った。

「和恵さん、あたしはいつここに立たせてもらえるの。駄目なら、神泉駅の前でもふらつくわ」

「いけない」あたしはきっぱり否定した。「神泉もあたしの縄張りよ。あたしはマルボロ婆さんの継承者なんだから、あたしの言うことを聞かなきゃ許さないよ」

「マルボロ婆さんって?」

ユリコが何の関心もなさそうに地蔵を見上げて聞いた。

「前にここに立っていた婆さんよ。引退した途端に死んだってさ」

ユリコは煙草のヤニで黄ばんだ歯を剝き出して笑った。

「まずい死に方ね。あたしは今に、客に殺されると思ってる。和恵さんもそうでしょう。それが直引きの運命だもの。今に怪物を愛でる男が現れる。きっと、そいつはあたしたちを殺すわよ」

「どうしてそんなこと考えるのよ。あんたはポジティブじゃないわね」

「この考えがネガティブだとは思わないわ」ユリコは首を傾げた。「二十年以上、娼婦をやってると、男の正体がわかってくるのね。いいえ、男の正体というより、あたしたち娼婦の正体かもしれない。体を売る女を、男は実は憎んでいるのよ。そして、体を売る女も買う男を憎んでいるの。だから、お互いに憎しみが沸騰した時に殺し合いになるのよ。あたしはその日が来るのを待っているから、その時は抵抗せずに殺されるわ」

吉崎も新井もあたしを憎んでいるのだろうか。サディストのエグチもそうか。あたしはユリコの考えていることが理解できなかった。この先に地獄があって、ユリコはとっくに見たというのだろうか。あたしにとって体を売ることは、時には楽しく、時には惨めな商売に過ぎなかったのだ。ユリコは地蔵を指さした。

「このお地蔵様、何」

「知らない」

「あたし、地蔵って大嫌い。訳知り顔してるから。こういうのを作る人って、おそらく男よ。女はこんな偉そうなもの作らないわ」

近くのラブホテルのネオンに照らされ、ユリコの横顔が一瞬、神々しく見えた。高校時代の輝く美しさが蘇り、あたしは時間が戻ったような気がしてぞっとした。

「ユリコ、あんたって本当は男嫌いなの。あんたは男が好きで好きでしょうがないのかと思っていた」

ユリコが振り向いた。正面から見る顔は、太った中年女のものだった。

「男は嫌い。でも、セックスは好き。和恵さんは逆でしょう」

あたしは男が好きでセックスが嫌いということだろう。だったら、あたしは好きな男に近付くために、街娼をしていることになる。それは間違った方法なのか。あたしはユリコの指摘に衝撃を受けた。

「あたしとあなたが一人の人間になったら、うまく生きていけるのよ。でも、うまく生きたところで、女に生まれた以上、何の意味もないわ」ユリコが乱暴に煙草を投げ捨てた。「で、あたしはいつ立たせてもらえるの。和恵さん」

「あんたはあたしが帰ってから来てよ。あたしは十二時二十八分の富士見ヶ丘行きで帰るから、あんたはその後、ずっとここにいていいわ。どうせ夜通し立ってるんでしょう」

ユリコは皮肉っぽく礼を言った。

「ありがとう。和恵さんてずいぶん親切ね。その理由は何かしら。同窓の誼《よしみ》ですか、それとも同級生の姉のお蔭？」

「どちらでもないわよ。あたしは影武者が欲しいだけ。あたしがいない間、この場所を誰かに取られるのが嫌なのよ」

ユリコは品よく笑った。

「影武者？　怖がりね。ヤクザでも来たの」

図星だった。つい口を滑らせたあたしは、そっぽを向いた。

「そういう訳じゃないけど」

「ヤクザなんてほっとけばいいわ。危険な客に会う時は会うんだから。それにヤクザだって、あたしたちがたいした娼婦じゃないのを知ってるから、しつこくしないわよ」

「そうかしら」

「あら、プライドが傷付いたのね。和恵さんてプライドが高いものね」

ユリコは気の毒そうに言ったが、あたしは憮然としていた。ユリコに先輩面されるのだけはご免だった。

「ともかく、あんたは時間までその辺流しててよ。あたしはここで商売するから」

「はいはい、わかりました」

ユリコはコートの裾を翻して神泉駅の方向に歩いて行く。あたしは苛ついて地蔵を見上げる。ユリコに自分を、そしてこの場所を汚された気がしたのだ。

「お地蔵様、あたしは怪物ですか。あたしはどうして怪物になったんですか。教えてください」

無論、地蔵は何も答えない。あたしは夜空を見上げた。道玄坂のネオンが夜空をピンク色に染めていた。上空で風の音がした。そろそろ寒気が舞い降りてきそうだ。宵の浮わついた気分が終わり、厳しい冬の夜の気配がした。『今に怪物を愛でる男が現れる。きっと、そいつはあたしたちを殺すわよ』。ユリコの予言が脳裏に蘇った。あたしは怖くなった。男が怖いのではなく、怪物になった自分が怖いのだった。あたしはもう後戻りできないのだろうか。

「その石像は神様ですか」

背後で男の声がした。恥ずかしいところを見られたあたしは、急いでカツラを直し、振り返る。ジーンズ、黒い革ジャンパー姿の男が立っていた。背は高くないが、がっしりしている。三十代半ば。最近、年寄り客やホームレス客が多かったあたしは、意気込んだ。

「さっきからお祈りしてましたでしょう。だから、神様と思いました」

外国人か。あたしは暗がりから出て、男の顔を見た。髪が薄くなっているものの、顔立ちは悪くない。いい客になるのではないか。

「神様よ。あたしの神様」

「そうですか。確かに綺麗な顔をしていますね。私はたまにここを通るのですが、何の石像なのだろうと思っていました」

男の言い方は丁寧で、穏やかだった。あたしは男の真意がわからず、迷った。

「この近くにお住まいなの」

「はい、神泉駅そばのマンションです」

だったら、男の部屋を使えばホテル代は浮く。あたしは頭の中で計算した。男はあたしが娼婦と気付かないらしい。興味深げに尋ねた。

「あなたは何をお祈りしていたのですか」

「あたしが怪物に見えるかどうかです」

「怪物」男は驚いてあたしの顔を眺めた。「私は綺麗な女の人だと思いますけど」

「ありがとう。ねえ、あたしを買いませんか」

男は余程思いがけなかったのか、数歩後退《あとずさ》った。

「それは無理だよ。私はお金があまりないから」

男はポケットから綺麗に折り畳んだ万札を一枚取り出した。あたしは男の真面目くさった顔を見つめ、この男はどっちのタイプだろうと考えた。あたしの考えでは、客は二種類に分かれる。大概の客は見栄を張り、本心を隠すために嘘を吐く。金を持っている振りをして鷹揚に振る舞う客、文無しだと言って金を巻き上げられないように警戒する客。そのどちらもが自分を偽って、あたしたちにも偽りの愛情を期待する。だが、中には率直な客もいた。最初から金額を提示し、粘り強く交渉する客。そういう男たちは、あたしたちにシンプルなセックスを求め、愛情や情緒などはまったく期待しない。あたしは、その手の客が苦手だった。なぜなら、そういう男ほど欲望が強く、女の価値に対してシビアだからだ。正直に言えば、あたしは自分の魅力に自信がなかった。年齢、容貌、テクニック。どれを取っても、あたしはただセックスするだけの娼婦になるしかないのだった。あたしは男に尋ねた。

「あんた、一万円しか持ってないの？」

男はむっとした様子で手の中にある紙幣を見て反論した。

「一万円も、持っています。しかも、これを全部遣うわけにはいきません。私は明日、この金で新宿まで行かなくてはいけないから」

「渋谷から新宿までなら、百五十円もあれば行けるじゃない。往復三百円」

あたしの言葉に男は首を振った。

「昼ご飯も食べるし、煙草を買わなくちゃいけない。友達に会ったら、ビールの一本くらい奢らなくては男じゃない」

「じゃ、千円もあればいいわ」

「いや、二千円は必要だ」

「だったら、八千円」

あたしは男の気が変わらないうちに、急いで腕を組んだ。男は呆れた顔であたしの腕を振りほどいた。

「あなたはたった八千円で身を売るのか」

信じられない、と男は何度も口にした。あたしも自分自身が信じられなかった。ホームレスの男に八千円で商売してから、あたしの中で何かが壊れ始めていた。客なら、どんな相手でもいいし、どこでやっても構わない。料金だって、最低三万円は欲しいのに、いつの間にか、金が取れるのなら幾らでもいい、とまで思っている。どうやら、あたしは最低のランクの娼婦に成り下がったらしい、と気付いたのは、男の言葉を聞いてからだった。

「そんな安い女を買うのは初めてだよ。大丈夫かな」

「何が大丈夫だって言うの」

「あんたはそれほど歳もいってないし、厚化粧だけど、それほどブスじゃない。どうしてそこまで自分を安く売るのか不思議だからだよ」

男の目の端に軽蔑が浮かんだ気がした。あたしは慌ててバッグをまさぐって社員証を見せた。

「言っておくけどね、お客さん。あたしは、こう見えても大会社の社員なのよ。それにQ大学出てるし、頭がいいんだから」

男は街灯の下に行って社員証をためつすがめつ眺め、何度もうなずきながら返して寄越した。

「感心したよ。あんたはこれから商売するたびに、この社員証を見せた方がいいよ。一流会社のあんたを気に入る客もいるだろうから」

「いつも見せてるわ」

あたしの答えを聞いた男は、白い歯を見せて笑った。その笑い方には、あたしの心を躍らせるものがあった。かつてあたしが味わったことがあり、今はもう滅多に見られなくなった男の笑み。あたしより優れた男が、劣ったあたしを可愛いと思って表す余裕。あたしは男に可愛がられるのが好きだった。男があたしより優れていると感じる瞬間を好んだ。そして、優れた男があたしを誉め称えてくれるのを待った。父親がそうだったし、入社当時の上司は皆、そういう風にしてくれた。懐かしさのあまり、あたしはわざと子供っぽい甘え声を出して、男の顔を見上げた。

「ねえ、どうして笑うの。あたし、何か変なこと言った?」

「おやおや、あんたは可愛いね。私はね、あんたはきっと、自分の価値を上げようとしてやってるんだろうなと思って笑ったんだよ。現実は違うのに」

　あたしは男の言うことが理解できなかった。吉崎のように、Q大卒で一流会社の社員であるあたしと付き合いたがる男もいるはずだ。だから、あたしは客に社員証を見せていたのに。この男はいったい何を言いたいのだろう。

「現実は違うって、どういうこと」

　あたしは甘える素振りで、男の二の腕にがっしりと付いた筋肉を確かめて聞いた。男は肉体労働を長くやったに違いなかった。

「まあ、そのことはいいよ」

　男はあたしを軽くいなし、のんびり歩きだした。

「ねえ、待って。お客さん、どこでやる。あたし、外でもいいわよ」

　男が手招きしたので、あたしは慌てて後を追った。八千円でもいい。どこでもいい。この男を逃したくなかった。理由ははっきりわからなかったが、もしかすると、さっき男があたしに見せた笑みをもう一度見たかったのかもしれない。あるいは、男が言いかけた『現実は違う』ということをもっと知りたかったのかもしれない。男は暗いT字路を左に曲がり、谷間にある神泉駅に向かって道を下りて行った。男の部屋に入れてくれるのだろうか。あたしは生暖かい夜気を頬に感じ、半ばわくわくしながら歩いた。神泉駅前の細い道路に出た男は、そのまま百メートルほど行き、やがて四階建てのマンションの前で立ち止まった。マンションは古びていたし、玄関は長く掃除していないのか古新聞や空き瓶などが置いてあって荒れていた。だが、駅にも近いし、間取りも狭くはなさそうだ。あたしは褒めた。

「いいとこに住んでるじゃない。あなたの部屋、何号室なの」

　男はあたしに声を出すなというように唇に指を当て、階段を上った。マンションとはいえ、エレベーターもない。しかも、階段はゴミだらけだった。

「ねえ、何階まで行くの」

「私の部屋は友達がいるから駄目なんだ」男は低い声で囁いた。「だから、屋上でいいかい」

「いいわ。今日は暖かいから」

　またしても外。承知はしたものの、屋外での性交は気持ちいい反面、排泄行為めいていて、割り切れないところもある。あたしは少し迷いながら階段を上った。四階から屋上に向かう階段に、引出しの中をぶちまけたように荷物が捨ててあった。酒瓶、カセットテープ、手紙類、写真、シーツ、破れたTシャツ、英語のペーパーバック。男は歩きにくそうに、それらを蹴飛ばして上っていく。あたしは男が蹴った一枚の写真に目を留めた。白人の若い男を囲み、日本人の若い男女が笑っている写真だった。同じような写真が何枚も捨ててある。

「それはカナダ人の語学教師だよ。家賃を滞納したんで数カ月屋上に住んでいた。その時要らないからと言って、階段にゴミを捨てたんだ」

「写真も手紙もゴミなの？　日本人は人から貰った手紙や自分の写っている写真は絶対に捨てないわ」

暗がりの中で男は笑った。

「要らないものはゴミでしょう」

あたしはこんな風に過去を捨てられたらどんなにいいだろうと思い、男がしたように一枚の絵葉書をパンプスの踵で踏みにじった。絵葉書はハワイらしい風景のもので、拙《つたな》い英語が書いてある。捨てられ、踏み付けられ、忘れ去られる好意や愛情。要らないものはゴミ。

「ショックですか」男が振り向いてあたしの顔を覗き込んだ。「日本人はこういうのを見ると嫌でしょう。でも、私らは外国人の出稼ぎだから、日本でのことは忘れてしまいたいことです。一生の中の空白の期間。どうでもいいこと。大事なものは皆、祖国にあるから」

「祖国があっていいわね」

「でしょう」

「あなたは中国人？　名前、何ていうの」

「チャンです。私の父は北京の高官でしたが、文化大革命で失脚しました。私は下放政策で、黒竜江省の小さな人民公社に行かされたのです。そこでは父のことを言われてずいぶん苛められましたよ」

「インテリなのね」と、あたしは感心してみせたが、チャンの言うことは信用できなかった。

「いいえ、そういう生まれでしたが、阻まれたんです。あなたには想像もできないでしょうが」

チャンがあたしに手を差し伸べて言った。あたしはその手に摑まり、ちっぽけな屋上に出た。ほんの八十センチ程度の高さのコンクリート塀に囲まれた屋上には、あたかも壁と屋根のない部屋のように冷蔵庫やマットレスなどが残っていた。薄汚いマットレスは破け、中のスプリングが覗いていた。錆の浮いたトースター、蓋の壊れたスーツケース。件《くだん》の語学教師が暮らしていた跡なのだろう。あたしは道路を見下ろした。人気《ひとけ》のない通りを、車がスピードを出して走って行く。隣接して建っているアパートの二階の部屋から、男女の話し声が聞こえた。神泉駅に渋谷行きの井の頭線が入って来る。

「誰にも見えないからここでしましょう」チャンはあたしに向き直った。「服を脱いでください」

「全部脱ぐの？」

「当たり前でしょう。あなたの体が見たいんだから」

チャンは腕組みをして、汚いマットレスの端に腰を下ろした。あたしは仕方なく全裸になった。寒さに震えているのに、チャンは首を振った。

「こんなことを言って悪いけど、あなたの体は瘦せ過ぎていて、魅力がないです。あなたに八千円も払えません」

あたしは頭に来て、バーバリのコートを羽織った。

「幾らならいいの」

「五千円てとこかな」

「それでもいいわ」

諦めてあたしが承諾すると、チャンが呆れ顔をした。

「何で、それでいいの。信じられないよ」

「だって、あなたが言うから」

「それは交渉してるからでしょう。あなたはあまりにも客の言いなりになっている。きっとそうやって暮らしてきたんだ。それでは中国じゃ生きていけないよ。あなたは日本に生まれて幸せだったよ。私の妹なんか、逞しかったよ」

チャンが何を言いたいのかわからない。あたしは途方に暮れた。折から、強い北風が吹いてきて、生温い夜気を払った。あたしはマットレスの破れた布がはためくのを黙って見ていた。チャンが苛立ったように言う。

「さあ、どうするの」

「あなたが決めてよ。あたしは客に応えようと思っているだけなんだもん」

「商売してるんでしょう。どうしてそんなに覇気がないのか信じられない。あなたは魅力ないよ。あなたは会社でも自己主張なんかしたことないんでしょう。日本人みんなそうだよね。あなたは自己主張しないから、もっと楽な娼婦になったんでしょう。きっとそうだよ」

　面倒臭い客だ。あたしはエグチの要求の方がわかりやすくてまだましだったと思い、のろのろと服を拾った。

「どうしたの。まだ服着ていいって言ってないよ」

　チャンはおかしそうに言って、近付いて来た。

「だって、あんた面倒だから。あたし、説教されたくないし」

「説教されるの好きなくせに」

　チャンがあたしを抱き竦めたので、あたしは身を任せた。素肌にチャンの着ている革ジャンパーの表面が冷たく当たる。

「お客さん、早く脱いでよ」

「私は脱がない。それより舐めて」

　あたしは跪《ひざまず》いてチャンのジーンズのジッパーを下ろした。チャンが自分の性器をトランクスから摑み出し、あたしの口の中に押し込んだ。チャンはあたしに舐めさせながら、喋っている。

「あなたはほんとに従順。あなたは客の私の言いなり。どうしてそんなことする。Q大学っていうのは、私知りませんけど、日本の一流大学でしょう。中国で大学出た女はそんなことしないね。皆、自分のキャリアアップのことしか考えないよ。あなたはキャリアなんか諦めたんでしょう。そして、会社に従順になるの疲れたから、会ったことのない男に従順になっているんでしょう。違いますか。男は実は従順な女のこと好きじゃない思います。私の妹、すごく魅力的だったね。美《メイ》君《クン》という名前でしたけど、もう死にましたけど、私尊敬して、とても好きでした。どんなに苦しくても辛くても、這い上がっていこうとして前向きだったね。私、後ろ向きになった女、嫌い。あなたのこと、絶対好きにならない。だから、酷いことしてる」

　チャンは話しながら昂った。あたしは口を離し、急いでバッグからコンドームを取り出して被せた。チャンはマットレスの端に腰掛けたままあたしを抱きかかえ、唇に激しいキスをした。あたしは驚愕した。客にこんな風に抱かれたことがなかったのだ。チャンが腰を動かすと、あたしの内部に今までなかった変化が訪れた。これはどういうこと。あたしは焦った。今までいく振りをしていたあたしに、とうとう本物のあれがやってくる。嘘。嘘。あたしはチャンの革ジャンパーにしがみついた。

「助けて」

チャンは驚いてあたしの顔を見、それから果てた。あたしは息を切らして、チャンに寄りかかったが、チャンは素早く身を離した。

「今、助けてって言ったのはなぜですか」チャンはあの真面目くさった顔で聞いた。「私はあなたを妹と思って抱きました。だから、あなたは気持ちよかったんでしょう。だったら、私に感謝してください」

さらに値切られるのだろうか。あたしはまだ荒い息を吐き、そんなことをぼんやりと考えていた。気付くと、カツラが取れて後ろに落ちており、チャンがそのカツラを弄《もてあそ》んでいた。

「妹の髪の長さ、このくらいあったね。私、可哀相なことしました。あの子が海に落ちた時、見殺しにしたんです」

チャンは暗い面持ちでつぶやいた。

「ねえ、お客さん。身の上話も聞いてあげてるんだから、八千円ちょうだい」

チャンが顔を上げた。思いを中断された苛立ちが表れていた。

「確かにそうだね。あんたは身を売るのが精一杯で、客の話なんか聞きたくないだろう。自分のことしか頭にないんだろうから」

チャンは腹を立てて、言い捨てた。俄《にわか》に北風が吹いてきて、屋上のゴミを巻き上げる。チャンは臍の辺りまで下げていたジャンパーのジッパーを勢いよく上げた。ここで機嫌を損ねられて支払いで揉めるのは嫌だったが、あたしはチャンをやり込めたくて、うずうずしていた。何も知らない外国人のくせに。あたしの悩みなんかちっともわからないくせに。あたしの中でチャンに対する憎しみが募った。だが、最も癪に障ったのは、あたしが初めて性交で気持ちよくなったというのに、冷たく身を躱されたせいだったかもしれない。そのうち、あたしの悩みっていったい何だったんだろう、果たして悩みなんかあったのかしら、とあたしは訳がわからなくなった。

「あたしが馬鹿だって言うの。失礼しちゃうわ」

「そうだよね。あんたは一流企業に勤めているんだものね。日本のいい大学を出てるんだものね」

チャンの口調が意地悪かったので、あたしはむきになった。

「そうよ。あたしのお得意さんの中には、あたしと寝るだけじゃなくて、話すのが楽しいっていう大学教授だっているのよ。あたしはその先生と専門分野の話をして、先生の研究成果も聞いてあげて、アカデミックな関係を結んでいるわ。他にもいる。もう一人のお得意さんは製薬会社の営業部次長なのよ。あたしはその人の仕事上の愚痴を受け止めて、ちゃんとアドバイスしてあげて感謝されているわ。だから、あたしだって客の話は聞くわよ。でも、それはあたしをホテルに連れて行ってくれて、お金もそれなりに払って、しかもあたしと話せるだけのインテリでなくちゃいけないのよ」

チャンはあたしの話を聞いているのかいないのか、退屈そうに唇の端を掻いている。強い風に頭髪があおられて、後退した生え際が見えた。何だ、ハンサムな顔してるけど、ハゲじゃん。あたしは吹きっ晒しの屋上で商売をさせられたことにも、腹が立ってきた。ホームレスの男の時は服を脱がなくても済んだし、すぐに終わった。それにあたしが痩せてるだの、従順過ぎるだのと説教する男じゃなかった。逆に、気のいい娼婦だと感謝され、崇拝されたはず。あたしは、使用済みのコンドームを屋上のでこぼこしたコンクリートに投げ捨てた。チャンの精液がこぼれ出る。

「ゴミみたいに捨てますね」

チャンがそれを見て感想を洩らしたので、あたしは笑った。

「さっき、日本でのことは忘れてしまいたいと言ったばかりじゃない。あたしのことも階段のゴミみたいに捨てるでしょう」

チャンは黙って振り返った。扉の開いた階段の降り口から、黄ばんだオレンジ色の光が見えたが、それは地中に潜っていく洞窟のように見えた。ゴミ捨て場になっている階段。あたしはチャンを詰《なじ》り続けた。

「あんたはやってる最中に妹のことばっかり言ってたけど、あんたって変態よ。それはいけないことじゃないの」

「なぜ」チャンは不思議そうに顔を上げた。「何がいけない」

「あんたはまるで妹と近親相姦してたみたいだわ。でなきゃ、そういう願望があったんじゃないの。それはケダモノじゃない」

「ケダモノ」チャンは首を捻った。「素敵でしたよ。だって、兄妹だけど夫婦なんだから。最も深い関係じゃないですか。私たちは一度も離れたことなんかなかった。ただ、妹は日本に来る時、私を騙して裏切ったんです。自分だけ先に密航しようとして、私を騙して逃げたんです。私は必死にあの手この手を使って追い付いた。だから、妹が海で溺れた時も運命だと思ったね。手を差し伸べたけど届かなかったのは、端《はな》から助ける気がなかったのかもしれないね。後から思うと可哀相だったけど、あの時はいい気味だと思ったよ。私は悪魔ですか。娼婦のあなたは何ですか」

そんなことはどうでもよかった。眼前の男が実の妹を見殺しにしようとどうしようとあたしには関係ないことだった。あたしはトレンチコートの前を掻き合わせ、駅前で貰ったティッシュペーパーで口紅を押さえた。

「海に落ちたんです」チャンはもう一度言い、首を竦めた。「仕方ないけど、悲しいね。ほんと。忘れられませんよ、あの手。私を見た最期の目付き」

あたしはチャンと話しているのが面倒になった。最近はわからないことがあると、考えるのが嫌になる。あたしの脳味噌は確実に萎縮してきている。あたしは円山町の丘の方を眺めた。谷のどん底にあるような神泉駅前にいると気持ちも沈む。道玄坂の光が恋しかった。そのうち、あたしは地蔵前のシマをユリコに取られてしまいそうな気がしてきて、焦った。話はもういいから、早く料金を払ってくれないだろうか。あたしはチャンの様子を盗み見た。だが、チャンはまだ話し足りないのか、煙草を取り出して百円ライターで火を点けた。

「あなたはきょうだいがいますか」

あたしはうなずく。妹の辛気臭い顔が浮かんだ。

「いるわ。妹」

「どんな人」

メーカーに勤める真面目な妹。毎日七時半に家を出て、六時にはスーパーに寄って帰宅する律義な妹。会社には弁当を持って行き、毎月十万以上は貯金する吝嗇な妹。あたしは子供の頃から妹が大嫌いだった。あたしの成功も失敗もこっそり陰で観察し、同じ轍《てつ》は絶対に踏まないように学習する要領のいい女。あたしの稼いだ金で大学に行き、母とつるんで上品ぶっている女。

あたしは不意にユリコの姉のことを思い出した。あいつもあたしと同じように妹に苦しめられてきたはずだ。姉を凌駕する妹ほど、憎たらしい存在はない。でも、あたしは妹に勝っている。なぜなら、あたしは妹が絶対にできないことを今やってのけているのだから。あたしは娼婦。それも立ちんぼ。あたしは湧き上がってきた勝利感に笑った。チャンがまたしても聞いた。

「妹が死ねばいいと思ったことある？」

「いつも思ってる。他にも死んでほしい人はいるけど」

「誰」

チャンは真剣な顔で聞く。あたしは首を傾げる。誰だろう。死んでほしい人。母、妹、室長。大勢いて、顔も名前も思い浮かべることができなかった。あたしは誰も好きじゃないし、誰にも愛されていないと気付く。あたしはたった一人で都会の夜の海を漂っているのだ。チャンの妹が暗い海から手を差し伸べる様を想像した。あたしはチャンの妹みたいに助けなど求めない。あたしは都会の凍える海で手足を麻痺させ、水圧で肺を押し潰され、波にさらわれて死ぬ。でも、こんな心地よいことはなかった。あたしは解放された気持ちになり、大きく伸びをした。チャンが煙草を投げ捨てた。

「あなた、今までで一番酷い客はどんな客」

あたしはすぐさまエグチを思い出した。

「排便をしろ、と言った客」

チャンは目を輝かせた。

「あなたはその時、どうしました」

「したわよ。客がマジだとわかったら、恐怖で出たわ」

あたしがエグチの要求に応えると、エグチは笑いながら罵倒し続けたのだった。

『他人の前でよくできるな。お前は人間じゃない、犬畜生以下だ。お前は最低だ。お前は女じゃない。女だとしたら、史上最低の汚い女だ』

「じゃ、あなたは何でもできますか」

「おそらくね」

「あなたは私より偉い人です。私もいろいろしました。私はある有名な女史の愛人もしたね。でも、あなたの方がきっと偉い」

チャンがポケットから綺麗に折り畳んだ万札を差し

出した。あたしは我に返って財布から、二千円の釣りを渡そうとした。すると、チャンが押し返した。

「お釣り、要らないの？　それともあたしに一万円くれるの」

「いや、あげない。最初の約束だからね。それより、あなた二千円稼ぐつもりありませんか」

　チャンはあたしの耳許で囁いた。あたしは慌てて千円札を引っ込めた。

「どうやって稼げるの」

「私の部屋、このすぐ下だけど、友達がいます。その友達、女の人がいなくて寂しくて、いつもいつも悩んでいるね。可哀相です。あなた、その友達を助けてあげませんか。追加料金で二千円。どう。私は友達思いだから奢ってあげようと思うのです」

「安過ぎるわよ」

　あたしは嫌な顔をしてみせた。だが、屋上で凍えたあたしは、屋内でゆっくり寛ぎたかった。それにトイレにも行きたい。

「駄目？」チャンは狡猾な表情で尋ねた。「いいじゃないですか。すぐ終わります。それにあれを着ければ安全」

　チャンがさっきあたしが投げ捨てたコンドームを指さした。

「じゃ、トイレ貸して」

「お安い御用です」

　あたしはチャンの後について、再びゴミが散らばった階段を下りた。チャンは四階の端の部屋の前に立った。緑のペンキの剝げたドアの前に焼酎やビールの空き瓶が並んでいる。いかにも自堕落な男だけの住居という感じだった。チャンは鍵を開けて、先に中に入った。部屋は、ハンバーガーのような肉臭さと、男の体臭が漂っていた。狭い三和土《たたき》に踵の潰れたズックや埃にまみれた靴が脱ぎ捨てられている。

「若い人は私と違う」チャンは笑ってあたしに説明する。「私たちは自分で食事作ります。でも、若い人はマクドナルド好きね」

「友達って若いの」

　若い男なら、要求も激しいだろう。普段、老人ばかりと商売しているあたしは、嬉しいような怖いような気持ちがして少したじろいだ。チャンがあたしの背を押す。あたしは三和土で立ち竦んだ。

「若い人と、私くらいの人がいます」

二人もいるの？　と驚いた刹那、中国語が聞こえた。襖が開き、黒いシャツを着た目つきの悪い男が現れた。年の頃はチャンと同じ。脂気のない真っ黒な髪を長く伸ばし、シャツの前を大きくはだけている。

「この人、ドラゴンという名前です」

ドラゴンが相手か。あたしはにやにや笑って挨拶した。

「こんばんは」

「誰。チャンの友達ですか」

「そうよ。よろしくね」

ドラゴンとチャンが目交ぜしたので、あたしは警戒して奥を覗いた。六畳間と三畳間に小さな台所と風呂が付いている。ここにいったい何人の男が寝起きしているのだろう。チャンは友達と言ったが、ドラゴン一人だろうか。

「靴脱いで、どうぞ」

チャンが屈んであたしの靴を脱がそうとしたが、あたしは自分で脱いだ。男たちの汚い靴の間に納まるあたしのパンプス。何カ月も掃除していないのか、畳の目に綿埃が詰まっている。異国のゴミ。

襖の陰にもう一人の男が潜んでいるのに気付いたのはその時だった。男はあたしに見られたのを知って薄い眉を動かしたが、表情はほとんど変わらなかった。灰色のジャージの上下を着て、眼鏡を掛けている。

「あれは沈毅《ツェンイー》という名前です。新小岩のパチンコ屋でバイトしてる」

「ドラゴンさんは」

「私はいろんなことしてます。ひと口に言えない」

ドラゴンは明言しなかったが、その形《なり》や表情からおそらく胡散臭い仕事であろうことは見当が付いた。ドラゴンはあたしをじろじろと見て、沈毅と視線を交わしている。

「あたしはたった二千円で誰と商売すればいいの」

開き直ったあたしは畳の上に仁王立ちになり、チャンを責めた。暖かい室内に入ったのはいいが、どこで誰とするのだろう。話が違う。

「沈毅とドラゴン、どっちが先がいいですか」

「二人で二千円なの。嫌だわ」

「さっきいいって言ったでしょう」チャンがあたしの二の腕を摑んだ。「あなたは何人とはっきり聞かなかった。だから私、あなたが承知したと思ったね。ここで逃げるのは駄目よ。違反です」

あたしは諦めて沈毅を指さした。得体の知れないドラゴンより、寡黙で若い沈毅の方がましだと思ったのだ。

「ダメダメ」と、ドラゴンがあたしを遮る。「年齢順でチャンさんから。中国の礼儀」

「この人は今やったからいいのよ」

あたしは叫んだ。チャンが苦笑して、ドラゴンに何か中国語で命じた。それを受けてドラゴンが沈毅にまた何か言う。あたしは苛立った。

「今、何て言ったの」

「一人ずつがいいか、全員でやるのがいいか」

「やめてよ」あたしは怒鳴った。「一人ずつに決まっているでしょう、当たり前よ」

「だけど、あなたは言ったね。何でもするって。あなたはきっと平気ですよ。だから、私たちの言うがままになった方が楽しいよ」

沈毅が隣の部屋から現れて、ドラゴンにどうぞという仕草をした。ドラゴンがあたしに何か言った。

「ドラゴンはこう言いました。あなたは痩せてて、あまりいい女じゃないって。だけど、女を抱かないで半年以上経っているから、あなたでもいいって」

「酷いじゃない」

「酷いですか」チャンが笑った。「私たちがこの国に来て、いつも言われるのは私自身の価値ね。顔がいいとか、体がいいとか、頭が切れるとか、よく働くとか。動物の品定めでしょう。あなたもそうよ。あなたも自分を売ってるんだから、品定めされて値段付けられて当然でしょう。それが好きで、この商売やってるんじゃないの。違いますか」

あたしは抗弁しようとしたが、ドラゴンがあたしのコートを剝ぎ取って床に押し倒したのでできなかった。ドラゴンは乱暴にあたしの青いスーツの上着をたくし上げ、スカートをめくった。チャンや沈毅の目の前であたしは犯される。初めての経験。あたしは最低の娼婦。あたしは固く目を瞑った。

「こっち見て。昂奮するよ」

チャンの愉快そうな声がしたので、あたしは渋々目を開けた。真横に、チャンの白い靴下と沈毅の裸足の足が見えた。

ドラゴンと呼ばれた男はしばらく風呂に入っていないらしく、きつい体臭がした。あたしはドラゴンを迎え入れたものの、臭いにたえられなくて思わず鼻を手で押さえた。あたしの反応など気にも留めずに、ドラゴンはあたしの上で激しく動いた。あたしは固く目を閉じて鼻を摘み、石の地蔵のように冷たく横たわっていた。いつもと同様、何も感じなかった。あたしの体の中に男のあれが入る。ほんの少しの辛抱。それだけ。時々、演技するけど、それも必要なかった。

チャンと沈毅がすぐ横で凝視しているのは知っていたが、あたしにとってはそれもどうでもいいことだった。チャンの言うように昂奮もしなければ、男二人の眼前で商売させられることの恥ずかしさも、怒りもない。ただ、二千円で二人の男を相手にすることが、あたしの頭の中を駆け巡っていた。メリットがない。損だ。なのに、どうして承知したのだろう。そのうち、トイレを借りようと思ってチャンの部屋に寄ったにも拘わらず、忘れていたことを思い出し、あたしは自分の感覚が鈍くなったのか、鋭くなったのか、わからなくて混乱していた。屋上でチャンと関係して気持ちがよかったこと。あれはあたしの初めての快感だったのに、なぜ持続しないのだろう。毎回同じように思えて違う。セックスって不思議だ。ユリコに出会って以来、あたしは夢の中を漂っているようで心許なく、それがとても心地よい。

ドラゴンがあたしの肩を強く摑んで、奇妙な声を上げた。排泄。そんな気がしないでもなかったが、あたしは無感覚で天井の茶色く広がった染みを眺めている。四階のこの部屋のちょうど真上が、さっきあたしとチャンが交わった屋上の辺りだった。あたしが投げ捨てたチャンのコンドームからこぼれた精液が染みとなって広がり、天井を汚しているのではないだろうか。あり得ない夢想が湧く。

客が喘いだ挙句に出すあの白い液体が、あまりに微量なので驚くことがしばしばある。あんなちっぽけな結果のために、男たちはあたしたち娼婦を買う。夜のあたしが昼のあたしを凌駕してしまって、夜のあたししか存在しなくなったのは、男のあの液体のためという事実。あたしは男に生まれなかった自分を、この夜、初めて幸せだと心の底から感じた。なぜなら、あたしは男の欲望がつまらないものだと知ったから。そして、それを受け入れる存在になったから。

あたしはユリコの異様な落ち着きがやっと理解できた気がした。ユリコは少女の頃から、自分の肉体を使って、世界を手に入れていたのだ。ありとあらゆる男の欲望を処理することは、男の数だけの世界を得ることだ、たとえそれが一瞬だとしても。あたしは嘆息した。勉強でも仕事でもなく、男にあの液体を吐き出させることが世界を手に入れるたったひとつの手段だったのだ。今、あたしはそうしている。あたしは束の間の征服感に酔った。

中国語の遣り取りが聞こえたので、あたしは目を開けた。チャンと沈毅があたしとドラゴンの横に座って、真剣にあたしの顔を凝視していた。まだ二十代半ばらしい沈毅は、顔を赤く染め、股間を手で押さえていた。どう、感じたでしょう。あたしは横たわったまま沈毅を眺める。沈毅は怒ったようにあたしの視線を避けて目を伏せた。

「次は沈毅」

チャンが沈毅に促した。沈毅は衆目の中で性交するのが嫌だと見えて、こわばった顔で何か抗議した。だが、チャンは許さなかった。チャンはたったの二千円で、あたしとドラゴンと沈毅を手なずけた。だから、あたしはまだチャンの世界を飲み込んではいない気がする。チャンを征服しなくてはいけない。あたしは腕を伸ばしてチャンの膝を摑んだ。

「あんたが来てよ」

だが、チャンはあたしの手を払い、沈毅を突き飛ばした。

「ほら、行け」

沈毅は渋々ジャージを脱いだ。すでに勃起した性器を見て、ドラゴンが何か言った。あたしは傍らに置いたバッグからコンドームを出して沈毅に渡した。沈毅は慣れない手付きで装着した後、眼鏡を外して畳の上に置いた。とろい奴。ドラゴンが眼鏡を拾い上げて、鼻先に引っかけておどける。ドラゴンの眼差しから卑しさと鋭さが消えて、放心しているみたいな柔らかな膜があるのに気付き、あたしの表情もきっとそうだろうと思った。

沈毅があたしを抱く。驚いたことに、沈毅は下手なキスをした。チャンと同じ。あたしは目を上げてチャンを見た。あたしの顧客は皆、性交するだけ。古崎も新井もそうだ。キスなんかしたことないし、したくもない。チャンの視線があたしと絡んだ。あたしは屋上でのチャンとの性交を蘇らせる。生まれて初めての絶頂感。あれをもっと感じたら、あたしは自分の世界も征服できる。きて。あたしは沈毅の背中に腕を回した。沈毅と一体になって上り詰めたい。あたしの左の太股をチャンの手が撫でているのに気が付いた。温かな手。ドラゴンが真似をして、右側を触る。あたしは三人の男たちに弄ばれているなんて、これっぽっちも思わなかった。あたしは女王だ。気持ちいい。その時、沈毅と一緒にあたしは生涯二度目の絶頂感を味わった。チャンがあたしの頭に手を置いて囁く。声が興奮で掠れていた。

「いい気持ちでしたか」

あたしは起き上がって、とっくに外れて畳の上に転がっているカツラを拾う。沈毅は恥ずかしそうに後ろを向き、急いで服を身に着けていた。ドラゴンはあたしの体をじろじろ眺めながら煙草を吸っている。あたしはカツラを被ってピンで留め、身繕いをした。

「トイレ貸して」

チャンが玄関横にあるベニヤ板のドアを指示した。立ち上がったら目眩《めまい》がする。当たり前だ。立て続けに三人の男と商売したなんて初めてなんだから。初めてのことばかりでくたびれたあたしはよろめいて歩き、トイレのドアを開けた。床が小便で濡れていた。男所帯のあまりの汚れ方に吐き気を催す。あたしはこの便所や階段のゴミ、畳の目に詰まった埃と同じ。だから、どうしたの。あたしの中で、また別の感情が立ち上がる。だからどうした。でも、惨めさは消えない。あたしは涙をこらえて用を済ませた。

「私ともう一度しますか」

チャンがトイレから出て来たあたしの目を捉えて言ったが、あたしは首を横に振る。

「トイレ汚いから気持ち悪い」

「これが現実です」

こんなことが現実。では、あの絶頂感は何だったのか。あたしが束の間に味わった征服感は？　さっきの感情がまたしても湧き起こる。だからどうしたって。だからどうした。これが現実。だったら、あたしは世界を制覇した夢の中に永久に留まっていたい。

「帰るわ」

身支度を整えたあたしは、パンプスを履きながら振り返ったが、男たちは誰一人としてあたしの方を見なかった。


地蔵前に戻ったのは十一時半だった。そろそろユリコが戻って来る。あたしは腕時計を眺め、ユリコの姿を探したが現れない。寒さと疲労で焦れたあたしは、手帳を破ってユリコに手紙を書いた。

「終電に間に合わないから帰ります。あたしは今日、外国人の男三人を相手にしました。それも三人一緒に。あたしはゴミに違いないけど、あの時だけは世界を制服したように感じたのはどうしてだろう。あんたが知っていたら教えてよ」

地蔵の前に置き手紙をしたが、急に馬鹿馬鹿しくなって手紙を破いた。知ったからと言って、どうしようもないではないか。ユリコが吐き捨てるように言った言葉。『あたしは男が嫌いでセックスが好き。あなたは男が好きでセックスが嫌い。一人でひとつになったらちょうどいいけど、女に生まれた以上意味がない』。その通りだった。今夜のあたしは、女でいることにひどくくたびれている。帰ろうと歩きだした途端、背後からユリコの声がした。

「和恵さん、景気はどうだった」

あたしにそっくりの扮装をしたユリコがゆっくりと坂を下りて来た。真っ黒な長い髪。白塗り。青いアイシャドウに真っ赤な口紅。あたしは自分の幽霊を見ているようで、背中に鳥肌を立てる。最低の娼婦。たった数ccの精液のために存在する女。怪物。あたしは逆にユリコに尋ねた。

「あんたこそ、どうなの」

ユリコは指を一本出した。

「一人。六十八歳の男。Bunkamuraで恋愛映画を観て昂奮したんだって。十年ぶりに女を買いたくなっちゃったそうよ。可愛いでしょう」

「幾ら貰ったの」

ユリコは再び指で表した。四本。四万円か。あたしは羨ましくなった。

「いいわね」

「四千円よ」ユリコは他人事のように笑う。「こんなに安く客を取ったのは初めてだわ。それしか持っていないって言うから、承知したの。二十代の頃のあたしは、ひと晩三百万円貰ったこともあったのにね。歳を取ると価値が下がるのはどうしてかしら。若くて美しくたって男の目的は同じなのに、若いというだけで意味があるのは不思議だわ。どうせ抱くなら、歳を取っていようと若かろうと同じだと思わない？」

「年寄りでも醜くなかったらいいんじゃない」

「違う」ユリコは厳然と首を振る。「容貌は関係ないわね。男は若い女を相手にしたいの」

「そうかしら。ねえ、あんたは何でそんなに醜くなったの」

あたしの厭味にユリコは顔色も変えなかった。

「さあね。運命でしょう。あたしは周りが騒ぐほど、自分の容貌に関心はないし、今は気が楽だわ。これが本当の自分なのよ。衰退することっていいわ。男の本質が見えてきて、同時にあたしがどうしてこの世の中に生きているのかもわかってくる。ねえ、客が若い娼婦を買いたがるのって、肉体の魅力じゃないのよ。若いということは未来があるから、男たちは若い娼婦が持っている時間を買うんだと思うわ。あたしたちは違う。だから、普通の男たちは憂鬱になるのよ。さっきの客もあたしと寝た後、寂しそうだった。男ってきっと弱いのよ。女が醜かったり、歳を取っていて暗かったりすることにたえられないのよ。あたしたちが男の持つ弱さを露わにする。だけど、あたしたち怪物を好きな男は衰弱とか衰退とか、醜悪を好んでいる。あたしたちをもっと堕落させて、ぼろぼろにして最後は殺すの」

あたしはユリコの話を黙って聞いているのが面倒になった。ユリコの娼婦哲学なんか知りたくもなかった。

「そんな話、どうでもいいわ」

「そうね。考えないのも怪物になる手だわ」ユリコはショルダーバッグから煙草を取り出して言った。「和恵さんはどんな客と会ったの」

「外国人三人。中国人だった。一人三万で、九万円の儲けよ」

あたしは嘘を吐いた。ユリコが煙と共に嘆息した。

「あら羨ましい。そんないい客ならあたしにも紹介して」

「嫌よ」

「あたしはお金を貰ったから羨ましいわけじゃない。和恵さんにそれだけ払ったのなら、その人は怪物好きだからよ。あなたも醜いもの、和恵さん。あなたに夜会った子供は泣きだすわ。しかも、あなたは未来がない。どんどん堕落する。会社に行けなくなって、誰もあなたの姿を目に入れないようになる」

ユリコの目が輝いた。あたしは最低の娼婦なのに、さらに落ちるのだと思ったら、さすがに怖くなった。ユリコの予言。いずれ怪物好きの男が現れて、あたしを殺す。あたしはチャンに殺されるのだろうか。屋上で身を躱された時の屈辱を思い出した。チャンはあたしが嫌い。セックスも嫌い。だけど、怪物が好きだったら。

突如、強い風が吹いてきて、あたしがちぎった手紙が舞い上がり、吹雪のように飛んで行った。ユリコが不思議そうに紙吹雪を見送る。あたしはトレンチコートの前を掻き合わせながら、チャンの心の中を覗いてみたいと思った。言葉は柔らかくても、嘘に満ちた汚い世界。でも、あたしはその汚い世界を受け入れ、しかも喜んだのだ。あたしはチャンの得体の知れなさの方が、エグチなんかよりずっと怖かった。

「ねえ、ユリコ。あんたはお姉さんのこと、どう思っていたの」

ユリコは答えず、地蔵に微笑んでみせた。

「ねえ、どうなのよ」

あたしはユリコの分厚く肉の付いた肩を摑んだ。あたしより頭ひとつ大きなユリコがゆっくりと振り返る。その目は焦点を結ばず、薄気味悪く光っていた。

「何で姉のことなんか聞くの」

「チャンという中国人の客が、妹のことばかり喋ってたからよ。死んだけど、とても好きだったたって」

「あたしの姉は、あたしが生まれた時からあたしに嫉妬し、あたしに恋をしているみたいな人よ。あの人が否定している女があたしなの」

ユリコはまた難しいことを言って、あたしを惑乱させた。あたしの頭はすでに抽象的思考ができなくなっている。あたしはまたも面倒臭くなり、耳を塞ぎたくなったが、ユリコは淀みなく続けた。

「姉妹って、うまくいかないとことんうまくいかないのよ。あたしは姉と二人で、一人なの。姉は臆病で男という他人を絶対に受け入れない処女。あたしはその逆。男を受け入れなくては生きていけない、生まれつきの娼婦。極端過ぎて面白いでしょう」

「面白くないわよ」あたしは吐き捨てた。「この世でどうして女だけがうまく生きられないのか、わからないわ」

「簡単よ。妄想を持てないから」

ユリコは、甲高い声で笑った。

「妄想を持てば生きられるの」

「もう遅いわよ、和恵さん」

「そうかしら」

あたしの妄想は会社という現実で擦り切れた。あたしの耳が遠くで走る井の頭線の音を捉えた。そろそろ終電の時間だった。コンビニでビールでも買って飲みながら帰ろう。あたしは寒さに足踏みするユリコに告げた。

「しっかり商売しようね」

ユリコの返事はこうだった。「死に向かってね」

終電で家に帰ったら、玄関のドアにチェーンが掛かっていた。照明も消した上にチェーンまで掛けるということは、閉め出す気だ。あたしは腹が立って、チャイムを鳴らし続けた。中からチェーンがはずされた。妹が不機嫌な様子で立っていた。

「勝手に閉めないでよ」

妹は顔を背けた。寝ていたらしく、パジャマの上にカーディガンを羽織っている。妹の視線があたしの中の何かを突き刺した気がして、あたしは苛ついた。

「何よ、その目。文句あるの」

妹は何も言わずにあたしの背後にある冷たい夜を意識したように震えた。あたしが引き連れてきた邪悪なものに。そして、あたしが靴を脱いでいる間にさっさと部屋に戻ってしまった。家族はばらばら。あたしは冷たい廊下で、立ち竦んでいた。

7

×月×日

渋谷、？　酔っ払い、三千円。

チャンと会ってから、あたしのツキが落ちた。二週間前に、サドの変態とホテルに行ってしたたか顔を殴られ、一週間商売を休まなくてはならなかったし、やっと治ったのに客が全然付かなくなった。その変態だって、五日ぶりに捕まえた客だったのだ。吉崎に何度も電話を入れているが、受験シーズンで忙しいと断られ続けている。新井は富山の本社に出張とやらでいない。あたしは地蔵前でひっそり客を待っていても埒《らち》が明かないのではないか、と焦りを感じた。寒い季節は、客はあまり外をうろつかない。だったら、今夜は道玄坂の繁華街を流してみよう、と決心する。

五時半きっかりに調査室を出て、エレベーターへ急いだ。前は仕事が終わると、身内から歓喜に近い解放感と会社に対する反抗心がむらむらと湧き上がってきたものだけれど、今はそんなものもなく、今日はどのくらい稼げるだろうか、とそのことだけがあたしの脳味噌を占領している。

あたしの商売は現金が即、懐に入る。銀行振込の給料とは質の違う金。あたしは自分の肉体を使って得た紙幣の感触が愛しくてならなかった。ＡＴＭの現金投入口に紙幣を入れるたびに、さよならと言いたくなるほどに。自分の預金口座に入れるというのにこの始末だ。現金には、あたしは生きている、と手で摑める実感があった。だから、客が付かなくなった途端、この先、全然稼げなくなるのではないかという不安が増す。稼げなくなって夜の街で生きられないとしたら、それは世界からあたしという人間が全否定されることだった。これがユリコの言った「死に向かう」ことなのだろうか。あたしはその日を迎えるのが怖かった。

チャンの部屋でゴミ同然の扱いを受けた惨めさ。たった二千円で二人の男に体を売った屈辱。あたしはあれ以来、たがが外れたみたいに客を選ばなくなったし、稼げるなら何でもするつもりになった。なのに、客の方であたしを避けるのはどうしてだろう。あたしに何か禍々《まがまが》しいものが表れているのだろうか。いや、気のせいだ。そんなことは絶対にない。あたしは駅の曇った鏡に映る自分の顔を見て微笑んだ。いつも通り、痩せて髪の長い綺麗な女が映っている。安堵したあたしは、顔を前に突き出して地下鉄銀座線のホームに急いだ。一刻も早く渋谷に出て、他の娼婦に取られる前に客を奪わなくては。

「えっ、あの人、そんなことしてんの」

騒音の激しいホームで、あたしの前に並んで立つＯＬらしき女二人の会話が偶然耳に入ってきた。一人は黒、もう一人は赤い流行のコートを着てブランド物のバッグを持ち、綺麗に化粧をしている。

「円山町で立っているのを営業の人が見たのよ。あれはどう見ても娼婦だって」

「嘘。気持ち悪いじゃない、あの人。あんな女を買う男がいるなんて信じられないわ」

「信じられないけど事実らしいわよ。あの人、最近ますます気持ち悪いわよね。十一階のトイレを皆が避けてるって知ってる？　あそこで立ってお弁当食べて、蛇口から直接水飲んでるって」

「何でクビにならないのかしら」

あたしのことだ。あたしはぼんやりと頭を巡らせた。

自分が注目の的になっているのか、気になったのだ。でも、きちんと三列に整列して渋谷行きの地下鉄を待つ勤め帰りの男女は、あたしなどに注意も払わず暗い線路を眺めている。安心でもあり、注目されていないことにがっかりもする。それにしても、あたしがなぜ社員に悪口を言われなくちゃならないのだろう。あたしは悪いことなどしていない。あたしは黒いコートを着たOLの背を叩いた。

「ちょっと」振り向いた女があたしを見て仰天した顔をする。「ねえ、あたしはちゃんと調査室の仕事してるのよ。調査室副室長だし。あたしの論文は新聞社の賞を貰ったこともあるんだからね。クビになる訳、ないじゃない」

「あ、すみません」

女たちは列から外れ、ホームを走って行った。いい気味、馬鹿女たち。あたしが解雇されるはずがない。今日も一日、新聞の切り抜きをしたんだから。室長だって、あたしの頬骨の上に出来た紫色の痣《あざ》について、何も言わなかった。調査室の誰もがあたしに一目置いて、あたしの仕事を尊敬している。あたしは鼻歌を歌いながら、渋谷行きの電車がホームに滑り込んで来るのを待った。

「109」の地下のトイレで化粧をする。変態に殴られた時に出来た痣は、まだかすかに頬骨の上に残っている。あたしはファウンデーションを厚塗りして隠し、さらに頬紅を刷《は》いた。付け睫を上下に付けて目を大きく見せる。仕上げにカツラを被ったあたしは満足して、鏡の中の自分に笑いかけた。あなたは綺麗よ。完璧だわ。ふと気付くと、周囲の若い女たちがあたしを注視している姿が映っていたので、あたしは鏡越しに恫喝した。

「何見てんのよ。見せ物じゃないんだよ」

女たちが慌てて目を逸らし、知らん顔をする。薄笑いを浮かべる若い女もいたが、気にしない。あたしはトイレの順番待ちをしている女子高生を乱暴に押し退けて外に出た。

木枯らしの吹く中、道玄坂をゆっくり上がる。アタッシェケースを提げた中年サラリーマンが一人で歩いているので、後ろから近付いて声をかけた。

「あのう、あたしと遊びませんか」

ちらりとあたしの顔を眺めた男は、素知らぬ顔で歩き去ろうとした。

「少しぐらいいいじゃないですか。安くしますから」

男が立ち止まって、低い声で怒鳴る。

「お前、ふざけんなよ」

訳がわからず、ぽかんとした。男は「けっ」と声を発して足早に去った。何だ、あいつ。あたしは一瞬の腹立ちを抑え、気を取り直す。次は五十がらみの冴えないリーマン。

「おじさん、あたしと遊ばない」

男は声を出さずに、あたしを突き飛ばして行く。あたしは歩きながら、次から次へと中高年の男を誘う。ほとんどの男が無視する。思い切って二十代後半と思しき男にも声をかけたが、男は気味悪そうに眉を顰め、俊敏な動作であたしを避けた。突然、あたしの横顔に何かが当たって落ちた。鋪道に落ちたのは、丸めたティッシュだった。顔を上げると、ジーンズ姿の若い男がガードレールに腰掛けて洟《はな》をかんでいる。男は笑い、また汚いティッシュをあたしに投げ付けた。あたしは急いで逃げる。娼婦を苛めて喜ぶ男もいるから要注意だ。百軒店《ひゃっけんだな》に上がる路地に駆け込み、居酒屋から出て来たサラリーマンの袖を引いた。袖口の擦り切れたコートを着た貧しそうな男だった。

「おじさん、遊びましょうよ」

男は酒臭い息で怒鳴った。

「あっちへ行けよ。酔いが醒めるじゃねえか」

キャバレーの客引きがそれを見て嘲笑った。それから、客引き同士で肩を突つき合ってあたしを眺め、何か言っている。

「化けもんだよ、ひでー」

何で化け物なの。あたしは混乱したまま、繁華街を彷徨《さまよ》い歩く。ここで新井に声をかけられたのに。あたしが誘ったら、迷う男も大勢いたのに。前よりあたしは綺麗になったはずなのにどうして嫌われるのか、皆目見当が付かなかった。

見覚えのある雑居ビルの前に来た。前に勤めていたホテトル「つぶつぶイチゴ」の前だった。冷たい木枯らしの吹く街を歩き回ったところで、碌なことはなさそうだ。確実にあたしのツキは落ちているのだから、せめてひと月だけでも、ホテトルの事務所でぬくぬくしながら客を待っていた方がいいのではないか。あたしは、もう一度事務所に頼み込んで入れてもらおうと思った。だが、電話番にクビを言い渡された時の状況を思い出すと、さすがのあたしも容易には決心が付かない。あたしはしばらくビルの狭い階段を見上げて迷っていた。

やっと決心して階段を上りかけた時、一人の男が「つぶつぶイチゴ」の扉を開けて現れ、階段を下りて来た。オーナーでも電話番でもなかった。男は醜く膨らんで、下から見上げても二重顎が邪魔して顔がよくわからない。階段は狭いので、いくらあたしが細身でもデブの男と擦れ違うのは無理だ。階下で苛々しながら待っていると、男が手を挙げて謝った。「すいませんね」。男の目があたしの全身を見、品定めしているのを感じる。あたしはさりげなく言った。

「それより、あたしと遊びませんか」

「俺を誘ってるの、あんた」

男が苦笑する。肉体の脂が音に染み出しているかのような割れた声。だが、その声には聞き覚えがあった。あたしは、あれ、と首を傾げる。無論、可愛らしく見えるように指を顎に当てるのを忘れなかった。男も同時に肩に埋まってあるかなきかの首を傾げる。

「どこかで会いました？」

「俺もあなたを見たことがあるような気がするんだけど」

階段を下りきった男は、あたしよりほんの少し背が高いだけだった。あたしを探る意地悪そうな眼差し。蛇のような目つき。

「うちの店にいた人だっけ。どっかで会ったよね」

男が言ったと同時に、あたしは男の正体を思い出した。間違いなく木島高志だった。あたしが高校生の時に好きになり、ラブレターまで出した男。細身のナイフみたいだった男は今、固そうな肉に埋もれていた。

「あ、もしかして、あなたはユリコのお姉さんと一緒にいた」木島は名前が思い出せないのか、苛ついて頭蓋を叩いた。「ほらあ、一年先輩で」

「佐藤和恵」

あたしは仕方なく助け船を出す。木島は大きく嘆息し、存外、人の好い顔で懐かしそうに言った。

「久しぶりですね。俺が退学になって以来だから、二十年は経ってますかね」

あたしは嫌々うなずき、木島の服装を観察した。木島はカシミアらしいキャメルの高価なコートを身に着けていた。右手の指にダイヤ入りの金の指輪。手首に太いブレスレット。流行遅れのパーマ。景気がよさそうだ。どうせ相変わらず女衒《ぜげん》をやっているのだろう。こんな男に焦がれたことがあったなんて。あたしはふっと笑った。

「何がおかしいの」

「どうしてあなたが好きだったのかしら、なんて思ったのよ」

「佐藤さんから貰った手紙、覚えてるよ。あれは面白かったな」

「早く忘れてくれないかな」あたしの唯一の恥なんだから、という言葉を呑み込み、あたしは怒って歩きかけた。だが、翻意してもう一度誘う。「木島君、あんた、あたしと遊ばない」

　木島は慌てた様子で手を振った。

「駄目。俺、ホモだってカミングアウトしたから」

　そうだったのか。馬鹿なことをしたものだ。メリットがないどころか、無駄だった。あたしは肩を竦めた。

「じゃ、また」

　息を切らしながら木島が追い付いて来て、後ろからあたしの腕を摑んだ。

「佐藤さん、それより、あんたどうしたの」

「どうしたって、何が」

「あんた、すごく変わったね。街娼でもやってるのか。G建設に入ったって聞いてたけど、会社はどうしたの」

「辞めてないわよ」あたしは肩をそびやかす。「まだいるわよ。調査室副室長」

「偉いね。で、夜はアルバイトか。女はいいな。二重に稼げますよね」

　あたしは木島に向き直った。

「あんたも太ったわね。最初、誰かわからなかったわ」

「変わったのはお互いさまでしょう」

　木島が小馬鹿にしたように言い返したので、あたしは心の中で打ち消す。そんなはずはない。あたしは前より痩せて綺麗になった。

「この間、ユリコに会ったわ。あの人も変わっていた」

「ユリコに？　へえ、そうですか」木島は感慨深げに何度もつぶやいた。「元気かな。最近、全然連絡ないからどうしてるのか心配してたんだよ」

「ぼろぼろよ。太って、醜い。あんな綺麗な子がああいう風になるなんて驚いたわ。あたしこう思ったの。

二十年前は雲泥の差だったのに今は同じだなんて、昔の羨望や嫉妬って何のためにあったのかしらって」

そうねえ、と木島は口の中で曖昧に言った。

「あの人、あたしと同じ立ちんぼしているわよ。早く死にたいって言ってるから、世の中のこと、どうでもいいんじゃない。あんたがユリコを追い詰めたのよ」

木島は傷付いたのか、顔を顰めた。弾けそうなコートのボタンを留めて、目を空に向けて大袈裟な溜息を吐く。

「木島君はここで仕事してるんじゃないでしょうね」

「いや、『つぶつぶイチゴ』のオーナーが知り合いなんで様子見に来たんだよ。あなたは？」

「前にいたのよ。でも、寒いからここでまた短期のバイトさせてもらえないかと思って。ねえ、木島君からも頼んでみてよ」

木島は急に冷徹な表情で首を横に振った。

「無理だよ、あなた。僕がオーナーでも断るよ。あなたはもうホテトル嬢はできないし、熟女専門も無理だよ。店は諦めなさいよ」

「なぜ」あたしはむっとして反問した。

「あなたは一線を越えたんでしょう。俺を誘うくらいだから、あなた立ちんぼやってるんだろう。ホテトル嬢みたいに傷付いたり、悩んだりしたらできない仕事してるんだろう」

「あたしだって傷付きやすいし、悩んでいるわよ」

木島は疑り深そうに唇の両端を下げた。

「そうかな。あなたは風邪も引きそうにないよ。アドレナリンがいっぱい出ている感じで空恐ろしいよ。そうやって流しているのが楽しいんだろう。あなたは会社の仕事なんか馬鹿にしているんだ」

「当たり前じゃない。だって、あたしが世界を牛耳れるのはあれだけなんだもの。会社なんか、あたしのことを最初っから舐めてる。あたしは会社に入った時に張り切ってたわよ。だけど、世の中って仕事ができることと可愛いことって違う価値なのよ。てことは、仕事ができたって、女として可愛くないのだったら負けってことなのよ。あたしは負けたくないの」

木島に話しているうちに、そうだ、その通りだ、とあたしの頰は紅潮し、腹が立ってきた。木島は黙って聞いていたが、コートのポケットから携帯電話を取り出し、まだ続くのかとあたしの顔を見た。あたしは急いで頼んだ。

「ねえ、名刺一枚ちょうだい。何かあった時に助けてほしいから」木島は少し嫌な顔をした。関わり合いになりたくないのかもしれない。「例えば、ユリコが死んだりした時」

木島は真面目な表情になって、名刺入れから一枚抜き取り、あたしに渡した。

「ユリコに会ったら、連絡するように言ってくれないかな」

「その理由は」

「さあね」木島は太った手で携帯電話を握ったまま、考え込んだ。「好奇心かな」

好奇心。木島の言葉は、あたしを納得させるものがあった。あたしが大会社のOLでQ大卒だと告げると、客は感心した顔をするが、その後決まって同じ質問を発するのだった。何であんたがこんなことしてるんだ、と。あたしは、仕事のできるOLだからこそ、夜はエッチな娼婦になれるのよ、と答えたものだ。その答えは、客の好奇心を満足させ、喜ばせる正解だった。昼は貞淑な妻で夜は淫らな娼婦。男はなぜかその手の神話を信じているのだ。だから、あたしは自分が優れた娼婦だと誇りに思ったし、会社に行けば行ったで、誰も真似のできない冒険をしている自分に満足していた。好奇心というキーワードが適当に機能していれば、客もあたしも皆が幸せだったのに。今のあたしになぜ客が付かなくなったのか不思議で仕方がない。あたしは変わっていないはず。あたしに好奇心を感じる客はいなくなったのだろうか。

「ねえ、木島君。好奇心があるから男はみんなあたしに近付くんでしょう。だったら、どうしてあたしは実入りが悪いのかしら。それも急になのよ」

木島は肉の付いた顎を太い指で擦った。

「今のあなたに近付く男は、あなたがどうしてここまで堕落したのか、その理由を知りたいんだと思うよ。それは好奇心というより、もっと踏み込んだものじゃないかな。だって普通の暮らしをしている男だったら、真実を知るのが怖いもの。断言するけど、あなたを買って抱きたい男はほとんどいないよ。もし、いたら、怖いもの見たさの勇気ある男だ」

「堕落してるの。このあたしが？」あたしは憮然として、大声を出した。「堕落なんかしてないわよ、失礼ね。あたしは復讐してるのよ。それを怖いもの見たさだなんてずいぶんだわ」

「何に復讐してるの」

俄《にわか》に興味を抱いたらしい木島が、あたしの顔を見てから、慌てて視線を逸らした。

「わかんないあい」あたしは大仰な身振りで体を揺すった。「世の中全般ていうか、うまくいかないことすべてかな」

「何だよ、かわい子ぶっちゃって」木島は呆れた様子で吐き捨てた。「じゃ、俺はこれで。佐藤さん、あんた、気を付けた方がいいよ。かなりいってるよ」

木島はおざなりに手を振り、急ぎ足で路地を大通りに向かう。あたしはその背に叫んだ。

「木島君、あんたの言い方はあんまりじゃない。あたしの頭がおかしいって言うの。そんなこと言われたの初めてだわ。ひどーい」

コンパ帰りの学生らしい男女の一団が、あたしをじろじろと眺めながら通り過ぎて行った。数人の若い女があたしを見るなり、逃げるように慌ててよけた。女たちの目に表れた一様の恐怖を認めて、あたしは睨み付ける。何が怖いんだよ。あたしだってね、若い頃はあんたたちみたいに思ってたわよ。百軒店をうろつく娼婦を見て、可哀相な人だと同情してたんだから。


可哀相。今のあたしのキーワードはこれなのだろうか。あたしははっとして口を手で押さえた。どこが可哀相なのよ。あたしは気持ちいいことしてるのに。あたしは自分の体でお金を稼いでいるのに。可哀相なんて、屈辱じゃないの。だが、前にみかじめ料を取りに来たヤクザと先日擦れ違ったが、ヤクザは見逃してくれたばかりか、痛ましそうな表情であたしを見て頭を振ったことを思い出す。あれはどういう意味だったのだろう。あんなヤクザにさえも、あたしは可哀相な女と思われたのか。

急に意気消沈したあたしは、「つぶつぶイチゴ」で雇ってもらうことも、道玄坂を流そうなんて大それた目論見もやめて、トレンチコートの前を掻き合わせた。早く地蔵前に帰りたかった。あたしは路地の暗がりにひっそりと立って、客を待っている方が向いている。

円山町のホテル街を通り抜けて行くと、「ミンク」というラブホテルの前に、いかにも女を探していると言わんばかりの中年男が立っていた。両手をコートのポケットに入れて、寒さに足踏みしている。遊びたい男は通る女を無遠慮に眺めるからすぐわかる。カモ到来。あたしは「ミンク」を指さして男に話しかけた。

「おじさん、あそこであたしと遊びません？」

男は小さな声で返した。

「気持ち悪いんだよ。お前、幾つだ。ババアにおじさんなんて言われる筋合いはねえよ」

狐みたいな男の顔は室長にそっくりだった。あたしは頭に来て言い返した。

「あんたこそジジイじゃねえか。あんたのことをヤクザに言い付けてやるよ。あたしはちゃんとみかじめ料を払ってるんだから、ぼこぼこにやられるといいや」

「何も悪いことしてないだろうが」

「あたしを馬鹿にしたじゃないの。あんた、どこの会社員だよ。あたしなんかG建設なんだからね」

男は顔を顰めて去った。糞《くそ》野郎。しけた面して女なんか探すんじゃないや。あたしは男の背に向かって、なおもぶつぶつと文句を言い続けた。すると、物陰で様子を窺っていたらしい初老の女が突然現れ、あたしの腕をやんわり摑んだ。

「あなた、ちょっとお話ししてもいいですか」

女は白い鉤針編みの帽子を被り、お揃いの手袋をしていた。毛羽立ったグレーのコートの上に化繊の花柄スカーフをセーラー服の襟のような形に巻いている。あたしは女の珍妙な格好がおかしくて思わず笑った。女は哀れむようにあたしの手を、手袋の手で包み込み、甲高い声で囁いた。

「あなた、醜業に身を落としてはいけませんよ。神の御心はあまねく平等なのですから、あなたも自分を高める努力を忘れてはいけません。そうすれば必ず、あなたは行いを改められますよ。あなたの苦しみは私の苦しみ。あなたの忍従は私の忍従。私はあなたのために祈ります」

凍えた手に手袋の感触は心地よかったが、あたしは女の手を振り払った。

「何言ってんのよ。あたしは自分を高めるための努力なんか、死ぬほどしたわよ。あたしは優等生だったんだから」

「わかります、わかります。あなたの気持ちは痛いほどわかります」

女の吐く息から仁丹の匂いがした。

「何がわかるのよ」あたしは冷笑した。「あたしはあんたに助けてもらわなくたってちゃんと生きてる。あたしは昼間は会社員なのよ」

あたしは急いで社員証を女に見せた。が、女はあたしの社員証など見もしないで、手提げ袋から黒い本を取り出して胸の前に抱えた。

「あなた、身を売って生きて楽しいのですか」

「楽しいわよ、楽しいに決まってんじゃない」

女は自信たっぷりに否定した。

「そんなことはありますまい。あなたの偽りに私の心は痛みます。ねえ、あなた、男の人に邪険にされてもいいんですか。あなたの愚かさに私の心は痛みます。あなたのような不幸な女の人がいることに胸が塞ぎます。あなたは会社でも騙され、夜は男たちにも騙されて煉獄の中にいるのです。あなたは欲望というものに騙されているのです」女は手袋の手であたしの頭を撫でた。「可哀相に。早く目を覚ましてください」

女が触れたために被っていたカツラがずれた。あたしは女の手から逃れ、怒鳴った。

「可哀相なもんか。舐めんじゃないわよ」

女はあたしの反応に驚き、身を引いた。あたしは女の手から聖書を奪って、「ミンク」の塀に投げ付けてやった。白く塗ったブロック塀に当たった聖書は潰れた音を立てて、アスファルトの道に転がった。女が悲鳴のような声を上げて駆け寄ろうとしたので、あたしは女を突き飛ばして聖書を踏みにじった。薄い紙がヒールで捩《ね》じれて破ける。あたしはしてはならないことをしている快感を感じていた。

あたしは夜の道を走った。頬に冷たい北風を受けて、ヒールの音をかつかつと響かせてひた走る。女をやり込めたことが嬉しかったのだ。コンビニがあったので、缶ビール一本とスルメイカを買った。プルリングを抜いて、飲みながら歩いた。冷たい液体が喉を過ぎていき、爽快になったあたしは暗い夜空を仰いだ。あたしのことなんか放っておいて。あたしは前より痩せて綺麗になったし、自由で楽しいんだから。

あたしは地蔵前でいじけて立っているのが嫌になり、神泉駅に向かう石の階段を駆け下りた。その途中に、あたしがホームレスの男を相手にした空き地がある。あたしは空き地に入って行き、立ったままビールを飲み、スルメイカをしゃぶった。寒さなんかへっちゃらだった。突然、尿意を催したので、枯れた草の上に放尿する。チャンの部屋の汚れたトイレを思い起こし、あたしは笑った。こっちの方がずっと気持ちがいい。

「おねえさん、そこで何やってんの」

石段の上から、男が覗き込んでいた。かなり飲んでいる。酒の臭いが風に乗って、あたしのいる空き地にまで漂ってきた。

「いいこと」

「へえ、俺もしようかな」

男が危なっかしく、石段を下りて来た。あたしは男を誘った。

「おじさん、あたし、冷えちゃった。どこかで休みたいわ」

男が曖昧にうなずいたので、あたしはすかさず腕を組んで再び円山町に向かった。一番近いラブホテルに男を引きずり込む。男はサラリーマン風で、四十代後半か五十代。酒好きそうな緩んだ肉。顔色はどす黒かった。あたしは足元がもつれる男と部屋に入った。

「お客さん、三万円貰うわよ」

「俺、そんなに持ってないよ」

男はよろめいてポケットを探る。中から領収証や定期券が出て来た。あたしは既成事実を作ろうと、男をベッドに押し倒して酒臭い口にキスした。男が慌てて顔を離し、あたしの顔を凝視した後、謝った。

「悪い、やめるよ」

「ちょっと、誤魔化さないでよ。あたしを誘ったじゃないの。三万円ちょうだいよ」

久しぶりに捕まえた客を逃すまいと、あたしは必死になった。男は仕方なさそうに財布から千円札を出し、あたしに頭を下げた。

「三千円で許してくれ。その代わり、俺もう帰るからさ」

「ねえ、あたしは大会社のＯＬなのよ。あたしが夜になるとどうしてこんなことしてるのか、知りたくないい」

あたしはベッドに横座りになり、品を作って男に尋ねたが、男は財布をしまってさっさとコートを羽織っている。あたしも急いで支度をした。部屋代を払わされたりしたらたまったもんじゃない。すっかり酔いが醒めたらしい男は、フロントで部屋代を値切った。

「部屋汚してないからさ、半額にしてよ。俺たち、入って十分くらいしか経ってないよ」

フロントの男が老眼鏡の奥から、あたしをちらりと見た。明らかにカツラとわかる黒々とした頭の中年男だった。

「じゃ、千五百円で結構です」

男はほっとした様子で二千円払い、釣銭五百円を受け取った。男がフロントの男にその五百円玉をやった。

「これ、ほんの気持ち。悪かったね」

傍らで聞いていたあたしはさっと手を出した。

「それ、あたしにちょうだいよ。あたしはあんたにキスしてあげたのに、たったの三千円なわけ」

客もフロントの男も唖然としてあたしを見遣ったが、あたしは平然としている。やがて、掌の上に五百円玉が落ちた。フロントの男がくれたのだった。


そろそろ終電の時間だ。あたしは缶ビールをもう一本買って飲み干し、件の石段を下り、神泉駅に向かった。今日の収入は三千円。奪い取ったチップを入れれば三千五百円だが、ビールとつまみで赤字だ。駅前の道路まで下りたら、チャンの住むマンションが見えた。あたしは四階の部屋を振り仰いだ。明かりが点いている。

「またお会いしましたね。お元気そうで」

背後から声がした。チャンだ。あたしは空のビール缶を道端に捨てた。缶が乾いた音を立てて転がっていく。チャンは革ジャンパー、ジーンズという同じ姿で、ひどく真面目な表情をしていた。あたしは腕時計を眺める。

「まだ少し時間があるわ。ねえ、あなたの部屋の人たち、あたしと遊ばないかしら」

チャンは気の毒そうに言った。

「悪いけど、あなたはあまり評判よくないです。あなたは痩せ過ぎているとドラゴンも沈毅も言っていました。皆、もっとふくよかな女性が好きです」

「じゃ、あなたは」

チャンは大きな目玉を動かした。眉も濃く、唇も厚くて、頭が禿げかかっていること以外はあたしの好きな顔立ちだったから、何となく一緒にいたい。

「私は女の人は誰でもいいですね」チャンは笑った。

「妹以外は誰でもいいの」

「だったら、チャンさん。あたしを抱いてよ」

あたしはチャンに身を寄せた。渋谷行きの井の頭線が停まり、数人の乗客が駅から出て来てあたしたちを見たが、あたしは気にしなかった。チャンは困惑したようにあたしを抱き留めている。あたしはチャンの腕の中に無理矢理自分をこじ入れた。急に悲しくなって、あたしはチャンに甘えた。

「あたしに優しくしてよ」

「あなたは優しくされたいの、それともセックスしたいの。どっちですか」

「両方」

「どっちか選ばなくちゃならなかったら、どっちを選ぶ」

チャンはあたしを乱暴に体から離してあたしの顔を見つめ、冷酷な声で聞いた。

「優しくされたい」

あたしはつぶやいてから、あれ、本当にそうだっけ、と考えている。あたしは商売しているんじゃなかったの。何のために、立ちんぼしているの、と。客が優しくしてくれたのならそれでいい、なんて思ったことはなかったのに。混乱したあたしは、酔っているのかと額を押さえた。

「優しくしてほしかったら、私にお金払いますか」

あたしは驚いてチャンを見上げた。暗がりの中で微笑むチャンの顔は、薄気味悪かった。

「どうしてあたしが払わなくちゃならないのよ。反対でしょう」

「だったら、そんなこと望むの変ですよ。あなたは誰のことも好きじゃないね。他人も自分も。あなたは、こまされてるのよ」

「こまされる？」

意味がわからず、あたしは首を傾げた。もう、かわい子ぶる余裕もなかった。チャンは愉快そうに続けた。

「こまされるって言葉、覚えたばかりです。難しく言えば、してやられるって感じでしょうね。あなたは、会社にも男にもこまされている。昔、親にも学校にもこまされたんでしょう。あなたは弱いですね」

終電が渋谷駅を出た頃だった。あたしは喋り続けるチャンの声を聞きながら、駅の方を見る。家に帰ることも、会社に行くこともやめられないあたしは、社会にこまされているのだろうか。聖書を持った女の言葉が蘇る。

『あなたの愚かさに私の心は痛みます』

8

×月×日
梅雨時は商売が上がったりだ。雨が降ってりゃ濡れるから、さすがのあたしも立ちんぼなんかやりたくない。しかも低気圧のせいで瞼が重く、一日中眠い。朝起きるのが辛くて、会社をずる休みしたい気持ちと戦うだけでも疲れる。気力は充実しているのに、体力が衰えているのはどうしてだろう。あたしはいつもより遅く起きて、雨の音を聞きながら食卓に着いた。母は妹の朝食を作って送り出した後、寝室に引っ込んでしまったらしく、家の中はしんと静まり返っていた。あたしは薬缶で湯を沸かし、インスタントコーヒーをいれた。朝食替わりに、ギムネマの錠剤をばりばり嚙む。紺色のスカートはウエストが緩くなり、体の上でくるくる回った。ますます痩せてきた。体が軽くなると、あたしはとても嬉しい。このまま空気に溶け込みたいくらいだ。天気は悪いけど、あたしの気分は上々だ。

外は土砂降《しお》りだった。母自慢の庭木が朝の雨に打たれて萎《しお》れている。紫陽花《あじさい》、ツツジ、薔薇、小さな草花。みんな枯れちまえ。あたしは庭に向かって呪詛を投げかける。だけど、雨が上がれば、水分を吸い込んだ庭木は前より高く頭をもたげるのだ。いけ図々しい奴ら。あたしは母が丹精込めた庭が大嫌いだった。

空を見て、今夜も商売は無理だと諦める。六月の実入りは全部でまだ四万八千円。今月に入ってから商売したのは、たったの一週間しかなかった。客が四人。吉崎と泥酔者。吉崎からは三万円ふんだくった。酔っ払いは一万。ホームレスの客が二人。一人は前にも相手した男で、もう一人は新顔だった。二人共、雨模様の空の下、例の空き地で商売した。今のあたしは外で放尿するのも商売するのも、何でも平気だ。その代わり、会社では疲れてしまってぼうっとしている。日がな一日、新聞の切り抜きばかり。近頃は重要な記事とそうでない記事の見分けもあまり付かない。テレビ欄を切り抜いて遊んでいる。室長も横目で見るだけで何も言わない。会社の人間があたしを見て、囁き合おうがどうしようが、それも平気。あたしは強い。

朝刊を開いて、天気予報を確かめてから社会面を斜め読みした。先に新聞を読んだ妹が落としたパン屑の下に目が留まった。「アパートに女性の死体」。被害者の名前は平田百合子。ユリコだった。最近、どうも姿を見かけないと思ったら、ちゃんと殺されていたんだなんて。あんた、自分の言った通りになったわね。おめでとう。心の中で叫んだ途端、耳許で笑い声が聞こえた気がして、あたしは目を上げた。

リビングの煤けた天井と雑然とした食卓の間に、ユリコの魂が浮かんであたしを見ていた。青白い蛍光灯の光を受けたユリコは、上半身だけの姿だった。それも、歳を取って醜く太った顔ではなく、輝くような昔の美しさに戻っている。あたしはユリコに話しかける。

「あんたの望んだようになったわね」

ユリコは真っ白な歯を見せて微笑んだ。

「お蔭さまで。あたしはひと足先に死んじゃった。和恵さんはどうするの」

「あたしは相変わらずよ。まだまだお金儲けるもん」

「やめなさいよ」ユリコが笑った。「きりがないわ。あなたもいずれ、あたしを殺した男に殺《や》られるわよ」

「誰」

「チャン」

ユリコははっきり答えた。チャンとどうやって知り合ったのだろう。あたしはそんなことを考えたが、すぐに得心した。ユリコがあいつを呼び寄せたのだ。ユリコは怪物で、チャンは怪物が好きだから。だとしたら、チャンはあたしも殺すのだろうか。この間、あたしが身を寄せたら、抱いてくれたのに。チャンに優しくされたい。抱かれたい。ユリコが細い人さし指を立てて、激しく振った。

「駄目よ、駄目。和恵さん、希望なんか持っちゃいけないわ。誰もあなたに優しくなんかしないわよ。本当はお金も払いたくないのよ。あたしたち歳取った娼婦はね、男の何かを暴く存在なんだから憎まれるだけよ」

「何を暴くのかしら」

あたしはいつの間にか、顎の下に手を置いて首を傾げている。ユリコが諫《いさ》めた。

「また、ぶりっ子しちゃって。あなたってしょうがないわね。自分のことが全然わかってないんだから」

「わかっているわ。あたしは痩せて綺麗になったもん」

「誰が褒めてくれたの」

あたしは訳がわからなくなる。誰に言われたんだっけ。痩せると綺麗って。高校時代の誰かじゃないかな。ユリコの姉？

「あんたのお姉さんがあたしに言ったのよ」

「そんな昔のことを信じているの」ユリコは溜息を吐いた。「あなたはお人好しで可愛い人ね。あなたはきっと誰よりも素直なのよ」

「ねえ、ユリコ。それよっか、あたしは男の何を暴くの」

「空虚よ。空っぽだってことを」

「あたしも空っぽだわ」

そう言ってから、あたしははっとして自分を抱き締めた。あたしは空っぽ、どうしよう。いつの間にか空っぽになってしまった。あたしを覆っているのは、Q大卒でG建設社員という衣だけ。中身は何もない。でも、中身って何。気が付いたら、あたしは朝刊の上にコーヒーを引っ繰り返していた。テーブルの上の布巾で拭いたが、新聞は見事に茶色に染まった。

「和恵、どうしたの」振り返ると、リビングの入り口に母が立っていた。化粧っ気のない小さな顔が恐怖に歪んでいる。「あなた、今誰と話していたの。声がするんで来たら、誰かと話しているみたいだったわ」

「話していたのよ、この人と」

あたしは新聞を指さしたが、小さな記事はコーヒーで濡れてぼやけ、よく見えなくなっていた。母は何も言わずに口許を手で押さえたが、悲鳴が洩れたのをあたしは聞き逃さなかった。あたしは母に構わず、椅子に置いたショルダーバッグの蓋を勢いよく開けた。

「電話しなくちゃ」

手帳を取り出す時に、洟《はな》をかんで丸めたティッシュと汚れたハンカチが床に落ちた。母がまだ凝視しているので、あたしは手で払った。

「何見てるの。あっちへいってよ」

「会社、遅れるわよ」

「いいのよ。少しくらい遅れたって。室長だって、昨日は一時間も遅刻したもの。その前の日は、部員の女。皆、適当にやっているのよ。だから、あたしもそうするの。あたしだけがどうして真面目に仕事しなくちゃならないのかしら。お母さんの食い扶持《ぶち》を稼ぐためにあたしはずっと努力してきたんだから、いい加減疲れるわよ」

「ねえ、あなた。何でこんなことになったのかしら。あたしのせい？」

口籠もった母は、不安そうな顔であたしを見つめた。

「お母さんのせいなんかじゃないわ。あたしがいい子だからだってさ」

そうね、母は曖昧に言い、立ち去り難そうな顔をしていたが、あたしの仏頂面を見て奥に引っ込んだ。あたしは手帳を繰って、住所録を探した。ユリコの姉。もう何十年も連絡なんかしてないけど、電話して声を聞かなきゃ気が済まない。だが、番号をゆっくりと押しながら、あたしは何を確かめようとしているのか、自分が不思議でならなかった。

「もしもし、誰。誰なの」

電話口から聞こえるのは陰気で警戒を怠らない嫌な声。あたしは挨拶もせずにいきなり用件を言った。

「あたしよ、佐藤和恵。ねえ、ユリコちゃん、殺されたんだってね」

「そうなのよ」

姉の声は沈んでいるようで、その実、安堵しているような響きがあった。

「驚いたわ」

ユリコの姉は電話口の向こうで奇妙な音を立てている。バイクのアイドリングみたいな、途絶えることのない低音。笑っているのだ。ユリコから解き放たれた喜びに浸り、ほっとしているのだ。それはあたしも同じだった。あたしのシマを荒らしに来た娼婦の大先輩。かつての美少女。でも、あたしたちはユリコの何から解き放たれたのだろう。そしてユリコの何に縛られていたのだろう。姉はあたしを咎《とが》めた。

「あなた、何がおかしいの」

「べつに」笑っていないのに、なぜそんなことを言われなくちゃならない。頭が変な姉。あたしは逆に問う。

「じゃ、あなたは悲しいの？」

「そうでもないわよ」

「でしょう？　あんたたち、仲が悪かったもんね。あんたたちが姉妹だなんて、誰も気付かなかったくらいだもんね。あたしはすぐわかったけど」

姉はあたしの言葉を遮った。

「そんなことより、あなたは今何してるの」

「当ててみて」

あたしは肩をそびやかす。

「建設会社に入ったって聞いたけど」

「ユリコちゃんと同業って言ったら驚く？」途端に、しんと静まり返った。姉が電話口の向こうで考え込んでいるのがわかる。あたしが羨ましいに決まっている。ユリコに憧れながらも、ユリコの真似は一生できない女なのだ。あたしと違って。「だから、あたしも気を付けようと思って」

姉が絶句した。あたしはそそくさと電話を切り、果たしてあたしとユリコの姉は、いったい何から解放されたのかを考えた。解放の後には、また別の抑圧が待っている。それが生きること。あたしはユリコが殺されたように自分も殺されたいのかもしれない。あたしも怪物なのだから。生きるのにも疲れたから。

夜になっても雨はやまない。折畳み傘を差したあたしは土砂降りの中、チャンの姿を探し求めて神泉駅付近を歩き回った。チャンのマンションの前に立って部屋を見上げたが、誰も帰って来ていないのか真っ暗だった。諦めて帰ろうとした時、沈毅が歩いて来るのが見えた。沈毅は梅雨寒《つゆざむ》だというのに、白いランニングシャツに短パン、ビーチサンダルという姿だ。あたしは沈毅に近付いた。

「こんばんは」沈毅はあたしに気付いて立ち止まった。眼鏡の奥の目が嫌なものを見たとばかりに揺れている。

「チャンさんに会いたいんだけど、いるかしら」

「チャンはたぶんいない。仕事変わったから、昼間も夜もいない。いつ帰って来るかわからない」

「部屋で待っててもいい」

「駄目です」沈毅は激しく首を振った。「仲間がいるから駄目です」

皆の前であたしと性交したことを恥じている風だった。

「自分の目で確かめるわ」

あたしは部屋に行こうとしたが、沈毅が慌てて止めた。

「いるかどうか見てくるから、ここで待っていて」

「もしいたら、あたしは屋上で待ってるって言ってくれない」

沈毅は怪訝な顔をしたが、あたしは構わず階段を上った。前に来た時は、四階から屋上にかけて散乱していたゴミが、まるで生き物のように増殖して、階段全部を覆い尽くしていた。紙くず、英字新聞、ペットボトル、酒瓶、ＣＤのケース、破れたシーツ、そしてコンドーム。あたしはそれらを濡れた靴先で避け、階段を上って行く。四階のチャンの部屋の前を通り過ぎ、屋上へ向かった。屋上の扉が開いていて、雨でふやけたマットレスが死体のように階段から外へとはみ出ていた。語学教師が残していったというマットレス。その上にチャンが項垂《うなだ》れて座っていた。薄汚れたＴシャツに、ジーンズ。髪が伸びて耳を覆い、無精髭が目立つ。チャンも増殖するゴミと同じ。あたしは不意に雨に打たれる庭木を連想した。雨が上がれば、頭をもたげる植物。

「こんなところにいたの」

「やあ、あんたか」

チャンは驚いてあたしを見上げた。あたしの目は、チャンの首に光る金鎖に留まる。

「それ、ユリコの鎖じゃない」

「ああ、これ」チャンは思い出した風に鎖に触れた。

「あの人、ユリコっていうんですか」

「そうよ。あたしの知り合いなの。ユリコはあたしと同じ格好してたでしょう」

「そういえば、してましたね」

チャンは鎖をいじりながら答えた。あたしの持つ傘から雫《しずく》が落ちて、マットレスの端に丸い染みを作ったが、チャンは気にする様子もなかった。

「あんた、ユリコ殺したわね」

「はい。殺してって言うから、殺してあげました。妹と同じね。妹が海に落ちて死んだというのは嘘です。私が殺しました。日本に来る途中、コンテナの中で私と幾晩もセックスして、こんな犬畜生みたいな人生嫌だから、お兄さん殺してって泣いたね。構わないよ、夫婦になろうと私がいくら言っても納得しなかった。だから、海に突き落としました。妹は波の間に間に私に手を振って別れを告げてましたよ。顔は笑ってたね。こんな人生とおさらばできて嬉しいって。借金して日本に来たのに、馬鹿な話です。それから私は、殺してって言う女の人は皆殺してあげようと思ってます。本人も他人もどうにもできない人生なら、私が決着を付けてあげる。あなたはどうですか」

チャンは暗がりの中で微笑んだ。風が強まり、雨が吹き込んできてチャンとあたしの顔を濡らした。あたしは雨を避けて横を向いたが、チャンは顔を顰《しか》めただけで降り注ぐ雨を受けている。額に雫が光った。

「あたしはまだ死にたくないけど、じきに死にたくなるかもしれない」

チャンが両手であたしの脚を摑んだ。

「細いですね。骨みたい。どうして肉付けないのかわかりません。あなたはたぶん病気なんでしょう。私の妹もユリコという人も健やかだったのに、どうしてあなたは病気なんだろう。悲しいね」

「あたしが病気？　でも、あたしは死にたくないわよ」

「死に向かっているのに気付かない人もいるし、健やかなのに死を選ぶ人もいる。そうじゃないですか」

あたしは急に悲しくなった。どういう訳か、チャンと話していると寂しくなったり、悲しくなるのだった。あたしは湿った汚いマットレスに腰を下ろした。チャンがあたしの肩を抱き寄せた。汗と垢の臭いがしたが、気にならなかった。

「優しくしてよ。お願いだから」

あたしはチャンの胸の中にもたれかかり、首に光るユリコの鎖を指で弄んだ。

「いいですよ。だから、あなたも私に優しくして」

あたしたちは互いに、優しくして、と言いながら抱き合っていた。

9

×月×日

渋谷、？新井、一万円。

渋谷、外国人、三千円。

チャンは大嘘吐き。チャンは糞。そして、人殺し。

コンビニのカウンターに、缶ビールとスルメイカ、ギムネマの瓶を置き、あたしはチャンのことを考えていた。ちょっと、と背中を突っつかれ、あたしはレジの列に横入りしていたことに気付いたが、構わず店員に注文した。

「あと、おでんちょうだい。はんぺんとコンニャクと大根。それぞれ一個ずつの容器におつゆたくさん入れて」

注意した男が舌打ちしたが、顔馴染みのレジの女は、無表情にステンレスのお玉でおでんを掻き回す。列の後ろにいる若い女の二人連れが嘲笑とも不平とも付かない声を出したので睨んでやった。怖気《おじけ》づいた顔。それが面白くて、最近のあたしはすぐ他人の目を見据えることにしている。会社でも家でもどこでも。あたしは怪物。特別扱い。悔しかったら、あたしみたいになってみろって言うんだ。

外に出て、早速おでんの汁を啜った。煮詰まったダシがあたしの喉を通り過ぎていく。熱さに胃が縮かむのがわかる。縮かんでどんどん小さくなれ、と思う。渋谷方面から井の頭線がやって来た。あたしは背伸びして、近くの神泉駅の方を見た。チャンは乗ってないだろうか。

チャンと雨の夜に抱き合ってから、半年以上が過ぎた。今は一月。今年は暖冬で助かった。神泉駅ではいつも、チャンの姿を探すのだが、一度だけチャンらしき男がホームに立っているのを道から垣間見たことがあったきりで、チャンとは雨の夜以来会っていない。それでいいんだよ、関係ないんだからさ。あたしは商売に精を出すし、チャンはチャンで、ユリコを殺したことなんか忘れて、この国で生きていけばいい。

あの夜、やけに感傷的だったあたしたち。だが、チャンの台詞を聞いて、あたしは思わず吹き出した。

『俺はユリコという娼婦が好きだった』

『勘弁してよ。そんなことありっこないじゃない。会ったばっかりで、しかもユリコはみっともない娼婦じゃない。だいたい、ユリコ自身がそんなこと信じてなかったわ。ユリコは男が大嫌いなのよ』

チャンは笑い転げるあたしの首を絞める真似をした。

『何で笑う。お前もこうしてやろうか、馬鹿野郎』

チャンの瞳に踊り場のオレンジ色の電球が映ってぼんやりと光った。そこだけ別物の生物が宿っているみたいで薄気味が悪い。怖くなったあたしはチャンの手を外して、立ち上がった。雨の飛沫がぴしゃっとあたしの頬に当たったので手で拭ったら、チャンの唾だった。精液、唾。女が受け取るものは、みんな男の排泄物ばかり。チャンが、『行けよ』と追い払う仕草をした。あたしは慌てて逃げだした。転がるゴミを掻き分け、濡れて滑る階段を急いで駆け下りた。チャンの何から逃れたかったのか、自分でもわからなかった。すると、玄関先で外から飛び込んで来た男と鉢合わせした。男の体は、雨の湿気と汗とで異様な臭いを放っていた。黒いTシャツが濡れそぼって細身の体にへばりついている。ドラゴンだった。あたしはカツラを直して挨拶した。

『こんちは』ドラゴンは答えず、鋭い目つきであたしを一瞥しただけだった。あたしはドラゴンに言い付けた。『チャンは屋上にいるわよ。あいつが何で屋上にいるか知ってる？　チャンはさ、逃げ回っているのよ』

ユリコ殺しをドラゴンに告げてやろうと思ったのだが、返ってきた答えは意外だった。

『あいつは俺たちから逃げてるんだ。皆の金を誤魔化してやがるから、返すまで部屋に戻るなと言ってある』

沈毅と代わる代わるあたしを抱いた日は、チャンにへいこらしてたじゃん。だが、あの晩のドラゴンはやけに横柄だった。あたしは唇を尖らせた。

『あいつは娼婦を殺したのよ。新宿の娼婦殺しよ』

『娼婦なんか殺されたってどうってことないぜ。幾らでも替わりがいるからな。金の方が大事さ』ドラゴンはビニール傘を振って、滴を辺り一面に撒き散らした。

『あんただって、そうだろ』

あたしはうなずいた。命より金の方が大事。だが、あたしが命を失ったら、金には何の意味もなくなる。全部、母親と妹のものになる。それは嫌。だったら、どうしたらいい。あたしはこんな単純なことがわからなくなった自分に驚いていた。ドラゴンは軽蔑したようにあたしをせせら笑った。

『あんた、あいつの言うこと信用してるのか。チャンは嘘吐きだ。あいつの言うことなんか誰も本気にしねえよ』

『誰だって嘘くらい吐くわ』

『あんな山猿の言うことに、ひとつも真実はねえ。あいつは真面目な出稼ぎ者の振りをしてるが、本当はジジイと兄貴、妹の婚約者を殺して故郷にいられなくなったんだ。広州では妹に娼婦やらせて、自分は深圳のヤクザと麻薬の取引やってたそうだ。それを隠すために、政府高官の娘に囲われてた、とか嘘ばっかり吐きやがって。ほんとのワルさ。公安に目を付けられて日本に逃げ込んだって話だ』

『そういえば、妹を殺したって言ってたわ』

ほう、とドラゴンは目を上げた。その目に愉快そうな色が浮かんだ。

『あいつもたまには真実を言うんだな。それは本当らしいぜ。一緒に渡って来た男が言ってたよ。妹の手を取る振りをして海に落としたように見えた、とな。どっちにせよ、あいつは犯罪者だ。俺たちに迷惑をかける』

ドラゴンは言い捨てて、階段を駆け上った。濡れたTシャツの背中に、逞しい筋肉が浮き出る。

『ねえ、ドラゴン』ドラゴンが振り向いたので、あたしは誘った。『あたしと遊ばない』

ドラゴンは厭味ったらしく、あたしの全身を眺めた。

『嫌だ。金を貯めて、もうちょっとましな女とやる』

『畜生。あたしと寝て喜んでたじゃない』

あたしはドラゴンが立てかけた傘を投げたが、傘は届かず、階段の途中に落ちた。ドラゴンは高い笑い声を上げて去って行く。畜生、畜生。あたしはこれまで一度も使ったことのない汚い言葉に酔った。どいつもこいつも死にやがれ。畜生。あいつらの部屋の汚さが蘇る。二度と来ないと思ったのに、どうしてあたしはドラゴンなんか誘ったのだろうか。屋上でチャンと抱き合い、弱くなったせいか。それとも、ユリコの言うように、あたしたち娼婦が男の何かを引き出すからだろうか。あたしはチャンから弱さを、ドラゴンからは悪意を引き出した。あたしは自分に腹が立って、四〇四号室の郵便受けの蓋を壊してやった。

チャンはどうしているのだろう。そんなことを考え、あたしはコンビニの袋を提げ、地蔵前に向かった。久々に新井と会う約束が取れたのだった。四カ月ぶりだった。吉崎も新井も、昔は何度か食事に誘ってくれたりしたものだが、最近はホテルでしか会ってくれない。それも月に二回が一回になり、今は数カ月に一回という状態。その分、金を多く取らなくちゃ。あたしは張り切っていた。

地蔵前の路地に、背中を丸めた新井がひっそりと立ってあたしを待っていた。新井は去年も、その前の年も着ていた灰色の古ぼけたコーに、黒いビニールのショルダーバッグを肩に掛けている。ショルダーバッグから覗く週刊誌もいつもと変わらない。だが、右肩が二年前よりさらに下がり、白髪が薄くなった。

「新井さん、もう来てたの。早いじゃない」

新井はあたしの甲高い声に眉を顰《ひそ》め、唇に指を当てた。誰もいないのに、何を気にしている。あたしと外で会うのがそんなに恥ずかしいのだろうか。新井は何も言わずに、いつものラブホテルに向かって先に歩いた。円山町で一番安い、休憩三千円のホテル。あたしは鼻歌を歌いながら、その数歩後ろを付いて行く。久しぶりに新井が来てくれたので、また昔に戻ったみたいで心が弾んでいた。あの時の、渋谷の夜を征服したような高揚感はもう絶えてない。あたしは立ちんぼで、最低の娼婦。だけど、まだ死にたくない。ユリコには決してならない。

ホテルの部屋で、風呂に湯を満たしつつ、めぼしい物を物色した。予備のトイレットペーパーを頂く。浴衣の紐も何かに使えるかもしれない。枕元に備え付けのコンドームが一個だけ置いてあった。常に二個置いてあるはずだ、とあたしはフロントに電話して文句を言い、もう一個持って来させた。一個は新井のために残し、もう一個をショルダーバッグに入れる。

「新井さん、ビール飲むでしょう」

コンビニの袋を開け、缶ビールとつまみを貧相なテーブルの上に出した。おでんはあたしの夕食だから、一人で食べる。新井が不機嫌そうな声で言った。

「あんた、おでんの汁好きだね。何で」

せっかく会ったのに、最初の言葉がこれか。あたしは答えない。おでんの汁を飲むのは、ダイエットに決まっている。腹を膨らませて食物を取らないため。男はどうしてこんな簡単なことがわからないのだろう。あたしは汁を飲み干した。新井は面倒そうな顔をして浴室を振り返った。富山の製薬会社の営業をしているという田舎臭い新井から、あたしに対する遠慮や初々しさが消えたのは、いったいいつ頃だっただろう。あたしはぼんやり考えている。

「今日で最後にしようよ」

突然、新井が切り出した。あたしは憮然として、目を背ける新井を凝視した。

「その理由は」

「私も今年で定年だからね」

「あたしが会社と同じだって言うの」

あたしは思わず笑った。会社と娼婦が同じ。じゃ、あたしは昼も夜も会社員だったのか。あるいは、昼も夜も娼婦。

「そうじゃないけど、私も家に居れば出にくくなるでしょう。それに、あんたに聞いてほしい愚痴もそうは溜まらないと思うし」

「はいはい、わかりました」あたしは新井に手を出した。「じゃね、新井さん。貰うものは貰っておくわ」

新井は気を悪くした様子で、ハンガーに掛けたくたびれた背広から薄い財布を取り出す。中には万札が二枚しかないのを知っている。あたしに一万五千円、ホテル代として三千円払えば新井の所持金は二千円しかない。新井は必要な額しか持ち歩かない。それは吉崎も同じだった。新井は万札を二枚、あたしに渡した。

「はい、一万五千円先払い。五千円お釣り」

「足りないわ」

新井が驚いて、文句を言う。

「だって、いつもそうだろう」

「あれはお給料よ。あたしは夜の会社員なんだから退職金ちょうだいよ」

新井はあたしの掌を眺めて何も言わなかったが、やがて怒りに染まった顔を上げた。

「娼婦が何を言う」

「あたし、娼婦だけじゃないわ。会社員でもあるんだから」

「G建設、G建設って威張っているが、あんたは会社でもお荷物だろうな。うちの会社にあんたみたいなのがいたら、即クビだもの。あんたが花のOLだった時代なんかとっくに終わったんだよ。あんたは変だ。あんたはだんだんおかしくなってきた。俺はあんたを抱くたびに、俺は何をしているんだ、といつも嫌な気になるよ。でも、あんたから電話を貰うと、可哀相な気がして来てあげてたんだよ」

「あ、そう。これは貰っておくわ。残り十万をあたしの口座に振り込んでよ」

「返せ。馬鹿」

新井は、あたしの手の中の万札を素早く取ろうとした。あたしは奪われまいとしがみつく。この金がなかったら、あたしはあたしでなくなる。そんな気がした。新井はいきなりあたしの頭を拳で殴った。カツラが外れて落ちた。

「何すんのよ」

「お前こそ何するんだ」新井は荒々しい息を吐きながら、あたしに一万円を投げて寄越した。「やるよ。もう俺は帰る」

新井が急いで背広を着て、コートを手に取った。ショルダーバッグを肩に掛けた背にあたしは怒鳴った。

「ホテル代払ってよ。それから缶ビールとつまみ代七百円」

「わかったよ」新井はポケットから小銭を取り出し、百円玉や五十円玉できっかり七百円をテーブルに投げた。「もう俺に電話してくるなよ。あんたと会うと、俺は寒気がしてくる。何か知らんけど、不快になるんだ」

よく言うよ。あたしに指でいかさせたりしてたじゃない。あたしにポーズ取らせてポラロイド撮ったこともあるじゃない。たまにはSMやろうか、なんて縛ったこともあるじゃない。こないだ立たなかった時はさんざん舐めてあげたじゃない。あたしがあんたを解放してやったのに、この仕打ちはないだろうが。新井がドアを開けて意地悪な口調で言った。

「佐藤さん。あんた、気を付けた方がいいよ」

めに行った。


「どういうこと」

「死相が表れてるよ」

新井は言い放ってドアを閉めた。一人残ったあたしは、缶ビールの栓を抜かなくてよかった、などと考えている。新井の豹変より、自分が会社と同じだと言われたことが癪に障った。男の仕事と娼婦は同じ。会社が定年になれば、娼婦を買うのも定年。ずっと昔、銀座の女があたしに説教したのと同じだ。やれやれ。あたしはビールとつまみをコンビニの袋に戻し、湯を止めに行った。


再び地蔵前に帰る。またしても男があたしを待っていた。新井が戻って来たのか、と身構えたが新井よりは背が高く、ジーンズを穿いていた。チャンは眩しそうにあたしを眺め、にやりと笑った。

「元気そうですね」

「ほんと？」あたしはトレンチコートの前を大きく開けた。チャンを誘いたかった。「あなたに会いたいと思っていたのよ」

「どうして」

チャンはがさついた手であたしの頬をそっと撫でた。あたしの体が震える。優しくしてよ。あの雨の夜が蘇った。だが、あたしは二度と優しくして、なんて言葉を言わないだろう。男が嫌い。男が嫌い。だけど、セックスは好き。

「商売したいからよ。どう、安くするわ」

「じゃ、三千円」

あたしはチャンと歩きだした。今夜書くあたしの売春日記はいつもと記号が逆になるだろう。新井に「？」印。あたしの「？」印は将来性のない客、嫌な客の刻印なのだから。


チャンとあたしは、腕を組み、暗い路地から路地へと歩いた。あっちへ行け、と言わんばかりに、柄杓の水をあたしに向けて撒く料理屋の下働き。拾ったビール瓶を換金しに行った時、「今時、そんなことする奴はいないよ」と、冷たくあしらった酒屋の主人。毎日買いに行くのに、一度も口を開かない不機嫌なコンビニの女店員。空き地でセックスしていたら、いきなり懐中電灯で照らして笑ったガキ。みんな、今のあたしを見るといい。あたしはただの立ちんぼじゃない。最低の娼婦じゃない。あたしを地蔵前で待っていて、優しくしてくれる男と、こうして堂々と歩いている。誰かに求められているあたし。必要とされるあたし。有能なあたしは、セックスも抜群。

「恋人同士みたいね」

あたしは浮き浮きしてチャンに言った。チャンと一緒だと、G建設の社員だの、論文が新聞の賞を取っただの、調査室副室長だ、なんて言わなくて済むのはなぜだろう。あたしは、そんなことを客に言いたかったのかしら。いいえ、言わないと馬鹿にされるような気がしたからだわ。女としてイマイチというコンプレックスが、あたしに見栄を張らせる。てことは、あたしは男に品定めされたがっていたのね。認められたかったのね。一目置かれたかったのね。でも、これが素のあたし。あたしは本当は可愛い女。

「あなた、一人で何をぶつぶつ言ってるの」

チャンがあたしの顔を見た。大きな目が不思議そうにすぼめられる。

「今のは心の中で言っていたのに、聞こえた?」

あたしはびっくりして聞き返したが、チャンは禿げかけた頭を振った。

「頭、大丈夫ですか」

何でそんなことを聞くの。大丈夫に決まってるじゃない。頭いいわよ、あたし。朝はちゃんと起きて電車と地下鉄に乗り、キャリアウーマンとして大会社でばりばり働き、夜は娼婦として男たちにもてはやされているんだもん。突然、新井と大喧嘩したことを思い出して、立ち止まった。昼も夜も会社員。あるいは、昼も夜も娼婦。だったら、あたしはどこにいるんだろう。地蔵前は、あたしの会社だったの。マルボロ婆さんは前の経営者。あたしは笑いだした。

「どうしたんですか」

チャンがきょとんとして、笑うあたしを振り返った。周囲を見回すと、いつの間にかチャンのマンションの前まで来ている。あたしは気取って腰に両手を置いた。

「今日は複数の相手は嫌よ」

「もう誰もあなたを相手にしないよ」チャンは言う。

「私以外はね」

「あなたはあたしを好きなの」

あたしはチャンの最後の言葉に飛び付いた。言って、言って。好きだと言って。いい女、素敵な人、と言って。だが、チャンは何も言わずにポケットを探っている。

「どこへ行くの。屋上？」

屋上は寒いだろうな、とあたしはビルの壁で切り取られた夜空を見上げた。でも、チャンが優しくしてくれるなら、寒さも平気。ふと、あたしは疑問を持った。男があの時に優しくしてくれるってどんなことだろう。たくさんお金をくれること。だけど、チャンはお金を持っていない。現に、三千円に値切られたではないか。じゃ、感じること。感じるのは怖い。だって娼婦は仕事なんだから、プロは仕事を趣味にしちゃ駄目なのよ。てことは、やっぱり娼婦は会社員。あたしは際限のない堂々巡りを始めていた。

「私の話を聞いてないね」

チャンは自分のマンションの前を通り過ぎ、すぐ隣にあるくすんだアパートの前で立ち止まった。不思議な建物だった。地下に居酒屋があって、アスファルトの道路に面した窓から、オレンジ色の明かりが洩れている。窓から中を覗くと、客が酒を飲んでいるのが足元に見える。建物は三層構造になっているが、高さは普通の二階建てアパート。だから、一階の部屋は居酒屋の窓の分だけ、道路から少し持ち上がったところにあるのだった。居酒屋の活気が、上の寂れたアパートと不釣り合いで、あたしは気味が悪かった。チャンのマンションには何度か来たのに、軒を連ねてこんな古ぼけたアパートがあるなんて、一度も気付かなかった。

「このアパート、前からあった？」

チャンは呆れた顔をして、上を指さした。

「ずっとありますよ。私の部屋は、ほらあそこ。このアパートが見えるんだ」

四階に目玉みたいに並んだふたつの窓が見えた。窓のひとつは暗く、もうひとつは青白い蛍光灯の色をしている。

「しょっちゅう見てるの」

「見てるよ。誰か入り込んでいないか、とね。私はこの管理人から時々、鍵を預かってるんだ」

「じゃ、あたしがこの部屋に住んでいたら、あなたはいつもあたしが何をしているか見えるのね」

「見ようと思えば」

あたしは浮かれているのだろうか。チャンは戸惑ったように顔を伏せ、一階の角の一〇三号室の前で、ポケットから貧相な鍵を取り出した。隣の部屋は真っ暗で、誰も住んでなさそうだ。二階にも空室がある。薄汚れたモルタルの壁に、壊れた郵便受けが三つ並び、

「緑荘」と書いた紙が貼ってあった。コンクリートの床にはコンドームやちり紙が捨ててある。あたしは、ぶるっと震えた。寒さではなかった。それは、チャンのマンションの階段に溢れたゴミや、チャンの部屋のトイレを見た時の脅えに似ていた。見てはならないもの。居てはいけない場所。しちゃいけないこと。

「ねえ、あたしはしちゃいけないことをしてるのかしら」

あたしは思わずチャンに聞いた。

「この世に、そんなことはひとつもないです」

ドアを開けながら、チャンが答える。あたしは部屋を覗き込んだ。老人の口の中みたいだった。真っ暗で虚ろで嫌な臭いがする。こんなところでやるなんて、外の方がなんぼかましじゃない。そう言おうと思ったが、チャンは私を置いて先に入って行ってしまった。慣れている様子だった。何度も、ここに他の女を連れ込んでいるのかもしれない。あたしは、負けじとばかりにパンプスを脱いだ。勢いでパンプスがあちこちに飛ぶ。奥からチャンの声がする。

「電気が来てないんだ。だから、気を付けて」

躾のいいあたしは、パンプスを三和土《たたき》にきちんと並べるのに苦心した。板張りの床が冷たい。ストッキングを通しても、埃まみれなのがわかった。奥の畳の部屋で、チャンはすでに座っている。

「見えないわあ。怖い」

甘えた声を出した。そうしたら、チャンがあたしの手を取ってくれるかと思った。でも、チャンは来てくれない。あたしは手探りで奥に向かった。部屋は空っぽで何もないから、ぶつかる心配はなかった。やがて目が闇に慣れてきた。台所の窓を通して外の明かりが入るので、真の闇ではない。六畳ほどの小さな部屋にチャンが胡座《あぐら》をかいて座っているのがぼんやりと見えた。チャンがあたしに手を差し伸べる。

「こっちに来て、服を脱いでください」

あたしは寒さに震えながらコートを取り、青いスーツを脱ぎ、下着を取った。だが、チャンはジャンパーを着たままだ。冷たい畳に仰向けに横たわった。チャンがあたしを上から覗いた。

「あなた、忘れてないですか」

あたしは寒さのせいで、歯をかちかち鳴らし、聞き返した。

「何のこと」

「なぜ、あなたは先にお金を貰わないで裸になるんですか。あなた娼婦でしょう。私はあなたを買ったんだから、先にお金を取らなくちゃ駄目でしょう」

「じゃ、ちょうだいよ」

　チャンはあたしの体の上に、千円札を一枚ずつ置いた。一枚は胸の上、一枚は下腹、もう一枚は太股の上だった。たった三千円。あたしは叫び出したくなった。もっと欲しい。だけど、チャンなら無料《ただ》でもいい。普通のセックスをしたい。優しく抱いて。恋人同士みたいに。あたしの心を読んだようにチャンが言った。

「あんたはたった三千円の価値の女なんだよ。どうする。要る？　要らないのなら、あんたは娼婦じゃない普通の女になる。でも、私は普通の女に興味がないから抱かない。三千円の価値しかない娼婦になるか、私に抱かれない普通の女になるか」

　あたしは千円札を揃えてしっかり握った。三千円の価値しかない、と言われてもチャンに抱かれたかった。チャンがジーンズのジッパーを下ろす音がした。暗がりの中、チャンの勃起したペニスが見える。チャンはペニスをあたしの口の中に入れて、腰を動かした。弾む息。

「私もね。買った女じゃなきゃ、できないんだよ。たとえ三千円でもね」

　チャンはあたしに入ってきた。チャンは服を着たままだったから、そこだけが妙に熱くて変な気分だった。チャンの革ジャンパーが素肌に冷たい。チャンが動くたびに、ジーンズの生地が腿に擦れて痛かった。

「あなたの好きな妹が娼婦だから、娼婦が好きなの」

「違います」チャンは喘いで、首を振った。「逆です。私が娼婦が好きだから、妹にもさせた。妹を抱きたいからじゃない。娼婦の妹を抱きたいから。この世にしちゃいけないことなんてひとつもないね。こまされている人にはわからないね」

　チャンは高く笑い、あたしの体の上で動いた。あたしはチャンにキスされたくて、必死に顔を上げたけど、チャンはあたしの唇を避けて横を向く。繋がっている下半身だけが機械のように規則正しく動いている。これが本当のセックス？　あたしは虚しさで気が狂いそうになる。前は優しくしてくれたじゃない。だから、あたしはあんなに感じたのに。今日はどうしてなの。チャンは一人で笑い、昂奮し、喘ぐ。今に一人でいってしまうだろう。それがセックス。

『歳取った娼婦はね、男の何かを露わにするのよ。空っぽだってこと』

ユリコの声がした。あたしの左側にユリコが座っていた。ユリコは腰までの長いカツラを被り、青いシャドウを瞼に塗り、真っ赤な口紅を付けていた。あたしと同じ扮装の娼婦。ユリコはあたしの左の太股を細い指でそっと撫でた。

「いきなさいよ。あたしが手伝ってあげる。いったが勝ち」

柔らかですべすべした指があたしの太股を撫で上げる。

「ありがとう。あんたって優しいのね。苛めて悪かったわ」

「いいえ、苛められたのは和恵さんの方よ。どうしてわからなかったの。あなたは自分が弱いのを知らないのね」

ユリコは哀れむように言った。

「知ったら楽に生きられるの」

「おそらくね」

チャンがますます激しくあたしを突く。重みが増し、心臓を締め付けられたあたしは、息ができない。チャンは体重をかけている女のことなど一切考えていない。客のほとんどはこういう男。あたしは今まで何をしていたんだろう。ずっと蔑《ないがし》ろにされてきたのに、気付かなかったの？　三千円になってやっとわかった、あたしの価値。え、これがあたしの価値なの。そんなはずはないでしょう。だってあたしはG建設の社員で、年収も一千万。

『客の中には、お乳のないあたしが好きな人もいるんだよ。どうだ、不思議だろ』

聞き覚えのある声がした。驚いて右手を見ると、マルボロ婆さんが座っていた。乳ガンで失った乳房の代わりにボロ布を詰めた黒いブラが、ぺらぺらのナイロンジャンパーから透けて見える。マルボロ婆さんは、あたしの右の太股を撫でてくれた。乾いて、がさついた手が、力強く撫でてくれた。チャンの部屋で沈殺に抱かれた時みたいだった。あの時は、右にドラゴンがいて、左からはチャンがあたしの太股を触っていた。

「何も考えちゃ駄目だよ。あんたは考え過ぎ。身を委ねて楽しく生きなさいよ」マルボロ婆さんが笑う。

「あんたに地蔵前のシマを譲った時は、もっとうまくやる女だと思ったんだけどね」

「嘘よ、嘘」ユリコがマルボロ婆さんを咎めた。「マルボロ婆さんだって、和恵さんがこうなるのはわかっていたはずだわ」

「まあね」

二人は、あたしとチャンを無視して話している。だが、手は休むことなくあたしの太股を撫で続けてくれた。チャンがいきそうになったのか、ひと際、大きな声を上げた。あたしもいきたい。その時、頭上から声が聞こえた。

『あなたの愚かさに私の心は痛みます』

聖書を持った頭のおかしな女の声だった。何を信じればいいの。あたしは混乱し、闇の中で叫んだ。

「助けて」

あたしの叫びと同時に、チャンが果てた。チャンは荒い息を吐き、あたしの体の上からやっと降りた。たちまちユリコもマルボロ婆さんも消えて、あたしは一人裸で畳の上に横たわっていた。

「あんた、また独り言言ってたぜ」

チャンがあたしのバッグを勝手に開けて、ポケットティッシュを取り出した。ティッシュで自分だけ始末する。チャンが頭を巡らせ、新井に貰った剝き出しの一万円札に目を留めた。

「盗らないでよ。それ、あたしのなんだから」

「わかったわかった」チャンは笑って、バッグの蓋を閉めた。「娼婦から物なんか盗らないよ」

嘘吐き。この世にしちゃいけないことなんか何もない、と言ったばかりじゃない。急に寒くなったあたしは、起き上がって服を身に着けた。通りを行く車のヘッドライトが部屋をさっと照らした。染みだらけの壁や破れた襖が一瞬見えた。育ちのいいあたしが、こんな場所にいるなんて変だ。あたしは首を傾げた。チャンが台所のガラス窓を開け、使用済みのコンドームを投げ捨てた。チャンが振り向いて言った。

「この部屋でまた会おう」


今、あたしは家に帰って、このノートを開いている。売春日記を書くのはそろそろやめにしようと思う。売春日記なのに、客が付かない日が増えたからだ。だから、木島君。あなたにフォーユー。高校生の時に送ったラブレターみたいに返さないでください。これもあたしです。

最終章　彼方の滝音

皆様、この長く退屈な物語も、そろそろ終わりに近付いております。わたしもまとめに入っておりますので、もうしばらくのご辛抱を。

世にも美しいわたしの妹、ユリコの悲劇的な一生。そして、日本にも実はしっかりと存在する階級社会《クラス》を具現化した名門、Q女子高での日々。そこの同級生だった佐藤和恵に起きたセンセーショナルな事件。同じくQ女子高で巡り会ったミツルと木島高志の栄光と挫折。異国から来て、奇しくもユリコと和恵に遭遇してしまったチャンの悪党人生。わたしは知る限りのことを言葉にし、手に入った手記や日記、手紙の数々を披瀝して、少しでも皆様にご理解いただきたいと話し続けてまいりました。しかしながら、そうしつつも、わたしは先《せん》からずっと首を捻ったままなのです。わたしは何故《なにゆえ》に皆様に理解していただきたいのでしょう。わたしは、いったい皆様に何を知ってほしいのでしょう。それがよくわかりません。

わたしは、ユリコと和恵がその死後、マスコミや世間から下された審判や屈辱を晴らそうとしているのでしょうか。いいえ、違います。わたしはそんな親切心や正義感など端《はな》から持ち合わせておりませんもの。では、なぜ。はっきりした理由はわたしにもわからないのです。しかし、ただひとつだけ思い当たることがあります。

それは、ユリコも和恵もミツルも、高志もチャンも、「わたし」という人間の一部であったかもしれないということであります。わたしは彼女たち、彼らたちの魂としてこの世に残り、漂い、語るべき存在として在るのかもしれません。それにしては、黒い魂である、と指摘される方もいることでしょう。その通りです。魂というものは、実は黒い姿をしているのです。憎しみに彩られ、恨みに染まり、悪罵や憤怒の醜い顔をしているものなのです。だからこそ、生き残るのです。いつまでも溶けない日陰の黒ずんだ雪。わたしはユリコの、和恵の、ミツルの、チャンの、心の底に密かに隠された黒い残雪のような存在であったのかもしれません。などと申しますと、あまりにも隠喩めいてしまいますが、わたしはそんなかっこよくはありません。生身のわたしは、どこにでもいる僻《ひが》み嫉《そね》み妬《ねた》みの強い凡庸な人間なのでしょう。

わたしはユリコの陰に生きました。ああいう顔に生まれたらと羨み、そうでない自分と絶えず比較し、ユリコを恨みながら育ちました。やっと進学したQ女子高では誉れを感じる暇もなく、級友の豊かさと美しさに圧倒されて、和恵のださい姿に己を見て苛つき、ミツルのように勉強ができたら、と憧れて辛い学校生活を送りました。大学を卒業してからのわたしは、モデルから娼婦になったユリコとは百八十度違う、地味な暮らしを選びました。地味な暮らしというのは、わたしの場合、男とは縁のない永遠の処女でいる、ということです。

永遠の処女。これがどんなことを意味するか、おわかりになりますか。イメージは美しいけれども、現実はそうではありません。いみじくも、和恵の日記に書かれていたではないですか。男を征服する一瞬を逃すことなのです。性交だけが世界を手に入れる手段だった、とは和恵の偏った考えですが、今のわたしにはそれも真実かもしれないと思えてならないのです。わたしの体の中に男が入り（おぞましいことですから、想像したこともありませんが）、わたしの中で果てた時、世界と交わったという満足があるのではないか、という妖しい思い。その実感と言いますか、勘違いが、和恵をして娼婦にならしめたような気がしてならないのですよ。つまりは、和恵のしたことは、自らの手では世界を手に入れられないことを悟った女の、大きな勘違いだったということなのです。

逆に、地味な暮らしを送ることがわたしの望みであったのかと言いますと、正直なところ、違うのです。わたしはひたすらユリコと比べられたくなかっただけでした。わたしは常に負ける存在である自分を、勝負から下りてしまうように仕向けたのです。わたしはユリコの裏面を生きているという思いが強くあります。裏面の者は、日向《ひなた》に生きる者に差す影には敏感です。誰もが密かに隠し持っている黒い思いが、わたしを共鳴させてやまないのは、わたしが裏面にいる故に敏感だからなのです。どころか、わたしは日向の人間の暗い影を糧にして、生きてきたのだとも言えましょう。

和恵の売春日記は、わたしに新たに生きる力を与えるくらい、悲しい代物でありました。そうなのです。わたしは、その人が悲しければ悲しいほど、恨みがましければ恨みがましいほど、負の力を貰えるのです。わかりますか。だからこそ、ユリコの手記はわたしに何もくれなかった。ユリコが本当は強くて賢い女であったのは、わたしだってわかっていました。本当に憎たらしい女でした。わたしが敵うものは、何ひとつとてなかったのです。

わたしはユリコに囚われておりました。わたしは一生、ユリコの影法師として付いて回っているだけの存在だったのです。チャンの上申書も、わたしには何の刺激もないつまらない物でした。チャンが根っからの悪党で、暗い影など実は微塵も持っていないからなのでした。日向にいる悪党も存在するのです。

それにひきかえ、和恵の売春日記の何と孤独で荒《すさ》んでいること。凄まじいではありませんか。読み終えたわたしに、いつもと違う変化が起きたくらいです。わたしは、思わず貰い泣きしてしまったのです。和恵のあまりの寂しさに、そして超人ハルクも驚くほどのグロテスクな変貌ぶりに、さすがのわたしも涙を禁じ得ないのでした。和恵の虚ろな心の波動がわたしを揺さぶり、芯から痺れさせて言葉を失わせるのです。エクスタシーというものは経験したことがありませんが、まさにこれではないでしょうか。

茶と黒革の、大きめの二冊の手帳。高校時代と同じく、丁寧な和恵の文字でぎっしりと埋まっている手帳。客から貰った金額を馬鹿正直に付けて、その日あったことを書かずにいられない几帳面で律義な性格。頭がいいと賞賛されたかった優等生。いい家柄のお嬢様といわれたかったお嬢さん、最高の仕事人生を送りたかったＯＬ。最高には「ちょっと足らなかった」佐藤和恵の姿と魂がここに図らずも表れてしまっているのです。

『あなたもあたしも同じ。和恵さんも同じ。皆で虚しいことに心を囚われていたのよ。他人からどう見られるかってこと』

突然、ミツルの言葉が蘇りました。違う、違うわ。わたしは心の中で叫びました。だって、そうじゃないですか。だとしたら、ここにいる百合雄が和恵の日記帳に手を差し伸べて語ったみたいに、「憎しみと混乱」がこのわたしの中にもある、ということに他なりませんでしょう。わたしは人間の裏面、影に敏感なだけの女です。そのわたしのどこに「憎しみと混乱」があるというのでしょう。わたしが糧としているものは、他人の「憎しみと混乱」の中にだけあるのです。わたしは和恵と違います。わたしはグロテスクな怪物ではありません。

わたしは和恵の日記帳をテーブルから払い落とし、気分を落ち着けるために左手の指輪に触れました。ええ、そうですとも。ミツルが意地悪く指摘したQ女子高のスクールリングです。これはわたしの気持ちの拠り所なのです。ええ、矛盾しております。わたしはQ女子高の階級《クラス》社会を馬鹿にしながらも、実はその世界が好きなのです。矛盾がいけませんか。矛盾くらいは、誰の心にも住まっていることでしょう。

「伯母さん、どうかしましたか」

傍らに座っていた百合雄が動揺に勘付いて、わたしの肩に手を置きました。鋭敏な少年です。百合雄の若く逞しい手がわたしの両肩を覆いました。百合雄の力強い掌から熱が伝わってきます。セックスというものは、もしかしてこういうことですか。わたしはその手におずおずと頬を寄せました。百合雄がわたしの頬を濡らす涙に気付いて、戸惑った様子で尋ねました。

「伯母さん、泣いているのですね。この手帳には何が書いてあったんですか」

わたしは慌てて百合雄の手から頬を離しました。

「悲しい内容よ。あなたのお母さんについての記述も少しは出てくるわ。でも、あなたには言いたくないの」

「その理由は、憎しみと混乱が書かれているからですね。それは何ですか。どんなものなのでしょうか。僕は絶対知りたい。ここに書かれていることを一から十まで知りたいです」

なぜ、百合雄は知りたいのかしら。わたしは百合雄の美しい瞳を見上げました。茶色と薄い青の混合した、世にも稀な瞳の色。澄み切った水のように何も映し出さない瞳。それなのに、百合雄はわたしと同様、他人の暗い影に敏感なのでしょうか。人の黒い部分を感じ取り、それを自身の喜びに転化して生きていける能力があるのだとしたら、ぜひとも語ってやりたい。大きな糧を得たばかりのわたしの心が疼《うず》きます。言葉という毒でユリコと和恵を汚し、その毒を百合雄の耳の中に注ぎ込み、確かなものに育ててあげたい。わたしの遺伝子を残したい。出産と同じ欲望。そうしたら、百合雄という美しい少年はわたしと同じ人間になるはずではありませんか。

「和恵の日記の中に書かれているのは、とても壮絶な戦いよ。個人と世界との戦い。和恵はそれに負けて、独りぼっちになって他人の優しさに飢えて死んだの。

ね、悲しい話でしょう」

　百合雄の顔に衝撃が走りました。

「母もそうだったのですか」

「ええ、そうよ。あなたはそういう女の子供」

　わたしは嘘を吐《つ》きました。ユリコは決してそうではありませんでした。ユリコは最初から世界、いいえ他人なんか信じていなかったのですから。百合雄は目を伏せ、手をわたしの肩から外して祈るようにしっかりと組みました。

「あなたのお母さんは弱くて、くだらなかったのよ」

「可哀相です。僕がいたら、助けてあげたのに」

「どうやって」

　そんなこと誰にもできないわよ。あなたはまだ子供だから、わからないでしょうけどね。わたしは百合雄の理想主義を諭してやろうと思いましたが、百合雄は決然と言うのです。

「やり方はわかりませんが、できるかもしれません。その人が寂しいのなら、僕は一緒に暮らしてあげます。僕が音楽を選んで聴かせてあげるし、僕がもっと美しい音楽を作ってあげる。そうしたら、少しは楽しくなるでしょう」

　百合雄の顔が、とても素晴らしいことを思いついたとばかりに明るく輝きました。ああ、何と美しいのでしょう。そして、優しい。子供っぽい思いつきではあるけれども、可愛いではありませんか。これが男というものの真の正体なのでしょうか。いつの間にか、わたしの中には知らない感情が芽生えているのでした。恋。まさか。百合雄は甥よ。でも、いいじゃない。わたしの中で天使と悪魔が囁き合います。

「百合雄ちゃんの言う通りね。伯母ちゃまが弱気だったわ。じゃ、ユリコはどうしてあなたを引き取らなかったのかしら。伯母ちゃまにはわからないわ」

「母は僕の存在を必要としないくらい、強い人だったのです」

「じゃ、伯母ちゃまは弱いの？」

　百合雄はわたしの体型を確かめるように、肩や背中に手で触れました。わたしは百合雄に触られながら、戦《おのの》いていました。これまで味わったことのない思い。他人に評価される自分。いいえ、評価ではありません。他人に経験されている自分なのです。

「伯母さんは弱いというより、貧しいです」

「貧しいって、貧乏ってことかしら。確かにあたしは貧乏だけど」

「いいえ、伯母さんの心が細くて痩せているのです。ああ、残念です。先程の伯母さんも言ってたじゃないですか。まだ遅くないって。僕もそう思います」

ヘッドフォンでラップを聴いていたはずなのに、百合雄の鋭い聴覚はミツルの話をちゃんと捉えていたのでした。わたしはミツルと百合雄が共謀している気がして、悔しくてなりません。

「だったら、あなたは強いの。百合雄ちゃん」

「はい。僕は一人で生きてきました」

「あたしだって一人で生きてきたわよ」

「そうですか」百合雄は首を傾げました。「僕の母に依存しているような気がします」

ユリコの裏面で生きる、というのは依存なのでしょうか。それが弱く、貧しいこと。わたしは衝撃を受けて、百合雄のやや分厚い唇を見つめました。もっと言ってちょうだい。わたしにいろんなことを教えて。支配してちょうだい、と。

「ところで、伯母さん。パソコンのことですけど、いつ手に入りますか。僕はパソコンがあれば、伯母さんの人生を楽にしてあげられますよ」

「でも、あたしはお金がないのよ」

百合雄は一瞬、惚けた顔になりました。見えない目を中空に据えて懸命に考えている顔はとても可愛いのです。

「貯金もないのですか」

「三十万くらいはあるけど、それはいざという時のためだし」

「あ、電話です」

突然、百合雄が電話の方を振り向き、わたしに告げました。途端に、電話が鳴りました。百合雄の勘が素晴らしくいいのはわかっていますが、わたしは空恐ろしく思って受話器を取りました。

「もしもし、こちらは『みそさざいハウス』です。たった今、おじい様が亡くなられました。最期のご様子、お話ししましょうか」

「いいえ、結構です」

区の老人病院からの電話でした。享年九十一。惚けた祖父の最期がどんなだったのか、なんて知ったところで仕方がありません。惚けた祖父は時間を五、六十年も遡行して、若い男になってしまったのです。盆栽フリークで、詐欺師の祖父は、娘の自殺も忘れ、孫娘が殺されたことも知らずに、桃源郷で遊びながら亡くなったのでした。それにしても、お金の相談をしている時に、何というタイミングでしょうか。三十万の貯金は、祖父の葬式費用となるでしょう。そればかりか、わたしは近いうちにこの公団住宅を出なくてはならない羽目になってしまったのです。祖父の名で契約しているからです。貯金は葬儀で消えてなくなります。わたしが区役所から貰う毎月十八万円のアルバイト代のみで部屋を探し、引っ越し、パソコンを買わなくてはならないのです。

「百合雄ちゃん、おじいさんが死んじゃったから、貯金は遣えないわ。ここも出なくちゃならないし。パソコンはジョンソンに買ってもらったらどう」

「だったら、伯母さんが稼いだらいかがですか」

「稼ぐって、どうやって」

「街に立ったら？　僕の母親みたいに」

何ということを提案するのでしょう。わたしは百合雄の頰を平手で叩いていました。勿論、軽くですが。薄い頰を通して、百合雄の口の中の綺麗な歯並びがわたしの掌に伝わりました。わたしはその生々しさに震えたのです。百合雄は何も言わずに頰を手で押さえて、うつむきました。冷たい美貌。ユリコにそっくりです。わたしは愛おしさで胸が詰まり、お金が欲しい、と心の底から思ったのでした。いや、お金ではなくパソコンであり、パソコンを欲しがっている百合雄であり、さらに言えば、百合雄とわたしとの暮らしなのでした。そこに幸福があるからです。


ユリコは、その手記の中で娼婦についてこう記していました。皆様、すでにお忘れと思いますので、少々長くなりますが引用いたします。

『娼婦になりたいと思ったことのある女は、大勢いるはずだ。自分に商品価値があるのなら、せめて高いうちに売って金を儲けたいと考える者。性なんて何の意味もないのだということを、自分の肉体で確かめたい者。自分なんかちっぽけでつまらない存在だと卑下するあまり、男の役に立つことで自己を確認したいと思う者。荒々しい自己破壊衝動に駆られる者。あるいは、人助けの精神。その理由は女の数だけ存在するのだろうが、私はどれでもなかった』と。ユリコは、自分が根っから淫らな女だったから娼婦になったのだ、と続けたのでした。

もしわたしが娼婦になるとしたら、誰とも違う理由でなくてはなりません。わたしはユリコと違って、性交など好きではないからです。そして男も好きではないのです。男というものは常に狡賢く、顔も体も考えもがさつです。利己的でその場しのぎ、形さえ整えれば中身などどうでもよく、自分の欲望のためには相手を傷付けても一向に頓着しない人々であります。言い過ぎでしょうか。いいえ、そうは思いません。四十年も生きてきて、わたしが出会った男たちはほとんどがそうでした。祖父はまあまあ面白い人間でしたが美しくありませんでしたし、木島高志は美しかったけれど心が歪んでおりました。

しかし、ここに例外がいるのです。百合雄。百合雄ほど美しく、純粋な心を持った少年はどこにもおりません。百合雄が成長して、あの醜い男たちと同類になるかと思うと、わたしは悔しくて歯嚙みしたくなります。わたしが娼婦になるのは百合雄という少年を醜い男にしないように守り、二人だけの楽しい生活を続けたい、という理由なのです。どうでしょう。これこそが唯一無二のオリジナリティではないでしょうか。無論、わたしにも四十歳にして身を売ることに大きな抵抗はあります。チャンのような娼婦好きな悪党に出会って殺されてしまう危険性だって高いのです。わたしは急に怖くなりました。

「百合雄ちゃん」わたしの問いかけを感じた百合雄は、ヘッドフォンを外して向き直りました。「伯母ちゃまが街角に立ってお金を稼ぐことを、あなたは本当はどう思っているの。それを勧めるってことは、ユリコが、いやあなたのお母さんが娼婦だったことをあなたは認めてるってことなの？　だったら、伯母ちゃまがチャンみたいな男と出会って殺されてもいいの。危険な目に遭わせてもいいと思っているの」

百合雄の目の縁が赤く染まり、みるみる涙が溜まっていくのがわかりました。

「そんなこと思っていません。僕は娼婦になる女の人たちが可哀相です。僕が童貞だからかもしれませんけど、男に身を売って生計を立てるのは、さぞかし嫌だろうなと同情してますよ」

「だったら、どうして大事な伯母ちゃまに娼婦になれ、なんて勧めるの」

百合雄は、美しい手で顔を覆いました。

「ごめんなさい。僕は、僕は、伯母さんが高みに立ってものを言っている感じがして腹が立ったのです。伯母さんは、自分ではなにもしないのに僕の母にとても批判的だ。そして、和恵とかいう友達にも冷たいです。伯母さんは娼婦たちを軽蔑しているのでしょうが、僕は逆です。偉い人たちに思えてならないんです。それで言っただけですから、気にしないでください」

「あの人たちのどこが偉いのよ」

わたしが怒ると、百合雄は自信をなくしたように首を傾げました。

「世の中とディープに関わったからです」

「あたしだって関わっているわよ。区役所勤めやってごらんなさいよ。嫌な上司も同僚もたくさんいるわよ。それじゃ薄いっていうの」

「薄いです。僕はもっとディープな方がいい」百合雄はきっと顔を上げました。「伯母さん、お金がないのなら僕が街に立ちます。いや、僕がやるべきです。僕は目が見えないけど身を守れるし、若いということで伯母さんよりも商品価値があるかもしれない。僕が娼婦になりますので、伯母さんが客を連れて来て、お金を誤魔化されないように管理もしてください」

わたしは百合雄に置いていかれるような気がして、とても焦りました。

「あたしが立つわ。百合雄ちゃんが交渉して、あたしを守って」

こうして中年の娼婦と、十七歳の盲目の女衒《ぜげん》の組み合わせが生まれたのでした。愉快なことに、二人とも性交渉はまったく経験がないのでした。愉快というのは、その時のわたしには、百合雄とならば新しい世界に身を投じてもよい、という冒険心があったからなのでした。

祖父の初七日が済んだ翌日、わたしと百合雄は手を取り合い、円山町の地蔵前に行ってみました。暗がりの角にひっそりと立っている地蔵の前には、真っ赤なポンポンダリアや黄菊などの毒々しい色合いの花が供えられていました。それが和恵とユリコの魂に思え、わたしはライバル意識と緊張感から花を睨み付けました。わたしと手をつないだ百合雄が、周囲の匂いを嗅いで囁きます。

「伯母さん、この場所に僕の母も立ったのですね。僕らは何ておかしな運命を生きているのでしょう。まるで死んだ母が僕らの行く道を定めているみたいです」

認めるのは少々悔しかったので曖昧にうなずきましたが、その通りなのでした。常にユリコがわたしに先んじている。和恵もいつしかそうなりました。二人は、危険な男がうようよいる世間の海を渡り、泳ぎ切ったのでした。ええ、彼岸に。わたしには百合雄がいますから、彼岸に行くことはないという自信があります。

「伯母さん、お客さんです」

勘の冴える百合雄がわたしの肩を叩きました。渋谷方向から三十歳くらいの男が歩いて来ます。スーツを着た勤め人風でした。男は並んで立っているわたしたちに興味を抱いたのか、こちらを見ました。わたしから百合雄に移った男の視線が、美貌に驚いて止まります。その刹那、わたしは勇気を振り絞って声をかけてみたのです。

「あのう、よかったらあたしを買ってくれませんか」

男は余程仰天したらしく、のけぞるように後退《あとずさ》りました。百合雄がすかさず言い添えます。

「安くします。どうですか」

男は何も言わず、一目散に路地を駆け抜けて行きました。わたしは溜息を吐いて百合雄の顔を見上げました。百合雄も落胆したらしく、ヘッドフォンをお守りのごとくまさぐっています。商売は難しい。和恵の焦りがわかるというものです。しばらく待っていますと、今度は中年の男がやって来ました。短髪で丸っこい体。調理人風。白衣の上にジャンパーを羽織っています。

「すみません」わたしはおずおずと話しかけました。

「遊びませんか」

「そっちの趣味はないから」

男は手を振りました。わたしは追い縋ります。

「違うんです。この子は付き添いで、お相手はあたしです」

男が立ち止まって、わたしの顔を正面から観察しました。

「あんた若くないね。俺は熟女の趣味はない、と言ったんだ。俺は若くて綺麗なねえちゃんにしか興味ないから。それも骨細で膝小僧がこんなに小さくなきゃいけない」

男は指で小さな輪を作って見せました。何とまあ、男の好みとは多種多様なのでしょう。女なら誰でもいい、というわけではないことは重々わかっておりましたが、そこまで物のように扱われるわたしたち女とは、どんな存在なのでしょう。わたしはさすがにむっとして横を向きました。

「ちょっと待ってください。この人はまだ処女です。処女はいかがですか」

突然の百合雄の言葉に、男は振り返りました。

「俺は処女も駄目なんだ。男を三人知ったくらいの女がいい。他を当たりな」

二人目の男も去って行きました。わたしたちは、数時間、地蔵前に立っていましたが、人通りも絶えたので帰宅しました。翌日も、その翌日も、同じでした。

ところが、一週間経った夜のことでした。二人連れの女がわたしたちの前に立ちはだかったのです。二人共、暗い色のスーツを着てファイルを抱え、就職活動中の女子大生のような身形《みなり》をしています。姿も地味なら顔も地味。どこにでもいそうな、つまらない女の子たちです。二人は百合雄を見て肘でつつき合い、飛び跳ねて喜びました。

「やっぱり、いたわ。スゴイ、スゴイ」

「ね、言った通りでしょう」

いったい何事か、と警戒したわたしは百合雄の腕を摑みました。百合雄は聴いていたヘッドフォンを外し、見えない目を暗闇のあちこちに当ててました。

「おばさん、この子幾らですか」突然、女子大生の一人が聞いてきたので、わたしは驚いて口もきけませんでした。「二人五万で、どうですか。駄目？　安過ぎますか」

「いいよ」百合雄が軽くうなずきました。

きゃー、やった。二人は右手を高く掲げて空中で打ち合いました。そして、何の衒《てら》いもなく百合雄の手を引き、連れ去ろうとするではありませんか。

「百合雄ちゃん、どこへ行くの」

女子大生の一人が、焦ったわたしの掌に紙幣を押し込みました。きちっと折り畳まれた万札が五枚。折り目が取れないくらい新しい札でした。

「ほら、五万。前渡しよ。おばさん、この子、二時間借ります」

二人の女子大生は百合雄を拉致するように両脇から腕を取り、坂を上って行きます。名前何ていうの。ユリオだって、可愛い。きゃは。二人の嬌声が闇に響きました。

きっかり二時間後、百合雄は二人に連れられて戻って来ました。髪が乱れ、上気した顔が憎たらしくて、わたしは思わず睨みましたが、二人はわたしのことなど眼中にないのでした。まだ情欲で濡れた目をしている女二人がそれぞれ、百合雄に叫びました。

「お小遣い貯めてまた来るわね。待っててね、ユリオ」

「ユリオ、ありがとう。あんた可愛いわよ」

百合雄は見当違いの方向に手を振って別れを告げ、わたしの横で大きく嘆息しました。ぶらりと体側に垂れた長い腕。忘れ去られたように、ヘッドフォンは首に掛かったままです。

「百合雄ちゃん、あの子たちに何をされたの」

百合雄はわたしの詰問に答えず、逆に聞くのです。

「伯母さん、僕がかっこいいってほんと？」

「ええ、それほど悪くないわよ。いいんじゃない」

わたしはわざと気のない返事をしました。というのは、わたしはひどく気分を害していたからなのです。大事なものが外部から汚染される感じでした。なのに、百合雄は昂奮して続けます。

「あの子たちはとても優しくて、僕をすごく可愛がってくれました。僕みたいな綺麗な顔の男の子は見たことないって。それに、ボディもサイコーって丹念に舐めてくれたし。あんな気持ちのいいことを僕の母もしていたのかしら。だったら、僕、娼婦になりたいな」

わたしは握り締めていたために湿った万札を財布にしまって、百合雄の広い背中を押しました。「もう帰りましょう」

翌日の夜はさらに驚きました。別の女が現れたのです。今度は三十歳くらいのＯＬ風で不細工な女です。眼鏡に白いブラウス、フレアースカート、というださい格好をしていました。女はいきなりわたしに三万円を渡し、百合雄の手を取りました。

「あなたユリオでしょう。じゃ、行きましょう」

百合雄は慌ててヘッドフォンを外し、不安そうにわたしの方を向きましたが、女は緊張しているのかこわばった面持ちで百合雄を力任せに引っ張ります。

「すみません。僕は目が見えないから、ゆっくり歩いてくれませんか」

百合雄が優しく言うと、女はたちまちほっとしたように柔らかな表情になりました。二人が坂上のラブホテルに消えた頃、わたしは猛烈に腹が立ってきました。わたしは切符の自動販売機ではないのです。すると、また別の女が来ました。三十代初めの化粧の濃い女です。

「あら、いないの。ユリオって子がここにいつもいるって聞いたけど」

女は困惑した様子で腰に手を当てて周囲を見回しました。

「誰に聞いたんですか」

思い余って尋ねると、女が面倒臭そうにわたしを見遣りました。

「ネットに出てるわよ。円山町の地蔵前に行くと、世にも稀な美形の少年が立っているってね。名前はユリオで、目が見えない。性格もサイズもサイコーって」

「もうじき帰って来ますよ。値段は五万って書いてありましたか。先払いですよ」

女はぶつくさ文句を言いながらも、ヴィトンの財布から札を出しました。女の態度が気に入らないので吹っかけたのですが、構わず払うのです。それほどまでに女も男と性交したいとは。性交ではなく、何か他のものが欲しいのでしょうか。それは何。わたしには百合雄の商品価値がよくわかりませんでした。しかも、その晩、地蔵前に来た客は女だけではありません。明らかに同性愛者とわかる男たちも数人いたのです。わたしは百合雄のお蔭で、ひと晩に十万以上の金を容易に手にできる身の上になったのでした。区役所勤めなど馬鹿馬鹿しくなりそうな額です。

こういう状態が一週間続いたら、日に見えて百合雄の態度が変わってきました。わたしを明らかに蔑《ないがし》ろにするのです。

「伯母さん、早くパソコン買ってくださいよ。パソコンなんか五台くらい買えるお金が貯まったんじゃないですか。それから、僕、たまにはデリバリーピザが食べたいな」

「百合雄ちゃん、あなたエラソーになったわね」

百合雄はそっぽを向きました。

「女の要求に応えていれば、それは変わりますよ。伯母さんが変わらなさ過ぎるんですよ。現実と向き合いましょう」

現在、わたしは腰まで届く黒いカツラを付け、青いアイシャドウ、真っ赤な口紅という姿で円山町を歩いています。人気者の百合雄は予約がいっぱいですから、わたしは百合雄を指定されたホテルに送り、客に渡してしまえば後は暇なのです。その間、わたしも町を流しています。物欲しげな中年男がホテル前に立っていたので、思い切って声をかけてみました。見るからに体毛の濃そうな、禿げた男。

「あたし処女なのよ、本当よ。四十なのに男を知らないの。ねえ、試してみませんか」

男は薄気味悪そうに、しかし好奇心露わにわたしを見ました。わたしの目に表れた決意に気付いたのか、男が不意に真剣な顔になりました。こうして、わたしは初めてラブホテルの門をくぐったのです。いうまでもなく、これから起きることを想像して心臓は激しく打っていましたが、それを上回る感情と意志がわたしを支配していたのです。わたしを侮《あなど》り始めた百合雄に対する憎しみとわたしも変わりたいという欲望でした。わたしは男の体重に喘ぎ、優しさなど微塵《みじん》もない男の愛撫を受けながら、きっとこう思うでしょう。和恵は醜くなった自分を晒《さら》し、そんな自分を男に買わせることによって、自分に、そしてこの世に復讐していたのだと。今、わたしも同じ理由で身を売るのです。ユリコは間違っています。身を売る女の理由はひとつ。この世への憎しみです。それは確かに、愚かで悲しいことですが、男もまた、そういう女の感情を受け止めざるを得ない時もあるのです。その瞬間が性交にしかないのだとしたら、男も女も愚かで悲しいのでしょうか。わたしは憎しみの海に船出し、いつか到達する彼岸を目指すことでしょう。ああ、でもその前にごうごうという音が聞こえます。もしかすると、わたしの行く手に大きな滝があるのではないでしょうか。滝に身を投じなければ、憎しみの海にも出られないのかもしれません。ナイアガラか、イグアスか、ビクトリアか。恐ろしさに身が震えます。でも、一度落下してしまえば、その後の道行きは案外、楽しいのかもしれません。それは、和恵が日記の中で教えてくれたことでした。だとしたら、憎しみも混乱もすべてを背負って、船出いたしましょう。わたしも怖れずに参ります。まあ、わたしの勇気を称えて、あちらで、ユリコと和恵が手を振っているではありませんか。早くおいで、と。わたしは和恵の日記に書いてあったことを思い出し、男の胸にもたれかかって頼んでみました。

「優しくしてよ、お願いだから」

「いいですよ。だから、あなたも私に優しくして」

わたしは男が、チャンではないかと目を凝らしました。

参考文献

『禁断の25時』酒井あゆみ　ザ・マサダ
『東電ＯＬ殺人事件』佐野眞一　新潮社
『盲流』葛象賢・屈維英　東方書店
『東京チャイニーズ』森田靖郎　講談社文庫

この作品はフィクションであり、実在する個人、団体等とはいっさい関係ありません。

初出　「週刊文春」２００１年２月１日号〜２００２年９月12日号

桐野夏生（きりの・なつお）
一九五一年、金沢生まれ。成蹊大学法学部卒。一九九三年、「顔に降りかかる雨」で第三九回江戸川乱歩賞受賞。一九九八年、「OUT」で第五一回日本推理作家協会賞受賞。一九九九年、「柔らかな頬」で第一二一回直木賞受賞。他の長篇に「天使に見捨てられた夜」「ファイアボール・ブルース」「水の眠り灰の夢」「光源」「玉蘭」「ダーク」「リアルワールド」、短篇集に「錆びる心」「ジオラマ」「ローズガーデン」がある。

桐野夏生公式サイト
http://www.kirino-natsuo.com/

グロテスク

発行日　平成十五年六月三十日［第一刷］
　　　　平成十五年八月　五　日［第四刷］

著　者　桐野《きりの》夏生《なつお》
発行者　寺田英視

発行所　株式会社文藝春秋
東京都千代田区紀尾井町三—二三
郵便番号　一〇二—八〇〇八
電話（〇三）三二六五—一二一一

印刷所　凸版印刷
製本所　加藤製本

定価はカバーに表示してあります。
万一、落丁、乱丁の場合は送料当方負担でお取替え致します。
小社営業部宛お送りください。

ISBN4-16-321950-1

桐野夏生の本

水の眠り　灰の夢

昭和三十八年、連続爆弾魔草加次郎を追う記者・村野善三に女子高生殺しの容疑が。高度成長期の東京を舞台に、真犯人に迫るトップ屋の執念の追跡、そして運命の恋。

四六判・文春文庫版

文藝春秋刊

桐野夏生の本

ファイアボール・ブルース

女にも荒ぶる魂がある。闘いたい本能がある。「ファイアボール」と呼ばれる女子プロレスラー・火渡抄子と付き人の近田がプロレス界に渦巻く陰謀に立ち向かう。

文春文庫版

文藝春秋刊

桐野夏生の本

光源

映画撮影のために集まった監督、カメラマン、プロデューサー、俳優たち。ロケ現場は主演男優と女優の不和をきっかけに壊れだす。一番光り輝くのは、果たして誰なのか。

四六判

文藝春秋刊